SRTA. QUINCES

KAT FAJARDO

Con color de Mariana Azzi

graphix

Un sello editorial de

SCHOLASTIC

Originally published in English as *Miss Quinces*

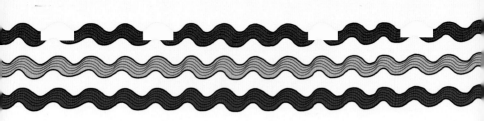

ISBN 978-1-338-53565-5

10 9 8 7 6 5 4 3 2 1 22 23 24 25 26

Printed in China 62
First Spanish printing, April 2022

Edited by Cassandra Pelham Fulton
Spanish translation edited by María Domínguez and Abel Berriz
Book design by Shivana Sookdeo
Creative Director: Phil Falco
Publisher: David Saylor

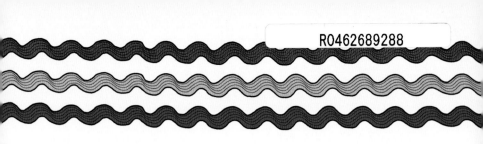

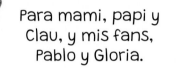

Para mami, papi y
Clau, y mis fans,
Pablo y Gloria.

CAPÍTULO UNO

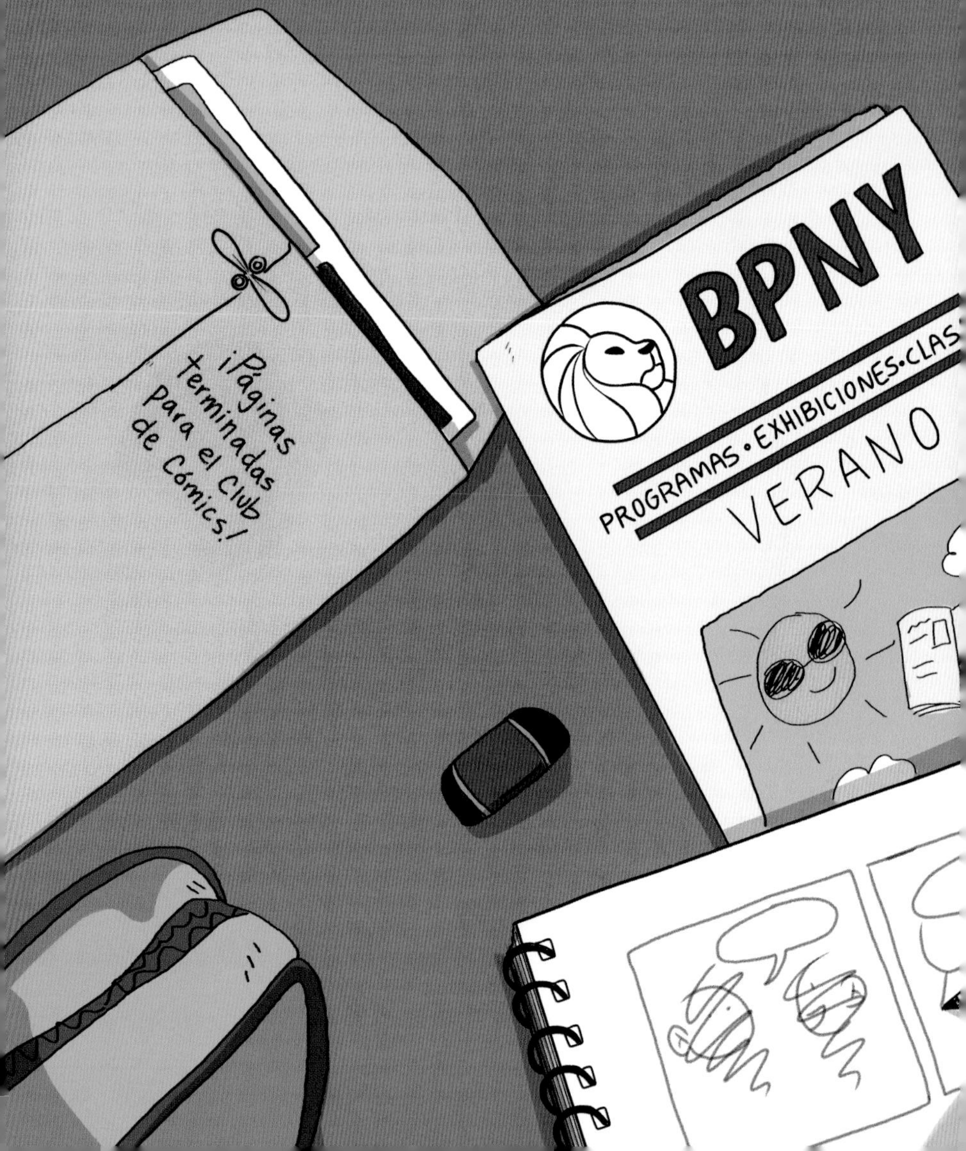
¡Páginas terminadas para el Club de Cómics!
BPNY
PROGRAMAS • EXHIBICIONES • CLAS
VERANO

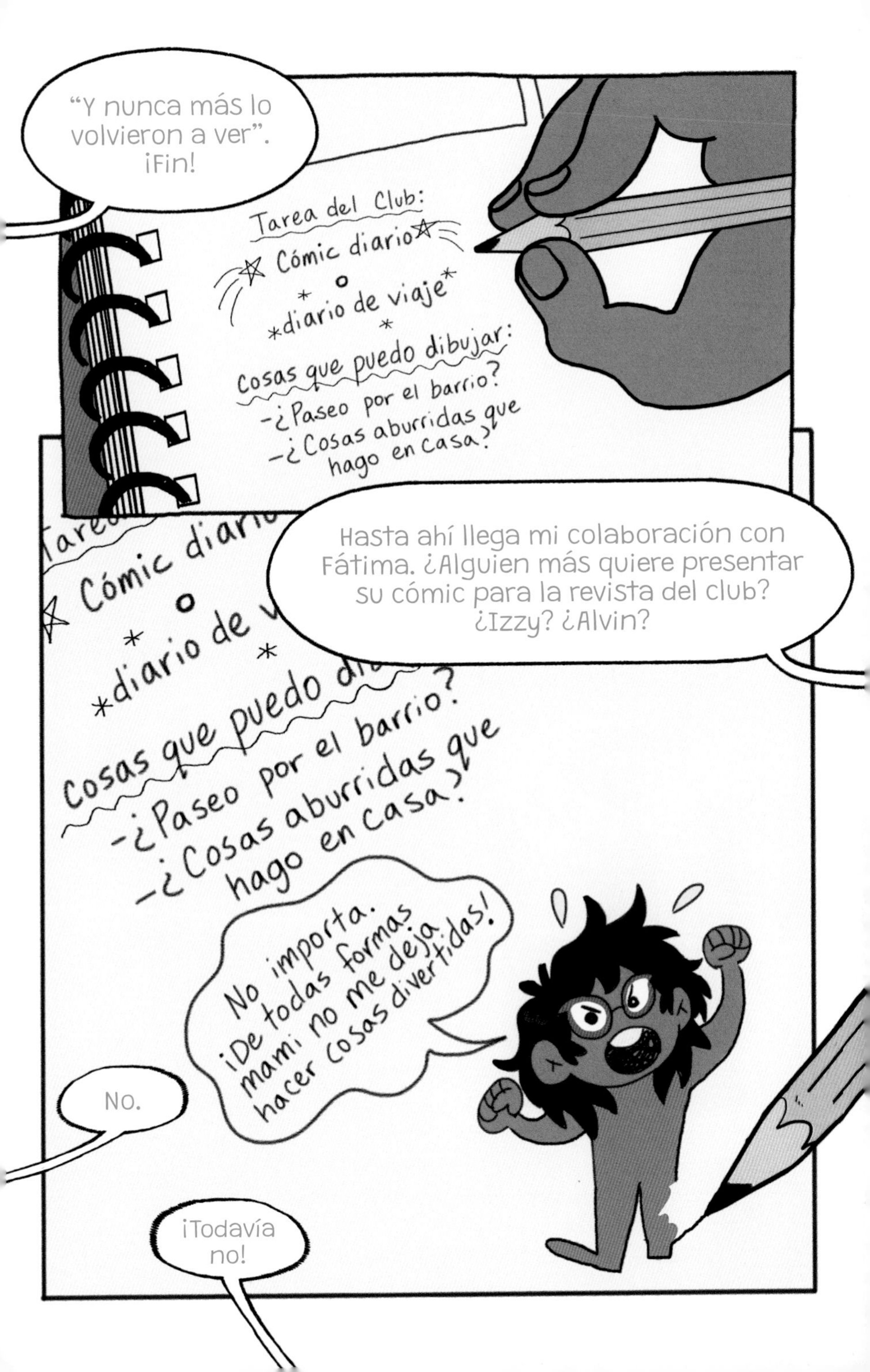
"Y nunca más lo volvieron a ver". ¡Fin!
Tarea del Club:
Cómic diario
o
diario de viaje
Cosas que puedo dibujar:
-¿Paseo por el barrio?
-¿Cosas aburridas que hago en casa?
Hasta ahí llega mi colaboración con Fátima. ¿Alguien más quiere presentar su cómic para la revista del club? ¿Izzy? ¿Alvin?
No importa. ¡De todas formas mami no me deja hacer cosas divertidas!
No.
¡Todavía no!

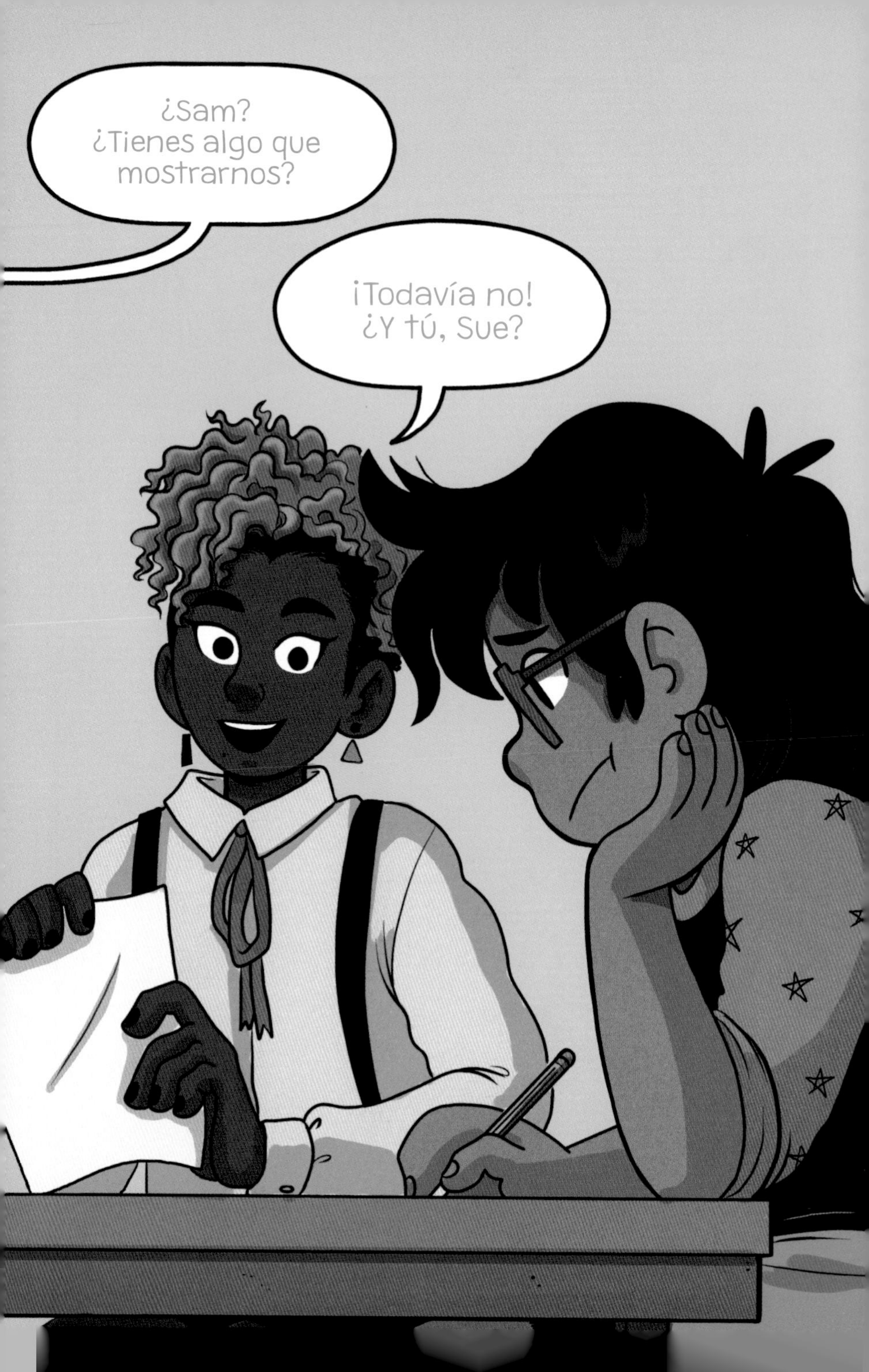
¿Sam?
¿Tienes algo que mostrarnos?
¡Todavía no!
¿Y tú, Sue?

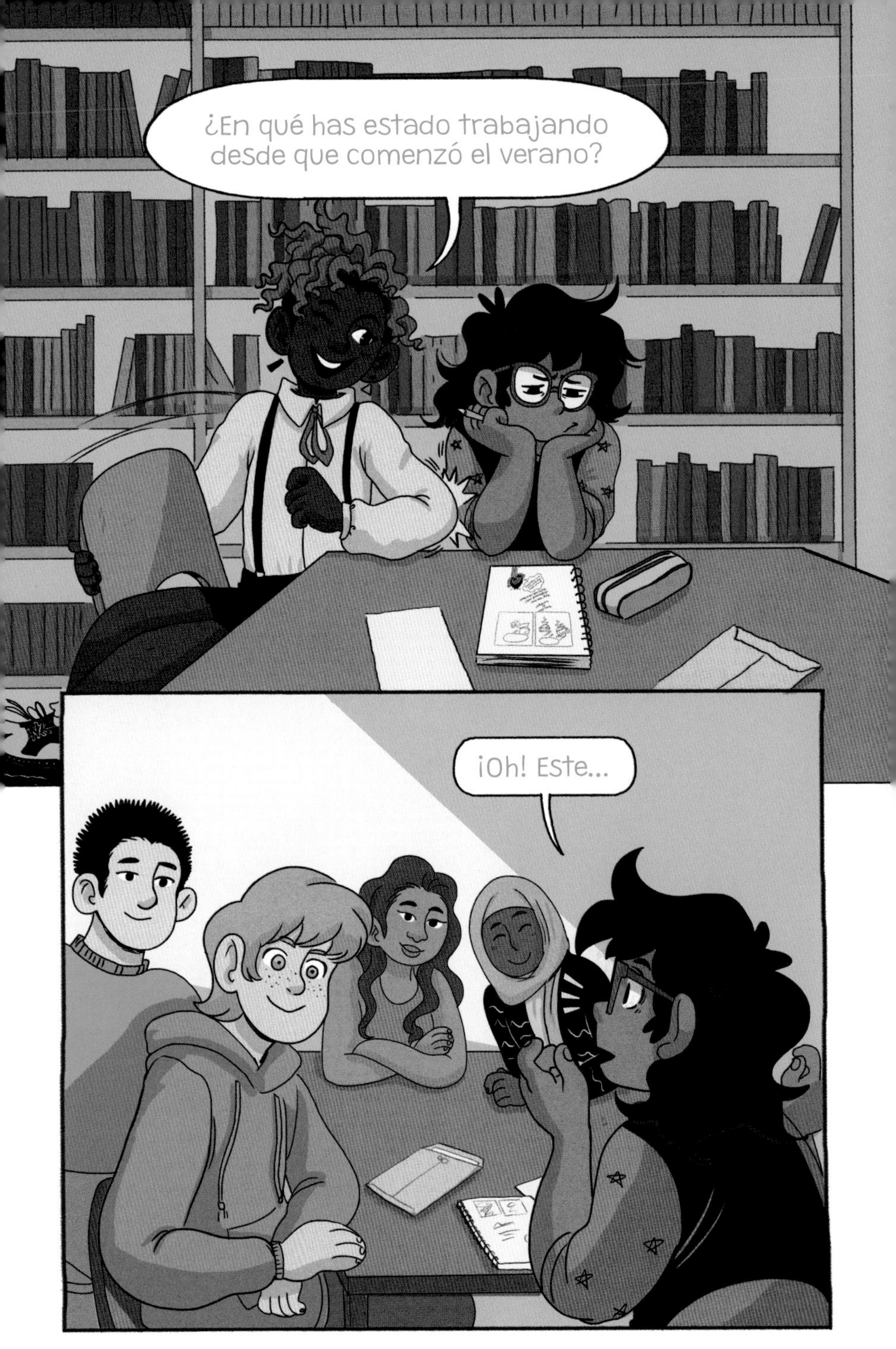
¿En qué has estado trabajando desde que comenzó el verano?
¡Oh! Este...

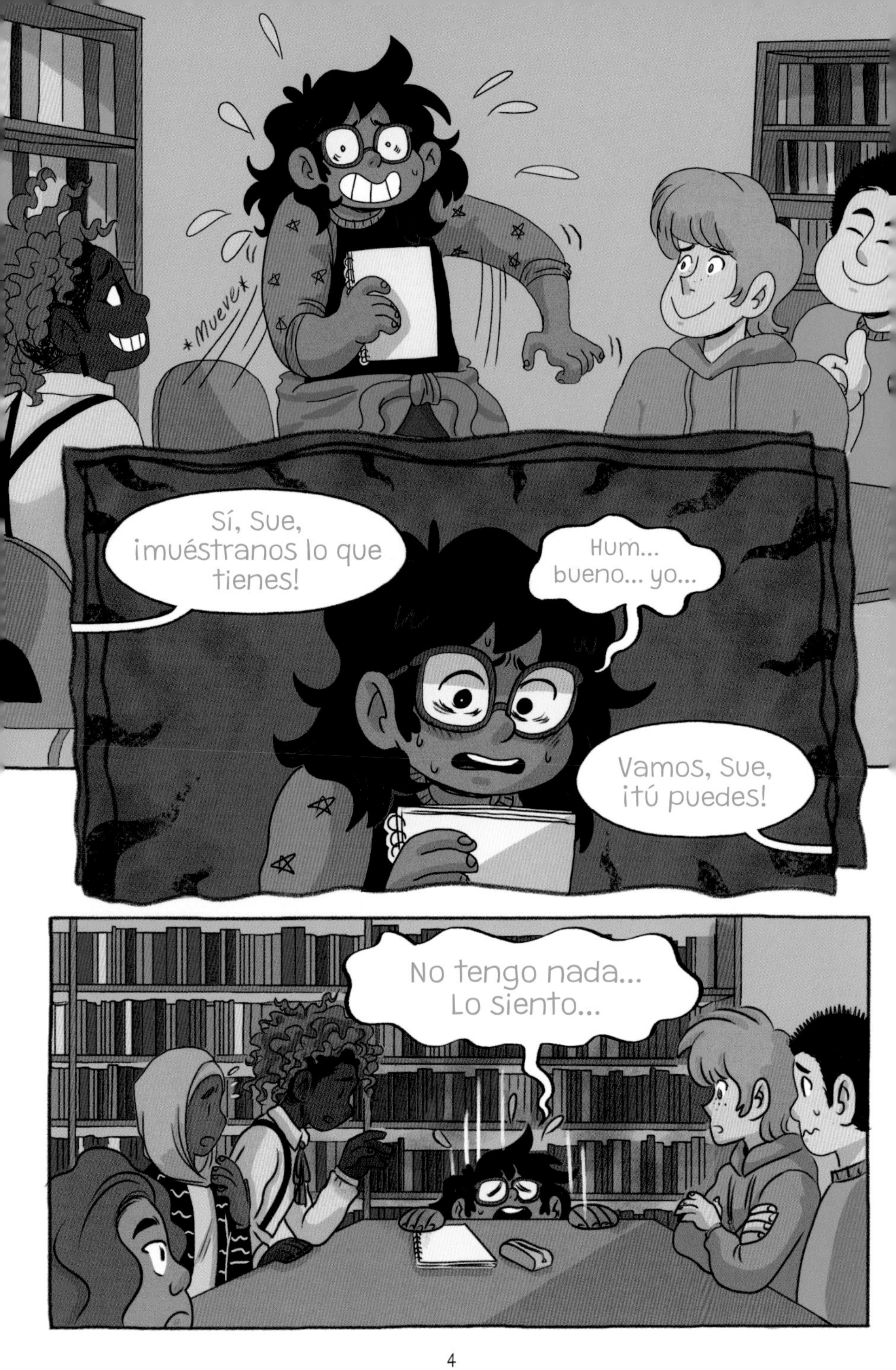
Mueve
Sí, Sue, ¡muéstranos lo que tienes!
Hum... bueno... yo...
Vamos, Sue, ¡tú puedes!
No tengo nada... Lo siento...

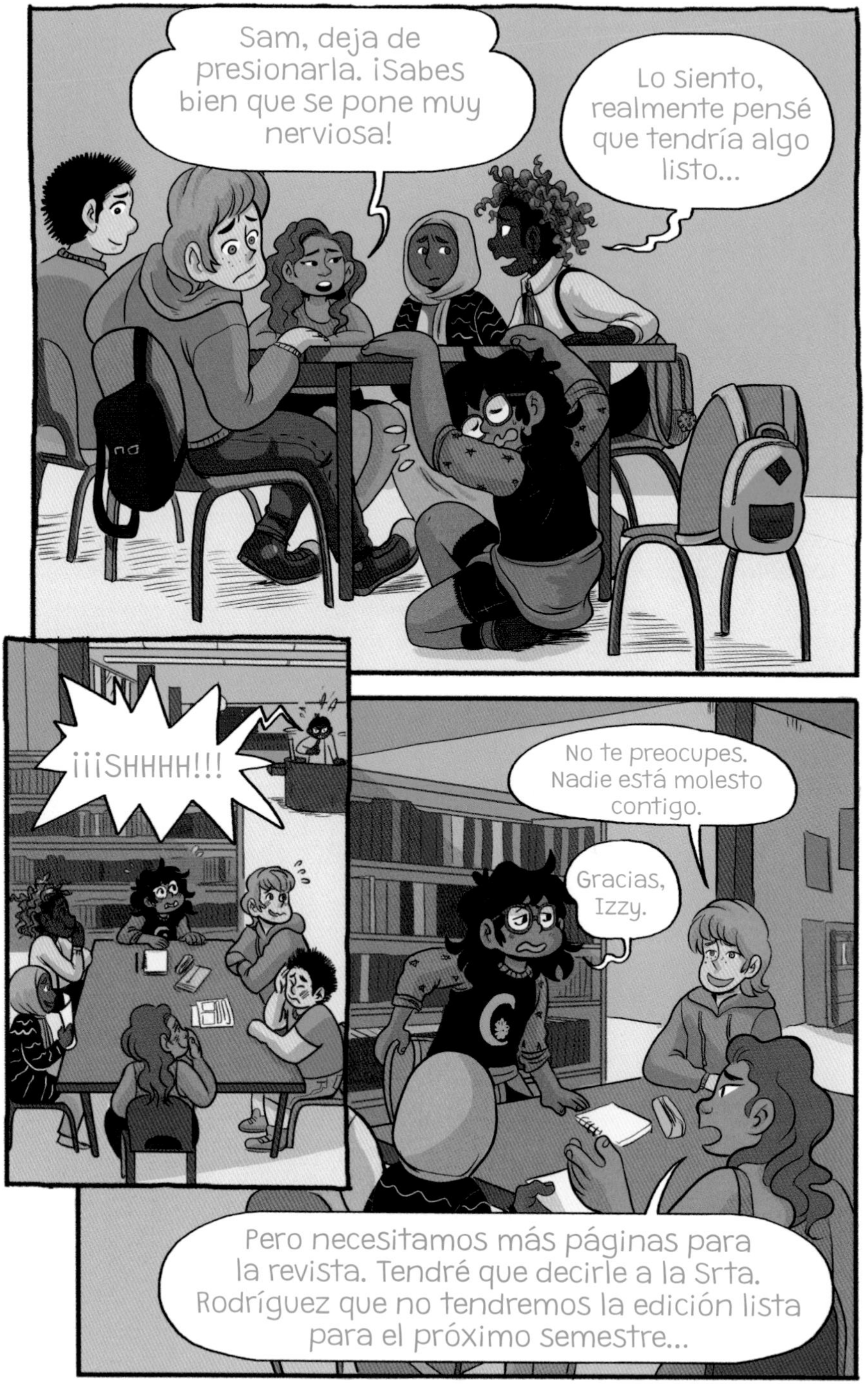
Sam, deja de presionarla. ¡Sabes bien que se pone muy nerviosa!
Lo siento, realmente pensé que tendría algo listo...
¡¡¡SHHHH!!!
No te preocupes. Nadie está molesto contigo.
Gracias, Izzy.
Pero necesitamos más páginas para la revista. Tendré que decirle a la Srta. Rodríguez que no tendremos la edición lista para el próximo semestre...

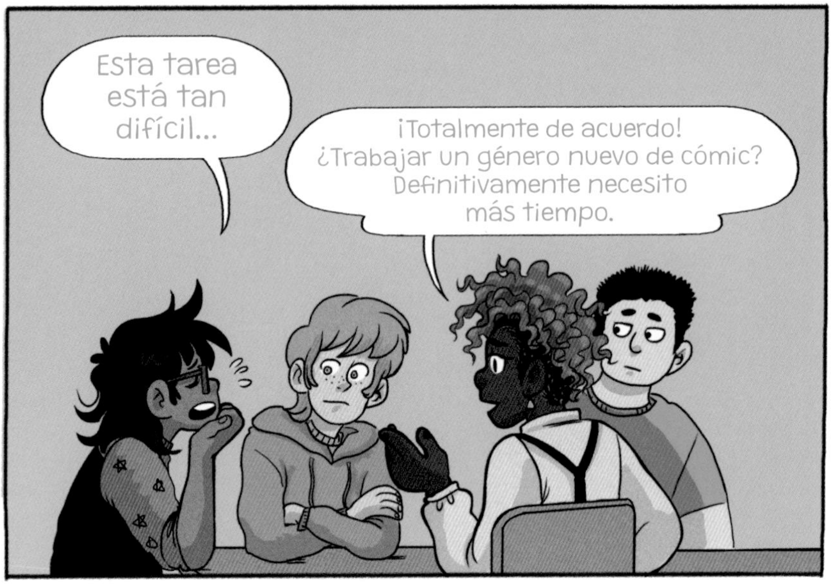
Esta tarea está tan difícil...
¡Totalmente de acuerdo! ¿Trabajar un género nuevo de cómic? Definitivamente necesito más tiempo.

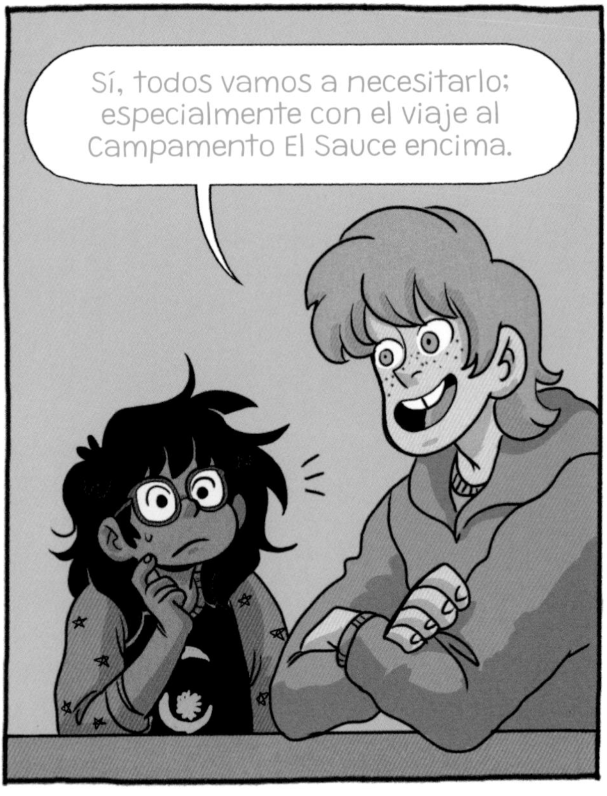
Sí, todos vamos a necesitarlo; especialmente con el viaje al Campamento El Sauce encima.

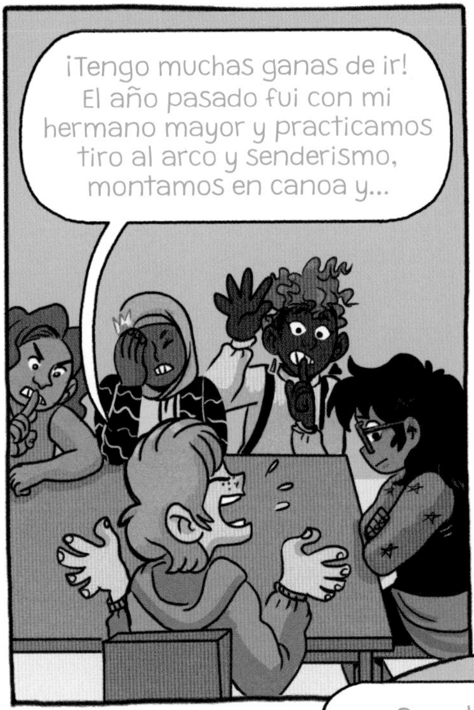
¡Tengo muchas ganas de ir! El año pasado fui con mi hermano mayor y practicamos tiro al arco y senderismo, montamos en canoa y...

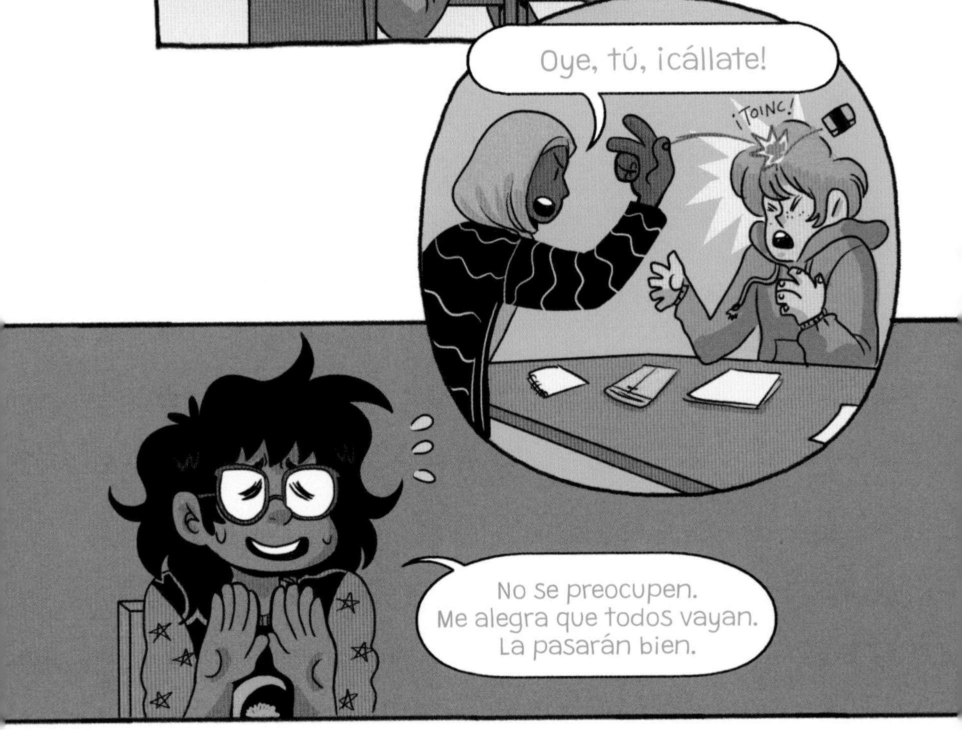
Oye, tú, ¡cállate!
¡TOINC!
No se preocupen. Me alegra que todos vayan. La pasarán bien.

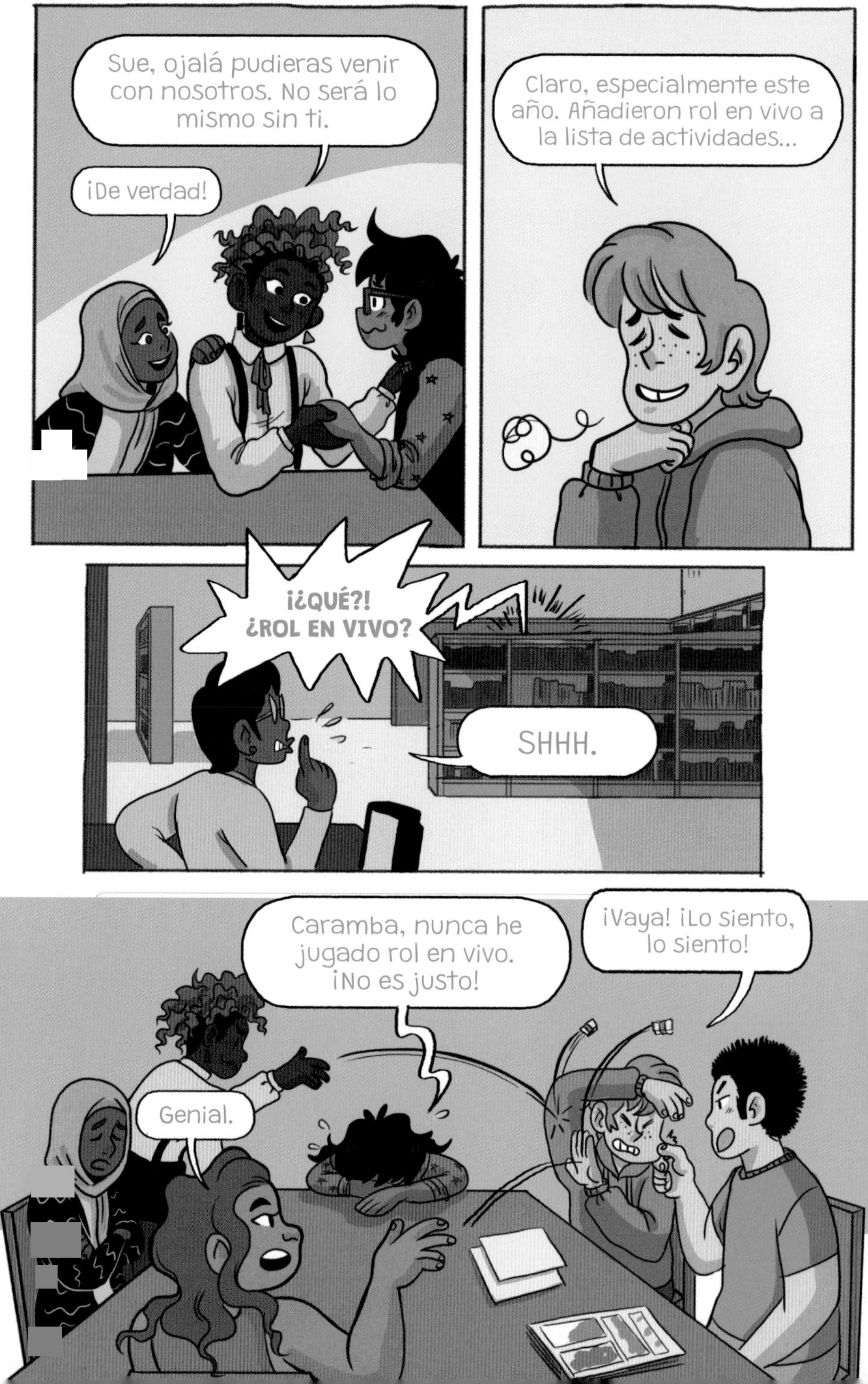
Sue, ojalá pudieras venir con nosotros. No será lo mismo sin ti.
¡De verdad!
Claro, especialmente este año. Añadieron rol en vivo a la lista de actividades...
¡¿QUÉ?! ¿ROL EN VIVO?
SHHH.
Caramba, nunca he jugado rol en vivo. ¡No es justo!
¡Vaya! ¡Lo siento, lo siento!
Genial.

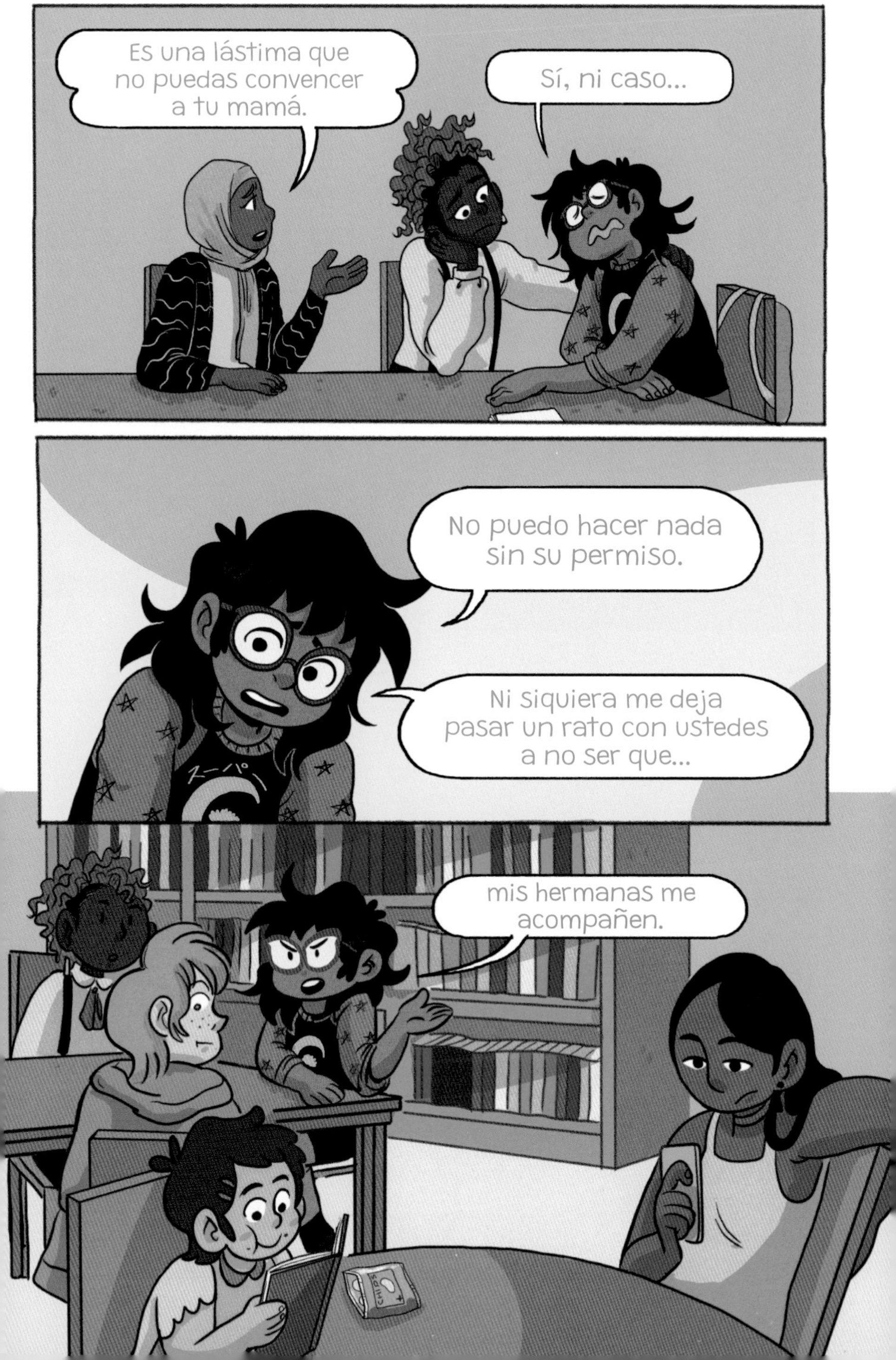
Es una lástima que no puedas convencer a tu mamá.
Sí, ni caso...
No puedo hacer nada sin su permiso.
Ni siquiera me deja pasar un rato con ustedes a no ser que...
mis hermanas me acompañen.

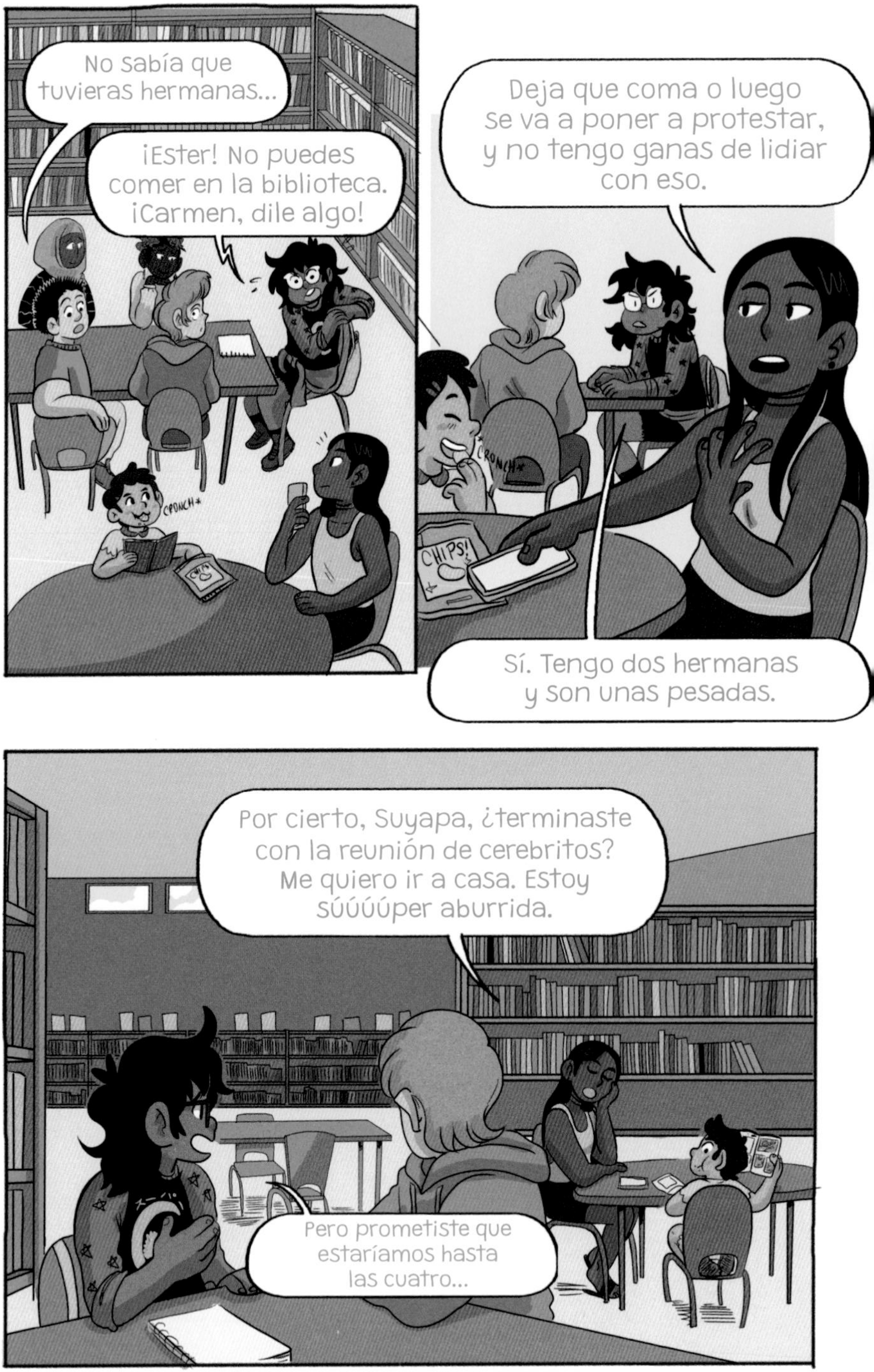
No sabía que tuvieras hermanas...
¡Ester! No puedes comer en la biblioteca. ¡Carmen, dile algo!
CRONCH*
Deja que coma o luego se va a poner a protestar, y no tengo ganas de lidiar con eso.
CRONCH*
CHIPS!
Sí. Tengo dos hermanas y son unas pesadas.
Por cierto, Suyapa, ¿terminaste con la reunión de cerebritos? Me quiero ir a casa. Estoy súúúúper aburrida.
Pero prometiste que estaríamos hasta las cuatro...

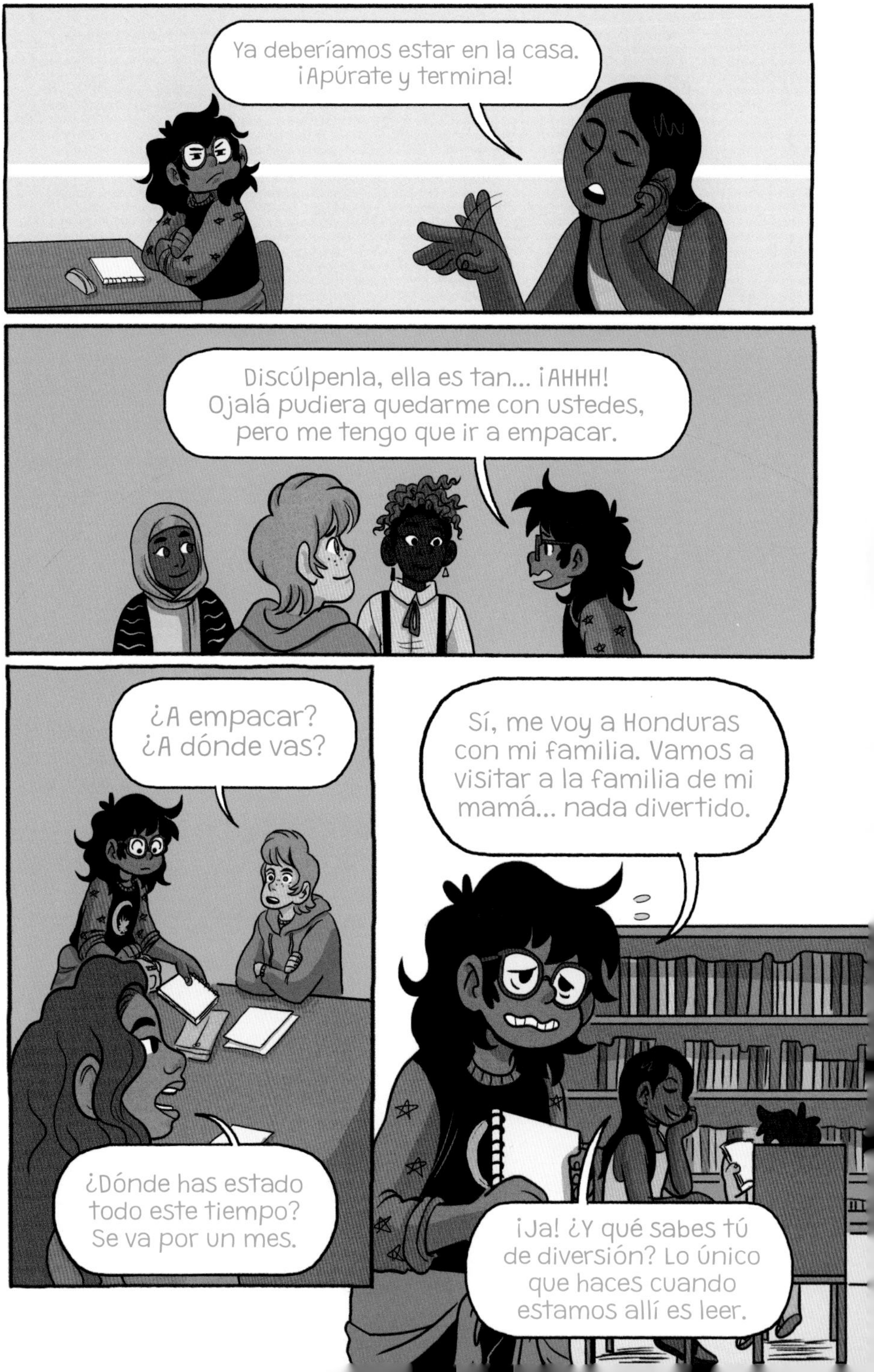
Ya deberíamos estar en la casa. ¡Apúrate y termina!
Discúlpenla, ella es tan... ¡AHHH! Ojalá pudiera quedarme con ustedes, pero me tengo que ir a empacar.
¿A empacar? ¿A dónde vas?
¿Dónde has estado todo este tiempo? Se va por un mes.
Sí, me voy a Honduras con mi familia. Vamos a visitar a la familia de mi mamá... nada divertido.
¡Ja! ¿Y qué sabes tú de diversión? Lo único que haces cuando estamos allí es leer.

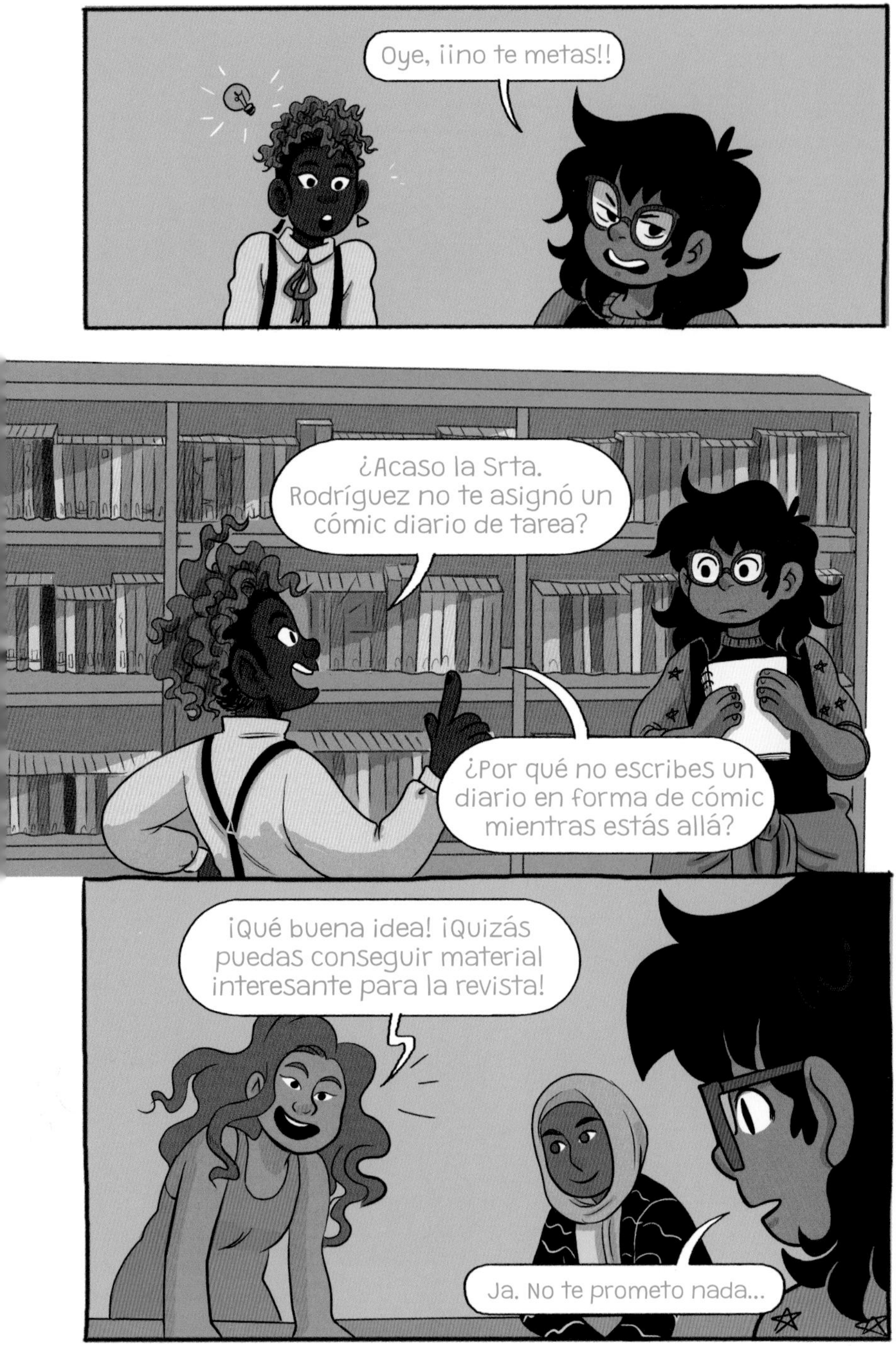
Oye, ¡¡no te metas!!
¿Acaso la Srta. Rodríguez no te asignó un cómic diario de tarea?
¿Por qué no escribes un diario en forma de cómic mientras estás allá?
¡Qué buena idea! ¡Quizás puedas conseguir material interesante para la revista!
Ja. No te prometo nada...

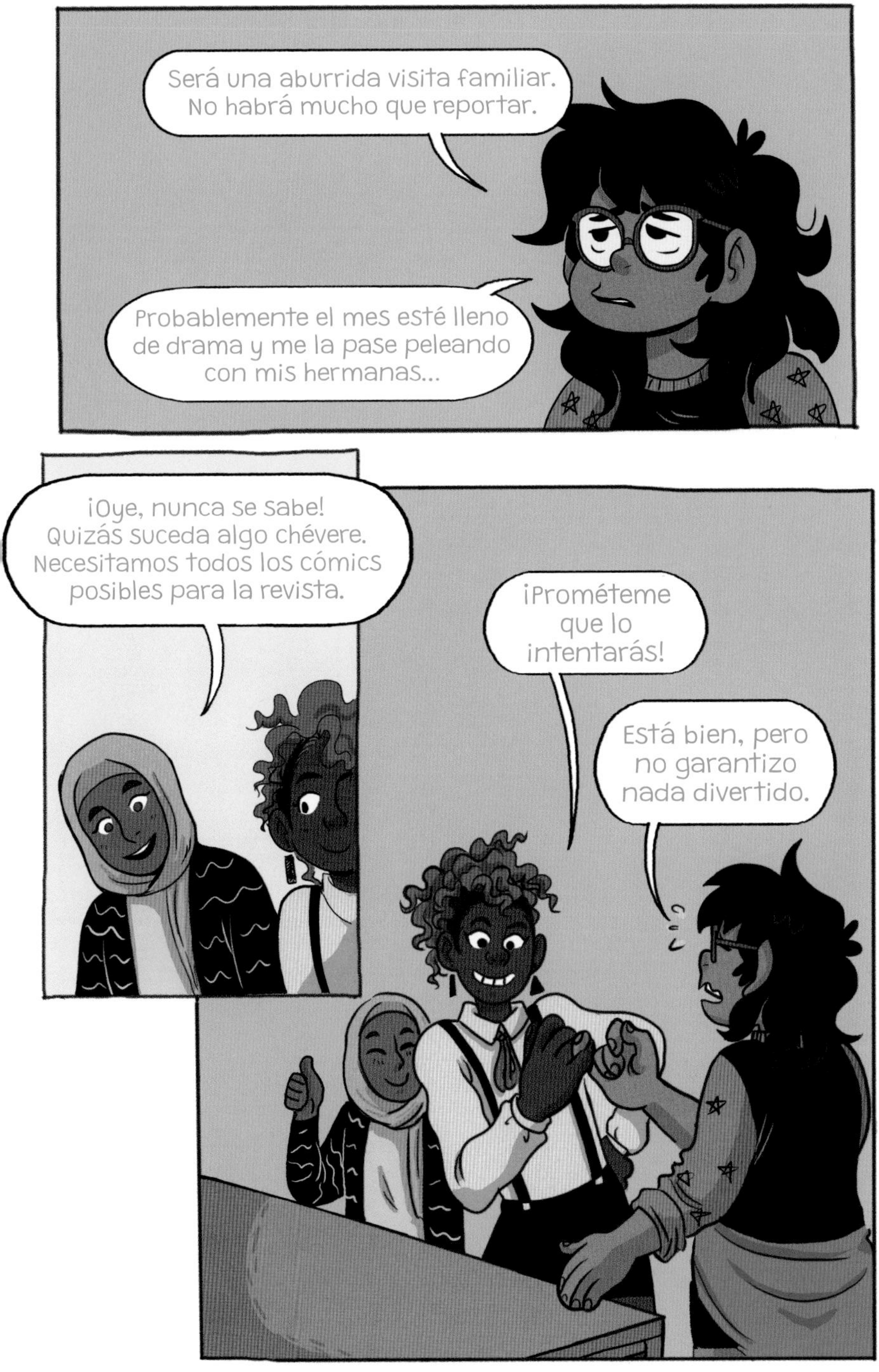
Será una aburrida visita familiar. No habrá mucho que reportar.
Probablemente el mes esté lleno de drama y me la pase peleando con mis hermanas...
¡Oye, nunca se sabe! Quizás suceda algo chévere. Necesitamos todos los cómics posibles para la revista.
¡Prométeme que lo intentarás!
Está bien, pero no garantizo nada divertido.

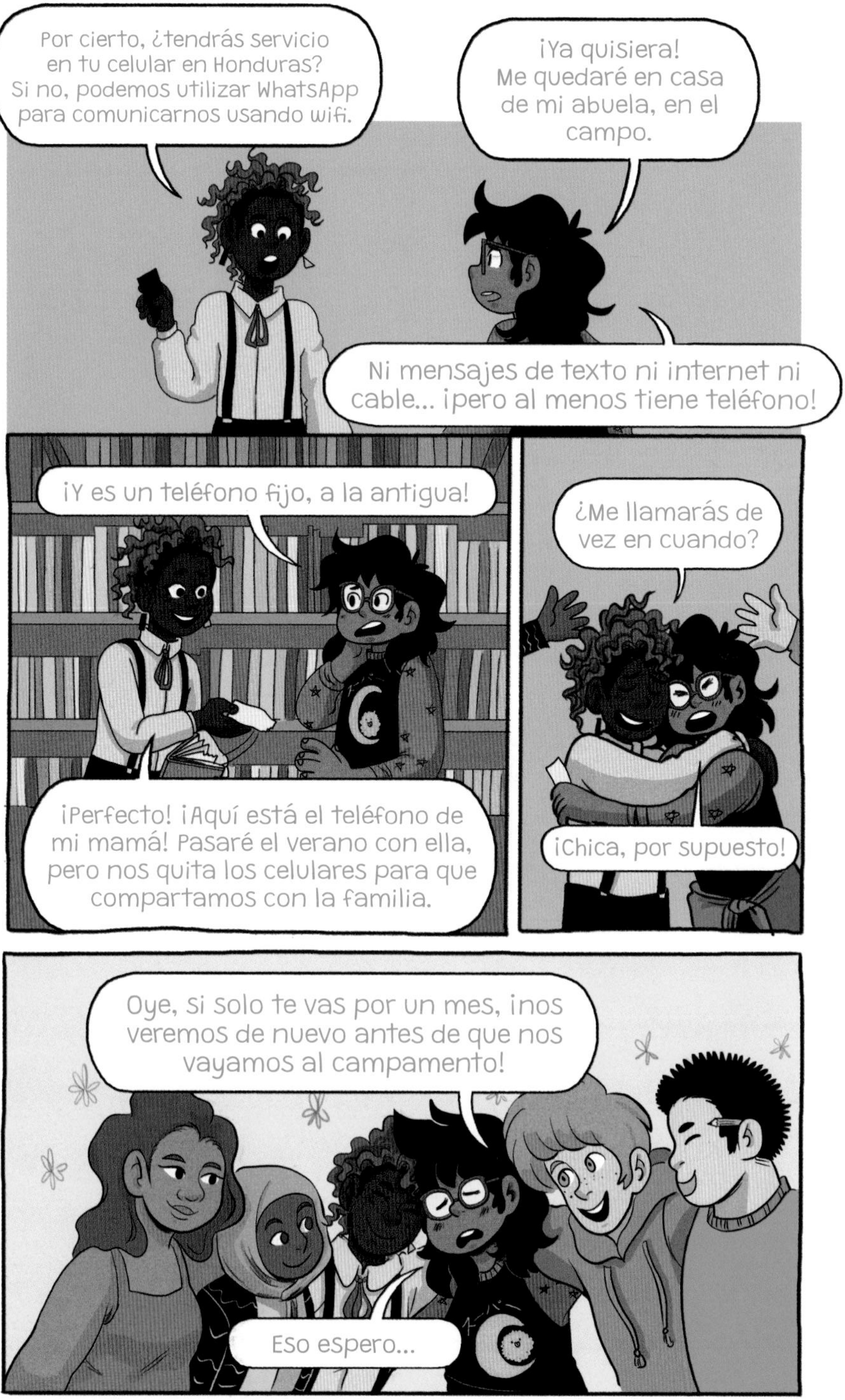
Por cierto, ¿tendrás servicio en tu celular en Honduras? Si no, podemos utilizar WhatsApp para comunicarnos usando wifi.
¡Ya quisiera! Me quedaré en casa de mi abuela, en el campo.
Ni mensajes de texto ni internet ni cable... ¡pero al menos tiene teléfono!
¡Y es un teléfono fijo, a la antigua!
¡Perfecto! ¡Aquí está el teléfono de mi mamá! Pasaré el verano con ella, pero nos quita los celulares para que compartamos con la familia.
¿Me llamarás de vez en cuando?
¡Chica, por supuesto!
Oye, si solo te vas por un mes, ¡nos veremos de nuevo antes de que nos vayamos al campamento!
Eso espero...

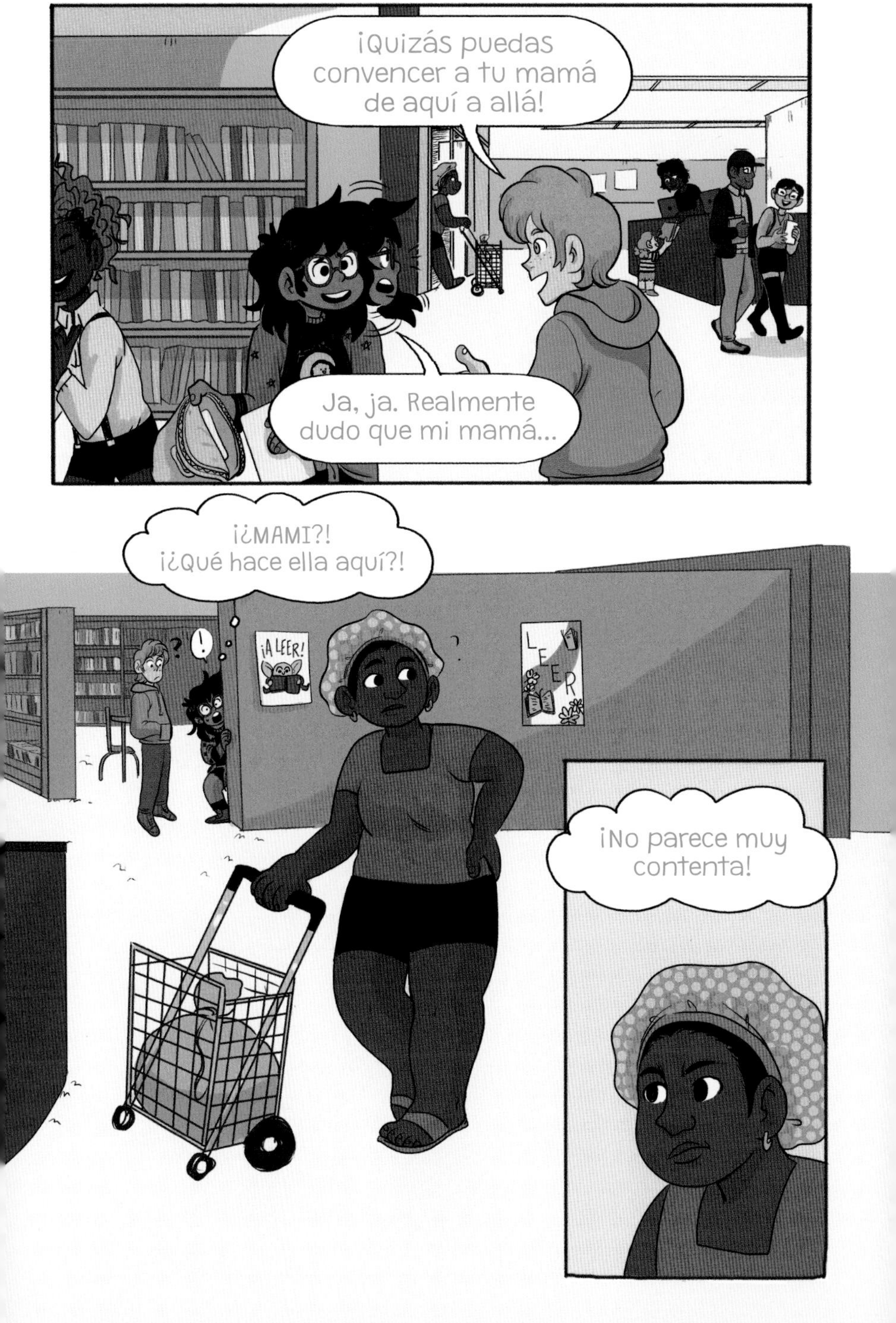

¡Quizás puedas convencer a tu mamá de aquí a allá!
Ja, ja. Realmente dudo que mi mamá...
¡¿MAMI?! ¡¿Qué hace ella aquí?!
¡A LEER!
LEER
¡No parece muy contenta!

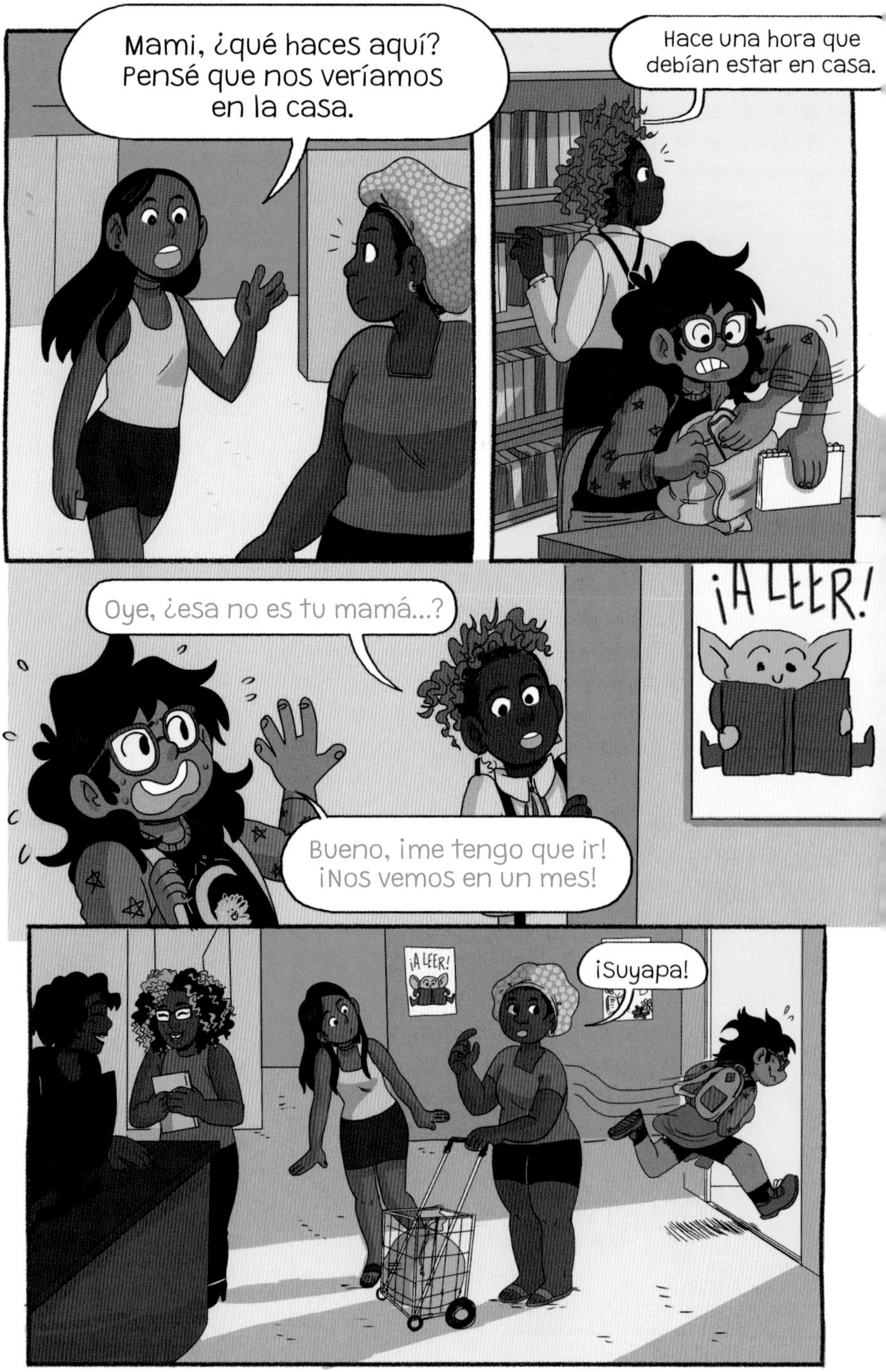
Mami, ¿qué haces aquí? Pensé que nos veríamos en la casa.
Hace una hora que debían estar en casa.
¡A LEER!
Oye, ¿esa no es tu mamá...?
Bueno, ¡me tengo que ir! ¡Nos vemos en un mes!
¡A LEER!
¡Suyapa!

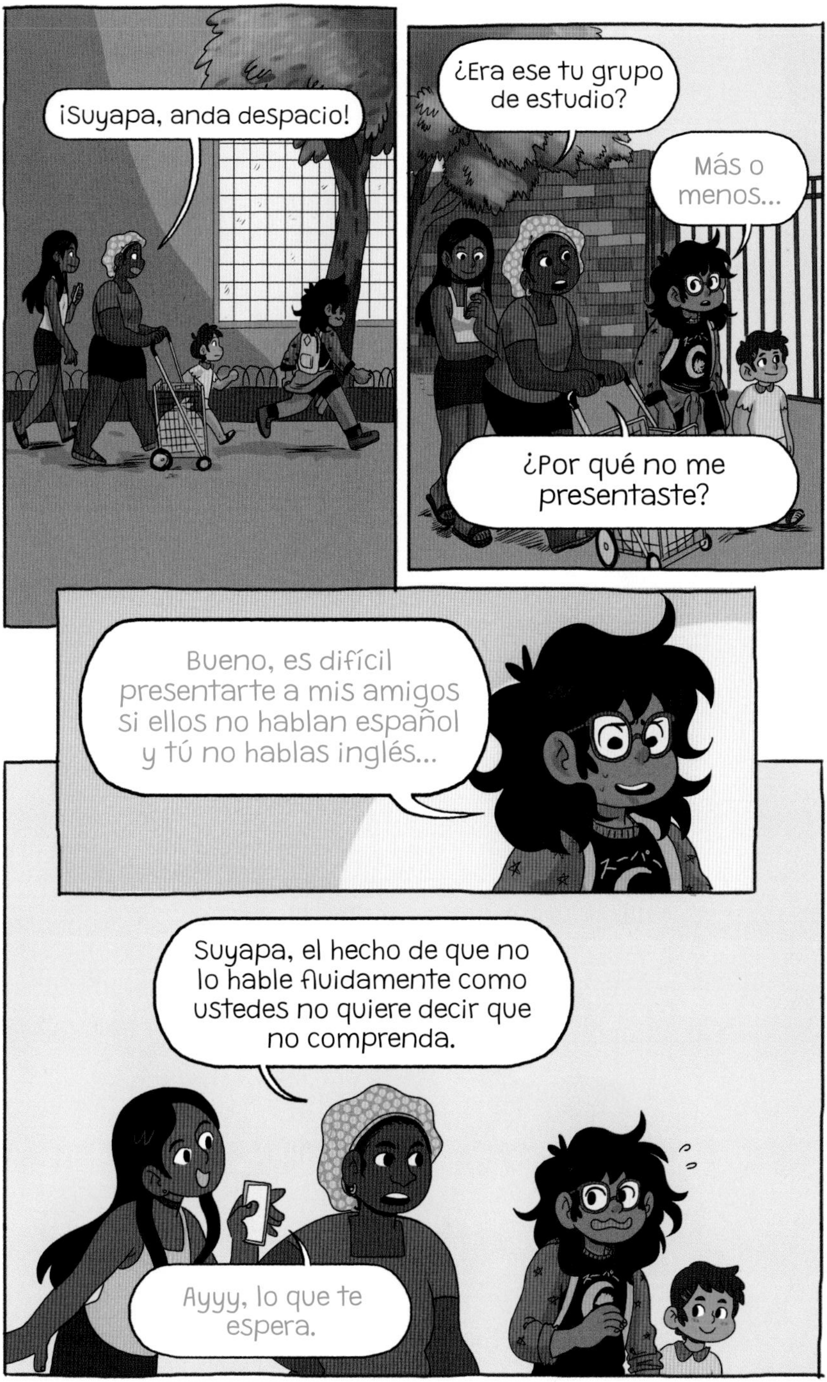
¡Suyapa, anda despacio!
¿Era ese tu grupo de estudio?
Más o menos...
¿Por qué no me presentaste?
Bueno, es difícil presentarte a mis amigos si ellos no hablan español y tú no hablas inglés...
Suyapa, el hecho de que no lo hable fluidamente como ustedes no quiere decir que no comprenda.
Ayyy, lo que te espera.

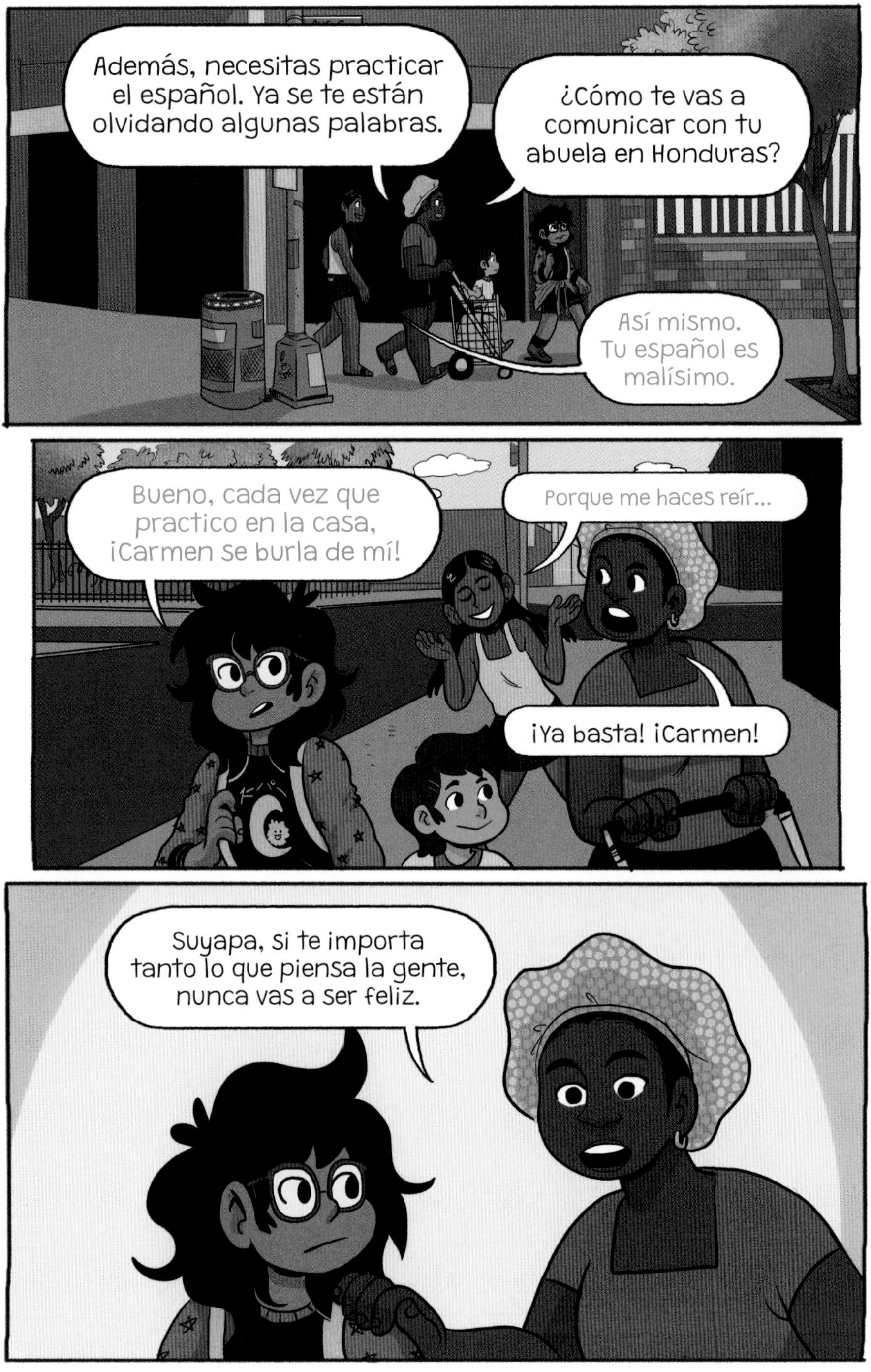
Además, necesitas practicar el español. Ya se te están olvidando algunas palabras.
¿Cómo te vas a comunicar con tu abuela en Honduras?
Así mismo. Tu español es malísimo.
Bueno, cada vez que practico en la casa, ¡Carmen se burla de mí!
Porque me haces reír...
¡Ya basta! ¡Carmen!
Suyapa, si te importa tanto lo que piensa la gente, nunca vas a ser feliz.

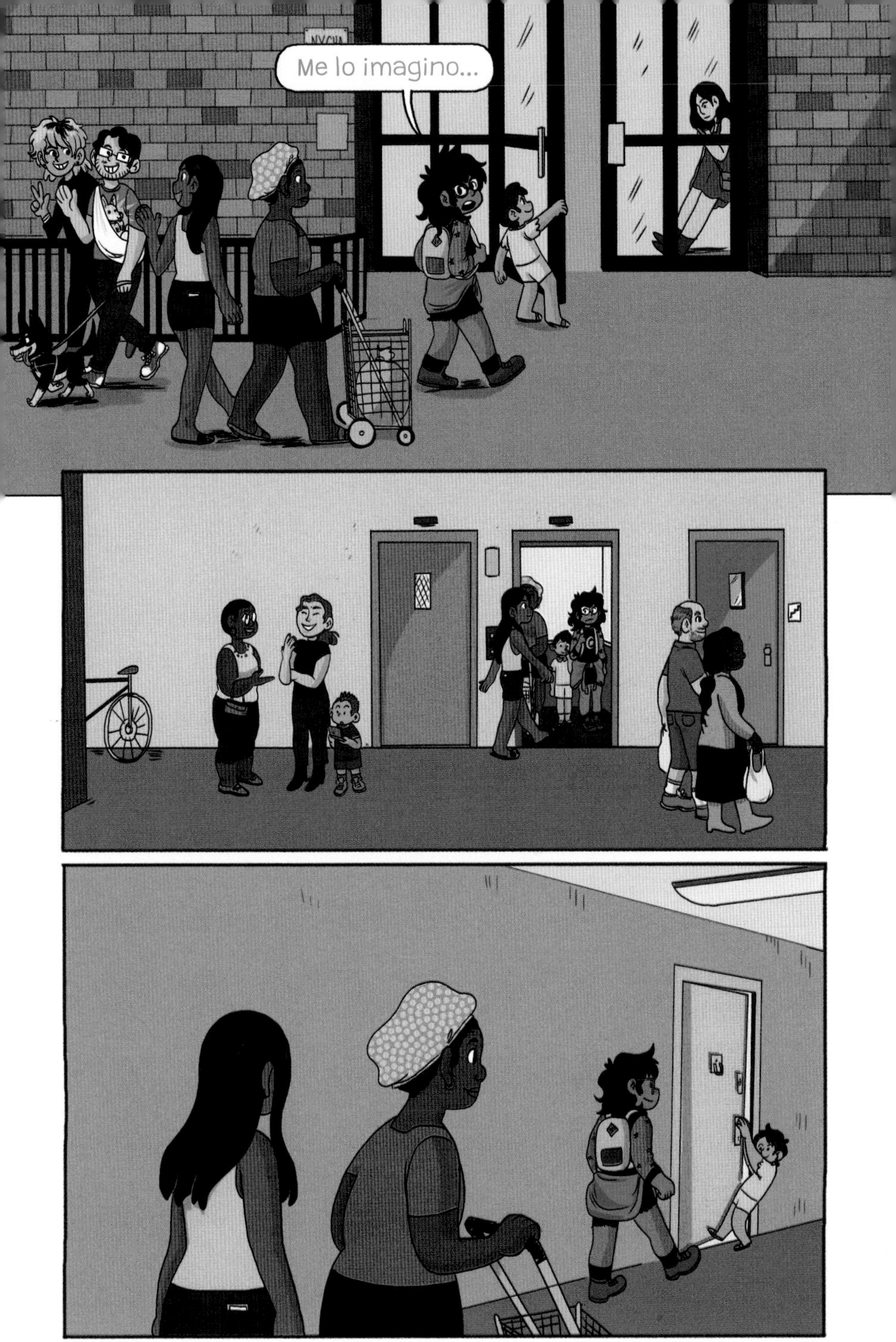
Me lo imagino...

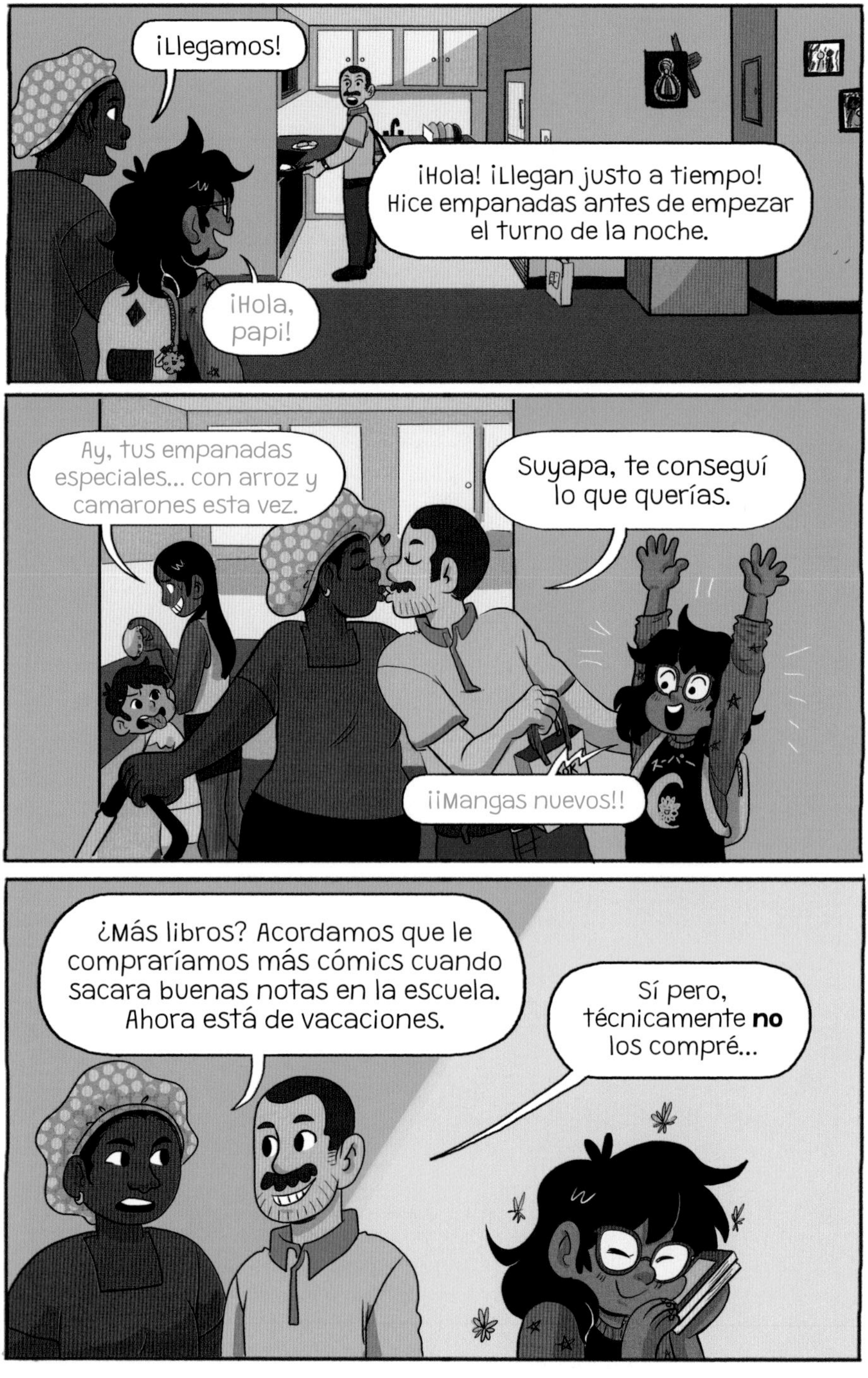
¡Llegamos!
¡Hola! ¡Llegan justo a tiempo! Hice empanadas antes de empezar el turno de la noche.
¡Hola, papi!
Ay, tus empanadas especiales... con arroz y camarones esta vez.
Suyapa, te conseguí lo que querías.
¡¡Mangas nuevos!!
¿Más libros? Acordamos que le compraríamos más cómics cuando sacara buenas notas en la escuela. Ahora está de vacaciones.
Sí pero, técnicamente **no** los compré...

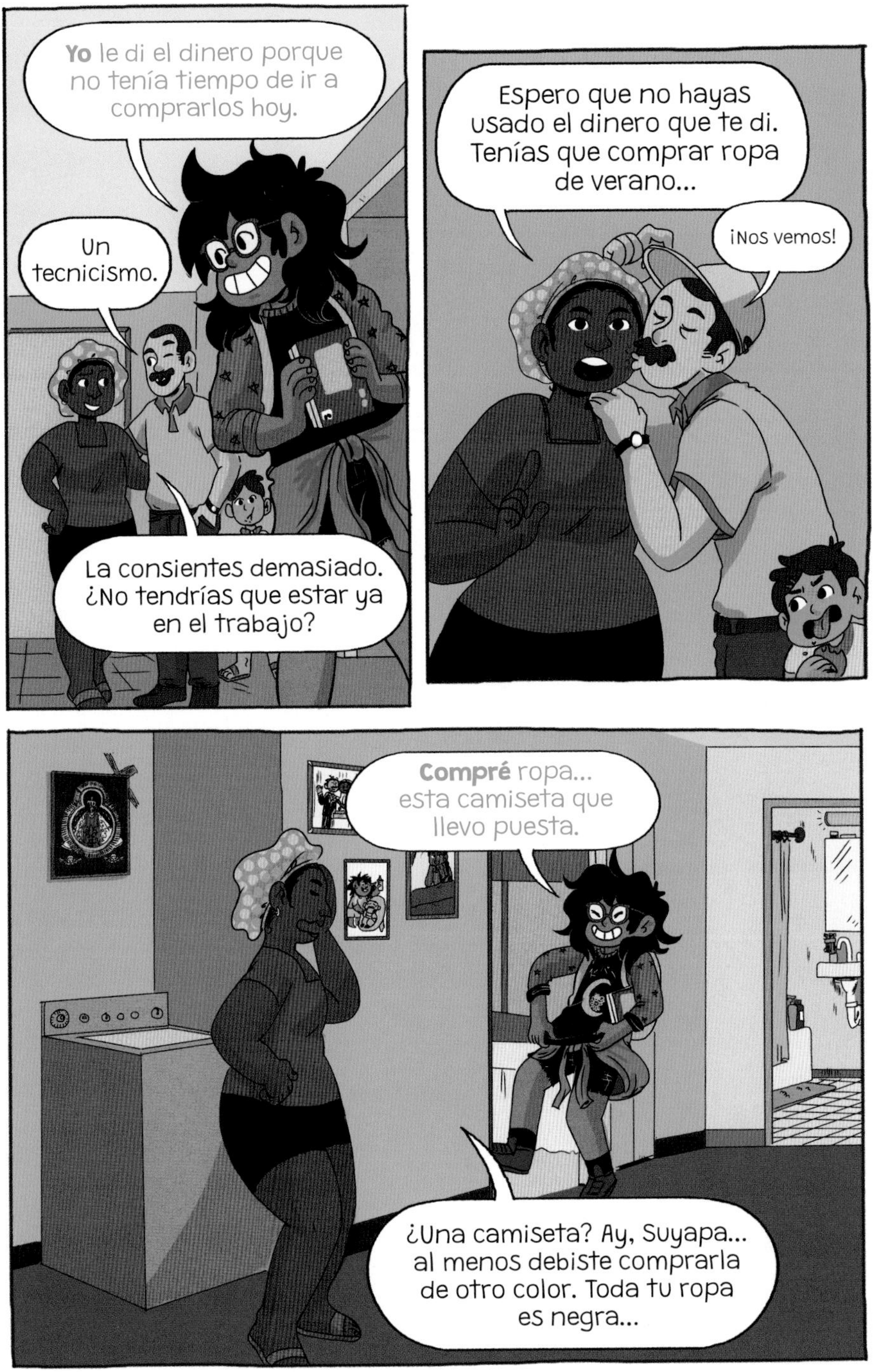
Yo le di el dinero porque no tenía tiempo de ir a comprarlos hoy.
Un tecnicismo.
La consientes demasiado. ¿No tendrías que estar ya en el trabajo?
Espero que no hayas usado el dinero que te di. Tenías que comprar ropa de verano...
¡Nos vemos!
Compré ropa... esta camiseta que llevo puesta.
¿Una camiseta? Ay, Suyapa... al menos debiste comprarla de otro color. Toda tu ropa es negra...

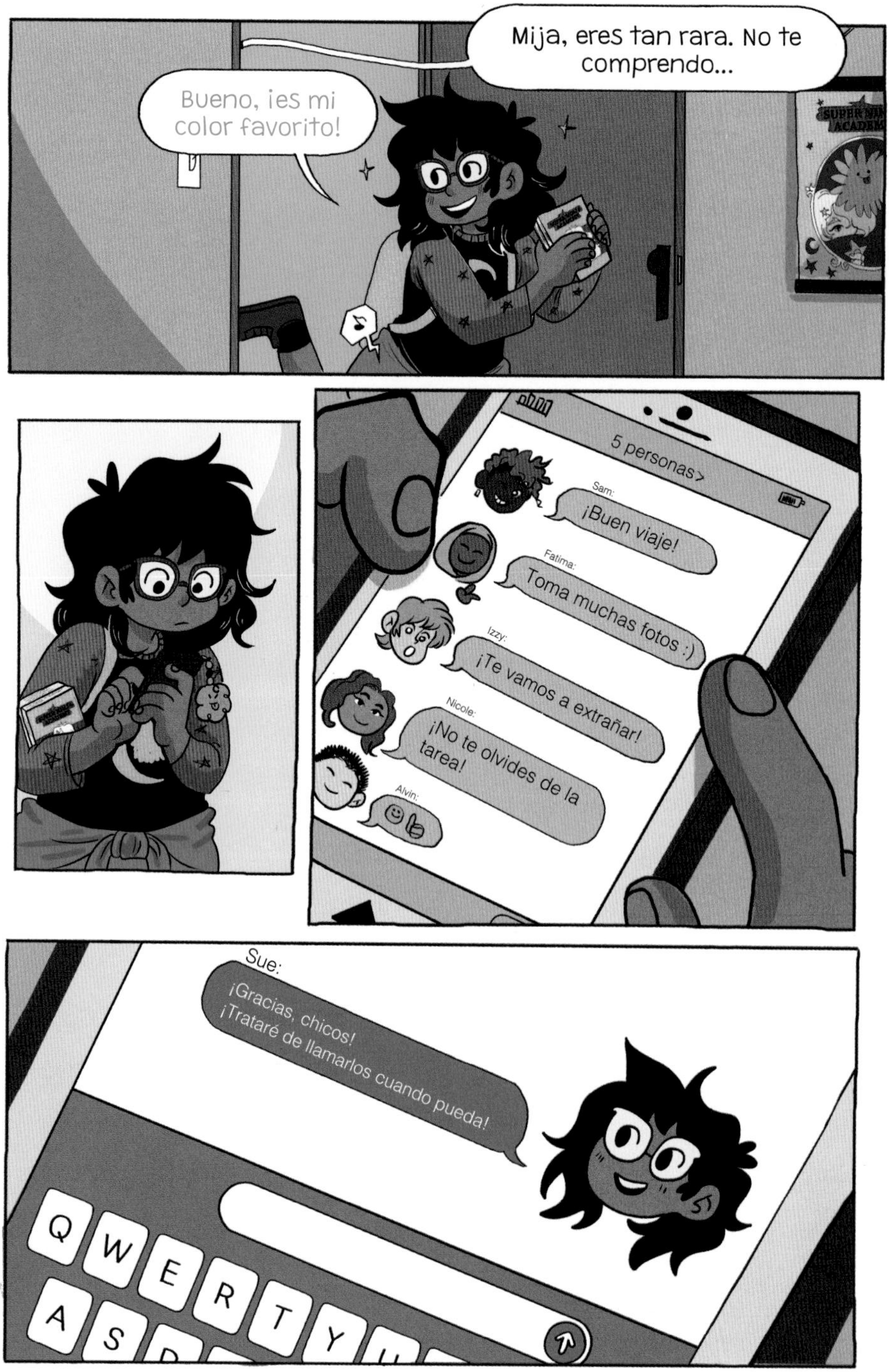
Mija, eres tan rara. No te comprendo...
Bueno, ¡es mi color favorito!
5 personas>
Sam:
¡Buen viaje!
Fatima:
Toma muchas fotos :)
Izzy:
¡Te vamos a extrañar!
Nicole:
¡No te olvides de la tarea!
Alvin:
Sue:
¡Gracias, chicos!
¡Trataré de llamarlos cuando pueda!
Q W E R T Y
A S

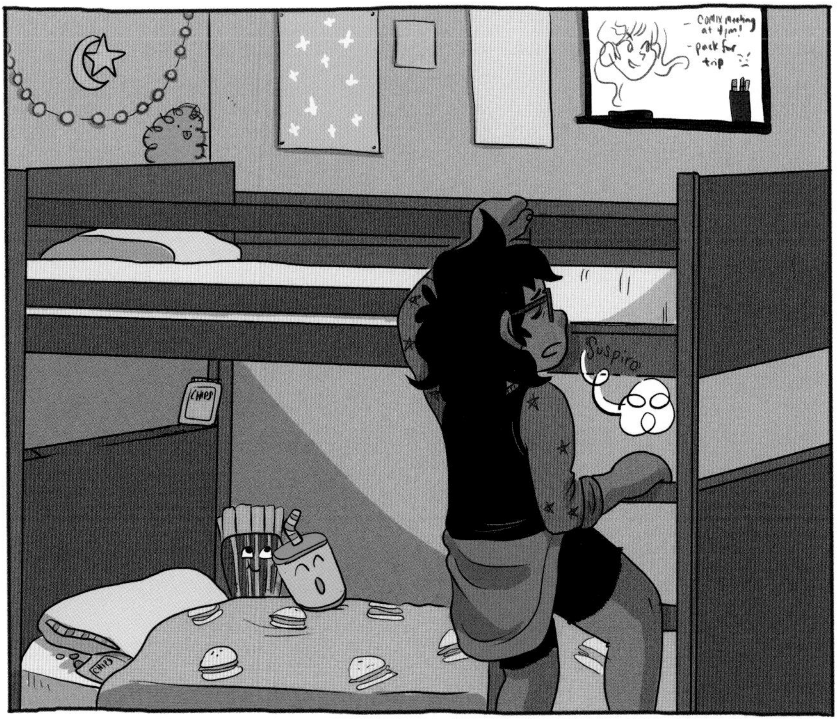
- COMIX meeting at 4pm!
- pack for trip
CHIPS
Suspiro

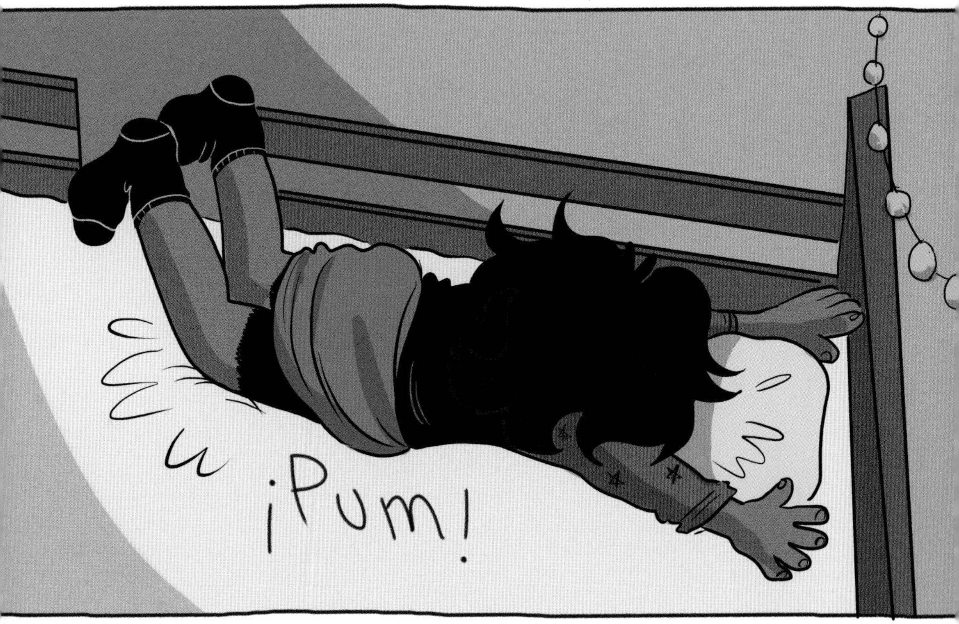
¡Pum!

CAPÍTULO DOS

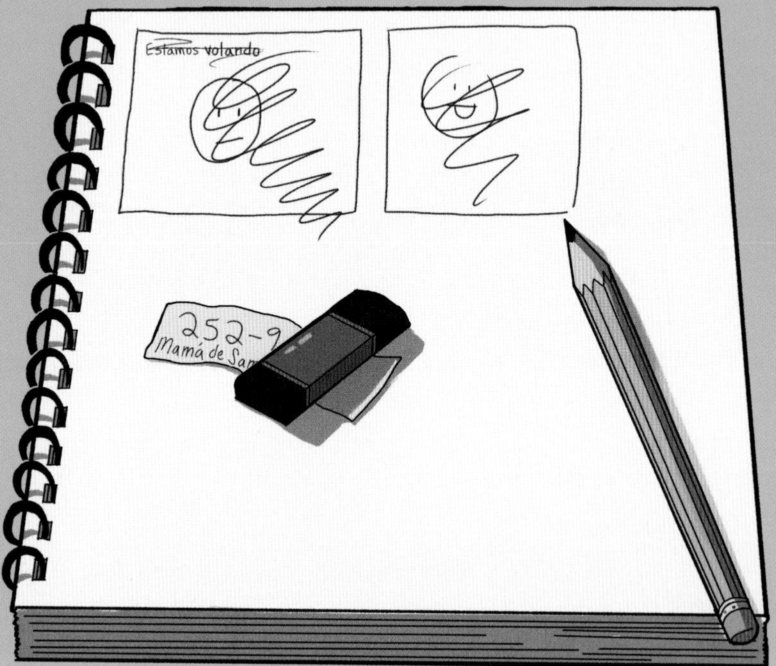

Estamos volando
252-9
Mamá de Sam

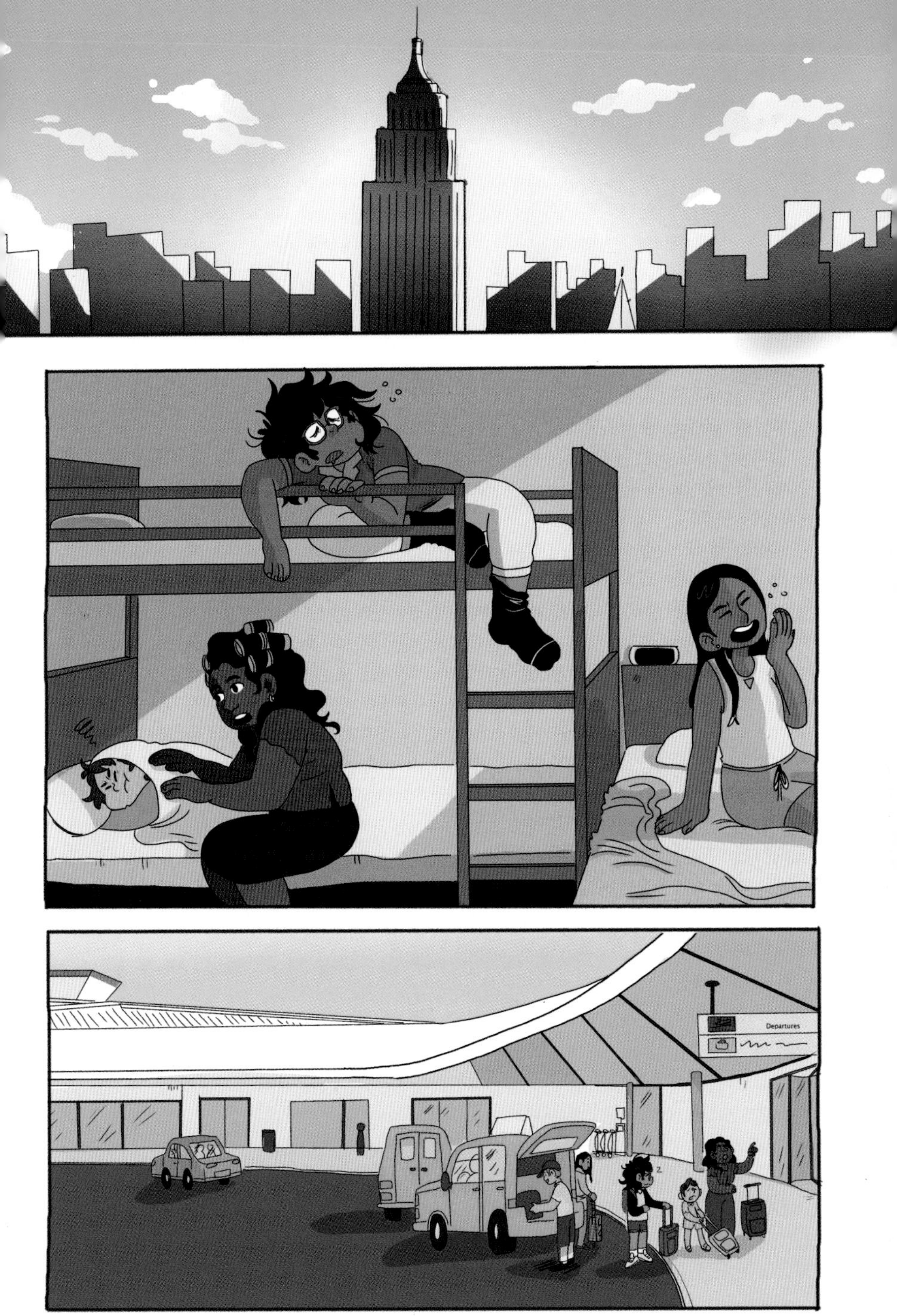
Departures

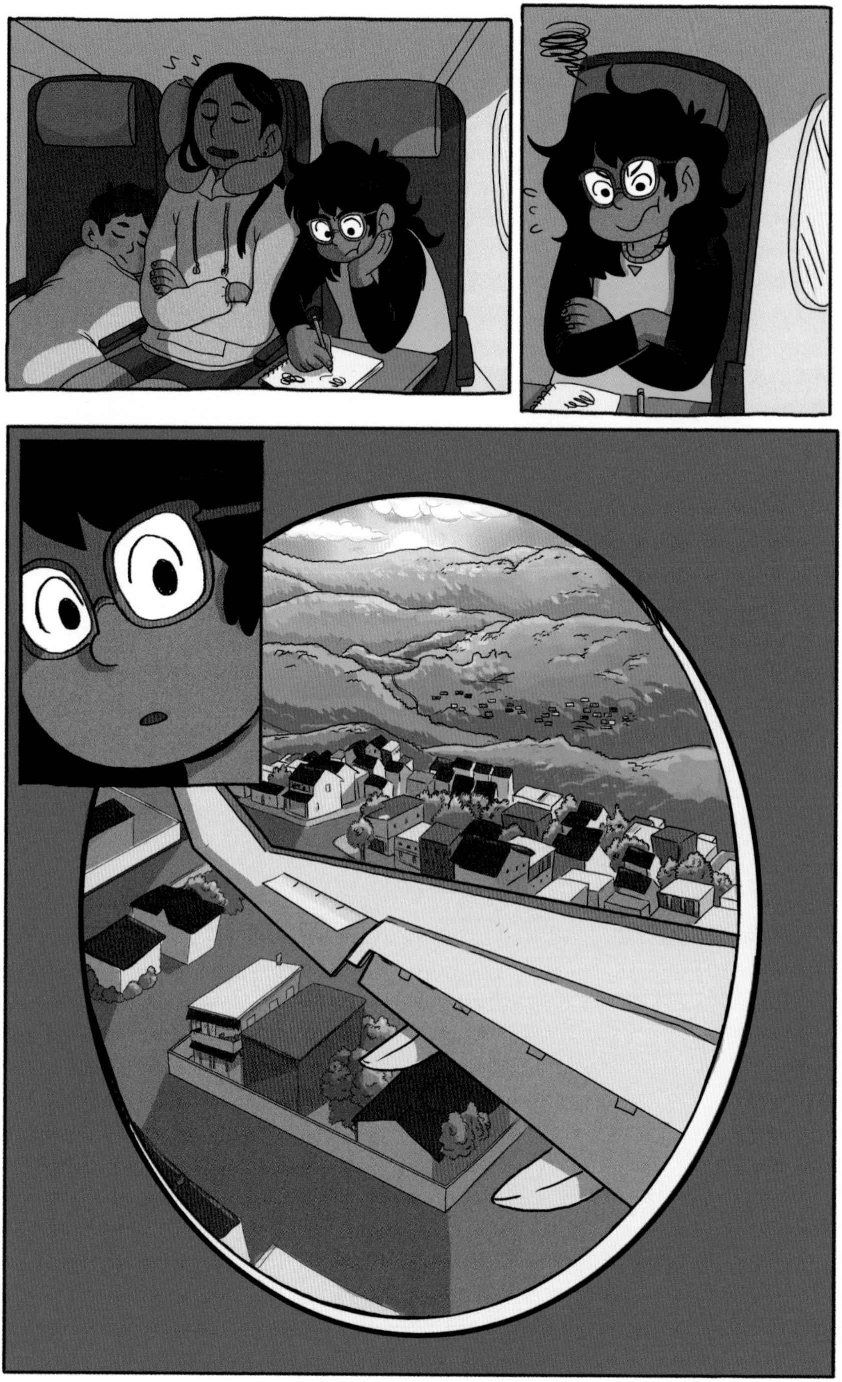

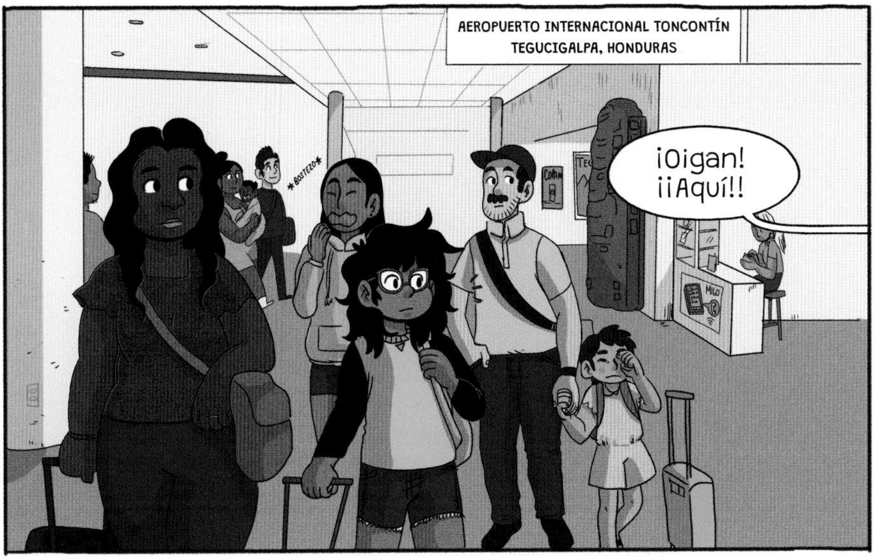
AEROPUERTO INTERNACIONAL TONCONTÍN
TEGUCIGALPA, HONDURAS
BOSTEZO
¡Oigan! ¡¡Aquí!!

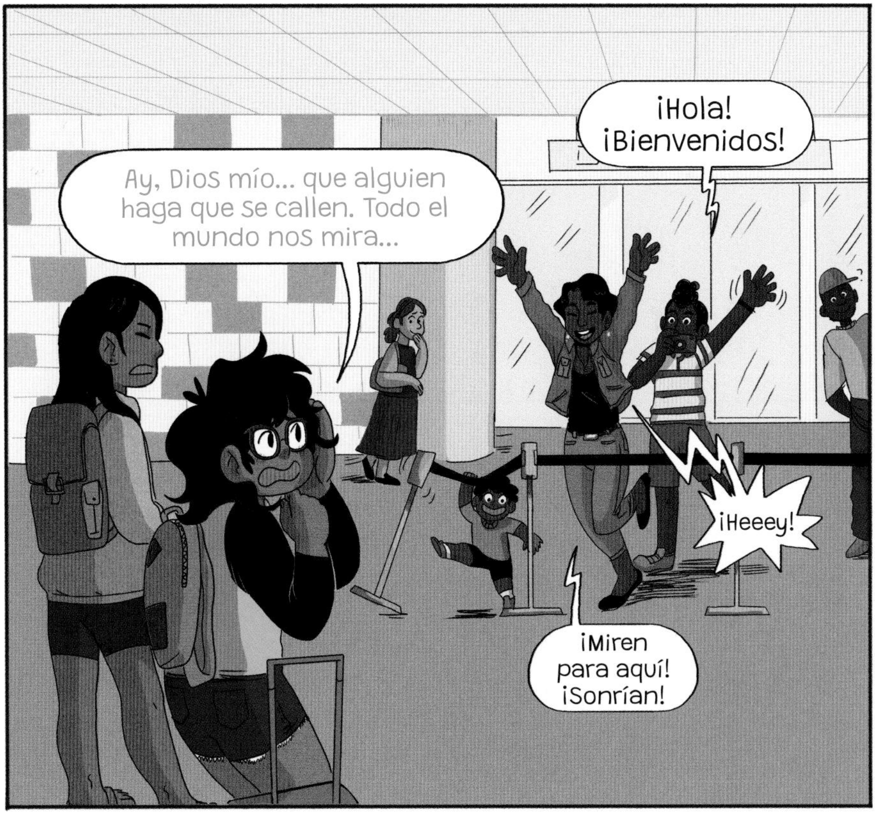
¡Hola! ¡Bienvenidos!
Ay, Dios mío... que alguien haga que se callen. Todo el mundo nos mira...
¡Heeey!
¡Miren para aquí! ¡Sonrían!

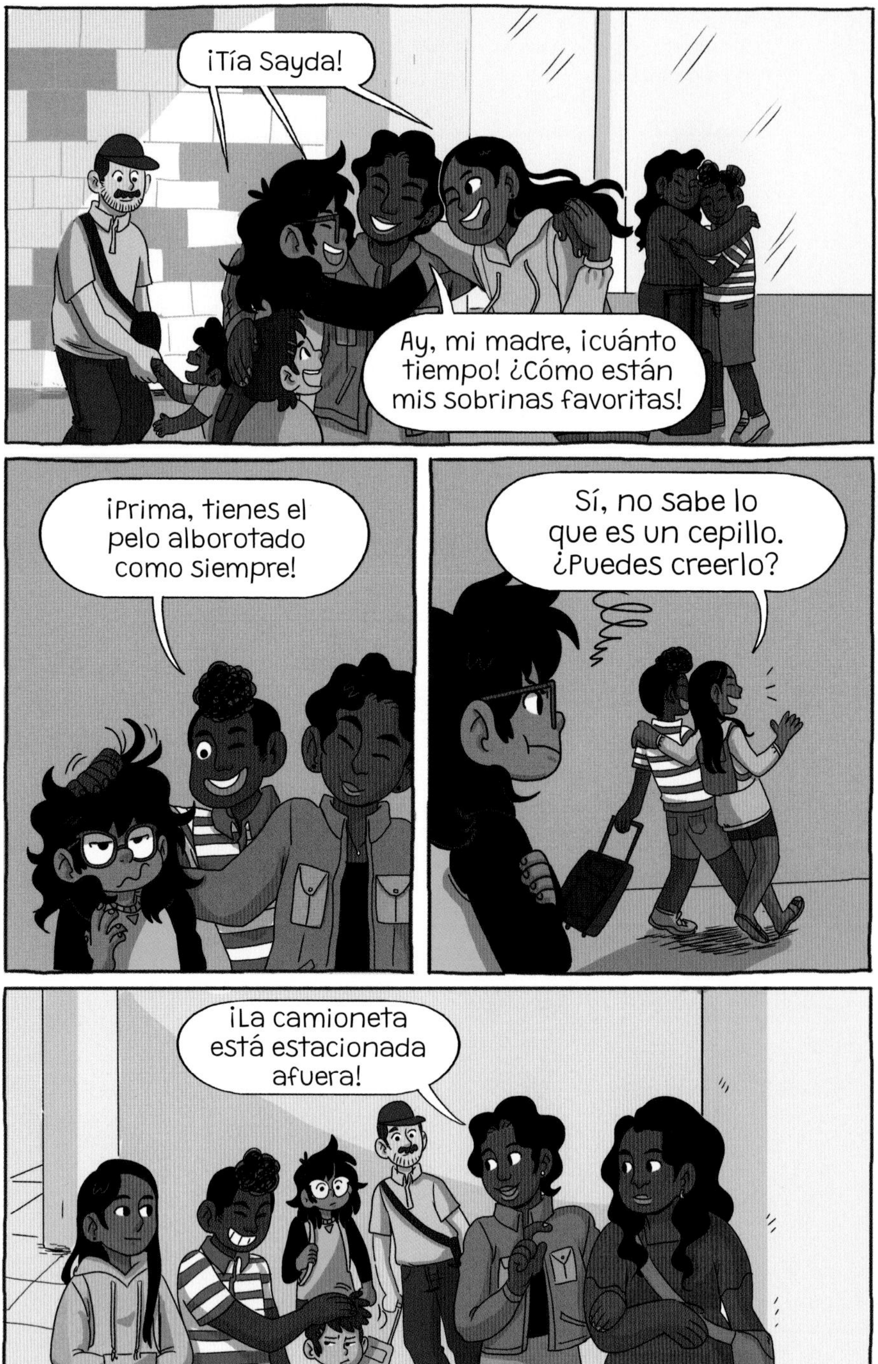
¡Tía Sayda!
Ay, mi madre, ¡cuánto tiempo! ¿Cómo están mis sobrinas favoritas!
¡Prima, tienes el pelo alborotado como siempre!
Sí, no sabe lo que es un cepillo. ¿Puedes creerlo?
¡La camioneta está estacionada afuera!

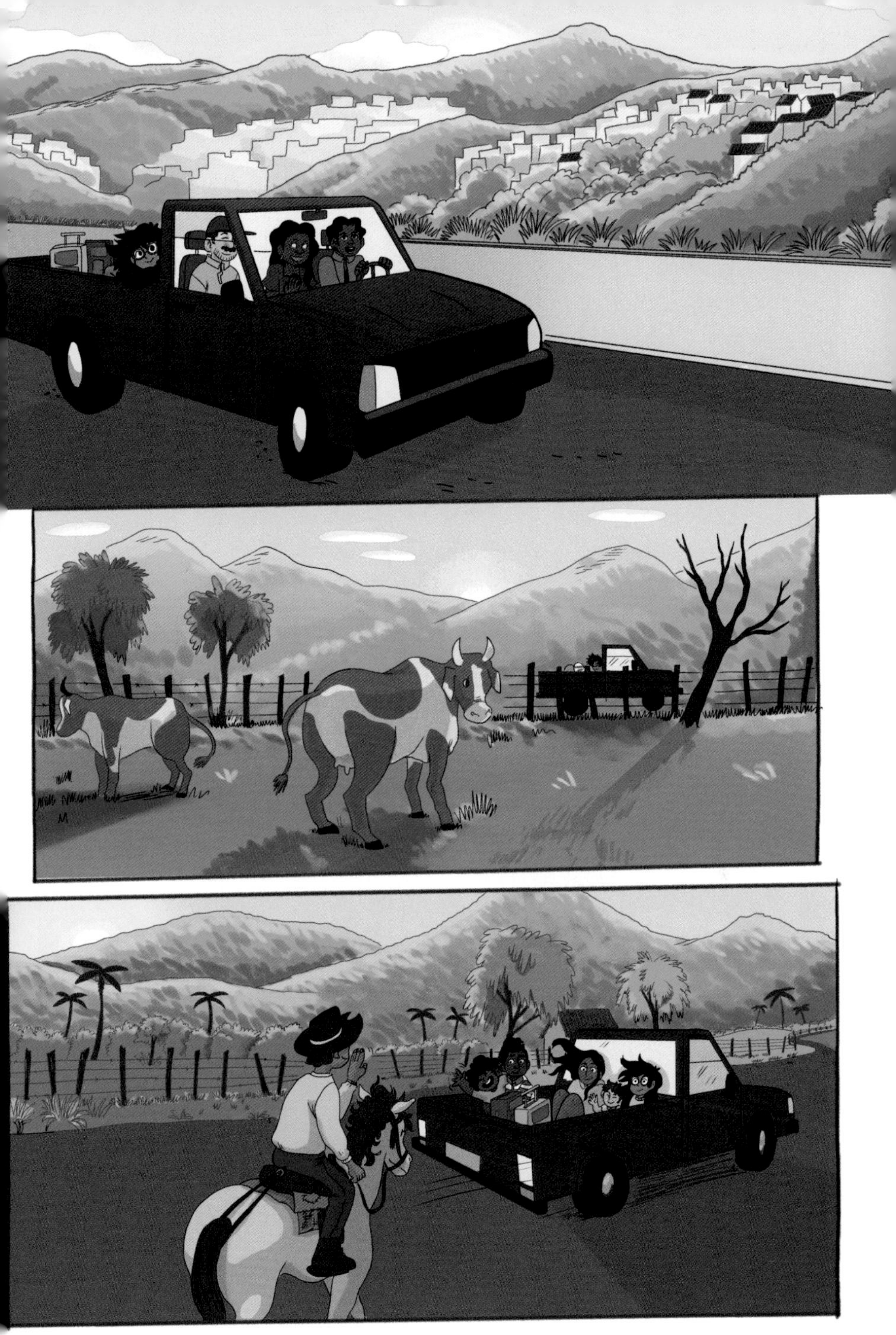

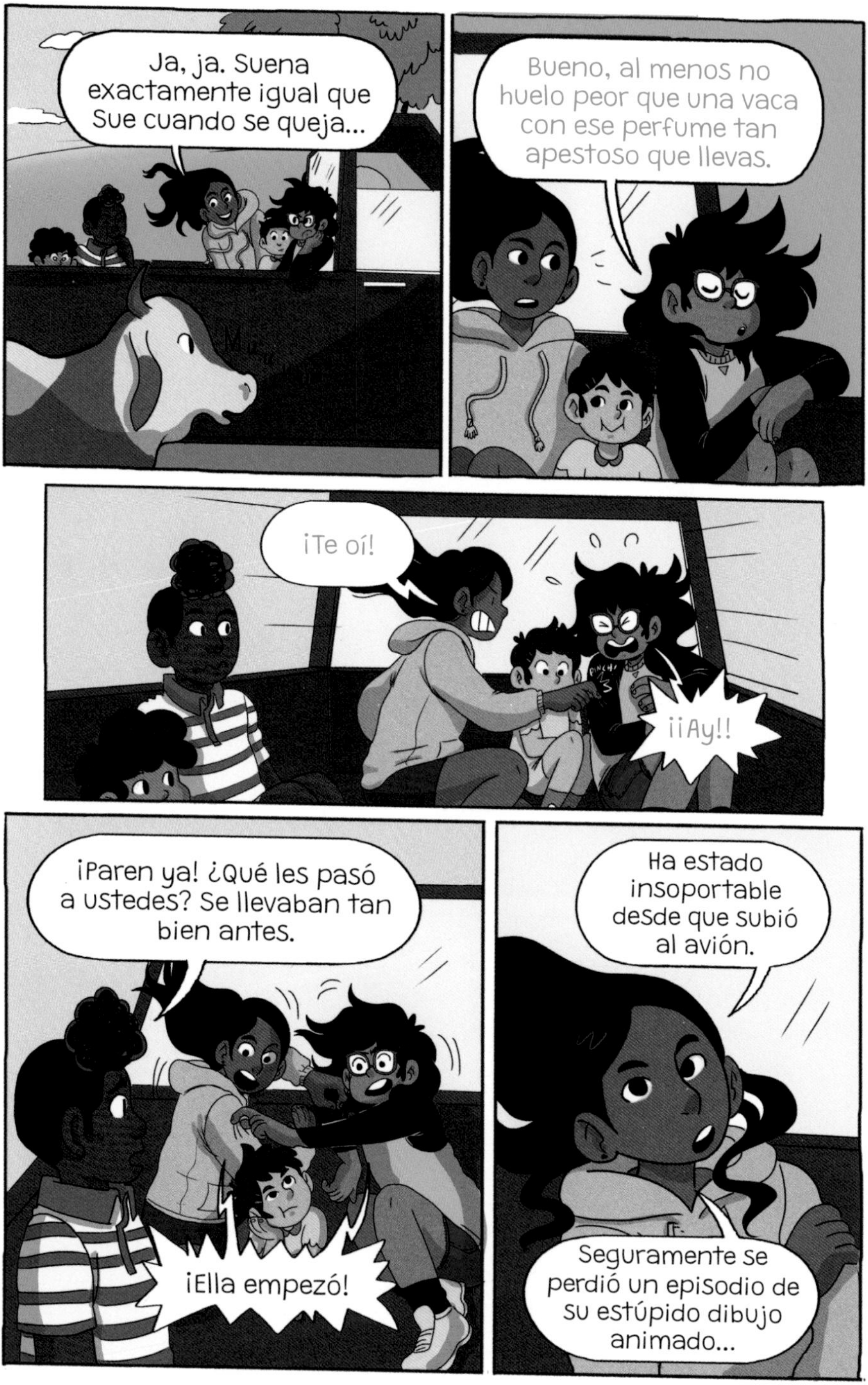
Ja, ja. Suena exactamente igual que Sue cuando se queja...
Bueno, al menos no huelo peor que una vaca con ese perfume tan apestoso que llevas.
¡Te oí!
¡¡Ay!!
¡Paren ya! ¿Qué les pasó a ustedes? Se llevaban tan bien antes.
¡Ella empezó!
Ha estado insoportable desde que subió al avión.
Seguramente se perdió un episodio de su estúpido dibujo animado...

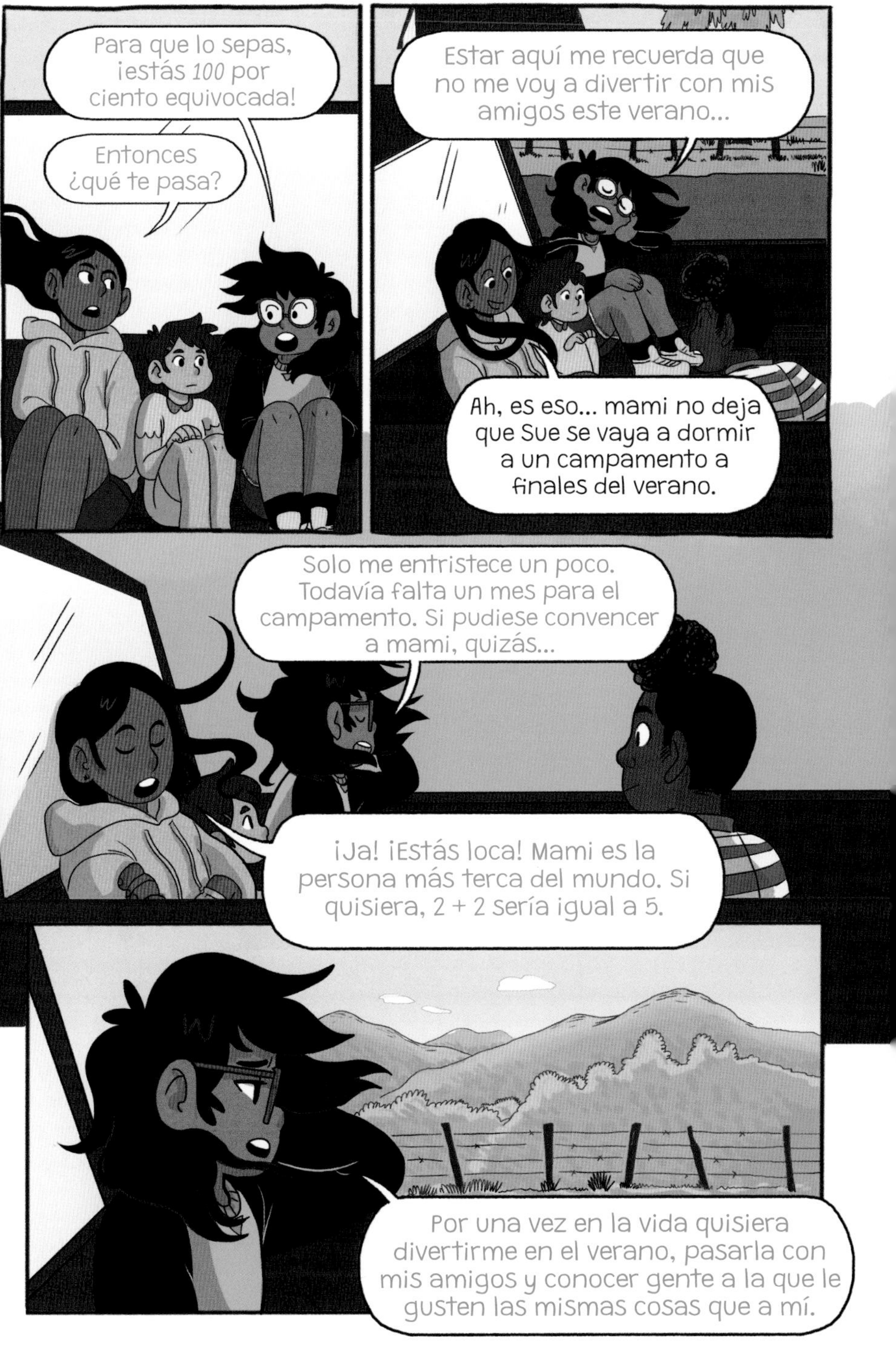
Para que lo sepas, ¡estás *100* por ciento equivocada!
Entonces ¿qué te pasa?
Estar aquí me recuerda que no me voy a divertir con mis amigos este verano...
Ah, es eso... mami no deja que Sue se vaya a dormir a un campamento a finales del verano.
Solo me entristece un poco. Todavía falta un mes para el campamento. Si pudiese convencer a mami, quizás...
¡Ja! ¡Estás loca! Mami es la persona más terca del mundo. Si quisiera, 2 + 2 sería igual a 5.
Por una vez en la vida quisiera divertirme en el verano, pasarla con mis amigos y conocer gente a la que le gusten las mismas cosas que a mí.

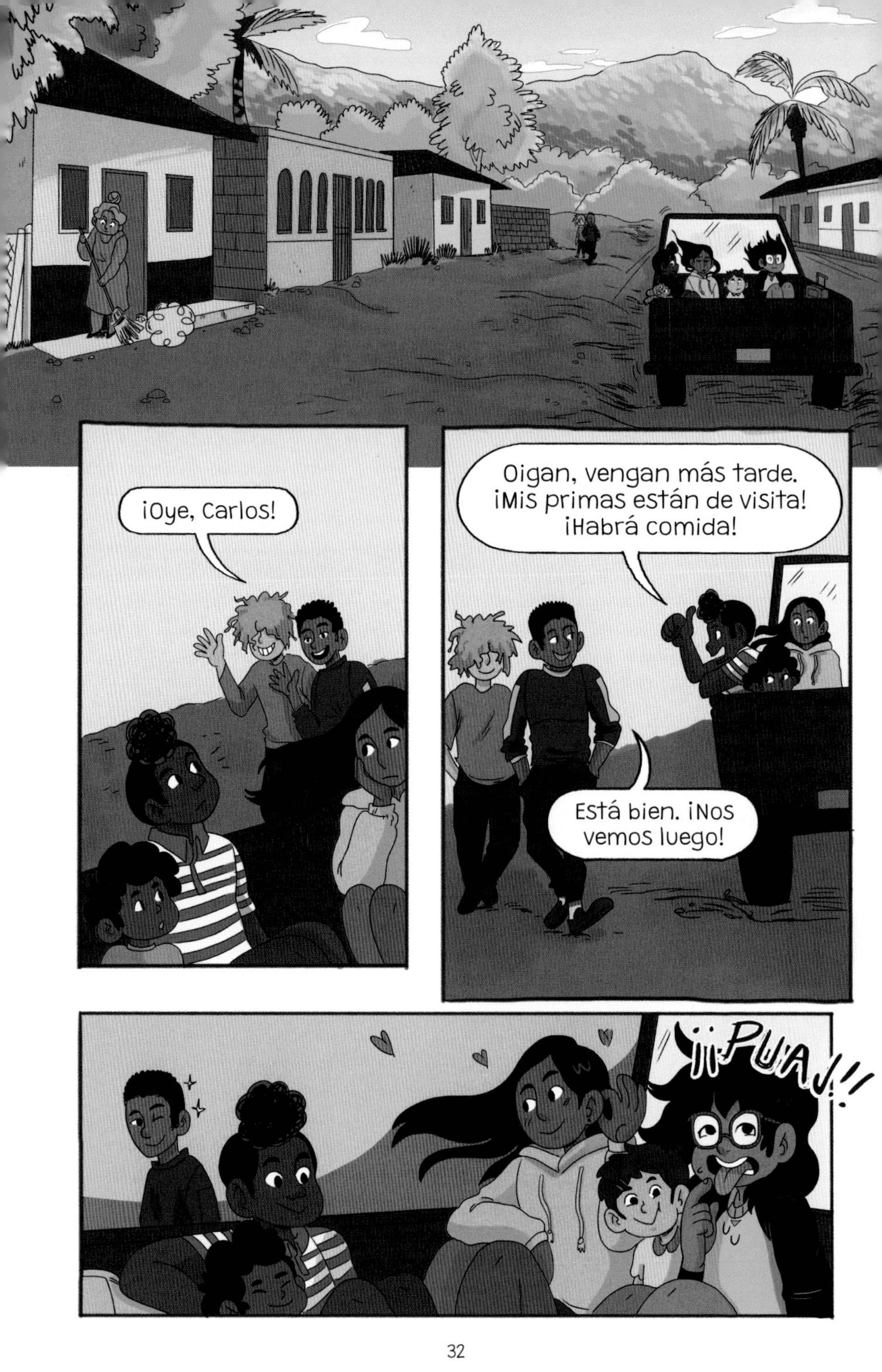
¡Oye, Carlos!
Oigan, vengan más tarde. ¡Mis primas están de visita! ¡Habrá comida!
Está bien. ¡Nos vemos luego!
¡¡PUAJ!!

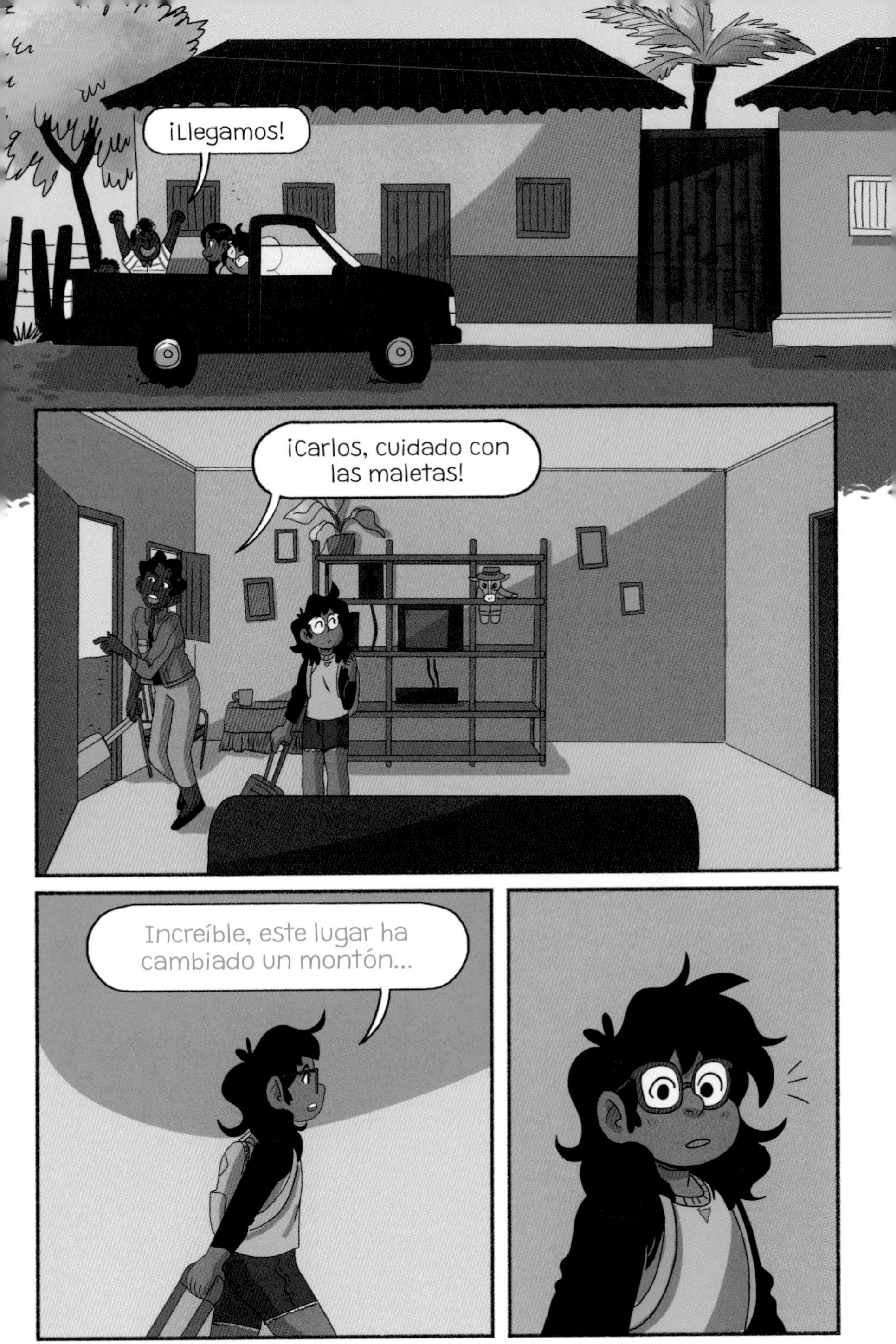
¡Llegamos!
¡Carlos, cuidado con las maletas!
Increíble, este lugar ha cambiado un montón...

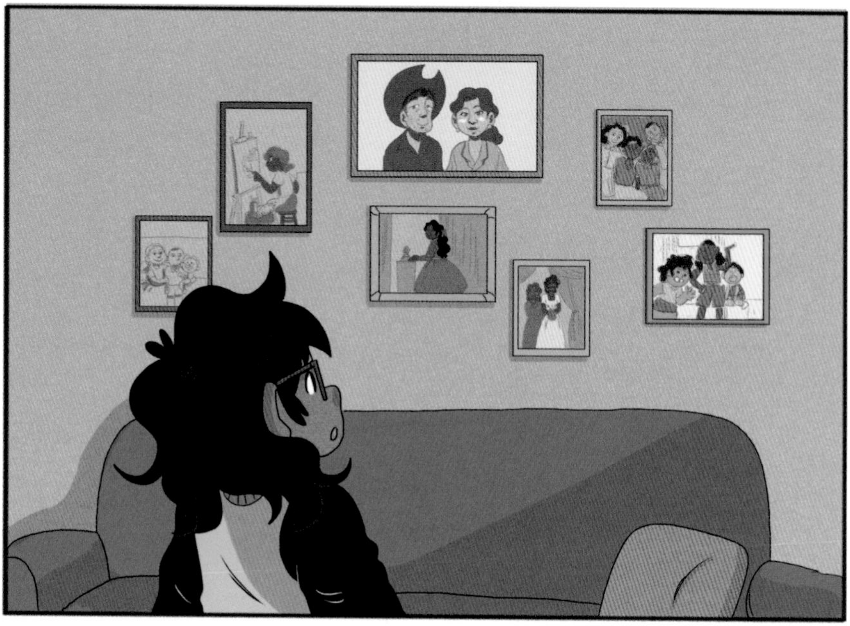

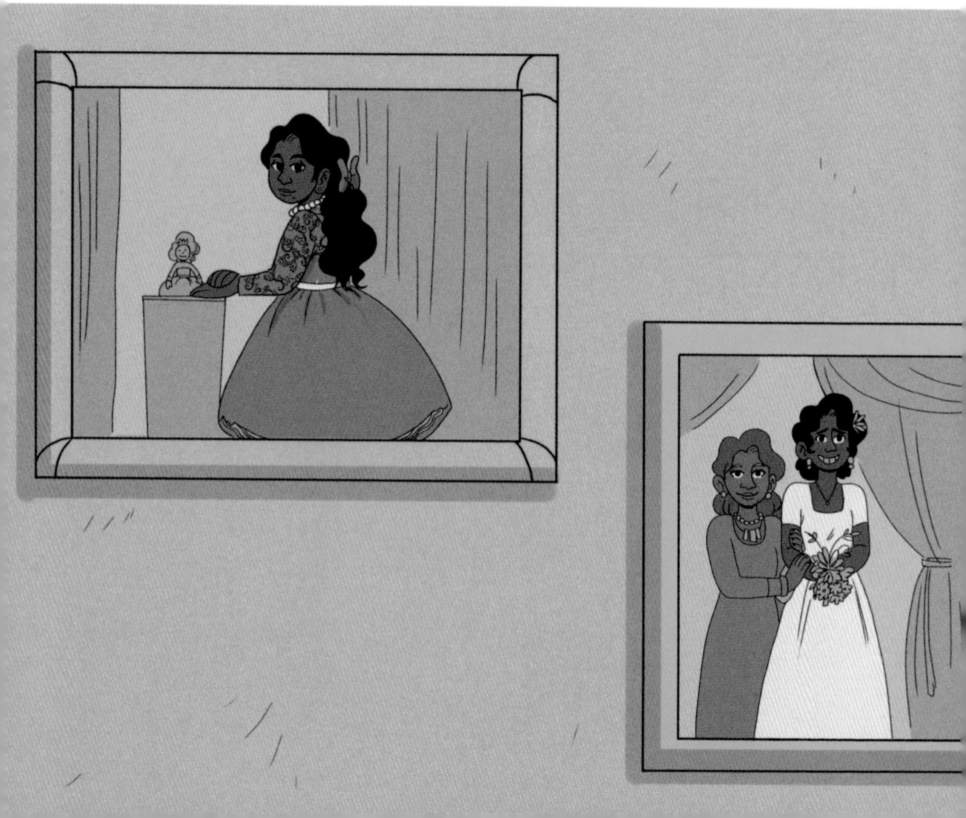

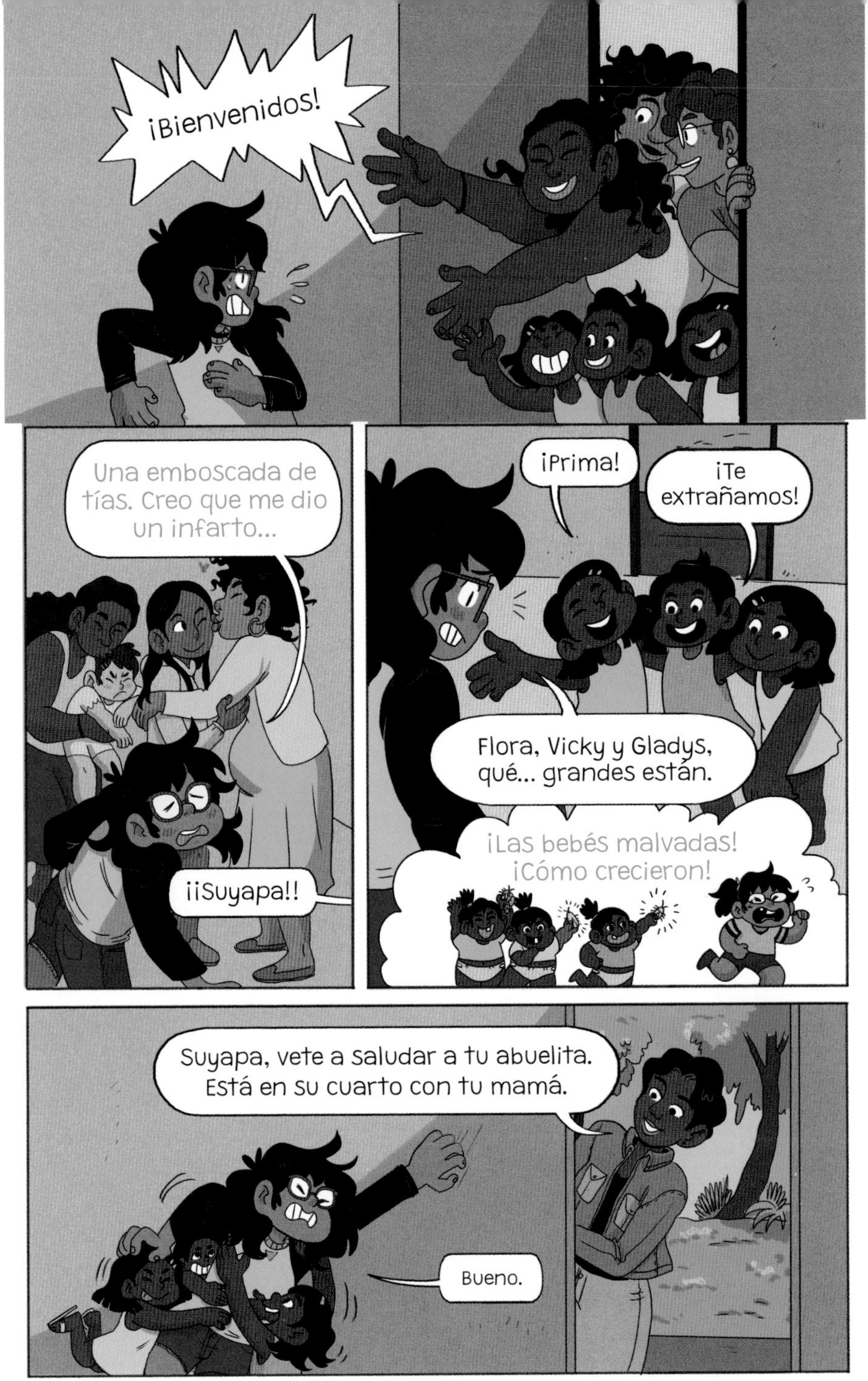
¡Bienvenidos!
Una emboscada de tías. Creo que me dio un infarto...
¡¡Suyapa!!
¡Prima!
¡Te extrañamos!
Flora, Vicky y Gladys, qué... grandes están.
¡Las bebés malvadas! ¡Cómo crecieron!
Suyapa, vete a saludar a tu abuelita. Está en su cuarto con tu mamá.
Bueno.

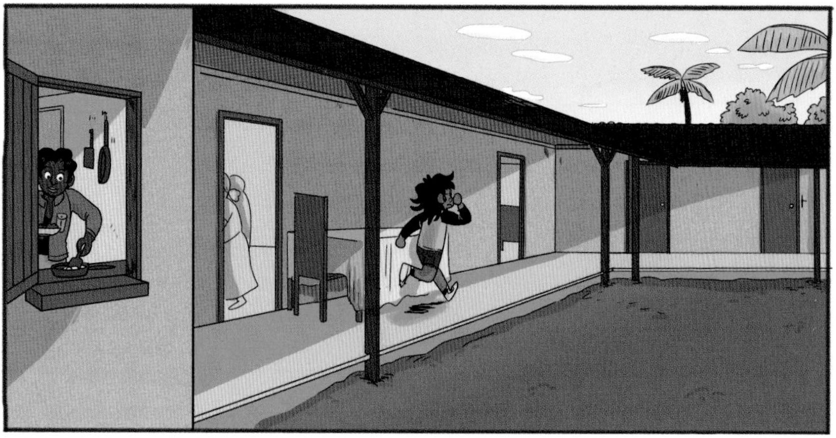

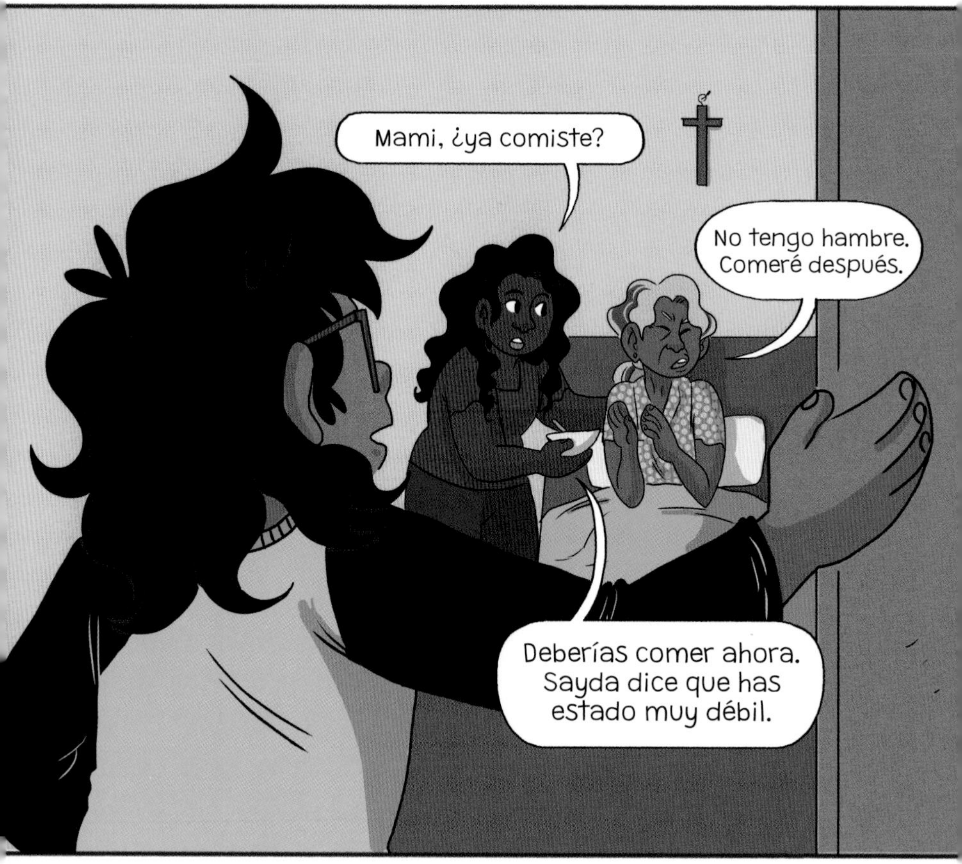
Mami, ¿ya comiste?
No tengo hambre. Comeré después.
Deberías comer ahora. Sayda dice que has estado muy débil.

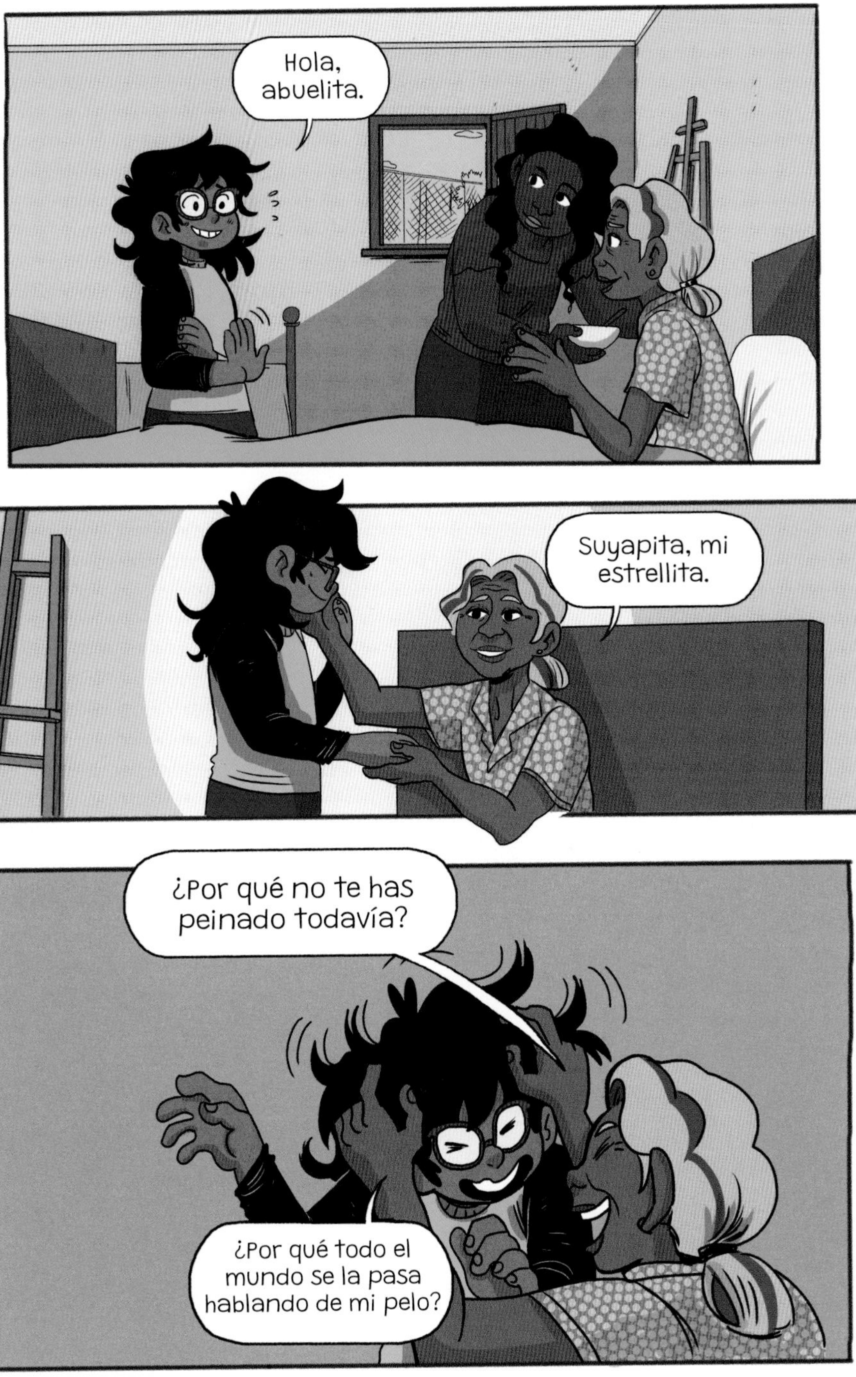
Hola, abuelita.
Suyapita, mi estrellita.
¿Por qué no te has peinado todavía?
¿Por qué todo el mundo se la pasa hablando de mi pelo?

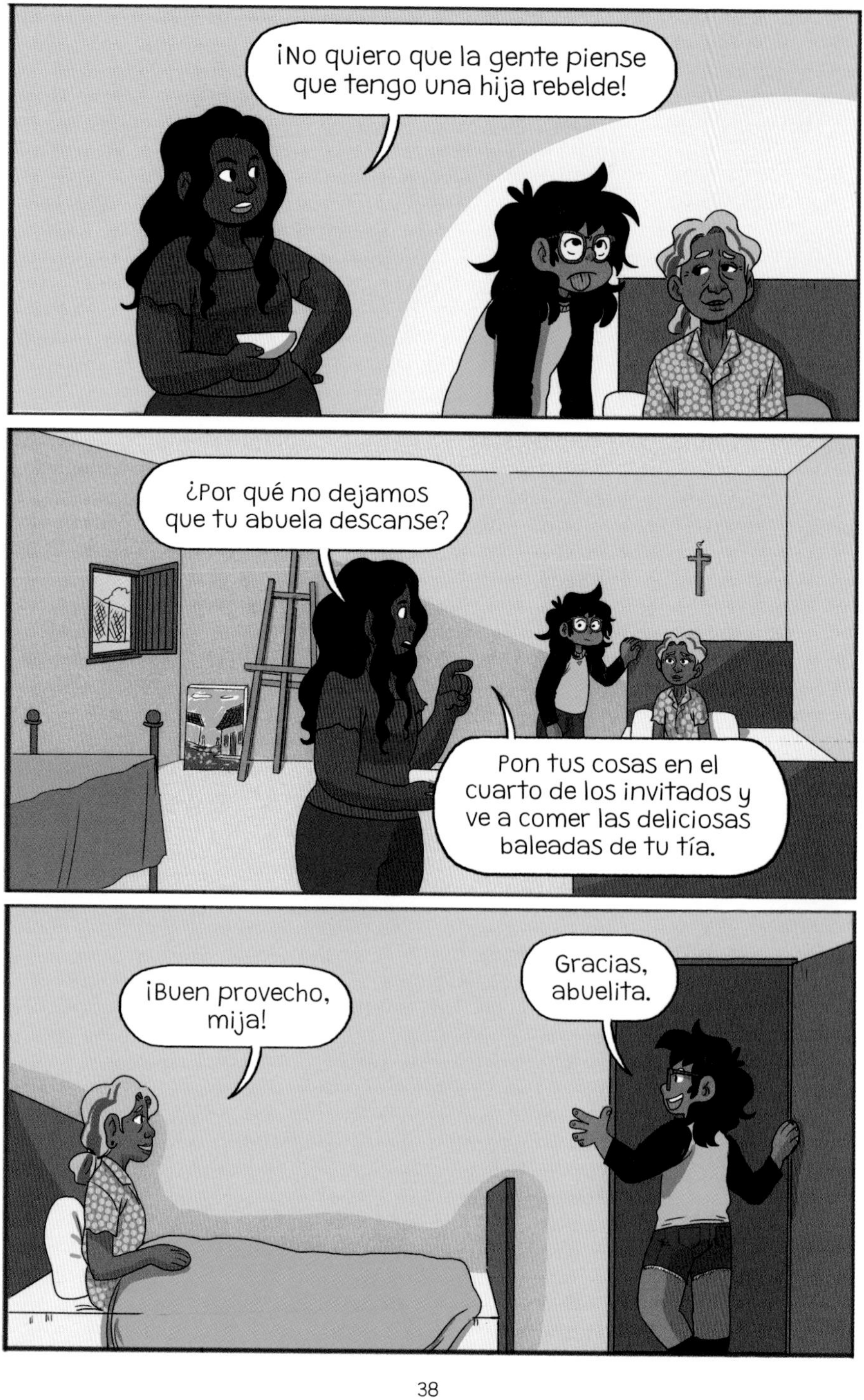
¡No quiero que la gente piense que tengo una hija rebelde!
¿Por qué no dejamos que tu abuela descanse?
Pon tus cosas en el cuarto de los invitados y ve a comer las deliciosas baleadas de tu tía.
¡Buen provecho, mija!
Gracias, abuelita.

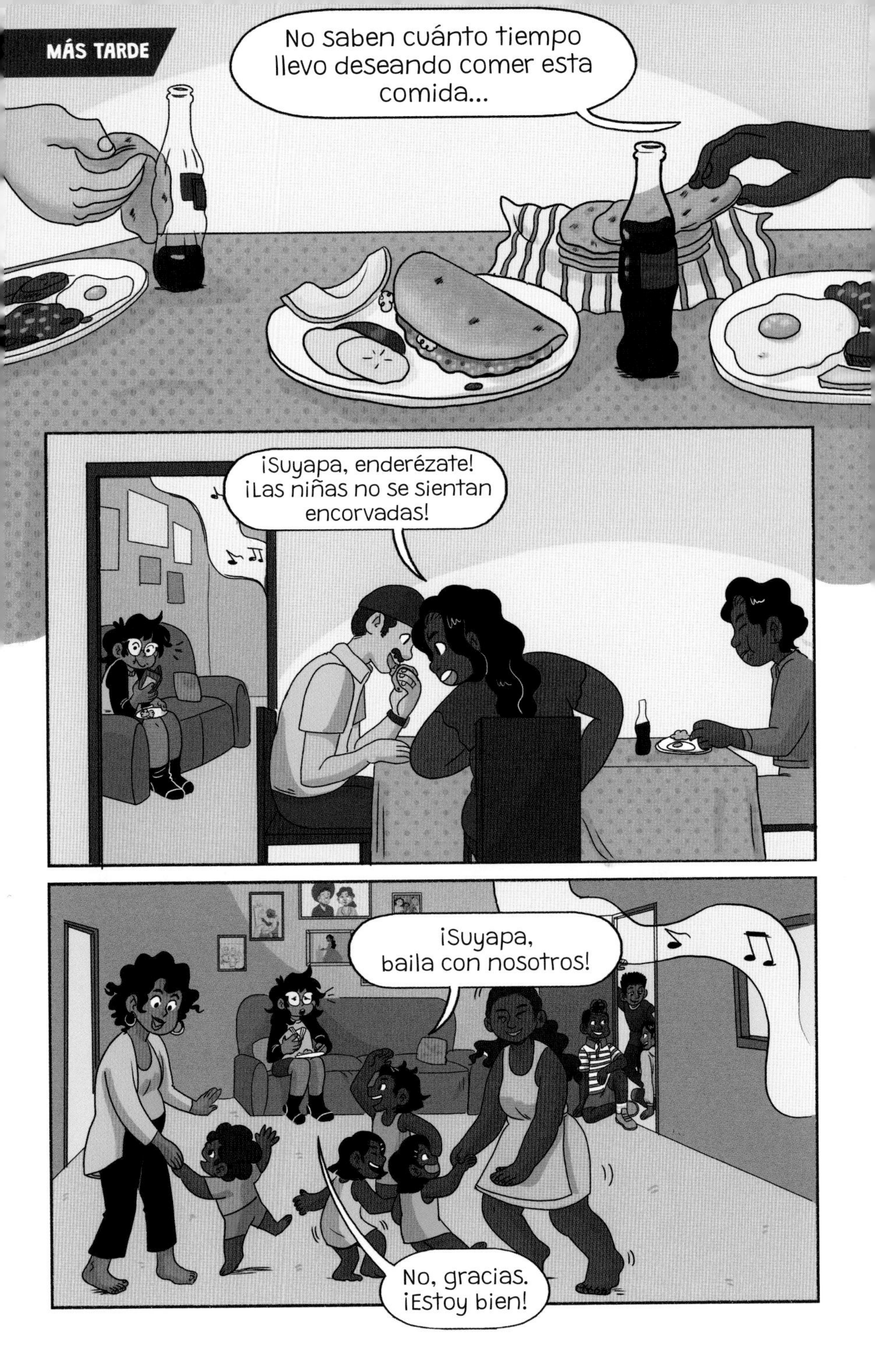
MÁS TARDE
No saben cuánto tiempo llevo deseando comer esta comida...
¡Suyapa, endérezate! ¡Las niñas no se sientan encorvadas!
¡Suyapa, baila con nosotros!
No, gracias. ¡Estoy bien!

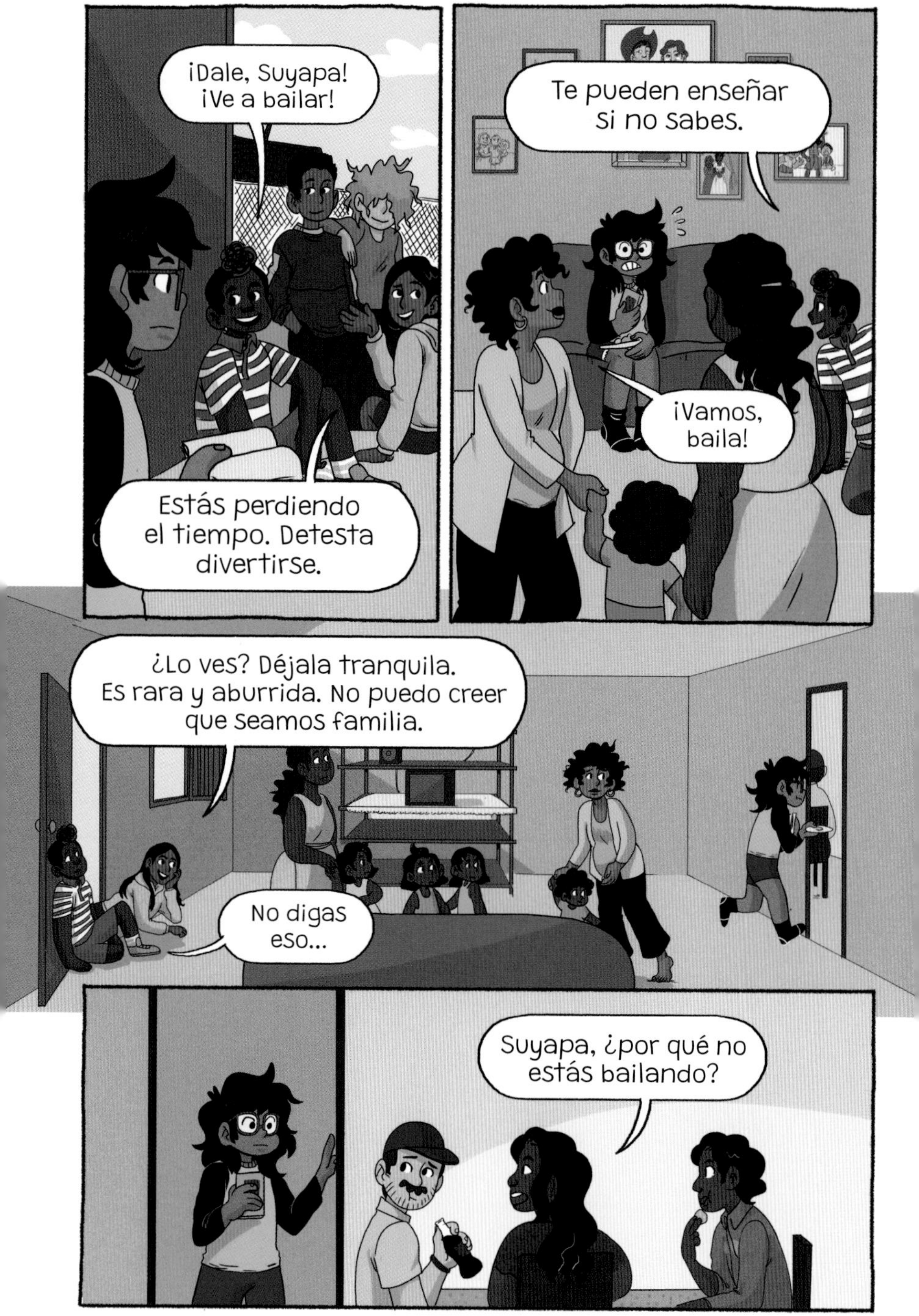
¡Dale, Suyapa! ¡Ve a bailar!
Estás perdiendo el tiempo. Detesta divertirse.
Te pueden enseñar si no sabes.
¡Vamos, baila!
¿Lo ves? Déjala tranquila. Es rara y aburrida. No puedo creer que seamos familia.
No digas eso...
Suyapa, ¿por qué no estás bailando?

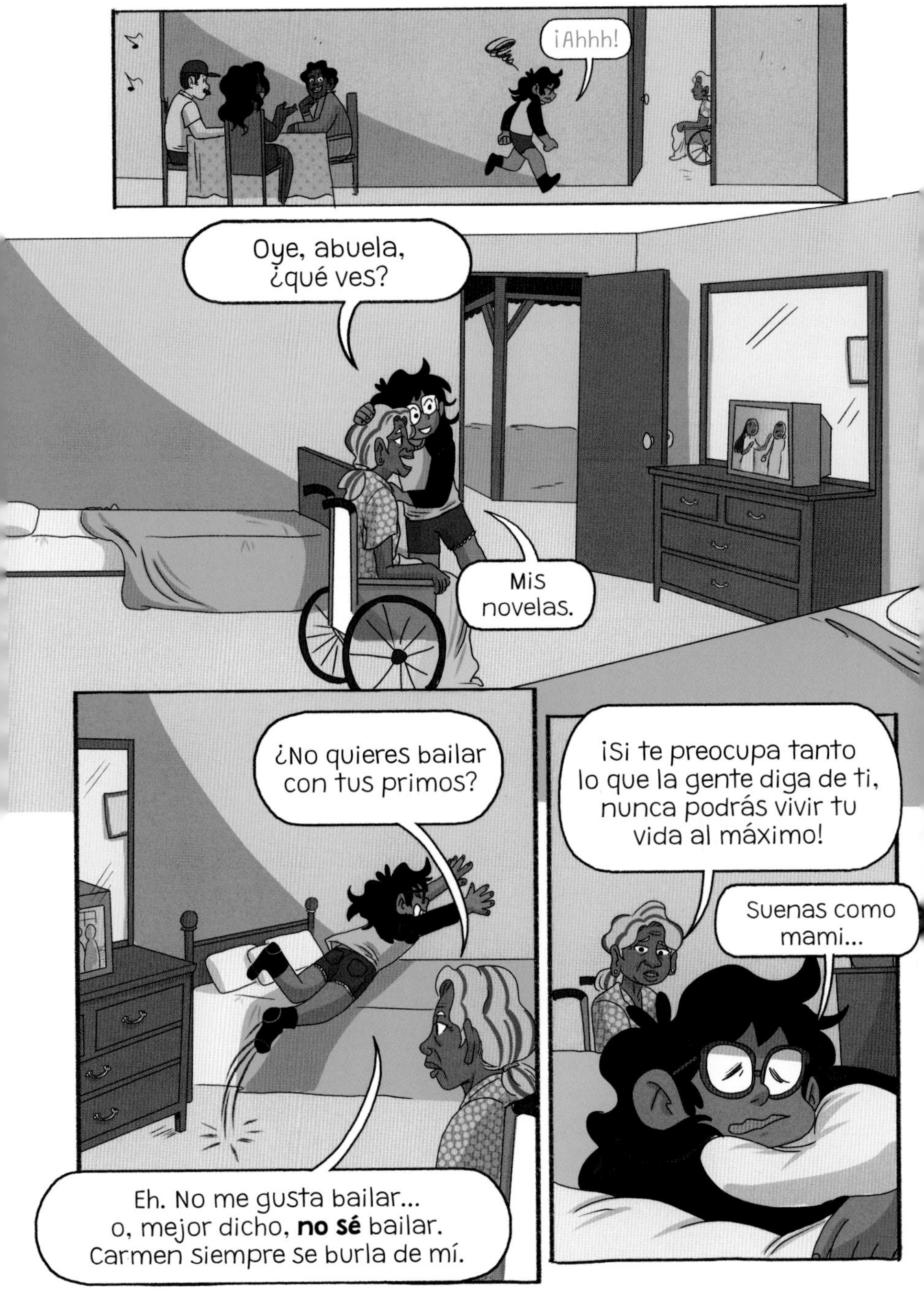
¡Ahhh!
Oye, abuela, ¿qué ves?
Mis novelas.
¿No quieres bailar con tus primos?
Eh. No me gusta bailar... o, mejor dicho, **no sé** bailar. Carmen siempre se burla de mí.
¡Si te preocupa tanto lo que la gente diga de ti, nunca podrás vivir tu vida al máximo!
Suenas como mami...

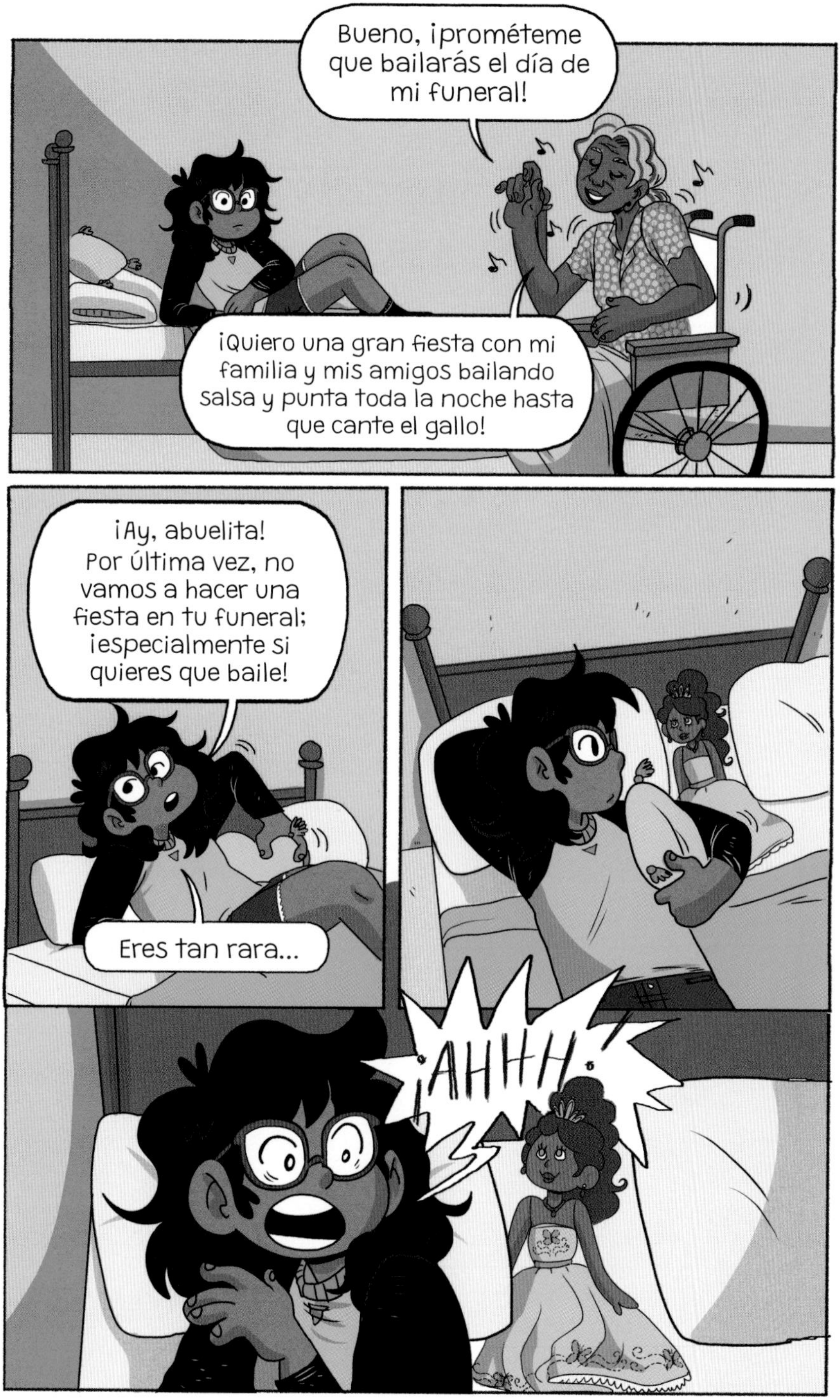
Bueno, ¡prométeme que bailarás el día de mi funeral!
¡Quiero una gran fiesta con mi familia y mis amigos bailando salsa y punta toda la noche hasta que cante el gallo!
¡Ay, abuelita! Por última vez, no vamos a hacer una fiesta en tu funeral; ¡especialmente si quieres que baile!
Eres tan rara...
¡AHHH!

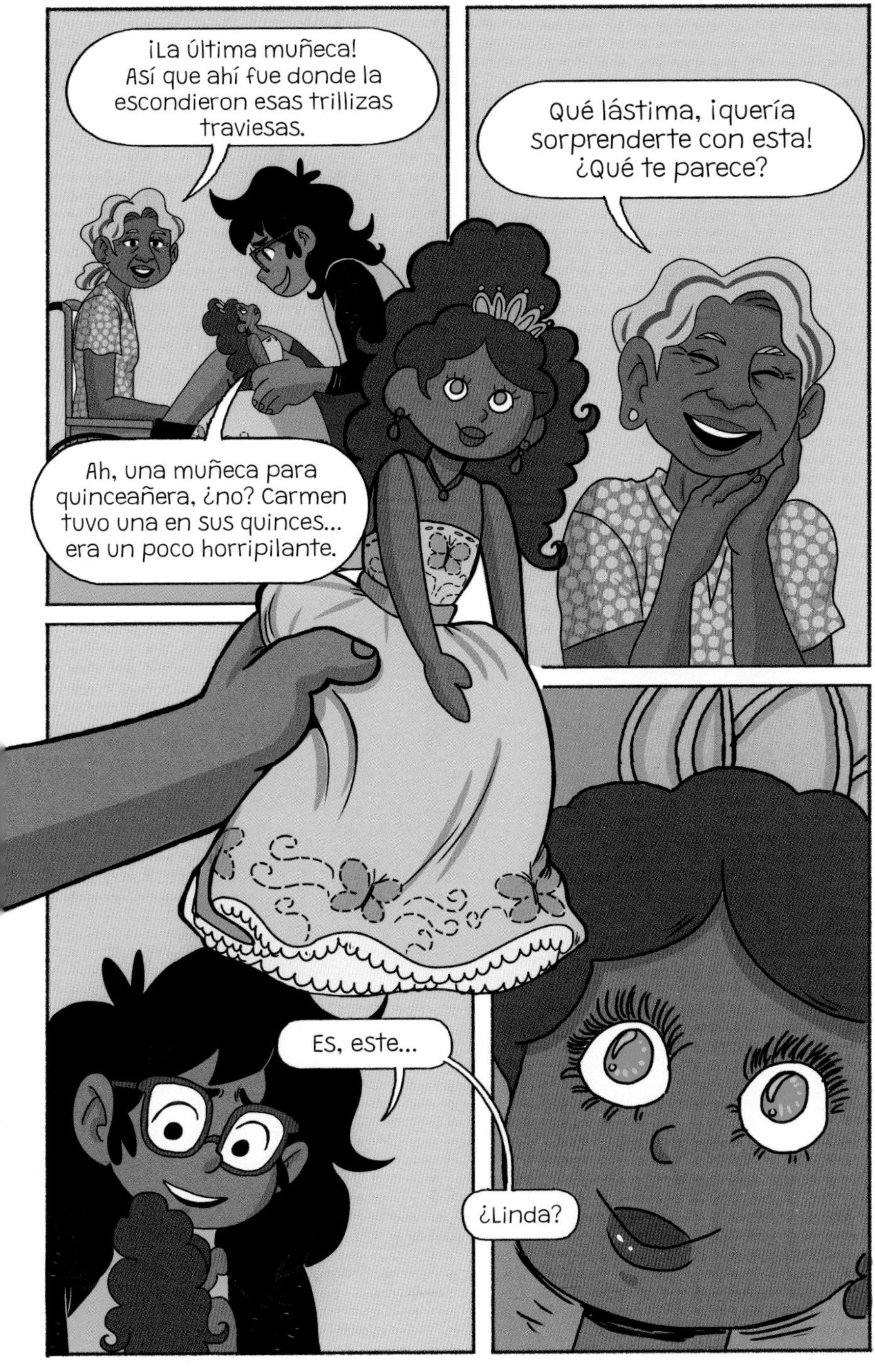
¡La última muñeca! Así que ahí fue donde la escondieron esas trillizas traviesas.
Qué lástima, ¡quería sorprenderte con esta! ¿Qué te parece?
Ah, una muñeca para quinceañera, ¿no? Carmen tuvo una en sus quinces... era un poco horripilante.
Es, este...
¿Linda?

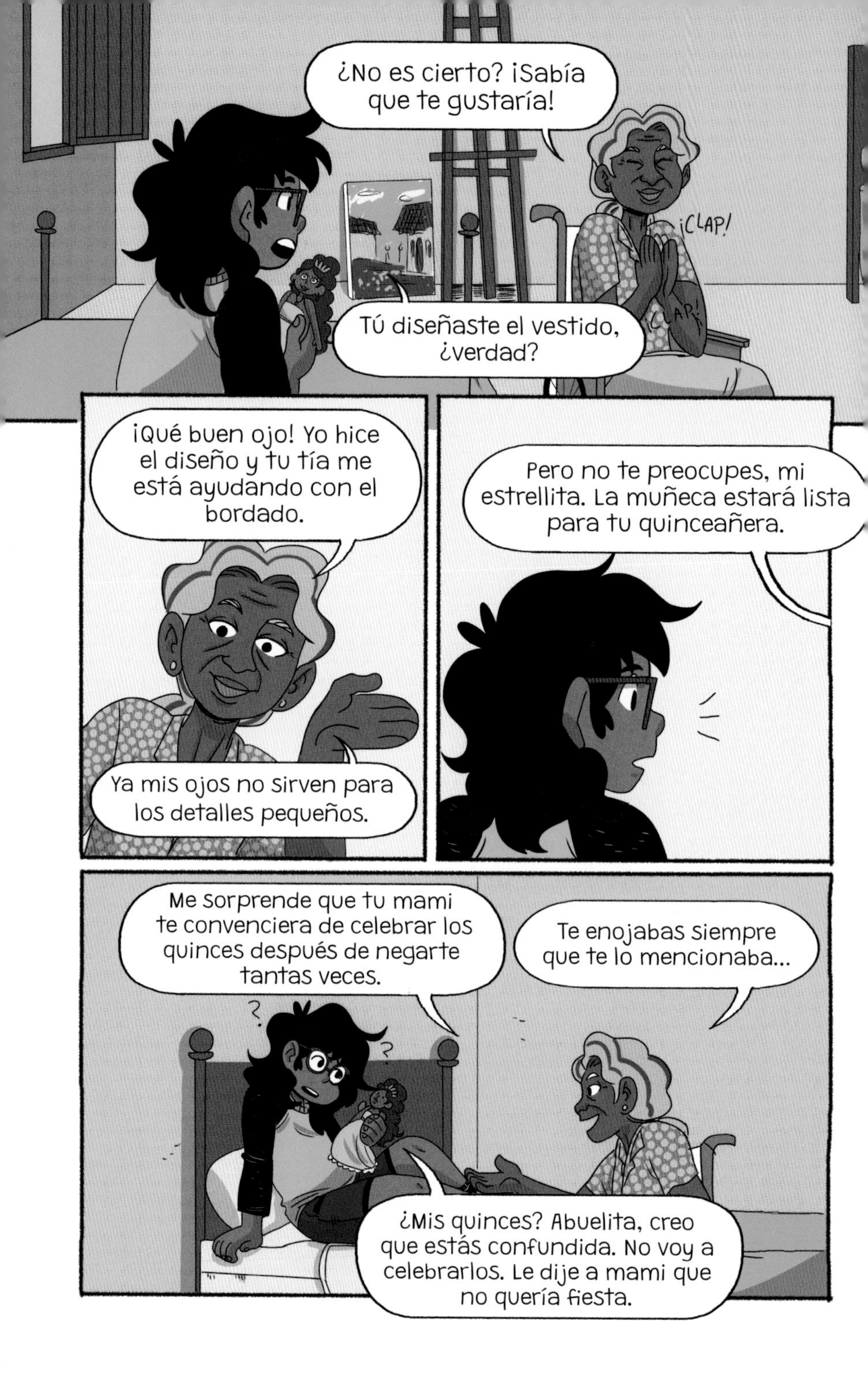
¿No es cierto? ¡Sabía que te gustaría!
¡CLAP!
Tú diseñaste el vestido, ¿verdad?
¡CLAP!
¡Qué buen ojo! Yo hice el diseño y tu tía me está ayudando con el bordado.
Ya mis ojos no sirven para los detalles pequeños.
Pero no te preocupes, mi estrellita. La muñeca estará lista para tu quinceañera.
Me sorprende que tu mami te convenciera de celebrar los quinces después de negarte tantas veces.
Te enojabas siempre que te lo mencionaba...
?
?
¿Mis quinces? Abuelita, creo que estás confundida. No voy a celebrarlos. Le dije a mami que no quería fiesta.

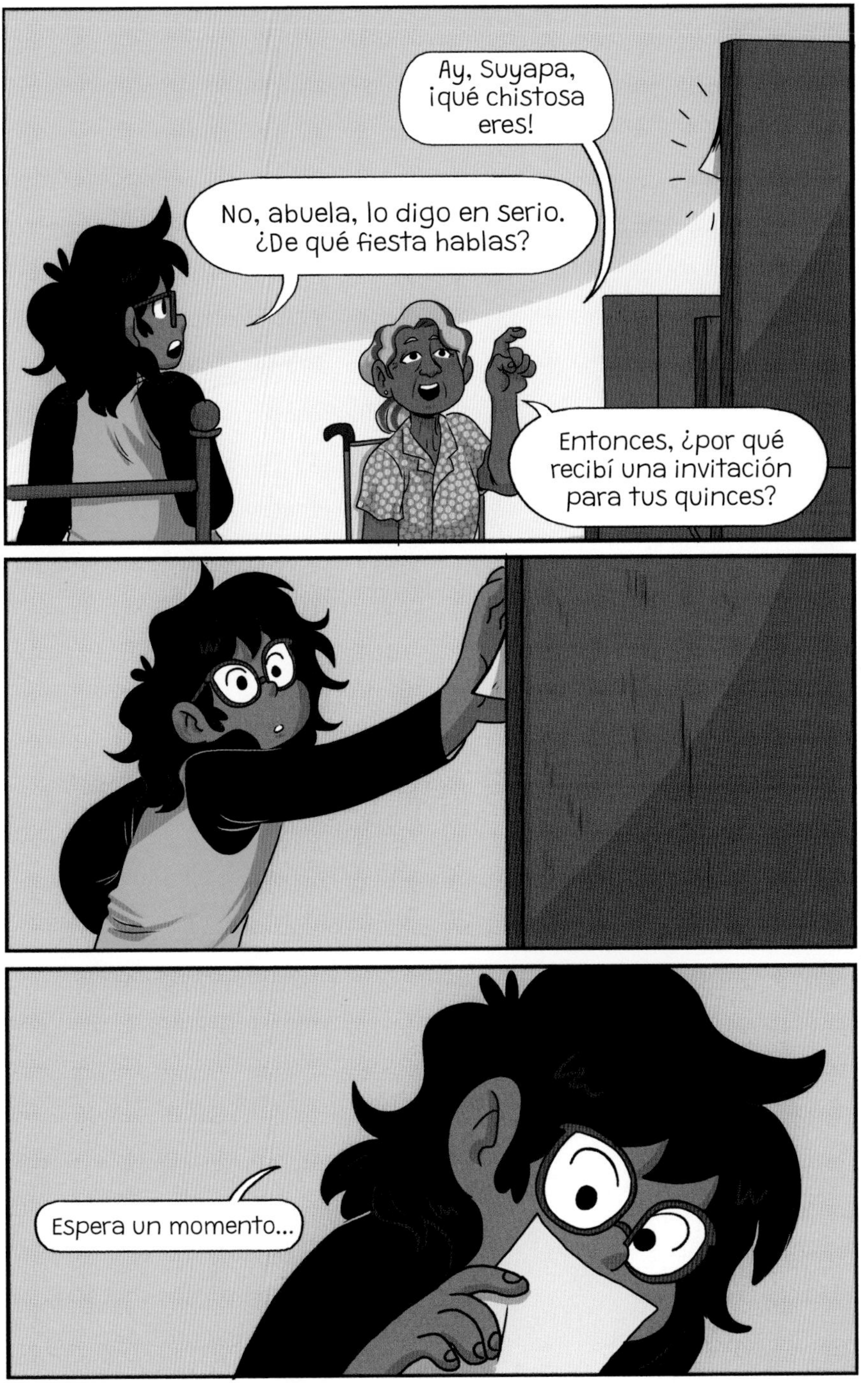
No, abuela, lo digo en serio. ¿De qué fiesta hablas?
Ay, Suyapa, ¡qué chistosa eres!
Entonces, ¿por qué recibí una invitación para tus quinces?
Espera un momento...

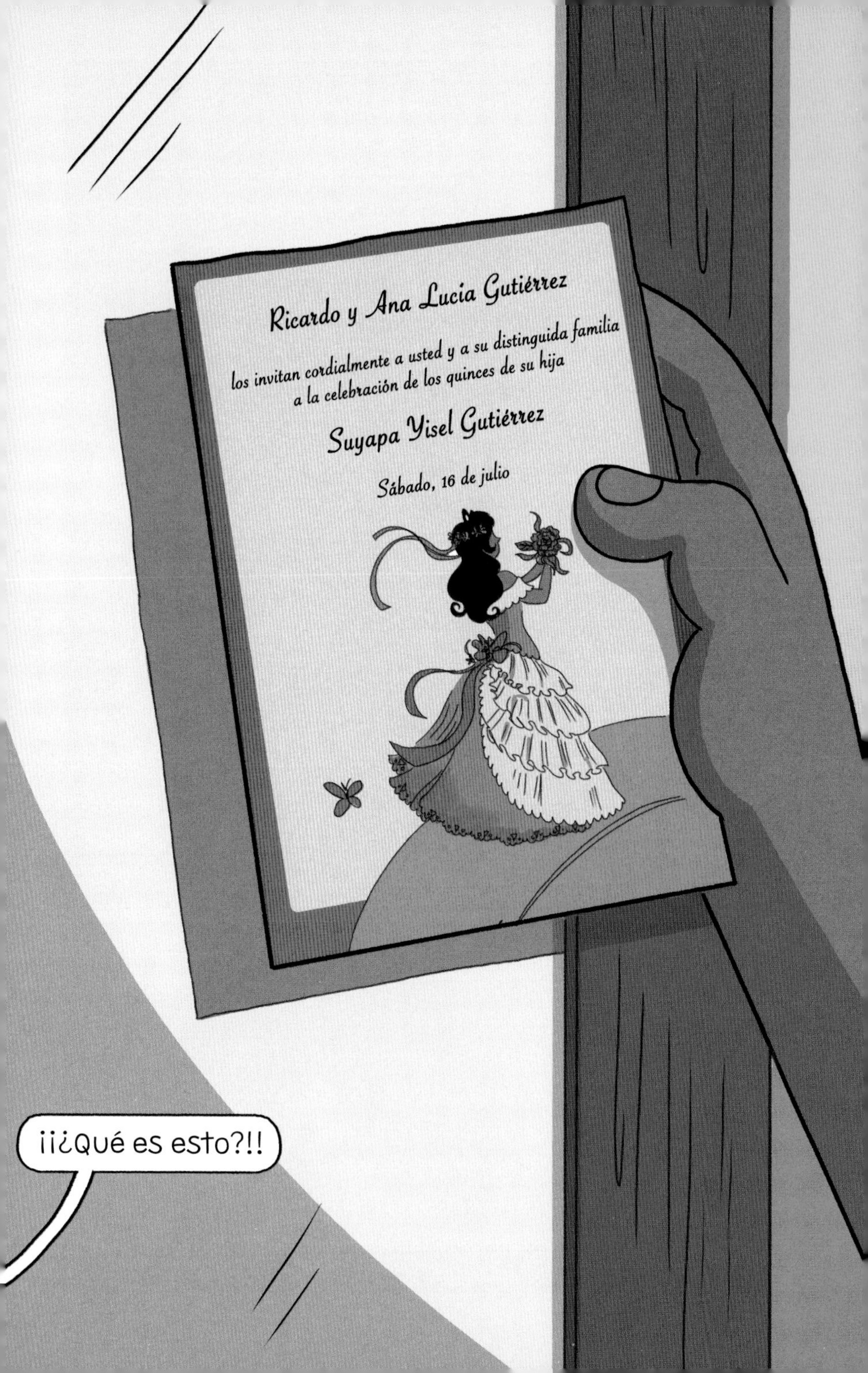
Ricardo y Ana Lucia Gutiérrez
los invitan cordialmente a usted y a su distinguida familia
a la celebración de los quinces de su hija
Suyapa Yisel Gutiérrez
Sábado, 16 de julio
¡¡¿Qué es esto?!!

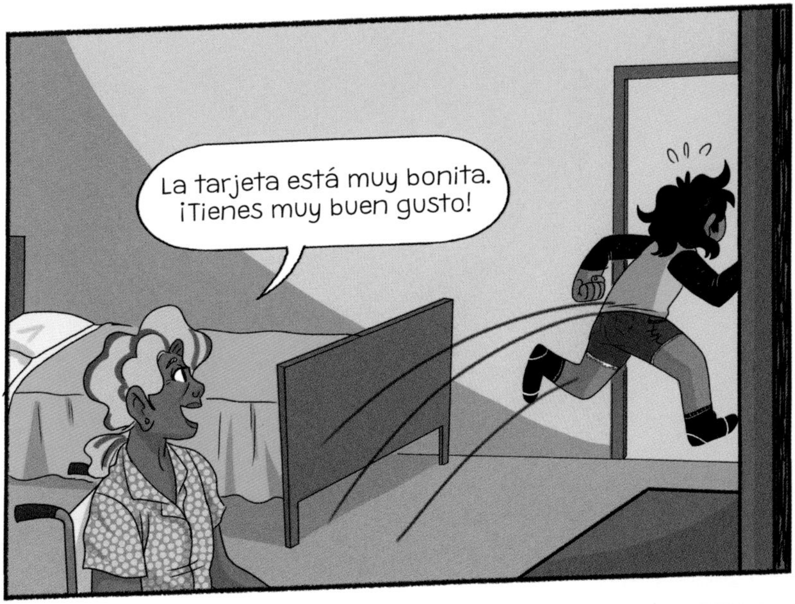
La tarjeta está muy bonita. ¡Tienes muy buen gusto!

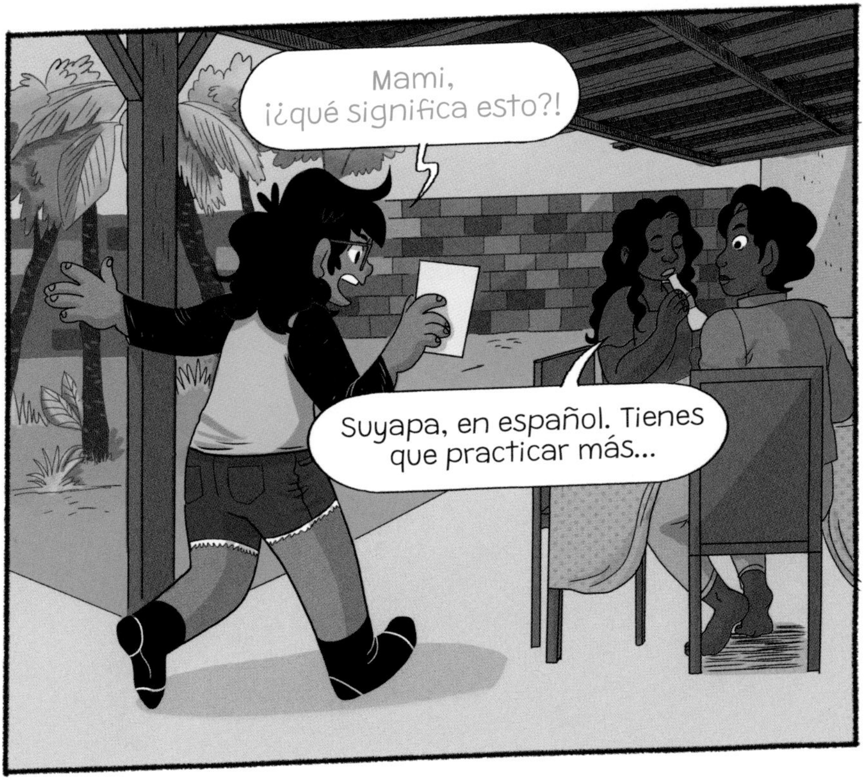
Mami, ¡¿qué significa esto?!
Suyapa, en español. Tienes que practicar más...

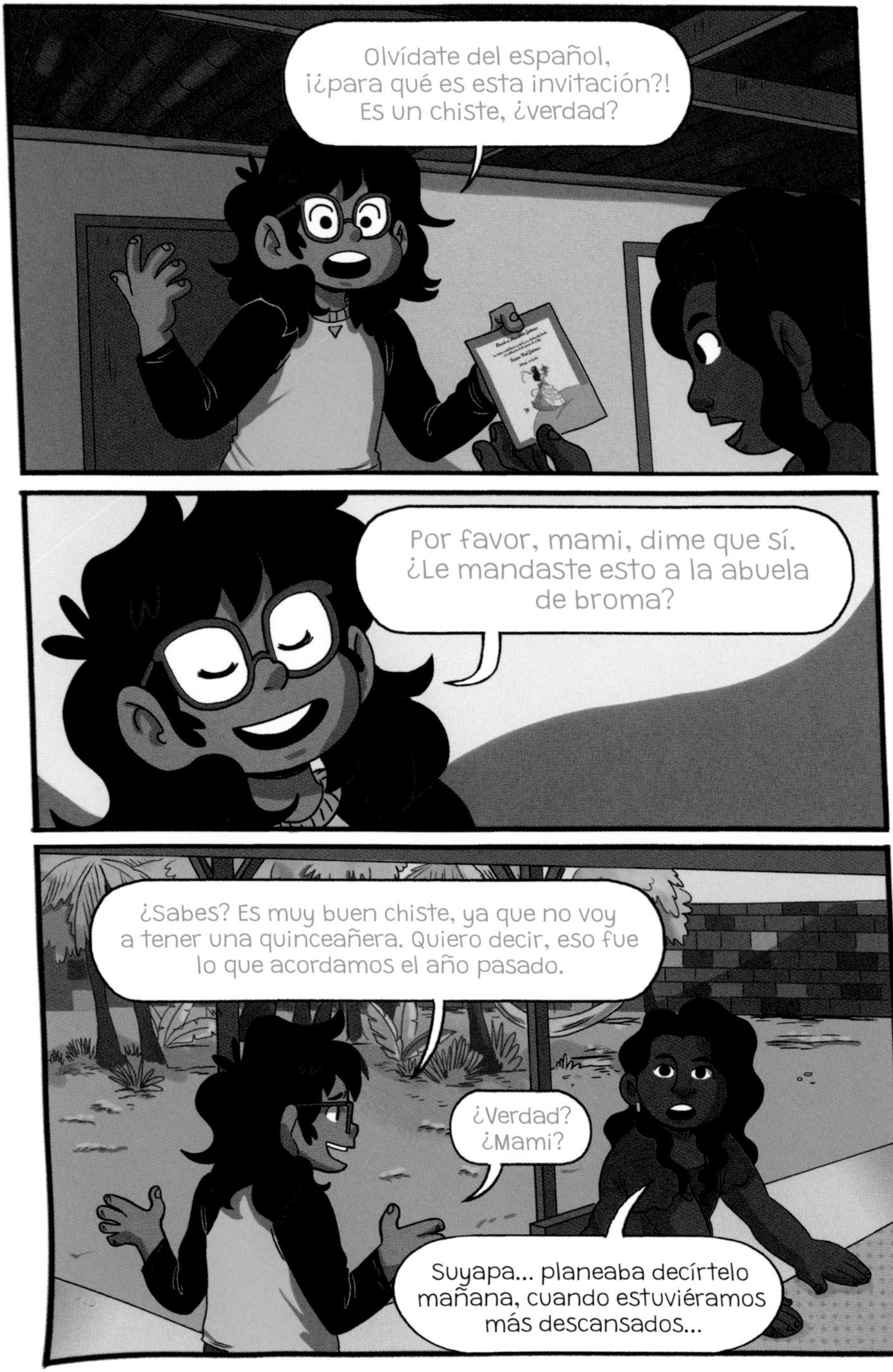
Olvídate del español, ¡¿para qué es esta invitación?! Es un chiste, ¿verdad?
Por favor, mami, dime que sí. ¿Le mandaste esto a la abuela de broma?
¿Sabes? Es muy buen chiste, ya que no voy a tener una quinceañera. Quiero decir, eso fue lo que acordamos el año pasado.
¿Verdad? ¿Mami?
Suyapa... planeaba decírtelo mañana, cuando estuviéramos más descansados...

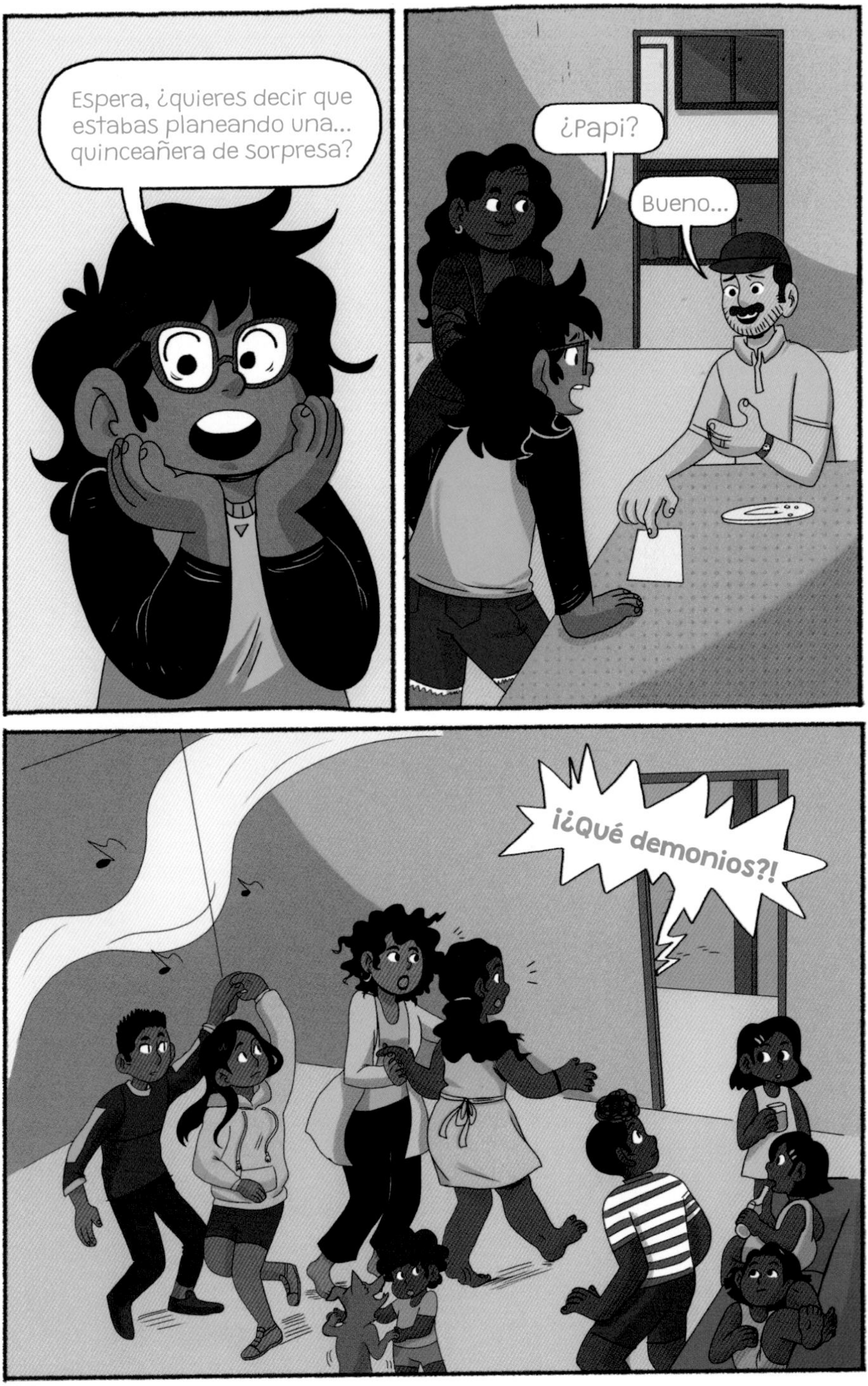
Espera, ¿quieres decir que estabas planeando una... quinceañera de sorpresa?
¿Papi?
Bueno...
¡¿Qué demonios?!

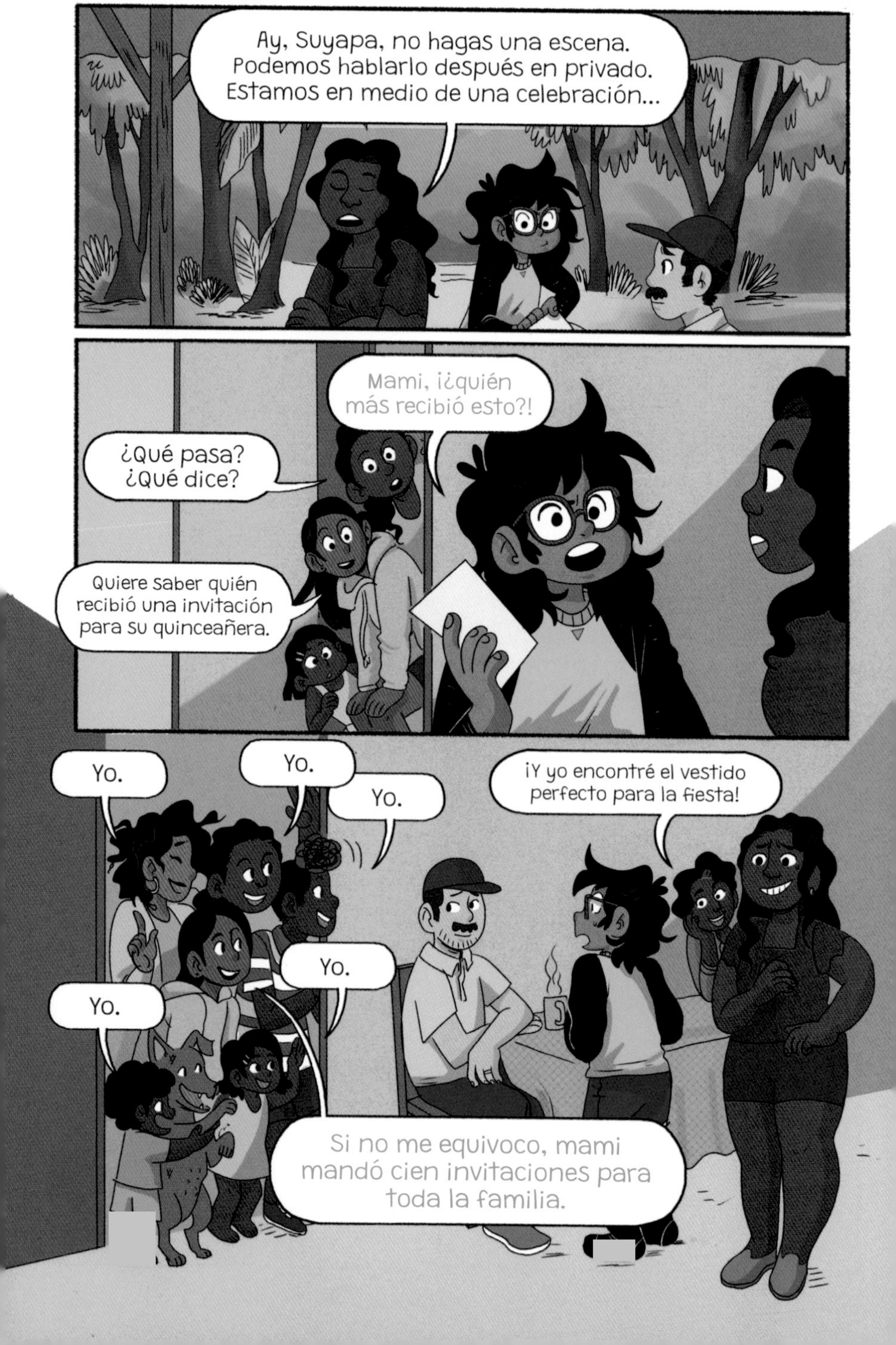

Ay, Suyapa, no hagas una escena. Podemos hablarlo después en privado. Estamos en medio de una celebración...
Mami, ¡¿quién más recibió esto?!
¿Qué pasa? ¿Qué dice?
Quiere saber quién recibió una invitación para su quinceañera.
Yo.
Yo.
Yo.
Yo.
Yo.
¡Y yo encontré el vestido perfecto para la fiesta!
Si no me equivoco, mami mandó cien invitaciones para toda la familia.

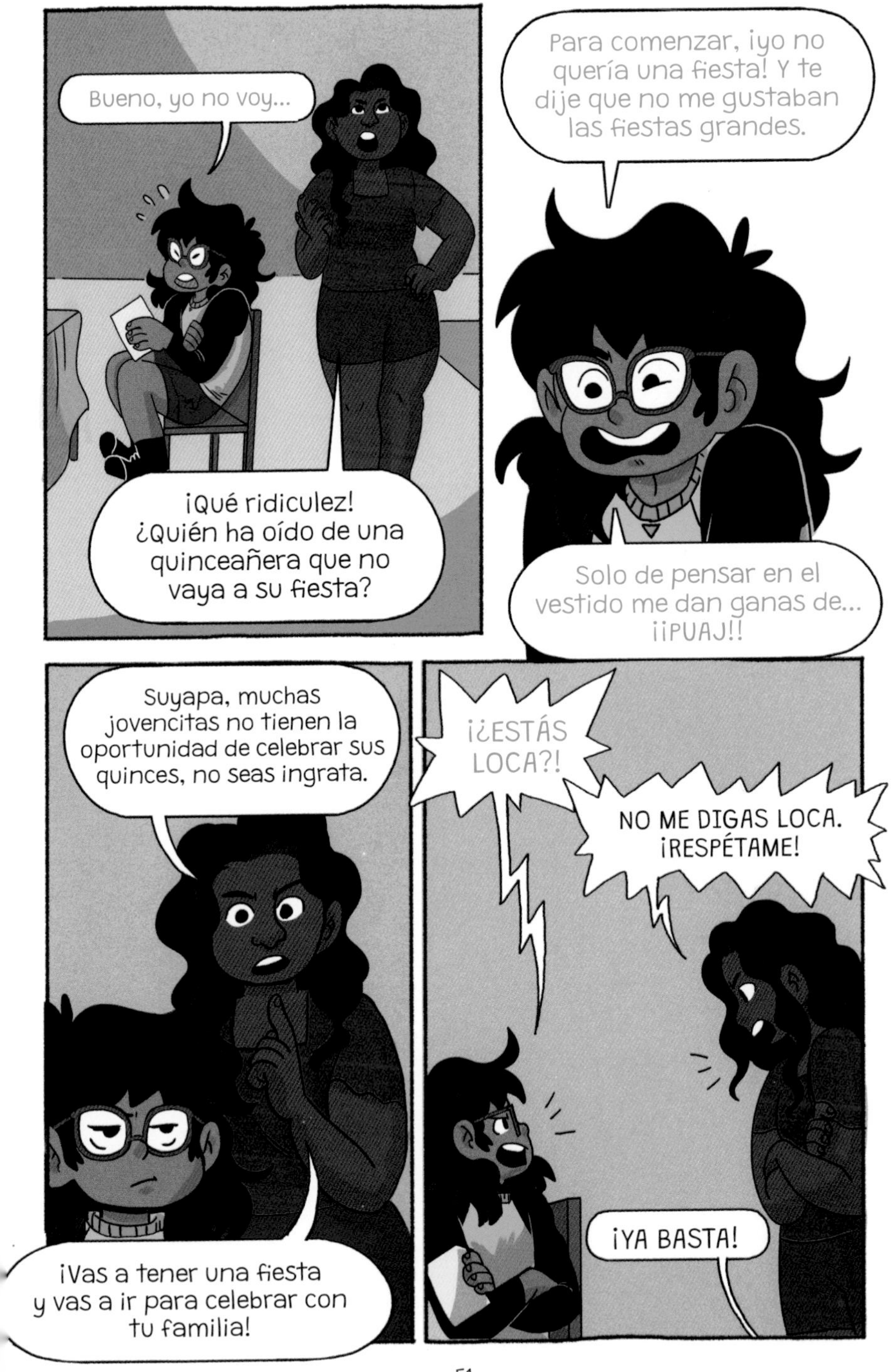
Bueno, yo no voy...
¡Qué ridiculez! ¿Quién ha oído de una quinceañera que no vaya a su fiesta?
Para comenzar, ¡yo no quería una fiesta! Y te dije que no me gustaban las fiestas grandes.
Solo de pensar en el vestido me dan ganas de... ¡¡PUAJ!!
Suyapa, muchas jovencitas no tienen la oportunidad de celebrar sus quinces, no seas ingrata.
¡Vas a tener una fiesta y vas a ir para celebrar con tu familia!
¡¿ESTÁS LOCA?!
NO ME DIGAS LOCA. ¡RESPÉTAME!
¡YA BASTA!

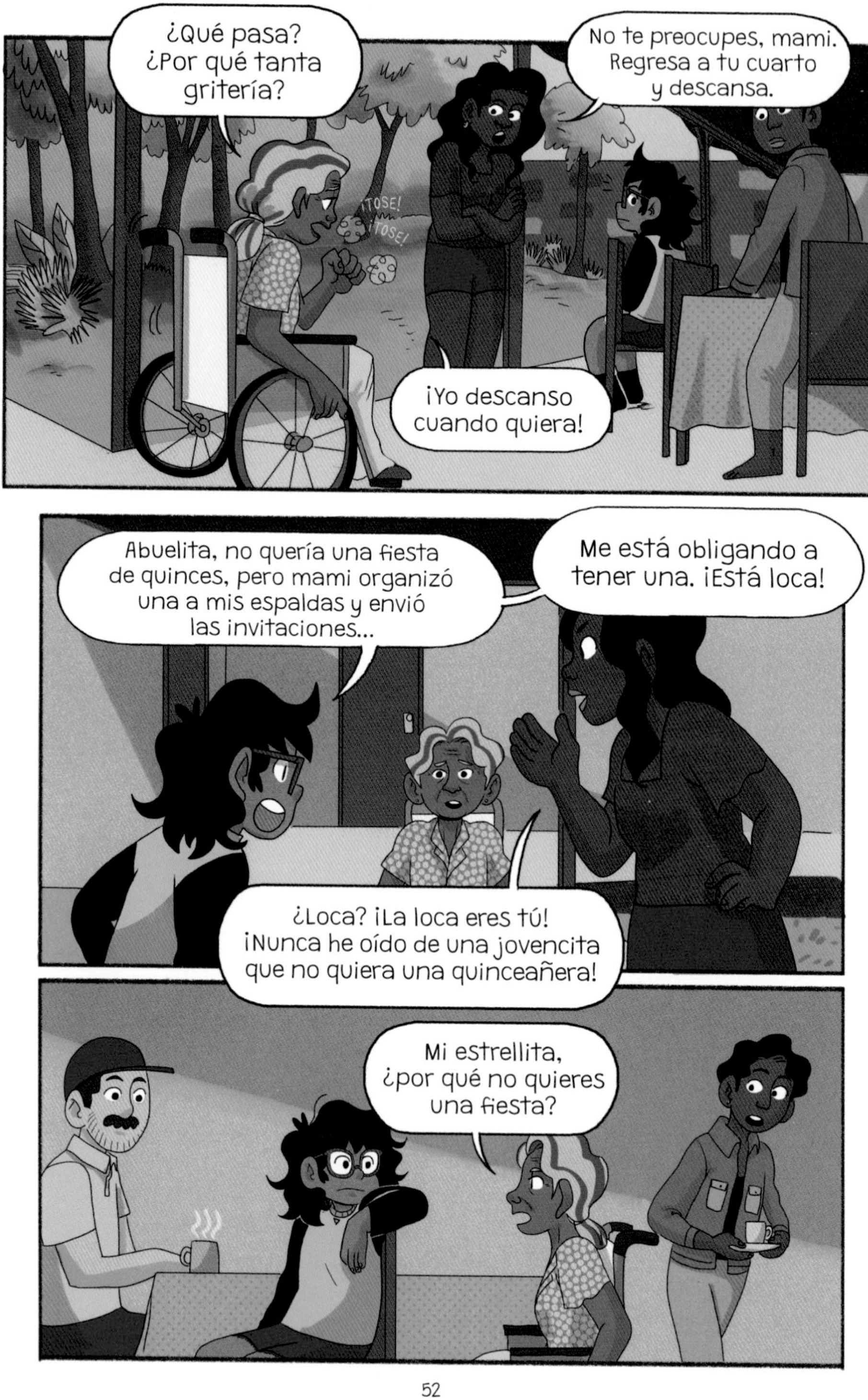
¿Qué pasa? ¿Por qué tanta gritería?
¡TOSE! ¡TOSE!
No te preocupes, mami. Regresa a tu cuarto y descansa.
¡Yo descanso cuando quiera!
Abuelita, no quería una fiesta de quinces, pero mami organizó una a mis espaldas y envió las invitaciones...
Me está obligando a tener una. ¡Está loca!
¿Loca? ¡La loca eres tú! ¡Nunca he oído de una jovencita que no quiera una quinceañera!
Mi estrellita, ¿por qué no quieres una fiesta?

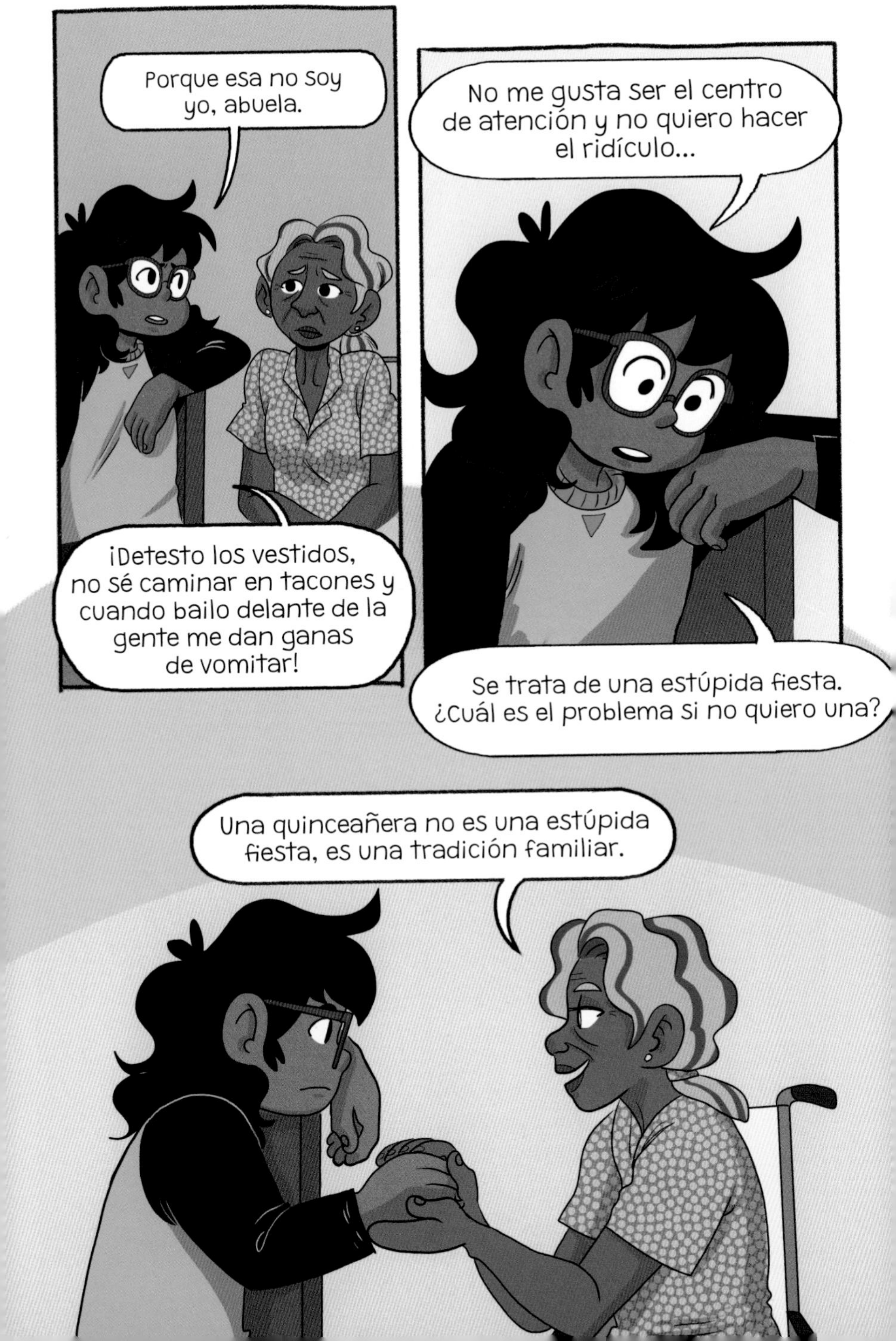
Porque esa no soy yo, abuela.
¡Detesto los vestidos, no sé caminar en tacones y cuando bailo delante de la gente me dan ganas de vomitar!
No me gusta ser el centro de atención y no quiero hacer el ridículo...
Se trata de una estúpida fiesta. ¿Cuál es el problema si no quiero una?
Una quinceañera no es una estúpida fiesta, es una tradición familiar.

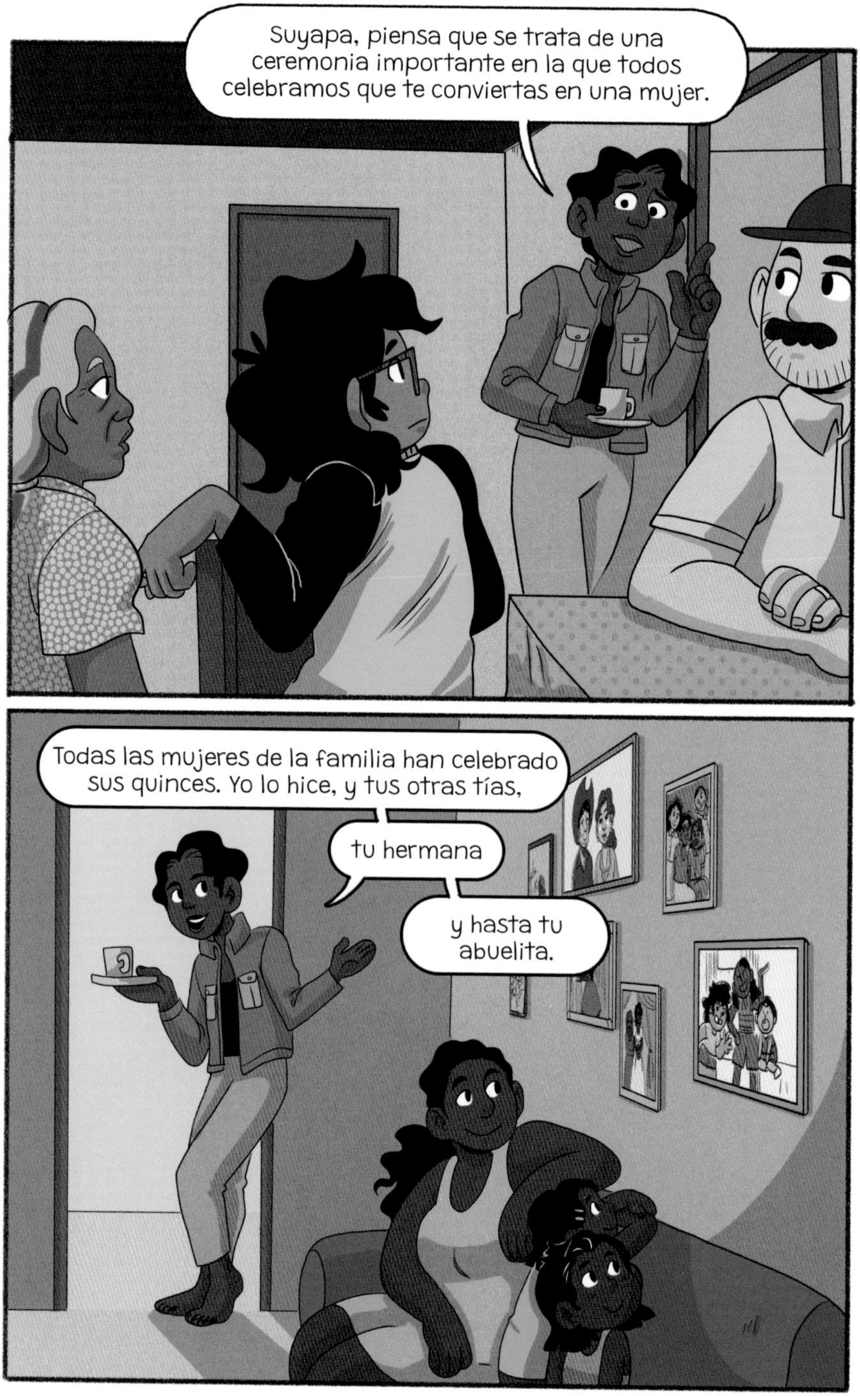
Suyapa, piensa que se trata de una ceremonia importante en la que todos celebramos que te conviertas en una mujer.
Todas las mujeres de la familia han celebrado sus quinces. Yo lo hice, y tus otras tías,
tu hermana
y hasta tu abuelita.

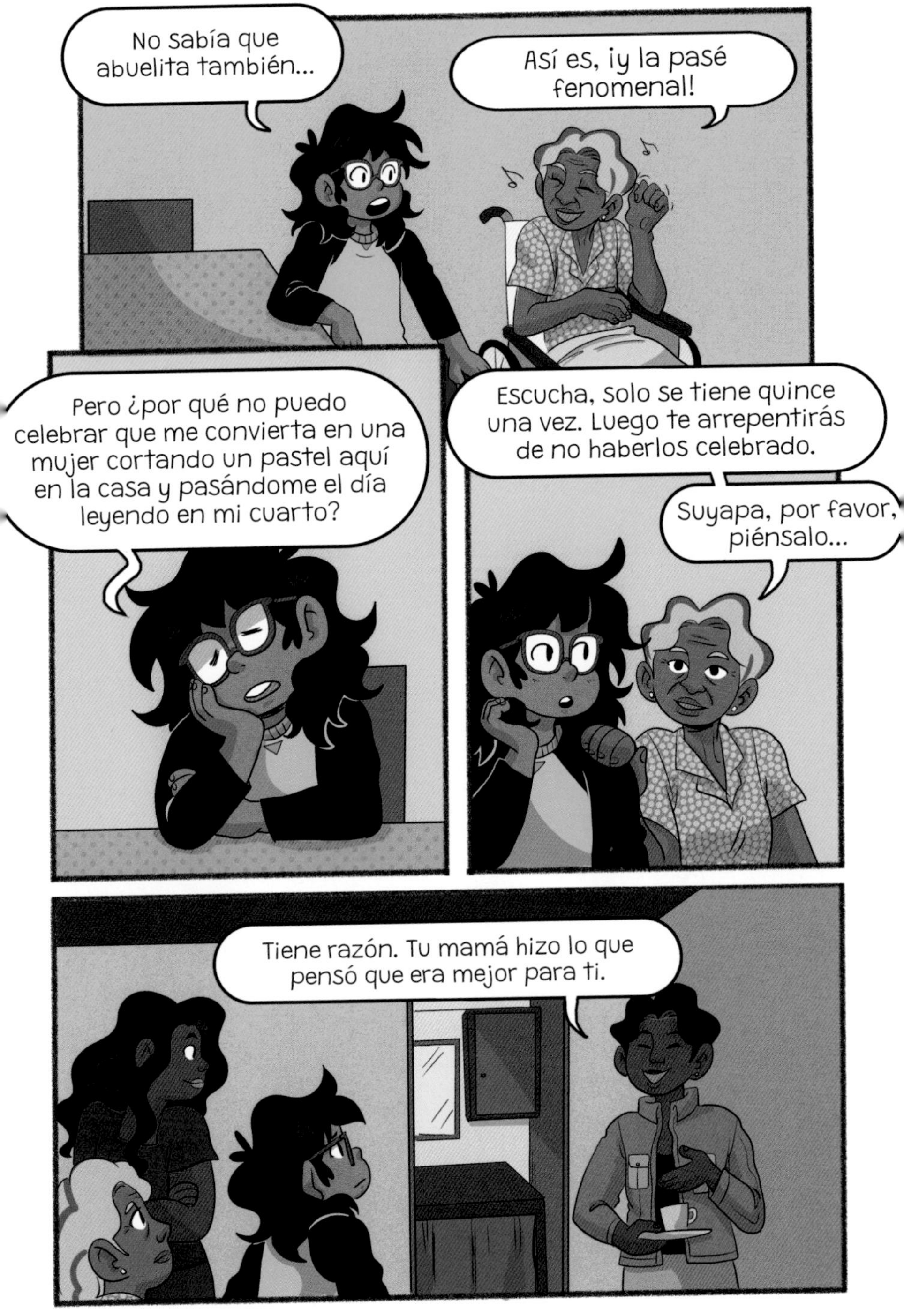
No sabía que abuelita también...
Así es, ¡y la pasé fenomenal!
Pero ¿por qué no puedo celebrar que me convierta en una mujer cortando un pastel aquí en la casa y pasándome el día leyendo en mi cuarto?
Escucha, solo se tiene quince una vez. Luego te arrepentirás de no haberlos celebrado.
Suyapa, por favor, piénsalo...
Tiene razón. Tu mamá hizo lo que pensó que era mejor para ti.

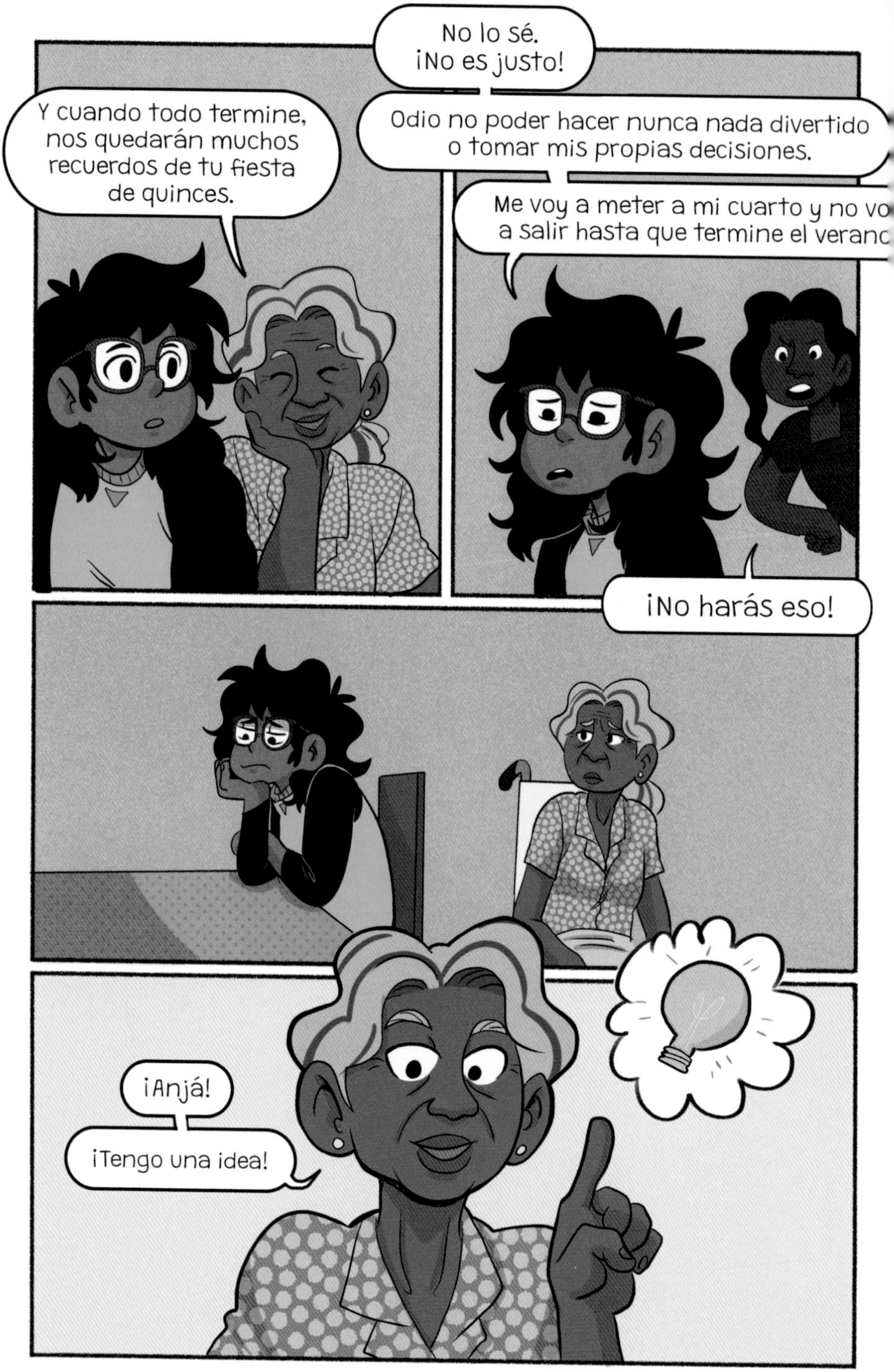
Y cuando todo termine, nos quedarán muchos recuerdos de tu fiesta de quinces.
No lo sé. ¡No es justo!
Odio no poder hacer nunca nada divertido o tomar mis propias decisiones.
Me voy a meter a mi cuarto y no vo
a salir hasta que termine el veranc
¡No harás eso!
¡Anjá!
¡Tengo una idea!

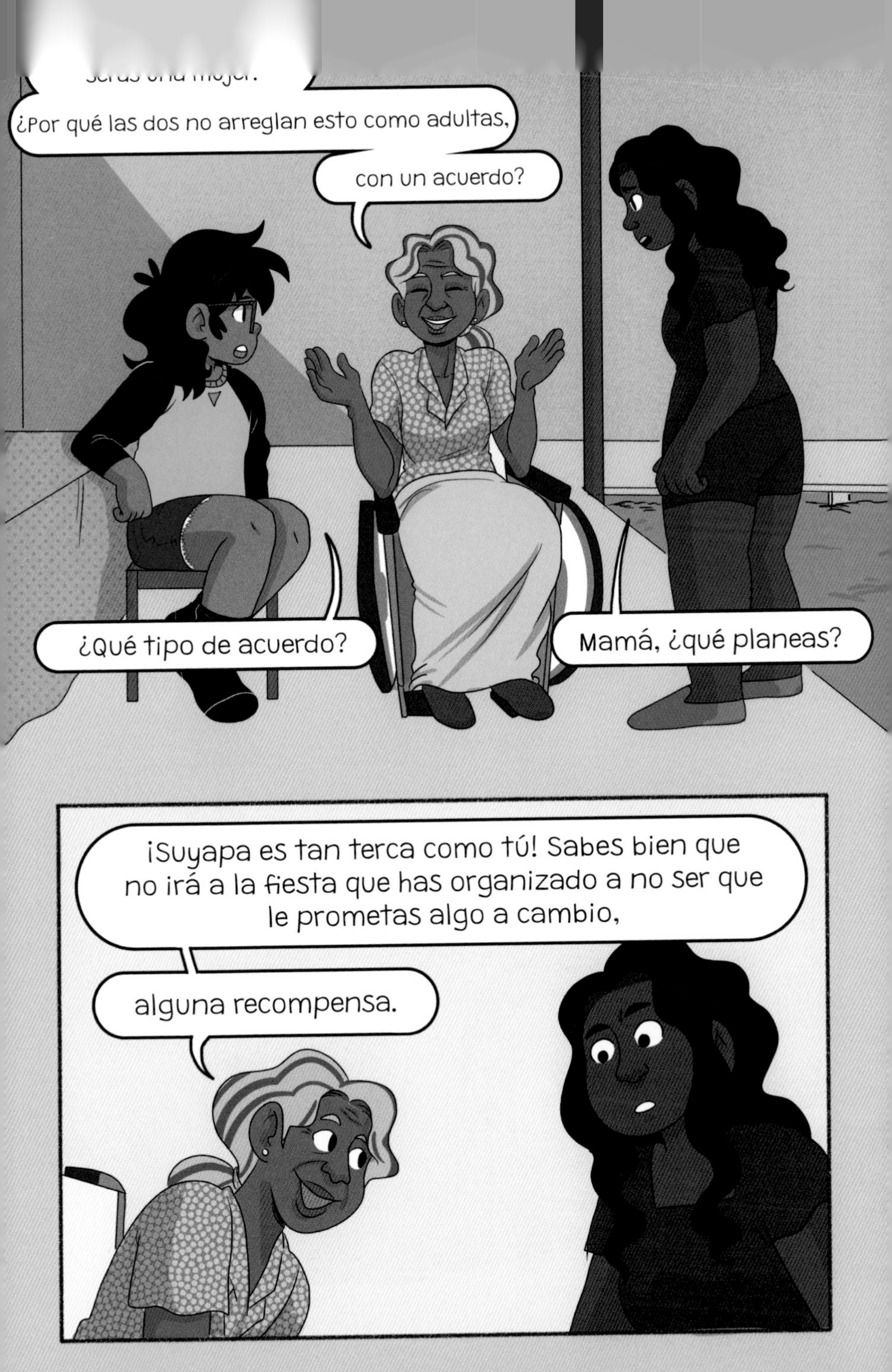
¿Por qué las dos no arreglan esto como adultas,
con un acuerdo?
¿Qué tipo de acuerdo?
Mamá, ¿qué planeas?
¡Suyapa es tan terca como tú! Sabes bien que no irá a la fiesta que has organizado a no ser que le prometas algo a cambio,
alguna recompensa.

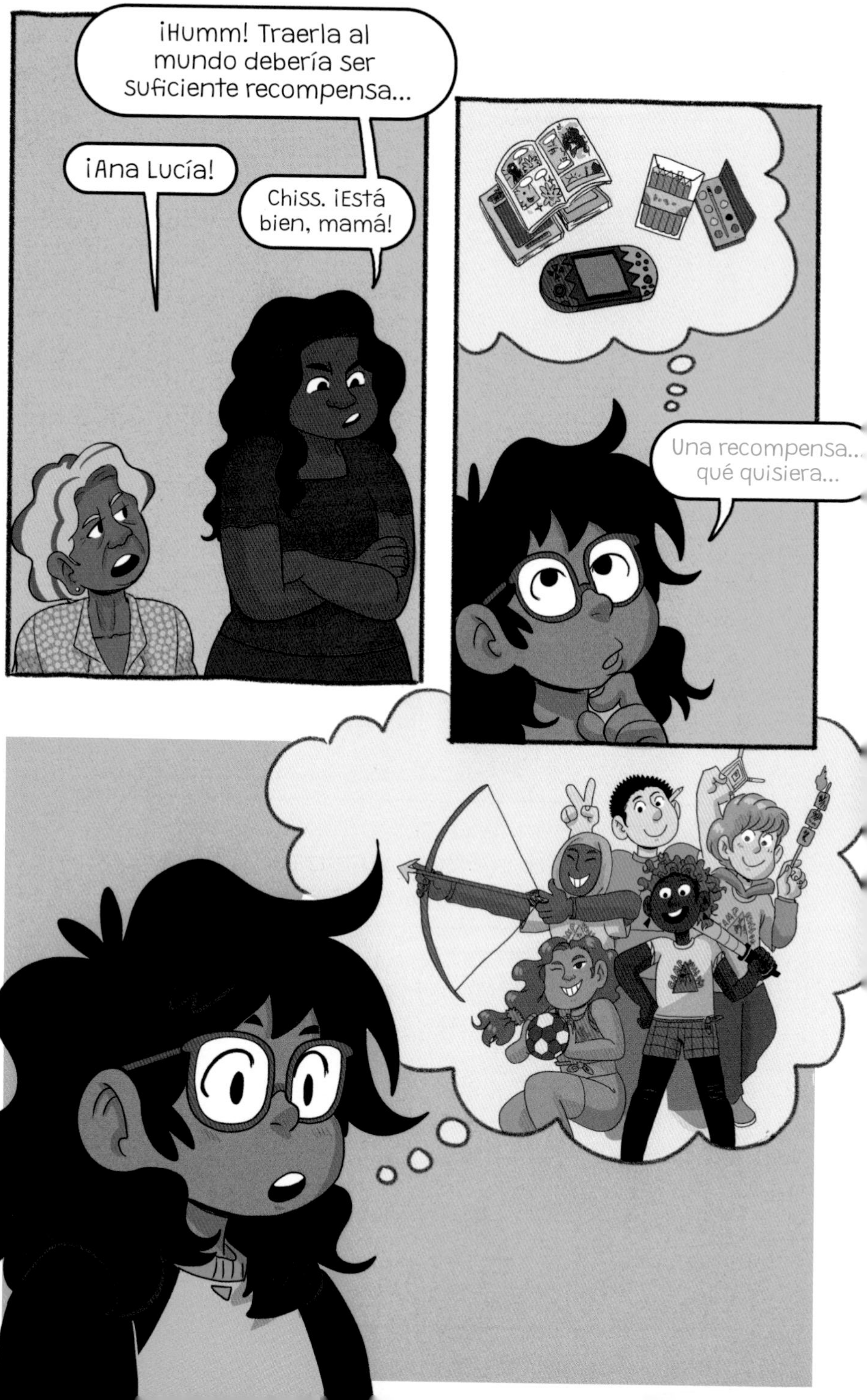
¡Humm! Traerla al mundo debería ser suficiente recompensa...
¡Ana Lucía!
Chiss. ¡Está bien, mamá!
Una recompensa... qué quisiera...

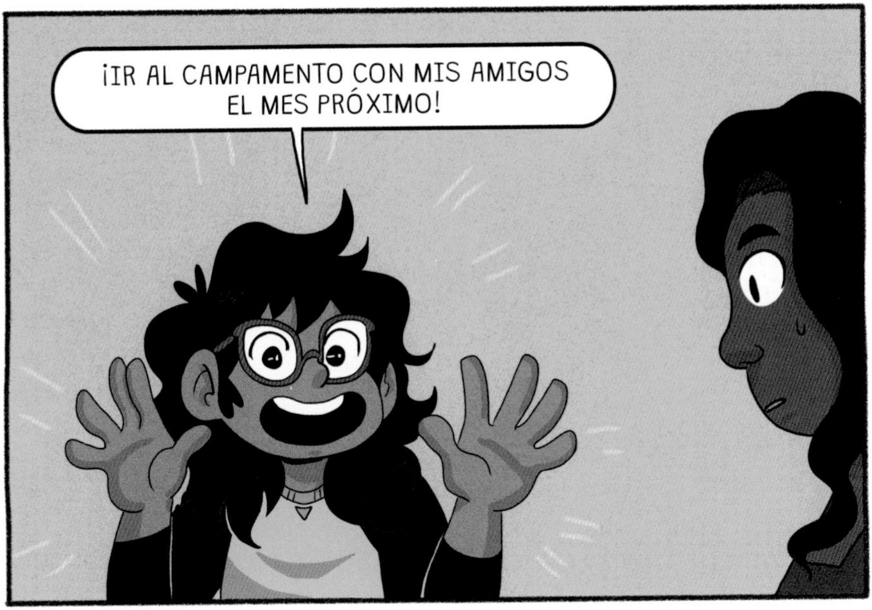
¡IR AL CAMPAMENTO CON MIS AMIGOS EL MES PRÓXIMO!

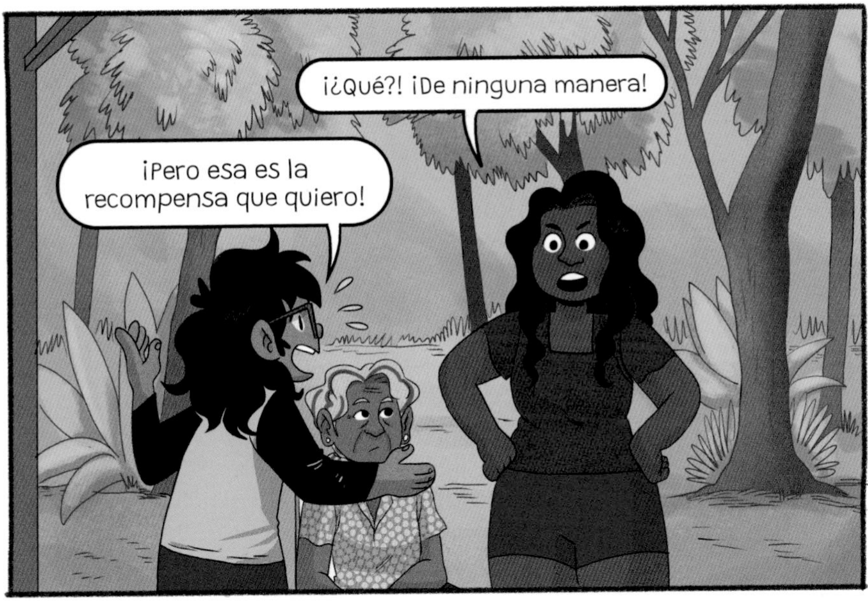
¡¿Qué?! ¡De ninguna manera!
¡Pero esa es la recompensa que quiero!

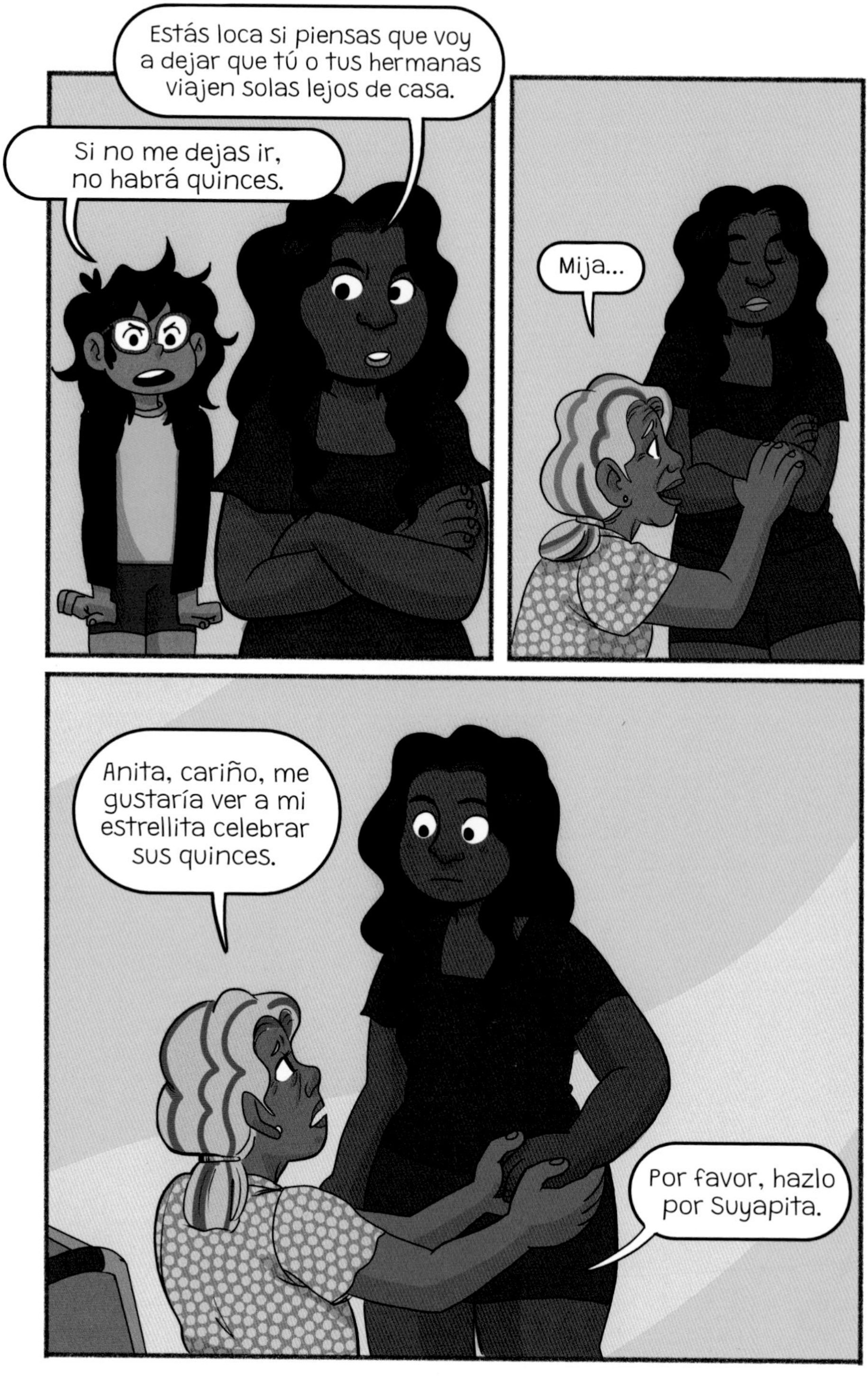
Si no me dejas ir, no habrá quinces.
Estás loca si piensas que voy a dejar que tú o tus hermanas viajen solas lejos de casa.
Mija...
Anita, cariño, me gustaría ver a mi estrellita celebrar sus quinces.
Por favor, hazlo por Suyapita.

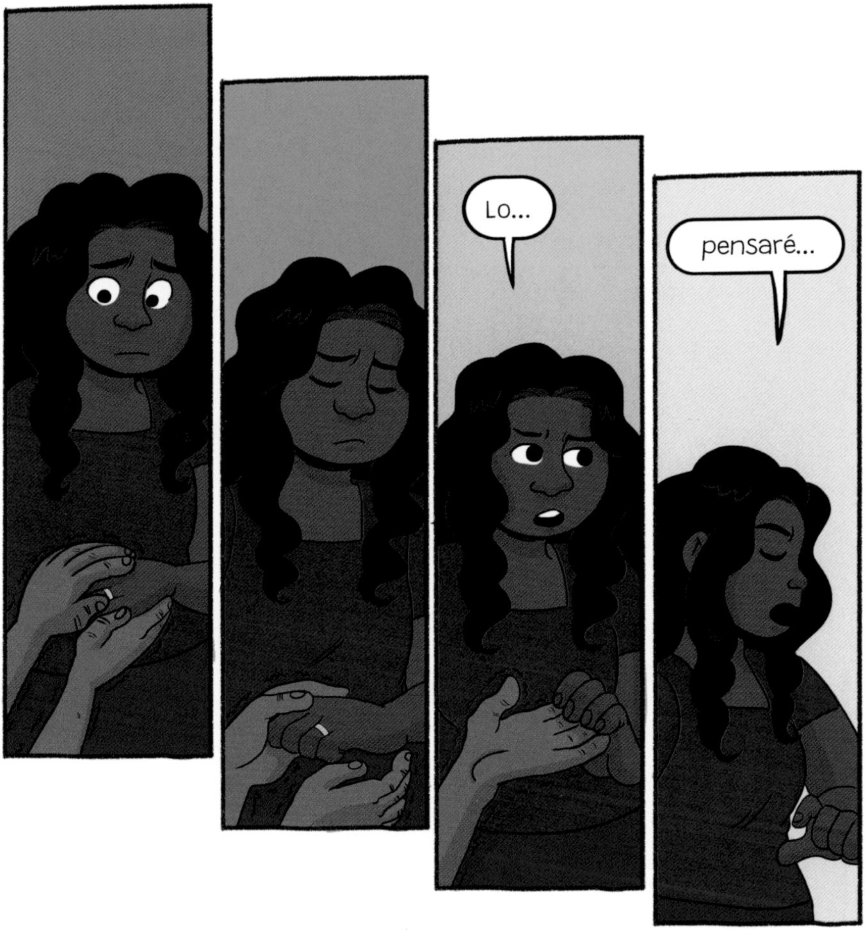
Lo...
pensaré...

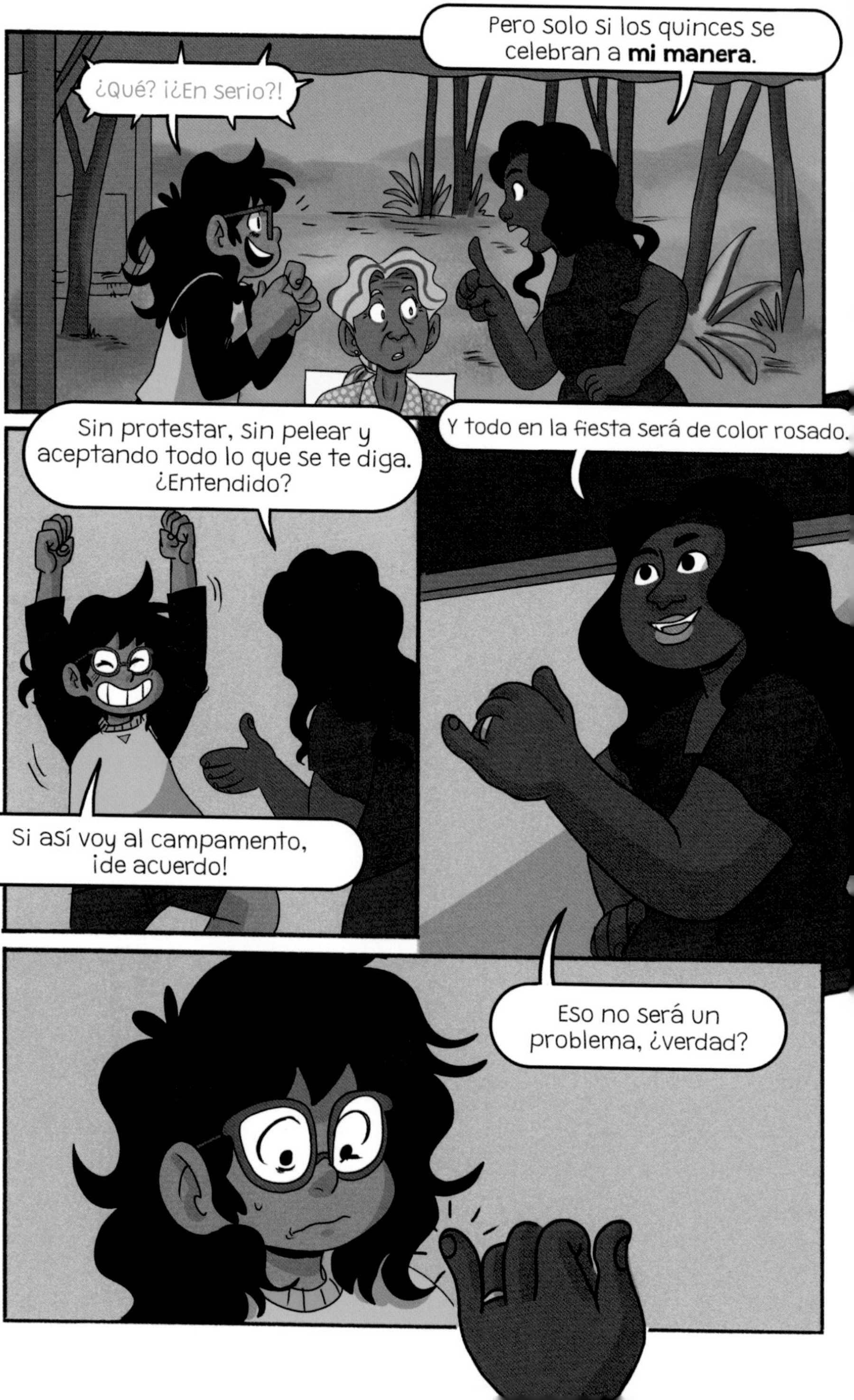
¿Qué? ¡¿En serio?!
Pero solo si los quinces se celebran a **mi manera**.
Sin protestar, sin pelear y aceptando todo lo que se te diga. ¿Entendido?
Si así voy al campamento, ¡de acuerdo!
Y todo en la fiesta será de color rosado.
Eso no será un problema, ¿verdad?

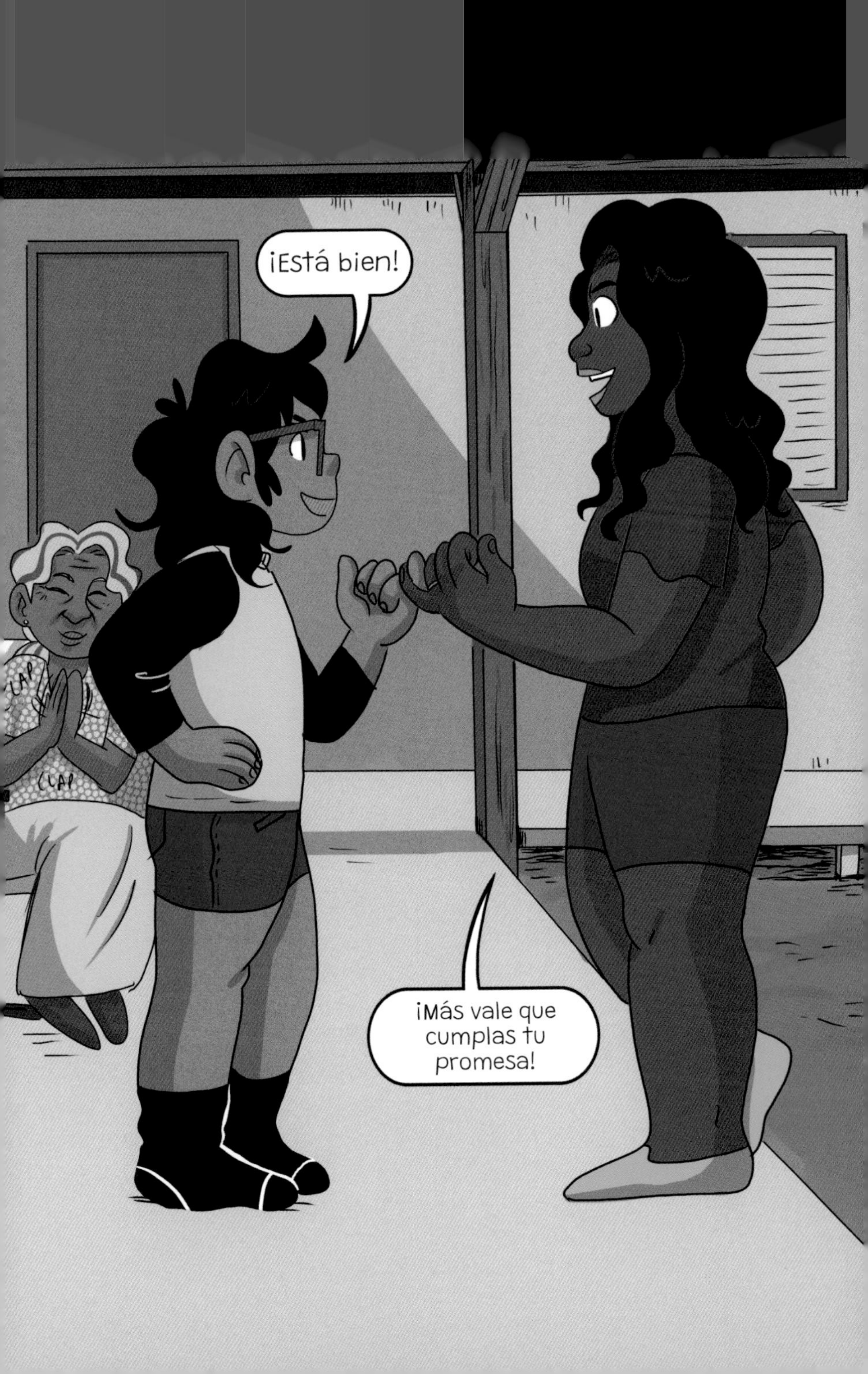
¡Está bien!
CLAP
CLAP
¡Más vale que cumplas tu promesa!

CAPÍTULO TRES

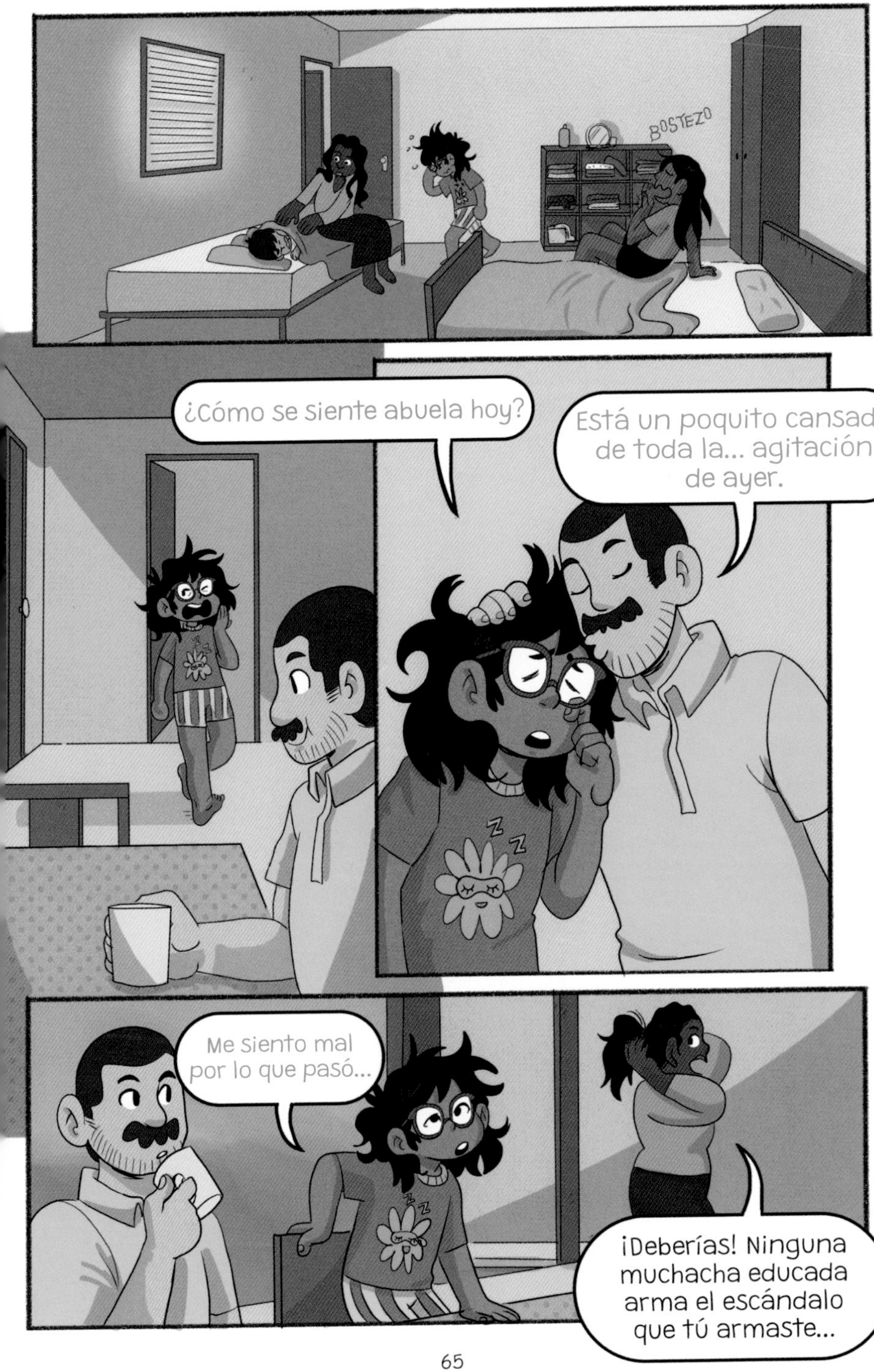
BOSTEZO
¿Cómo se siente abuela hoy?
Está un poquito cansada de toda la... agitación de ayer.
Me siento mal por lo que pasó...
¡Deberías! Ninguna muchacha educada arma el escándalo que tú armaste...

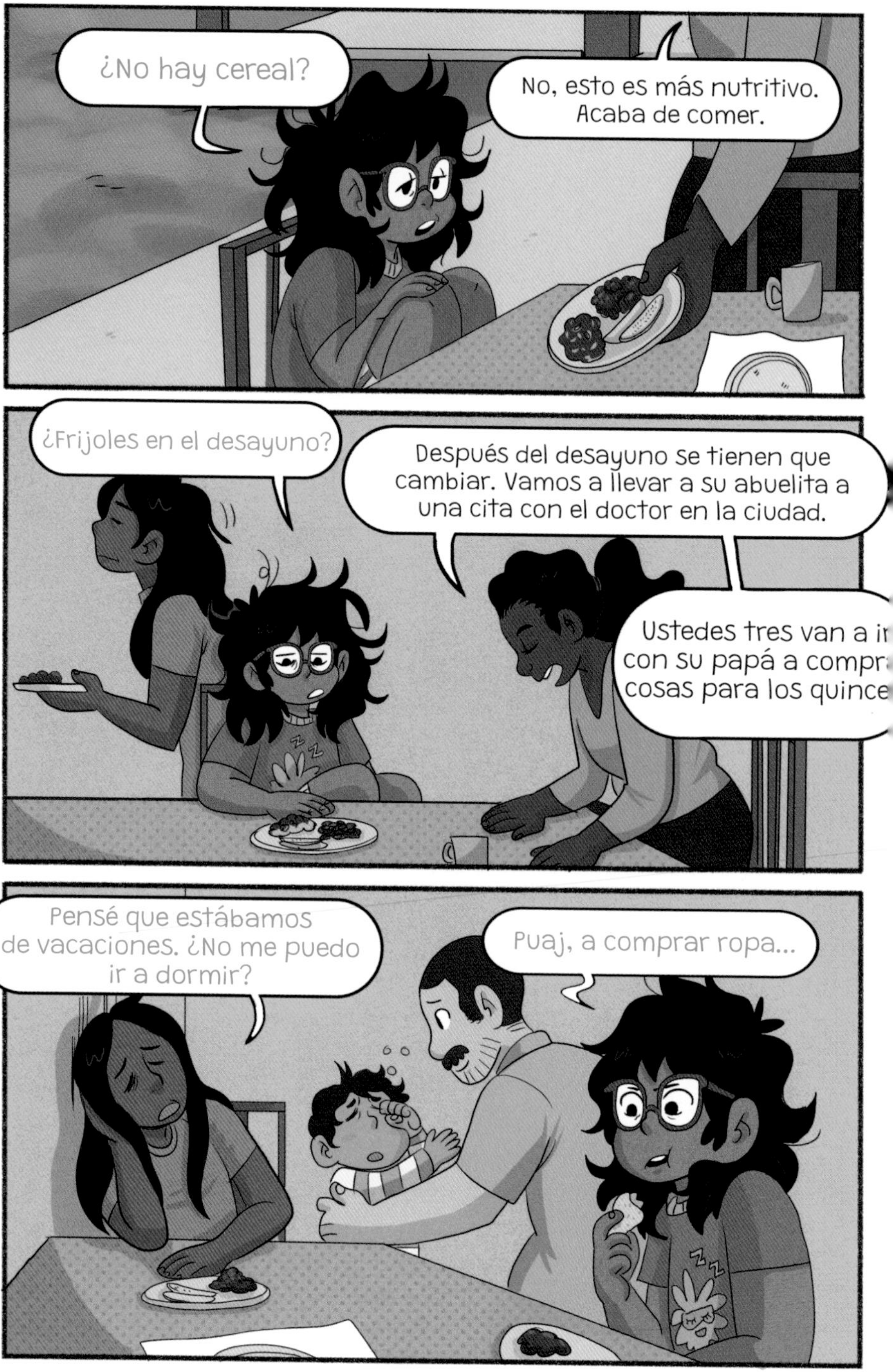
¿No hay cereal?
No, esto es más nutritivo. Acaba de comer.
¿Frijoles en el desayuno?
Después del desayuno se tienen que cambiar. Vamos a llevar a su abuelita a una cita con el doctor en la ciudad.
Ustedes tres van a i
con su papá a compr
cosas para los quince
Pensé que estábamos de vacaciones. ¿No me puedo ir a dormir?
Puaj, a comprar ropa...

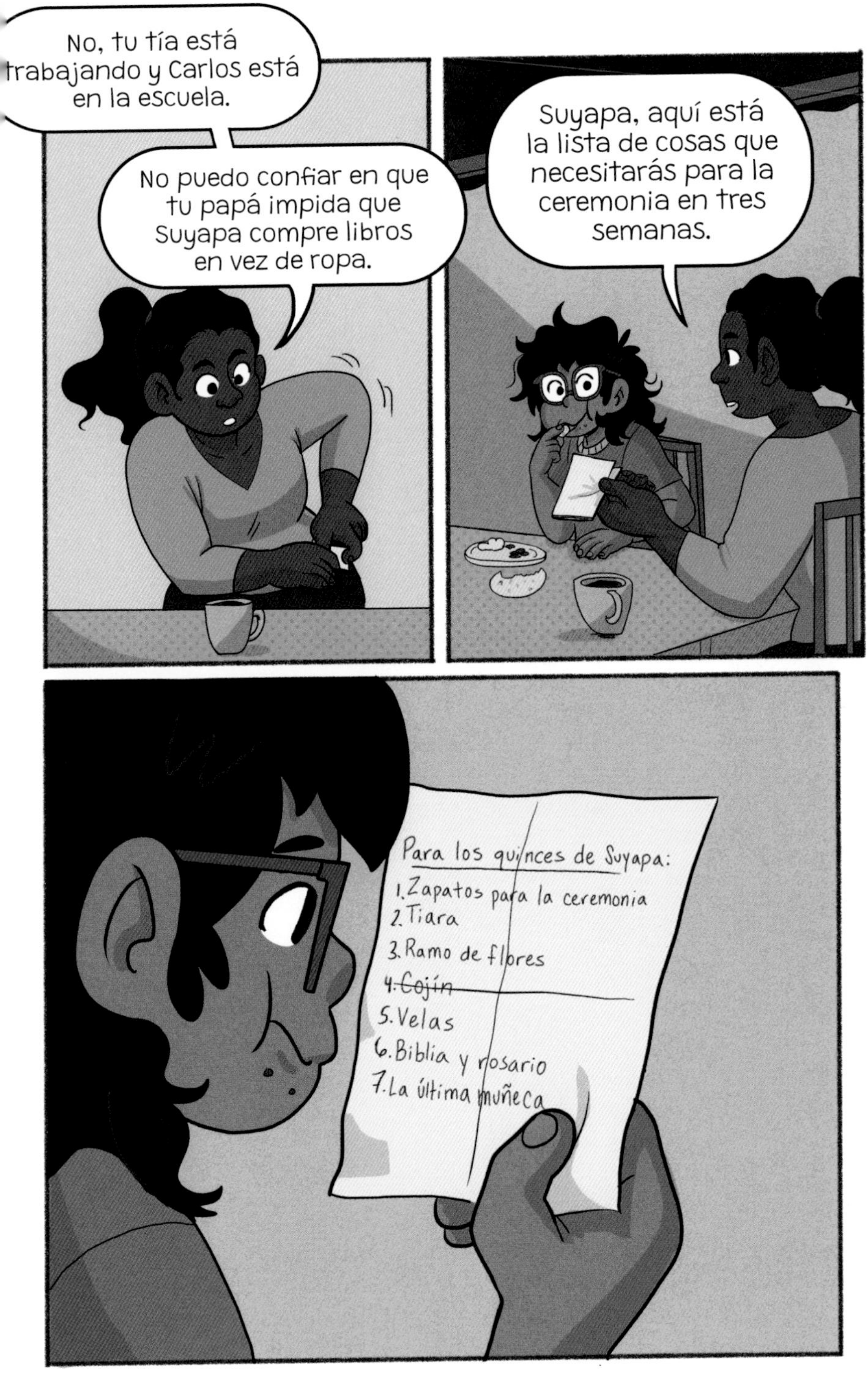
No, tu tía está trabajando y Carlos está en la escuela.
No puedo confiar en que tu papá impida que Suyapa compre libros en vez de ropa.
Suyapa, aquí está la lista de cosas que necesitarás para la ceremonia en tres semanas.
Para los quinces de Suyapa:
1. Zapatos para la ceremonia
2. Tiara
3. Ramo de flores
4. ~~Cojín~~
5. Velas
6. Biblia y rosario
7. La última muñeca

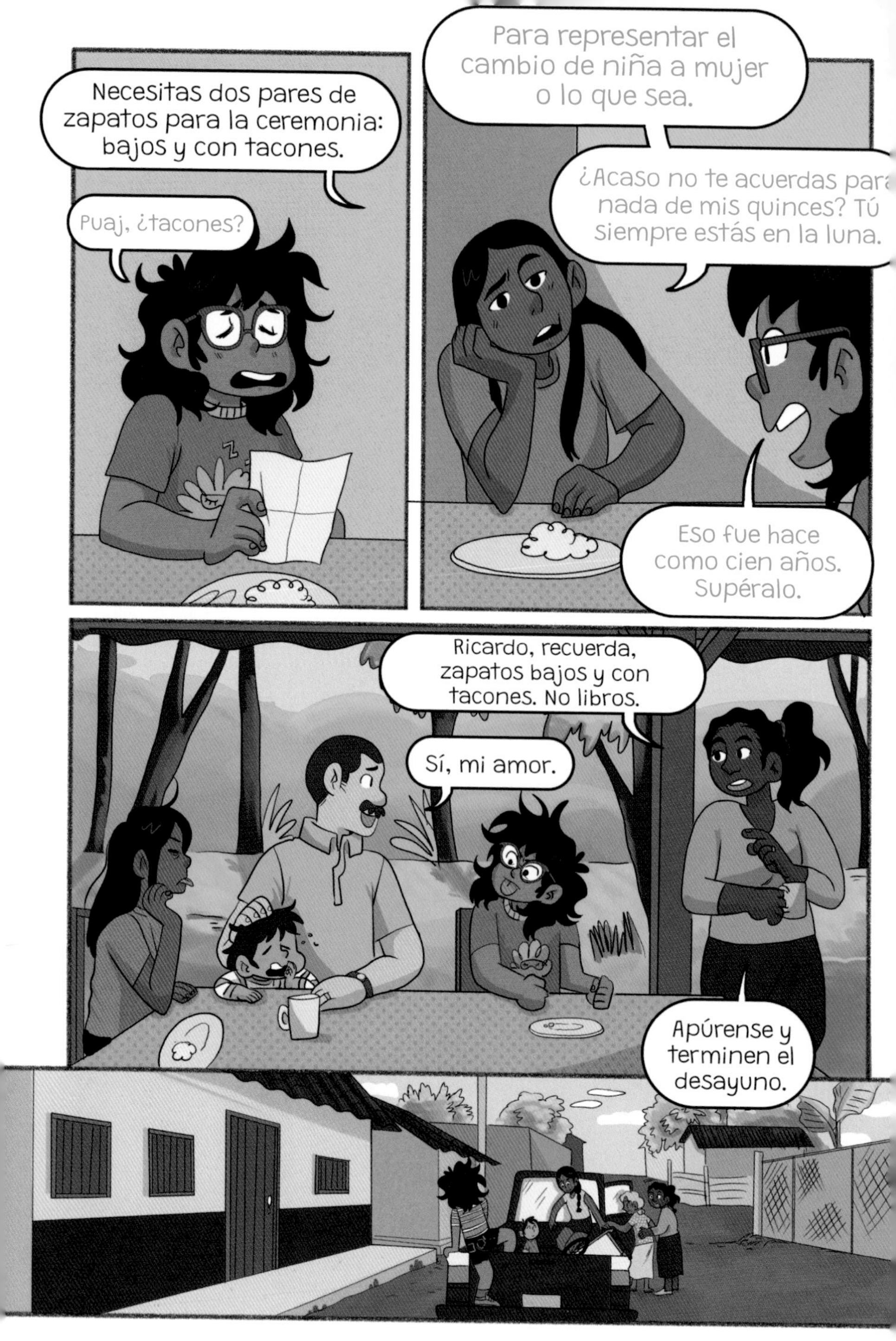
Necesitas dos pares de zapatos para la ceremonia: bajos y con tacones.
Puaj, ¿tacones?
Para representar el cambio de niña a mujer o lo que sea.
¿Acaso no te acuerdas para nada de mis quinces? Tú siempre estás en la luna.
Eso fue hace como cien años. Supéralo.
Ricardo, recuerda, zapatos bajos y con tacones. No libros.
Sí, mi amor.
Apúrense y terminen el desayuno.

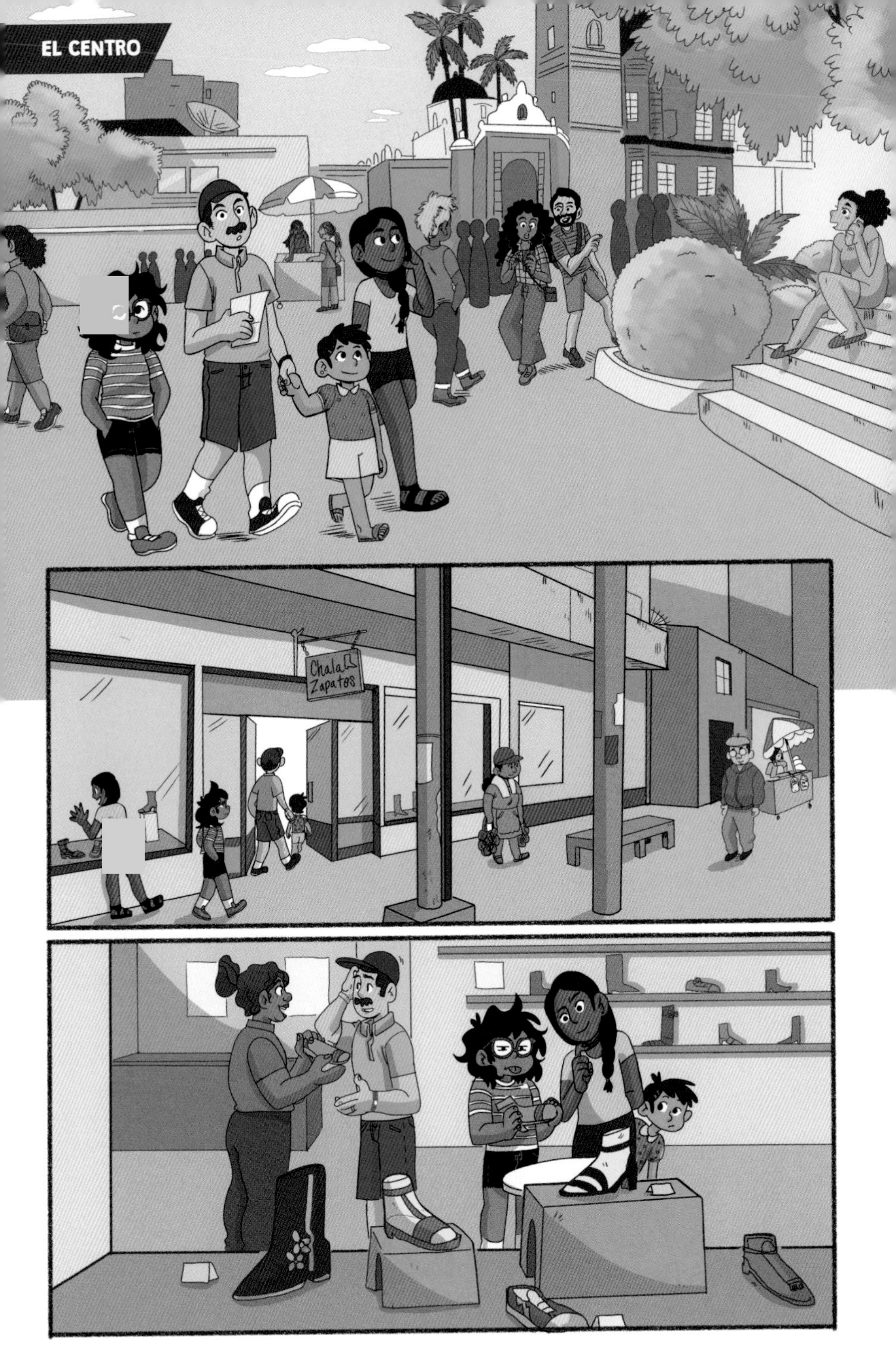
EL CENTRO
Chala
Zapatos

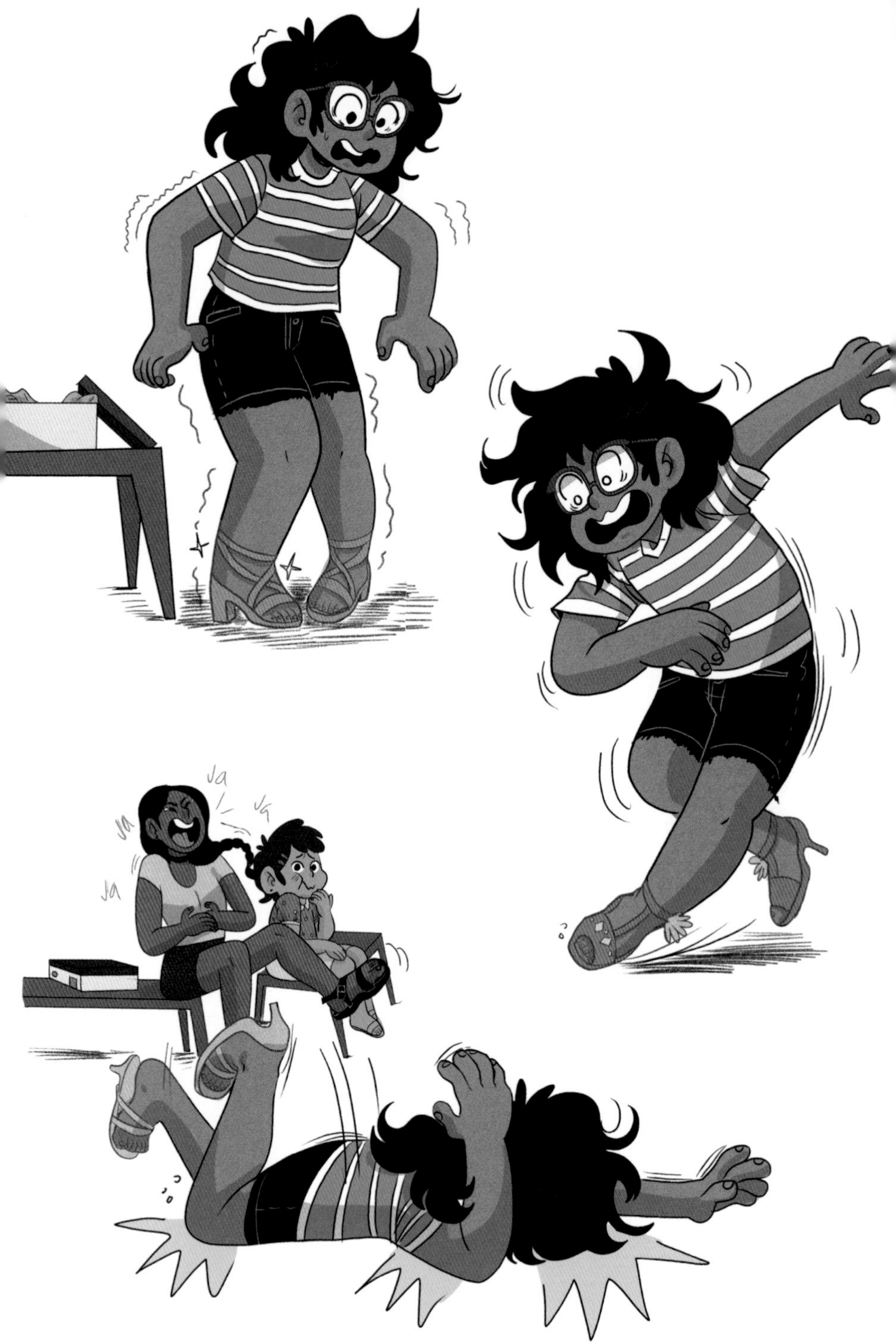
JA
JA
JA
JA

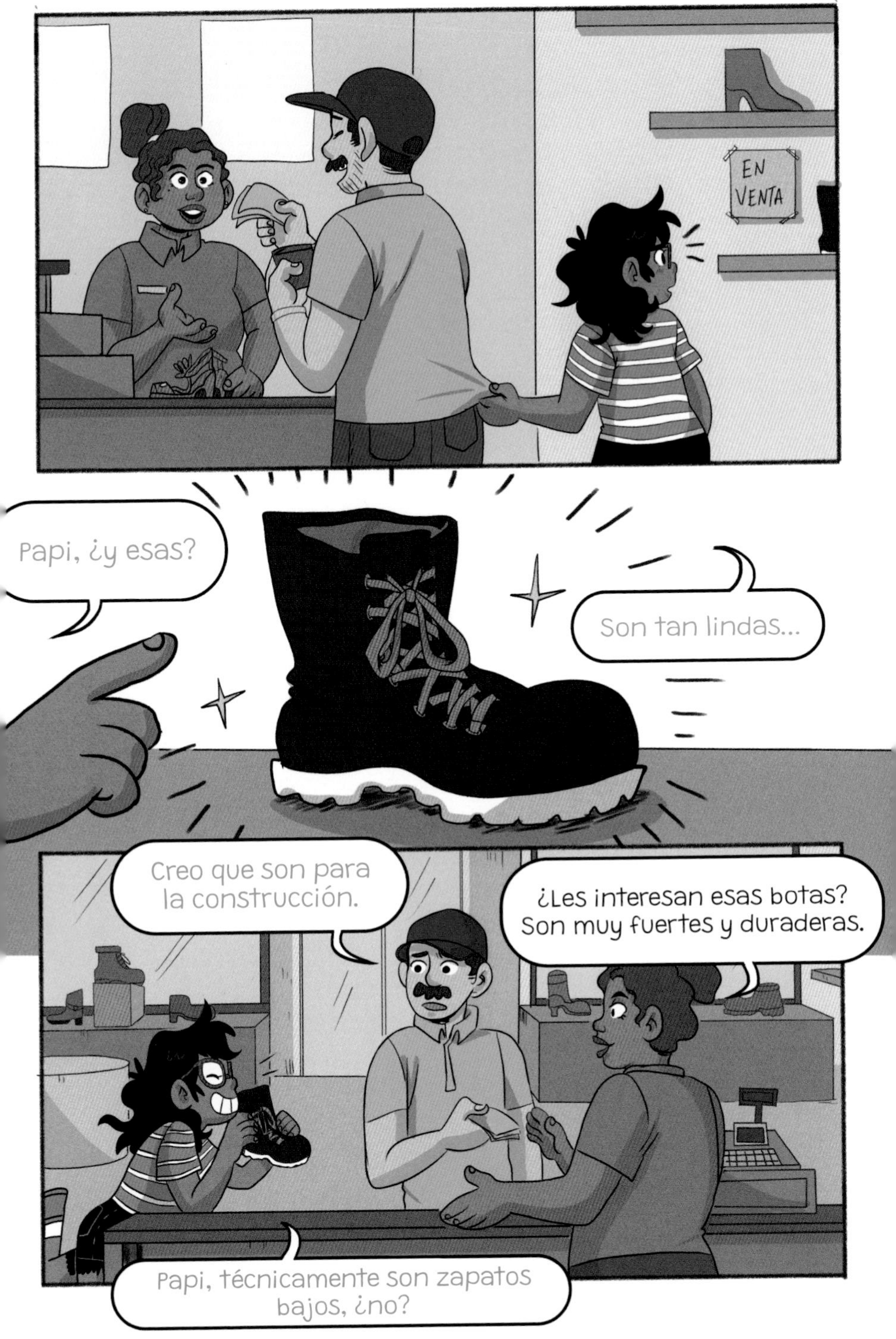
EN VENTA
Papi, ¿y esas?
Son tan lindas...
Creo que son para la construcción.
¿Les interesan esas botas? Son muy fuertes y duraderas.
Papi, técnicamente son zapatos bajos, ¿no?

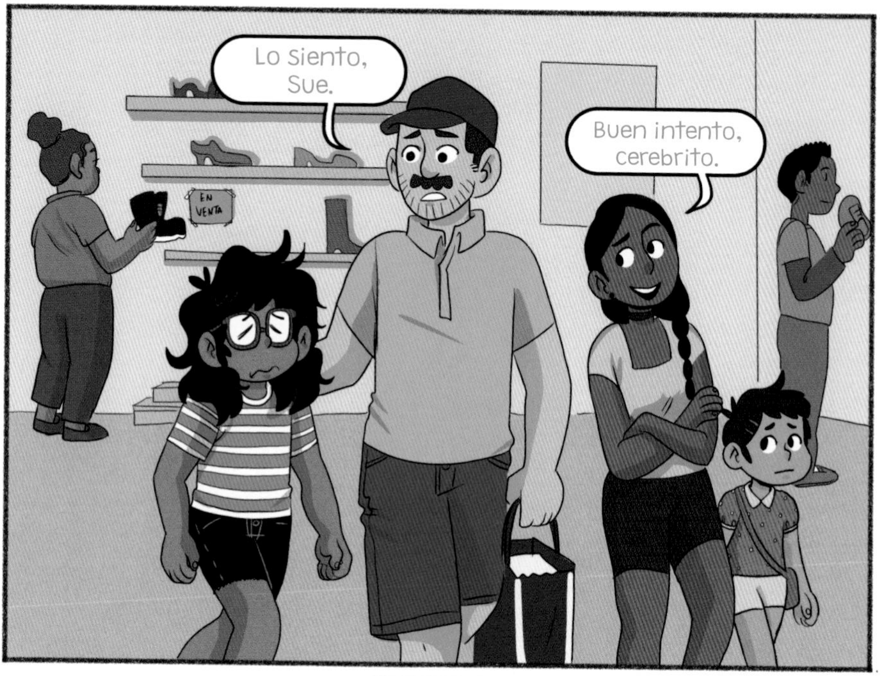
Lo siento, Sue.
Buen intento, cerebrito.
EN VENTA

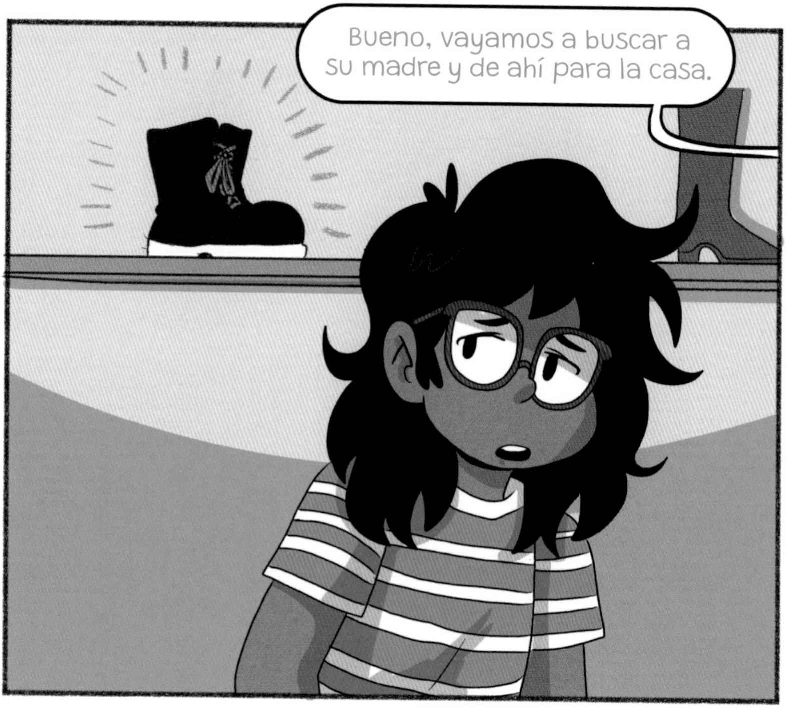
Bueno, vayamos a buscar a su madre y de ahí para la casa.

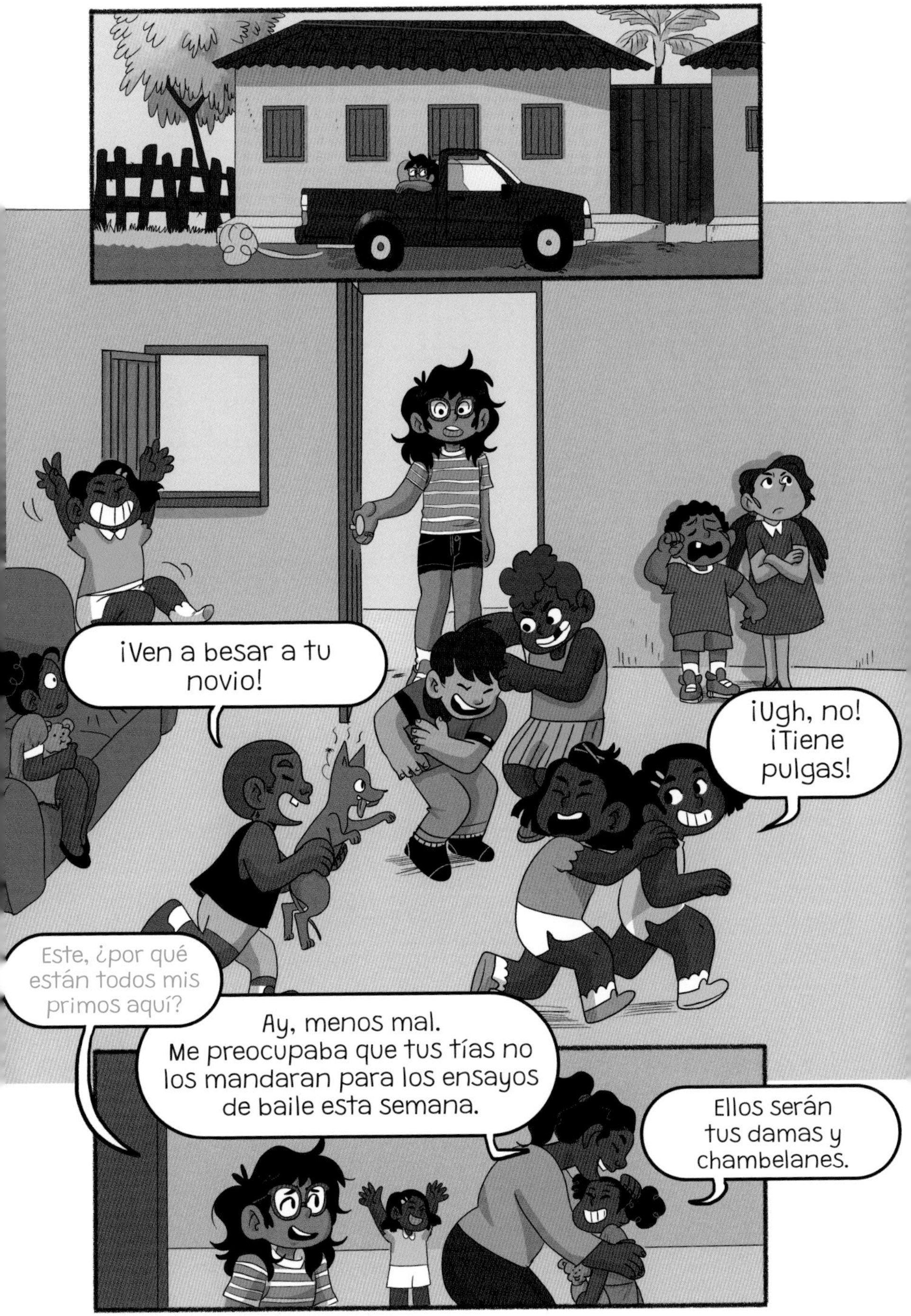
¡Ven a besar a tu novio!
¡Ugh, no! ¡Tiene pulgas!
Este, ¿por qué están todos mis primos aquí?
Ay, menos mal. Me preocupaba que tus tías no los mandaran para los ensayos de baile esta semana.
Ellos serán tus damas y chambelanes.

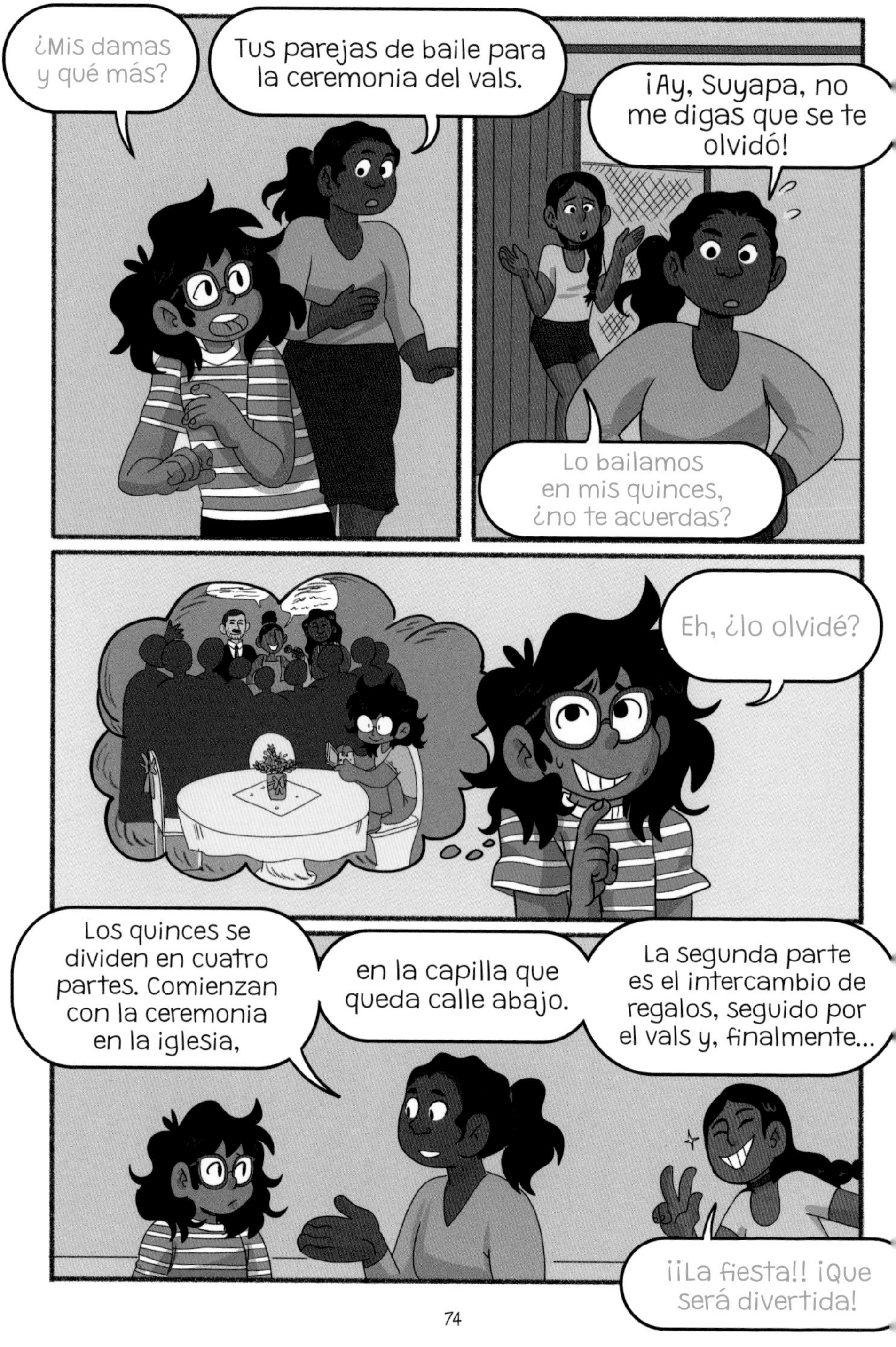
¿Mis damas y qué más?
Tus parejas de baile para la ceremonia del vals.
¡Ay, Suyapa, no me digas que se te olvidó!
Lo bailamos en mis quinces, ¿no te acuerdas?
Eh, ¿lo olvidé?
Los quinces se dividen en cuatro partes. Comienzan con la ceremonia en la iglesia,
en la capilla que queda calle abajo.
La segunda parte es el intercambio de regalos, seguido por el vals y, finalmente...
¡¡La fiesta!! ¡Que será divertida!

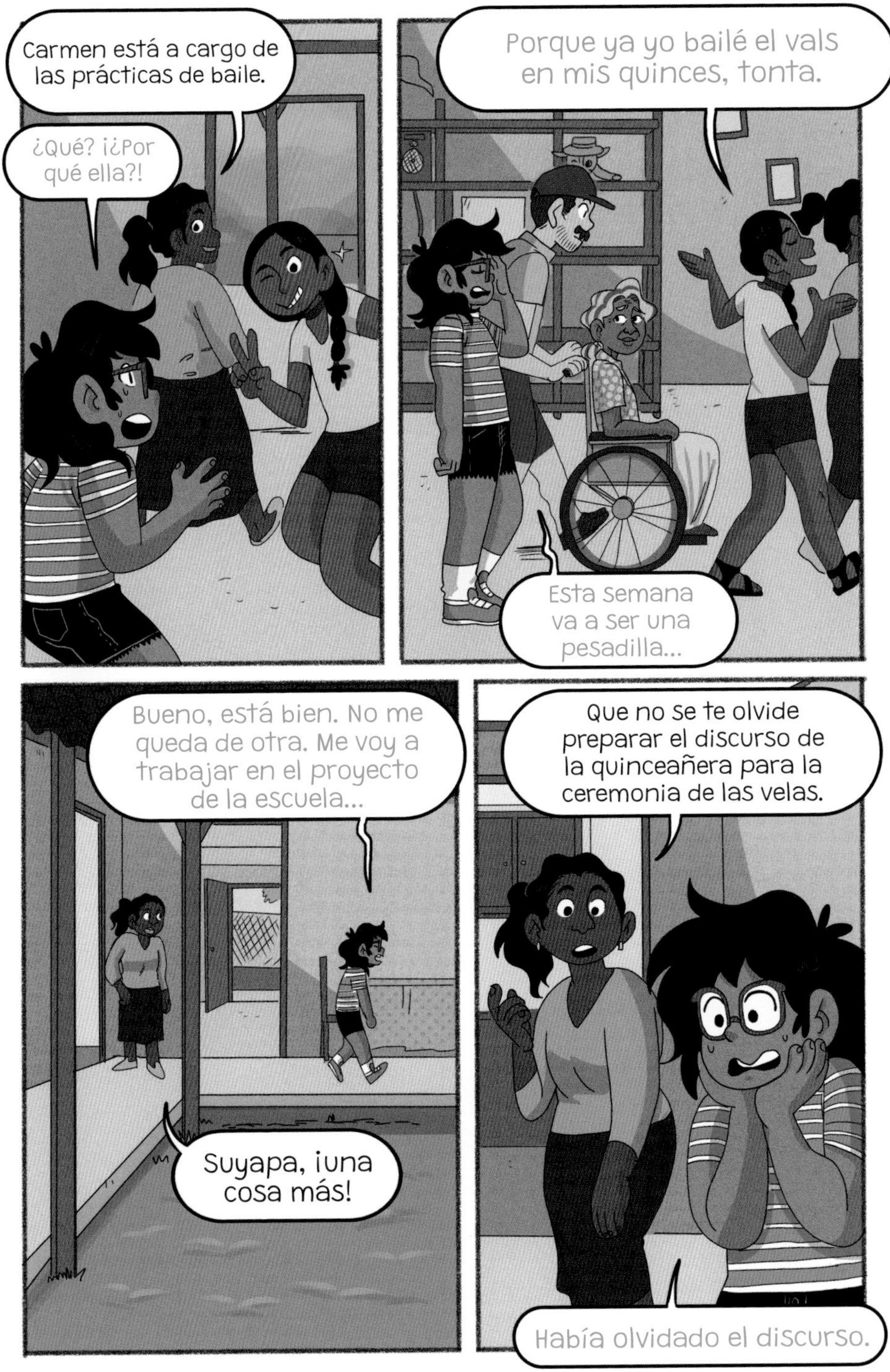
Carmen está a cargo de las prácticas de baile.
¿Qué? ¡¿Por qué ella?!
Porque ya yo bailé el vals en mis quinces, tonta.
Esta semana va a ser una pesadilla...
Bueno, está bien. No me queda de otra. Me voy a trabajar en el proyecto de la escuela...
Suyapa, ¡una cosa más!
Que no se te olvide preparar el discurso de la quinceañera para la ceremonia de las velas.
Había olvidado el discurso.

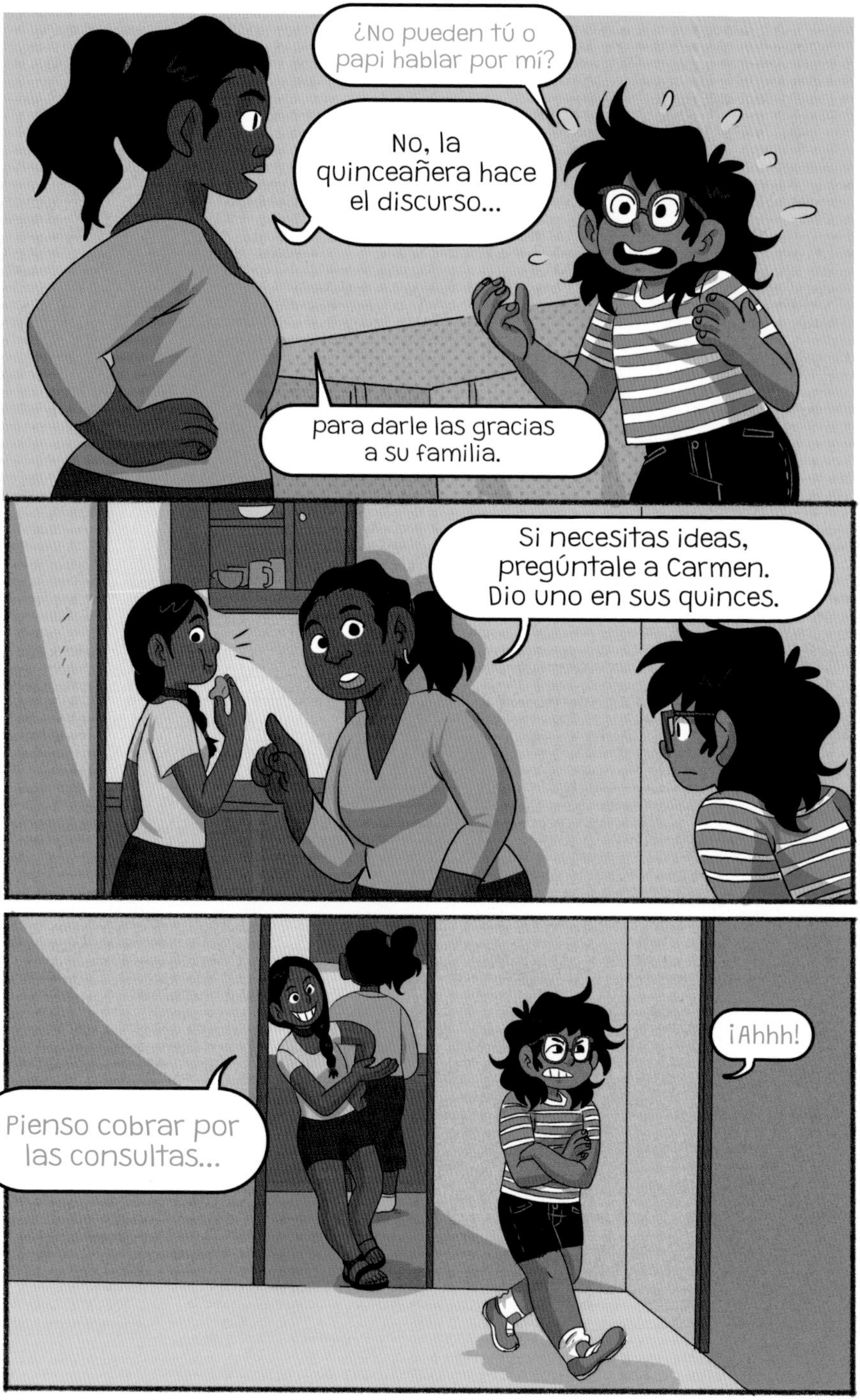
¿No pueden tú o papi hablar por mí?
No, la quinceañera hace el discurso...
para darle las gracias a su familia.
Si necesitas ideas, pregúntale a Carmen. Dio uno en sus quinces.
Pienso cobrar por las consultas...
¡Ahhh!

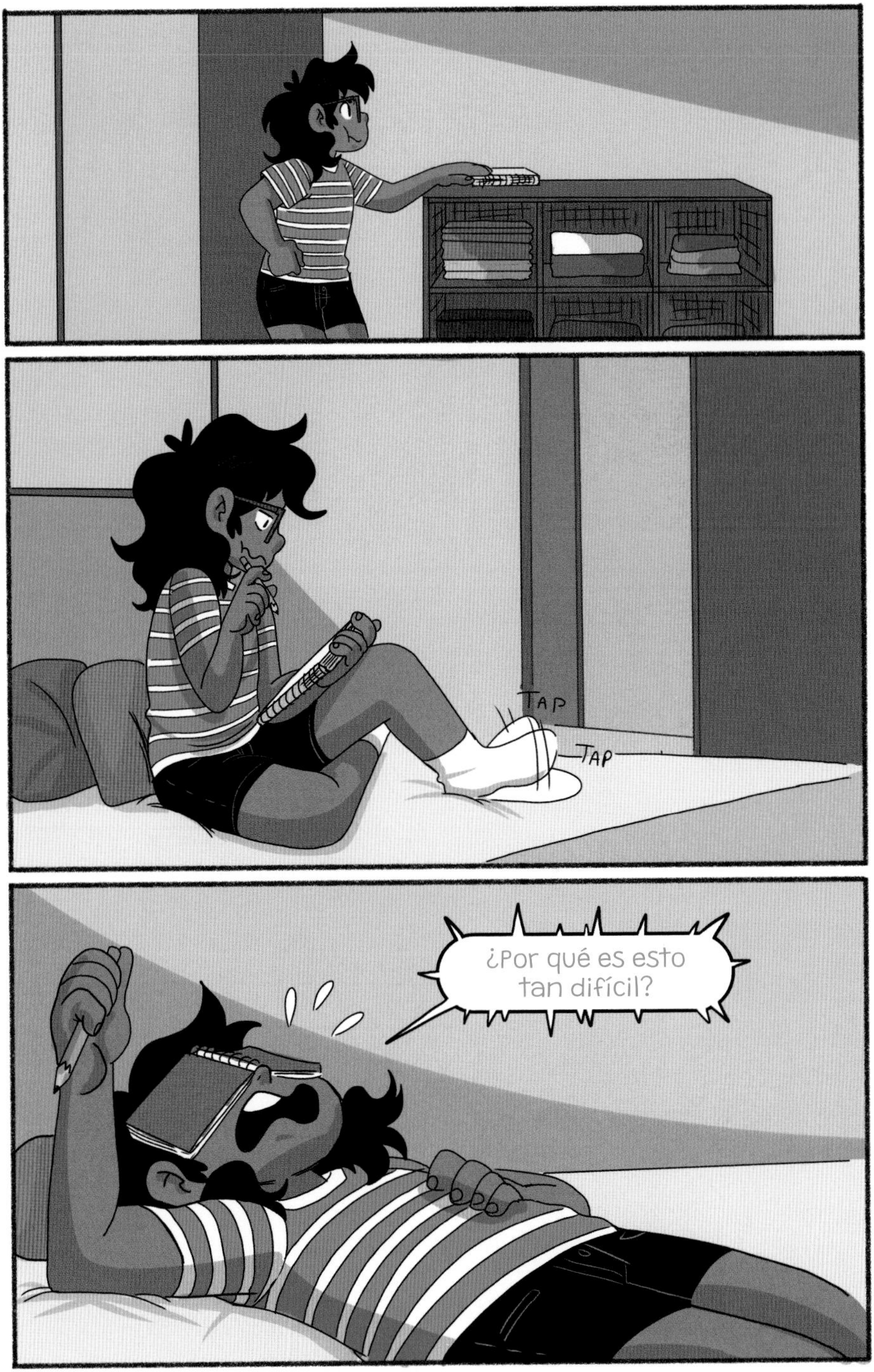
TAP
TAP
¿Por qué es esto tan difícil?

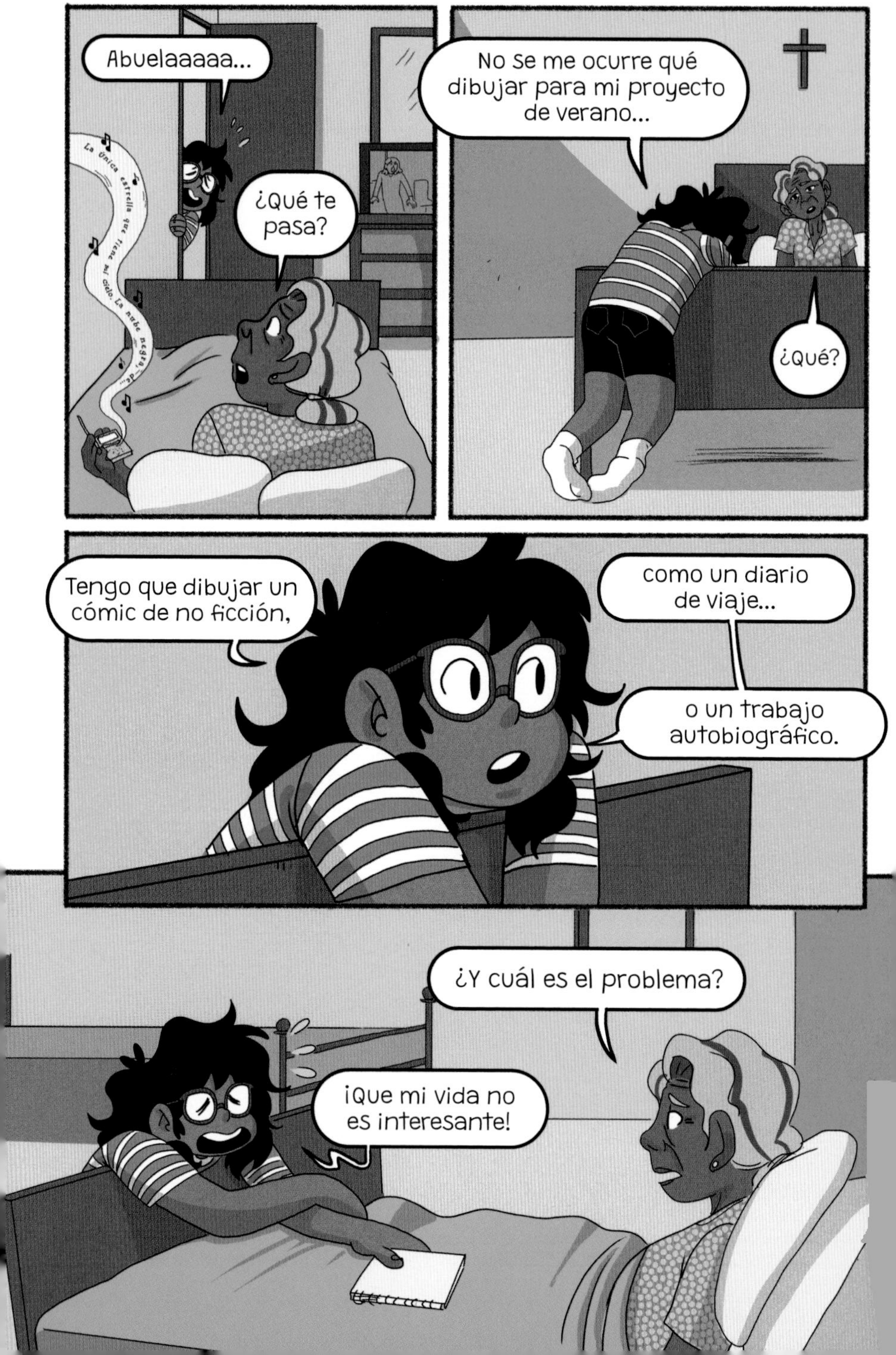

La única estrella que tiene mi cielo. La nube negra, de...
Abuelaaaaa...
¿Qué te pasa?
No se me ocurre qué dibujar para mi proyecto de verano...
¿Qué?
Tengo que dibujar un cómic de no ficción,
como un diario de viaje...
o un trabajo autobiográfico.
¿Y cuál es el problema?
¡Que mi vida no es interesante!

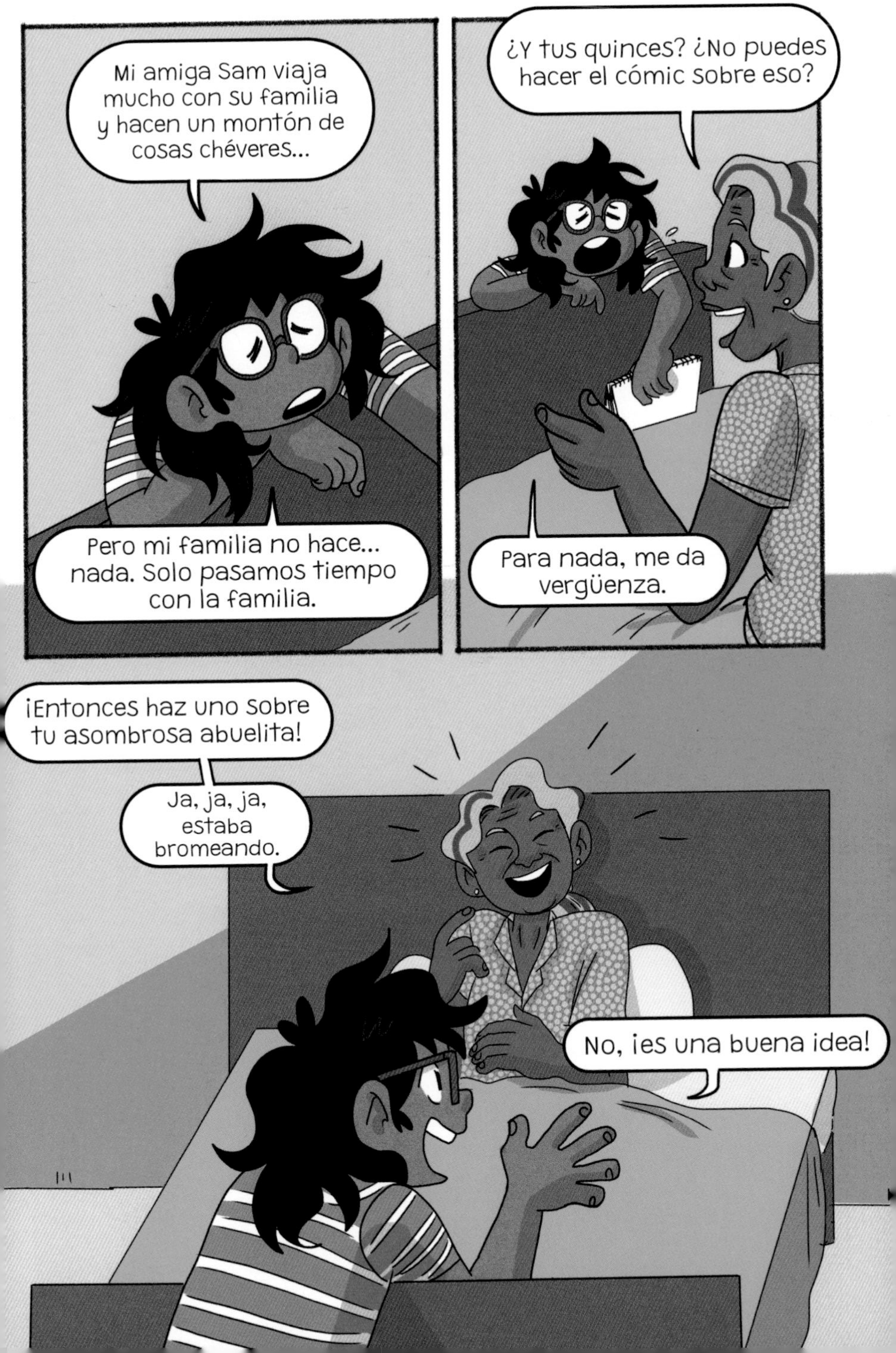
Mi amiga Sam viaja mucho con su familia y hacen un montón de cosas chéveres...
Pero mi familia no hace... nada. Solo pasamos tiempo con la familia.
¿Y tus quinces? ¿No puedes hacer el cómic sobre eso?
Para nada, me da vergüenza.
¡Entonces haz uno sobre tu asombrosa abuelita!
Ja, ja, ja, estaba bromeando.
No, ¡es una buena idea!

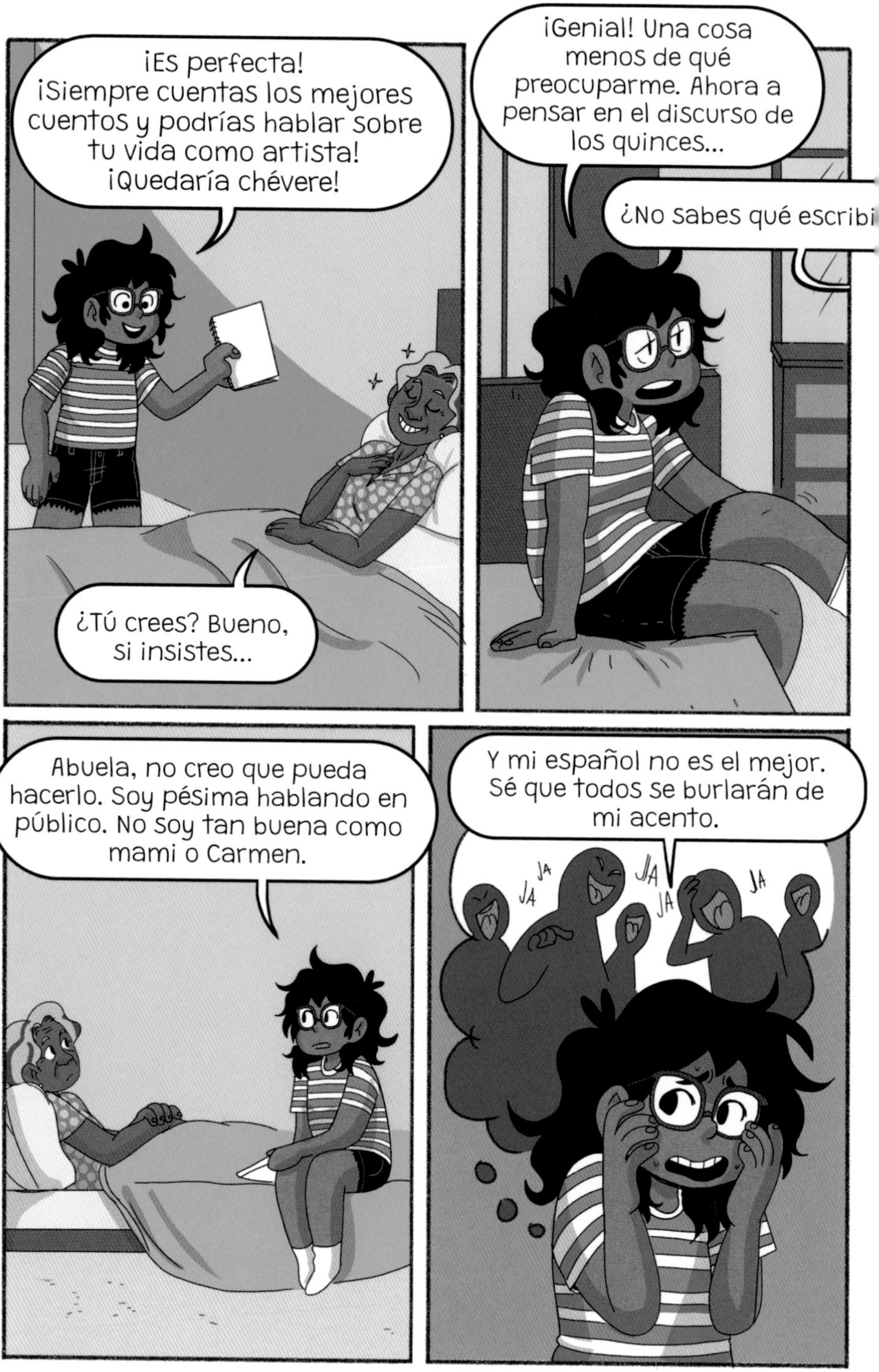
¡ES perfecta! ¡Siempre cuentas los mejores cuentos y podrías hablar sobre tu vida como artista! ¡Quedaría chévere!
¿TÚ crees? Bueno, si insistes...
¡Genial! Una cosa menos de qué preocuparme. Ahora a pensar en el discurso de los quinces...
¿No sabes qué escribi
Abuela, no creo que pueda hacerlo. Soy pésima hablando en público. No soy tan buena como mami o Carmen.
Y mi español no es el mejor. Sé que todos se burlarán de mi acento.
JA
JA
JA
JA
JA

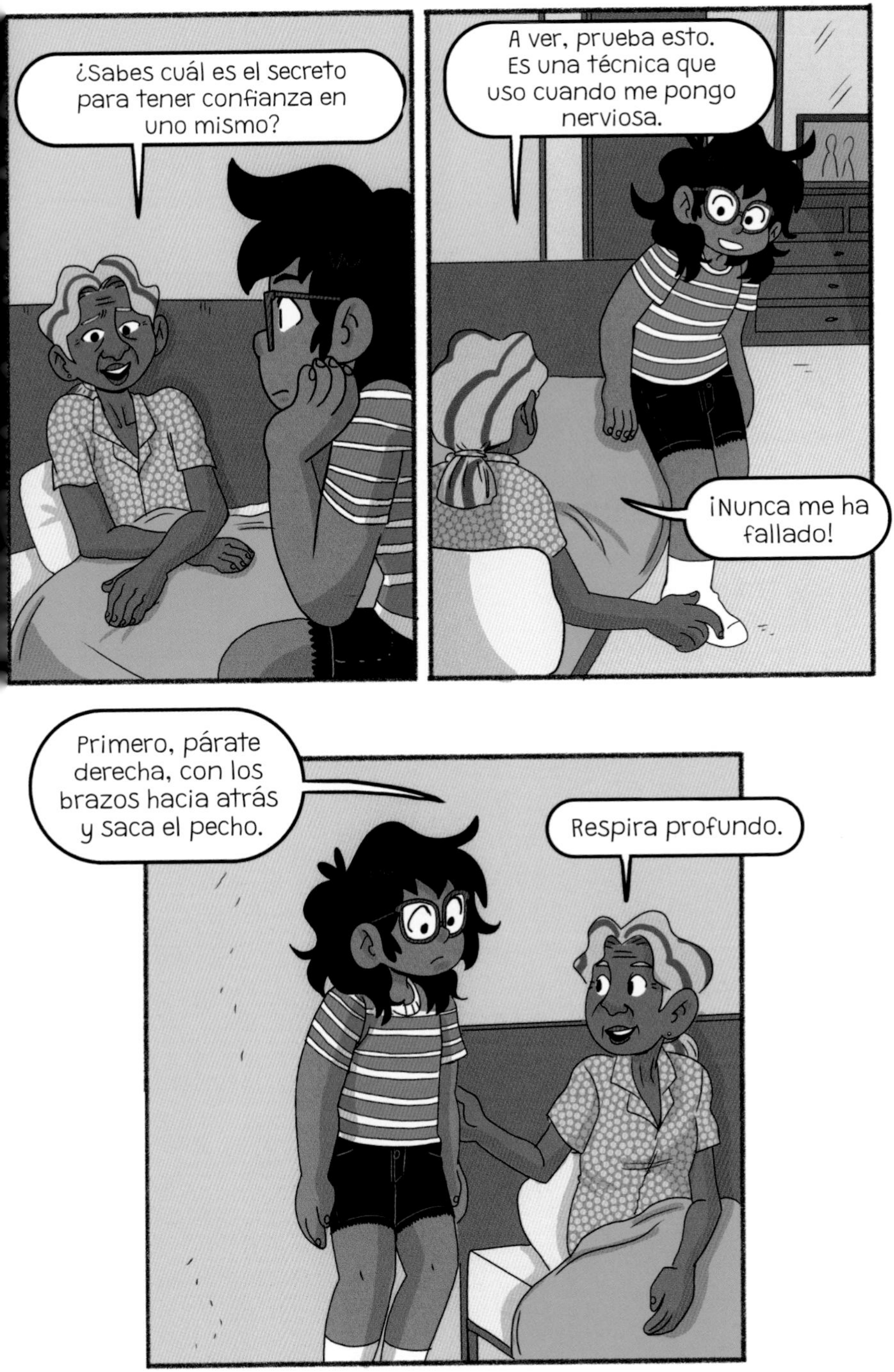
¿Sabes cuál es el secreto para tener confianza en uno mismo?
A ver, prueba esto. Es una técnica que uso cuando me pongo nerviosa.
¡Nunca me ha fallado!
Primero, párate derecha, con los brazos hacia atrás y saca el pecho.
Respira profundo.

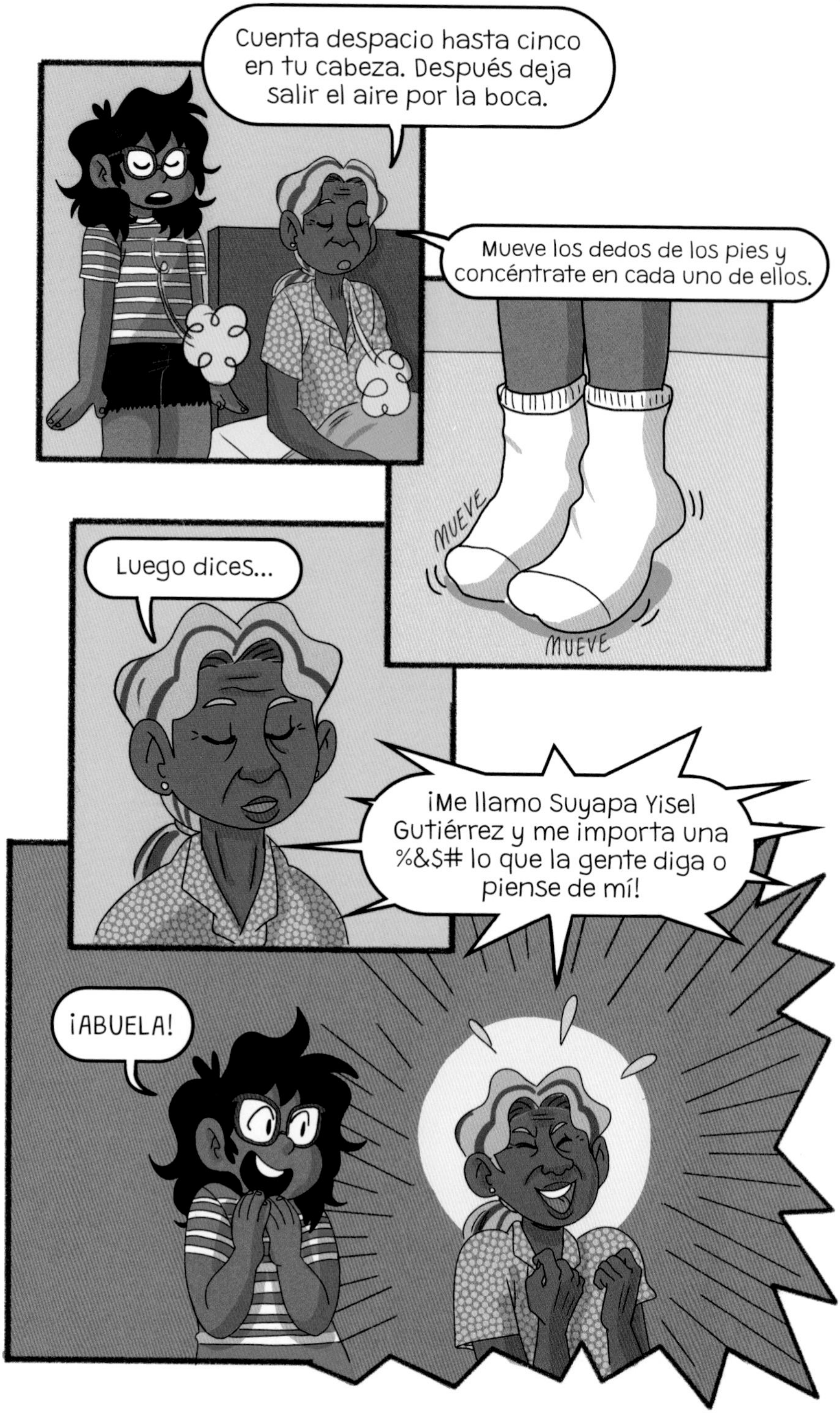
Cuenta despacio hasta cinco en tu cabeza. Después deja salir el aire por la boca.
Mueve los dedos de los pies y concéntrate en cada uno de ellos.
MUEVE
MUEVE
Luego dices...
¡Me llamo Suyapa Yisel Gutiérrez y me importa una %&$# lo que la gente diga o piense de mí!
¡ABUELA!

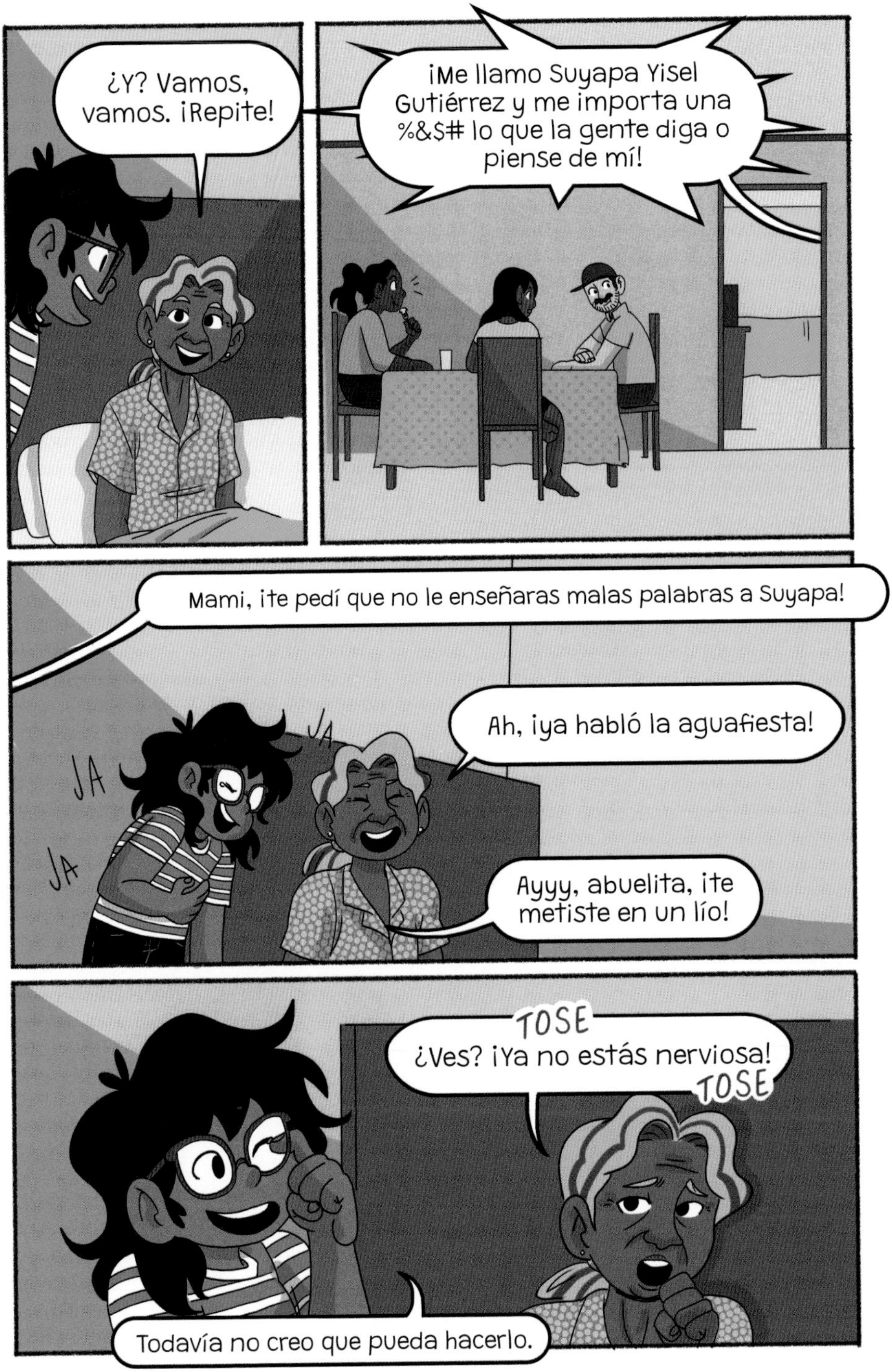

¿Y? Vamos, vamos. ¡Repite!
¡Me llamo Suyapa Yisel Gutiérrez y me importa una %&$# lo que la gente diga o piense de mí!
Mami, ¡te pedí que no le enseñaras malas palabras a Suyapa!
JA
JA
JA
Ah, ¡ya habló la aguafiesta!
Ayyy, abuelita, ¡te metiste en un lío!
TOSE
¿Ves? ¡Ya no estás nerviosa!
TOSE
Todavía no creo que pueda hacerlo.

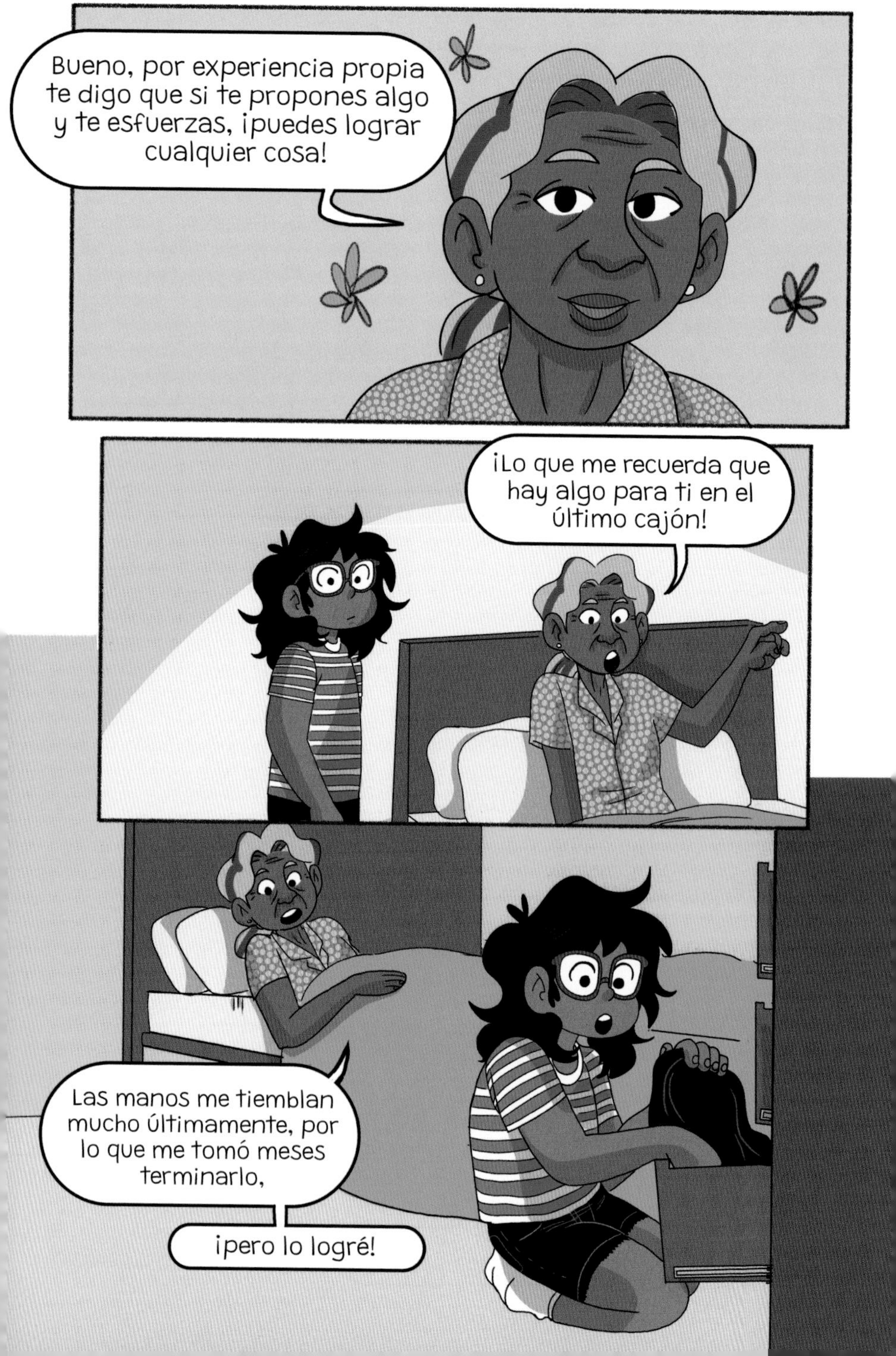
Bueno, por experiencia propia te digo que si te propones algo y te esfuerzas, ¡puedes lograr cualquier cosa!
¡Lo que me recuerda que hay algo para ti en el último cajón!
Las manos me tiemblan mucho últimamente, por lo que me tomó meses terminarlo,
¡pero lo logré!

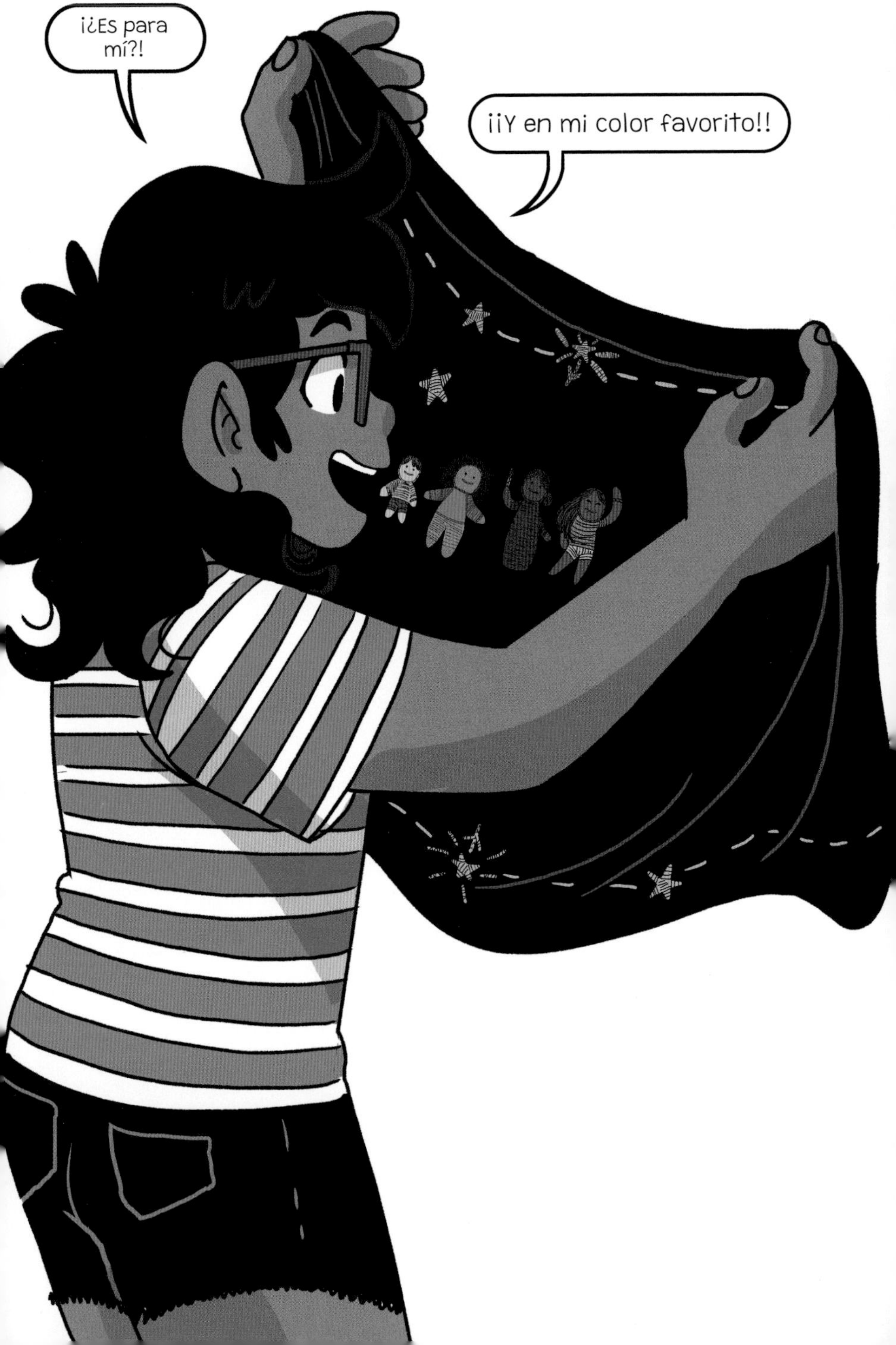
¡¿Es para mí?!
¡¡Y en mi color favorito!!

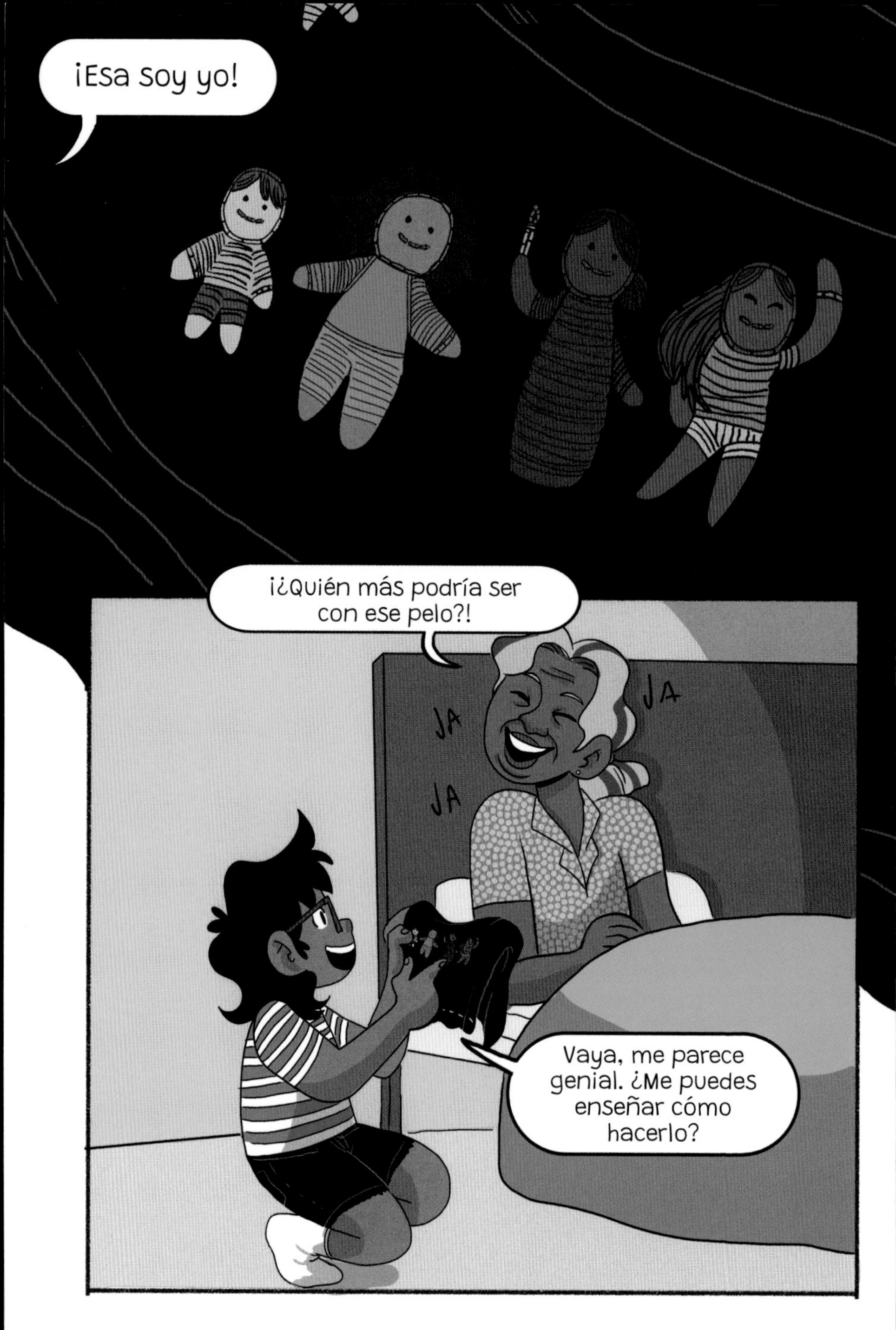
¡Esa soy yo!
¡¿Quién más podría ser con ese pelo?!
JA
JA
JA
Vaya, me parece genial. ¿Me puedes enseñar cómo hacerlo?

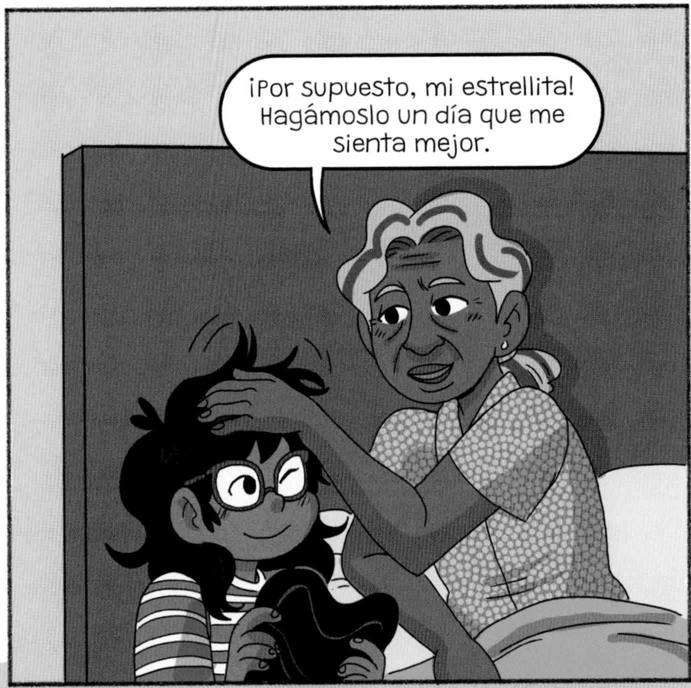
¡Por supuesto, mi estrellita! Hagámoslo un día que me sienta mejor.

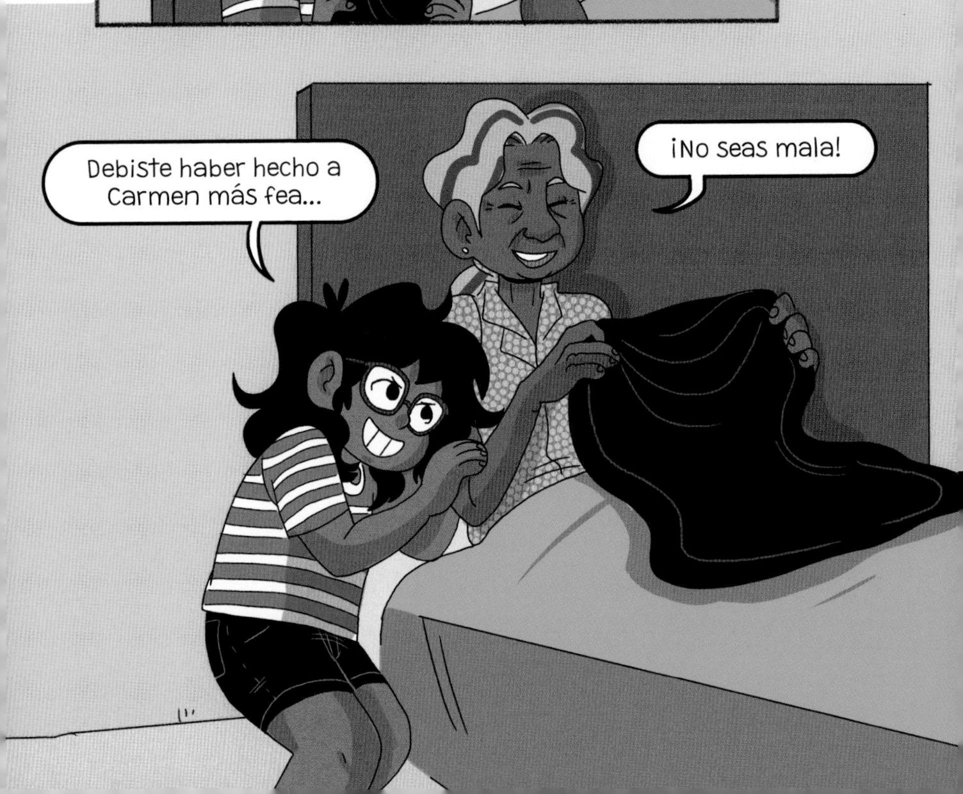
Debiste haber hecho a Carmen más fea...
¡No seas mala!

CAPÍTULO CUATRO

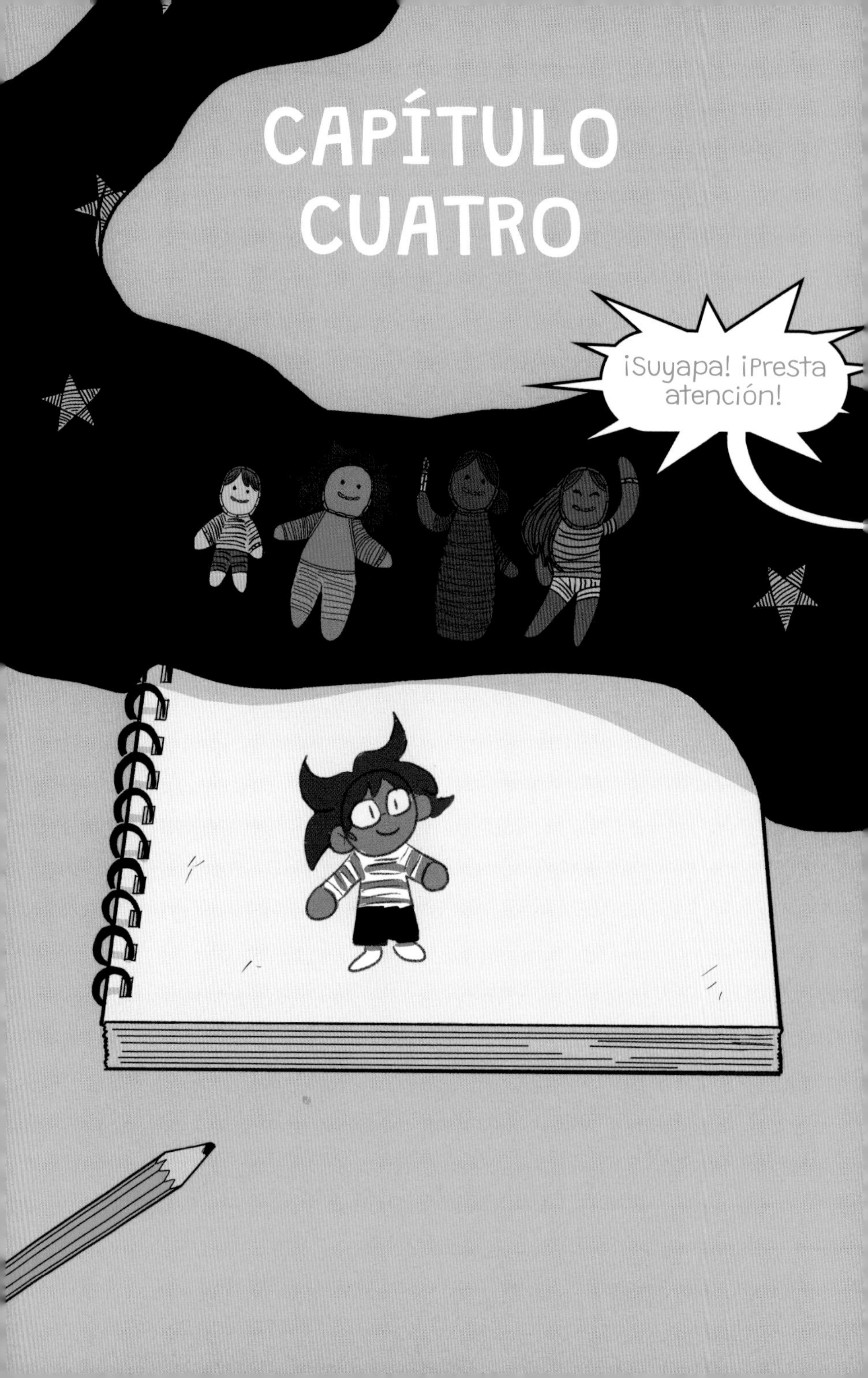
¡Suyapa! ¡Presta atención!

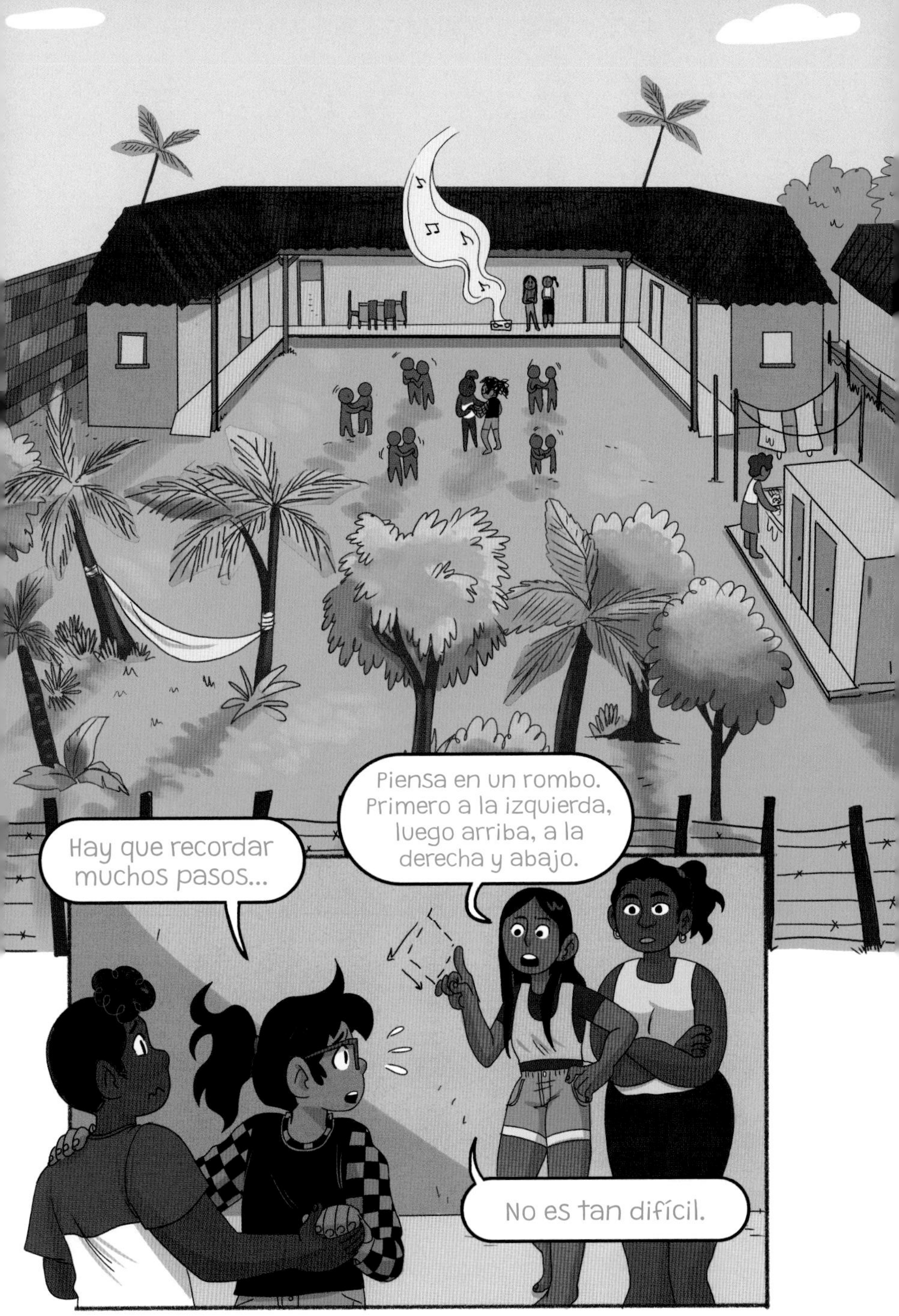
Hay que recordar muchos pasos...
Piensa en un rombo. Primero a la izquierda, luego arriba, a la derecha y abajo.
No es tan difícil.

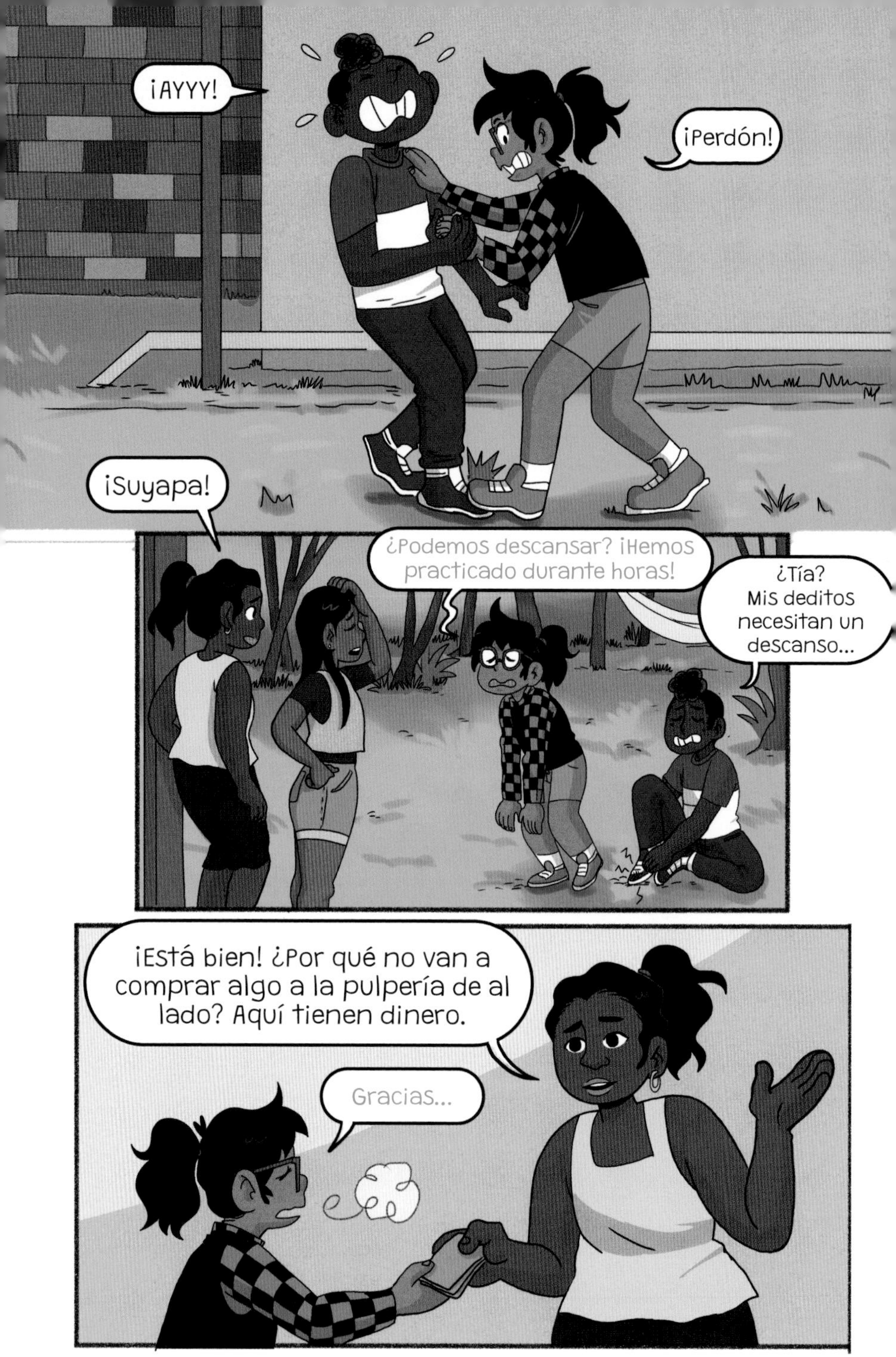
¡AYYY!
¡Perdón!
¡Suyapa!
¿Podemos descansar? ¡Hemos practicado durante horas!
¿Tía? Mis deditos necesitan un descanso...
¡Está bien! ¿Por qué no van a comprar algo a la pulpería de al lado? Aquí tienen dinero.
Gracias...

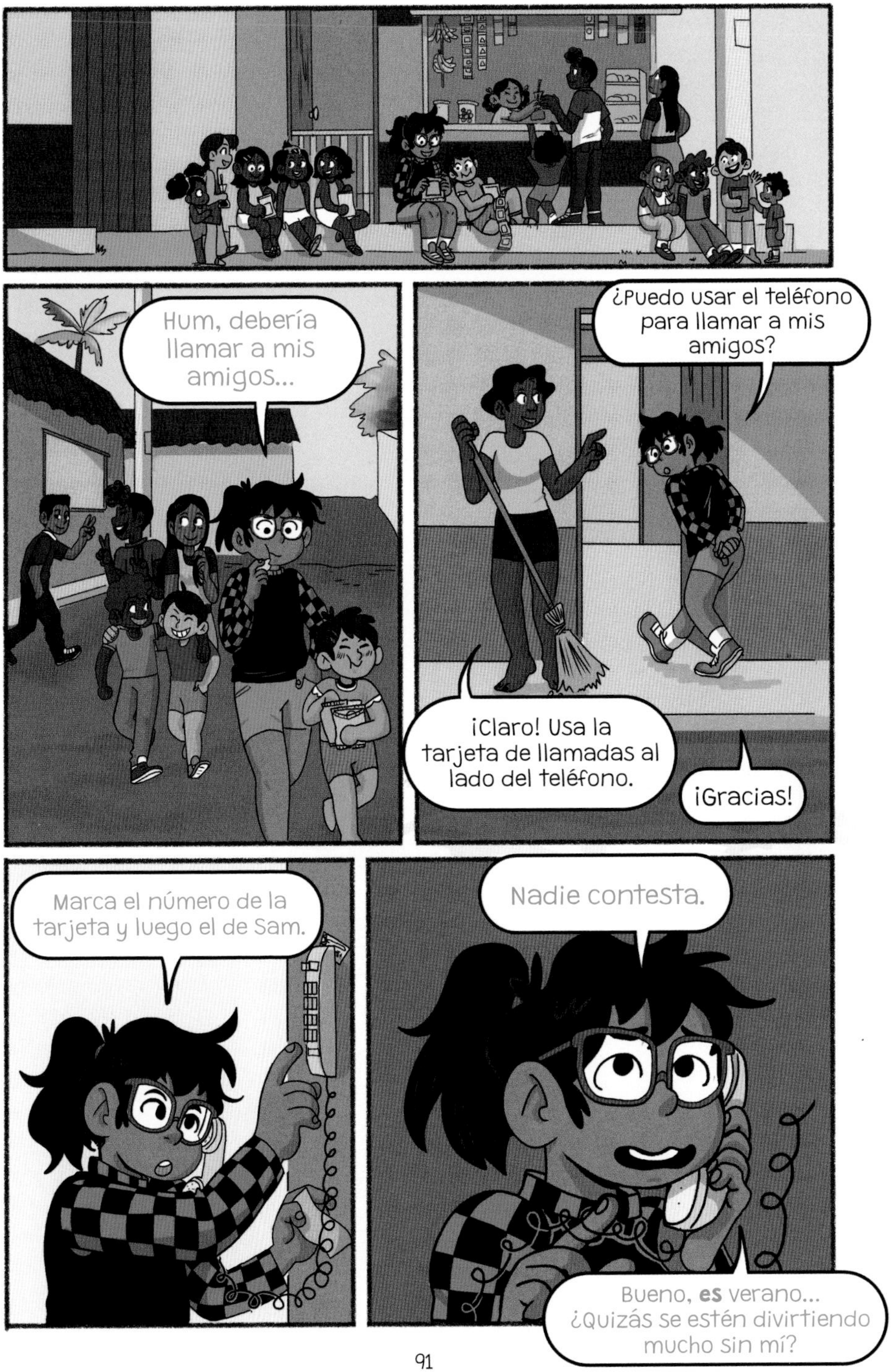
Hum, debería llamar a mis amigos...
¿Puedo usar el teléfono para llamar a mis amigos?
¡Claro! Usa la tarjeta de llamadas al lado del teléfono.
¡Gracias!
Marca el número de la tarjeta y luego el de Sam.
Nadie contesta.
Bueno, **es** verano... ¿Quizás se estén divirtiendo mucho sin mí?

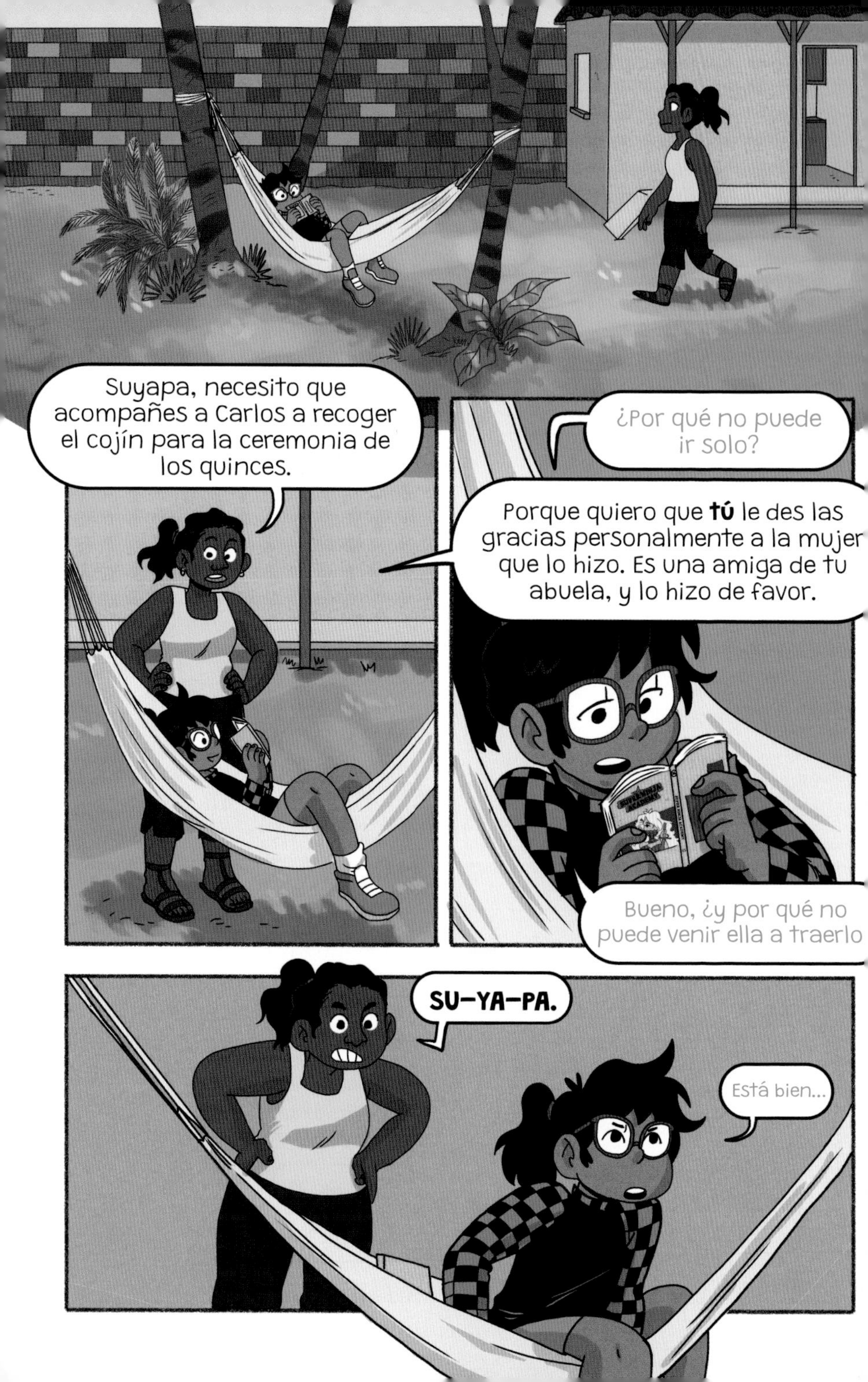
Suyapa, necesito que acompañes a Carlos a recoger el cojín para la ceremonia de los quinces.
¿Por qué no puede ir solo?
Porque quiero que **tú** le des las gracias personalmente a la mujer que lo hizo. Es una amiga de tu abuela, y lo hizo de favor.
Bueno, ¿y por qué no puede venir ella a traerlo
SU-YA-PA.
Está bien...

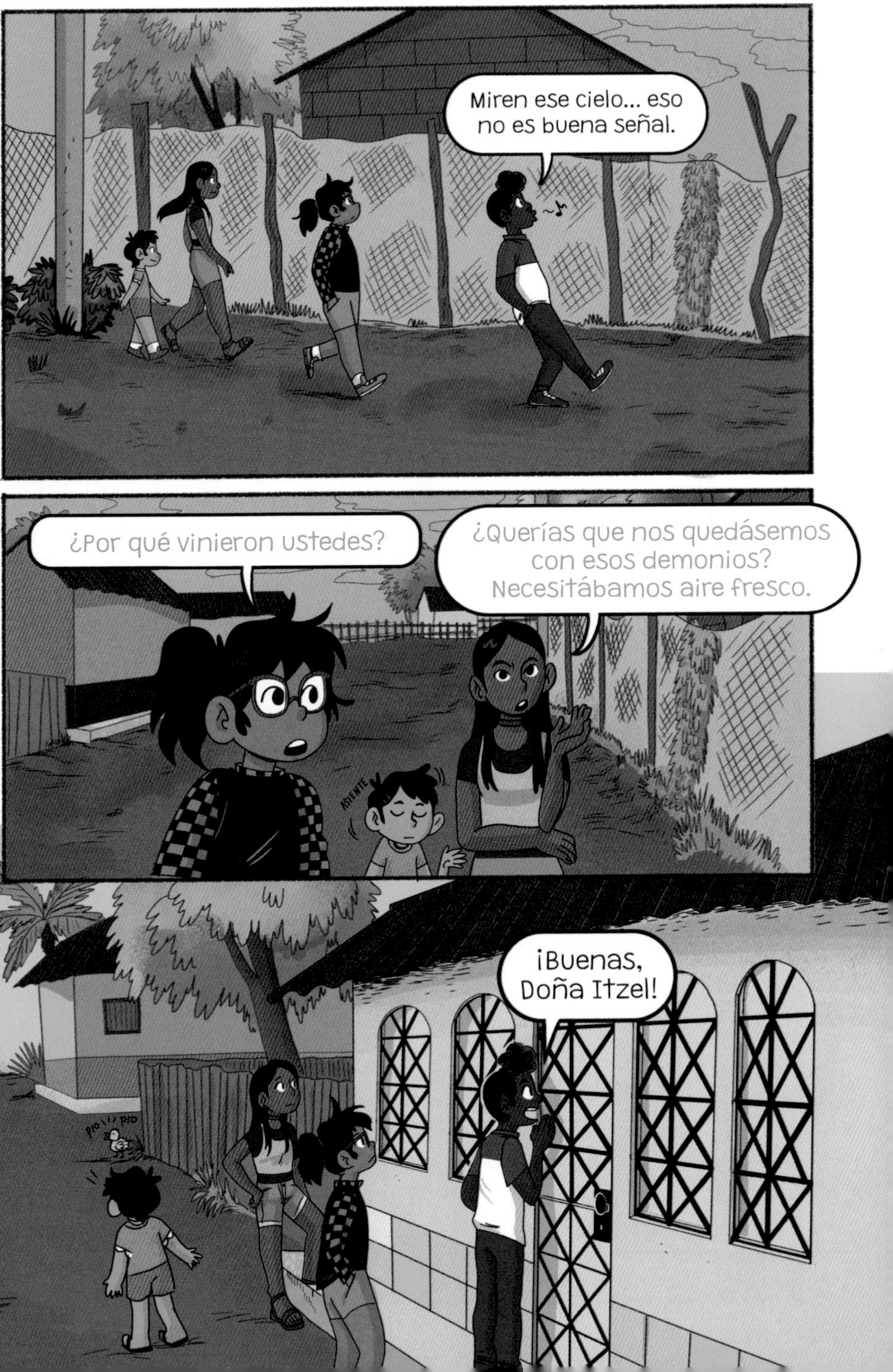
Miren ese cielo... eso no es buena señal.
¿Por qué vinieron ustedes?
¿Querías que nos quedásemos con esos demonios? Necesitábamos aire fresco.
ASIENTE
¡Buenas, Doña Itzel!
PIO ¡¡¡ PIO

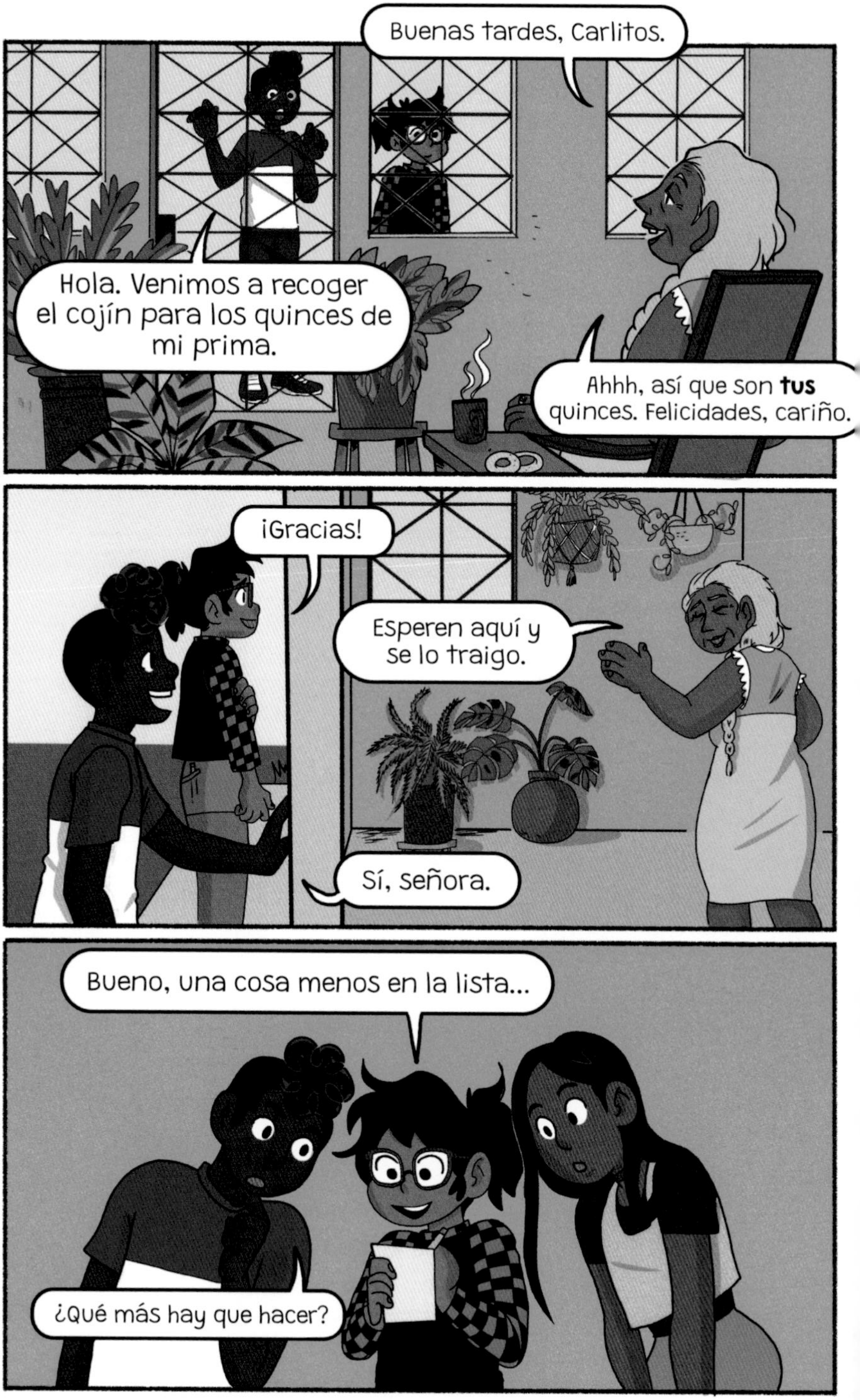
Buenas tardes, Carlitos.
Hola. Venimos a recoger el cojín para los quinces de mi prima.
Ahhh, así que son **tus** quinces. Felicidades, cariño.
¡Gracias!
Esperen aquí y se lo traigo.
Sí, señora.
Bueno, una cosa menos en la lista...
¿Qué más hay que hacer?

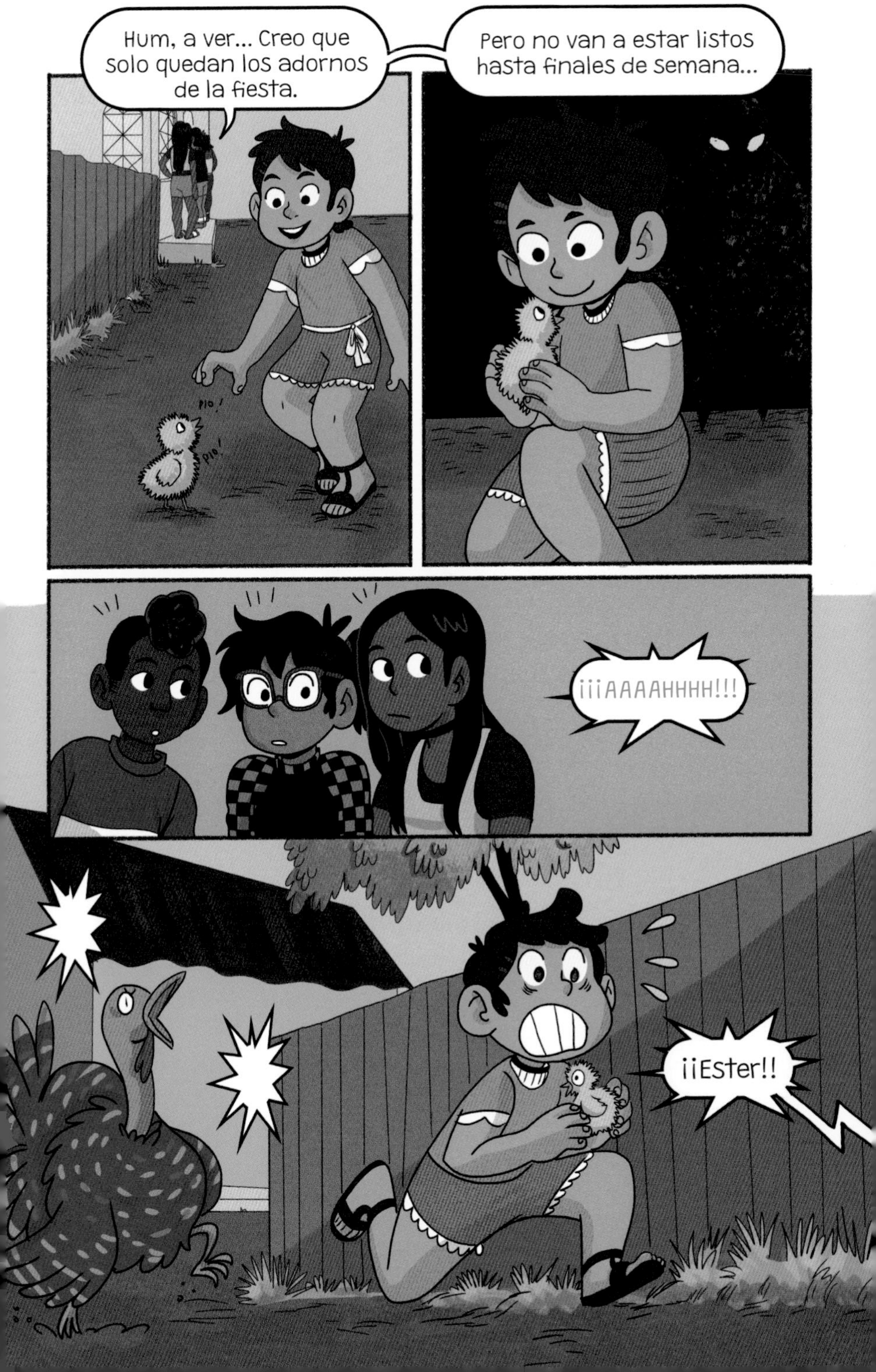
Hum, a ver... Creo que solo quedan los adornos de la fiesta.
PIO!
PIO!
Pero no van a estar listos hasta finales de semana...
¡¡¡AAAAHHHH!!!
¡¡Ester!!

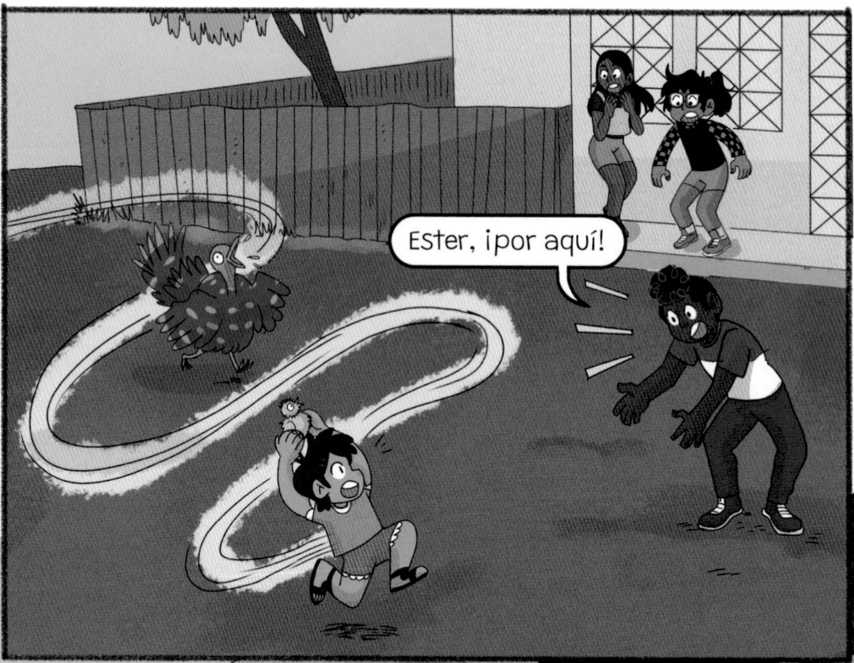
Ester, ¡por aquí!

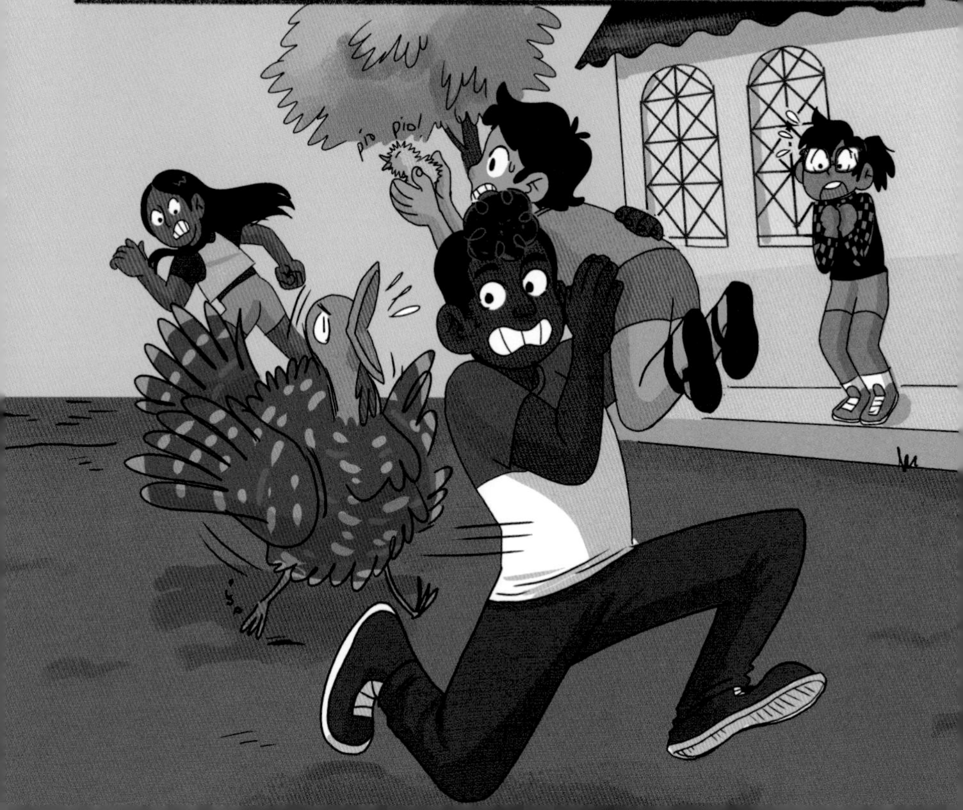
pio pio!

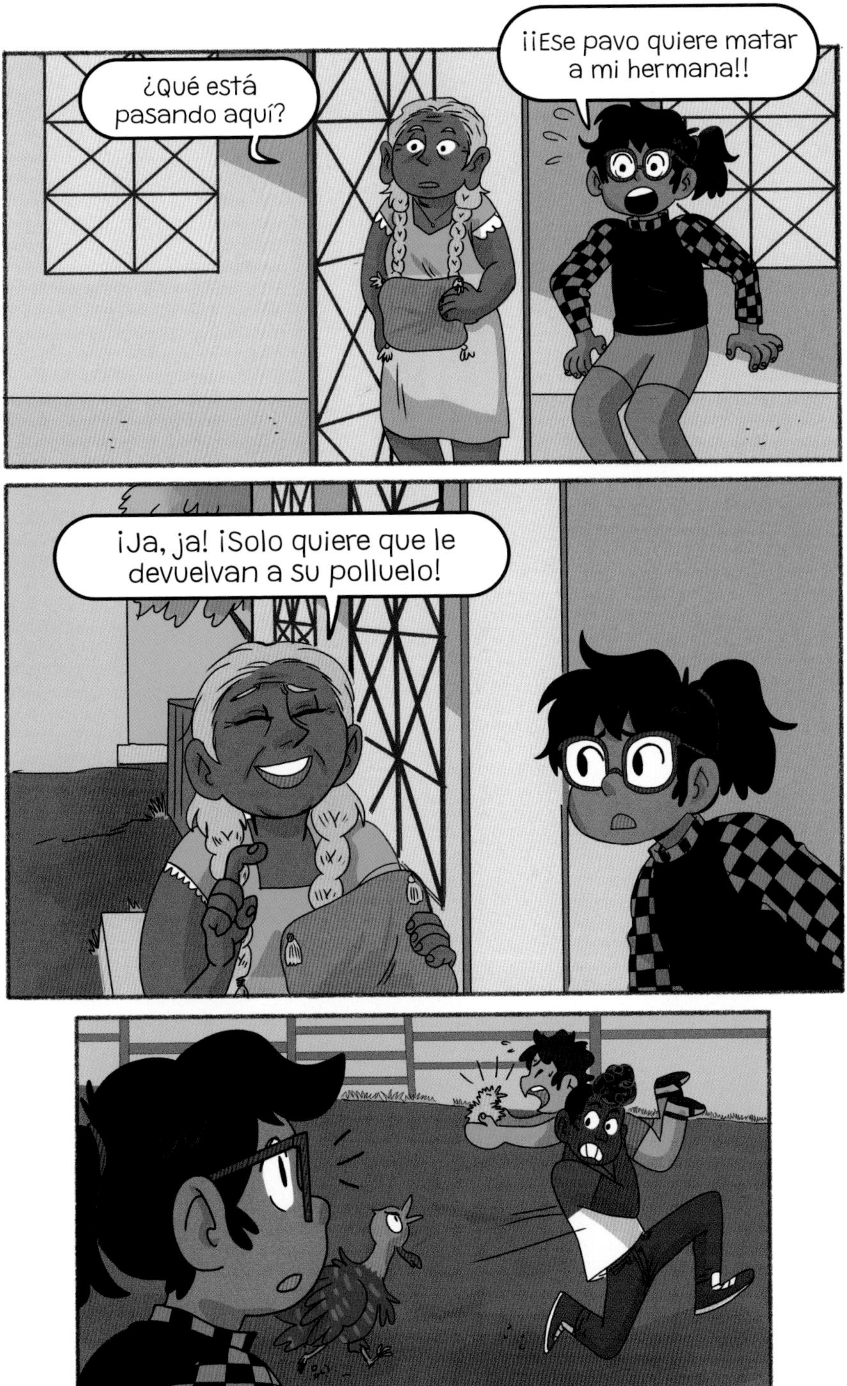
¿Qué está pasando aquí?
¡¡Ese pavo quiere matar a mi hermana!!
¡Ja, ja! ¡Solo quiere que le devuelvan a su polluelo!

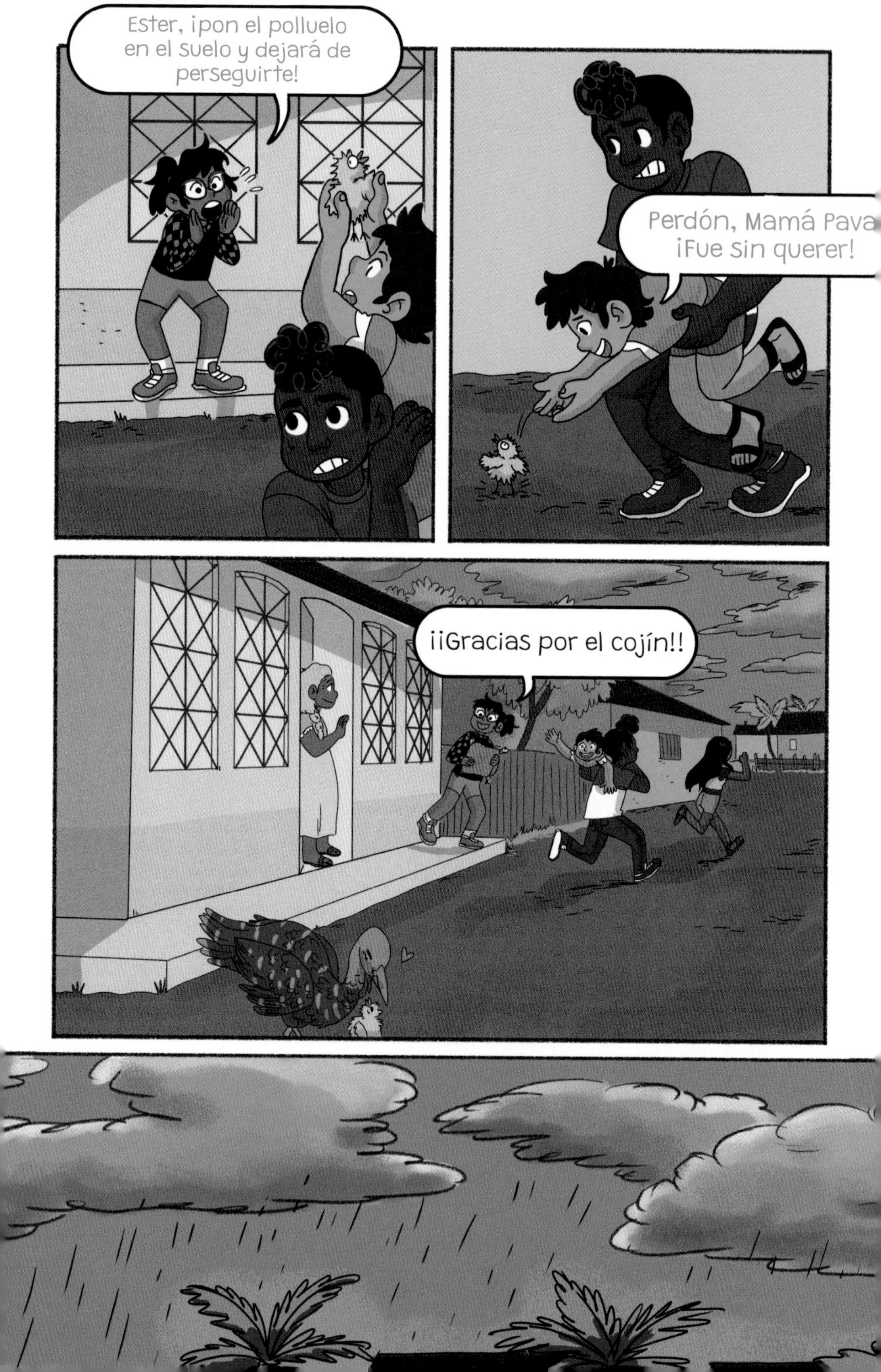
Ester, ¡pon el polluelo en el suelo y dejará de perseguirte!
Perdón, Mamá Pava ¡Fue sin querer!
¡¡Gracias por el cojín!!

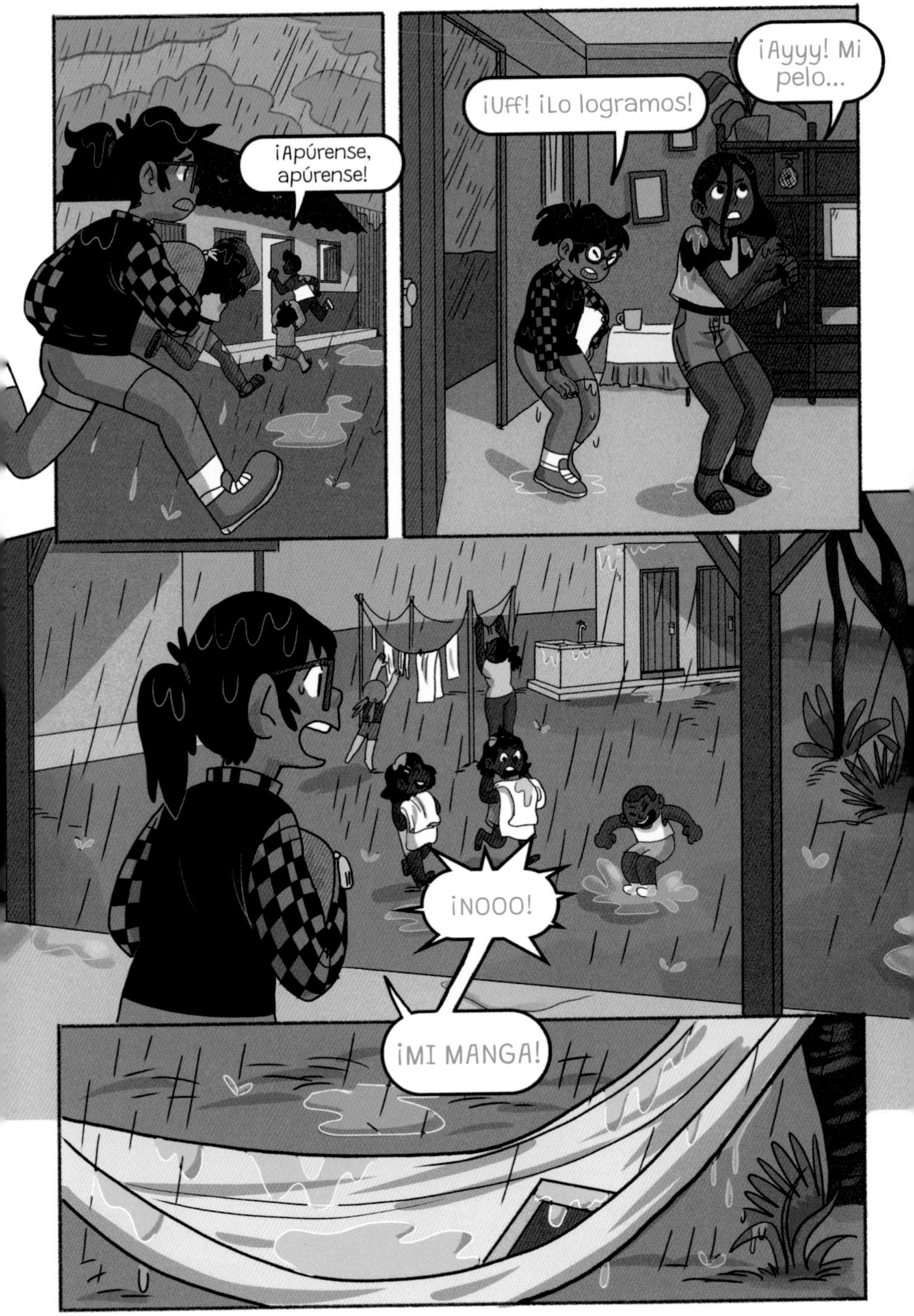
¡Apúrense, apúrense!
¡Uff! ¡Lo logramos!
¡Ayyy! Mi pelo...
¡NOOO!
¡MI MANGA!

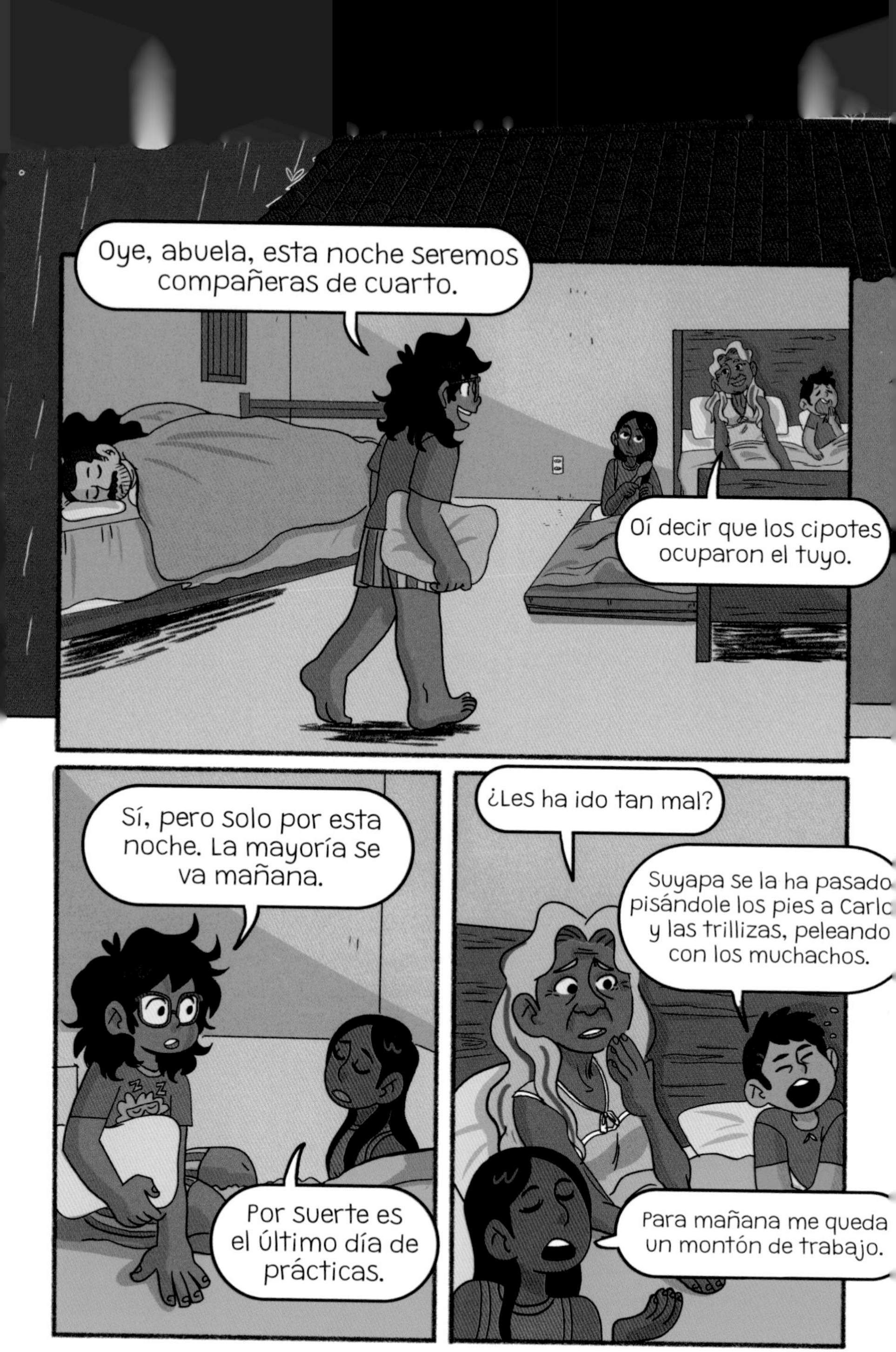
Oye, abuela, esta noche seremos compañeras de cuarto.
Oí decir que los cipotes ocuparon el tuyo.
Sí, pero solo por esta noche. La mayoría se va mañana.
Por suerte es el último día de prácticas.
¿Les ha ido tan mal?
Suyapa se la ha pasado pisándole los pies a Carlo y las trillizas, peleando con los muchachos.
Para mañana me queda un montón de trabajo.

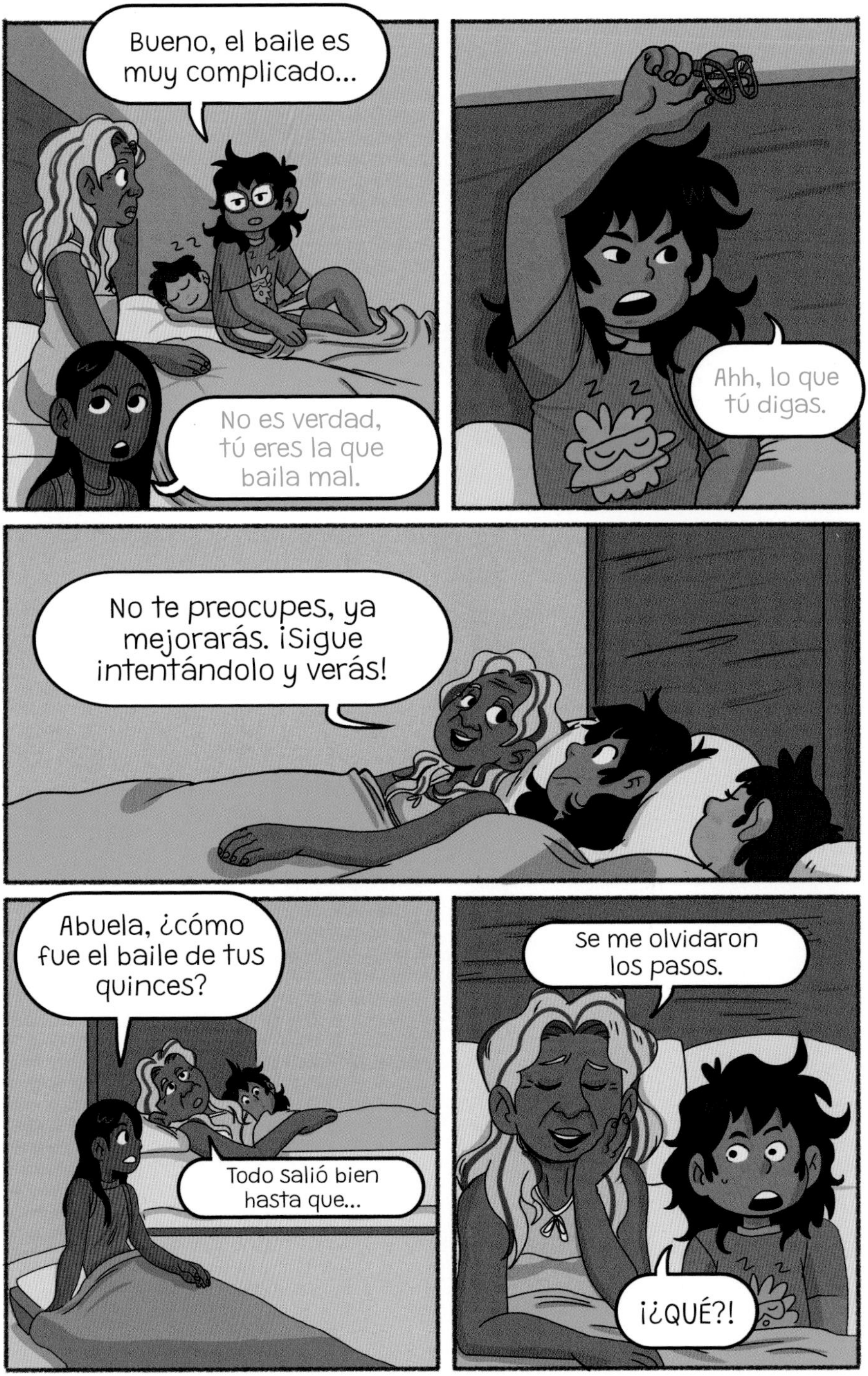

Bueno, el baile es muy complicado...
No es verdad, tú eres la que baila mal.
Ahh, lo que tú digas.
No te preocupes, ya mejorarás. ¡Sigue intentándolo y verás!
Abuela, ¿cómo fue el baile de tus quinces?
Todo salió bien hasta que...
Se me olvidaron los pasos.
¡¿QUÉ?!

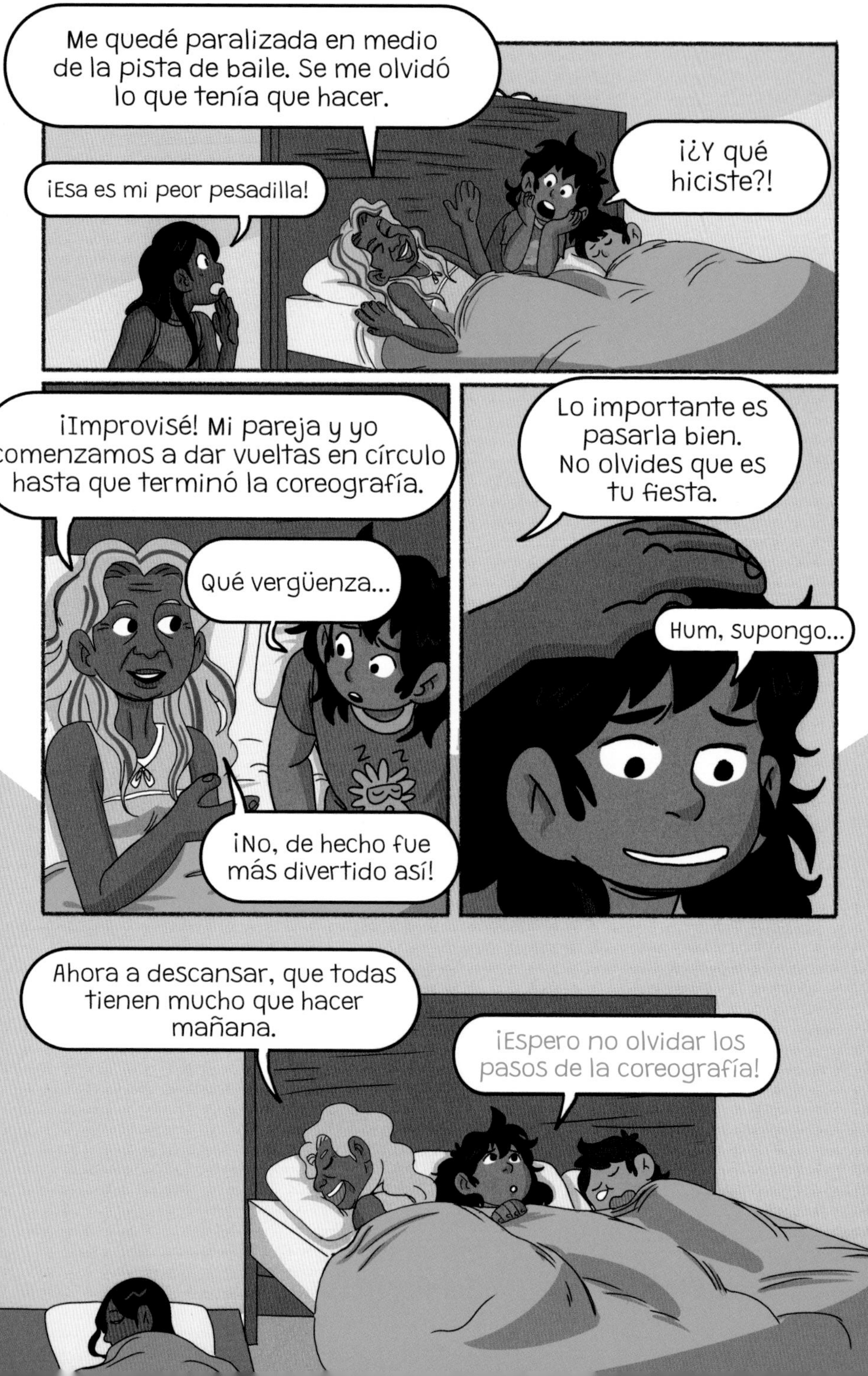
Me quedé paralizada en medio de la pista de baile. Se me olvidó lo que tenía que hacer.
¡Esa es mi peor pesadilla!
¡¿Y qué hiciste?!
¡Improvisé! Mi pareja y yo comenzamos a dar vueltas en círculo hasta que terminó la coreografía.
Qué vergüenza...
¡No, de hecho fue más divertido así!
Lo importante es pasarla bien. No olvides que es tu fiesta.
Hum, supongo...
Ahora a descansar, que todas tienen mucho que hacer mañana.
¡Espero no olvidar los pasos de la coreografía!

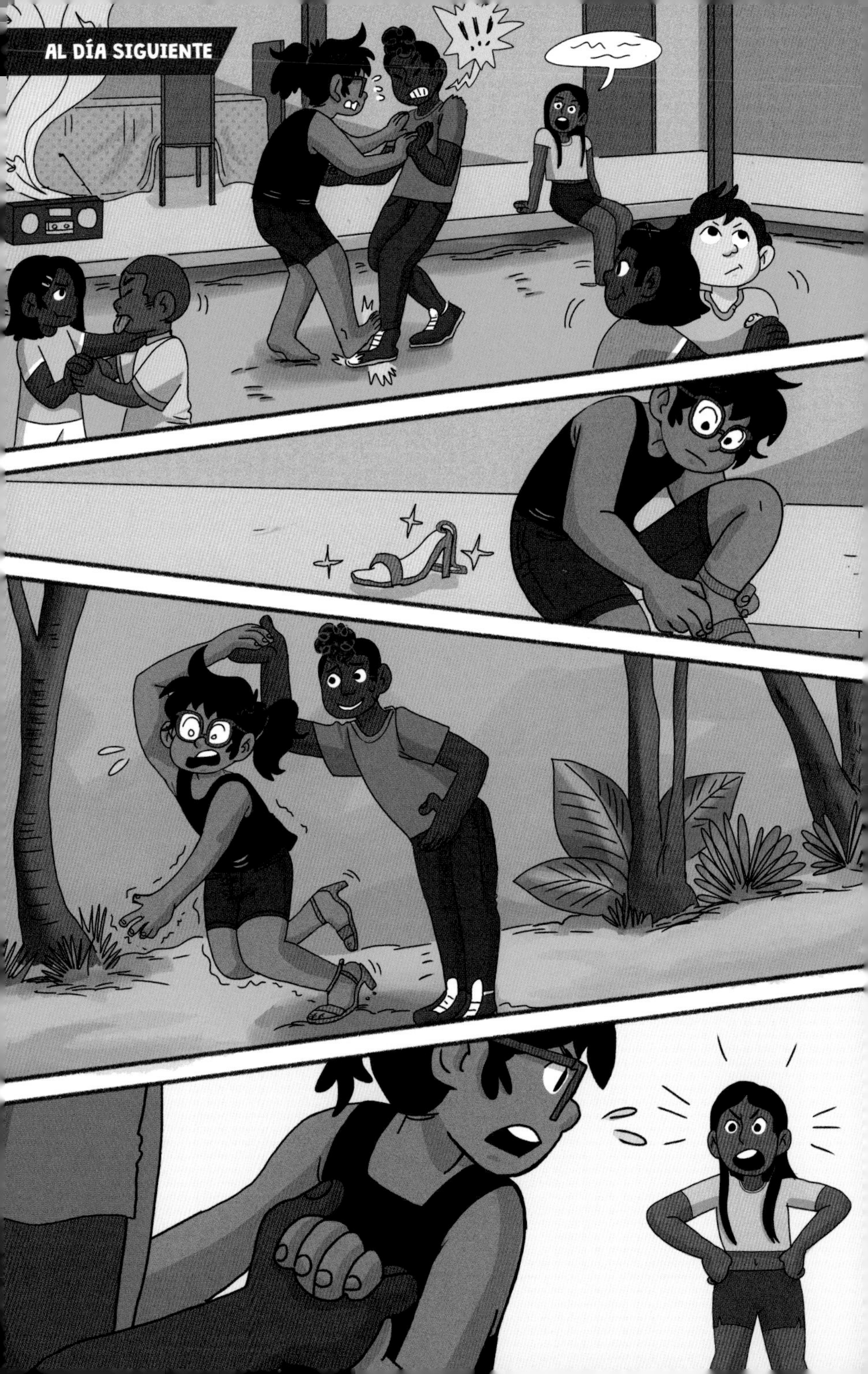
AL DÍA SIGUIENTE
!!!

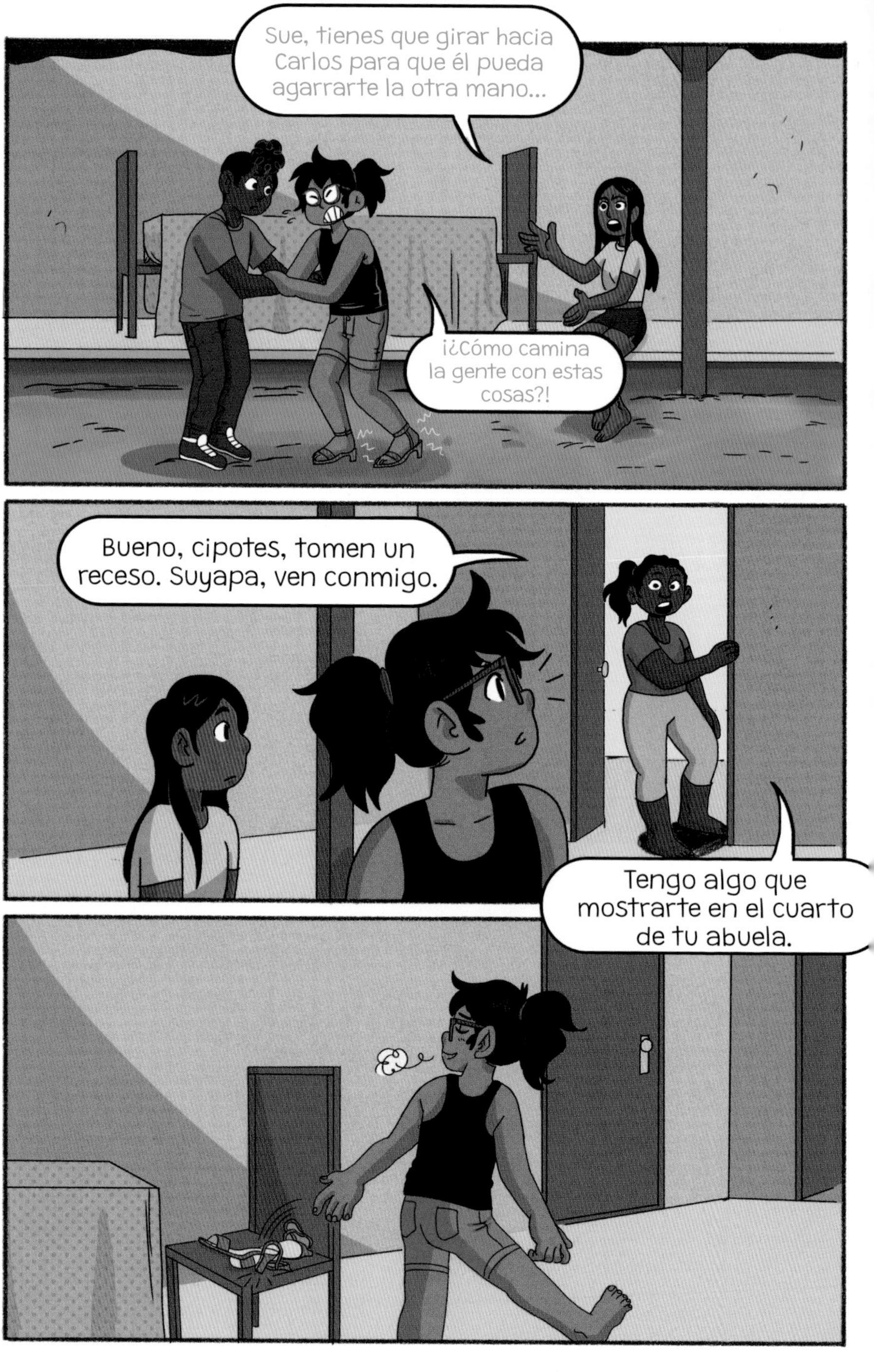
Sue, tienes que girar hacia Carlos para que él pueda agarrarte la otra mano...
¡¿Cómo camina la gente con estas cosas?!
Bueno, cipotes, tomen un receso. Suyapa, ven conmigo.
Tengo algo que mostrarte en el cuarto de tu abuela.

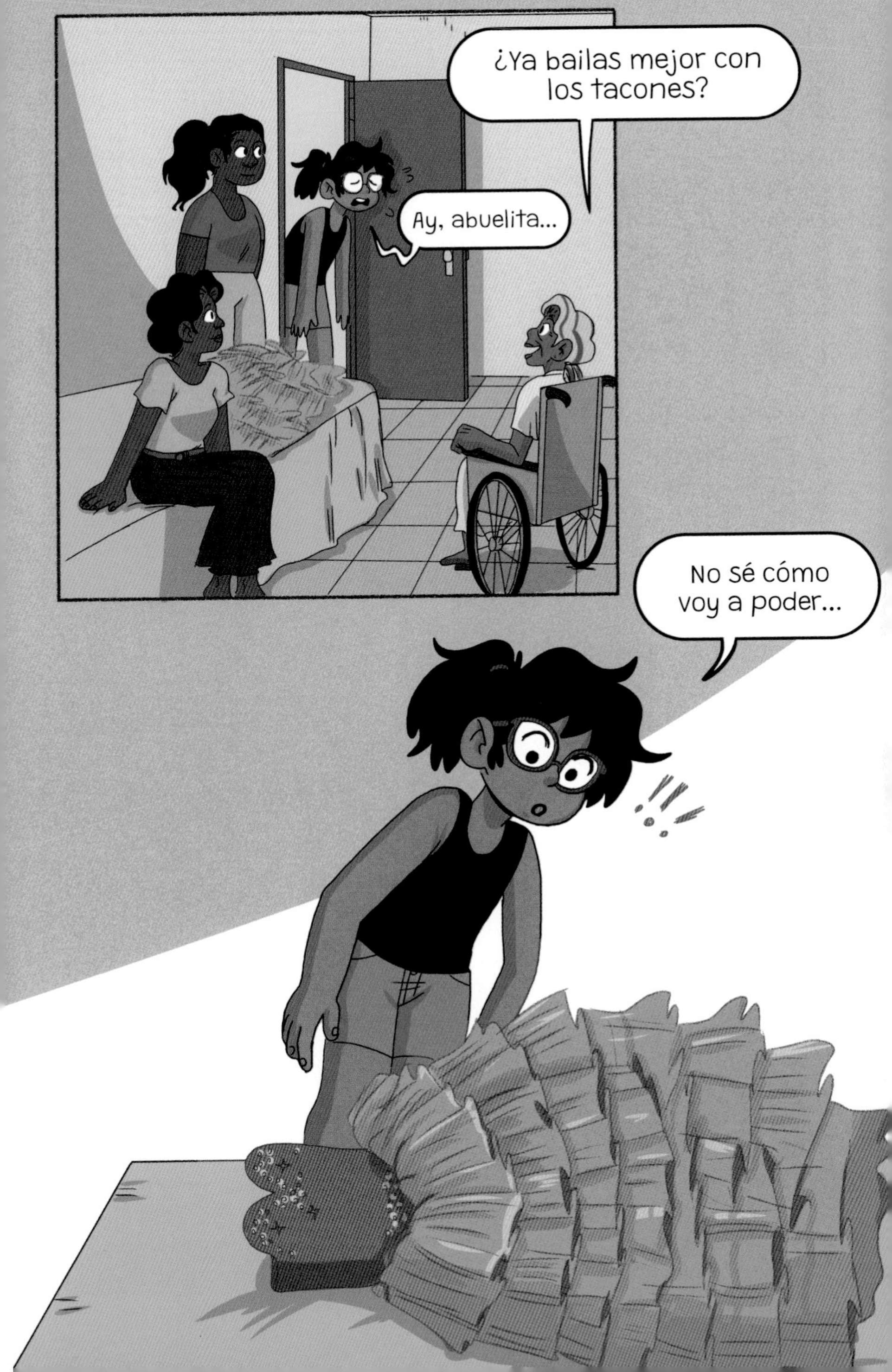
¿Ya bailas mejor con los tacones?
Ay, abuelita...
No sé cómo voy a poder...

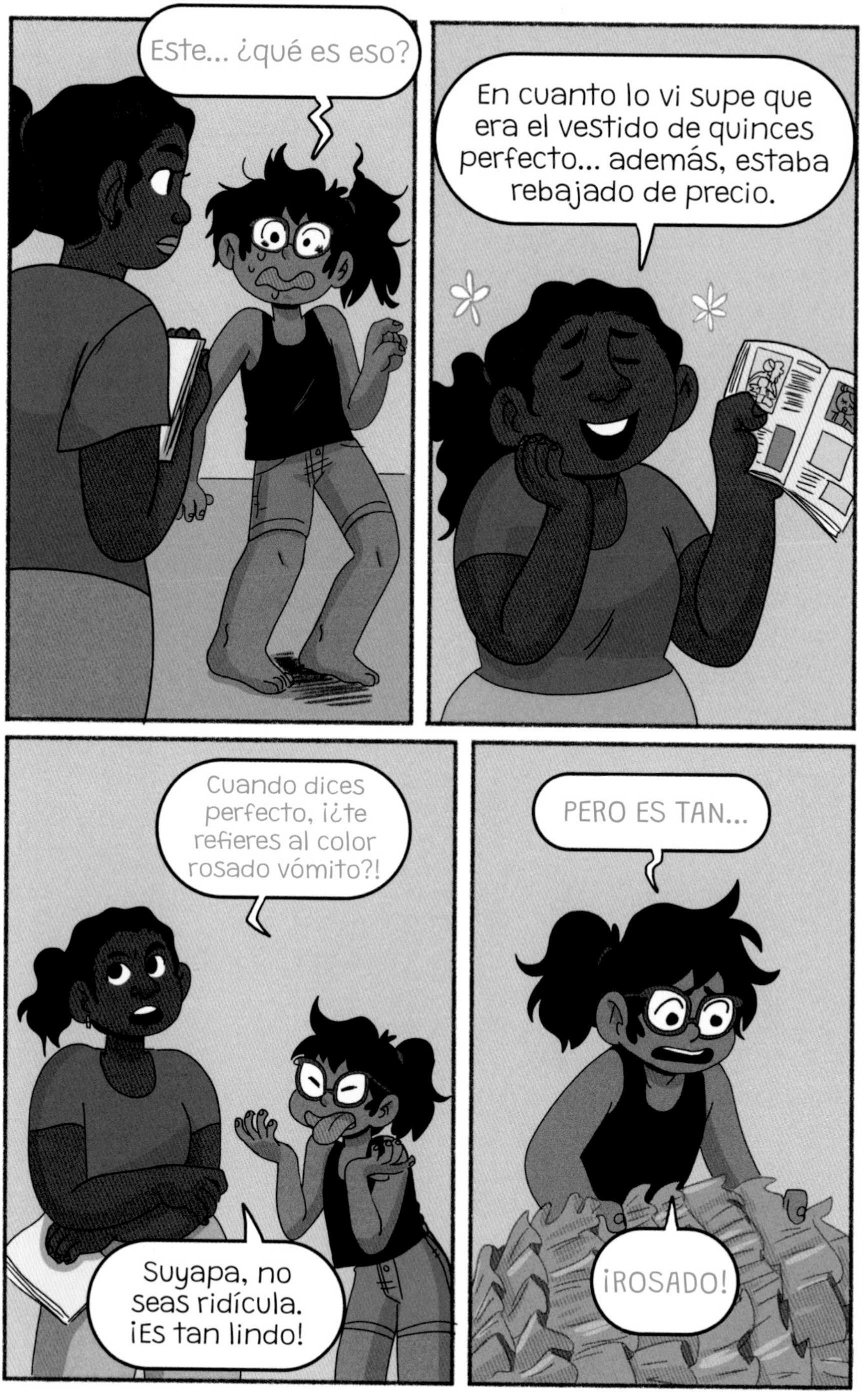
Este... ¿qué es eso?
En cuanto lo vi supe que era el vestido de quinces perfecto... además, estaba rebajado de precio.
Cuando dices perfecto, ¡¿te refieres al color rosado vómito?!
Suyapa, no seas ridícula. ¡Es tan lindo!
PERO ES TAN...
¡ROSADO!

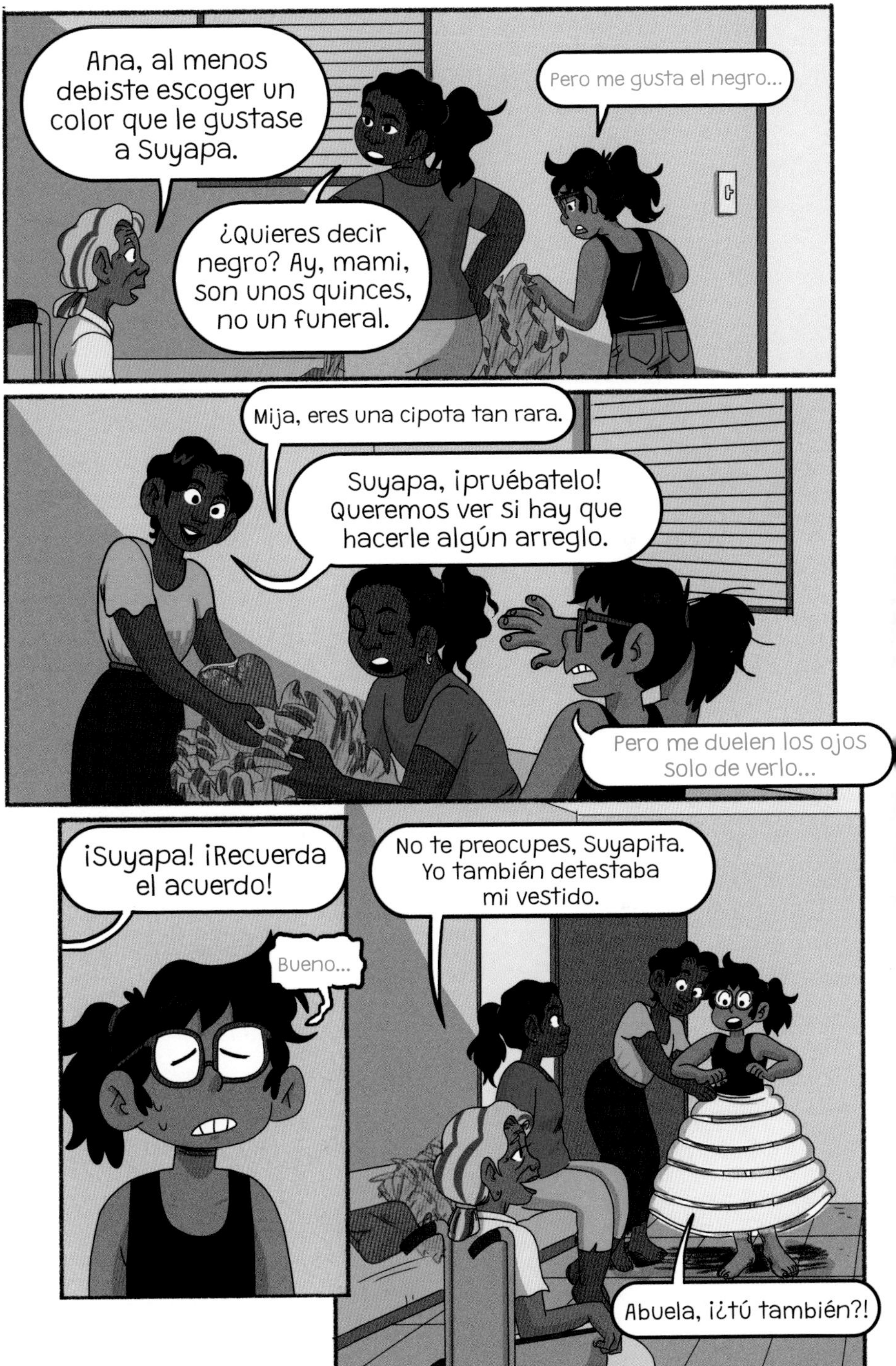
Ana, al menos debiste escoger un color que le gustase a Suyapa.
¿Quieres decir negro? Ay, mami, son unos quinces, no un funeral.
Pero me gusta el negro...
Mija, eres una cipota tan rara.
Suyapa, ¡pruébatelo! Queremos ver si hay que hacerle algún arreglo.
Pero me duelen los ojos solo de verlo...
¡Suyapa! ¡Recuerda el acuerdo!
Bueno...
No te preocupes, Suyapita. Yo también detestaba mi vestido.
Abuela, ¡¿tú también?!

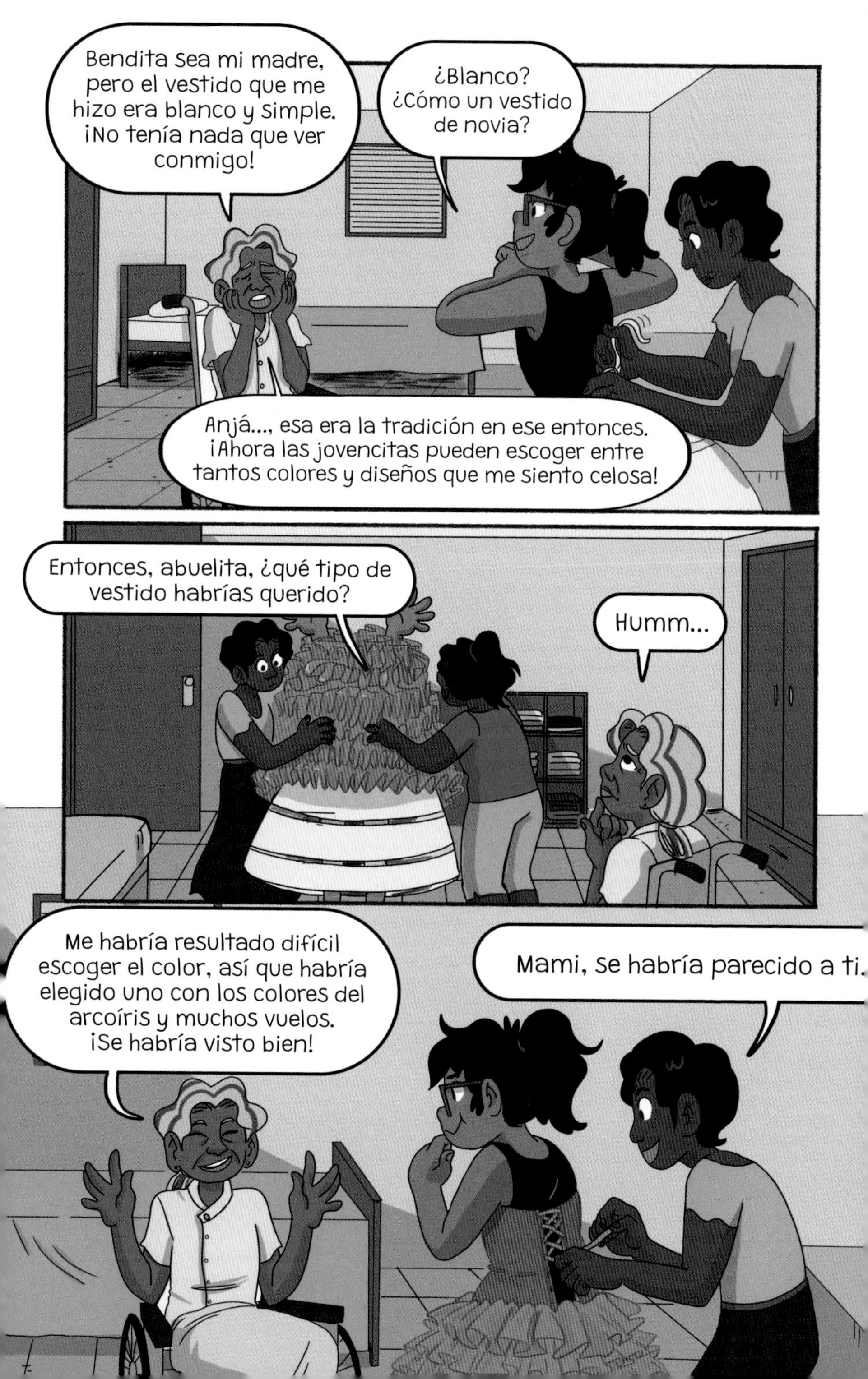
Bendita sea mi madre, pero el vestido que me hizo era blanco y simple. ¡No tenía nada que ver conmigo!
¿Blanco? ¿Cómo un vestido de novia?
Anjá..., esa era la tradición en ese entonces. ¡Ahora las jovencitas pueden escoger entre tantos colores y diseños que me siento celosa!
Entonces, abuelita, ¿qué tipo de vestido habrías querido?
Humm...
Me habría resultado difícil escoger el color, así que habría elegido uno con los colores del arcoíris y muchos vuelos. ¡Se habría visto bien!
Mami, se habría parecido a ti.

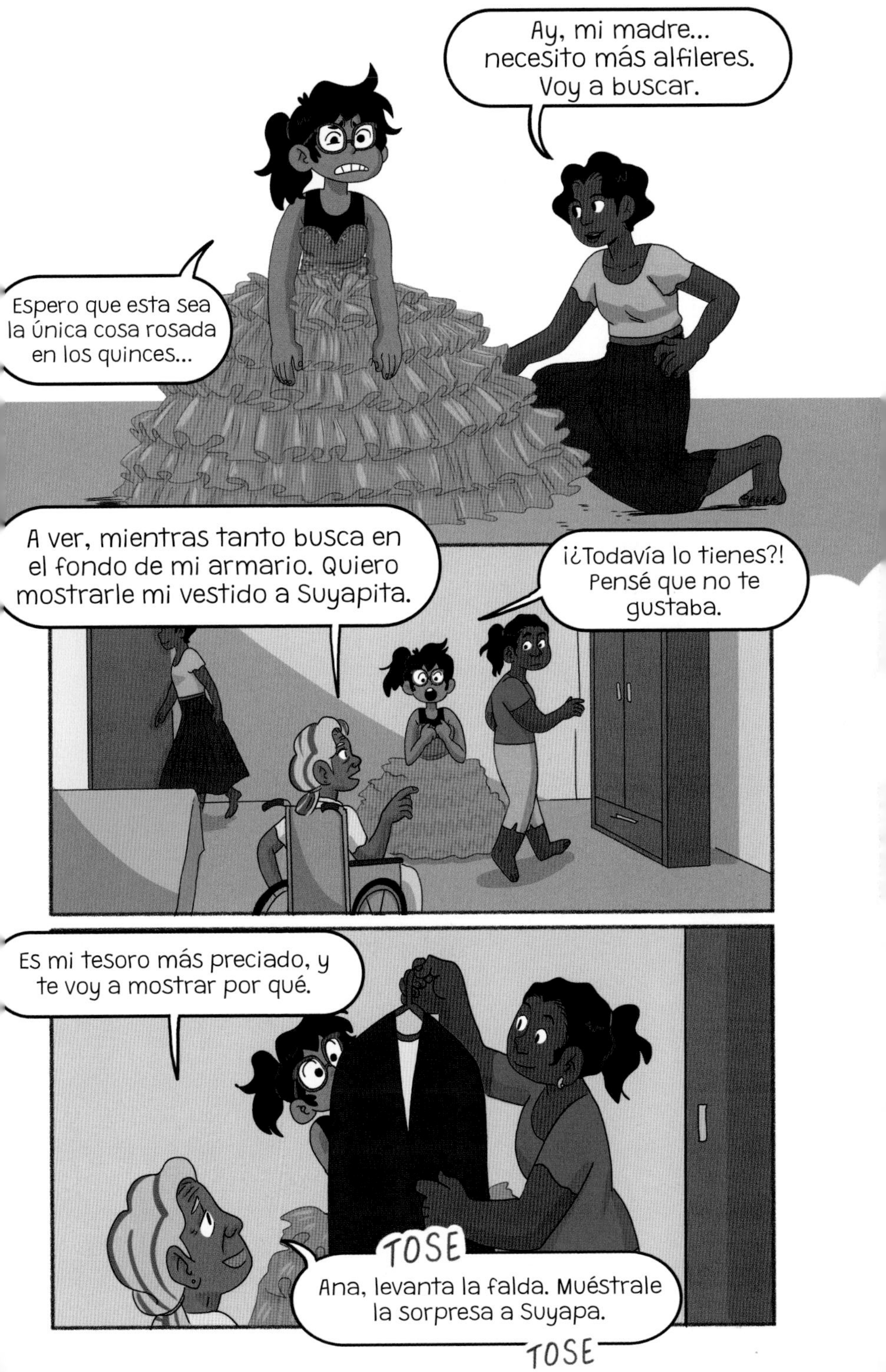
Ay, mi madre...
necesito más alfileres.
Voy a buscar.
Espero que esta sea la única cosa rosada en los quinces...
A ver, mientras tanto busca en el fondo de mi armario. Quiero mostrarle mi vestido a Suyapita.
¡¿Todavía lo tienes?! Pensé que no te gustaba.
Es mi tesoro más preciado, y te voy a mostrar por qué.
TOSE
Ana, levanta la falda. Muéstrale la sorpresa a Suyapa.
TOSE

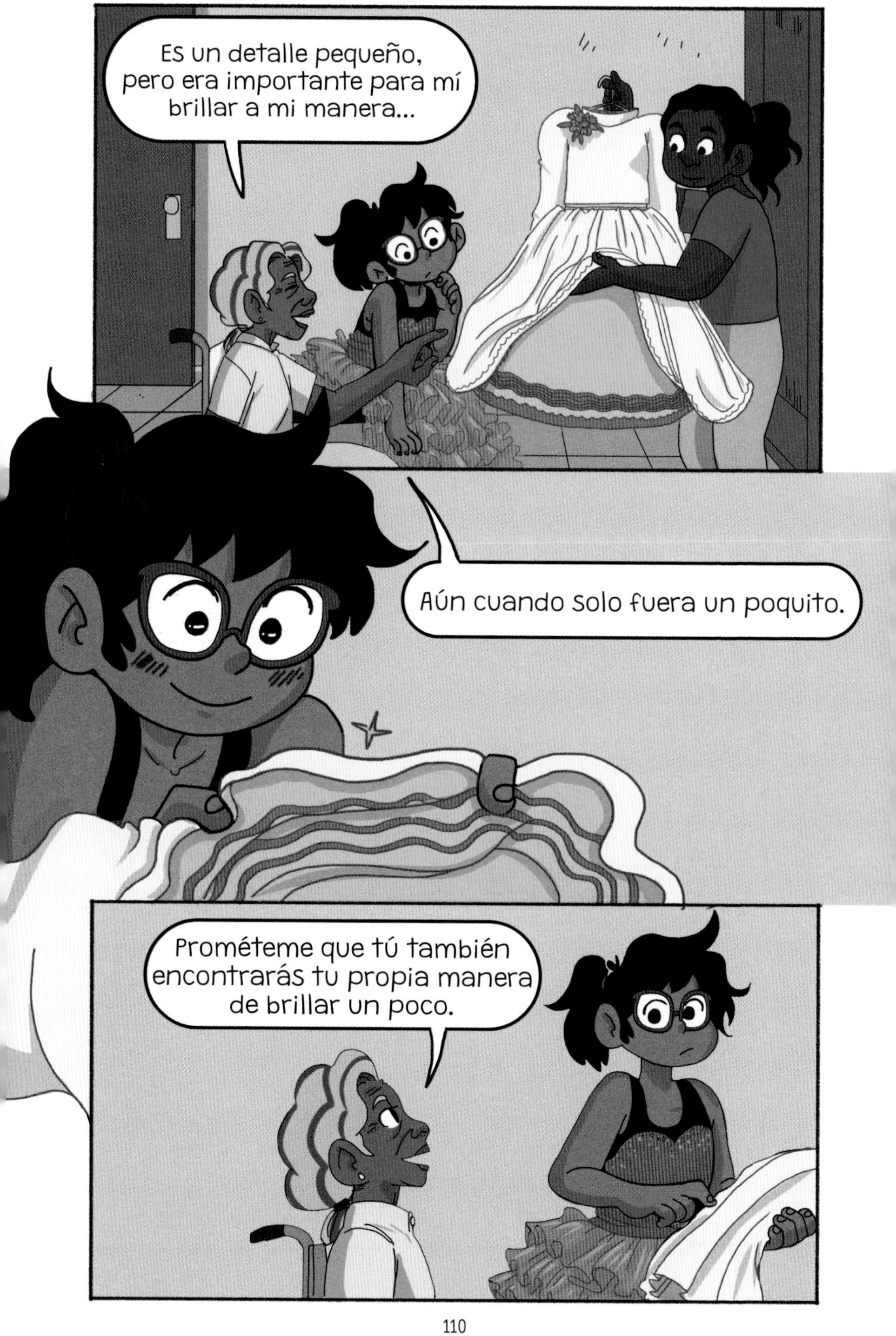
Es un detalle pequeño, pero era importante para mí brillar a mi manera...
Aún cuando solo fuera un poquito.
Prométeme que tú también encontrarás tu propia manera de brillar un poco.

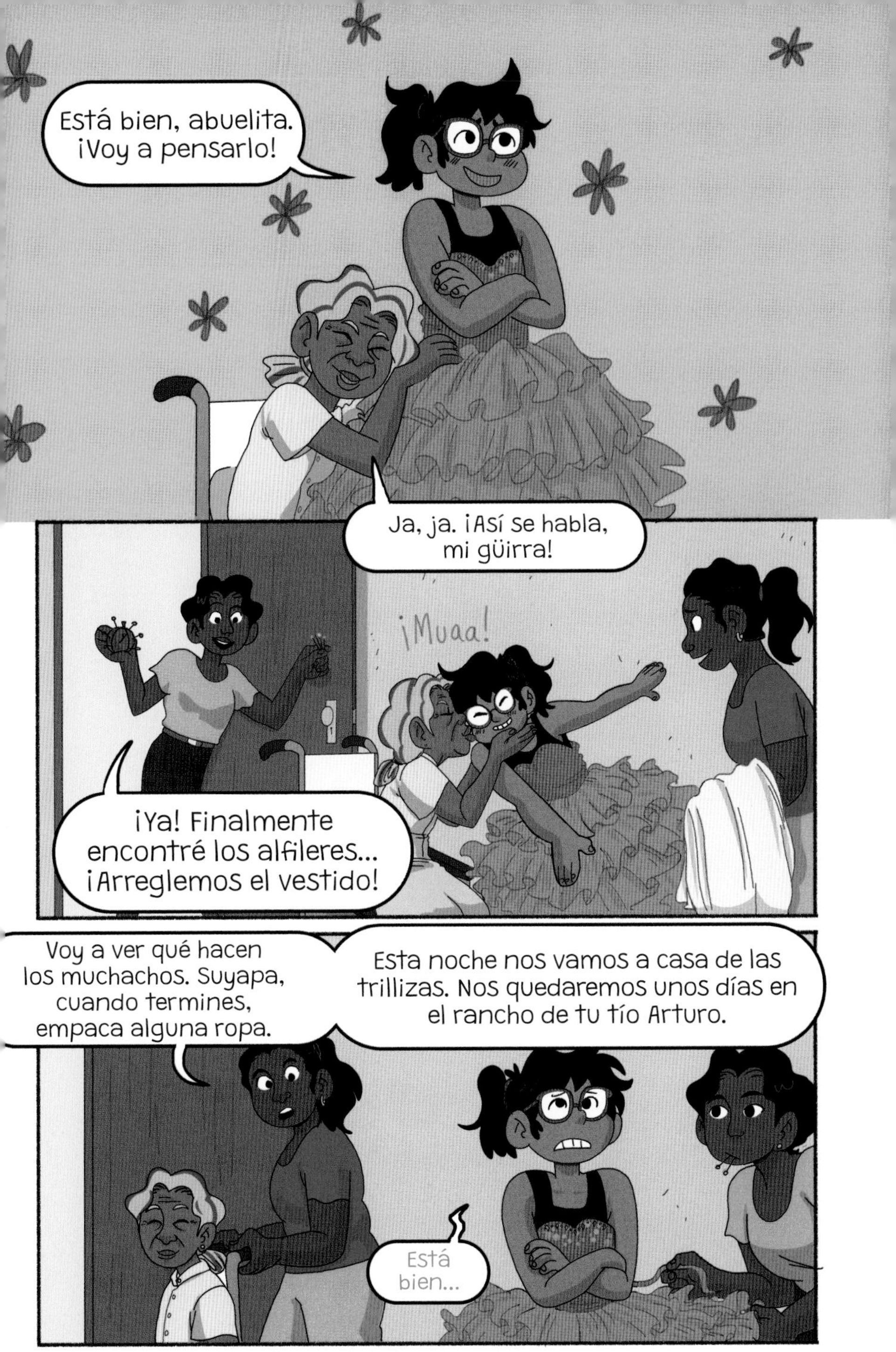
Está bien, abuelita. ¡Voy a pensarlo!
Ja, ja. ¡Así se habla, mi güirra!
¡Muaa!
¡Ya! Finalmente encontré los alfileres... ¡Arreglemos el vestido!
Voy a ver qué hacen los muchachos. Suyapa, cuando termines, empaca alguna ropa.
Esta noche nos vamos a casa de las trillizas. Nos quedaremos unos días en el rancho de tu tío Arturo.
Está bien...

CAPÍTULO CINCO

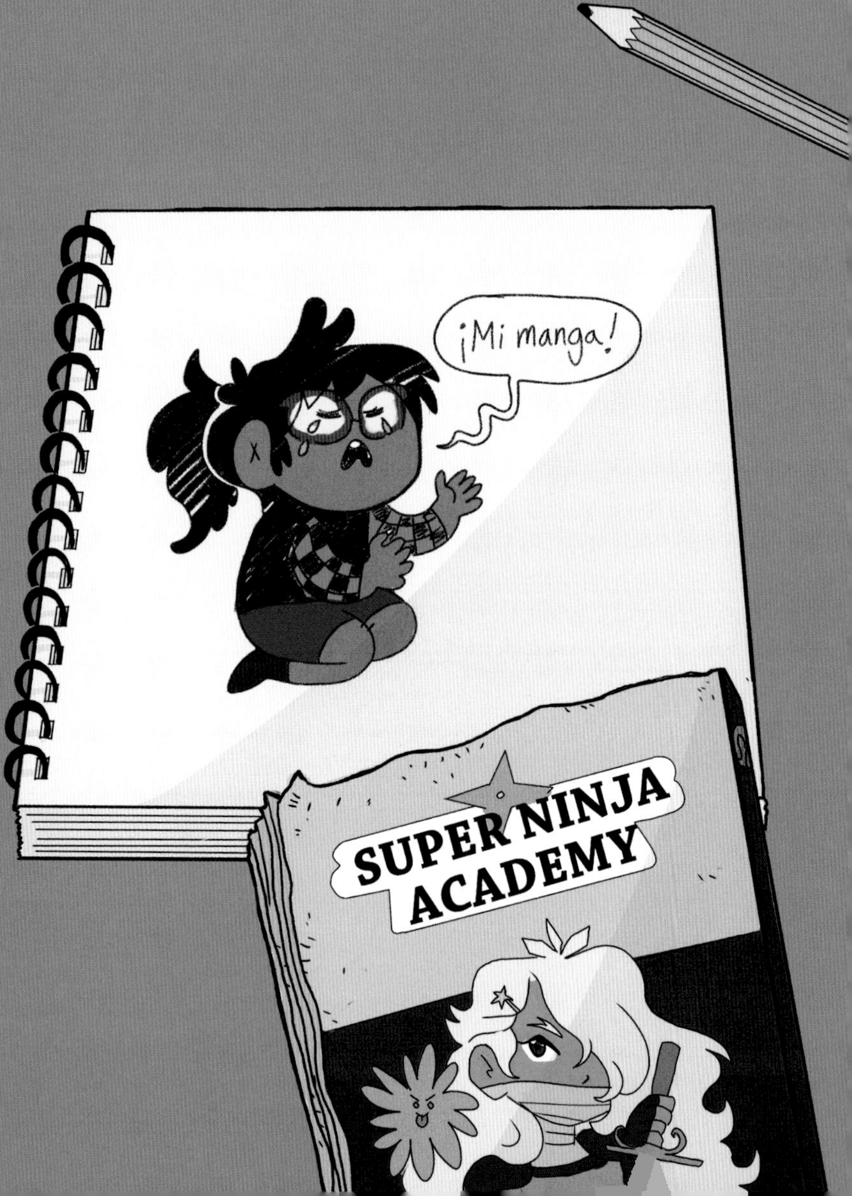
¡Mi manga!
SUPER NINJA ACADEMY

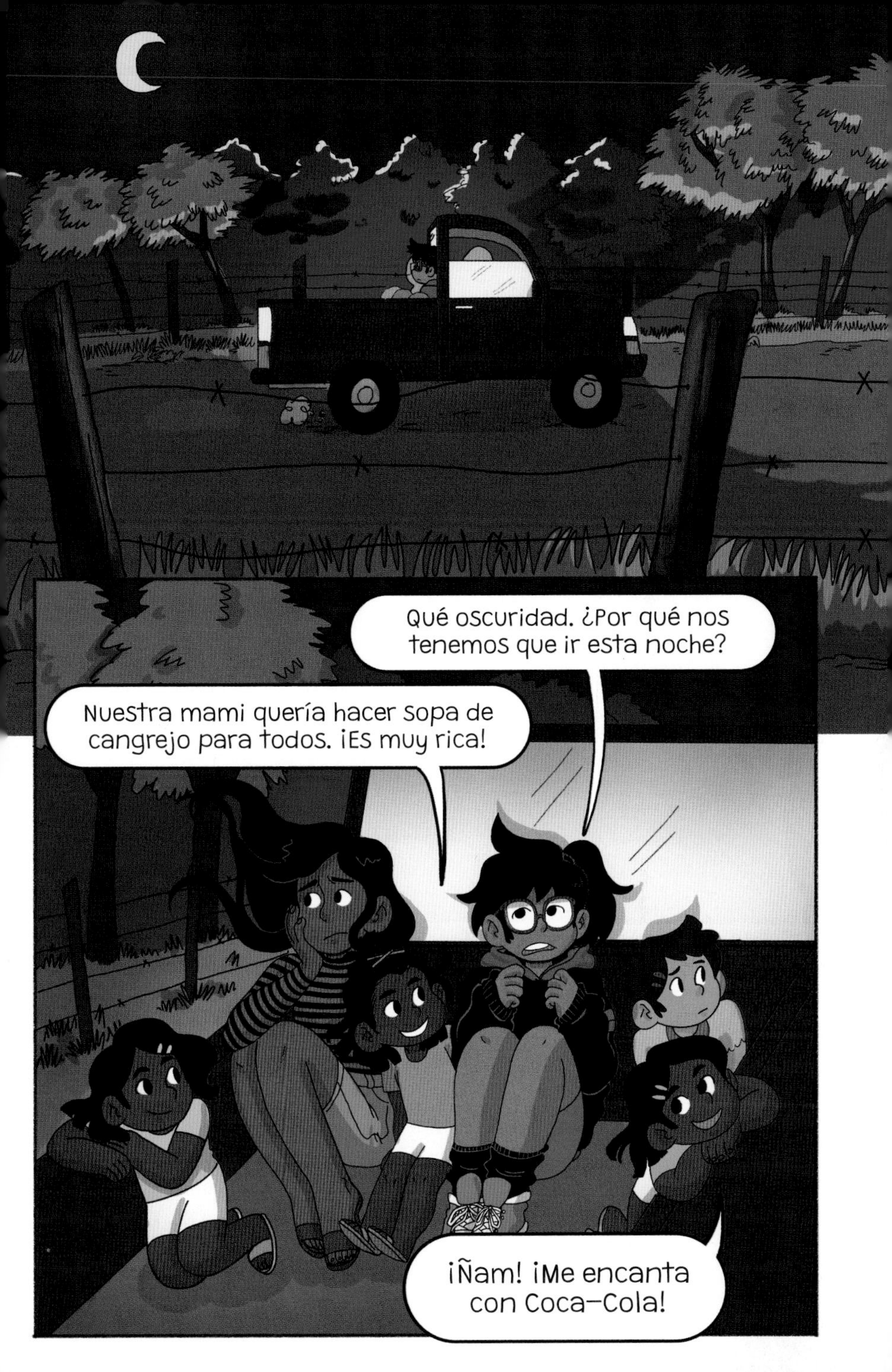
Qué oscuridad. ¿Por qué nos tenemos que ir esta noche?
Nuestra mami quería hacer sopa de cangrejo para todos. ¡Es muy rica!
¡Ñam! ¡Me encanta con Coca-Cola!

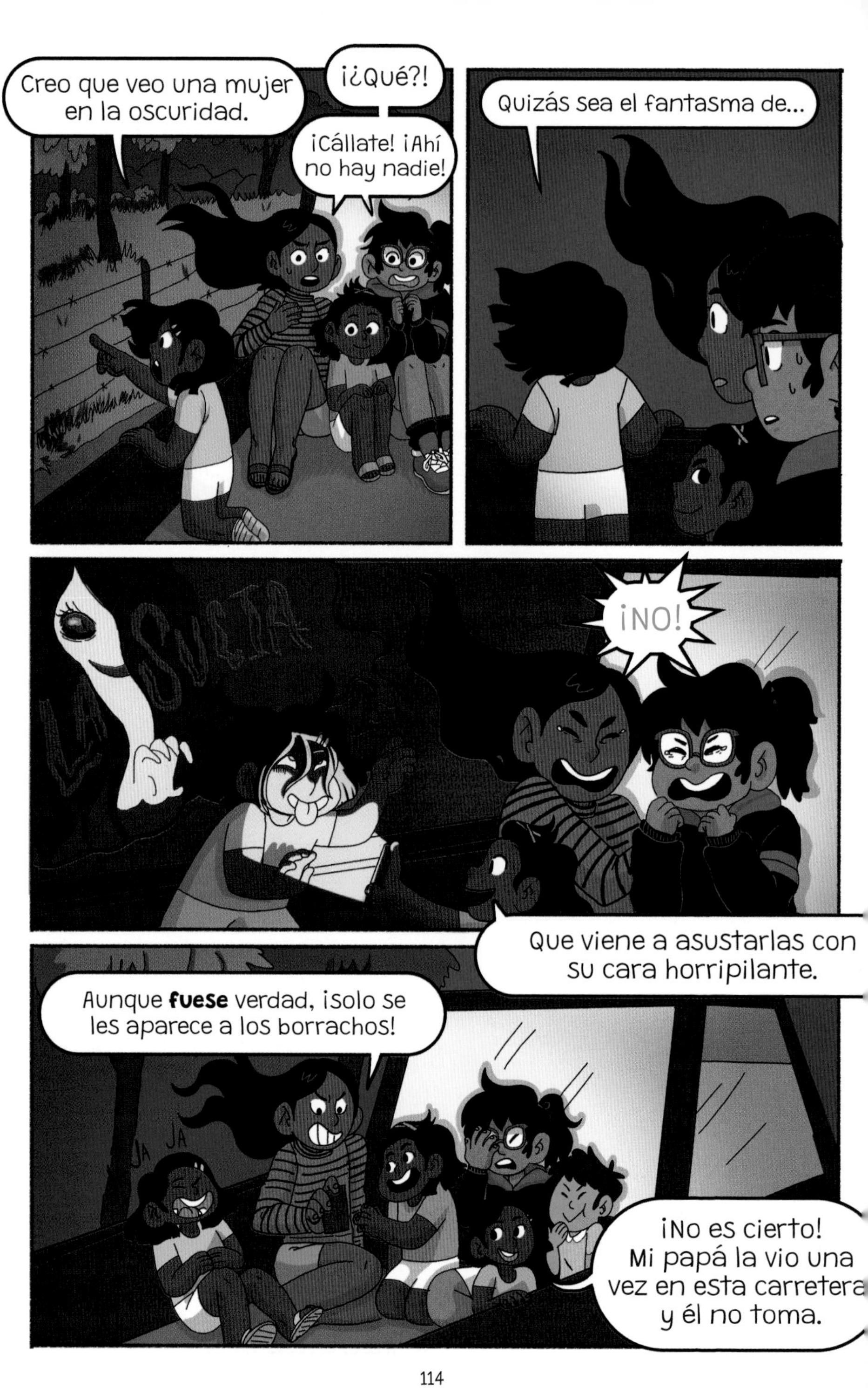
Creo que veo una mujer en la oscuridad.
¡¿Qué?!
¡Cállate! ¡Ahí no hay nadie!
Quizás sea el fantasma de...
LA SUELTA
¡NO!
Que viene a asustarlas con su cara horripilante.
Aunque **fuese** verdad, ¡solo se les aparece a los borrachos!
JA JA
¡No es cierto!
Mi papá la vio una vez en esta carretera y él no toma.

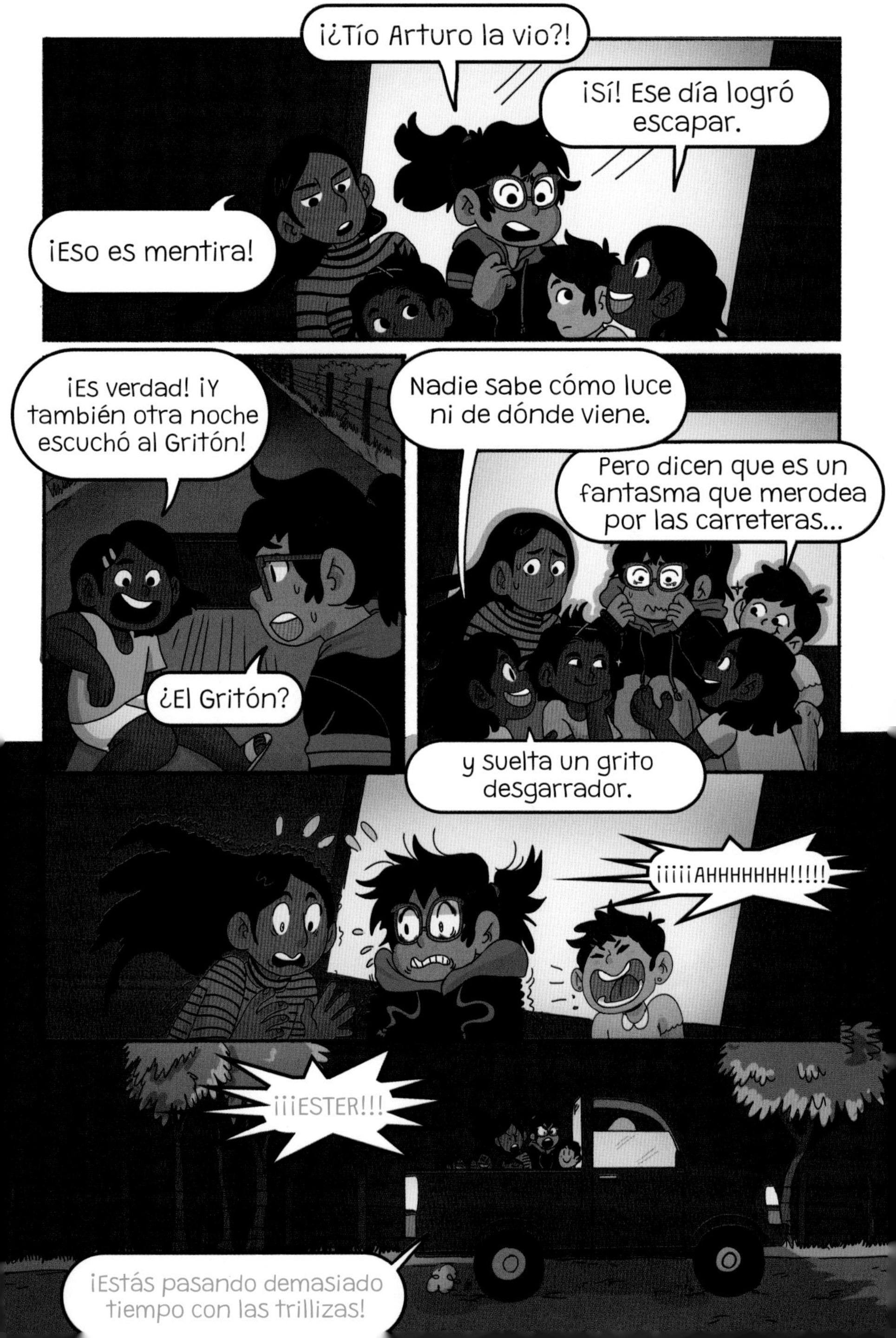
¡¿Tío Arturo la vio?!
¡Sí! Ese día logró escapar.
¡Eso es mentira!
¡Es verdad! ¡Y también otra noche escuchó al Gritón!
¿El Gritón?
Nadie sabe cómo luce ni de dónde viene.
Pero dicen que es un fantasma que merodea por las carreteras…
y suelta un grito desgarrador.
¡¡¡¡¡AHHHHHHH!!!!!
¡¡¡ESTER!!!
¡Estás pasando demasiado tiempo con las trillizas!

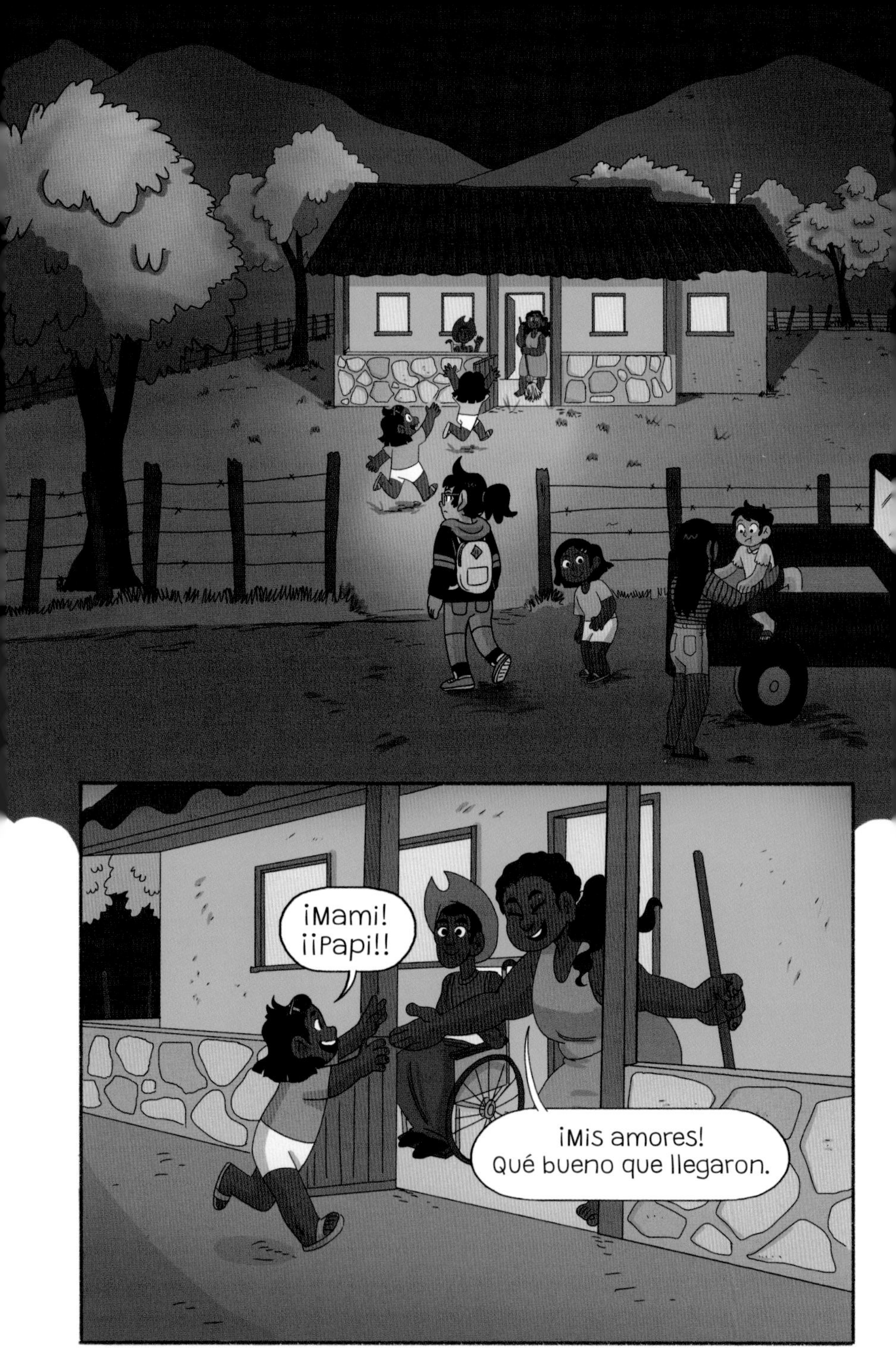
¡Mami!
¡¡Papi!!
¡Mis amores!
Qué bueno que llegaron.

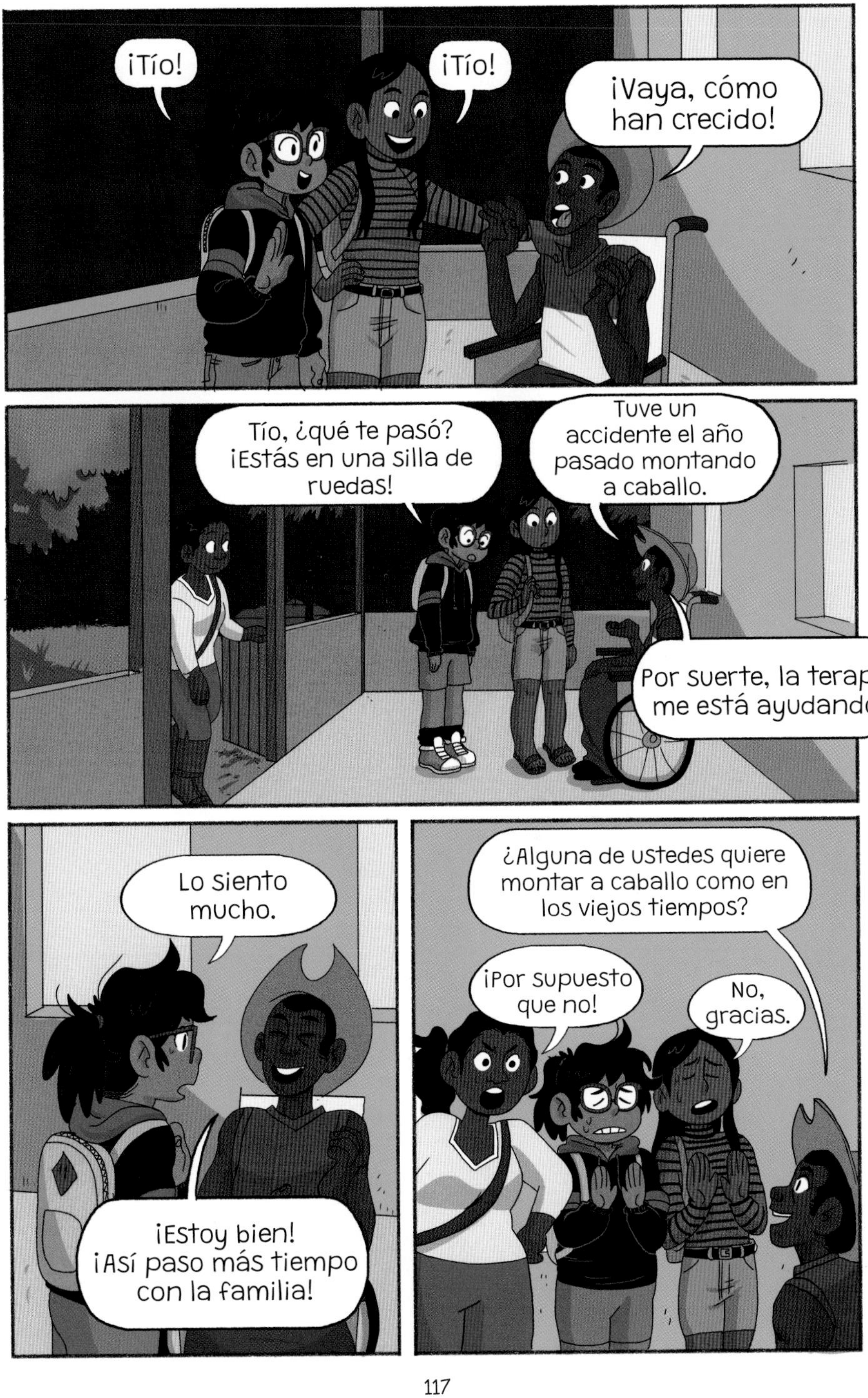
¡Tío!
¡Tío!
¡Vaya, cómo han crecido!
Tío, ¿qué te pasó? ¡Estás en una silla de ruedas!
Tuve un accidente el año pasado montando a caballo.
Por suerte, la terapia me está ayudando.
Lo siento mucho.
¡Estoy bien! ¡Así paso más tiempo con la familia!
¿Alguna de ustedes quiere montar a caballo como en los viejos tiempos?
¡Por supuesto que no!
No, gracias.

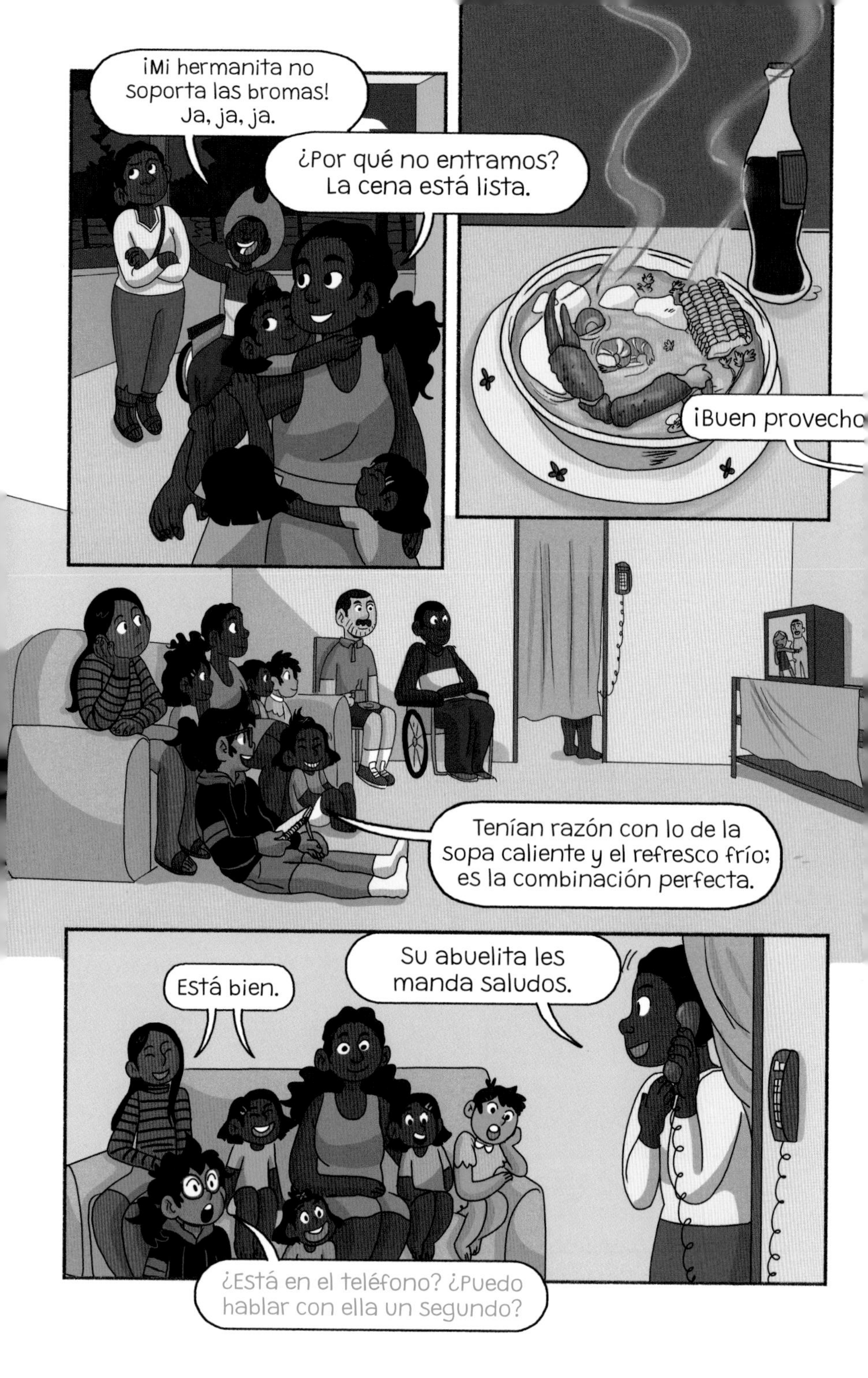
¡Mi hermanita no soporta las bromas! Ja, ja, ja.
¿Por qué no entramos? La cena está lista.
¡Buen provecho
Tenían razón con lo de la sopa caliente y el refresco frío; es la combinación perfecta.
Está bien.
Su abuelita les manda saludos.
¿Está en el teléfono? ¿Puedo hablar con ella un segundo?

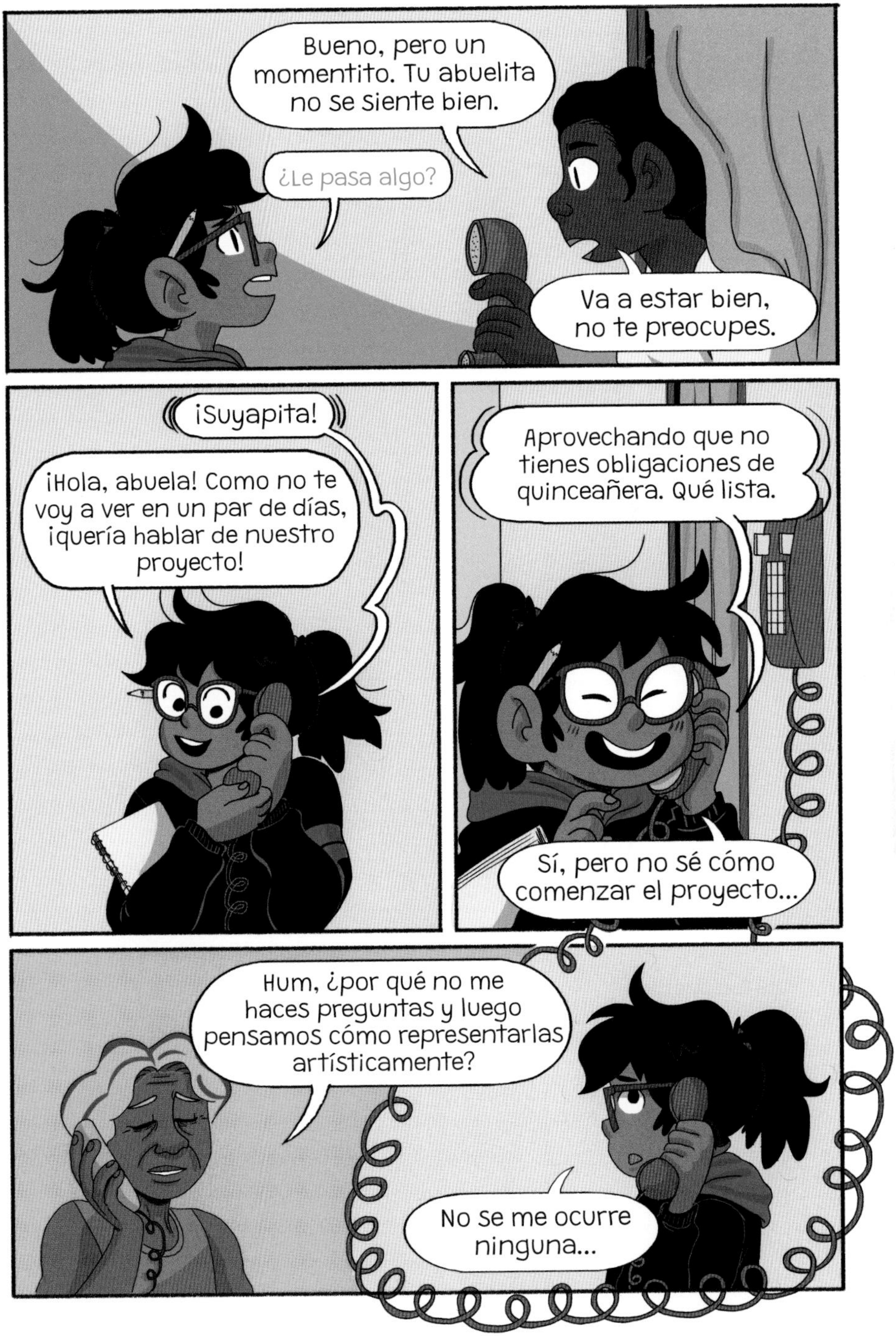
Bueno, pero un momentito. Tu abuelita no se siente bien.
¿Le pasa algo?
Va a estar bien, no te preocupes.
¡Suyapita!
¡Hola, abuela! Como no te voy a ver en un par de días, ¡quería hablar de nuestro proyecto!
Aprovechando que no tienes obligaciones de quinceañera. Qué lista.
Sí, pero no sé cómo comenzar el proyecto...
Hum, ¿por qué no me haces preguntas y luego pensamos cómo representarlas artísticamente?
No se me ocurre ninguna...

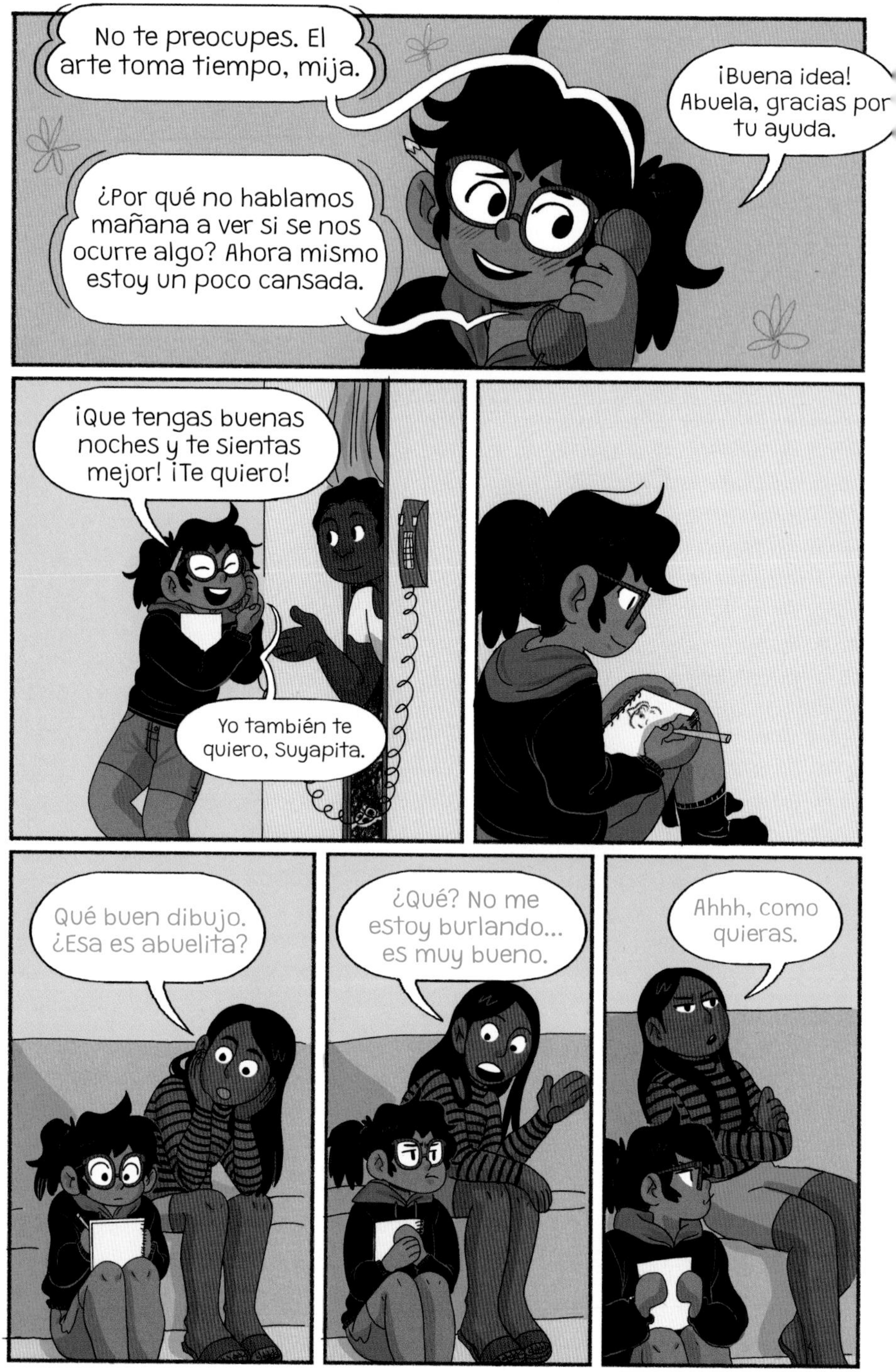
No te preocupes. El arte toma tiempo, mija.
¿Por qué no hablamos mañana a ver si se nos ocurre algo? Ahora mismo estoy un poco cansada.
¡Buena idea! Abuela, gracias por tu ayuda.
¡Que tengas buenas noches y te sientas mejor! ¡Te quiero!
Yo también te quiero, Suyapita.
Qué buen dibujo. ¿Esa es abuelita?
¿Qué? No me estoy burlando... es muy bueno.
Ahhh, como quieras.

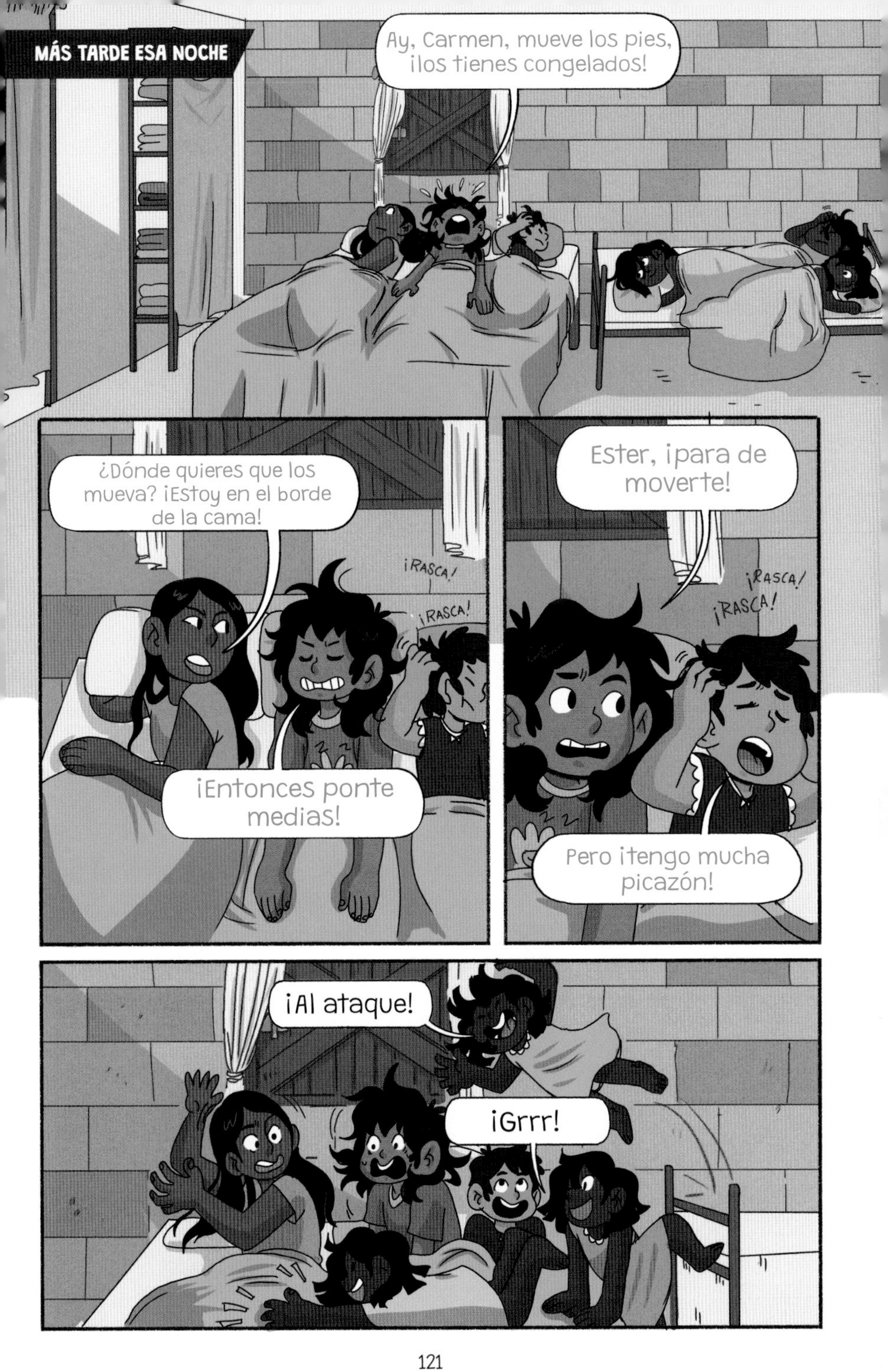
MÁS TARDE ESA NOCHE
Ay, Carmen, mueve los pies, ¡los tienes congelados!
¿Dónde quieres que los mueva? ¡Estoy en el borde de la cama!
¡RASCA!
¡RASCA!
¡Entonces ponte medias!
Ester, ¡para de moverte!
¡RASCA!
¡RASCA!
Pero ¡tengo mucha picazón!
¡Al ataque!
¡Grrr!

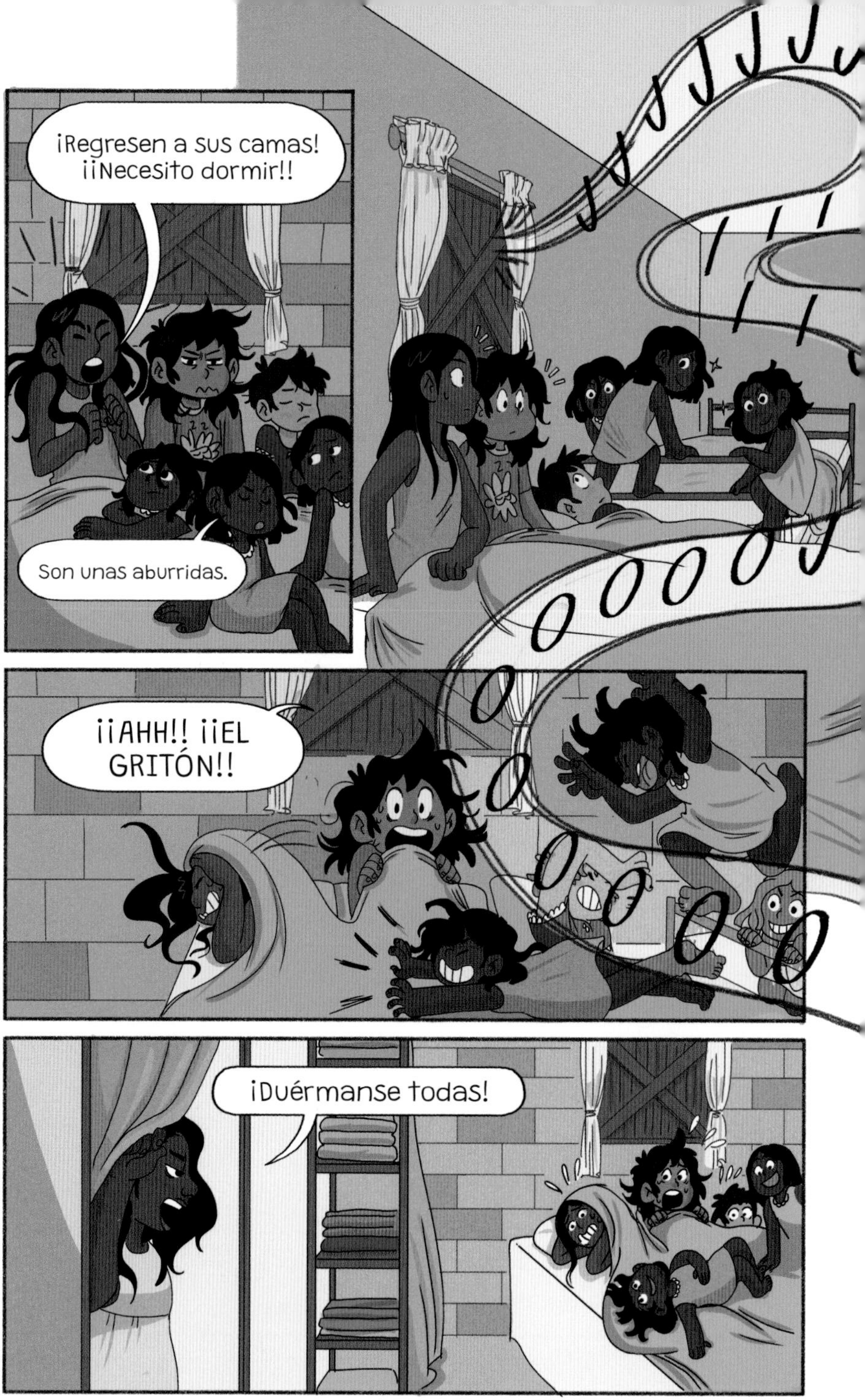
¡Regresen a sus camas! ¡¡Necesito dormir!!
Son unas aburridas.
JJJJJJJJJJ
OOOOOOOOOOOOOO
¡¡AHH!! ¡¡EL GRITÓN!!
¡Duérmanse todas!

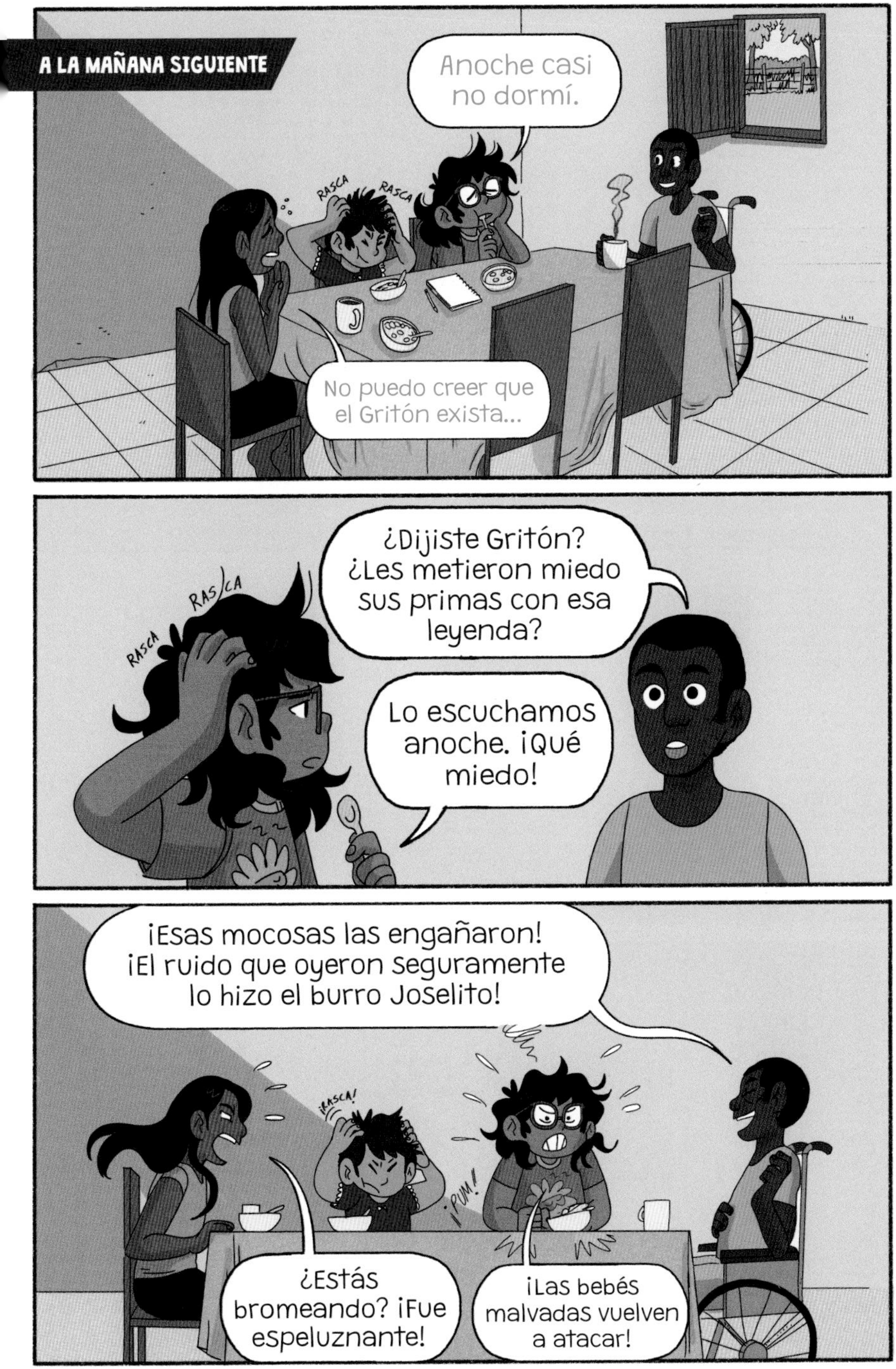
A LA MAÑANA SIGUIENTE
Anoche casi no dormí.
RASCA RASCA
No puedo creer que el Gritón exista...
¿Dijiste Gritón? ¿Les metieron miedo sus primas con esa leyenda?
RASCA RAS CA
Lo escuchamos anoche. ¡Qué miedo!
¡Esas mocosas las engañaron! ¡El ruido que oyeron seguramente lo hizo el burro Joselito!
¡RASCA!
¡PUM!
¿Estás bromeando? ¡Fue espeluznante!
¡Las bebés malvadas vuelven a atacar!

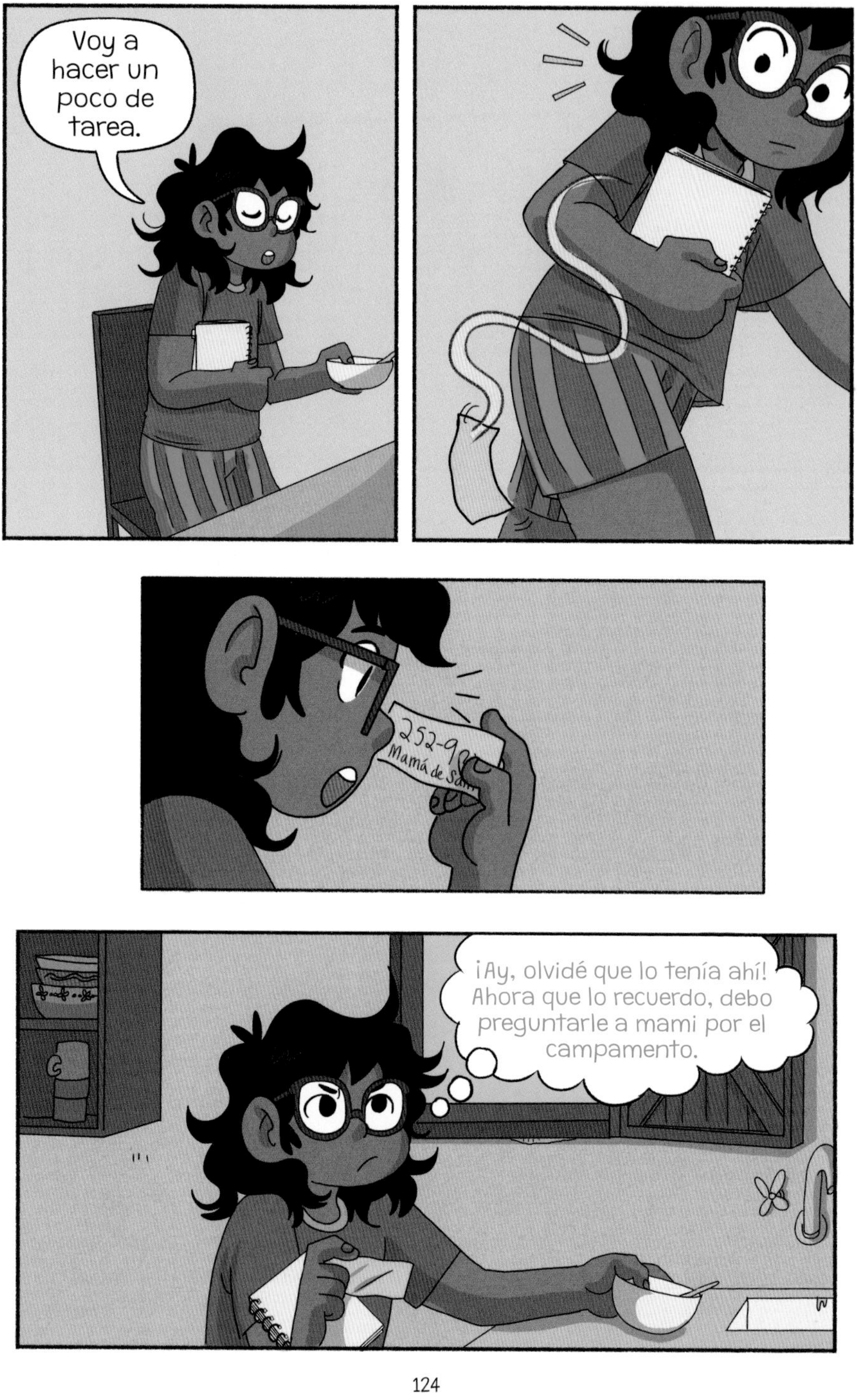
Voy a hacer un poco de tarea.
¡Ay, olvidé que lo tenía ahí! Ahora que lo recuerdo, debo preguntarle a mami por el campamento.

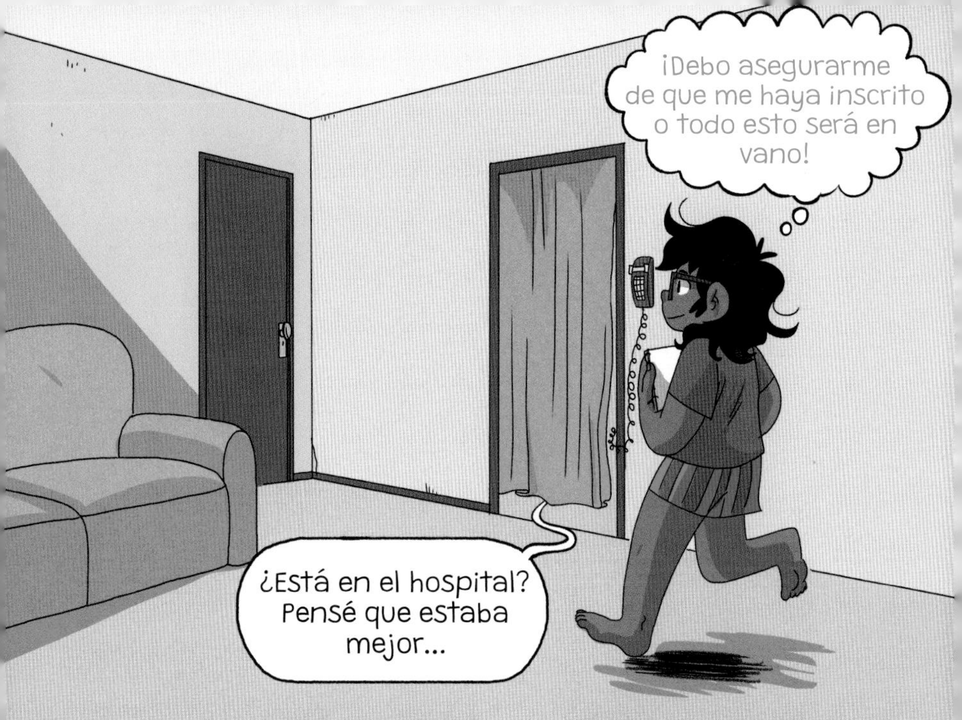
¡Debo asegurarme de que me haya inscrito o todo esto será en vano!
¿Está en el hospital? Pensé que estaba mejor...

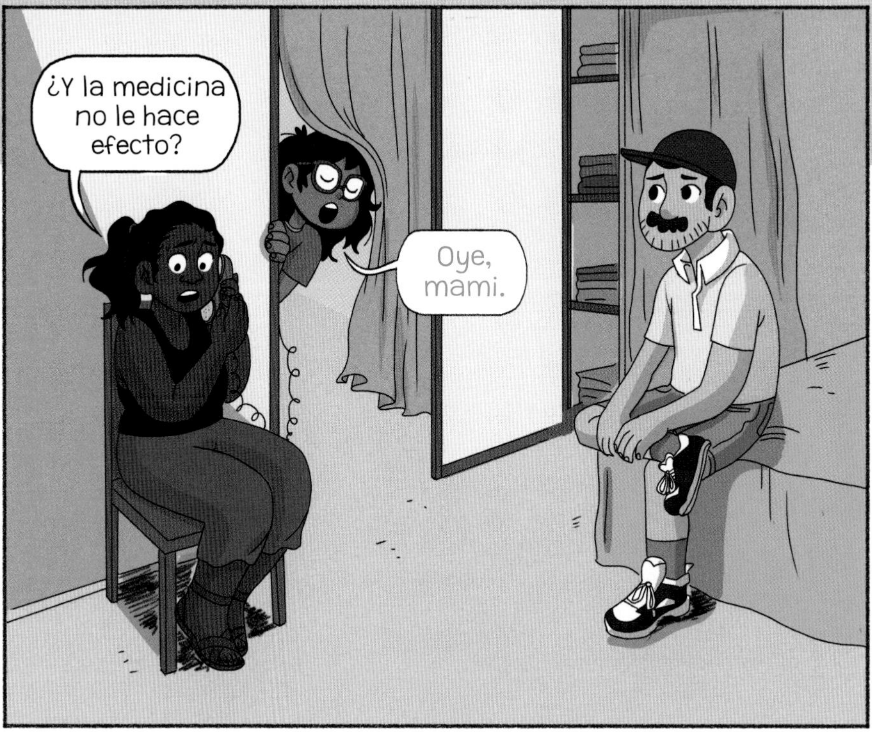
¿Y la medicina no le hace efecto?
Oye, mami.

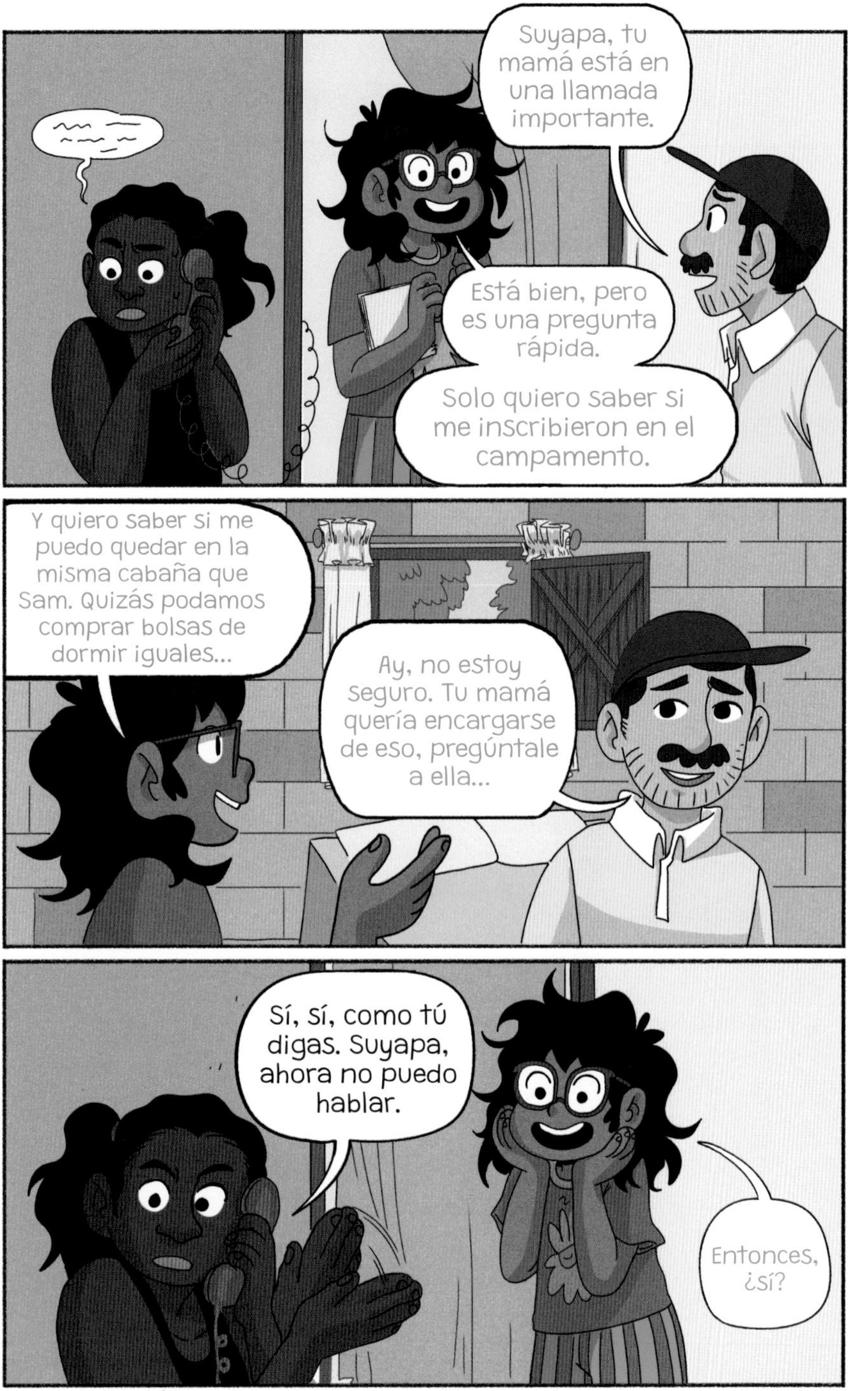
Suyapa, tu mamá está en una llamada importante.
Está bien, pero es una pregunta rápida.
Solo quiero saber si me inscribieron en el campamento.
Y quiero saber si me puedo quedar en la misma cabaña que Sam. Quizás podamos comprar bolsas de dormir iguales...
Ay, no estoy seguro. Tu mamá quería encargarse de eso, pregúntale a ella...
Sí, sí, como tú digas. Suyapa, ahora no puedo hablar.
Entonces, ¿sí?

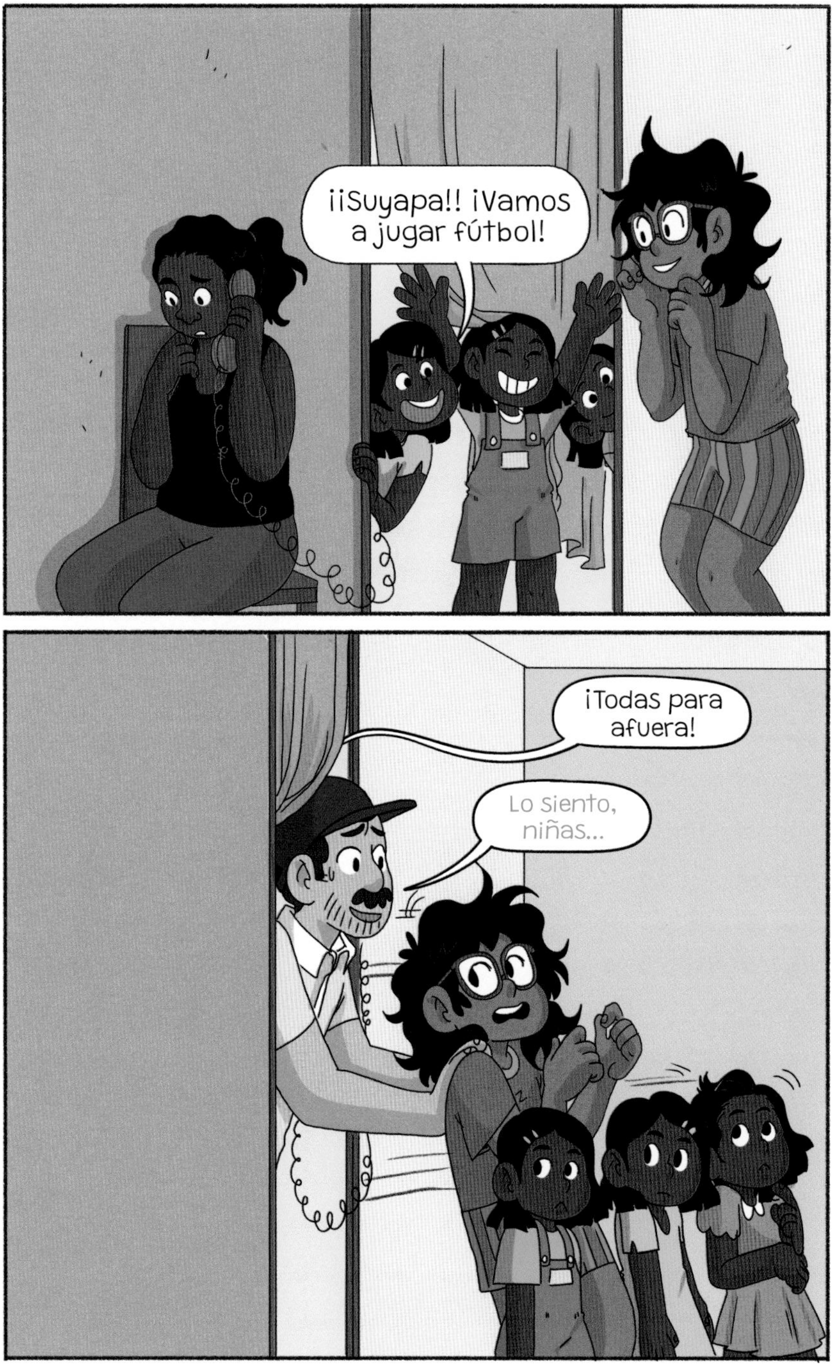
¡¡Suyapa!! ¡Vamos a jugar fútbol!
¡Todas para afuera!
Lo siento, niñas...

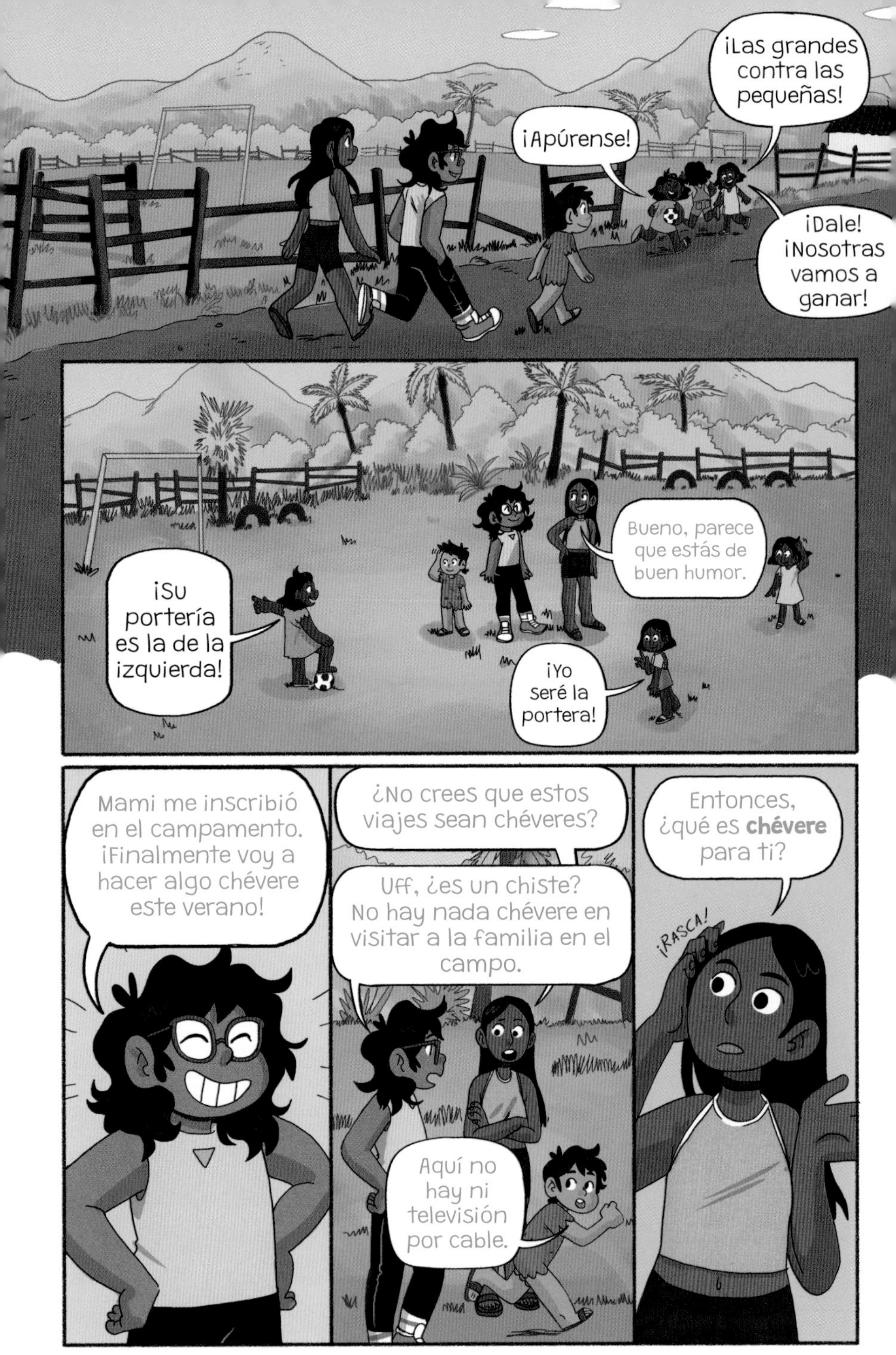
¡Apúrense!
¡Las grandes contra las pequeñas!
¡Dale! ¡Nosotras vamos a ganar!
Bueno, parece que estás de buen humor.
¡Su portería es la de la izquierda!
¡Yo seré la portera!
Mami me inscribió en el campamento. ¡Finalmente voy a hacer algo chévere este verano!
¿No crees que estos viajes sean chéveres?
Uff, ¿es un chiste? No hay nada chévere en visitar a la familia en el campo.
Aquí no hay ni televisión por cable.
Entonces, ¿qué es **chévere** para ti?
¡RASCA!

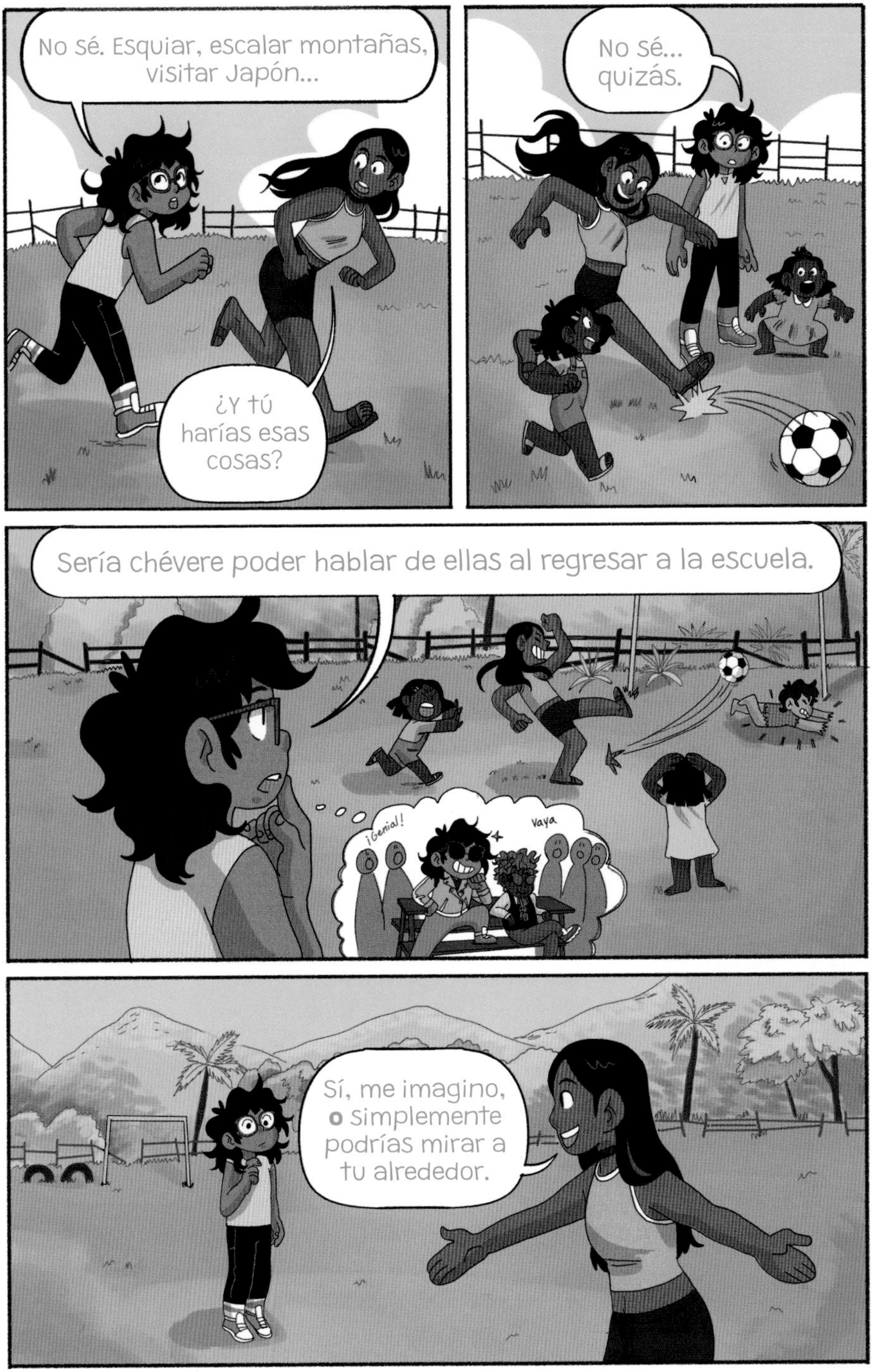
No sé. Esquiar, escalar montañas, visitar Japón...
¿Y tú harías esas cosas?
No sé... quizás.
Sería chévere poder hablar de ellas al regresar a la escuela.
¡Genial!
Vaya
Sí, me imagino, o simplemente podrías mirar a tu alrededor.

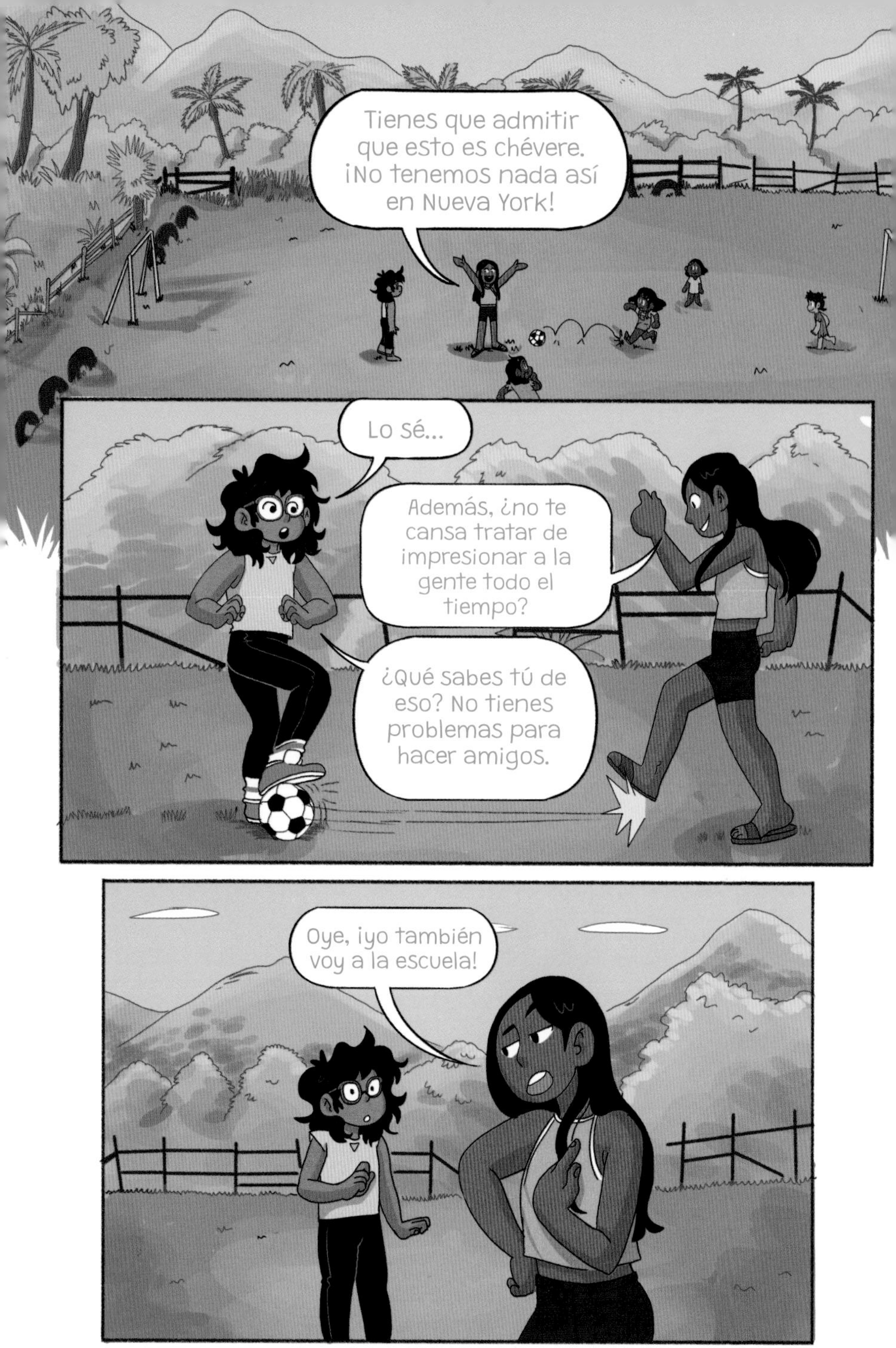
Tienes que admitir que esto es chévere. ¡No tenemos nada así en Nueva York!
Lo sé...
Además, ¿no te cansa tratar de impresionar a la gente todo el tiempo?
¿Qué sabes tú de eso? No tienes problemas para hacer amigos.
Oye, ¡yo también voy a la escuela!

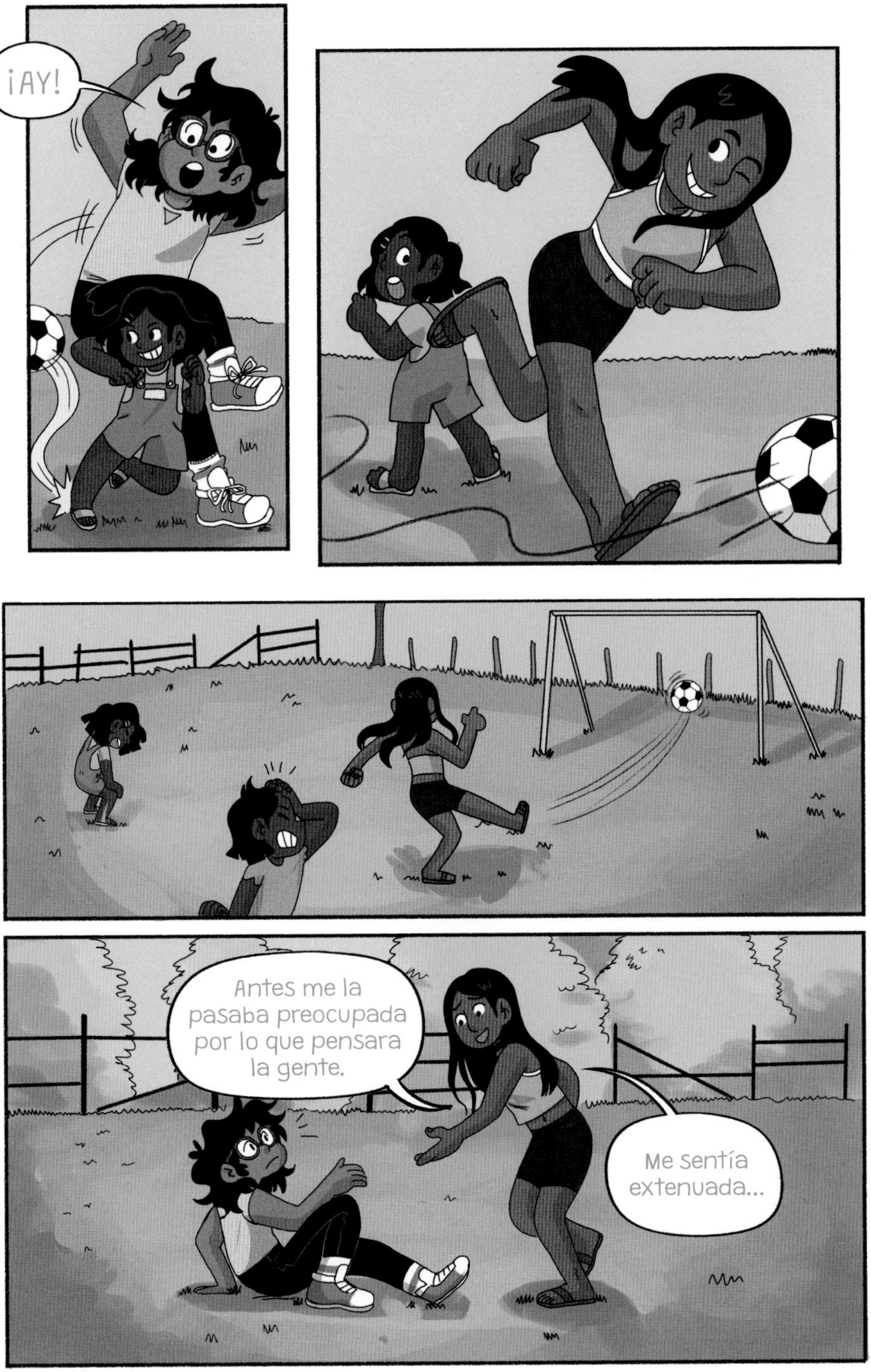
¡AY!
Antes me la pasaba preocupada por lo que pensara la gente.
Me sentía extenuada...

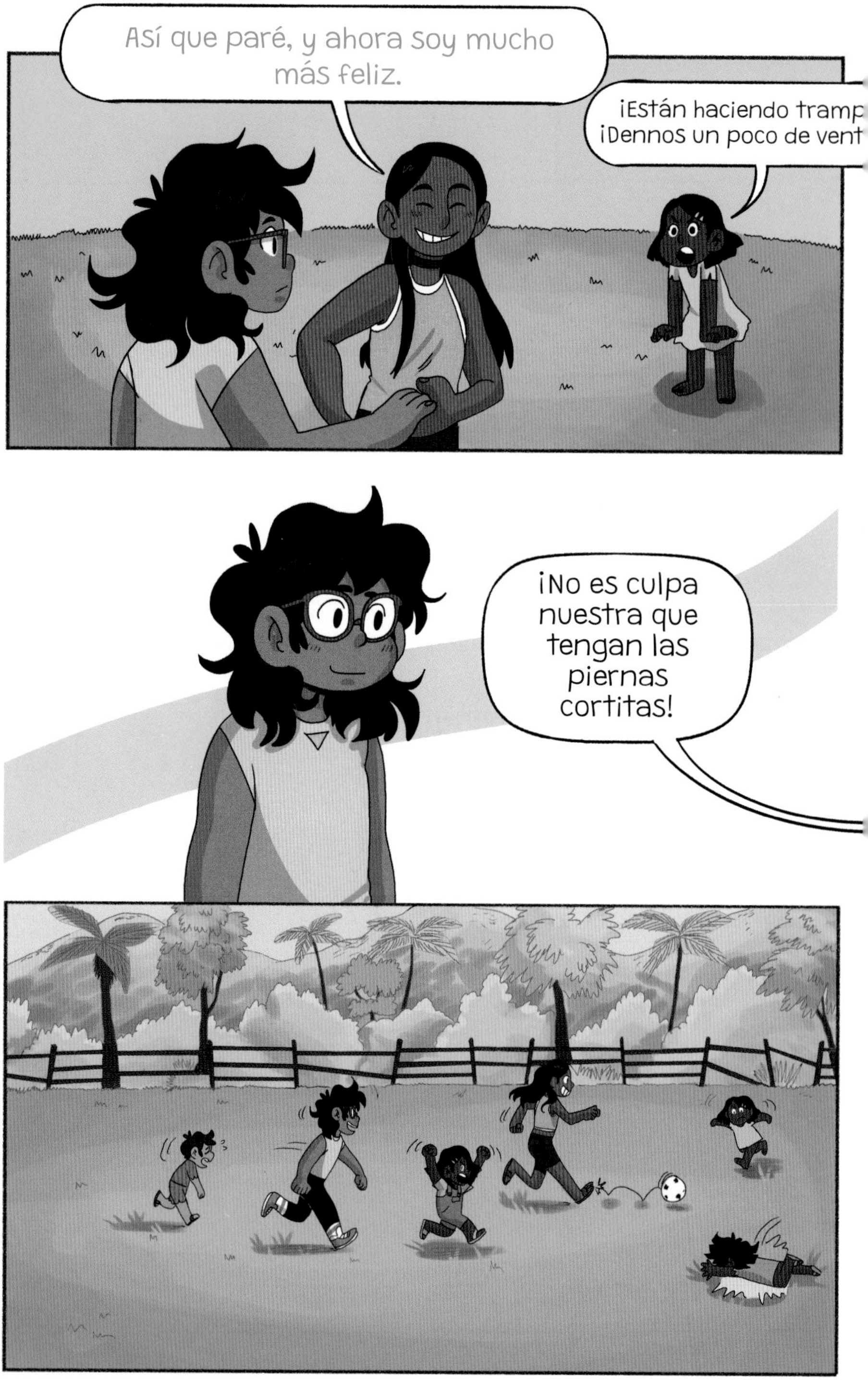
Así que paré, y ahora soy mucho más feliz.
¡Están haciendo tramp
¡Dennos un poco de vent
¡No es culpa nuestra que tengan las piernas cortitas!

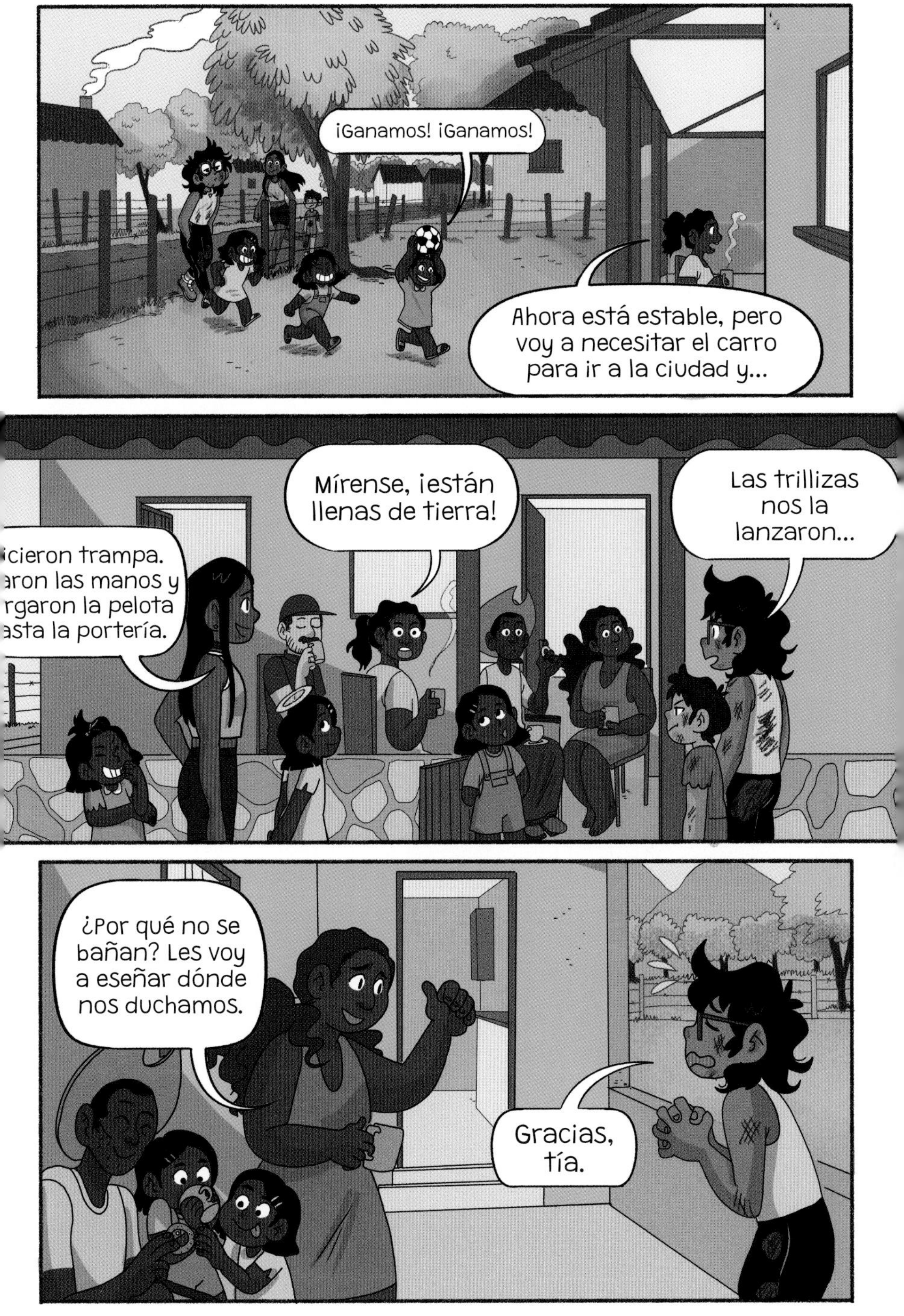
¡Ganamos! ¡Ganamos!
Ahora está estable, pero voy a necesitar el carro para ir a la ciudad y...
Mírense, ¡están llenas de tierra!
Las trillizas nos la lanzaron...
icieron trampa. aron las manos y rgaron la pelota asta la portería.
¿Por qué no se bañan? Les voy a eseñar dónde nos duchamos.
Gracias, tía.

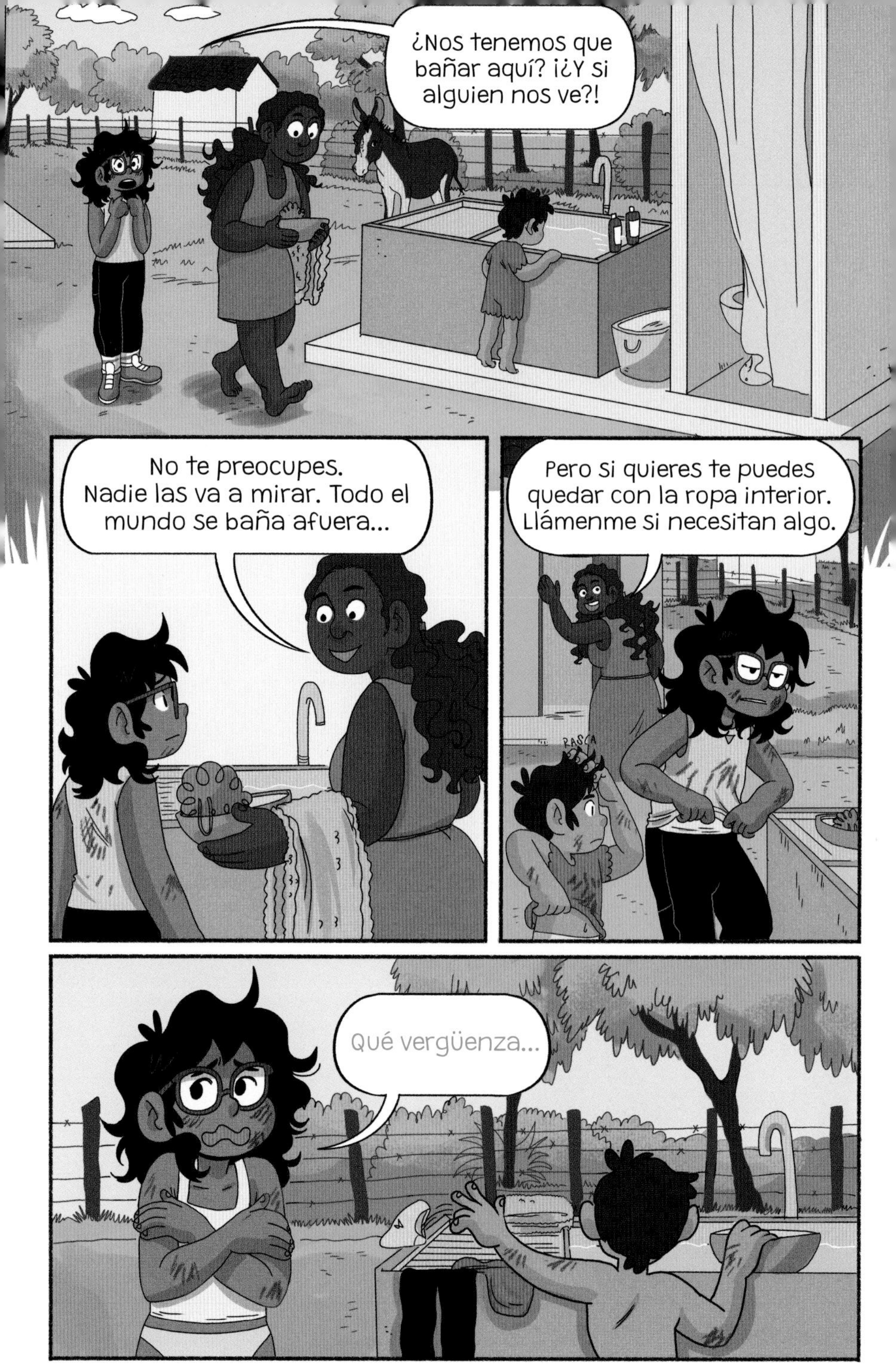
¿Nos tenemos que bañar aquí? ¡¿Y si alguien nos ve?!
No te preocupes. Nadie las va a mirar. Todo el mundo se baña afuera...
Pero si quieres te puedes quedar con la ropa interior. Llámenme si necesitan algo.
RASCA
Qué vergüenza...

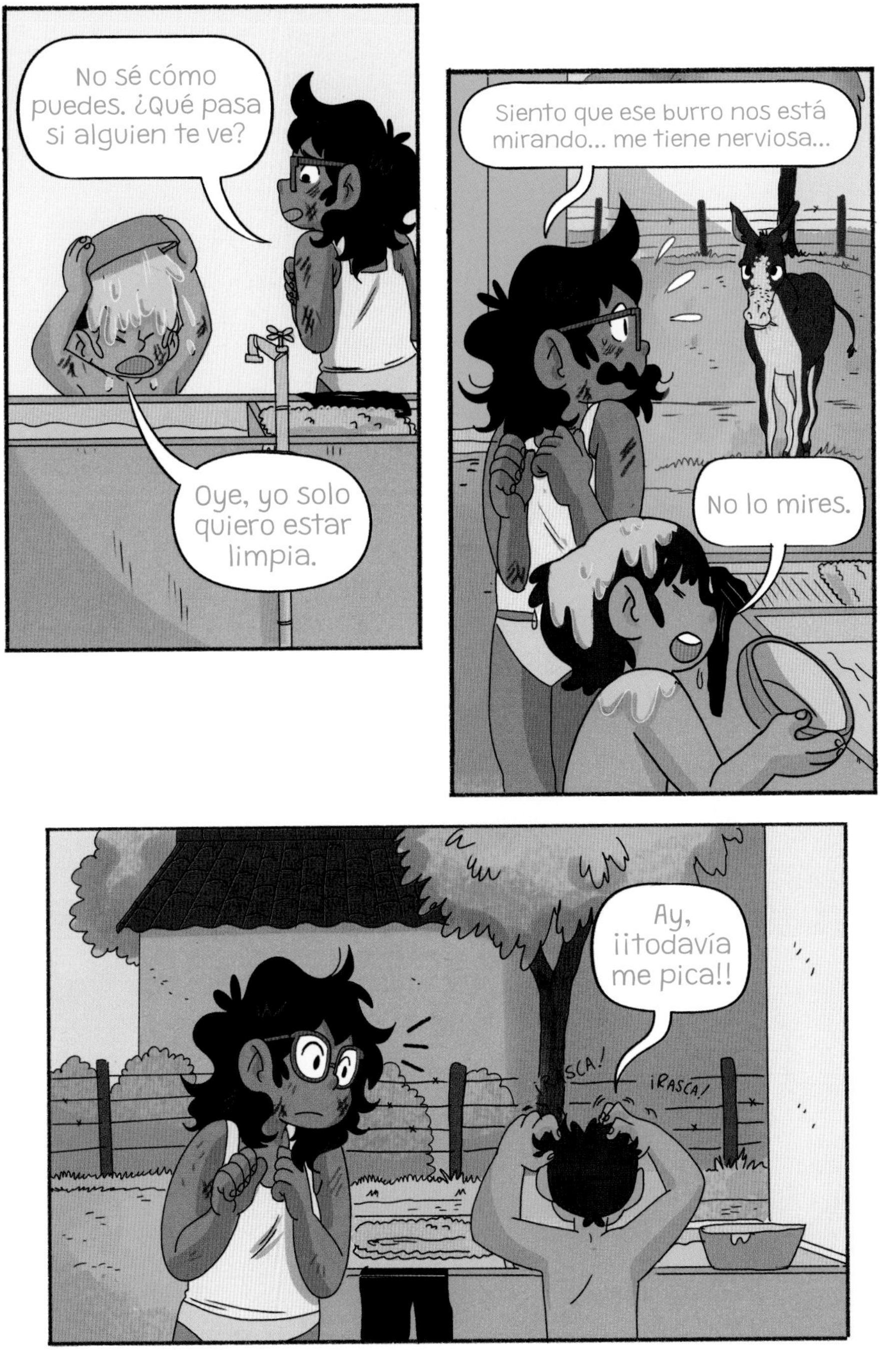
No sé cómo puedes. ¿Qué pasa si alguien te ve?
Oye, yo solo quiero estar limpia.
Siento que ese burro nos está mirando... me tiene nerviosa...
No lo mires.
Ay, ¡¡todavía me pica!!
¡RASCA!
¡RASCA!

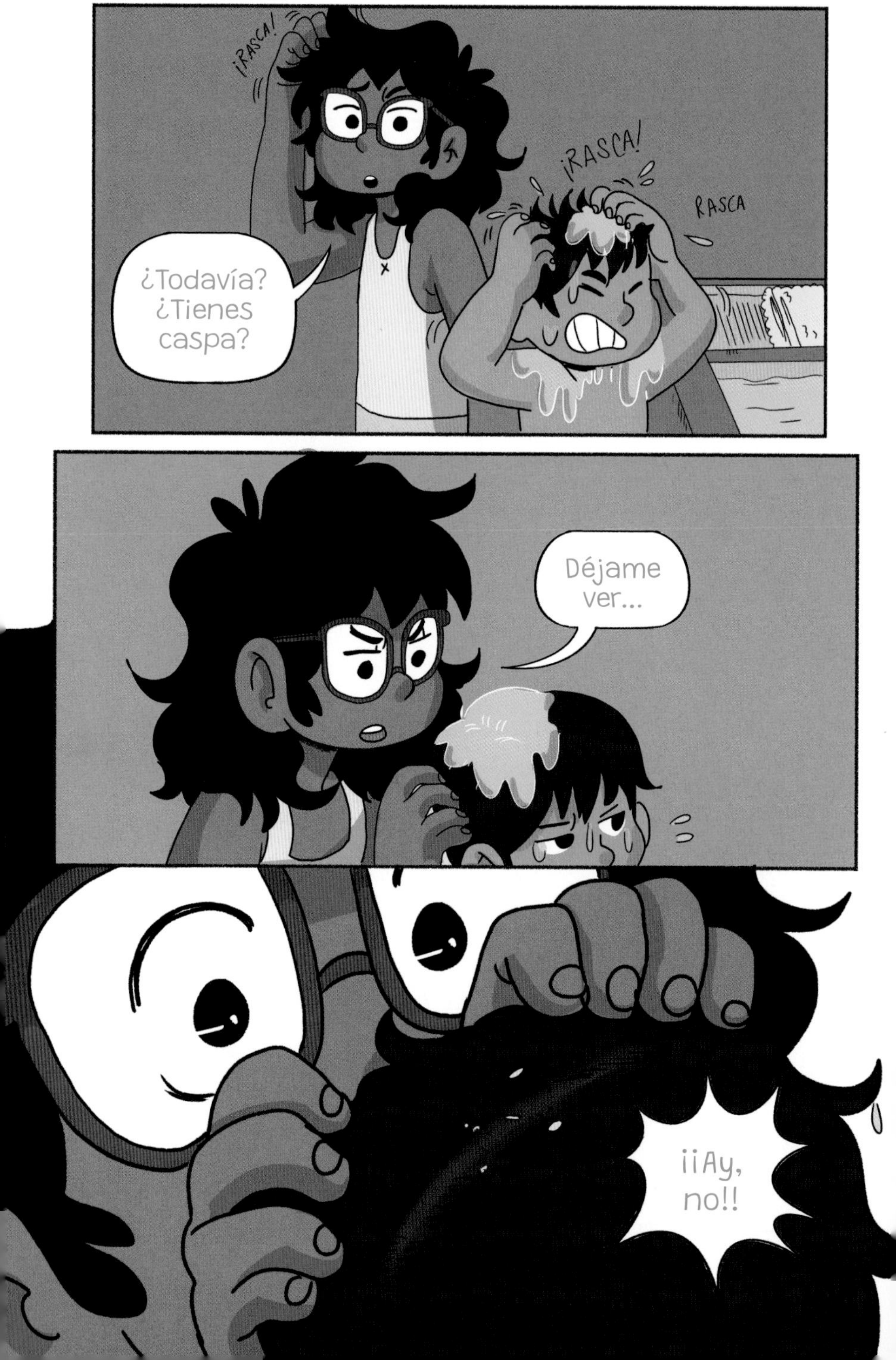
¡RASCA!
¿Todavía? ¿Tienes caspa?
¡RASCA!
RASCA
Déjame ver...
¡¡Ay, no!!

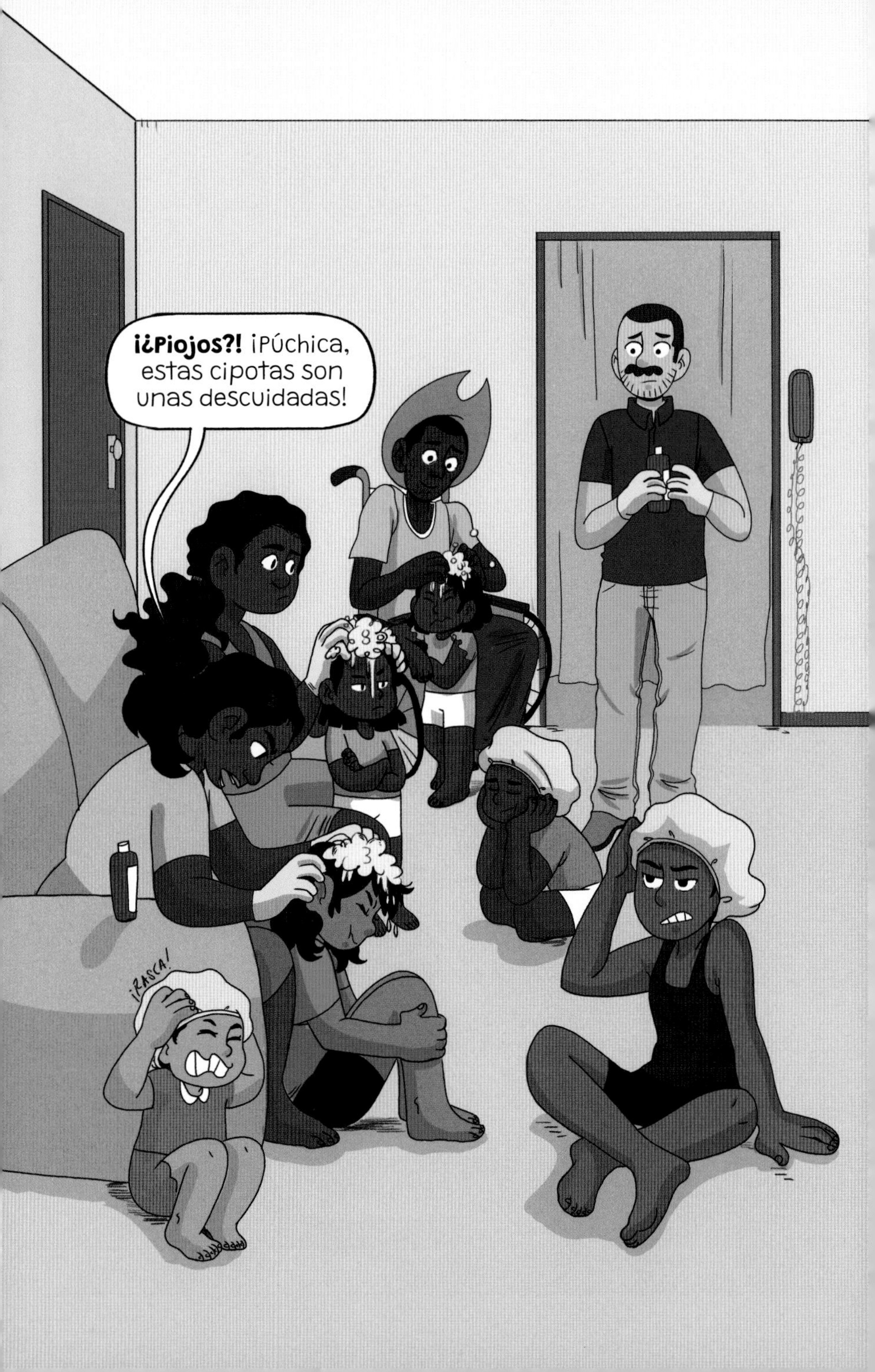
¡¿Piojos?! ¡Púchica, estas cipotas son unas descuidadas!
¡RASCA!

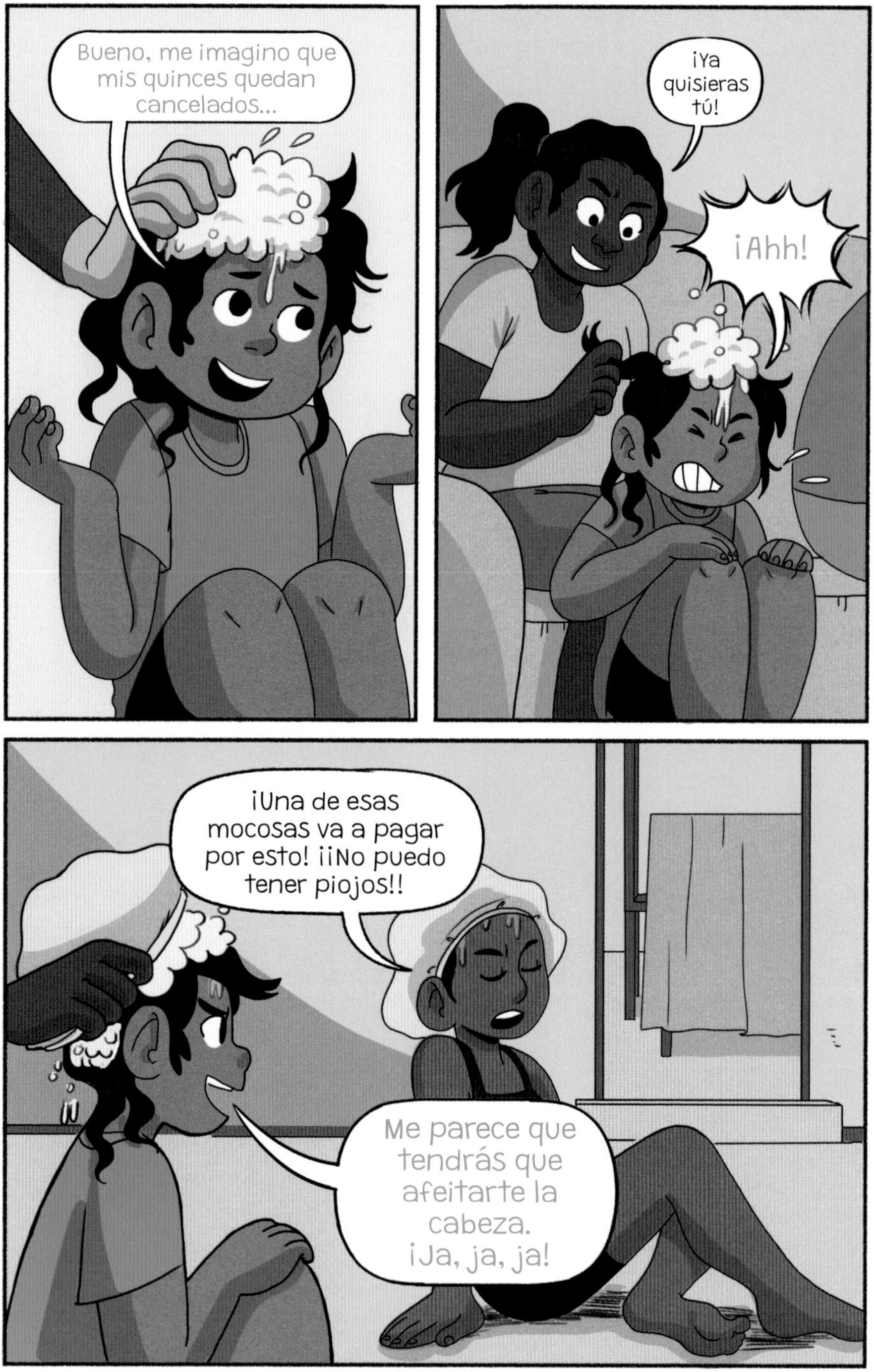
Bueno, me imagino que mis quinces quedan cancelados...
¡Ya quisieras tú!
¡Ahh!
¡Una de esas mocosas va a pagar por esto! ¡¡No puedo tener piojos!!
Me parece que tendrás que afeitarte la cabeza. ¡Ja, ja, ja!

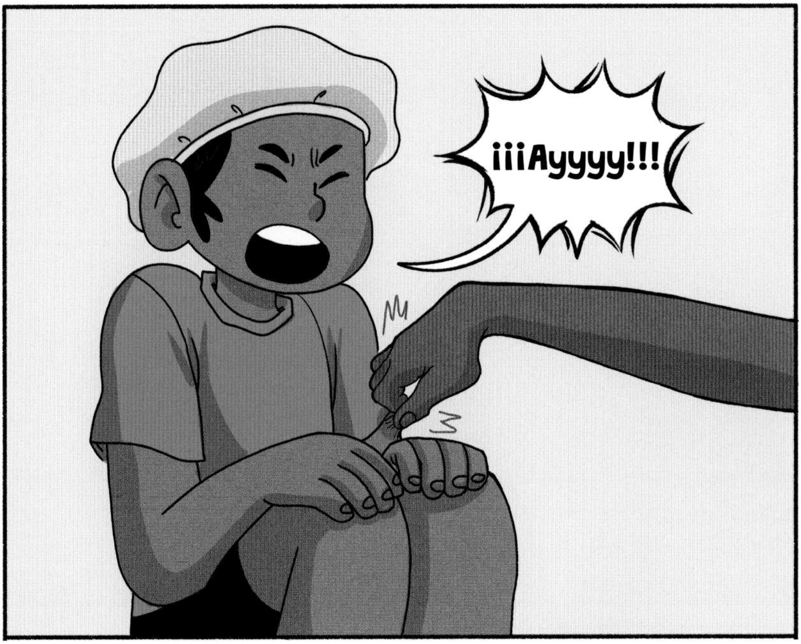
¡¡¡Ayyyy!!!

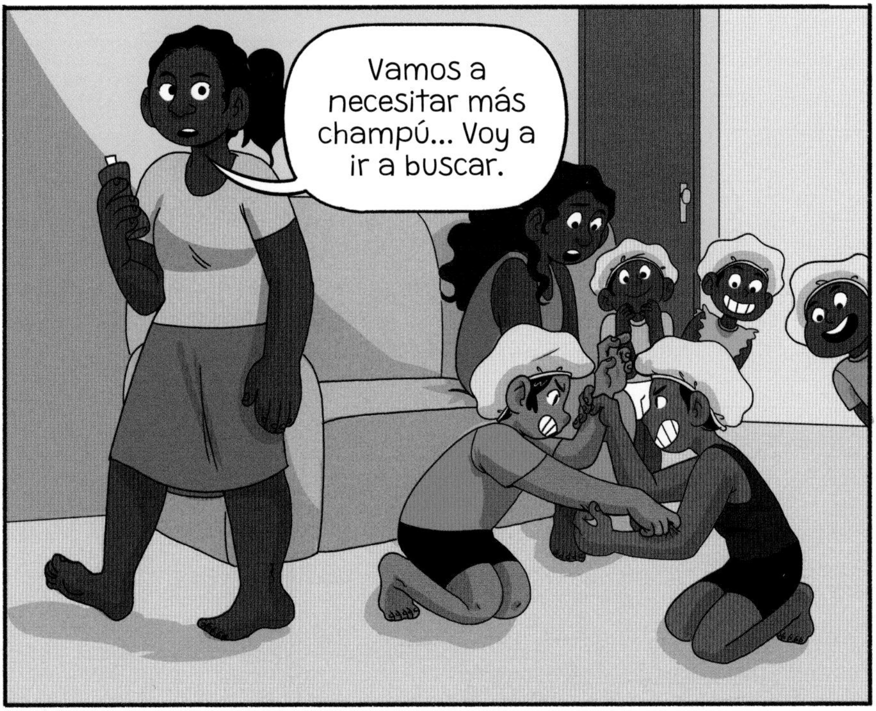
Vamos a necesitar más champú... Voy a ir a buscar.

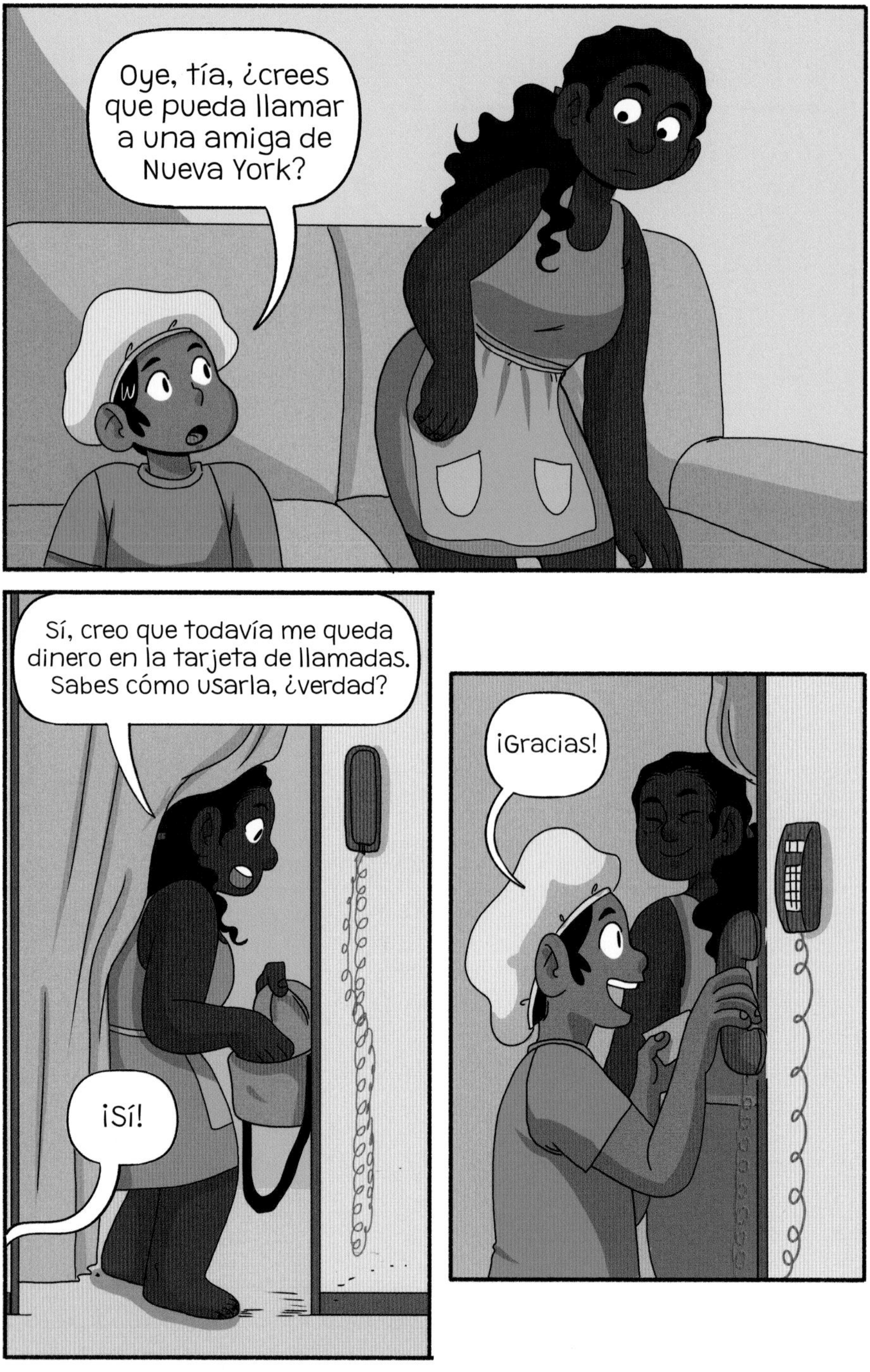
Oye, tía, ¿crees que pueda llamar a una amiga de Nueva York?
Sí, creo que todavía me queda dinero en la tarjeta de llamadas. Sabes cómo usarla, ¿verdad?
¡Sí!
¡Gracias!

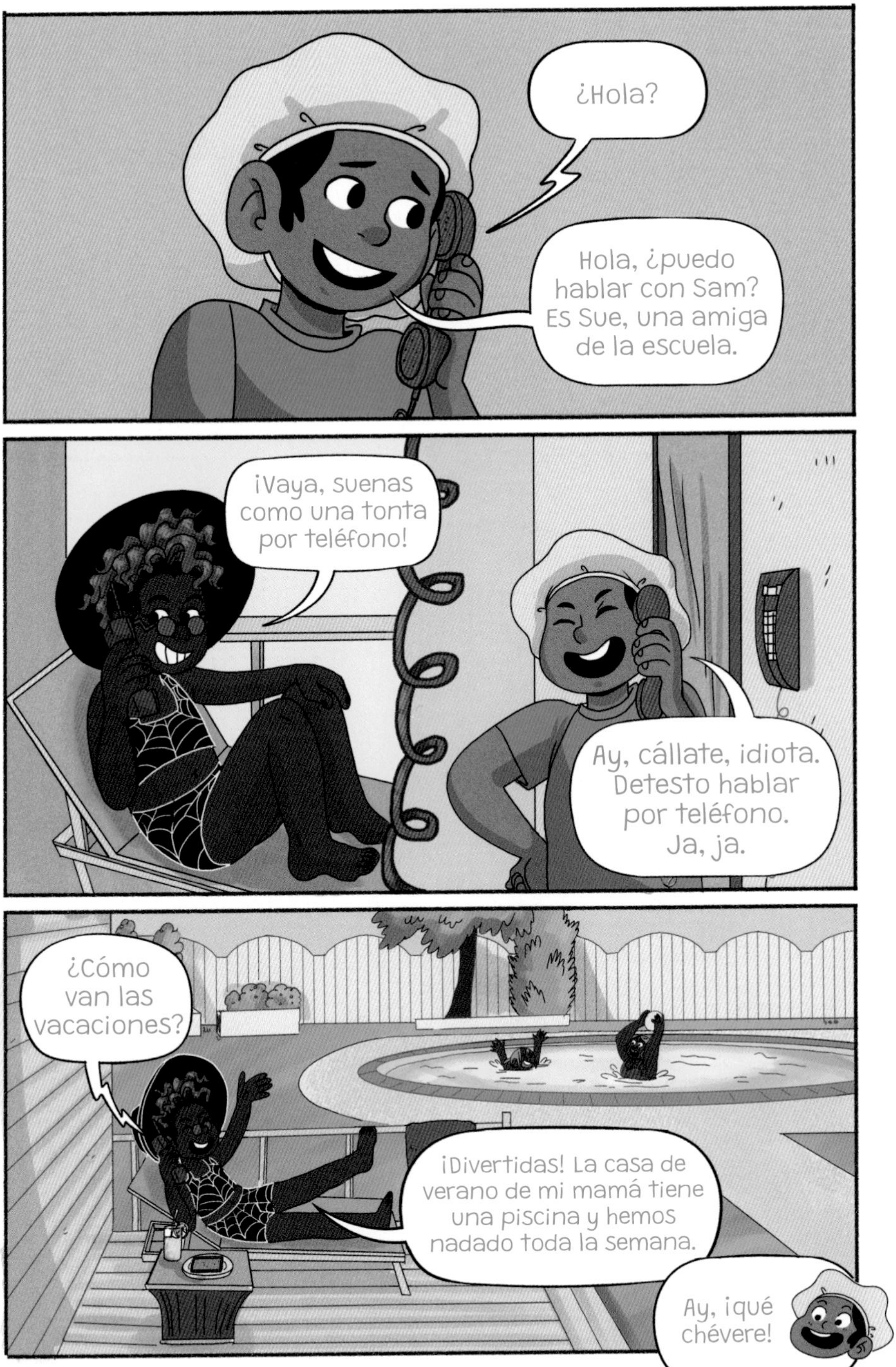

¿Hola?
Hola, ¿puedo hablar con Sam? Es Sue, una amiga de la escuela.
¡Vaya, suenas como una tonta por teléfono!
Ay, cállate, idiota. Detesto hablar por teléfono. Ja, ja.
¿Cómo van las vacaciones?
¡Divertidas! La casa de verano de mi mamá tiene una piscina y hemos nadado toda la semana.
Ay, ¡qué chévere!

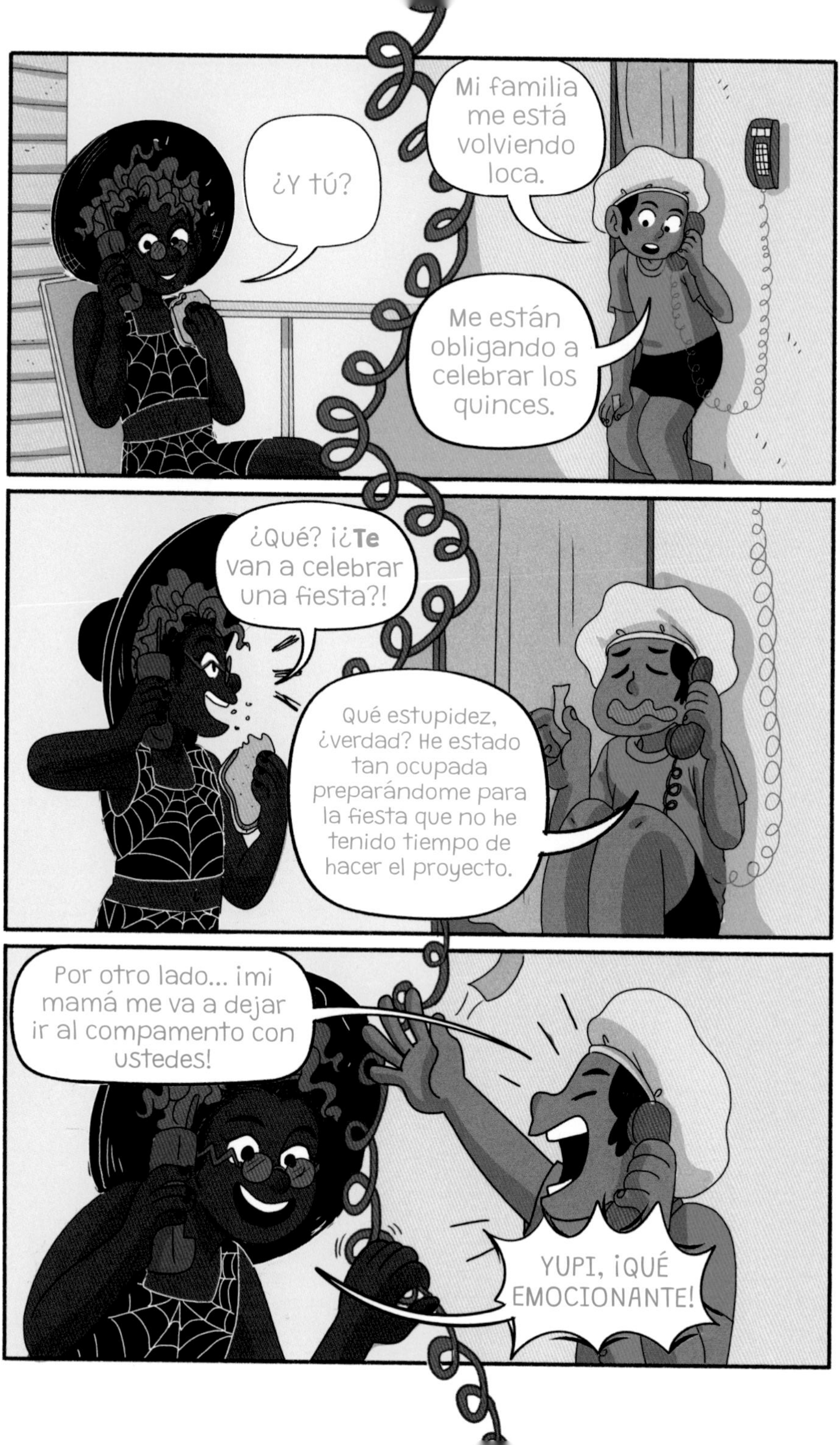

¿Y tú?
Mi familia me está volviendo loca.
Me están obligando a celebrar los quinces.
¿Qué? ¡¿**Te** van a celebrar una fiesta?!
Qué estupidez, ¿verdad? He estado tan ocupada preparándome para la fiesta que no he tenido tiempo de hacer el proyecto.
Por otro lado... ¡mi mamá me va a dejar ir al compamento con ustedes!
YUPI, ¡QUÉ EMOCIONANTE!

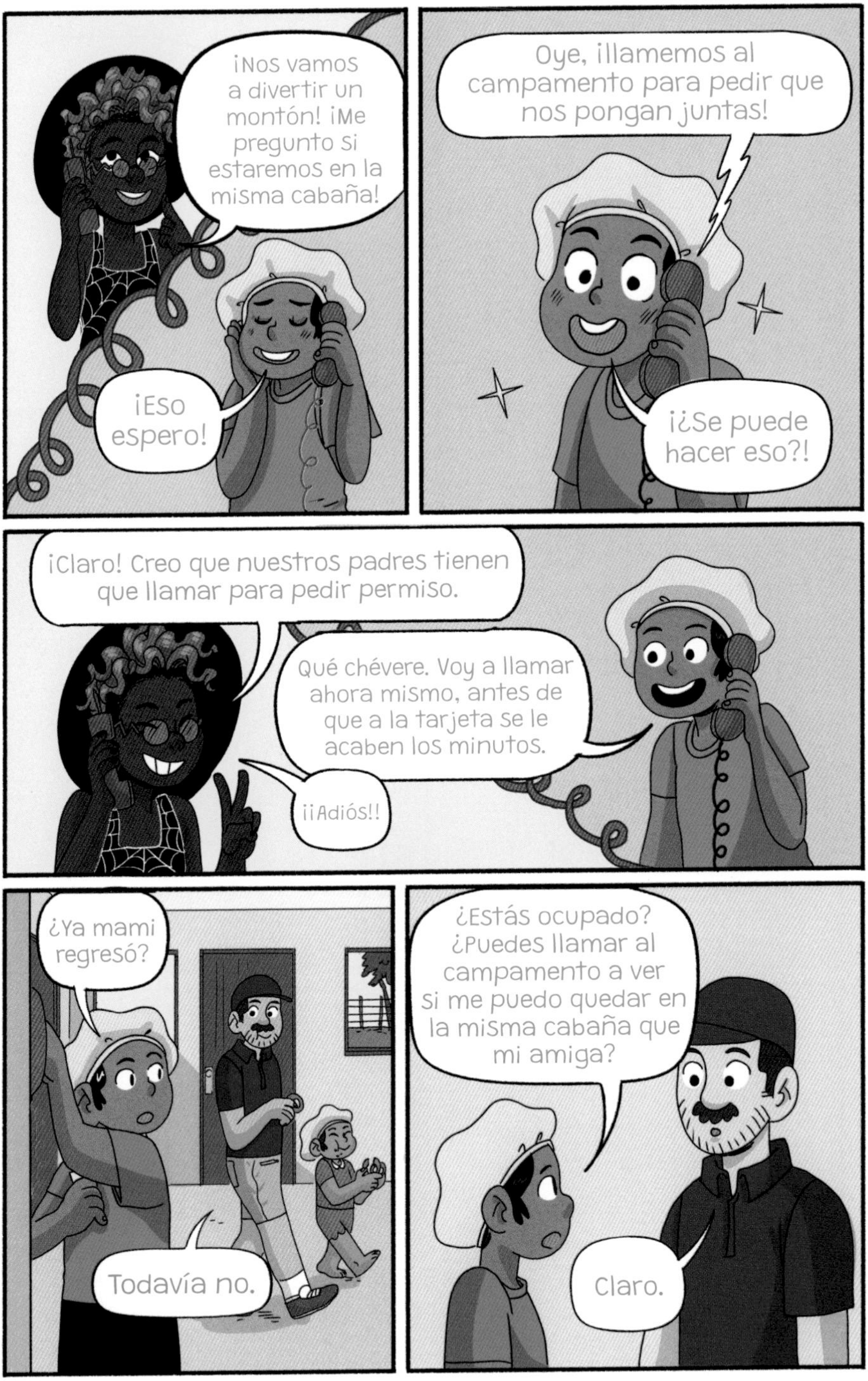
¡Nos vamos a divertir un montón! ¡Me pregunto si estaremos en la misma cabaña!
¡Eso espero!
Oye, ¡llamemos al campamento para pedir que nos pongan juntas!
¡¿Se puede hacer eso?!
¡Claro! Creo que nuestros padres tienen que llamar para pedir permiso.
Qué chévere. Voy a llamar ahora mismo, antes de que a la tarjeta se le acaben los minutos.
¡¡Adiós!!
¿Ya mami regresó?
Todavía no.
¿Estás ocupado? ¿Puedes llamar al campamento a ver si me puedo quedar en la misma cabaña que mi amiga?
Claro.

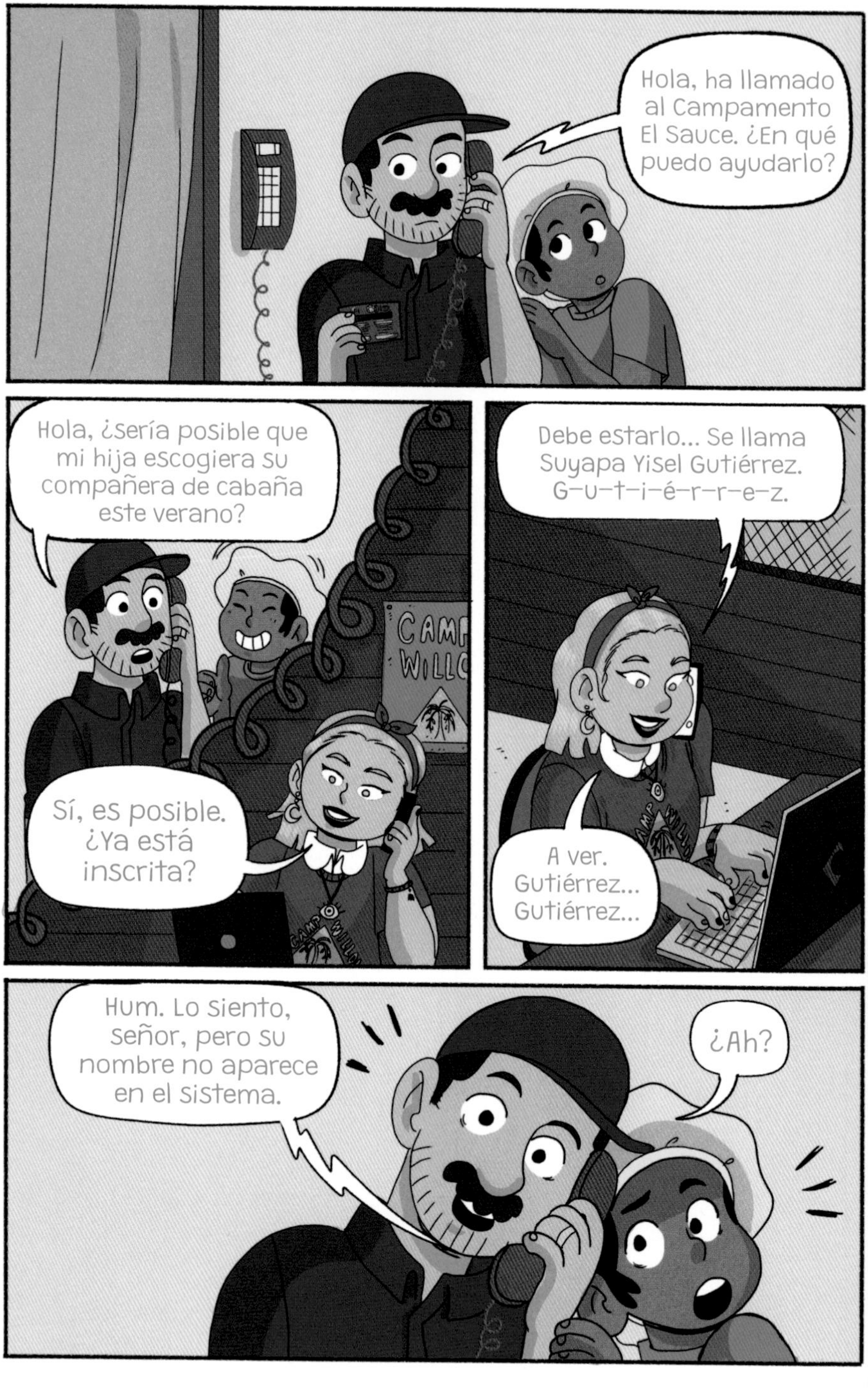
Hola, ha llamado al Campamento El Sauce. ¿En qué puedo ayudarlo?
Hola, ¿sería posible que mi hija escogiera su compañera de cabaña este verano?
CAMP WILLO
Sí, es posible. ¿Ya está inscrita?
Debe estarlo... Se llama Suyapa Yisel Gutiérrez. G-u-t-i-é-r-r-e-z.
A ver. Gutiérrez... Gutiérrez...
Hum. Lo siento, señor, pero su nombre no aparece en el sistema.
¿Ah?

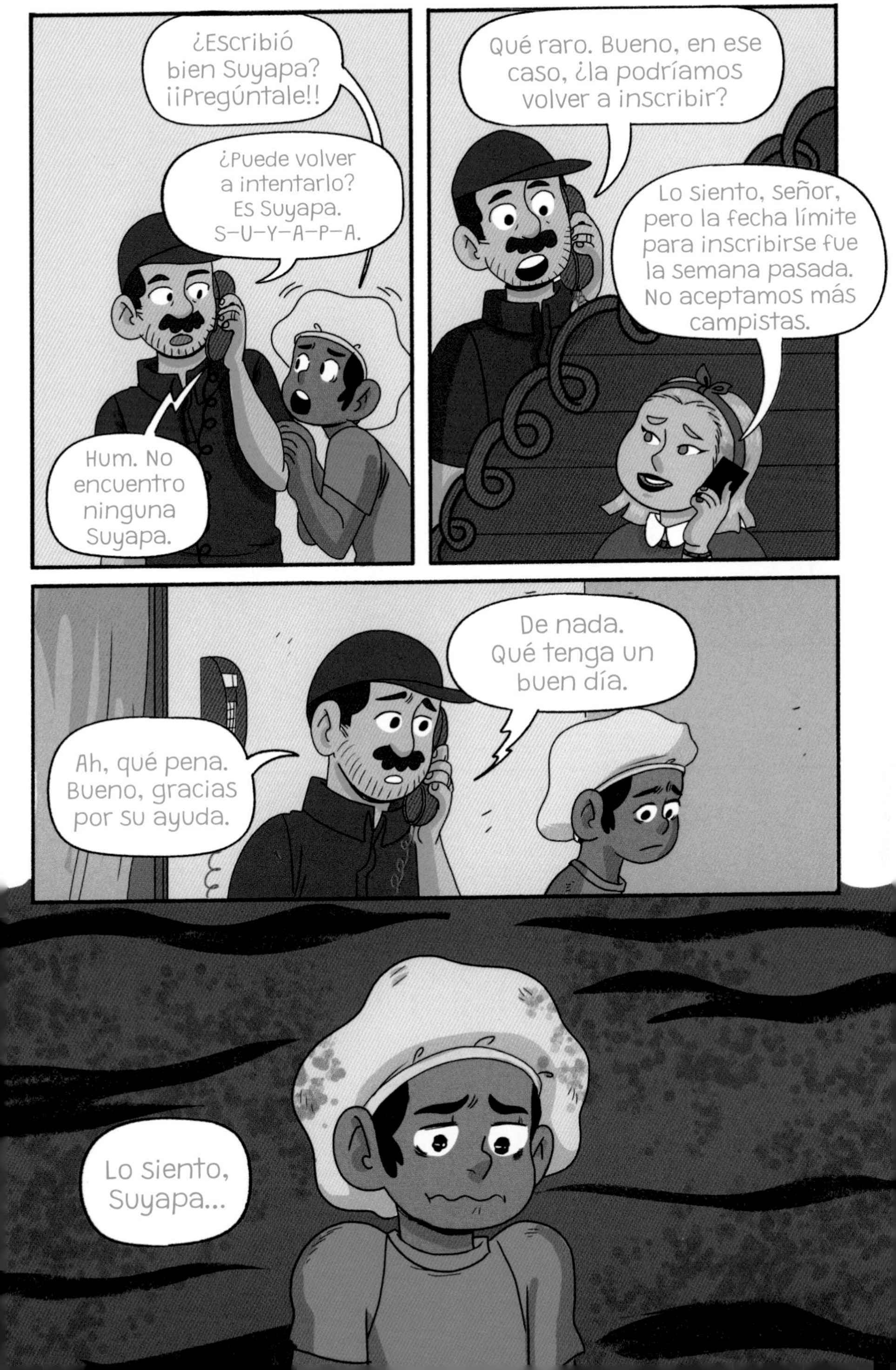
¿Escribió bien Suyapa? ¡¡Pregúntale!!
¿Puede volver a intentarlo? Es Suyapa. S—U—Y—A—P—A.
Hum. No encuentro ninguna Suyapa.
Qué raro. Bueno, en ese caso, ¿la podríamos volver a inscribir?
Lo siento, señor, pero la fecha límite para inscribirse fue la semana pasada. No aceptamos más campistas.
Ah, qué pena. Bueno, gracias por su ayuda.
De nada. Qué tenga un buen día.
Lo siento, Suyapa...

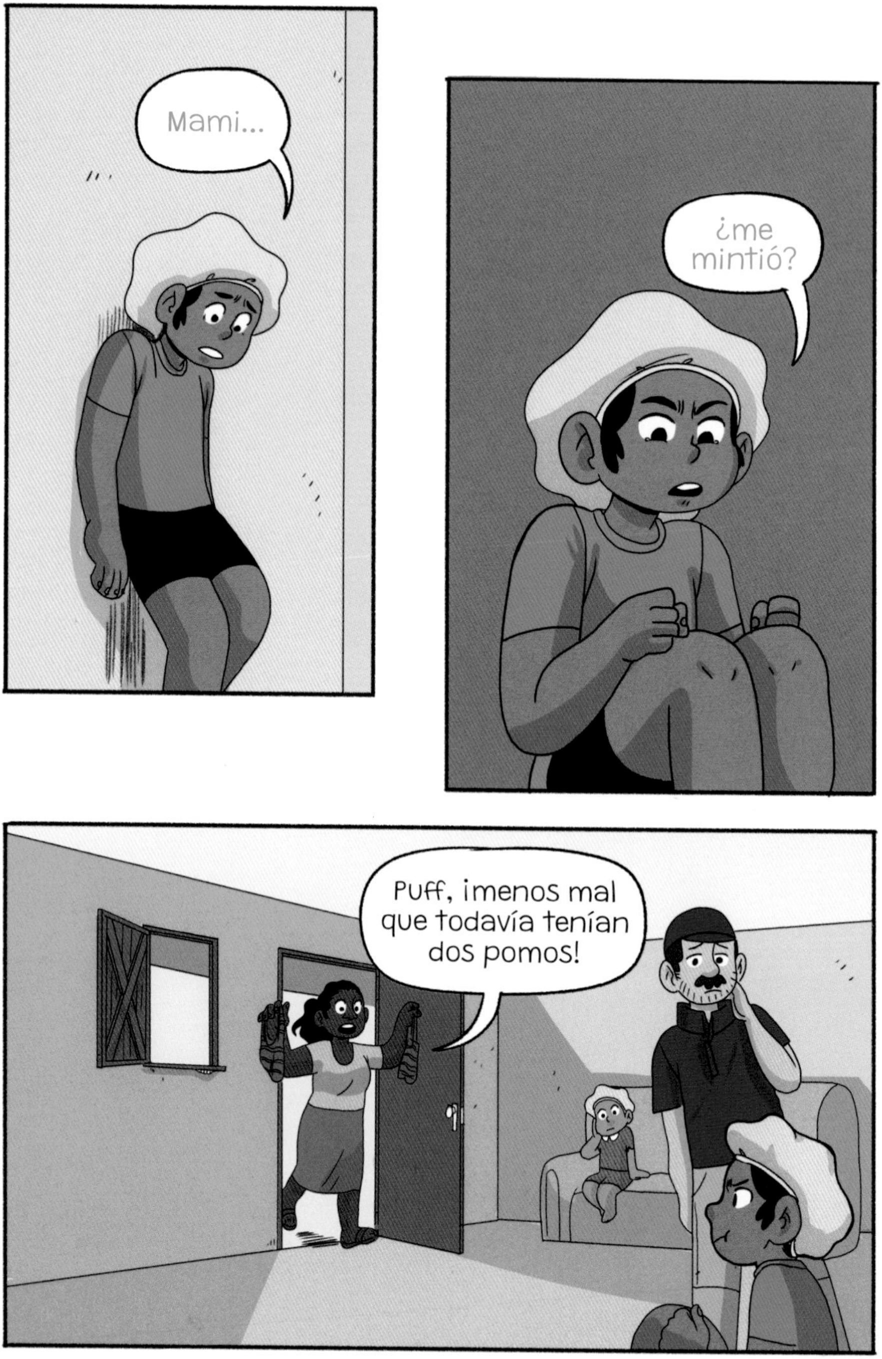
Mami...
¿me mintió?
Puff, ¡menos mal que todavía tenían dos pomos!

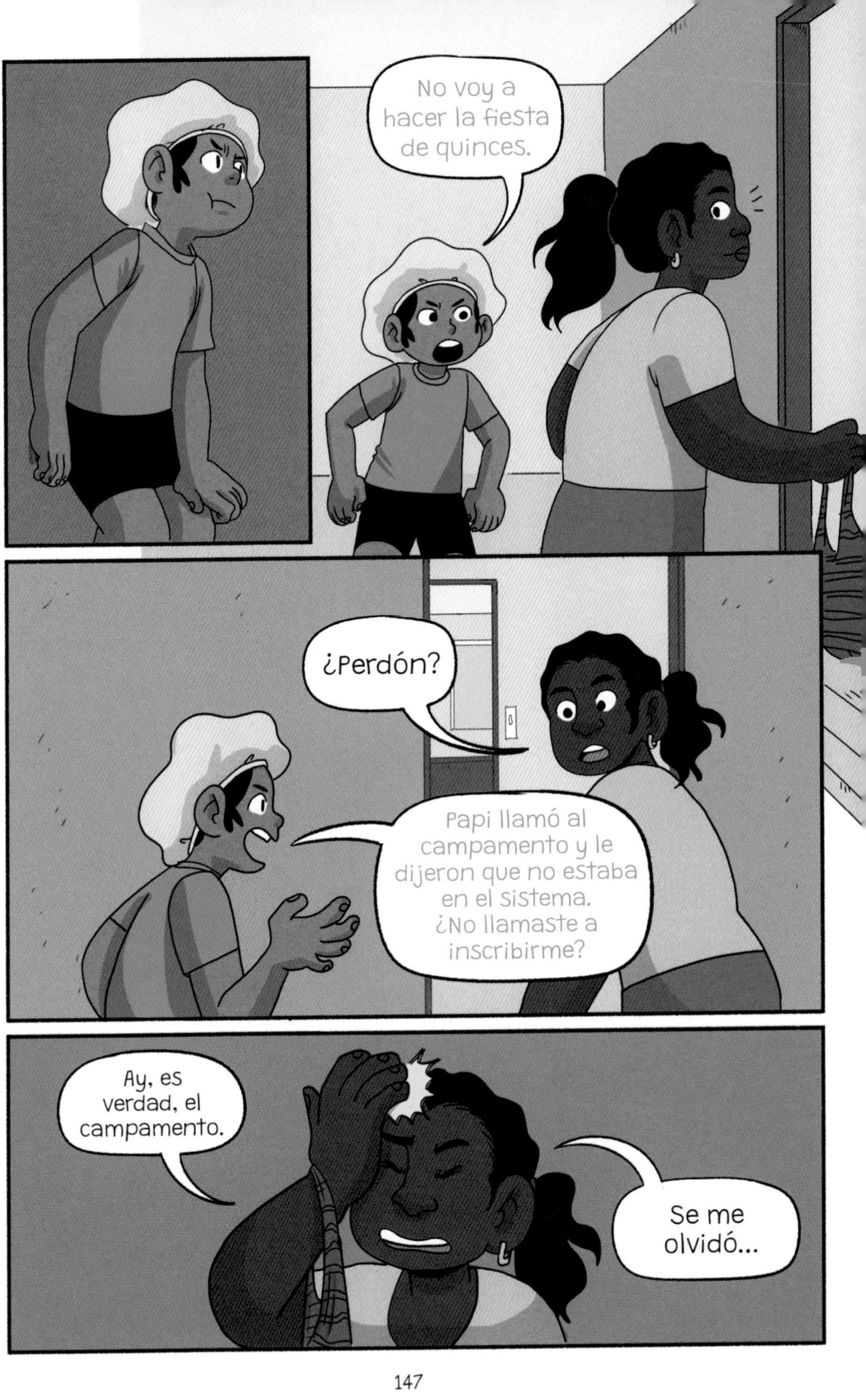
No voy a hacer la fiesta de quinces.
¿Perdón?
Papi llamó al campamento y le dijeron que no estaba en el sistema. ¿No llamaste a inscribirme?
Ay, es verdad, el campamento.
Se me olvidó...

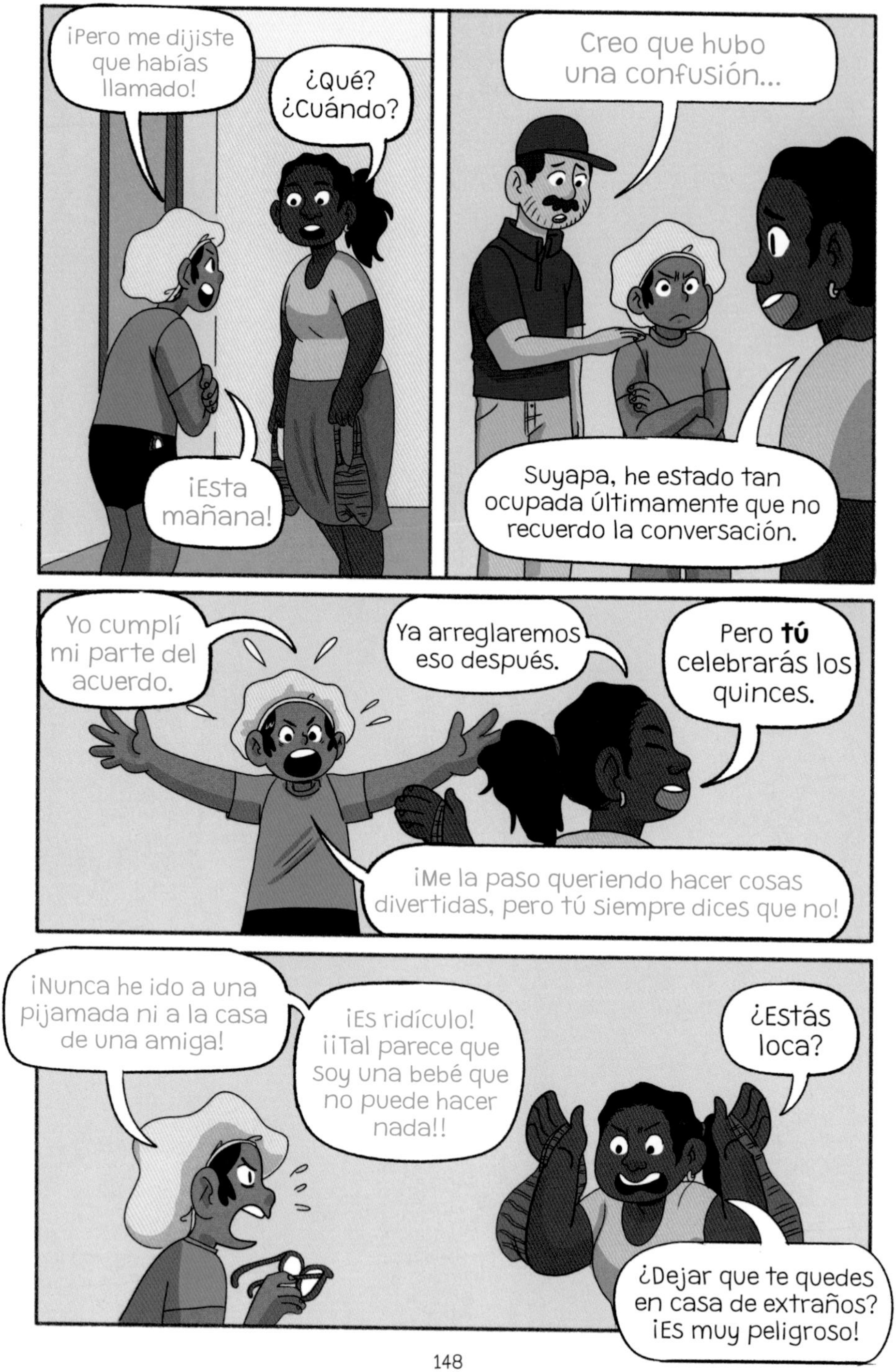
¡Pero me dijiste que habías llamado!
¿Qué? ¿Cuándo?
¡Esta mañana!
Creo que hubo una confusión...
Suyapa, he estado tan ocupada últimamente que no recuerdo la conversación.
Yo cumplí mi parte del acuerdo.
Ya arreglaremos eso después.
Pero **tú** celebrarás los quinces.
¡Me la paso queriendo hacer cosas divertidas, pero tú siempre dices que no!
¡Nunca he ido a una pijamada ni a la casa de una amiga!
¡Es ridículo! ¡¡Tal parece que soy una bebé que no puede hacer nada!!
¿Estás loca?
¿Dejar que te quedes en casa de extraños? ¡Es muy peligroso!

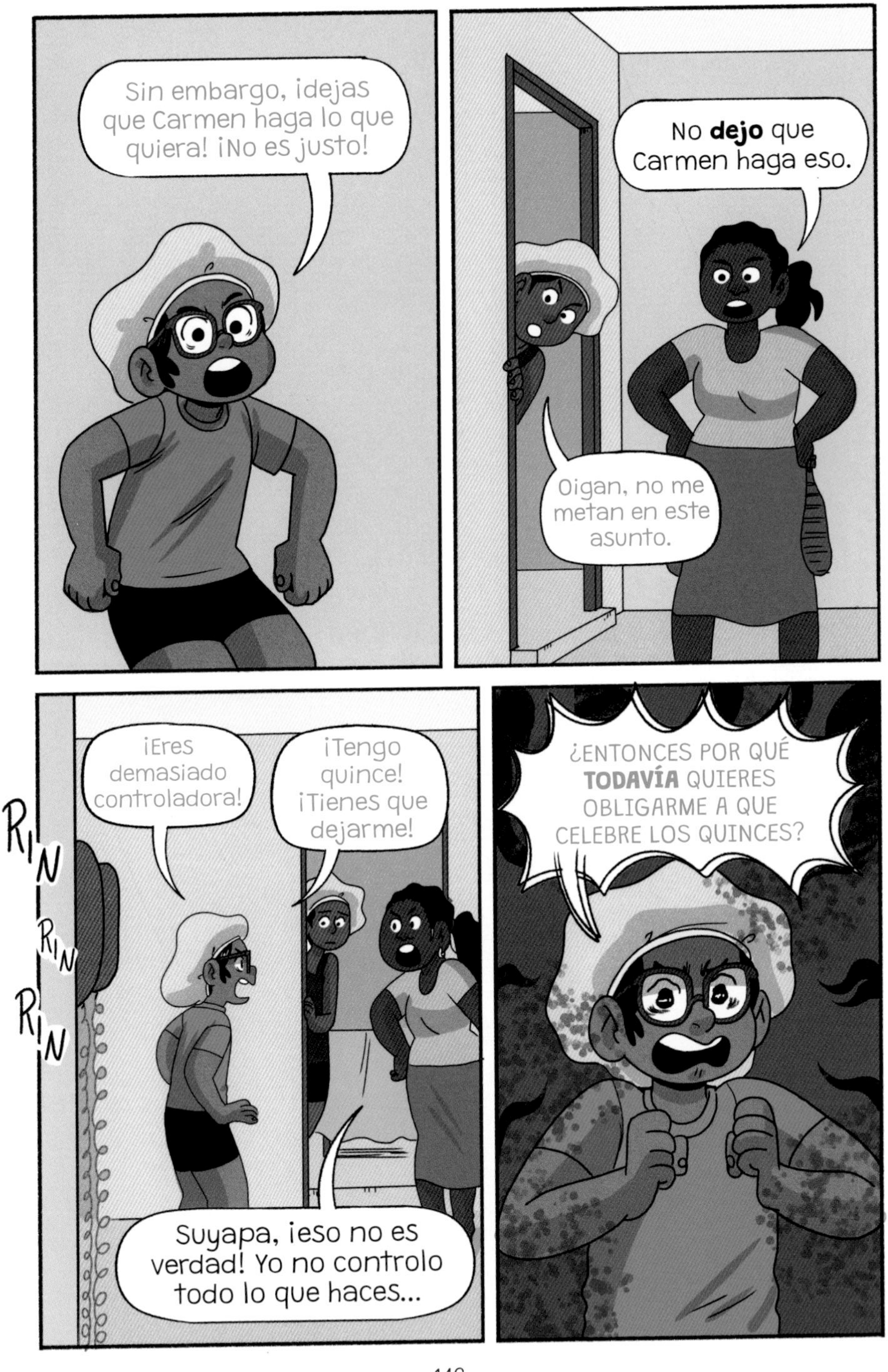

Sin embargo, ¡dejas que Carmen haga lo que quiera! ¡No es justo!
No **dejo** que Carmen haga eso.
Oigan, no me metan en este asunto.
¡Eres demasiado controladora!
¡Tengo quince! ¡Tienes que dejarme!
Suyapa, ¡eso no es verdad! Yo no controlo todo lo que haces...
RIN
RIN
RIN
¿ENTONCES POR QUÉ **TODAVÍA** QUIERES OBLIGARME A QUE CELEBRE LOS QUINCES?

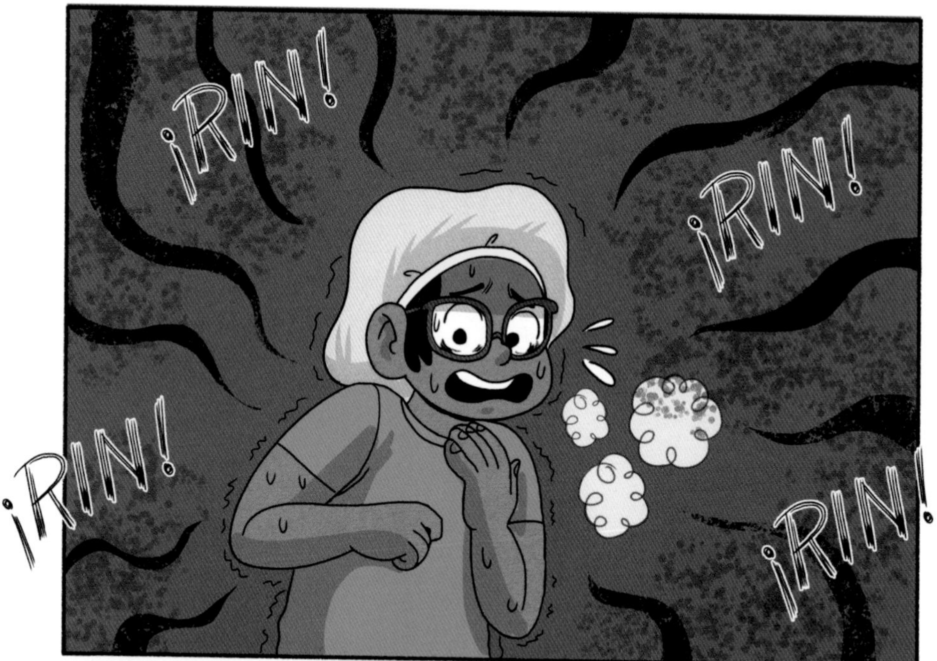
¡RIN!
¡RIN!
¡RIN!
¡RIN!

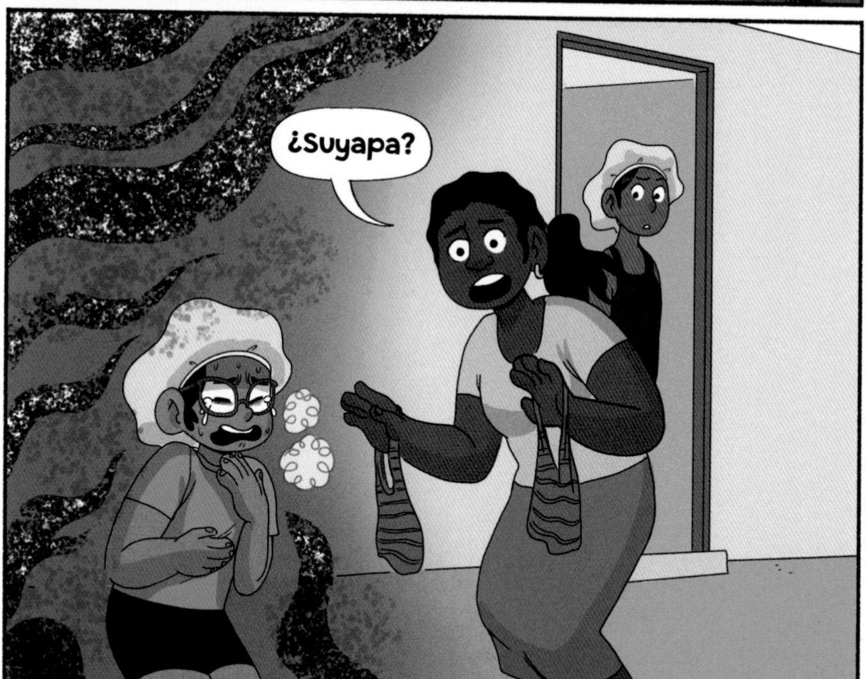
¿Suyapa?

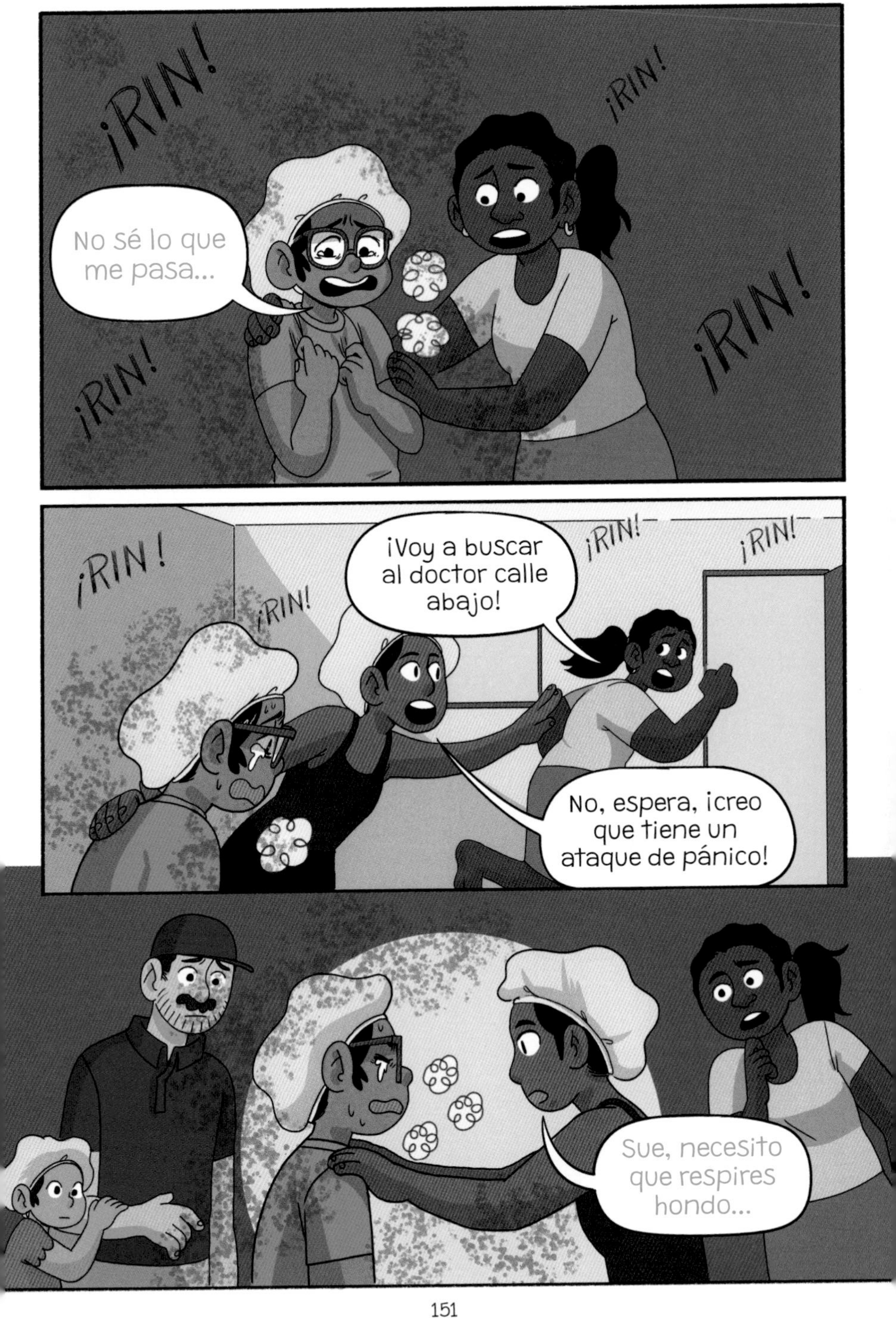
¡RIN!
¡RIN!
No sé lo que me pasa...
¡RIN!
¡RIN!
¡RIN!
¡RIN!
¡Voy a buscar al doctor calle abajo!
¡RIN!
¡RIN!
No, espera, ¡creo que tiene un ataque de pánico!
Sue, necesito que respires hondo...

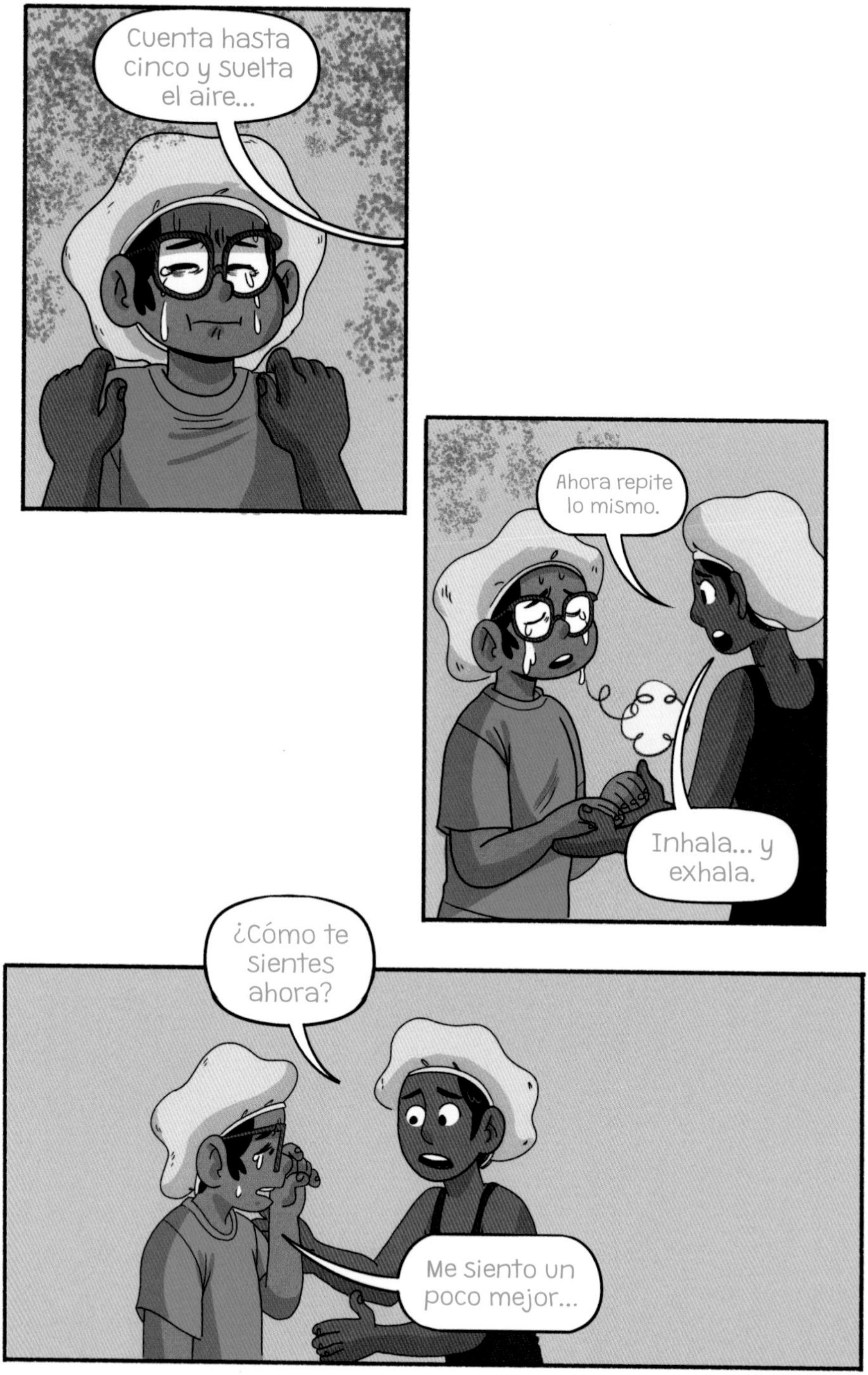
Cuenta hasta cinco y suelta el aire...
Ahora repite lo mismo.
Inhala... y exhala.
¿Cómo te sientes ahora?
Me siento un poco mejor...

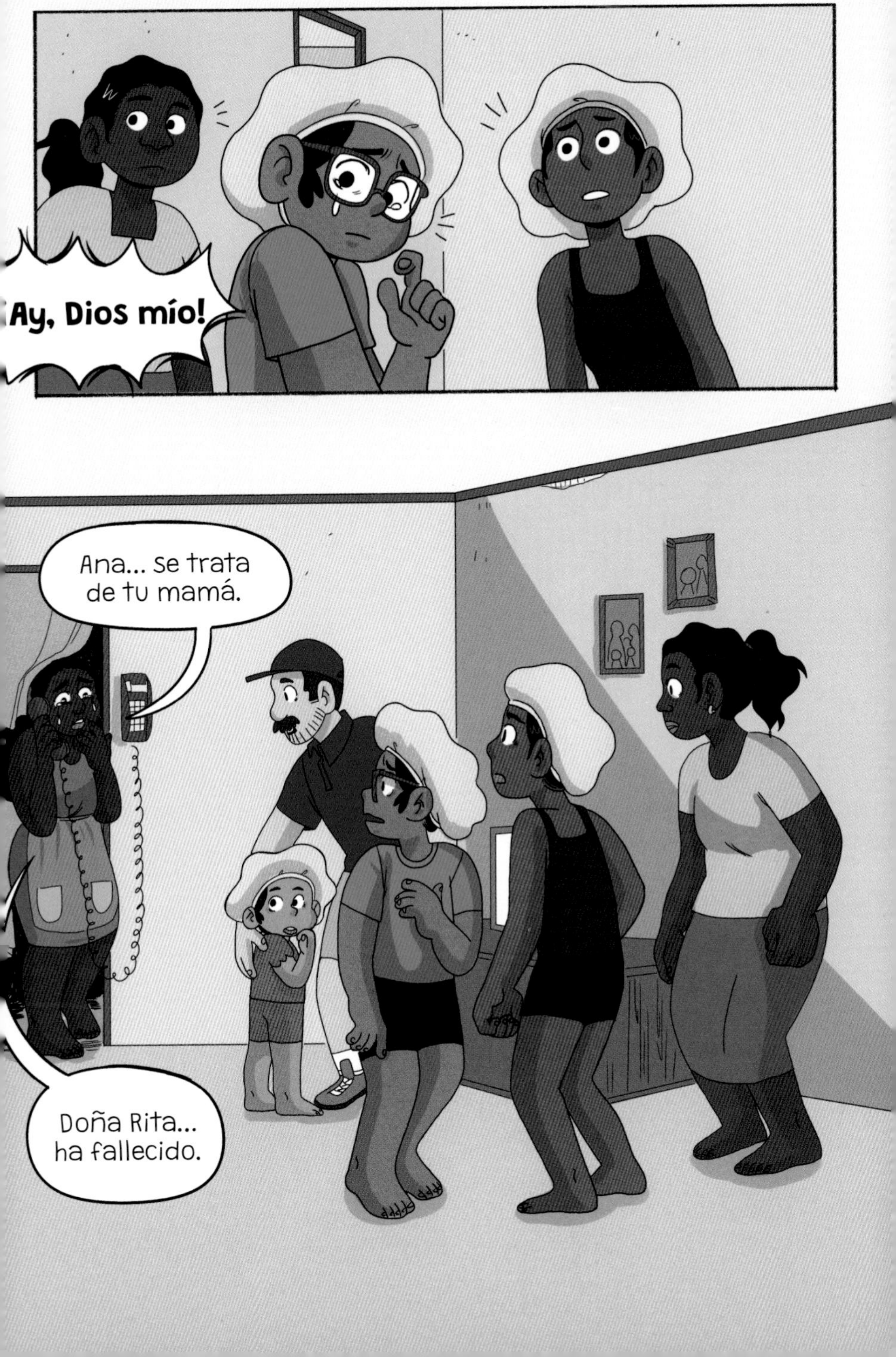
¡Ay, Dios mío!
Ana... se trata de tu mamá.
Doña Rita... ha fallecido.

CAPÍTULO SEIS

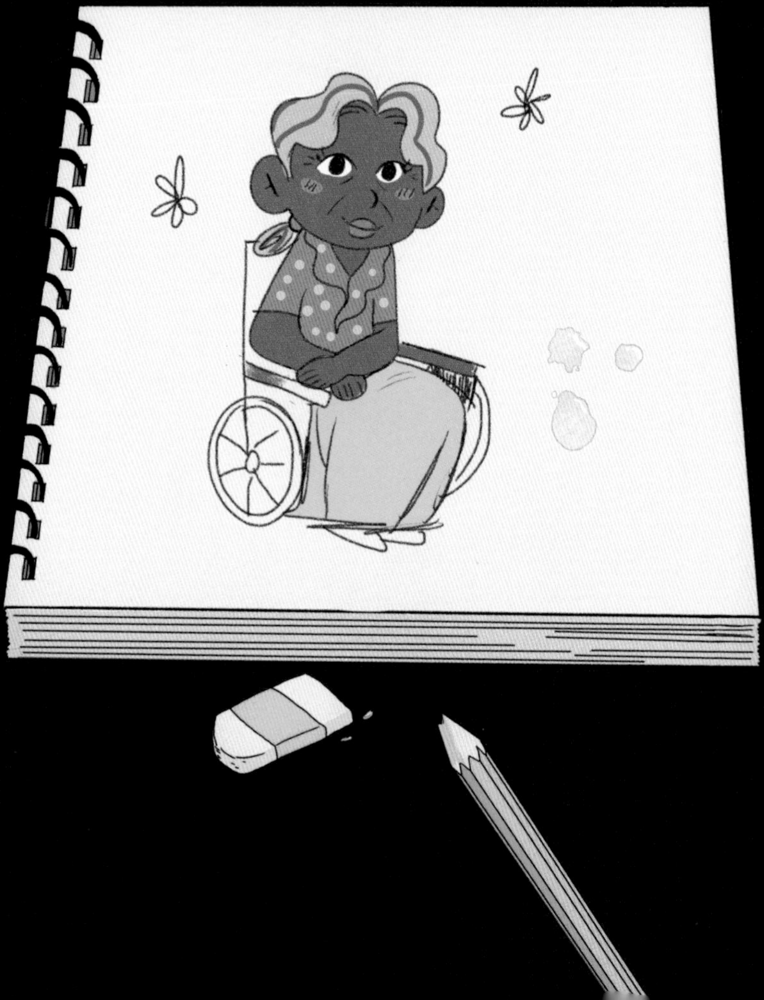

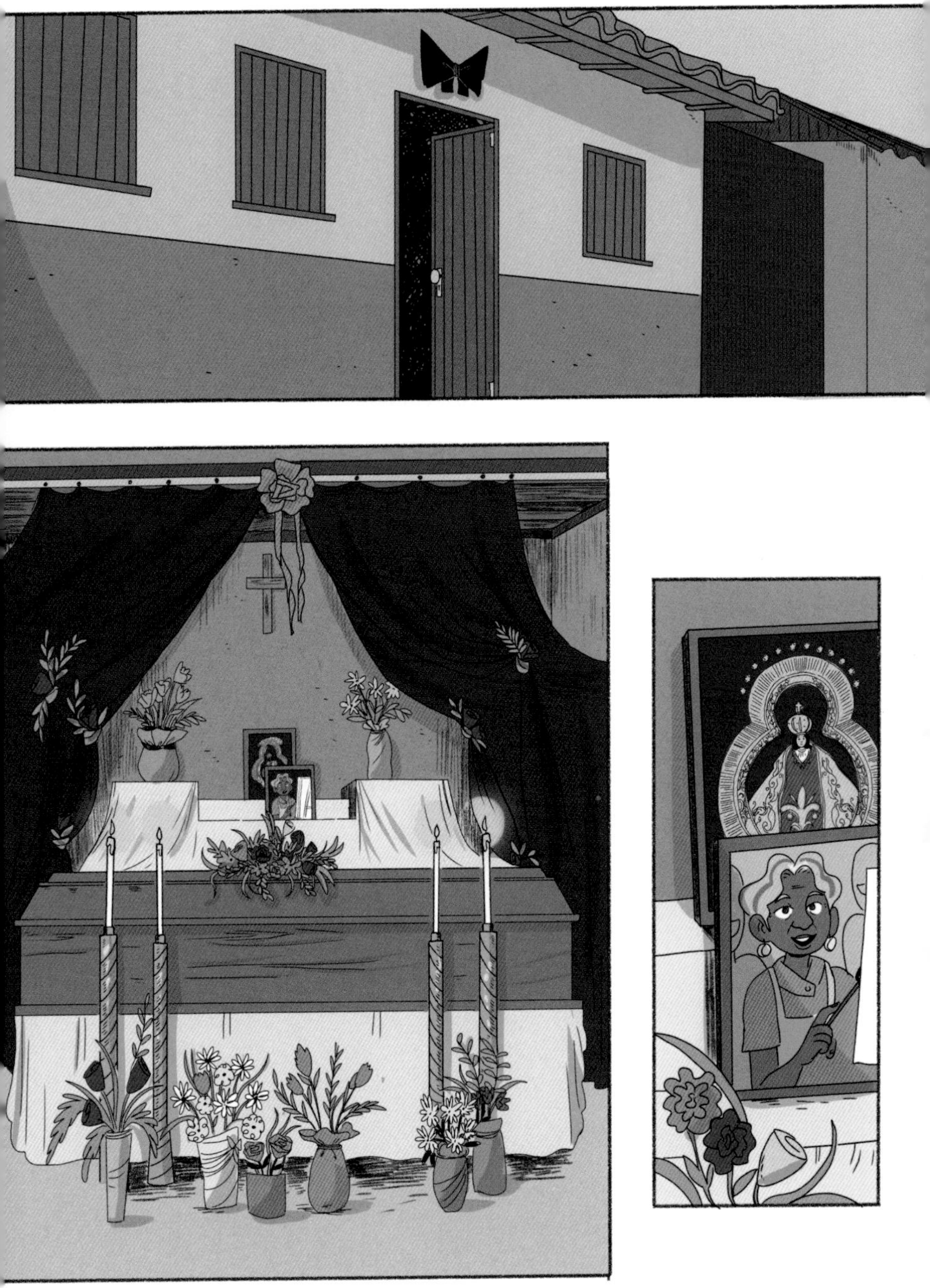

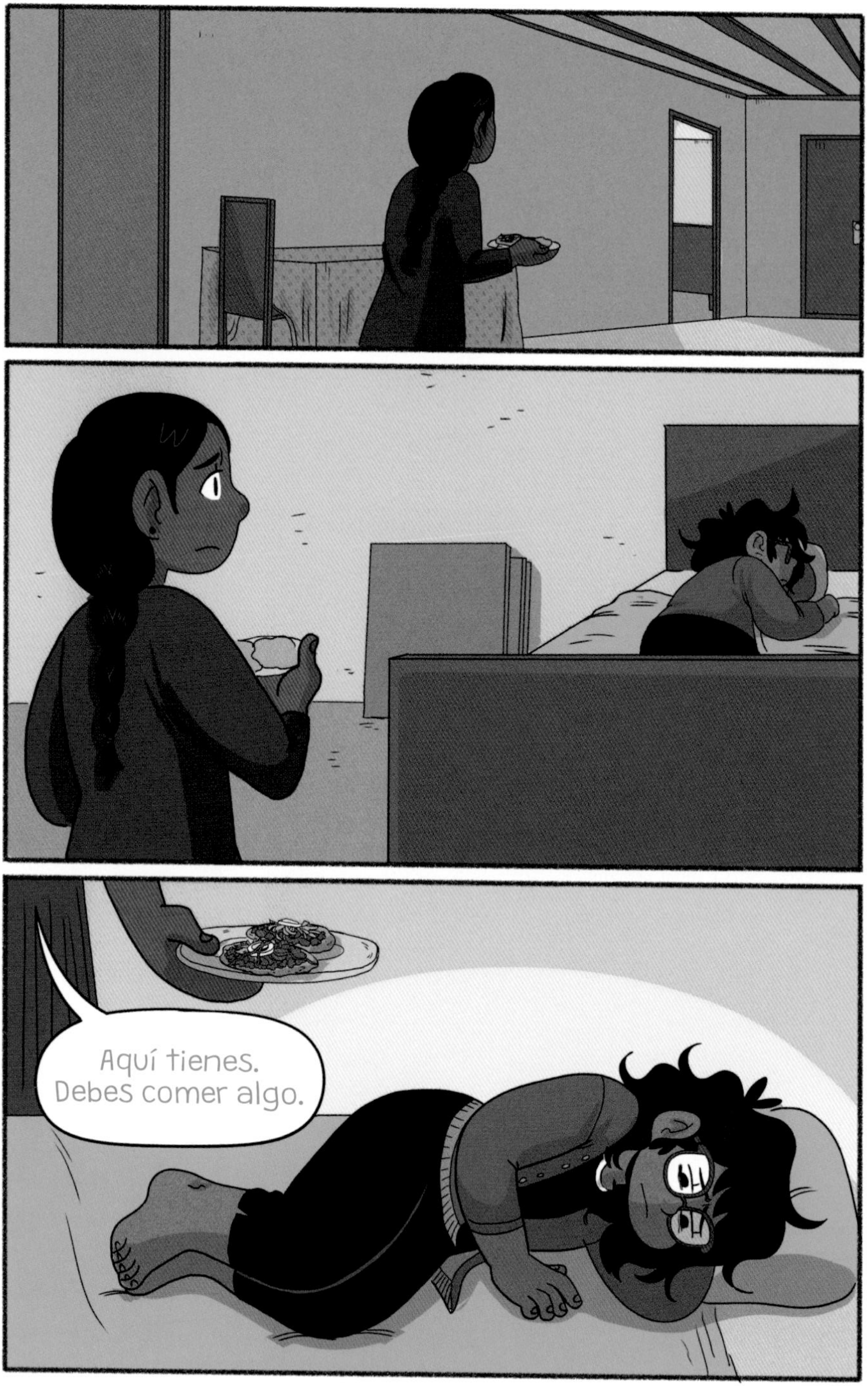
Aquí tienes. Debes comer algo.

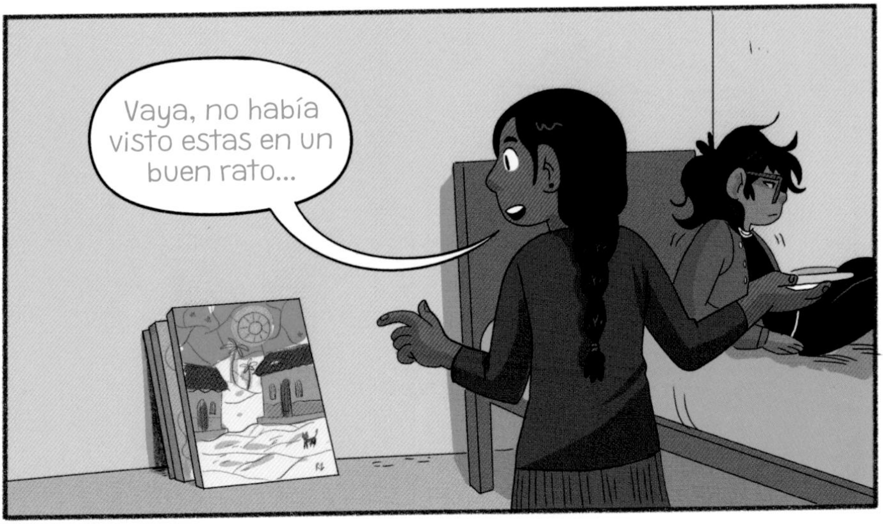
Vaya, no había visto estas en un buen rato...

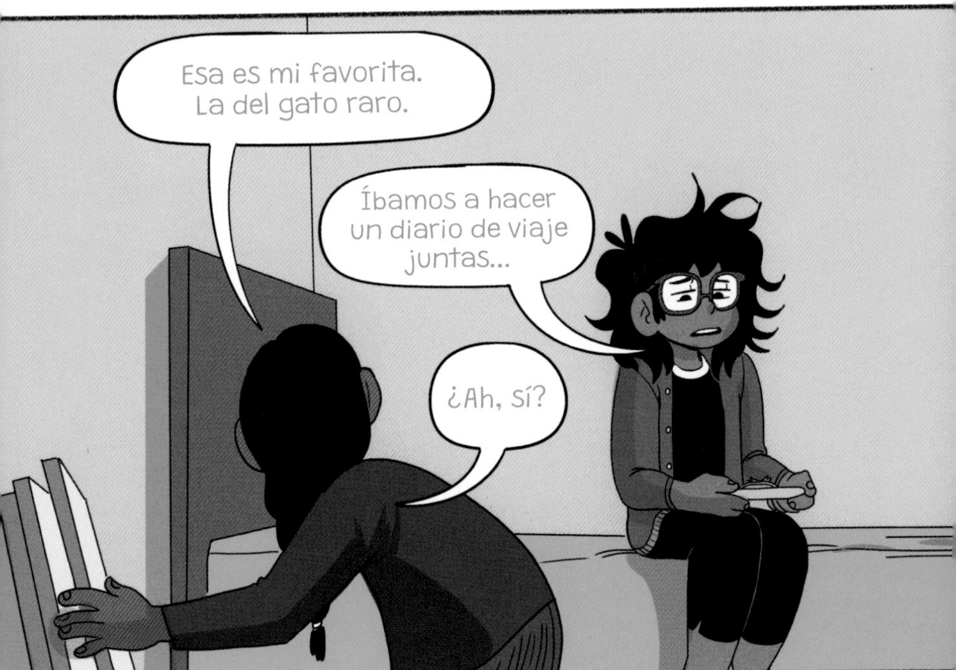
Esa es mi favorita. La del gato raro.
Íbamos a hacer un diario de viaje juntas...
¿Ah, sí?

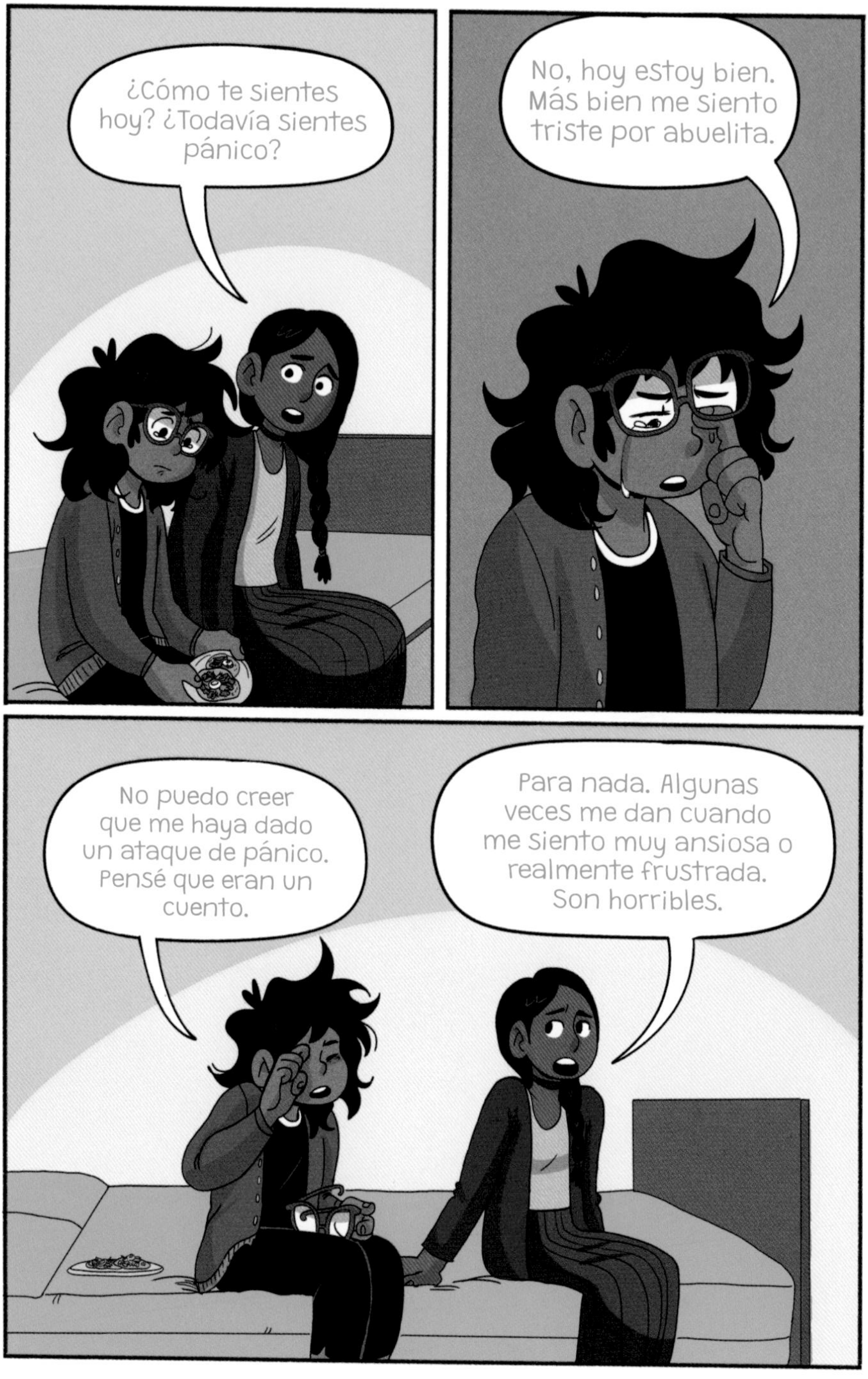
¿Cómo te sientes hoy? ¿Todavía sientes pánico?
No, hoy estoy bien. Más bien me siento triste por abuelita.
No puedo creer que me haya dado un ataque de pánico. Pensé que eran un cuento.
Para nada. Algunas veces me dan cuando me siento muy ansiosa o realmente frustrada. Son horribles.

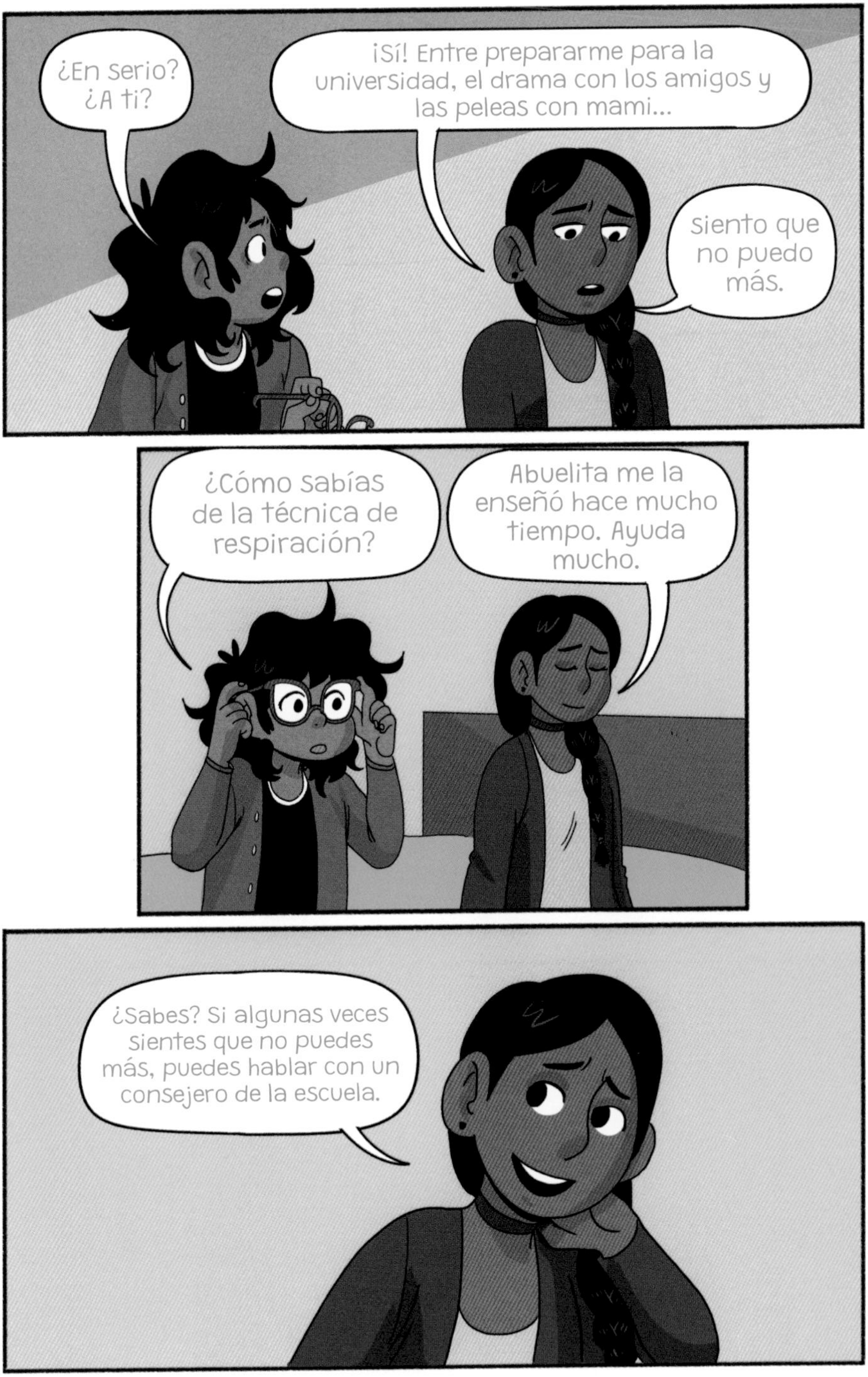
¿En serio? ¿A ti?
¡Sí! Entre prepararme para la universidad, el drama con los amigos y las peleas con mami...
Siento que no puedo más.
¿Cómo sabías de la técnica de respiración?
Abuelita me la enseñó hace mucho tiempo. Ayuda mucho.
¿Sabes? Si algunas veces sientes que no puedes más, puedes hablar con un consejero de la escuela.

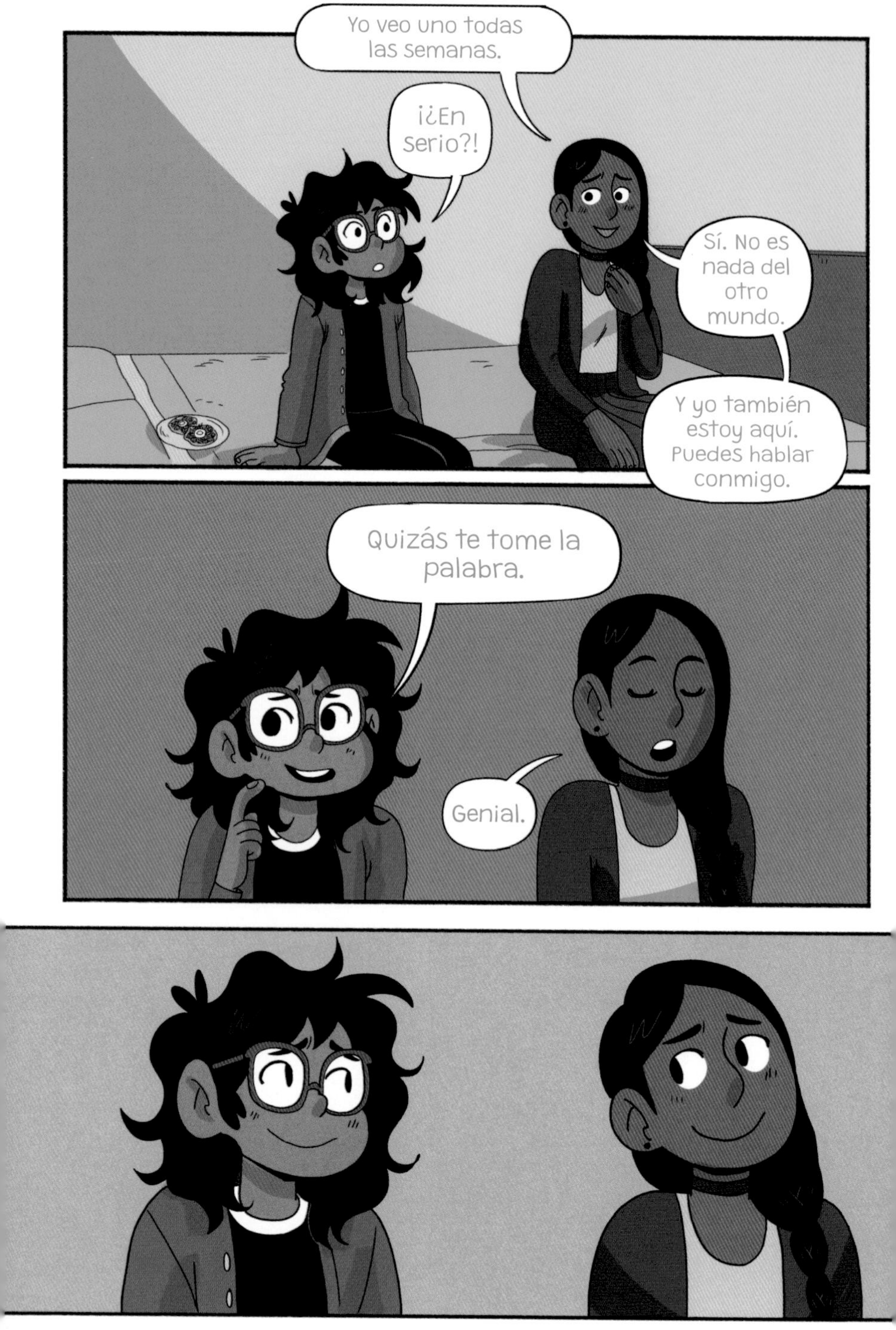
Yo veo uno todas las semanas.
¡¿En serio?!
Sí. No es nada del otro mundo.
Y yo también estoy aquí. Puedes hablar conmigo.
Quizás te tome la palabra.
Genial.

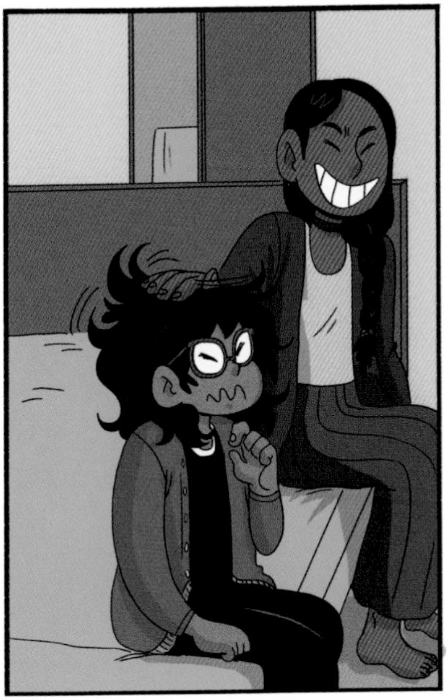

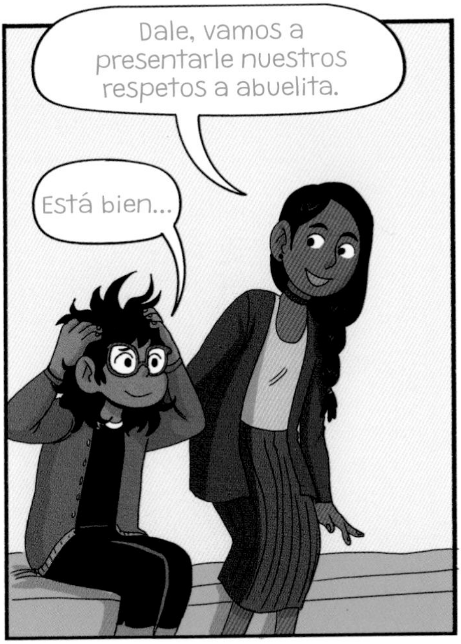
Dale, vamos a presentarle nuestros respetos a abuelita.
Está bien...

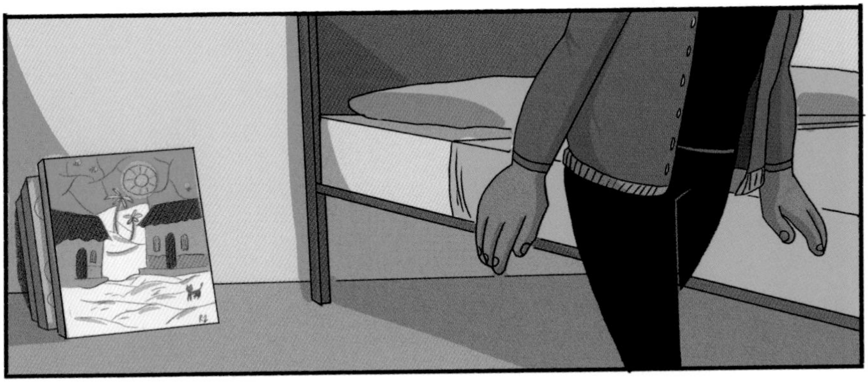

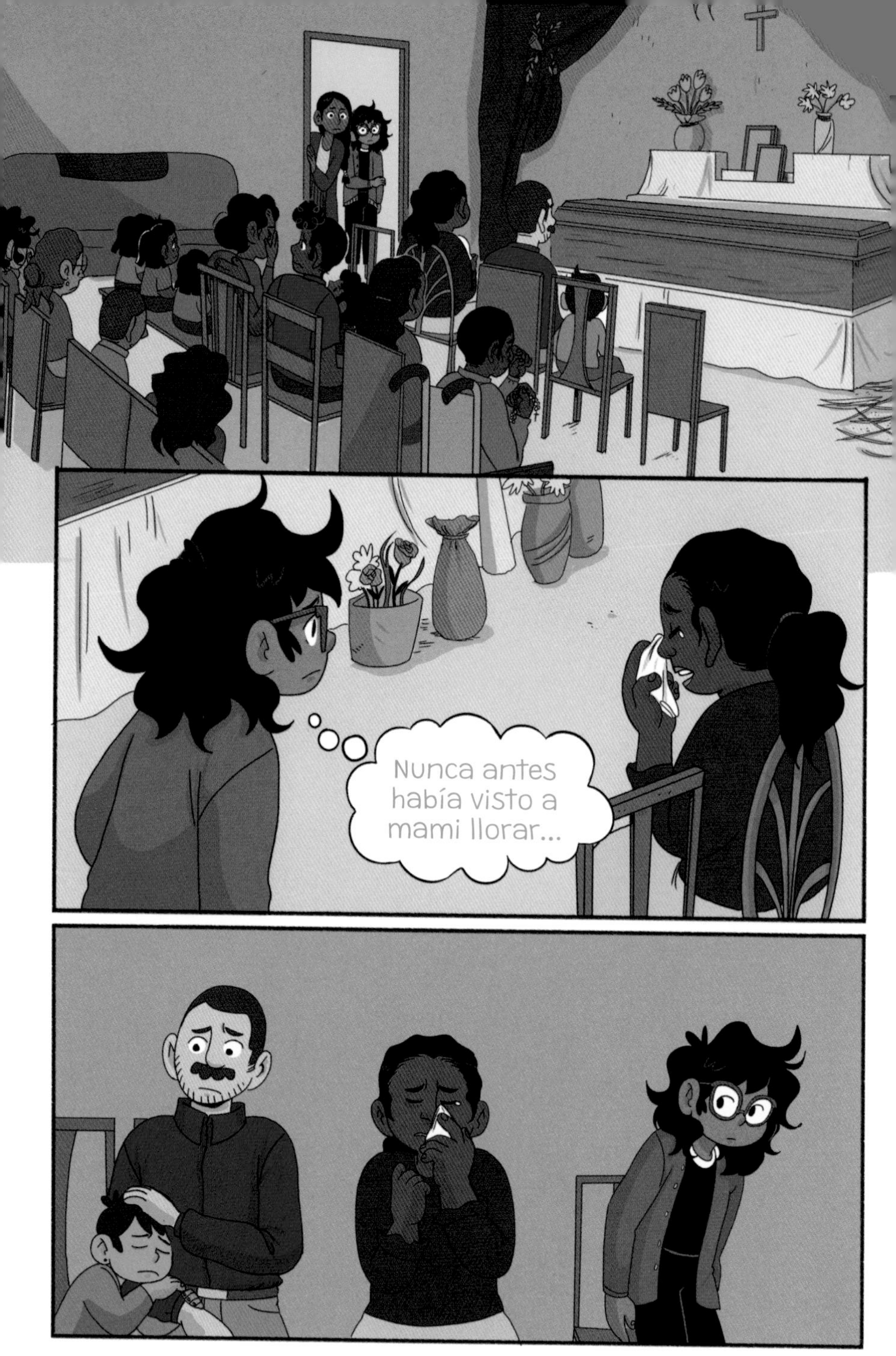
Nunca antes había visto a mami llorar...

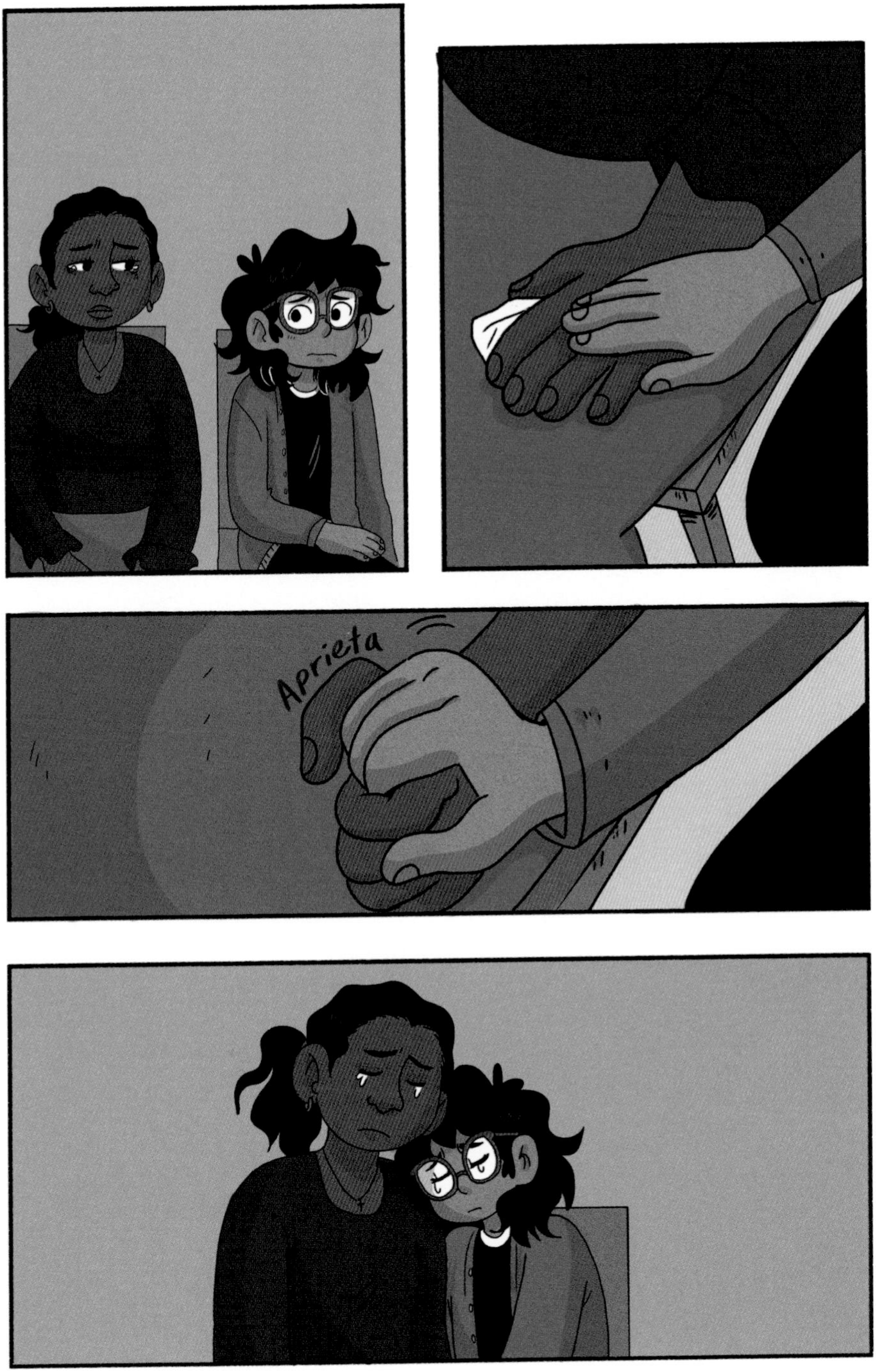
Aprieta

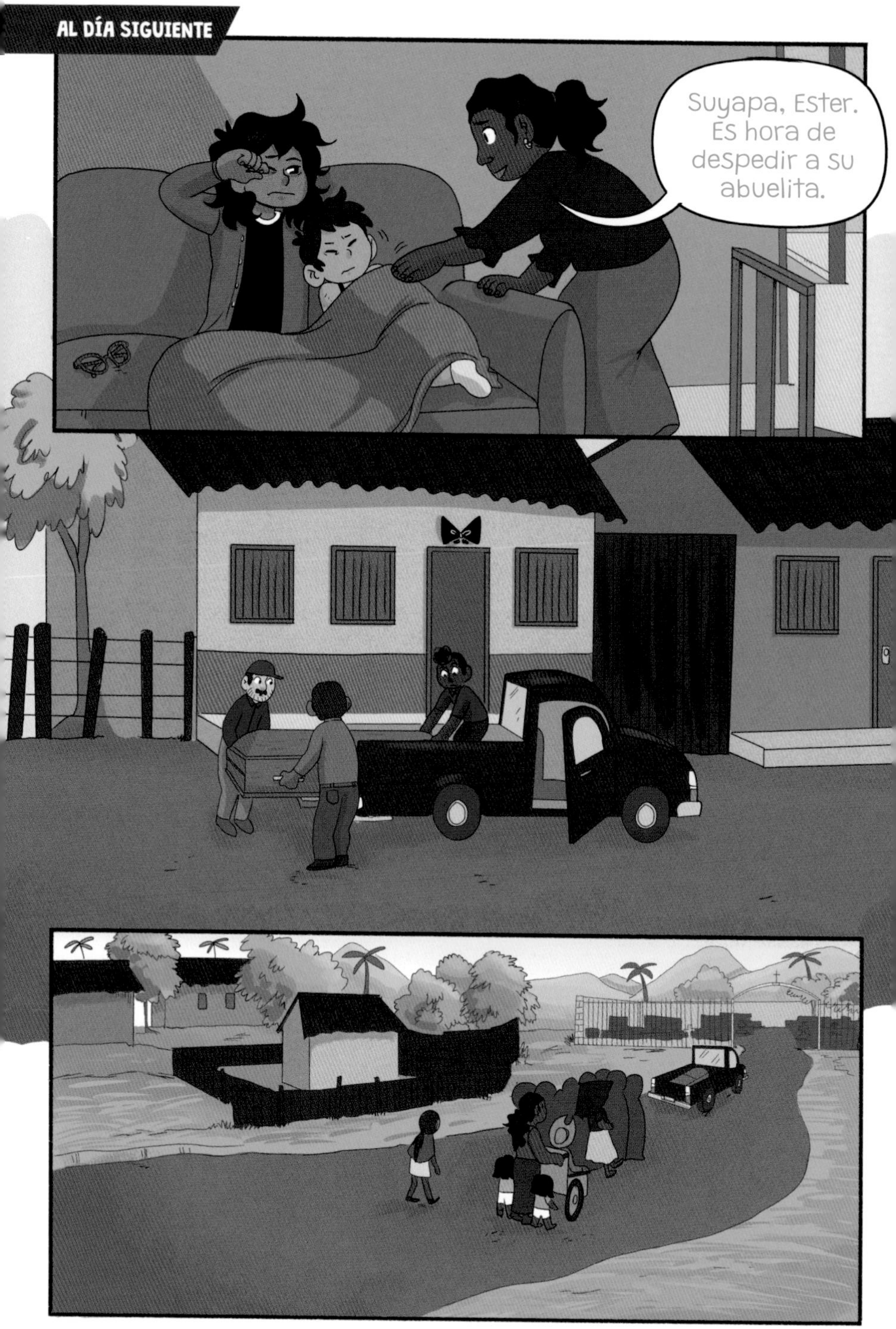
AL DÍA SIGUIENTE
Suyapa, Ester. Es hora de despedir a su abuelita.

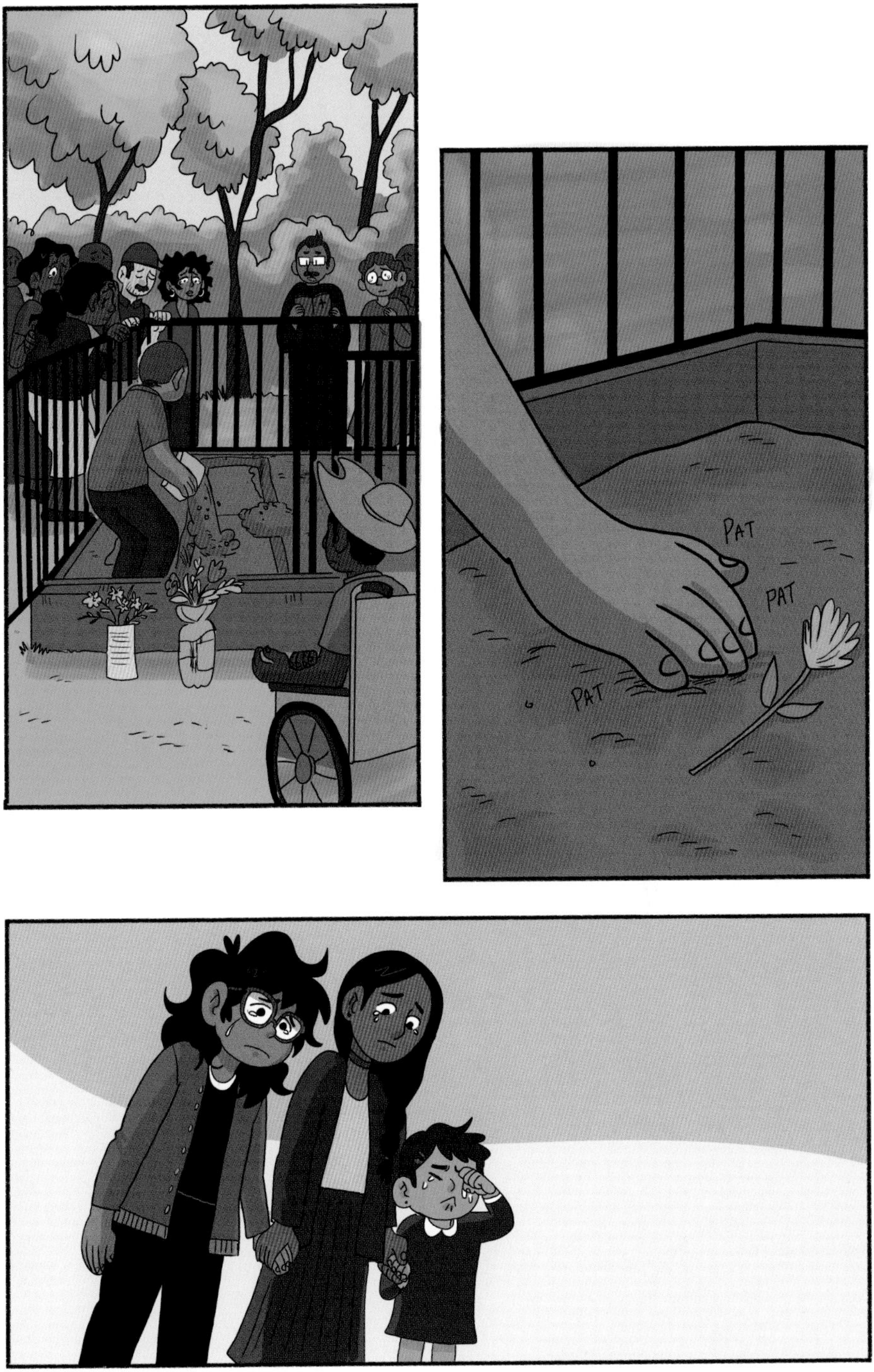
PAT
PAT
PAT

CAPÍTULO SIETE

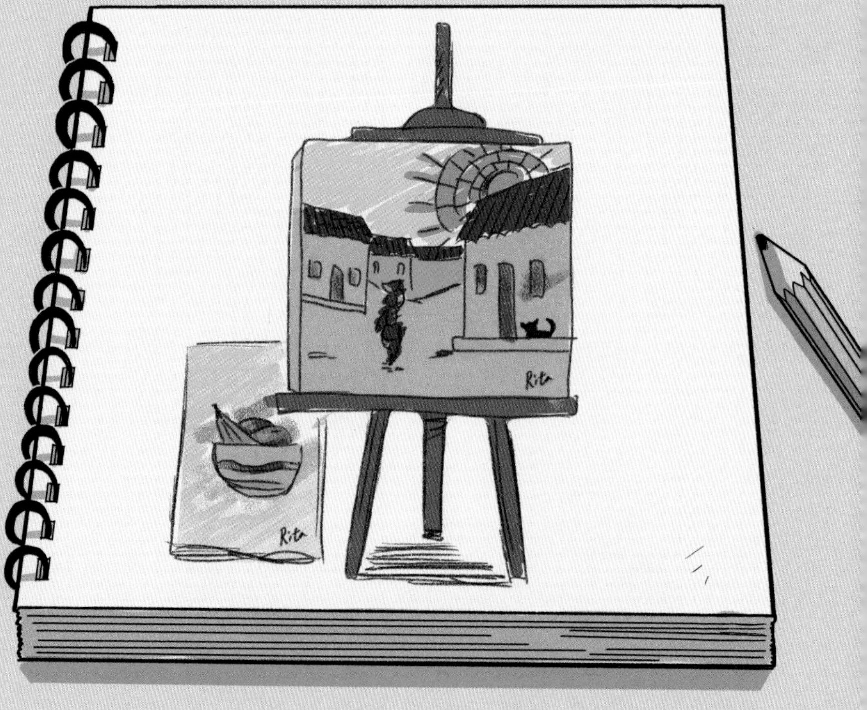
Rita
Rita

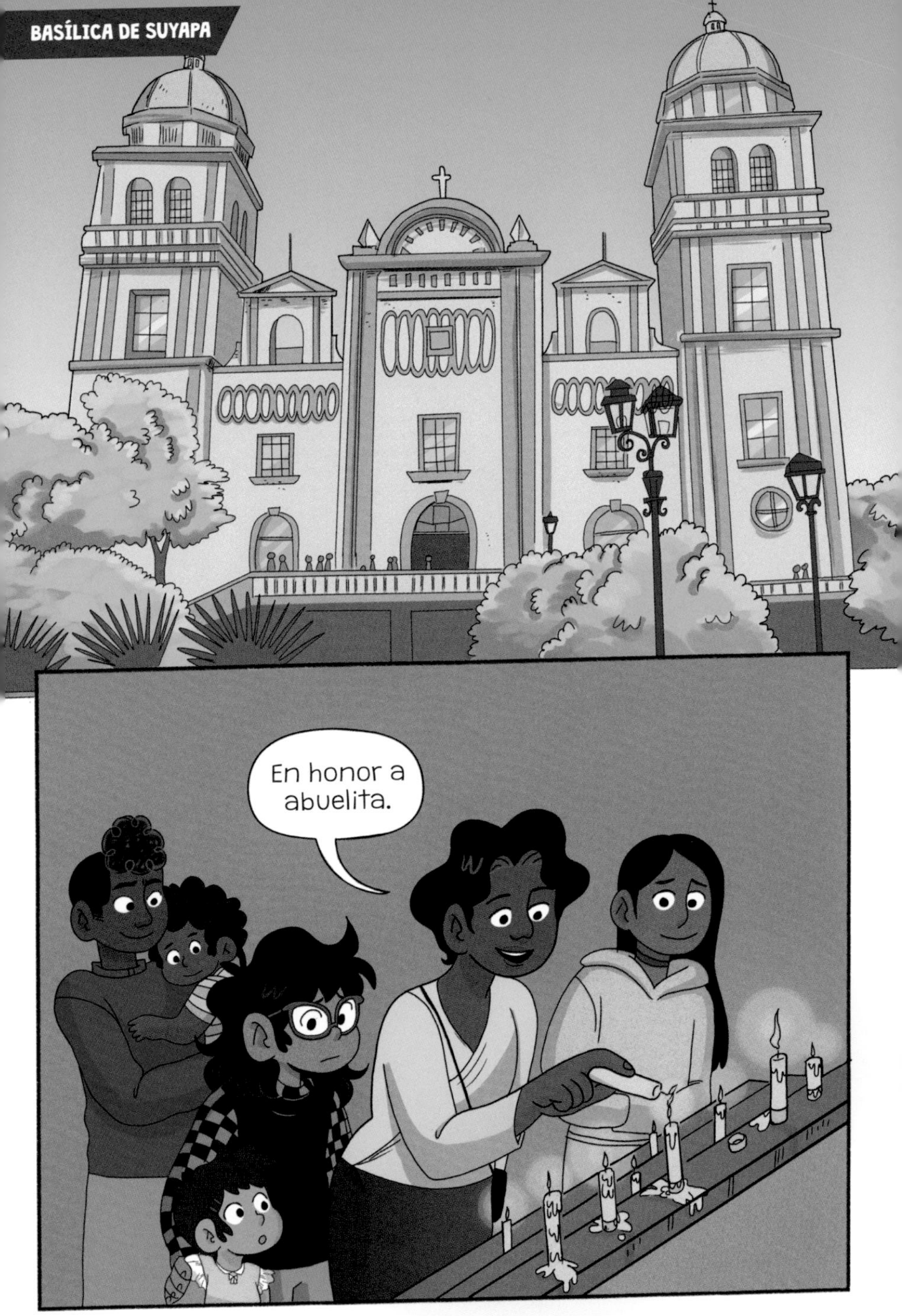
BASÍLICA DE SUYAPA
En honor a abuelita.

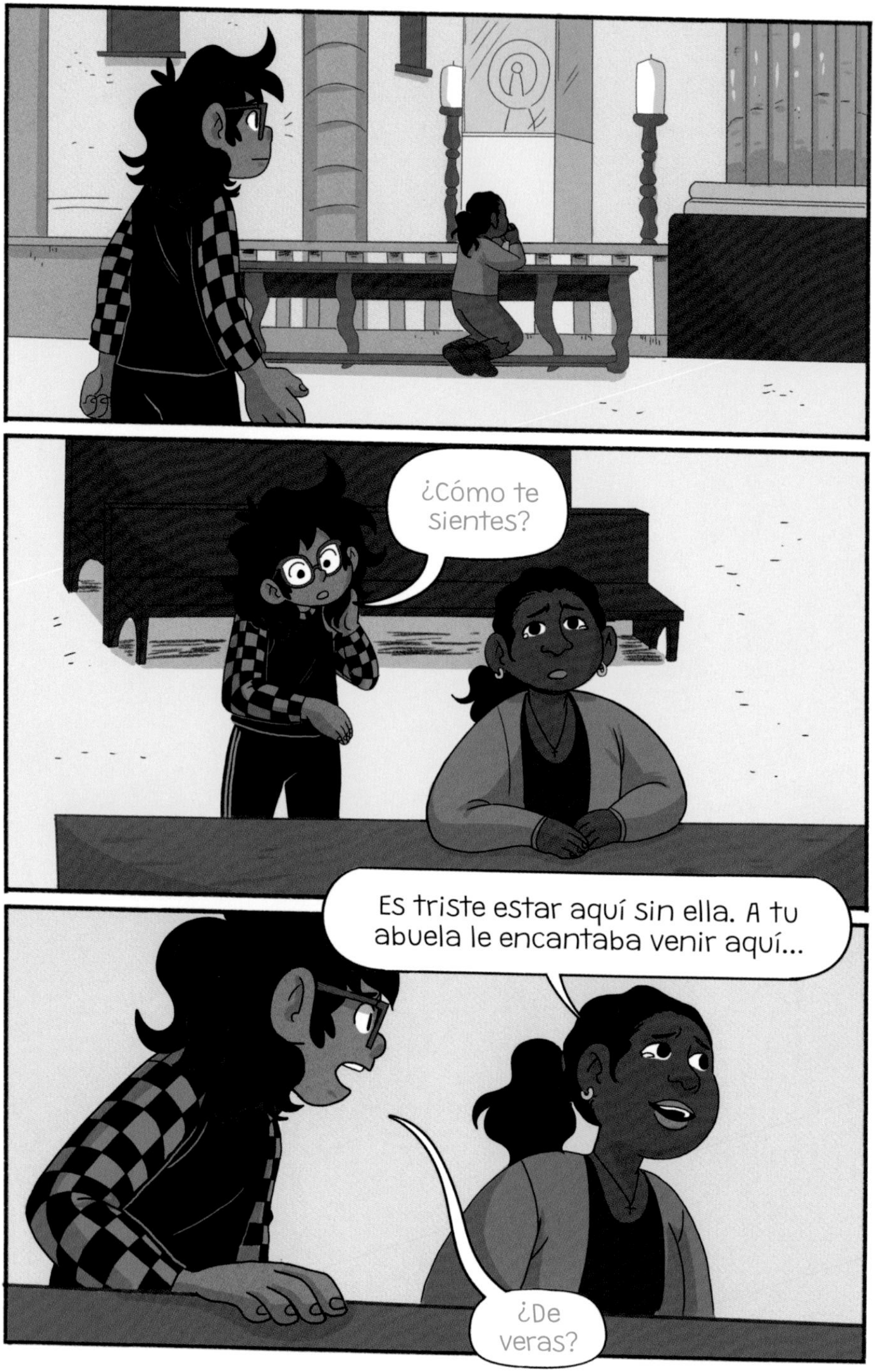
¿Cómo te sientes?
Es triste estar aquí sin ella. A tu abuela le encantaba venir aquí...
¿De veras?

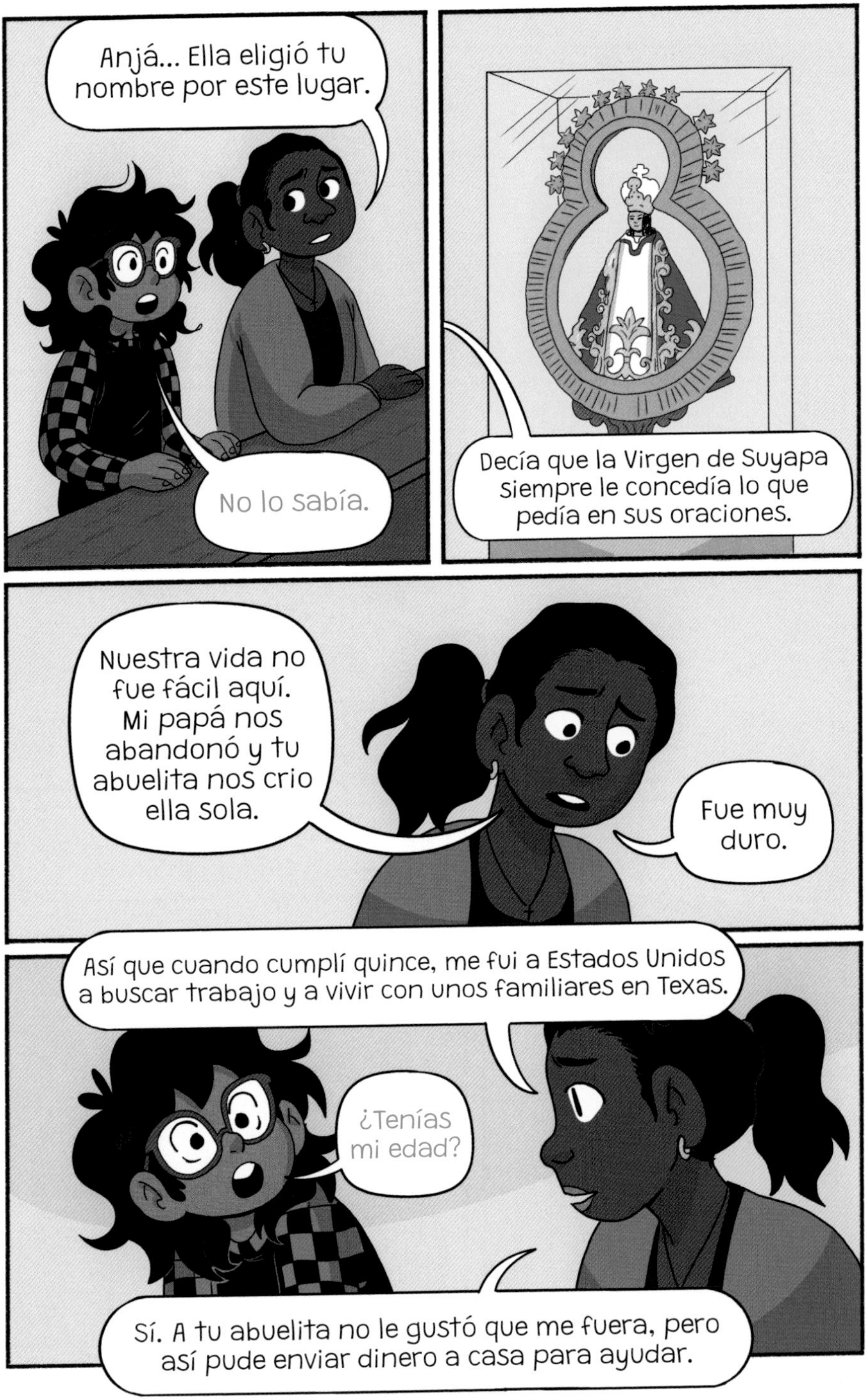
Anjá... Ella eligió tu nombre por este lugar.
No lo sabía.
Decía que la Virgen de Suyapa siempre le concedía lo que pedía en sus oraciones.
Nuestra vida no fue fácil aquí. Mi papá nos abandonó y tu abuelita nos crio ella sola.
Fue muy duro.
Así que cuando cumplí quince, me fui a Estados Unidos a buscar trabajo y a vivir con unos familiares en Texas.
¿Tenías mi edad?
Sí. A tu abuelita no le gustó que me fuera, pero así pude enviar dinero a casa para ayudar.

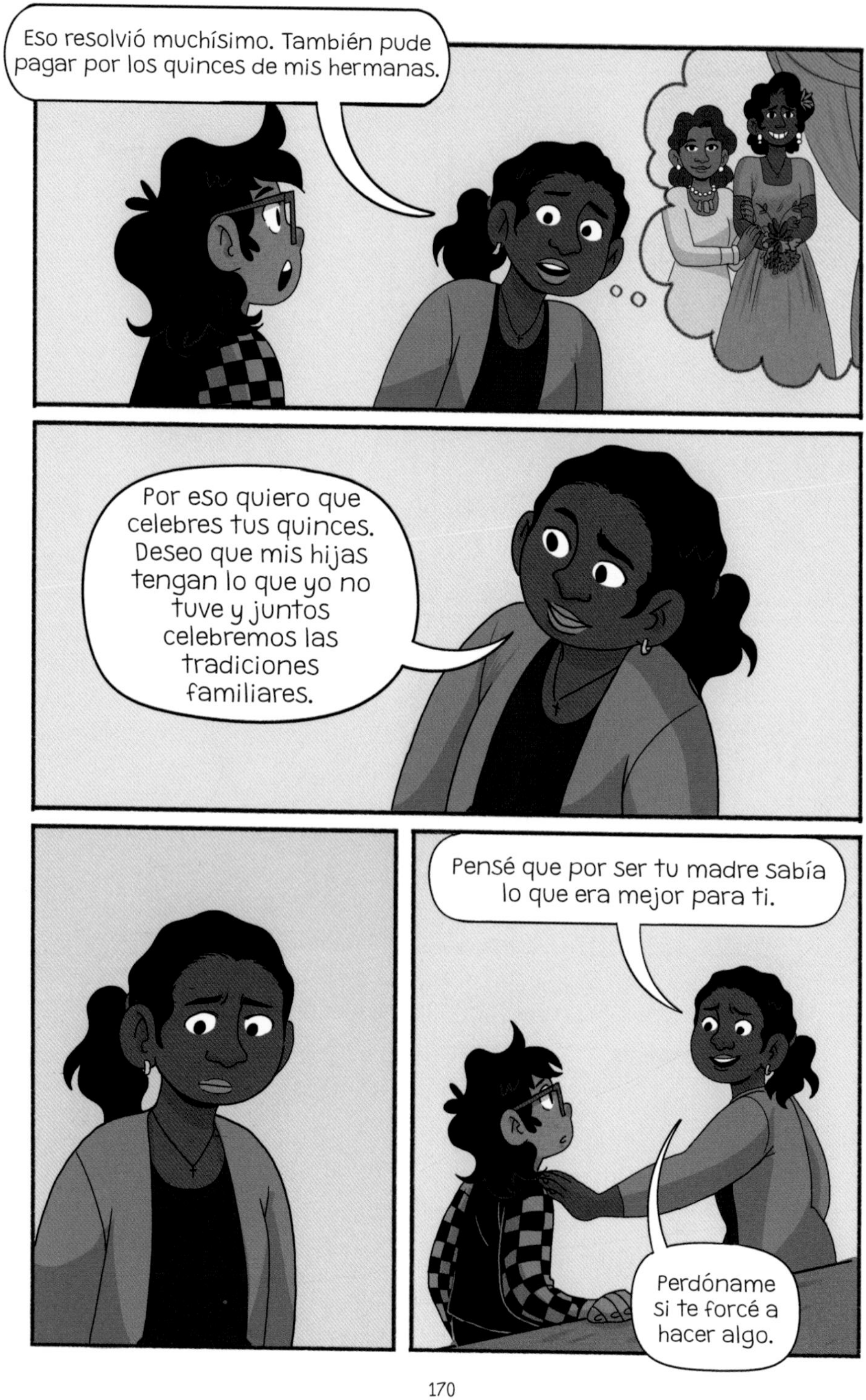
Eso resolvió muchísimo. También pude pagar por los quinces de mis hermanas.
Por eso quiero que celebres tus quinces. Deseo que mis hijas tengan lo que yo no tuve y juntos celebremos las tradiciones familiares.
Pensé que por ser tu madre sabía lo que era mejor para ti.
Perdóname si te forcé a hacer algo.

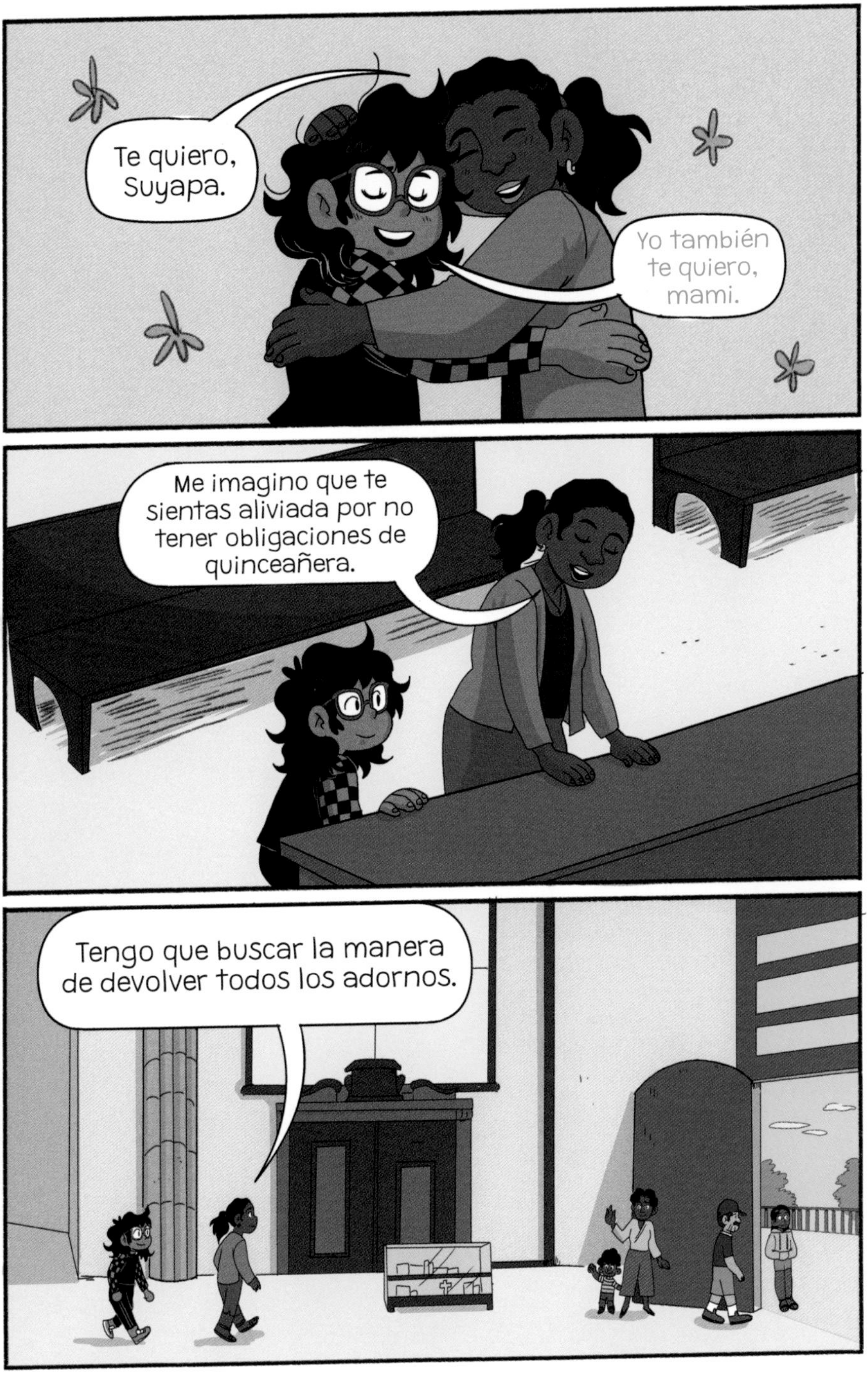
Te quiero, Suyapa.
Yo también te quiero, mami.
Me imagino que te sientas aliviada por no tener obligaciones de quinceañera.
Tengo que buscar la manera de devolver todos los adornos.

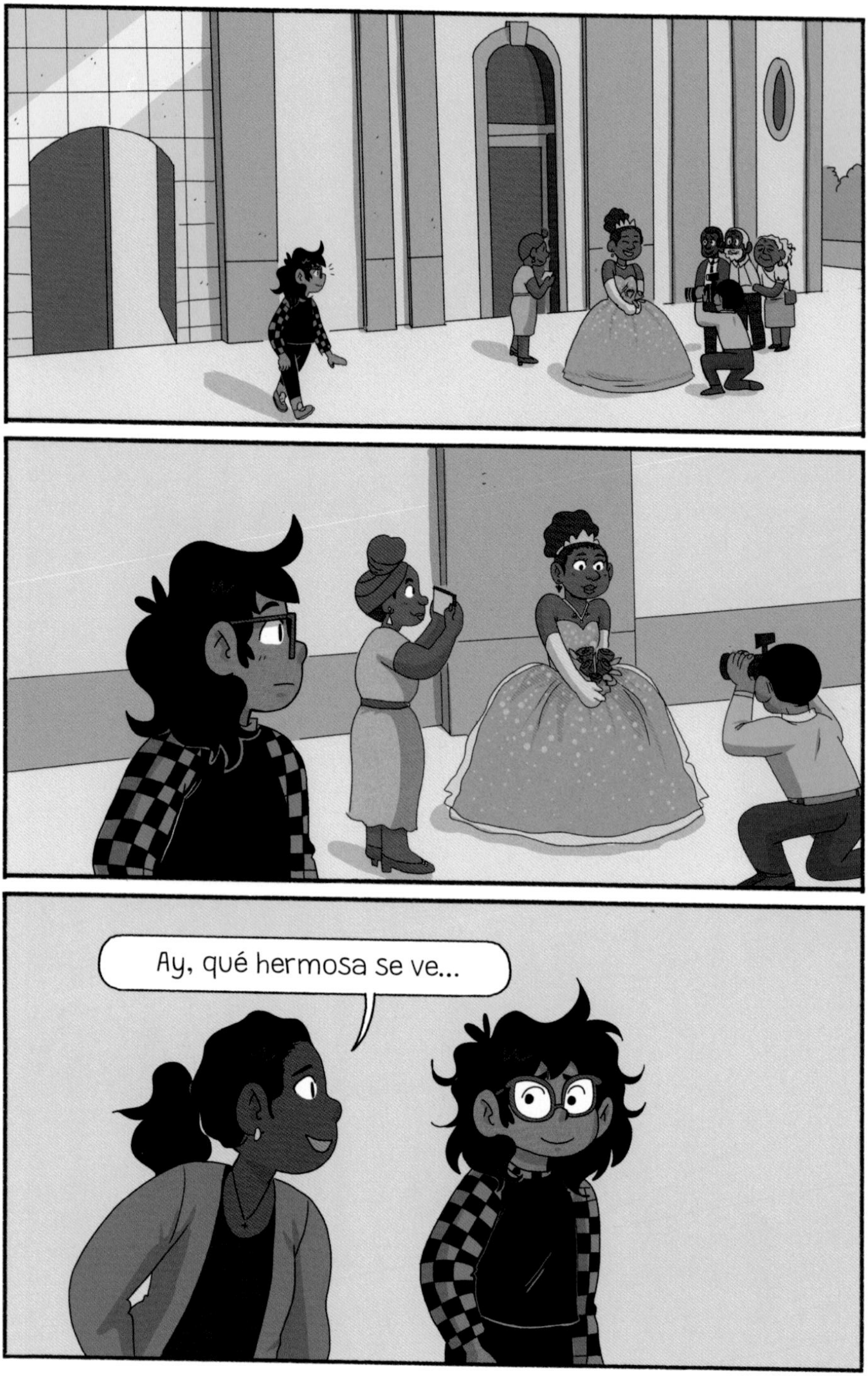
Ay, qué hermosa se ve...

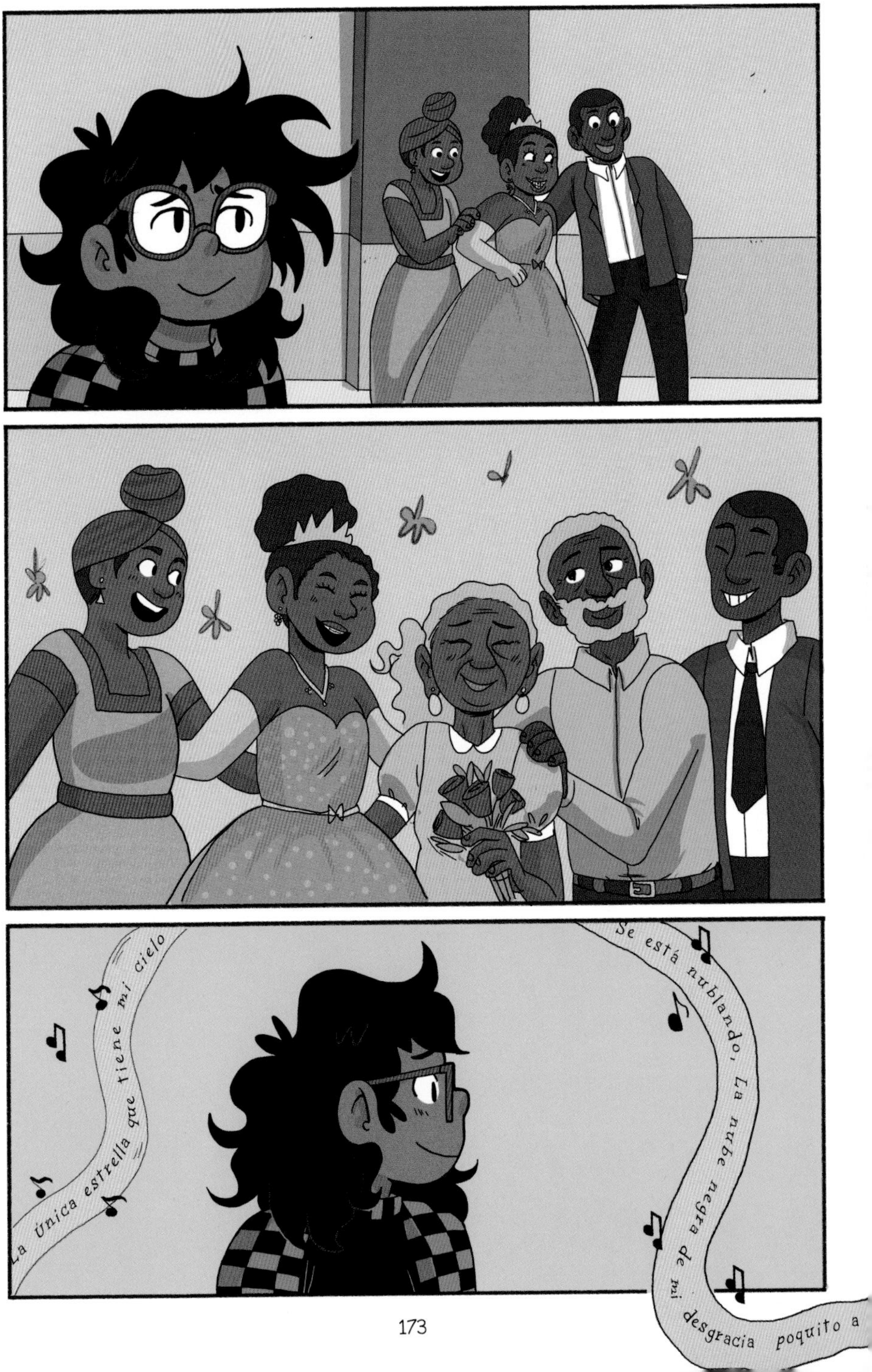

La única estrella que tiene mi cielo
Se está nublando, La nube negra de mi desgracia poquito a

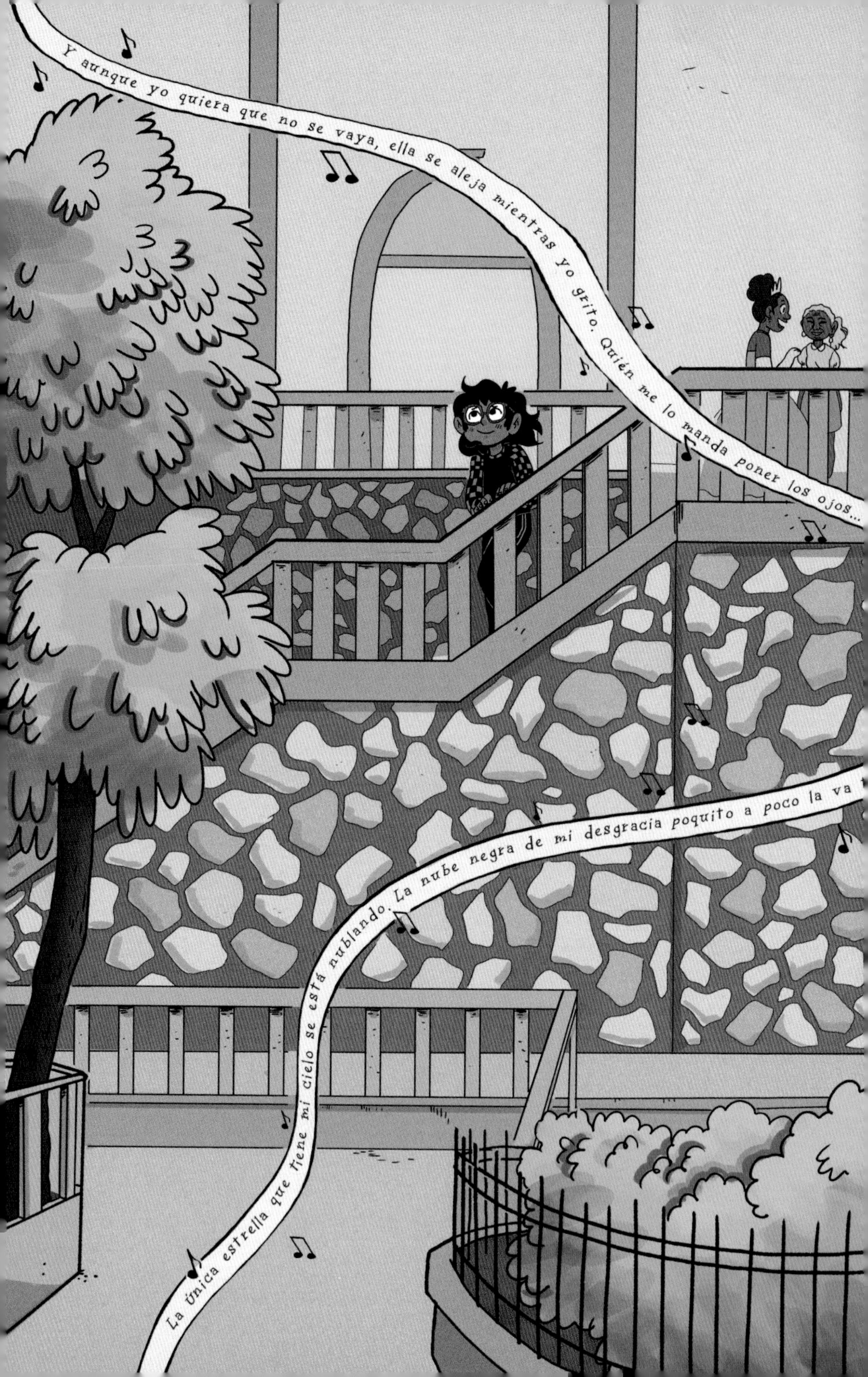
Y aunque yo quiera que no se vaya, ella se aleja mientras yo grito. Quién me lo manda poner los ojos...
La única estrella que tiene mi cielo se está nublando. La nube negra de mi desgracia poquito a poco la va

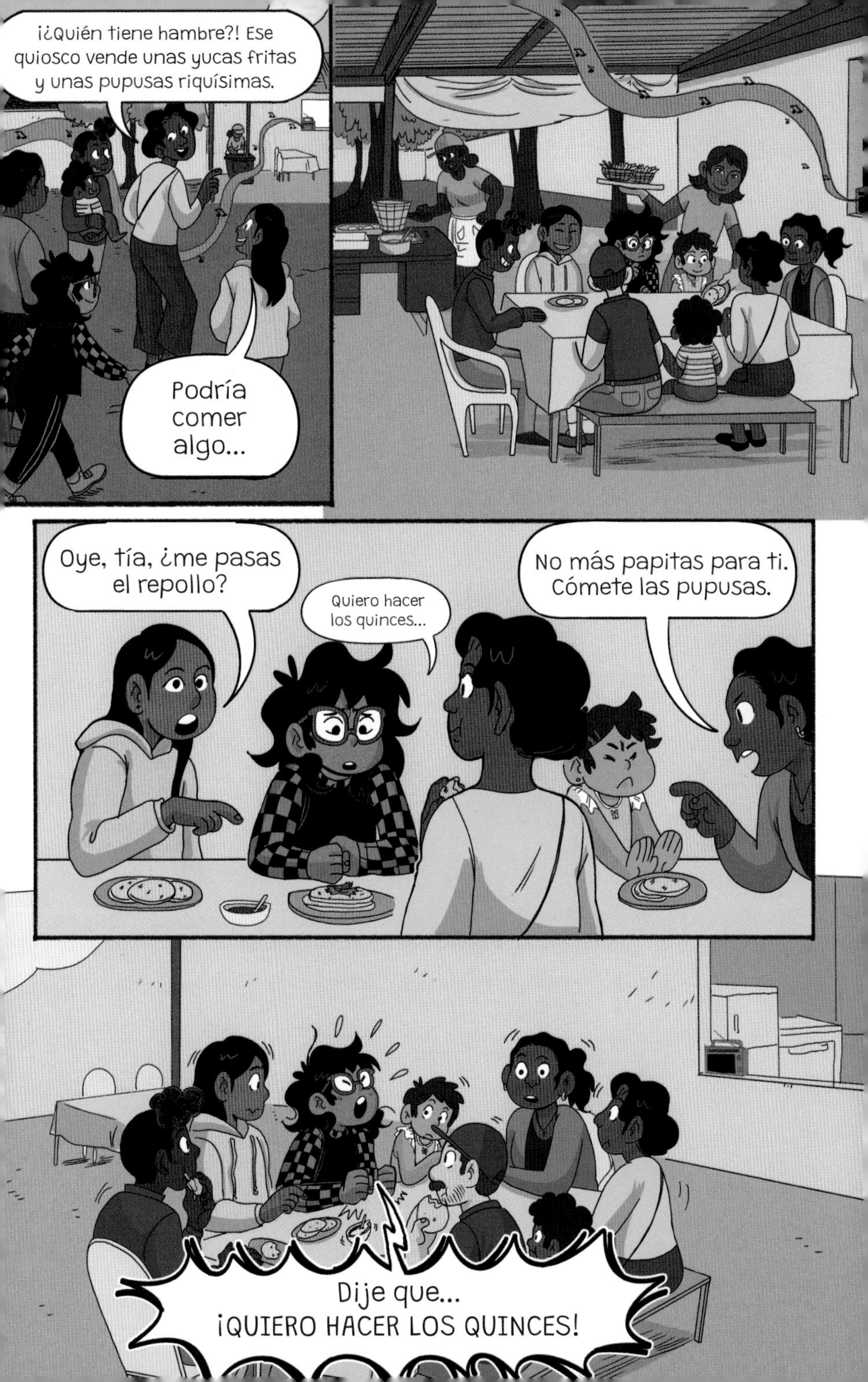
¡¿Quién tiene hambre?! Ese quiosco vende unas yucas fritas y unas pupusas riquísimas.
Podría comer algo...
Oye, tía, ¿me pasas el repollo?
Quiero hacer los quinces...
No más papitas para ti. Cómete las pupusas.
Dije que... ¡QUIERO HACER LOS QUINCES!

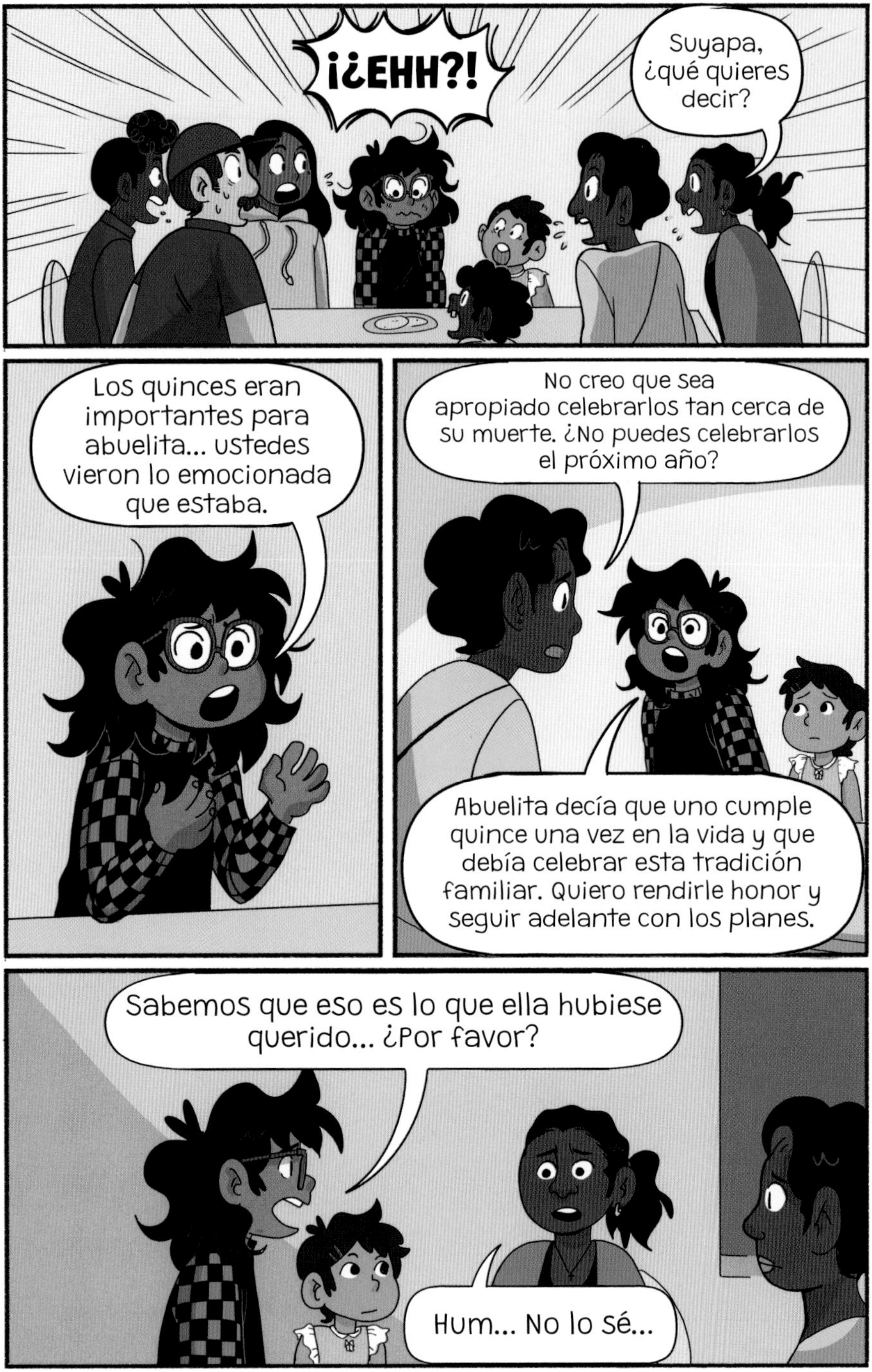
¡¿EHH?!
Suyapa, ¿qué quieres decir?
Los quinces eran importantes para abuelita... ustedes vieron lo emocionada que estaba.
No creo que sea apropiado celebrarlos tan cerca de su muerte. ¿No puedes celebrarlos el próximo año?
Abuelita decía que uno cumple quince una vez en la vida y que debía celebrar esta tradición familiar. Quiero rendirle honor y seguir adelante con los planes.
Sabemos que eso es lo que ella hubiese querido... ¿Por favor?
Hum... No lo sé...

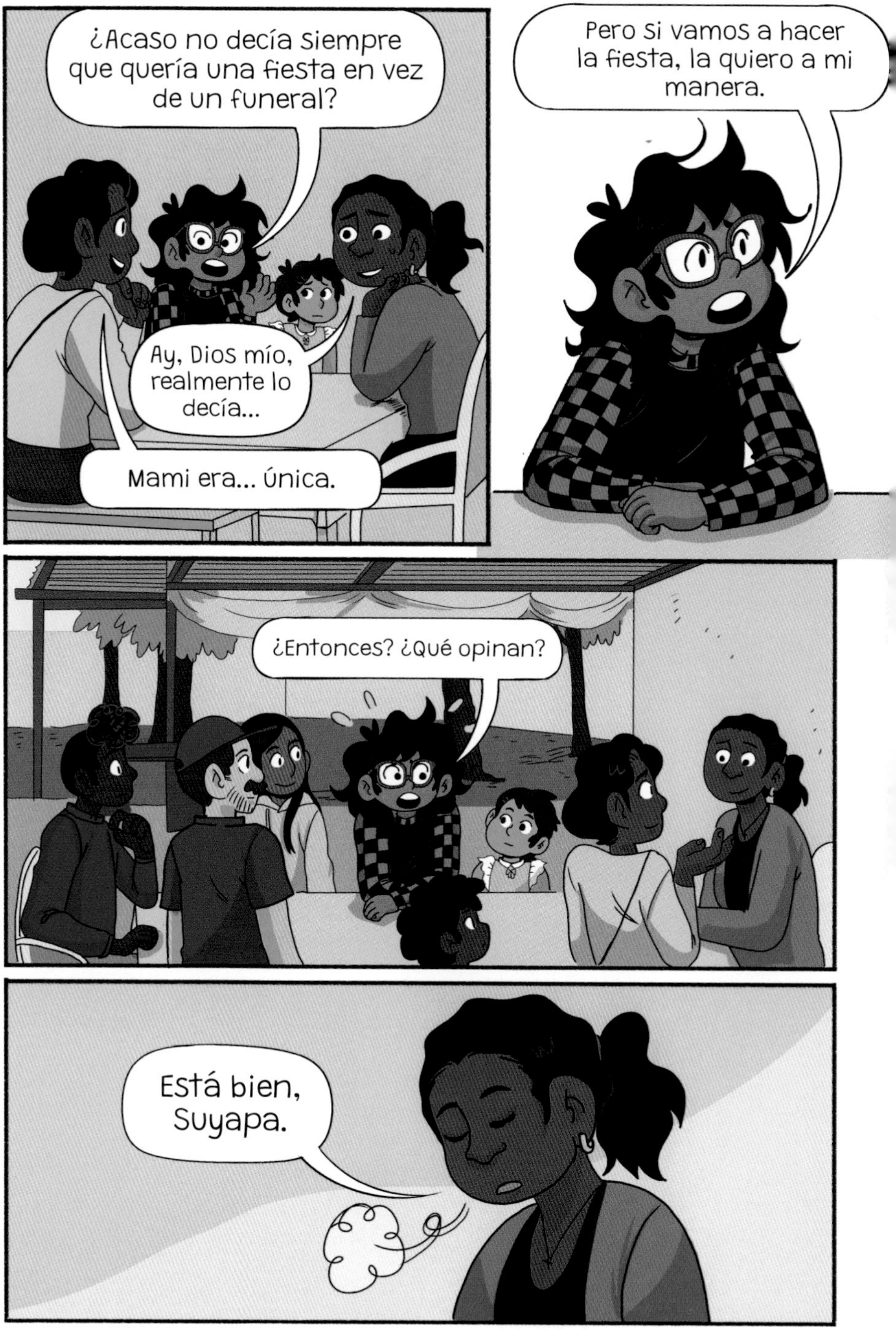
¿Acaso no decía siempre que quería una fiesta en vez de un funeral?
Ay, Dios mío, realmente lo decía...
Mami era... única.
Pero si vamos a hacer la fiesta, la quiero a mi manera.
¿Entonces? ¿Qué opinan?
Está bien, Suyapa.

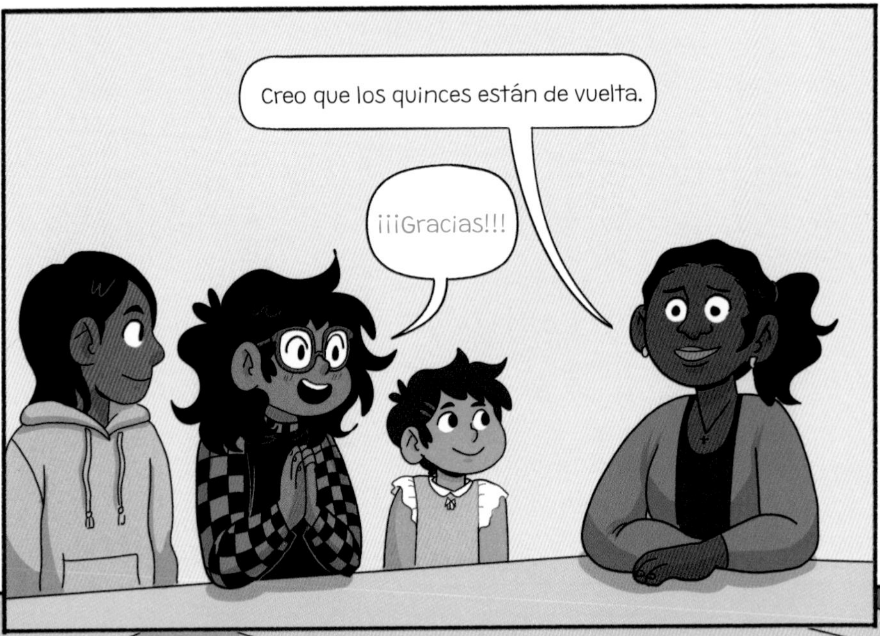
Creo que los quinces están de vuelta.
¡¡¡Gracias!!!

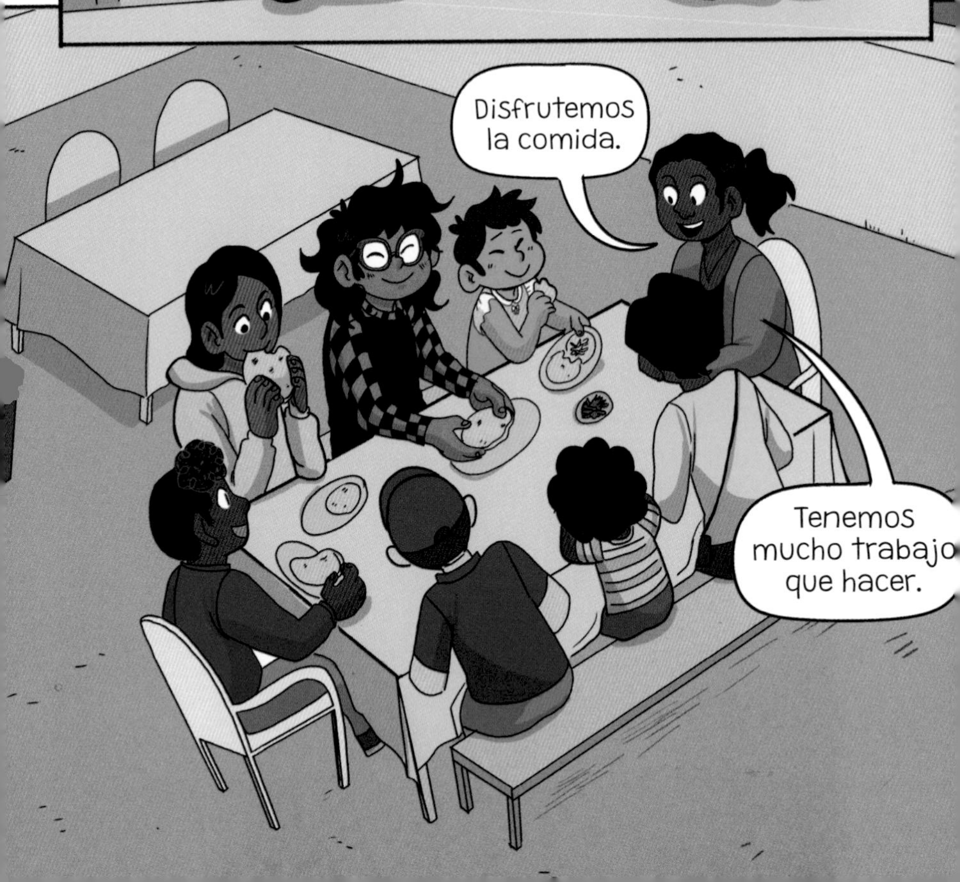
Disfrutemos la comida.
Tenemos mucho trabajo que hacer.

CAPÍTULO OCHO

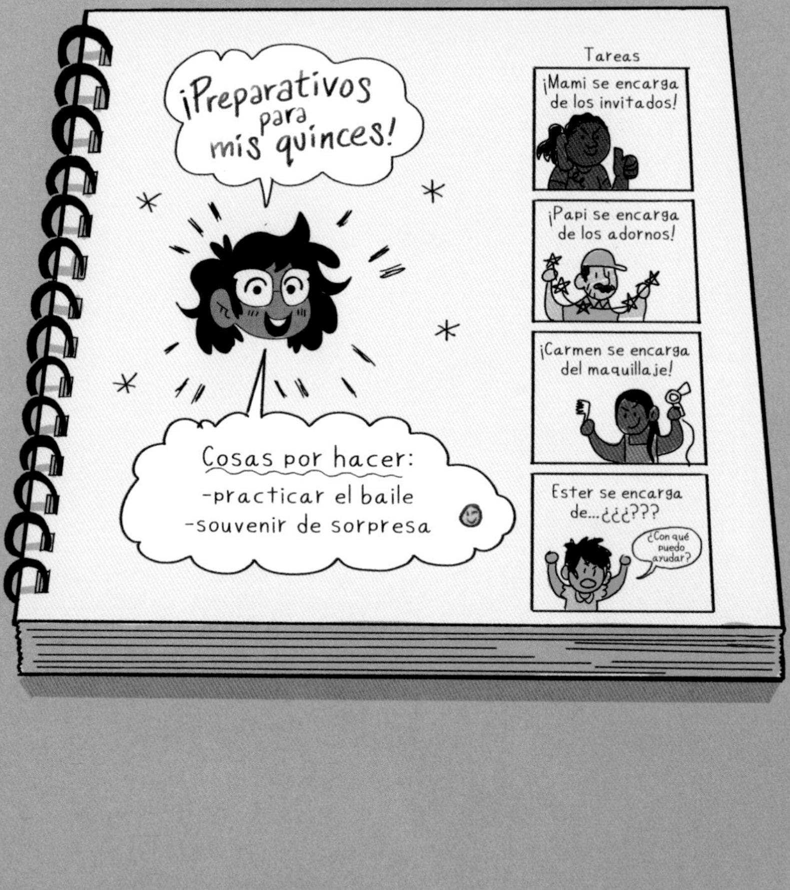
¡Preparativos para mis quinces!
Cosas por hacer:
-practicar el baile
-souvenir de sorpresa
Tareas
¡Mami se encarga de los invitados!
¡Papi se encarga de los adornos!
¡Carmen se encarga del maquillaje!
Ester se encarga de...¿¿¿???
¿Con qué puedo ayudar?

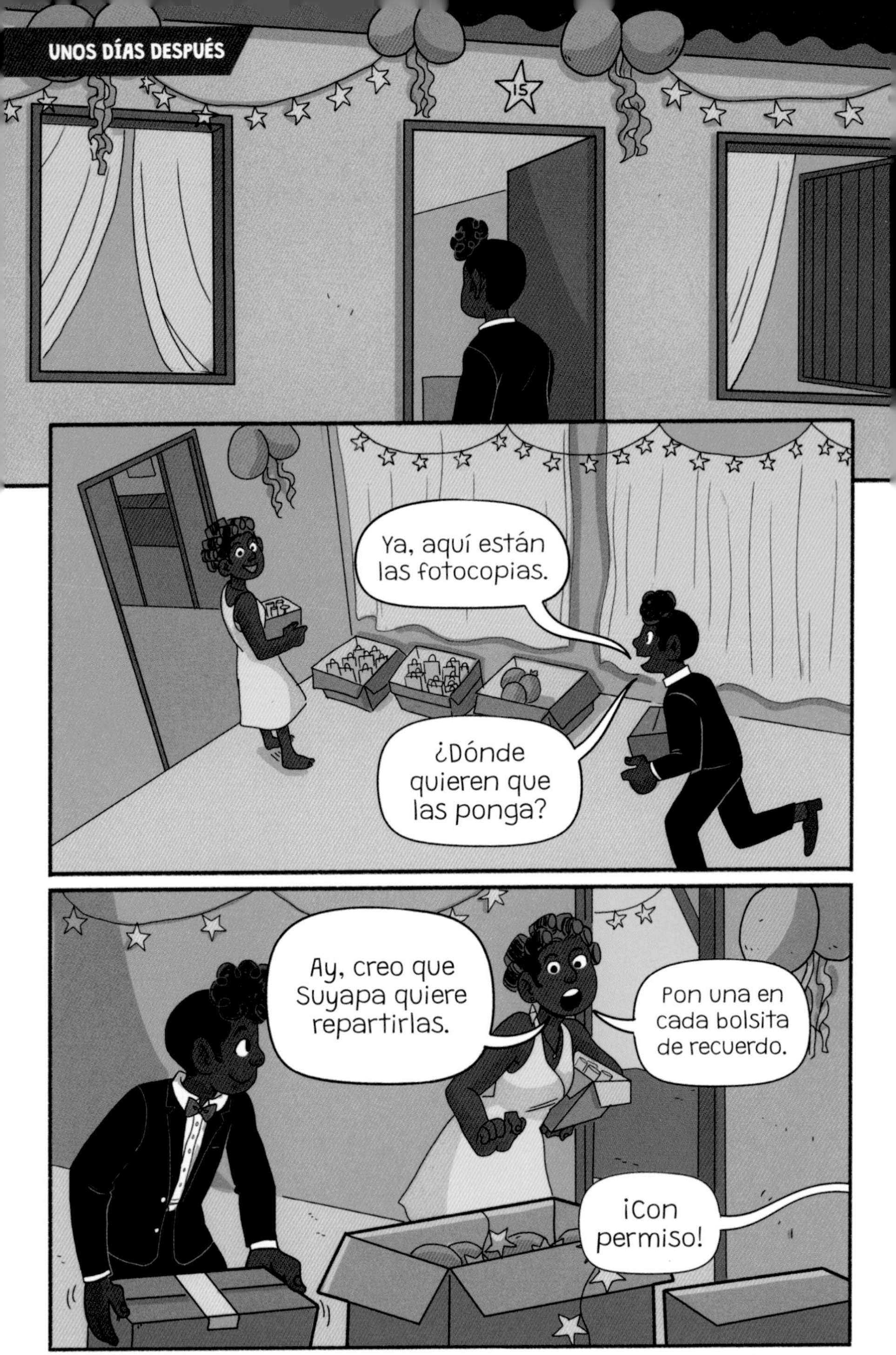
UNOS DÍAS DESPUÉS
15
Ya, aquí están las fotocopias.
¿Dónde quieren que las ponga?
Ay, creo que Suyapa quiere repartirlas.
Pon una en cada bolsita de recuerdo.
¡Con permiso!

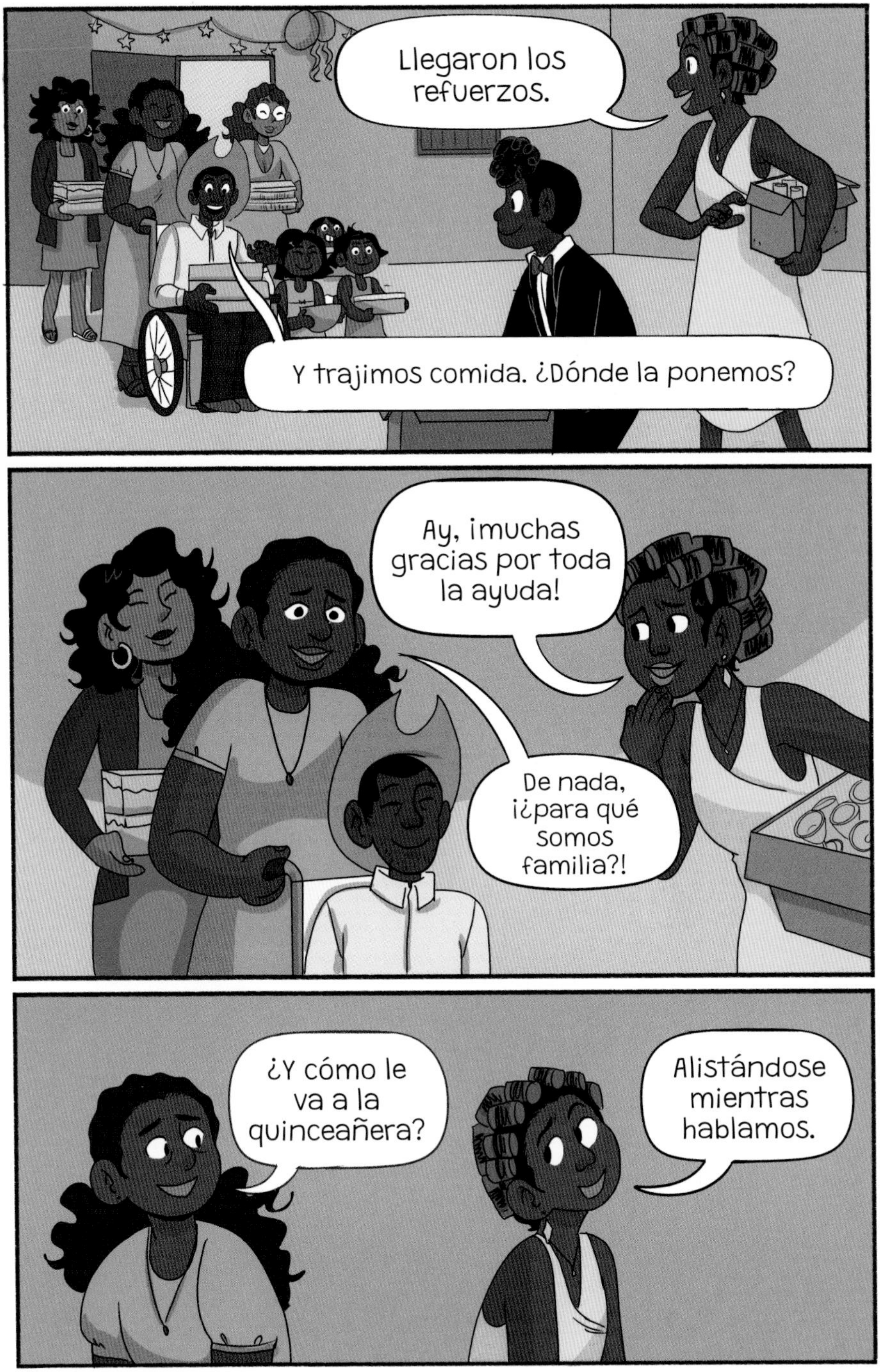
Llegaron los refuerzos.
Y trajimos comida. ¿Dónde la ponemos?
Ay, ¡muchas gracias por toda la ayuda!
De nada, ¡¿para qué somos familia?!
¿Y cómo le va a la quinceañera?
Alistándose mientras hablamos.

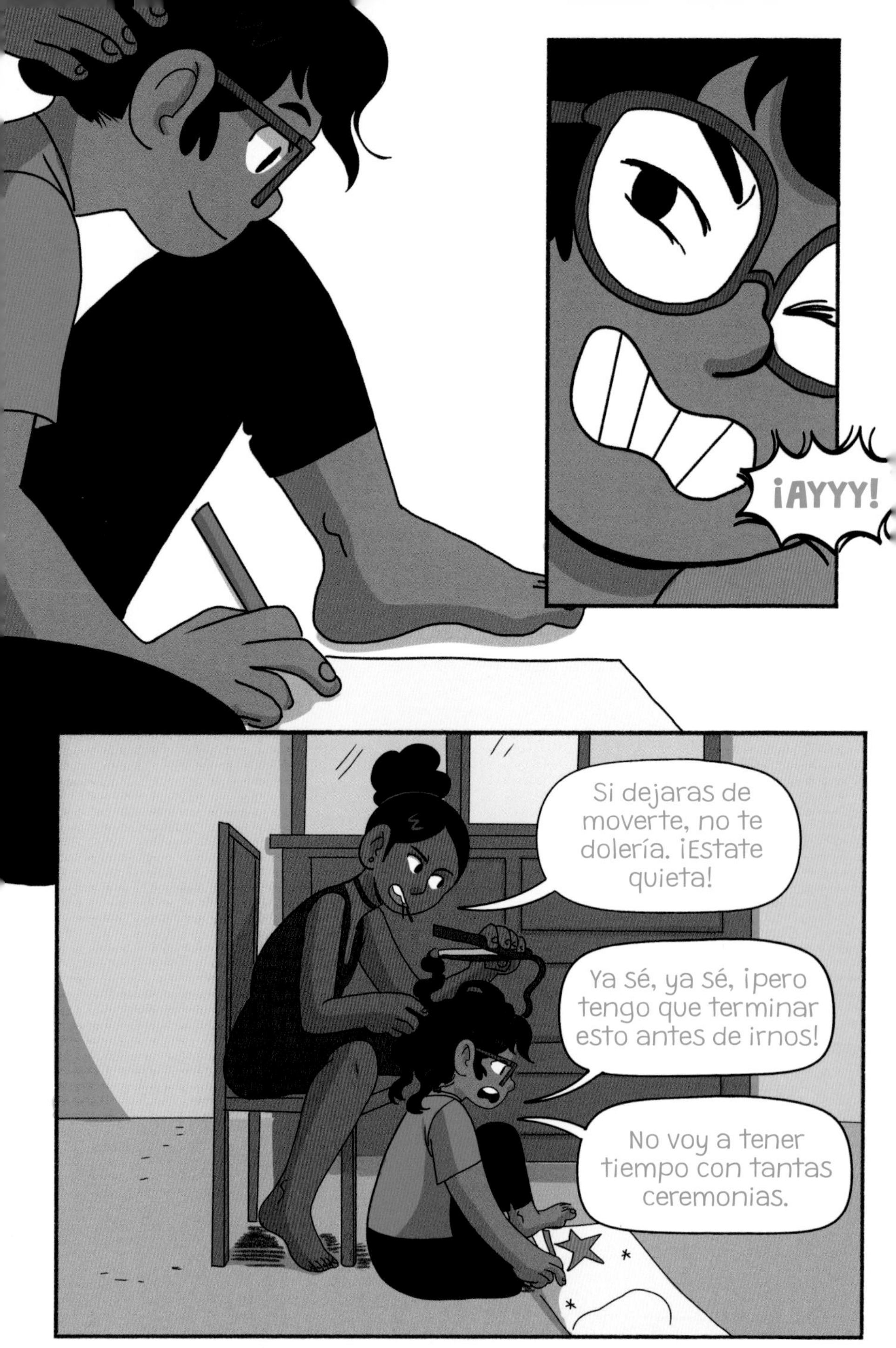
¡AYYY!
Si dejaras de moverte, no te dolería. ¡Estate quieta!
Ya sé, ya sé, ¡pero tengo que terminar esto antes de irnos!
No voy a tener tiempo con tantas ceremonias.

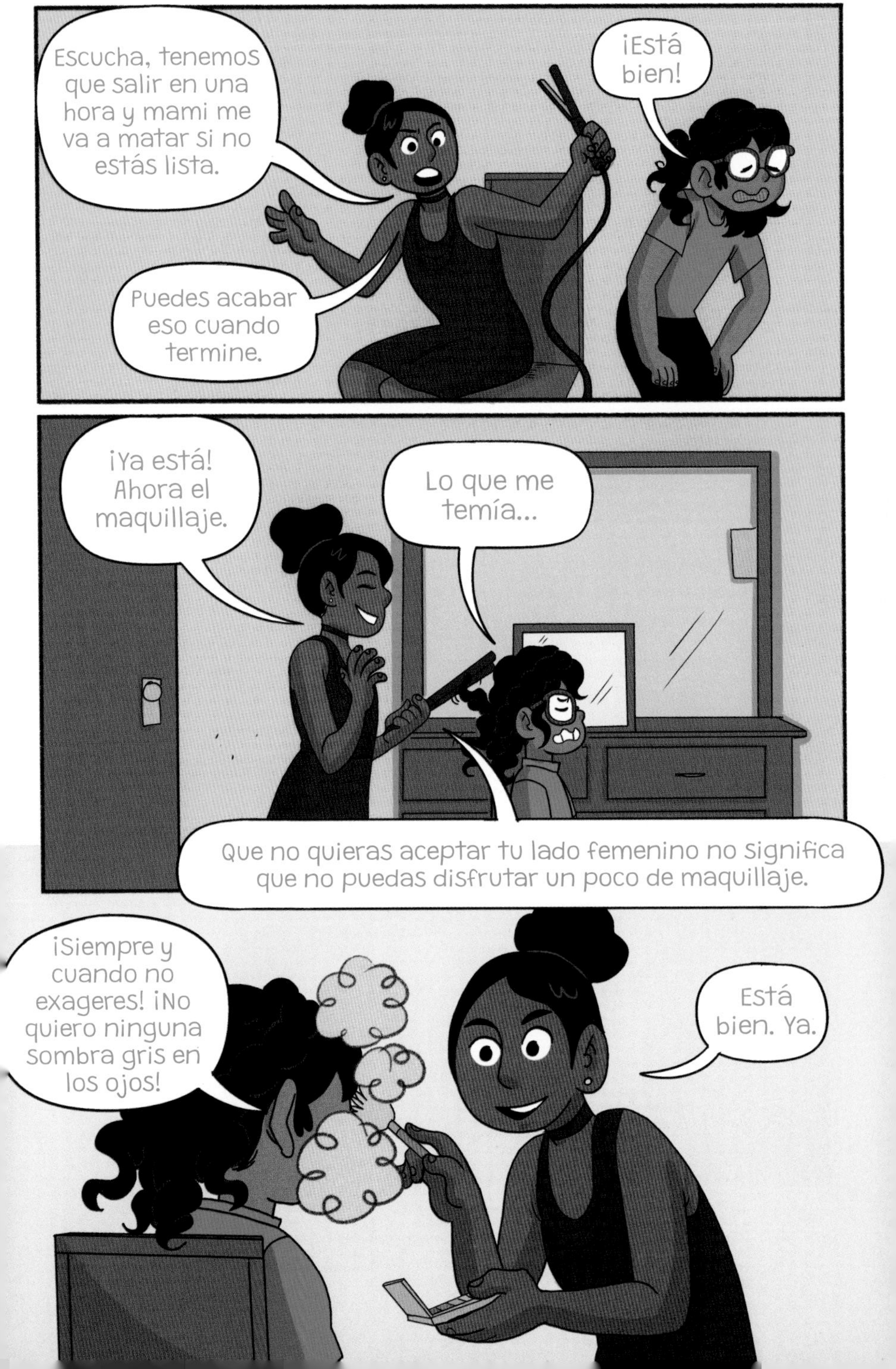
Escucha, tenemos que salir en una hora y mami me va a matar si no estás lista.
Puedes acabar eso cuando termine.
¡Está bien!
¡Ya está! Ahora el maquillaje.
Lo que me temía...
Que no quieras aceptar tu lado femenino no significa que no puedas disfrutar un poco de maquillaje.
¡Siempre y cuando no exageres! ¡No quiero ninguna sombra gris en los ojos!
Está bien. Ya.

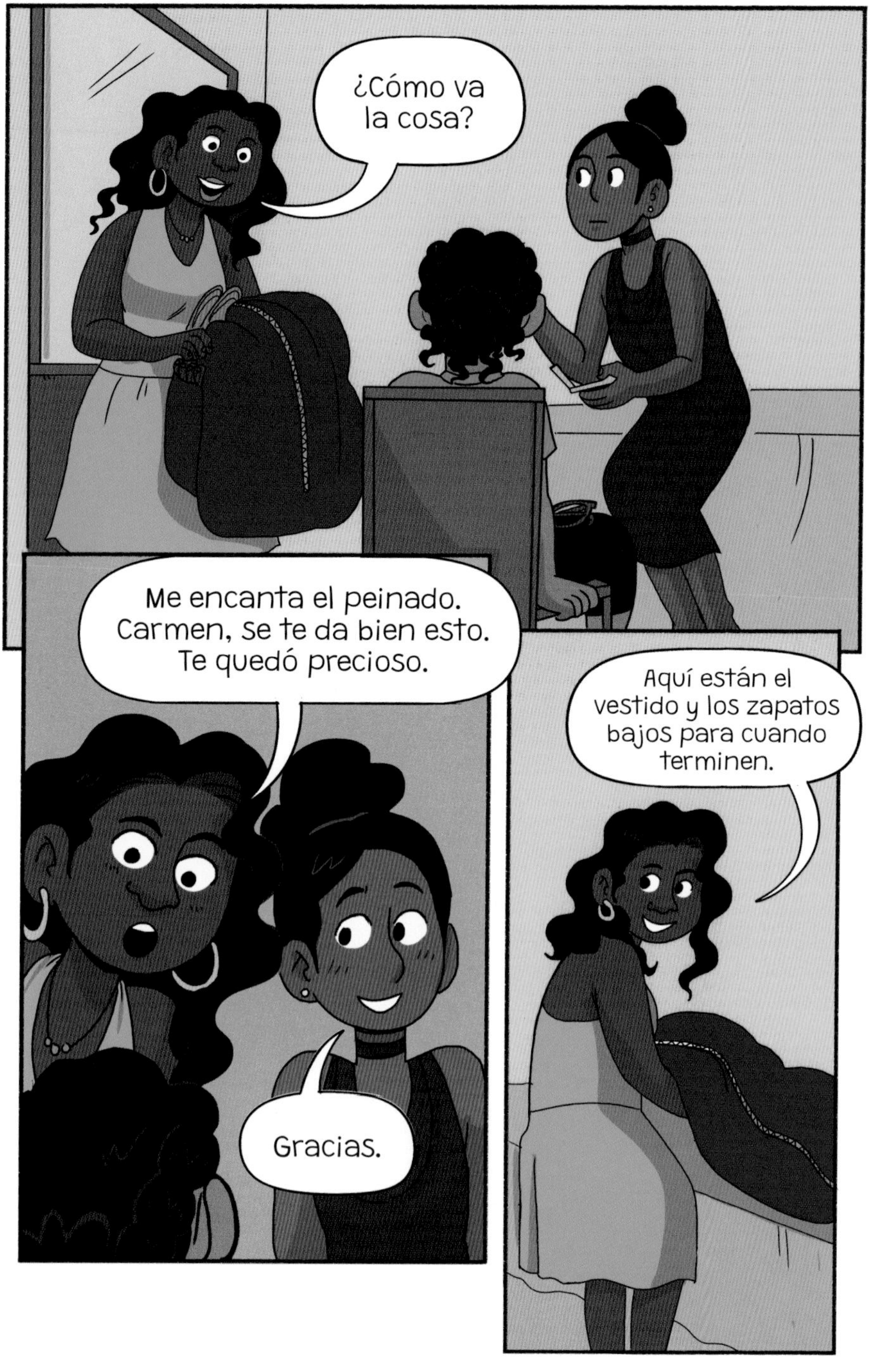
¿Cómo va la cosa?
Me encanta el peinado. Carmen, se te da bien esto. Te quedó precioso.
Gracias.
Aquí están el vestido y los zapatos bajos para cuando terminen.

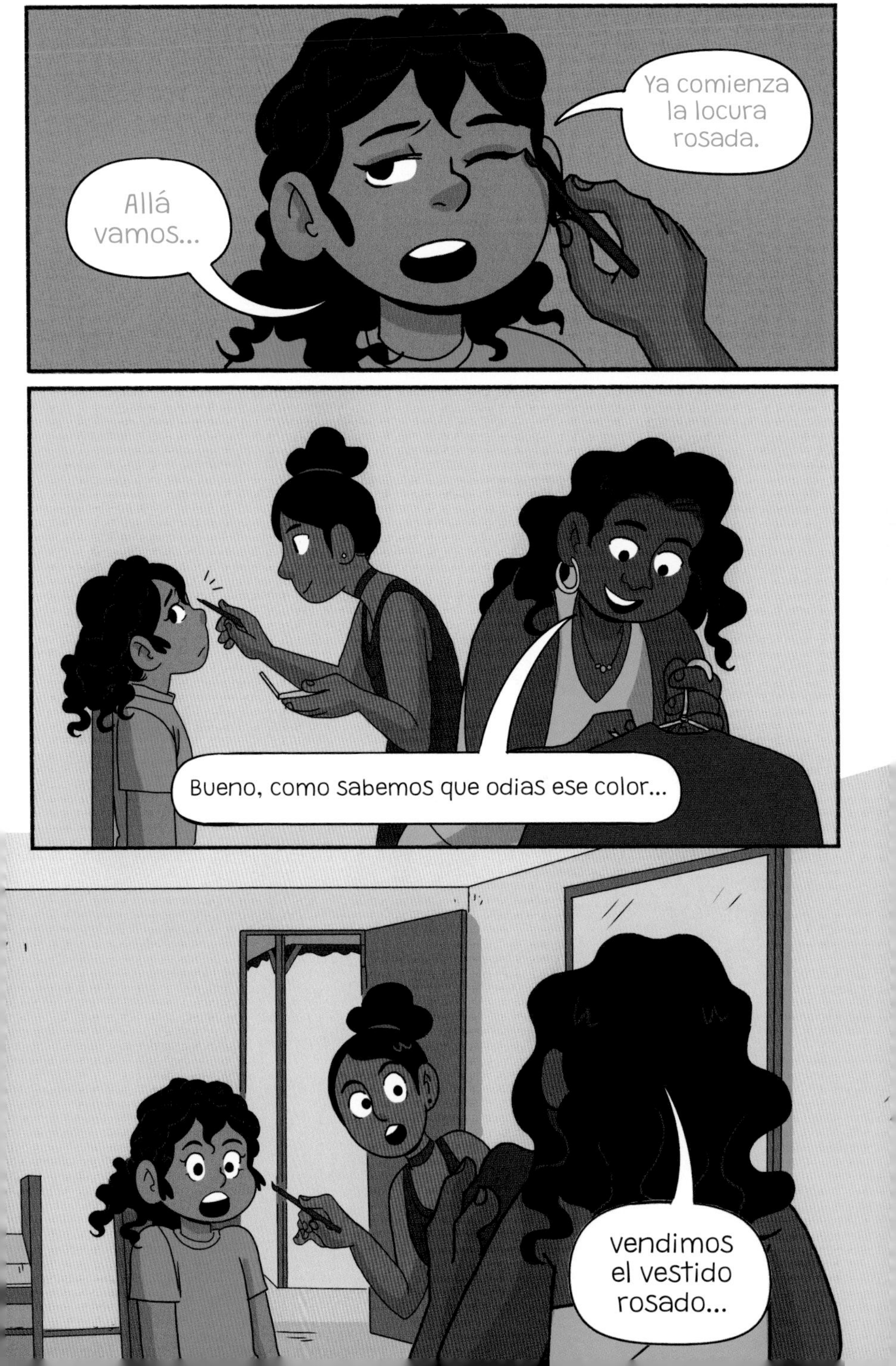
Ya comienza la locura rosada.
Allá vamos...
Bueno, como sabemos que odias ese color...
vendimos el vestido rosado...

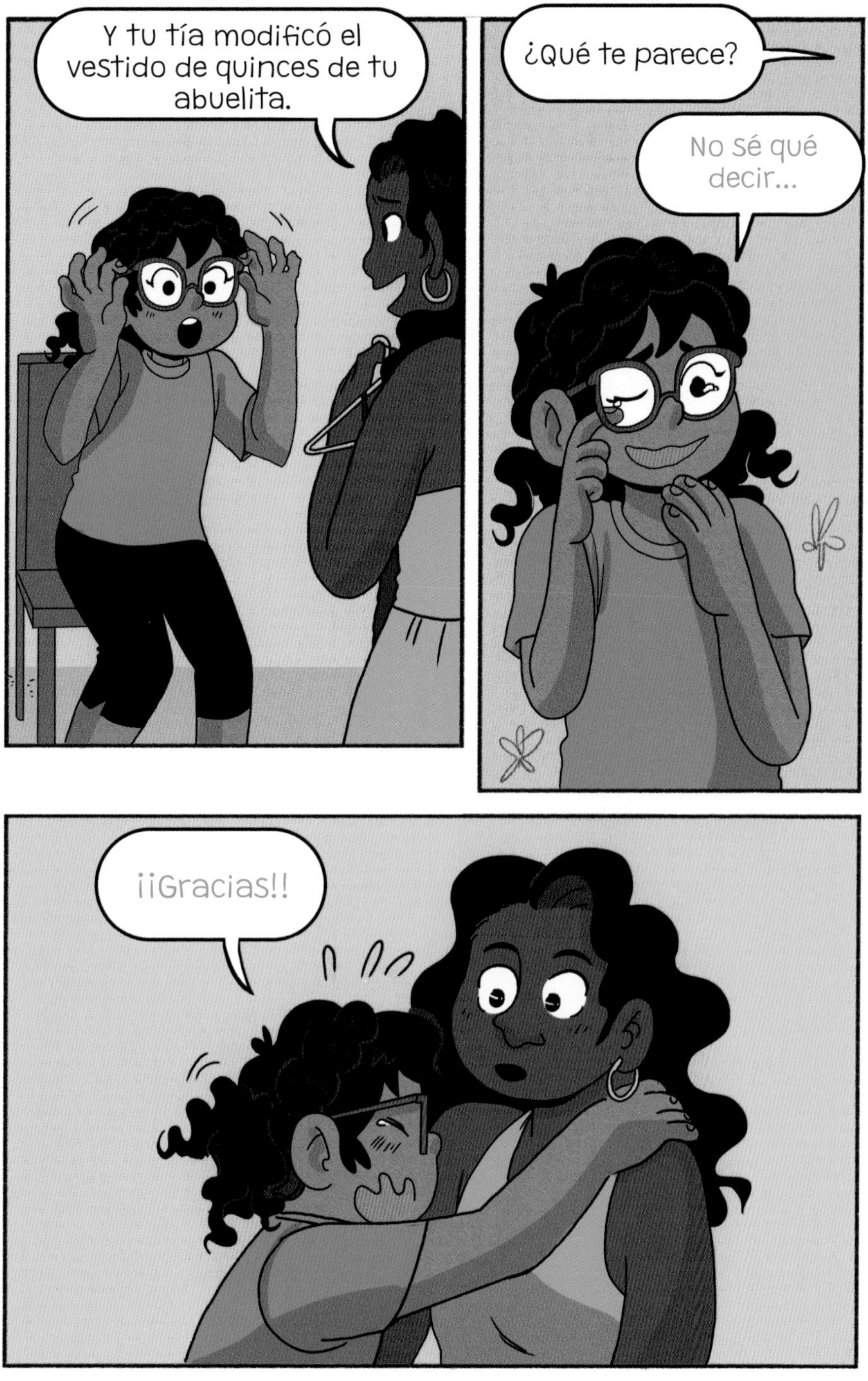
Y tu tía modificó el vestido de quinces de tu abuelita.
¿Qué te parece?
No sé qué decir...
¡¡Gracias!!

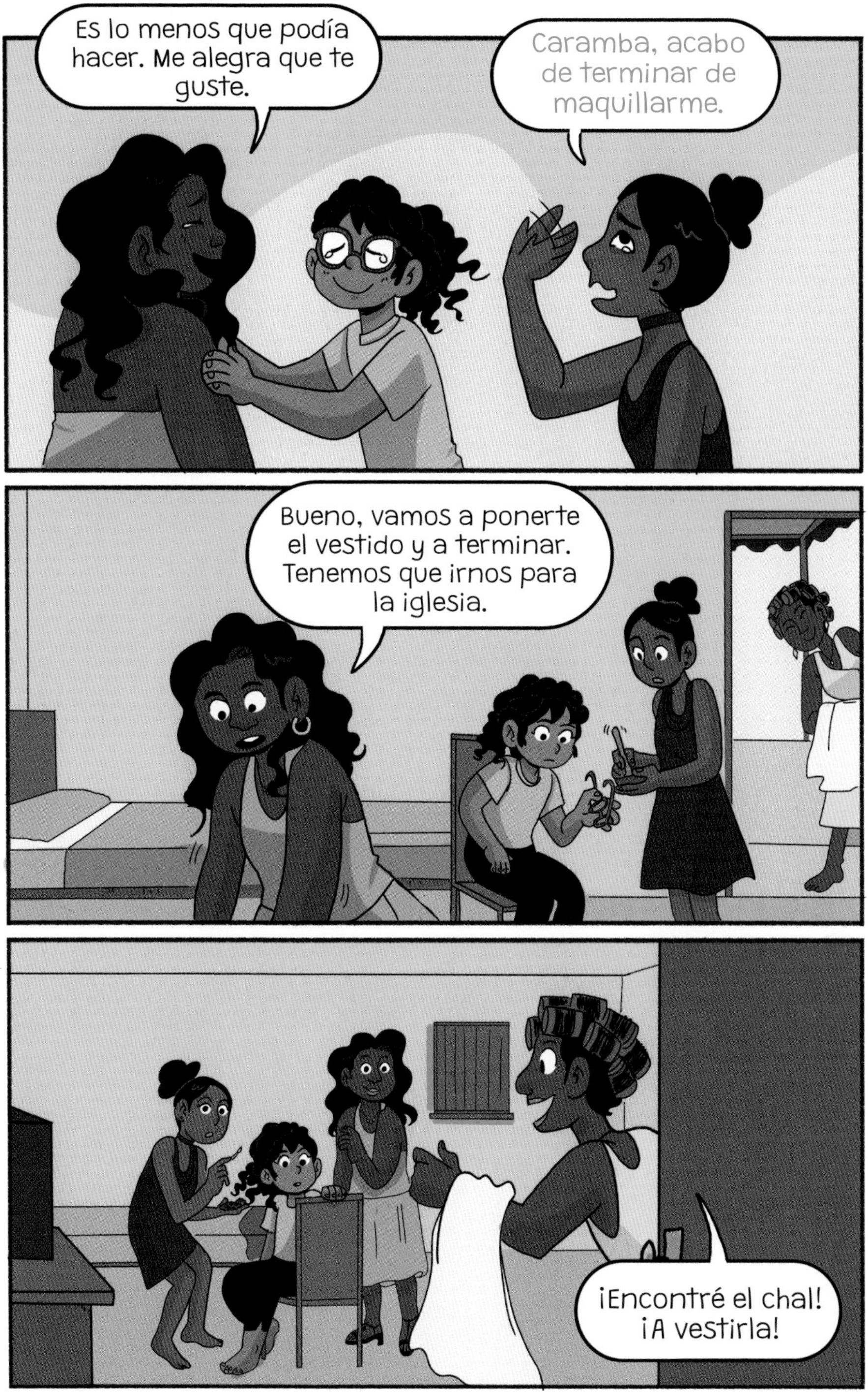
Es lo menos que podía hacer. Me alegra que te guste.
Caramba, acabo de terminar de maquillarme.
Bueno, vamos a ponerte el vestido y a terminar. Tenemos que irnos para la iglesia.
¡Encontré el chal! ¡A vestirla!

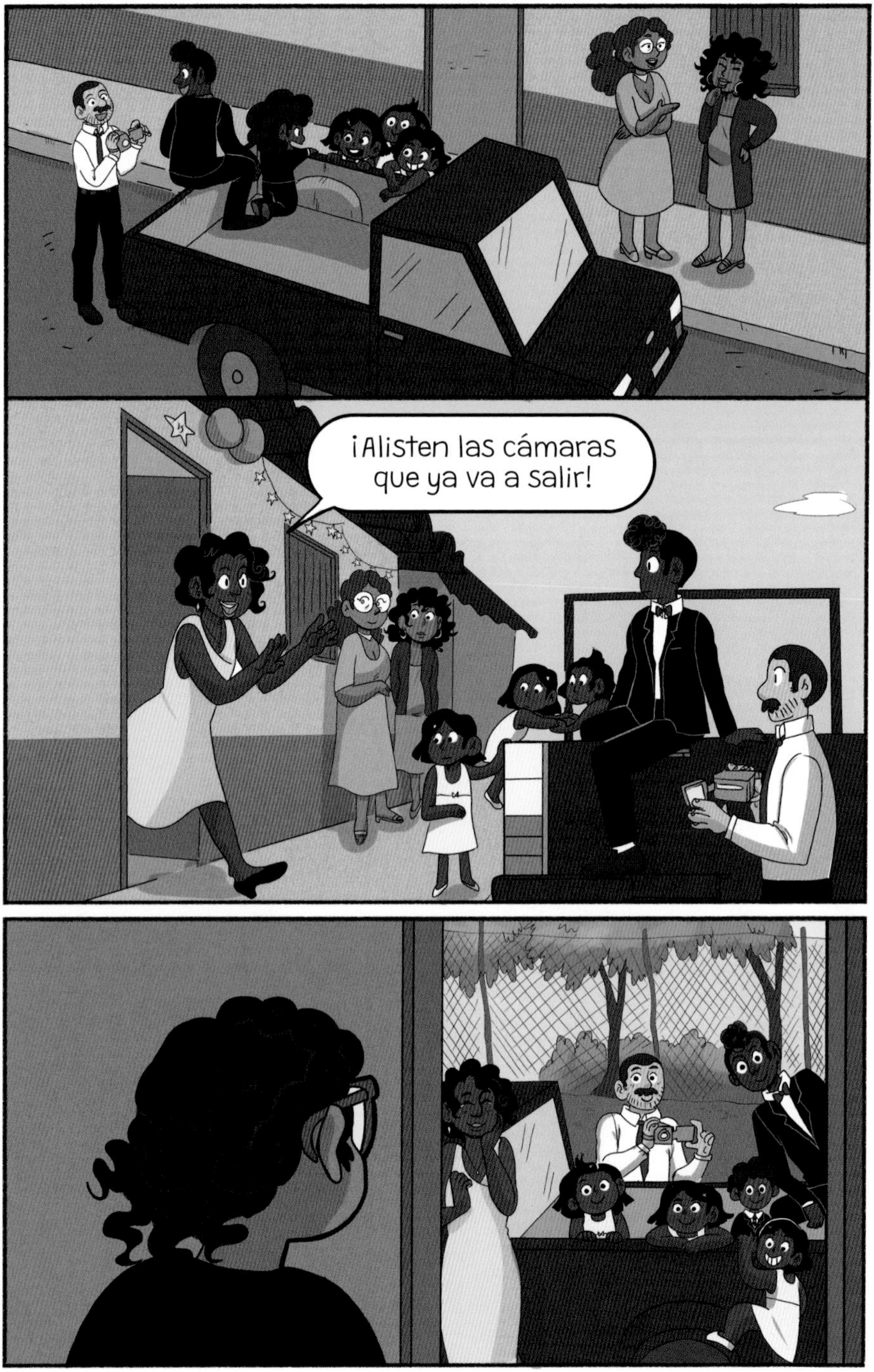
¡Alisten las cámaras
que ya va a salir!

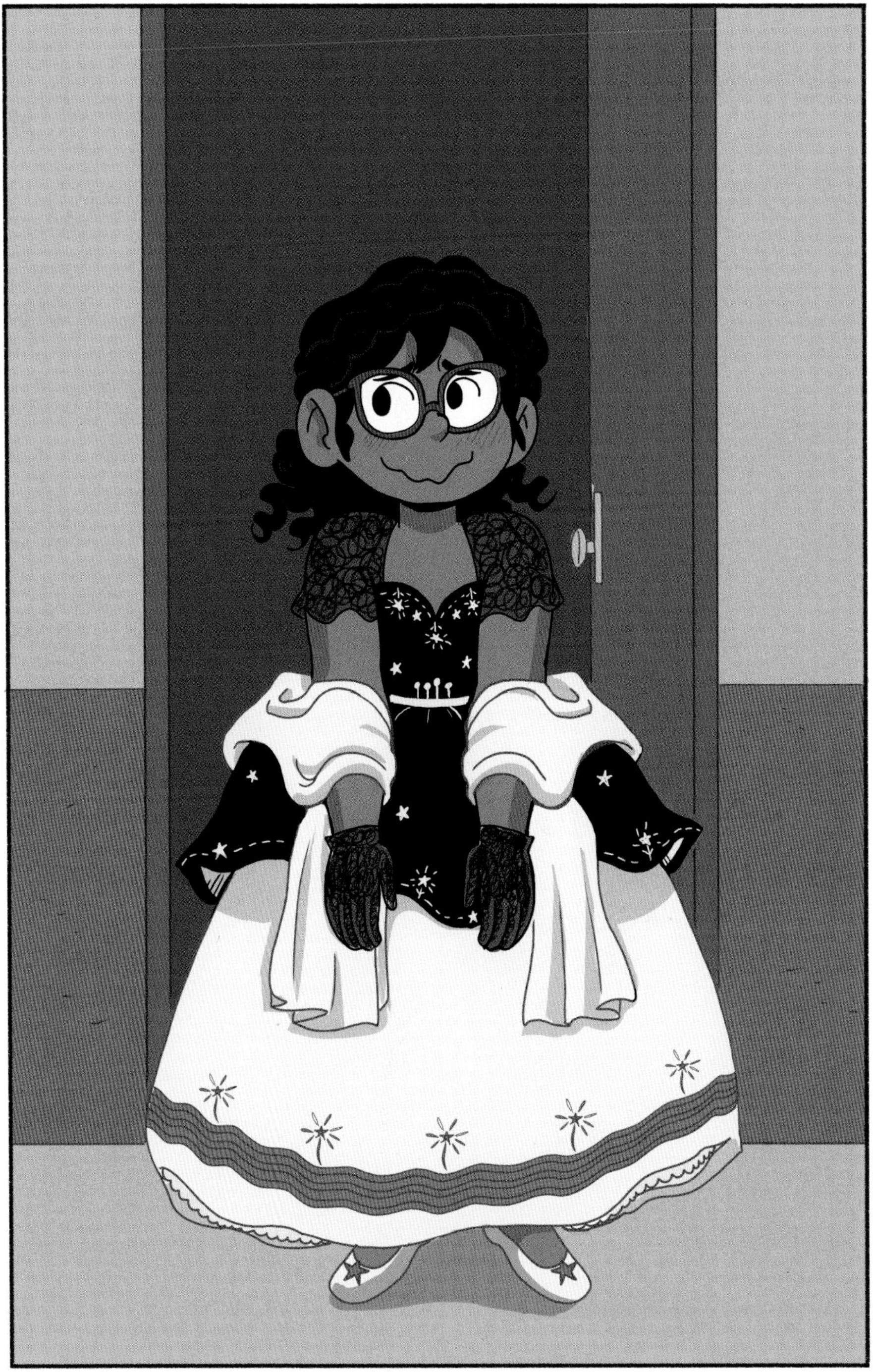

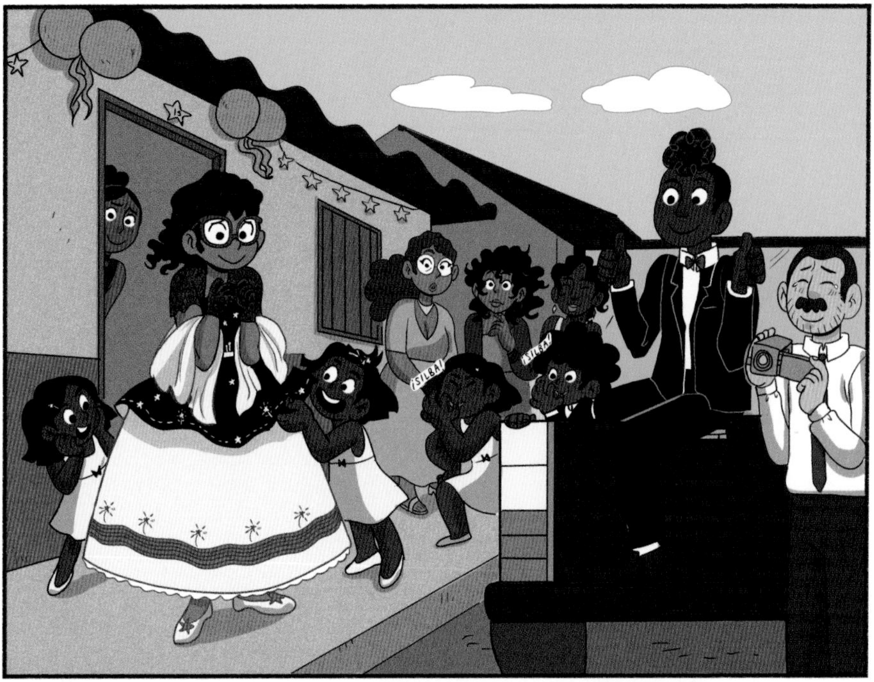
¡SILBA!
¡SILBA!

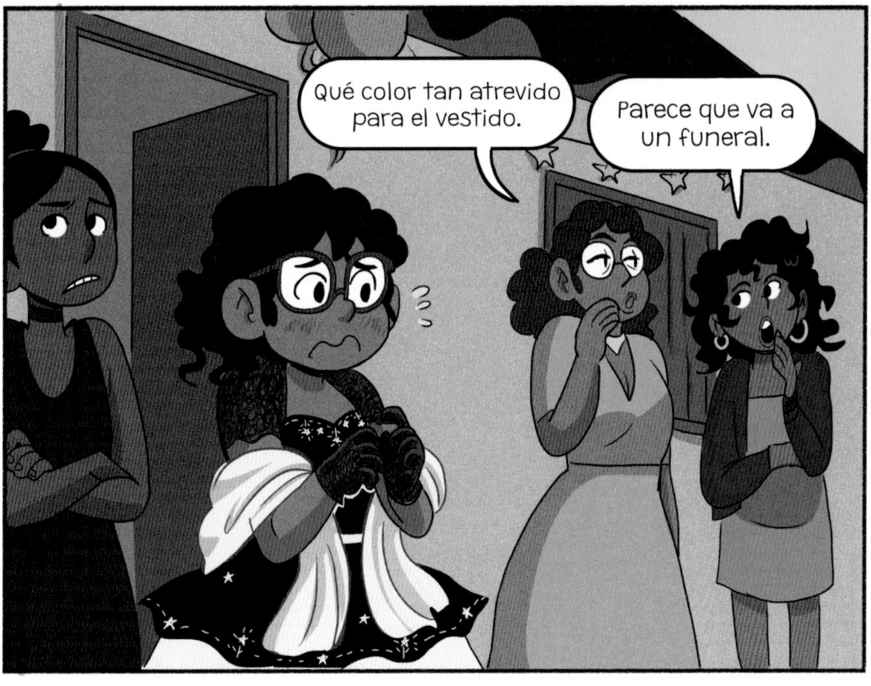
Qué color tan atrevido para el vestido.
Parece que va a un funeral.

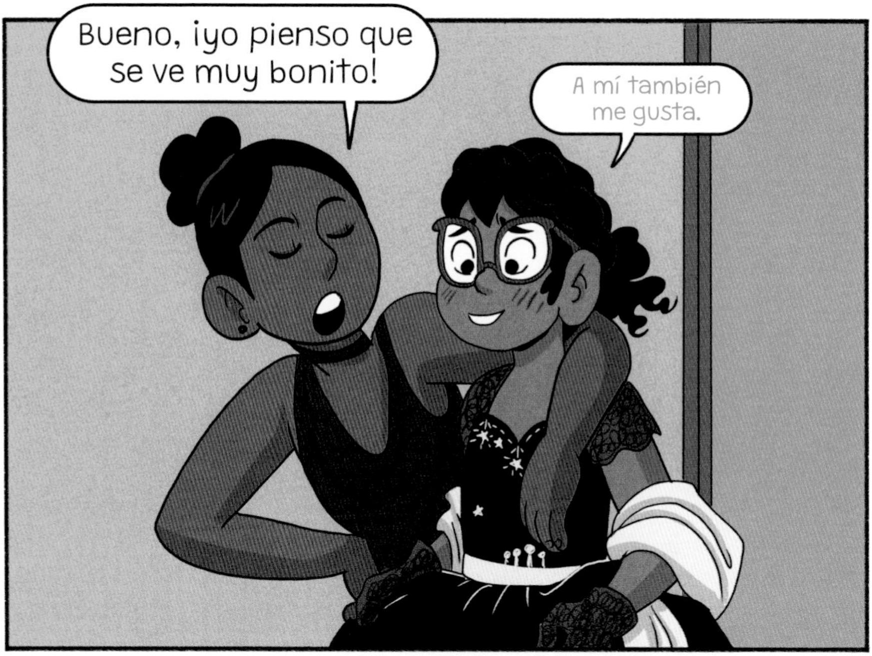
Bueno, ¡yo pienso que se ve muy bonito!
A mí también me gusta.

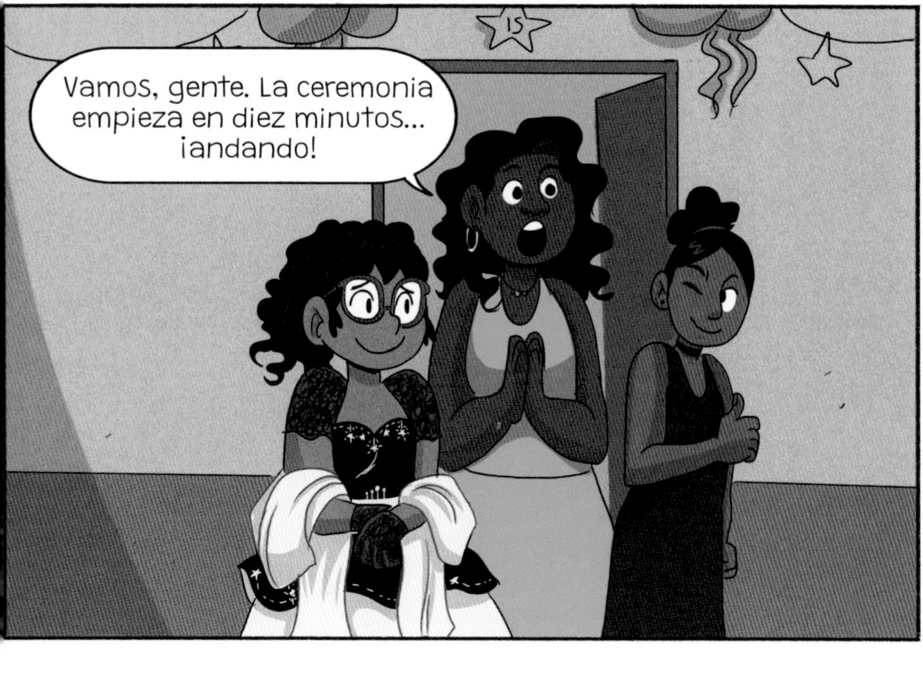
15
Vamos, gente. La ceremonia empieza en diez minutos... ¡andando!

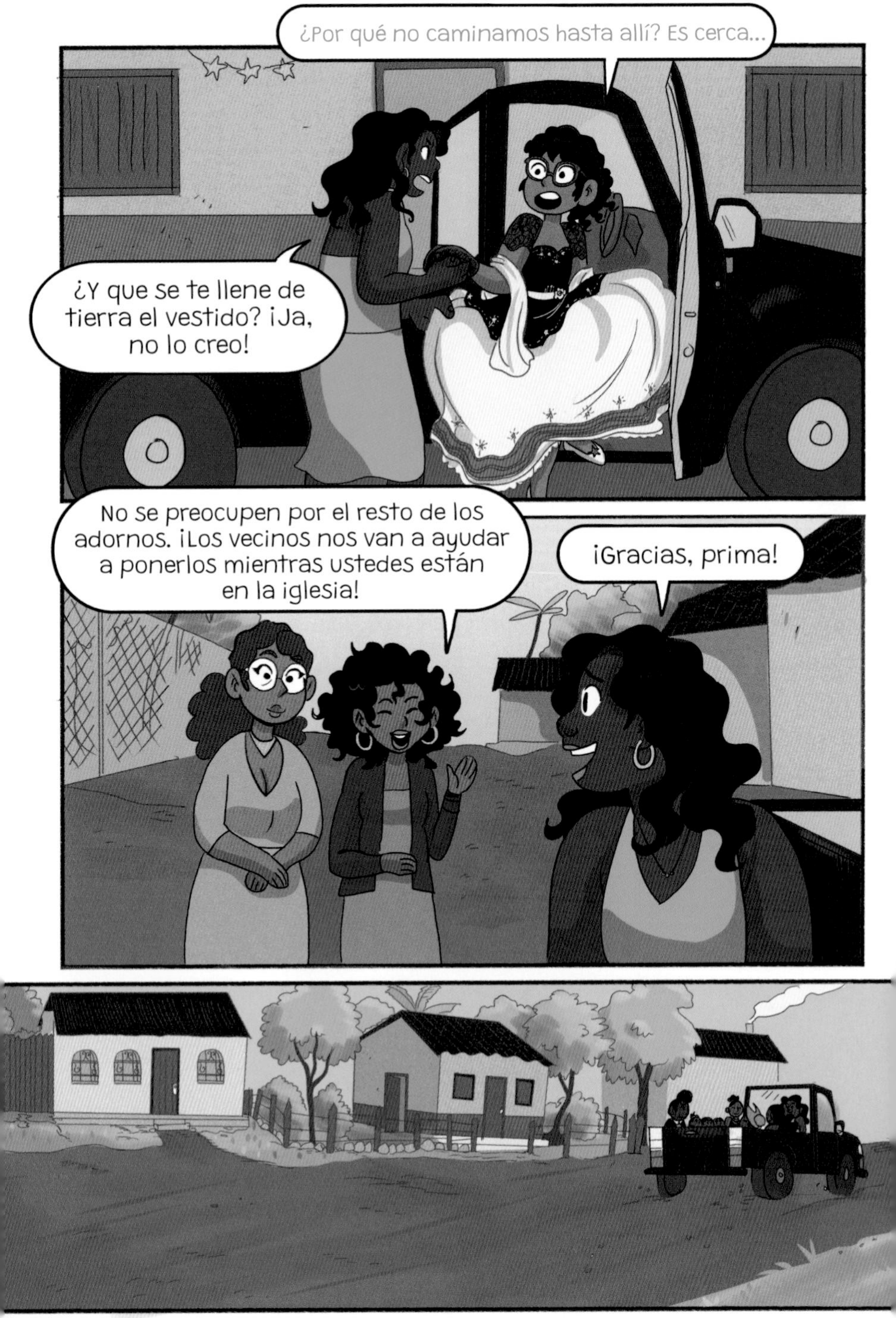
¿Por qué no caminamos hasta allí? Es cerca...
¿Y que se te llene de tierra el vestido? ¡Ja, no lo creo!
No se preocupen por el resto de los adornos. ¡Los vecinos nos van a ayudar a ponerlos mientras ustedes están en la iglesia!
¡Gracias, prima!

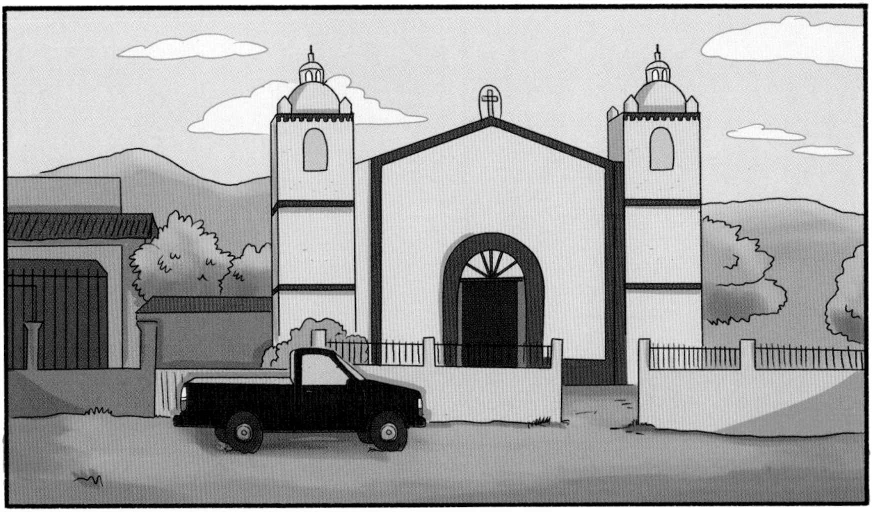

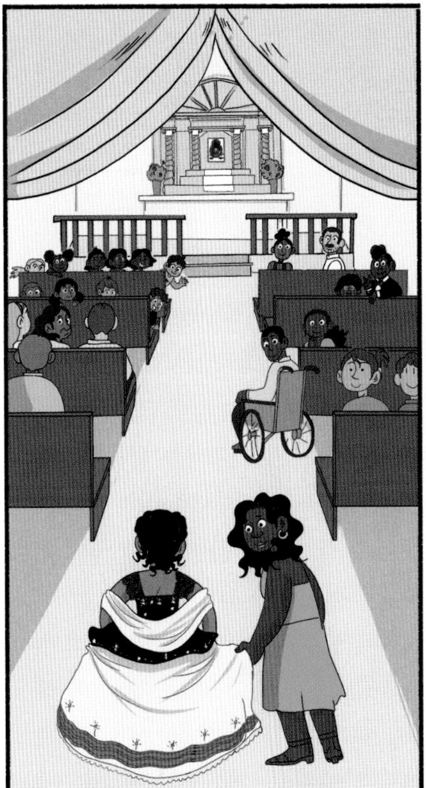

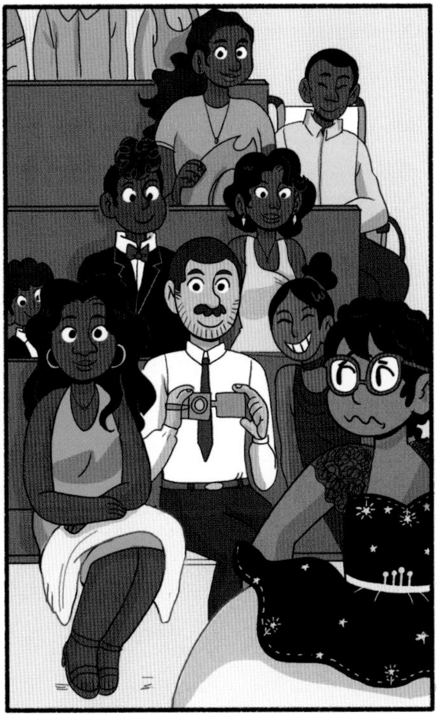

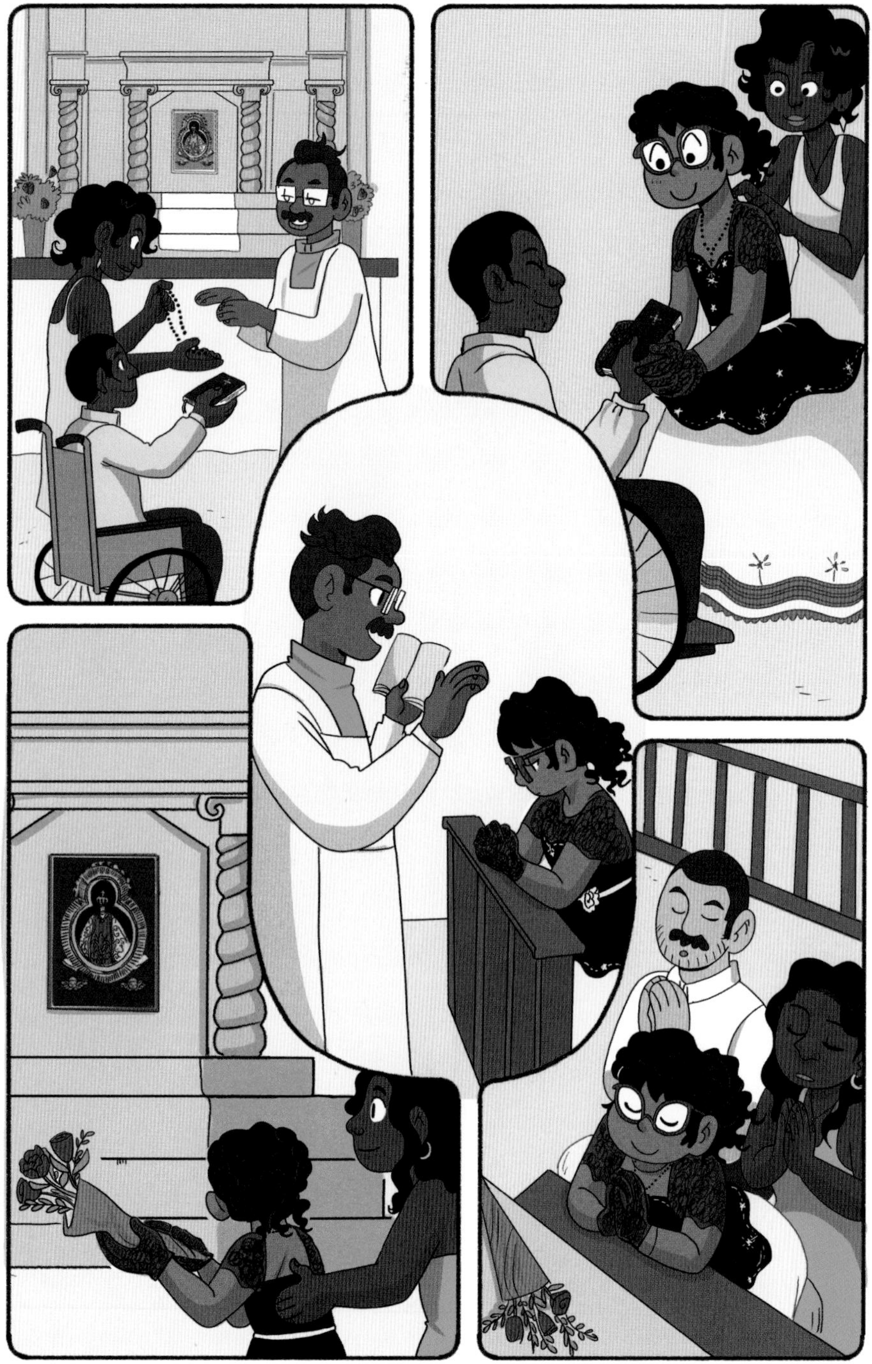

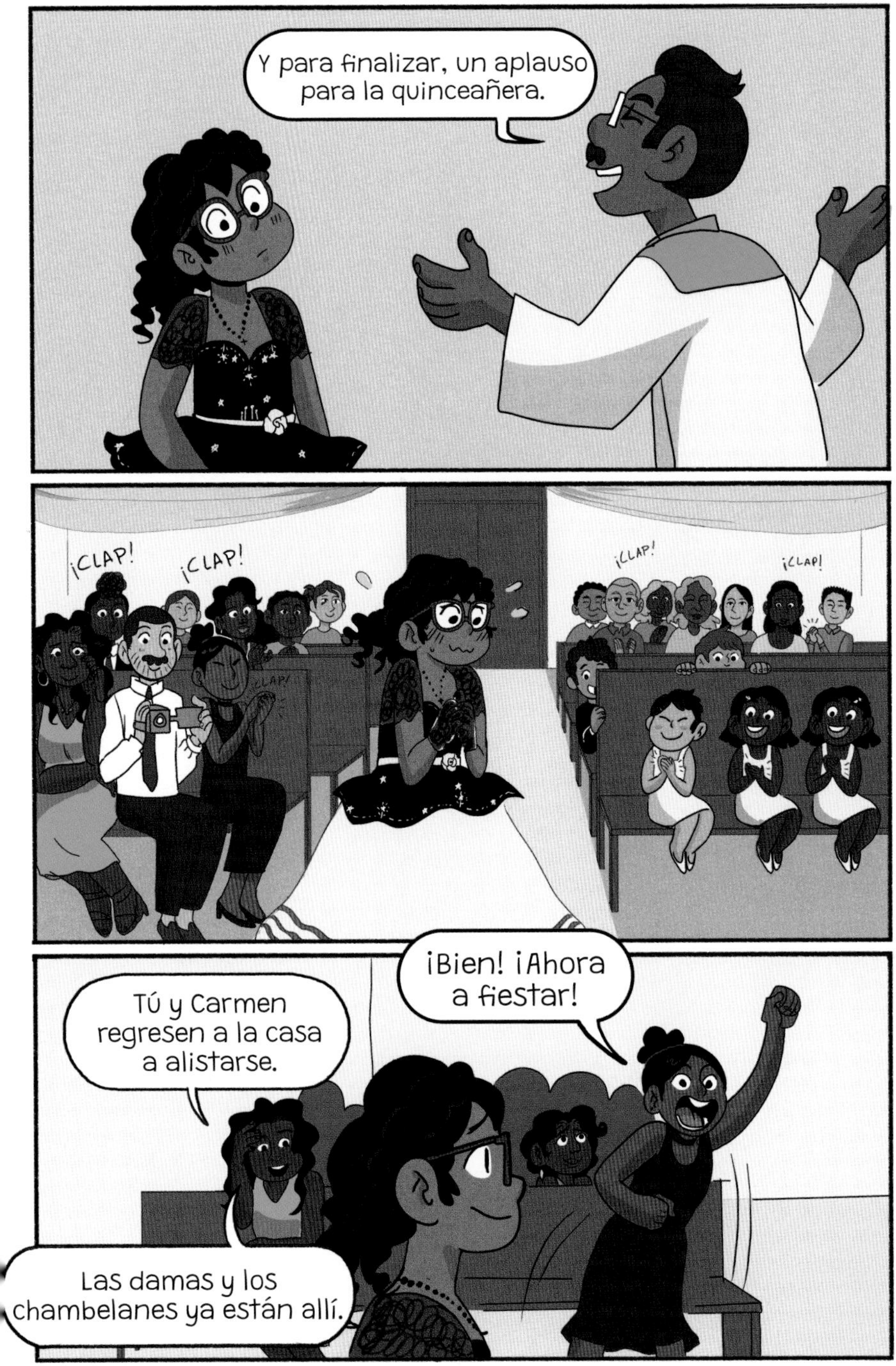
Y para finalizar, un aplauso para la quinceañera.
¡CLAP!
¡CLAP!
¡CLAP!
¡CLAP!
¡CLAP!
¡Bien! ¡Ahora a fiestar!
Tú y Carmen regresen a la casa a alistarse.
Las damas y los chambelanes ya están allí.

CAPÍTULO NUEVE

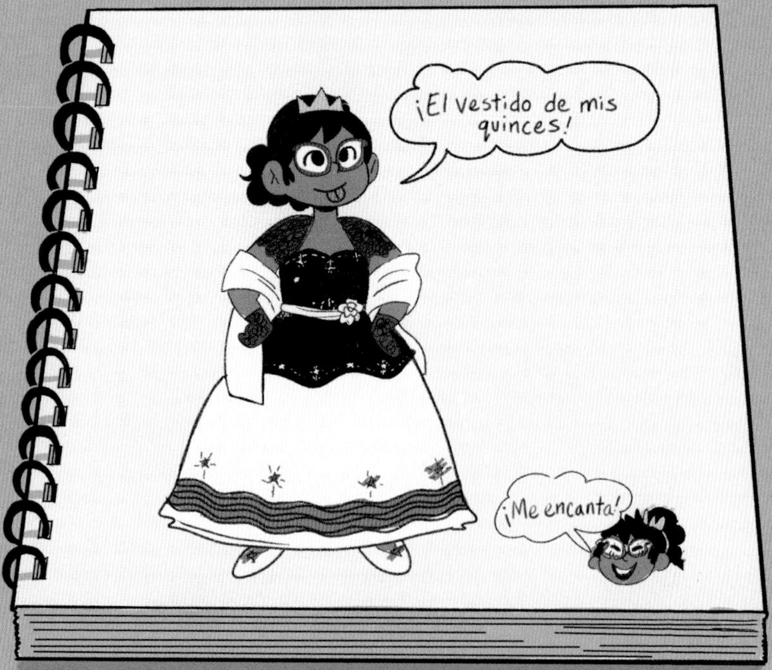
¡El vestido de mis quinces!
¡Me encanta!

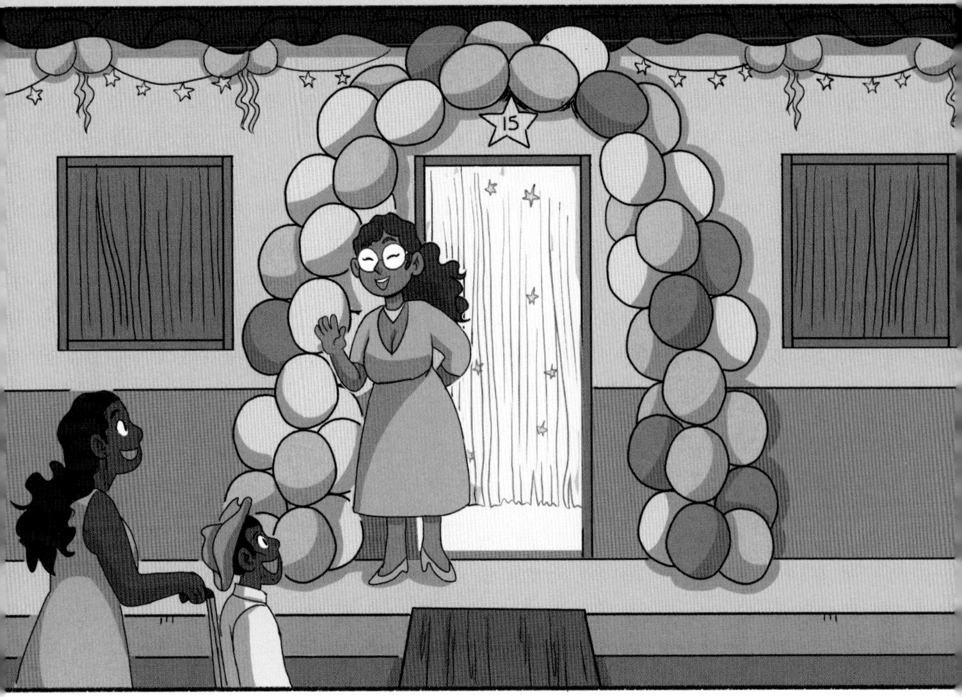
15

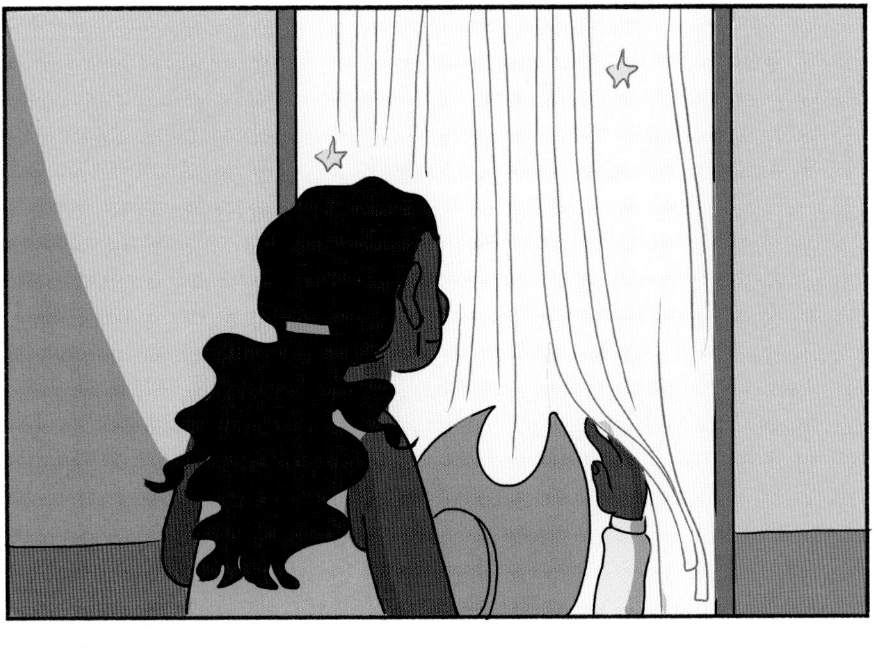

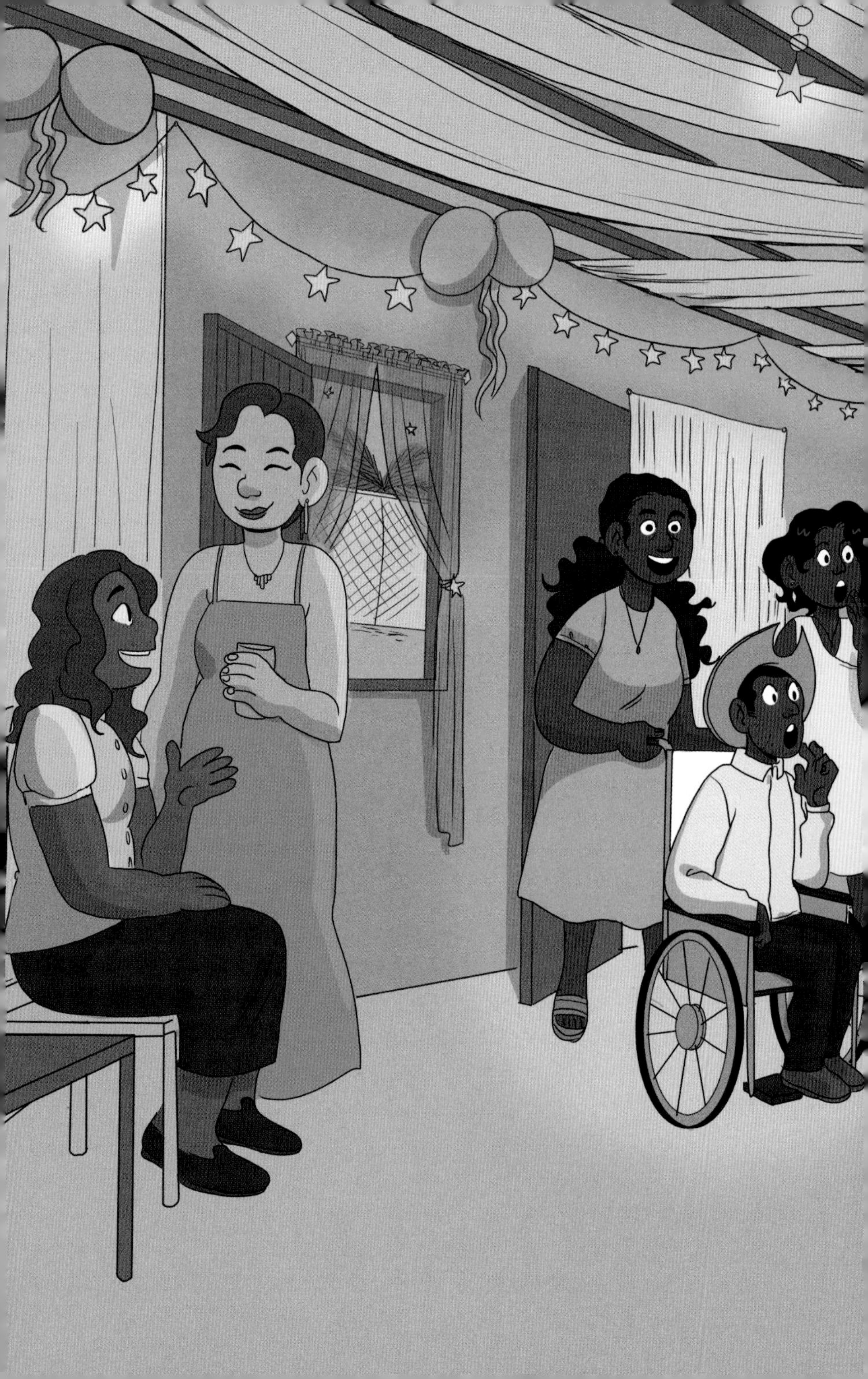

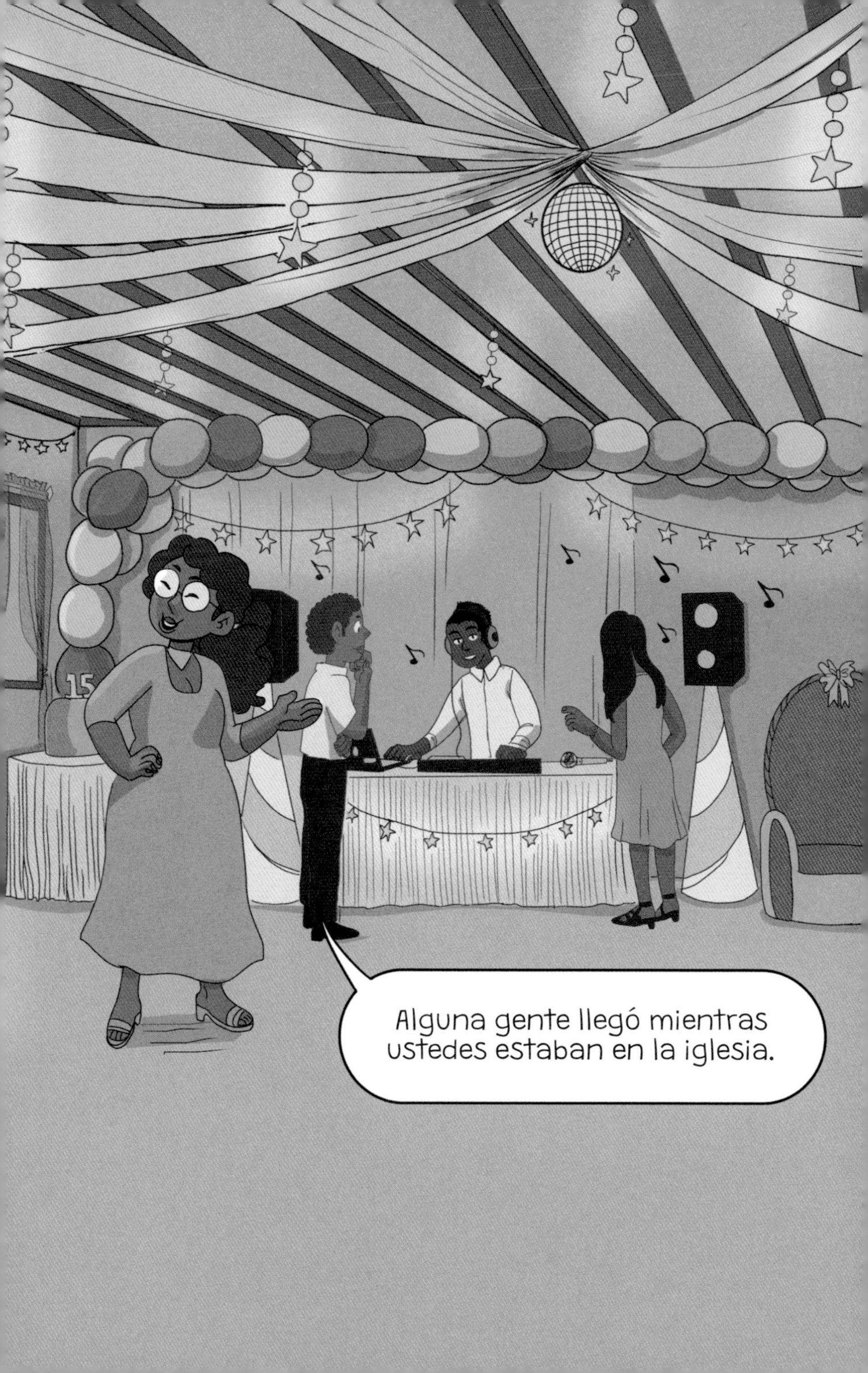
Alguna gente llegó mientras ustedes estaban en la iglesia.

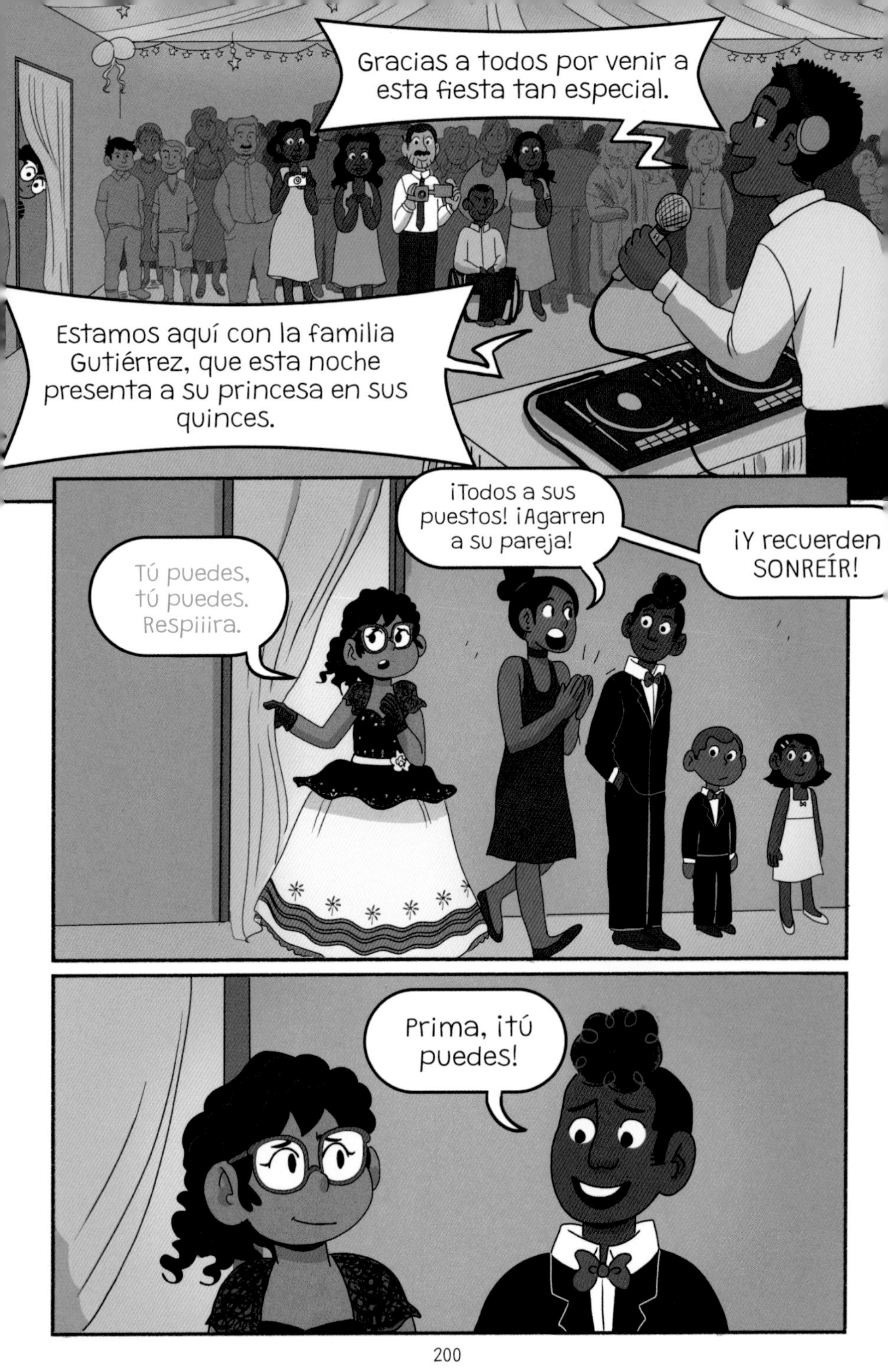
Gracias a todos por venir a esta fiesta tan especial.
Estamos aquí con la familia Gutiérrez, que esta noche presenta a su princesa en sus quinces.
Tú puedes, tú puedes. Respiiira.
¡Todos a sus puestos! ¡Agarren a su pareja!
¡Y recuerden SONREÍR!
Prima, ¡tú puedes!

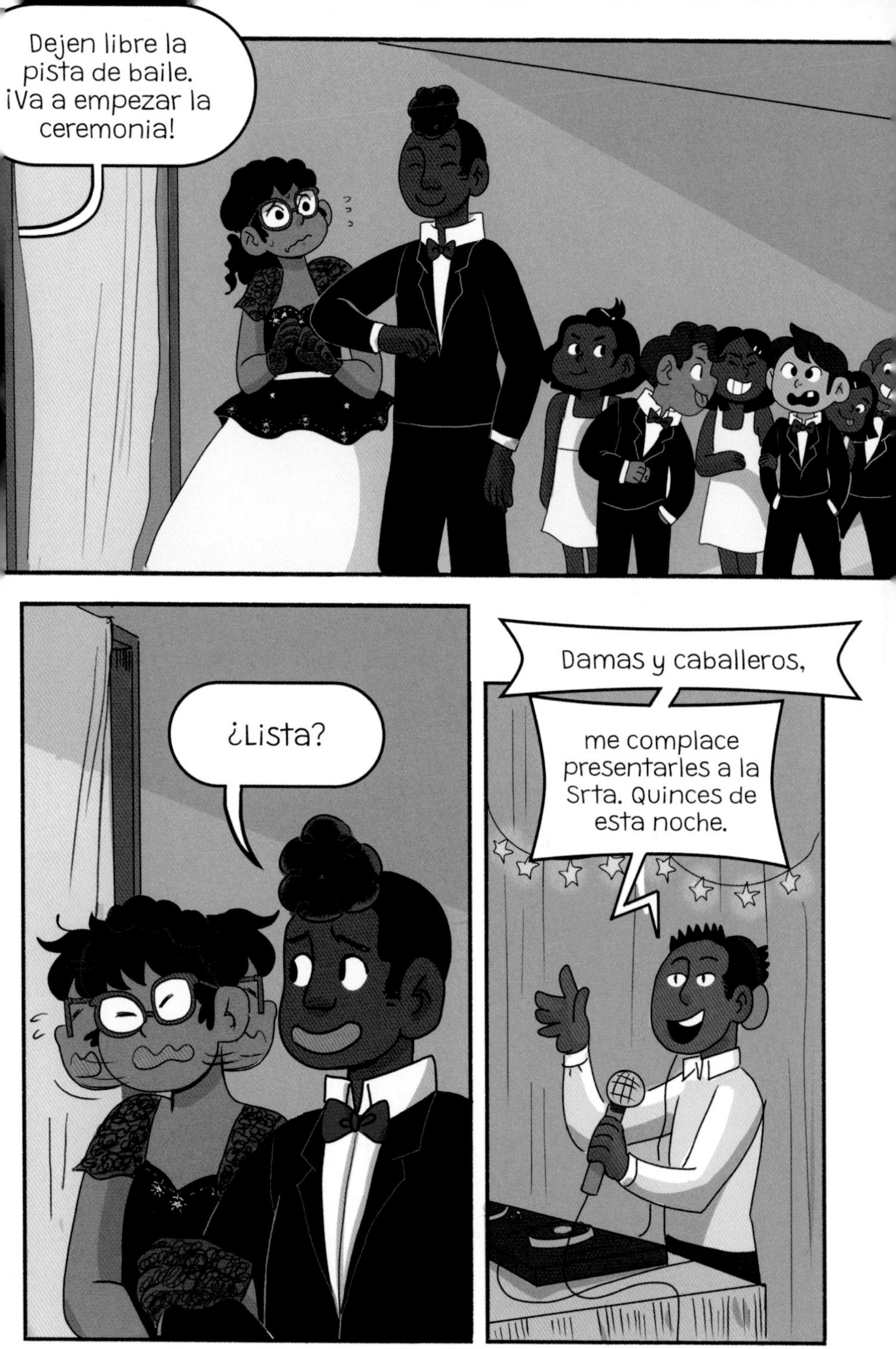
Dejen libre la pista de baile. ¡Va a empezar la ceremonia!
¿Lista?
Damas y caballeros,
me complace presentarles a la Srta. Quinces de esta noche.

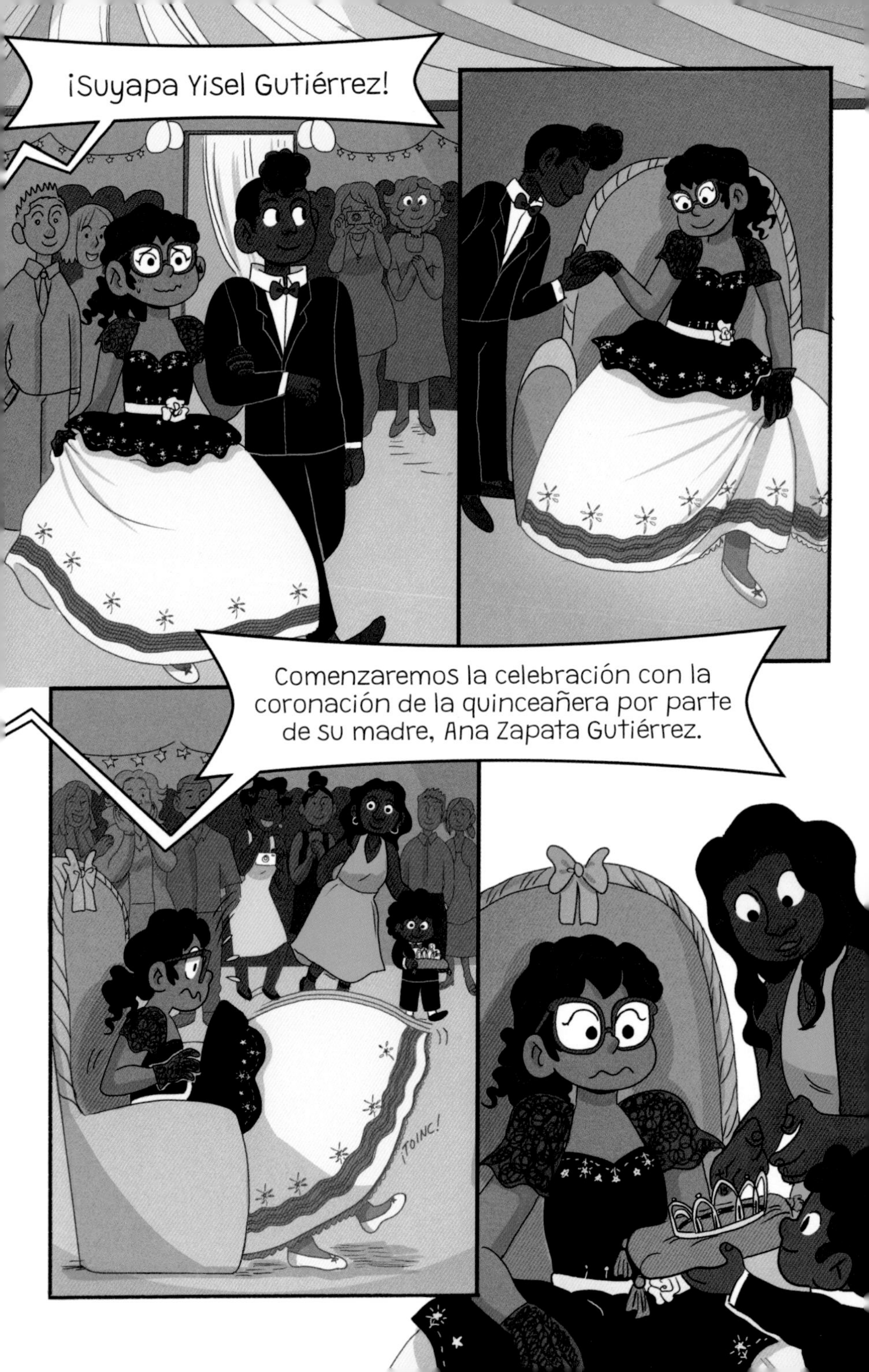
¡Suyapa Yisel Gutiérrez!
Comenzaremos la celebración con la coronación de la quinceañera por parte de su madre, Ana Zapata Gutiérrez.
¡TOINC!

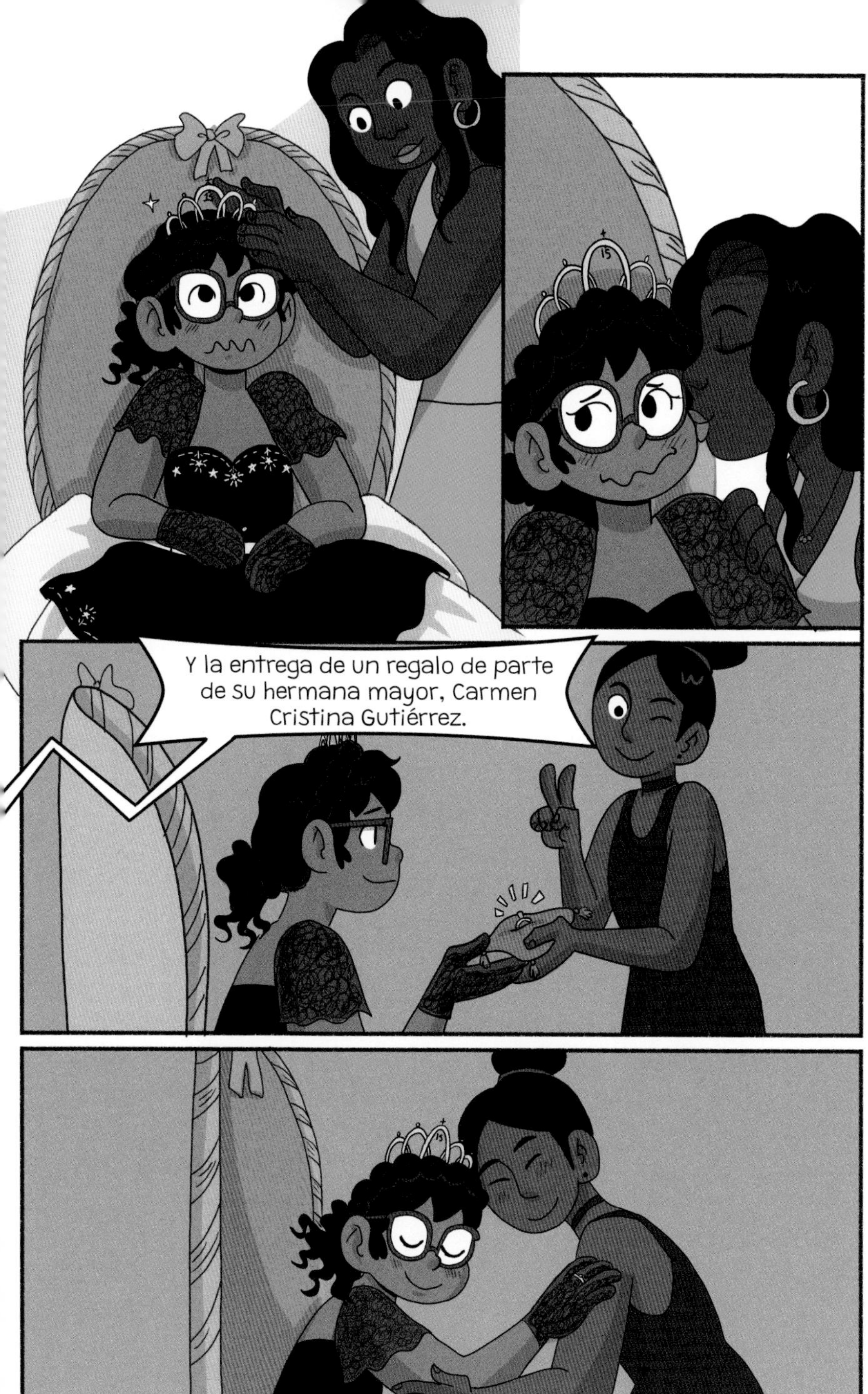
Y la entrega de un regalo de parte de su hermana mayor, Carmen Cristina Gutiérrez.

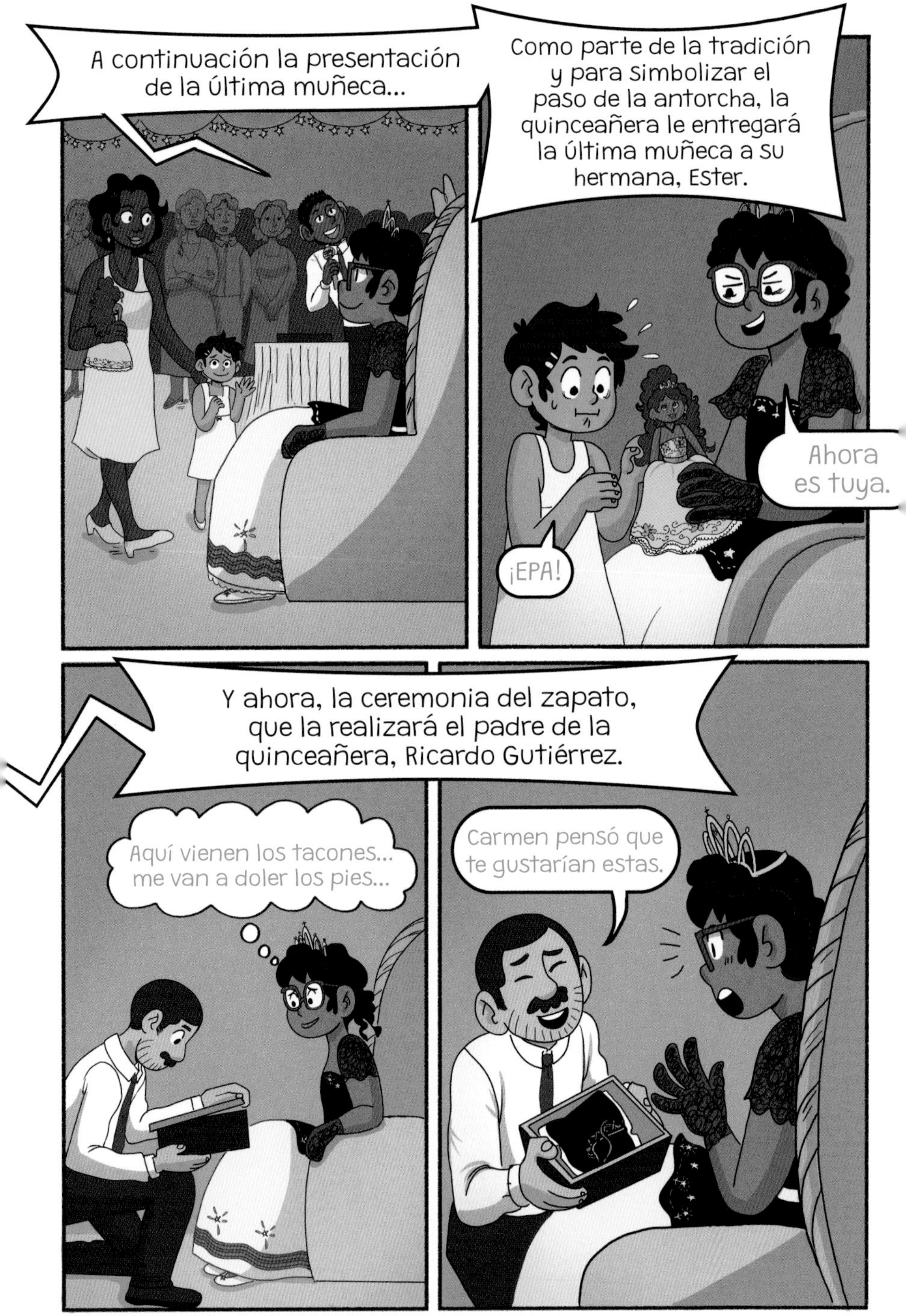
A continuación la presentación de la última muñeca...
Como parte de la tradición y para simbolizar el paso de la antorcha, la quinceañera le entregará la última muñeca a su hermana, Ester.
Ahora es tuya.
¡EPA!
Y ahora, la ceremonia del zapato, que la realizará el padre de la quinceañera, Ricardo Gutiérrez.
Aquí vienen los tacones... me van a doler los pies...
Carmen pensó que te gustarían estas.

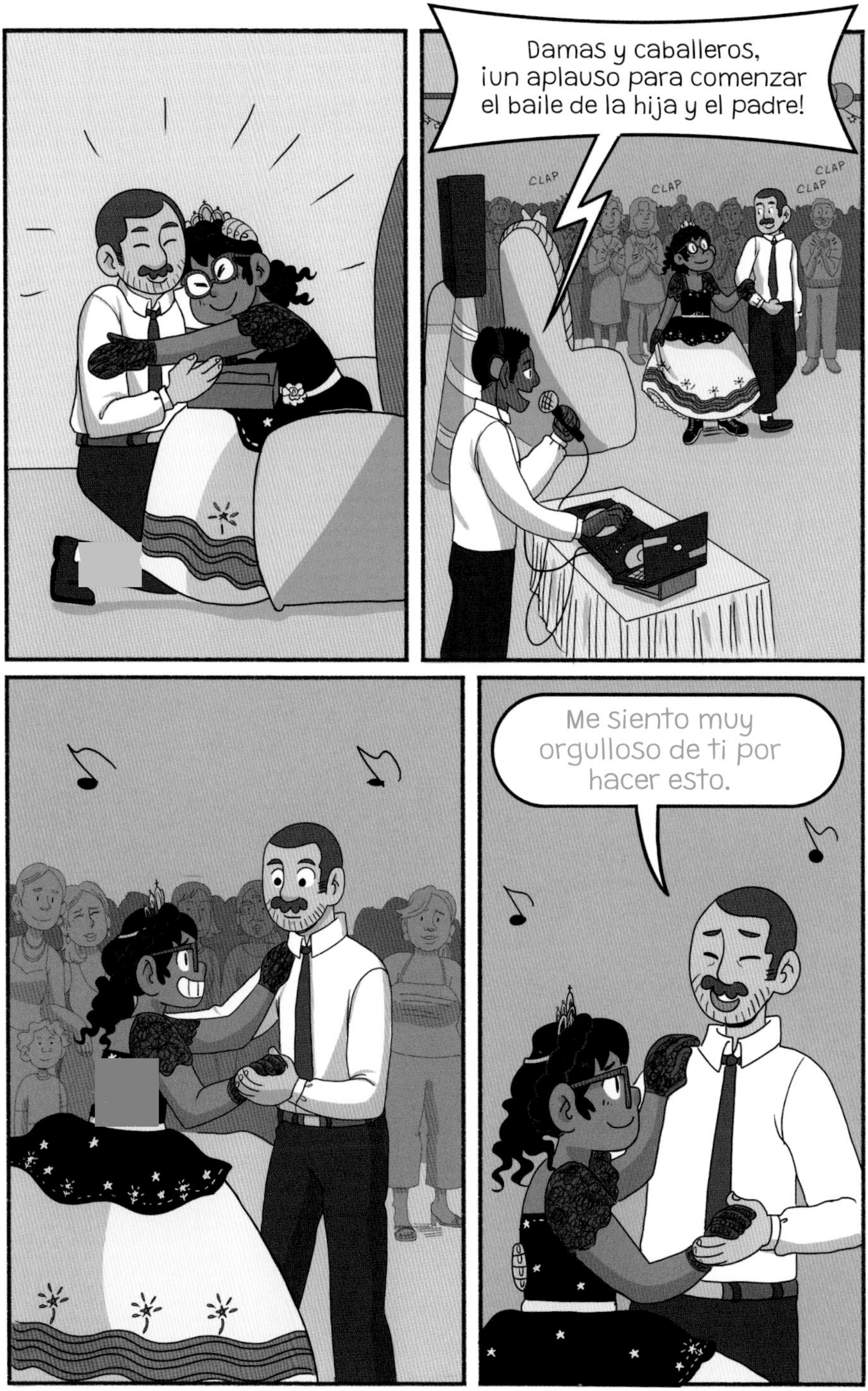
Damas y caballeros, ¡un aplauso para comenzar el baile de la hija y el padre!
CLAP
CLAP
CLAP
CLAP
Me siento muy orgulloso de ti por hacer esto.

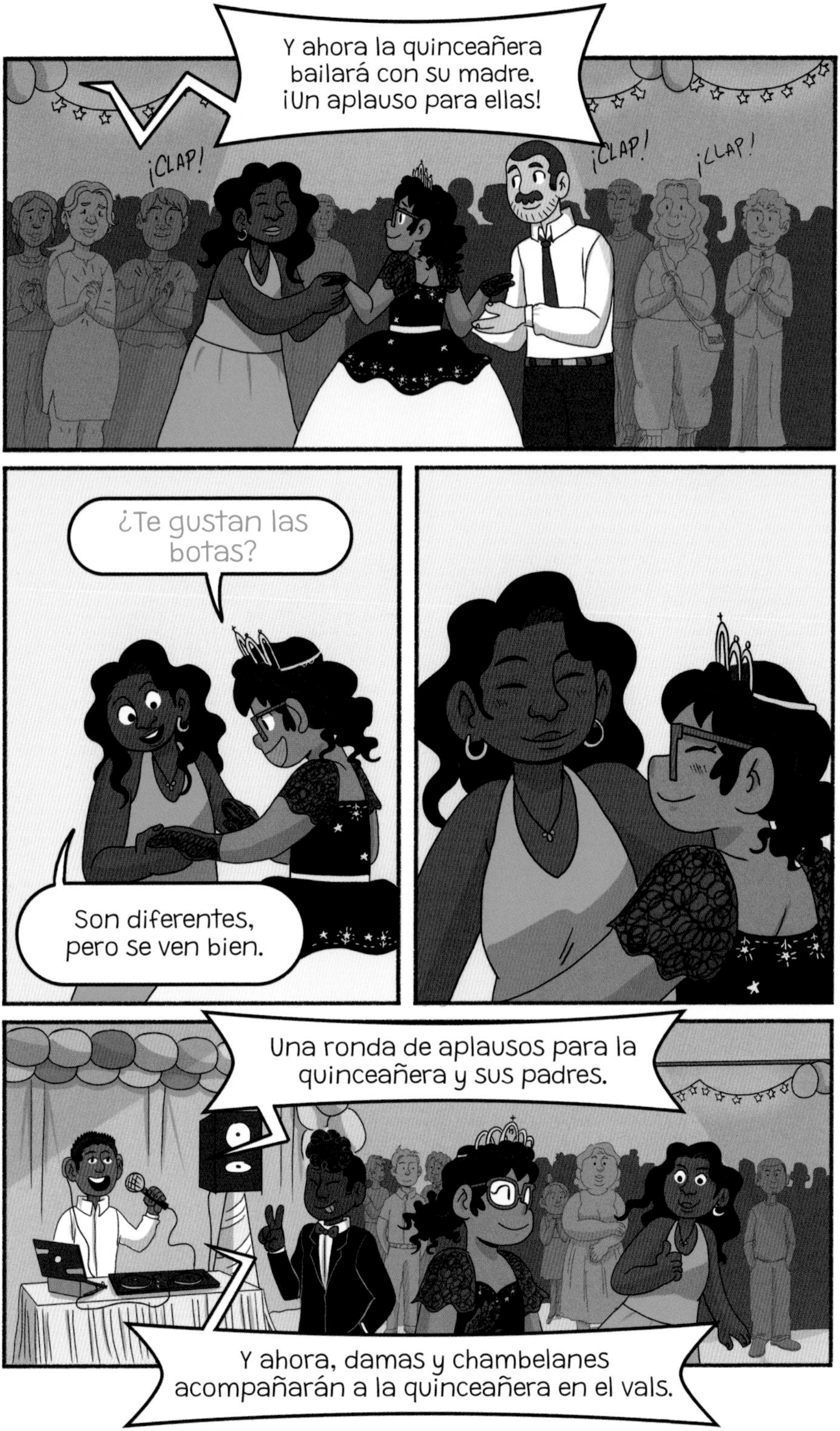
Y ahora la quinceañera bailará con su madre. ¡Un aplauso para ellas!
¡CLAP!
¡CLAP!
¡CLAP!
¿Te gustan las botas?
Son diferentes, pero se ven bien.
Una ronda de aplausos para la quinceañera y sus padres.
Y ahora, damas y chambelanes acompañarán a la quinceañera en el vals.

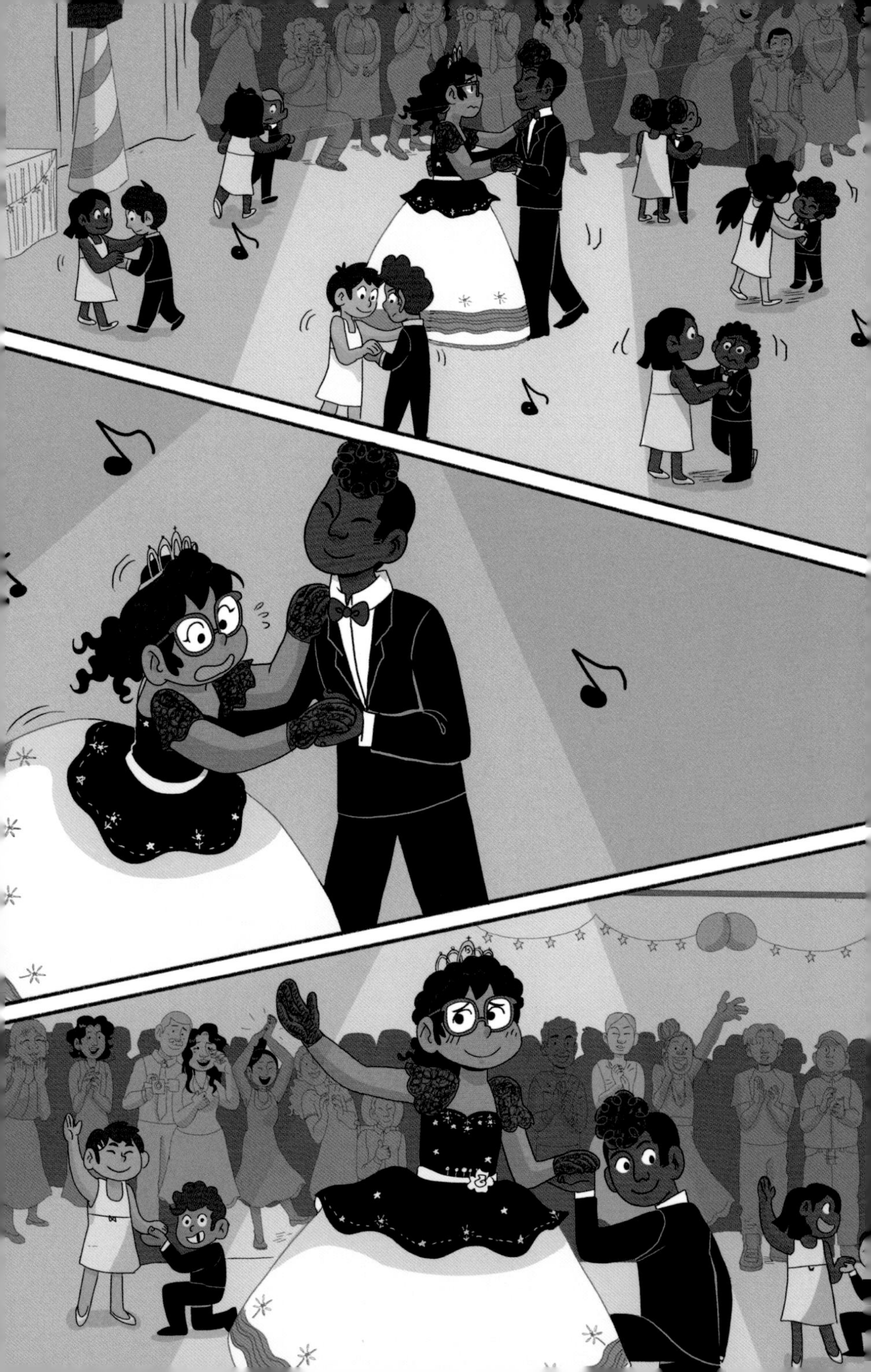

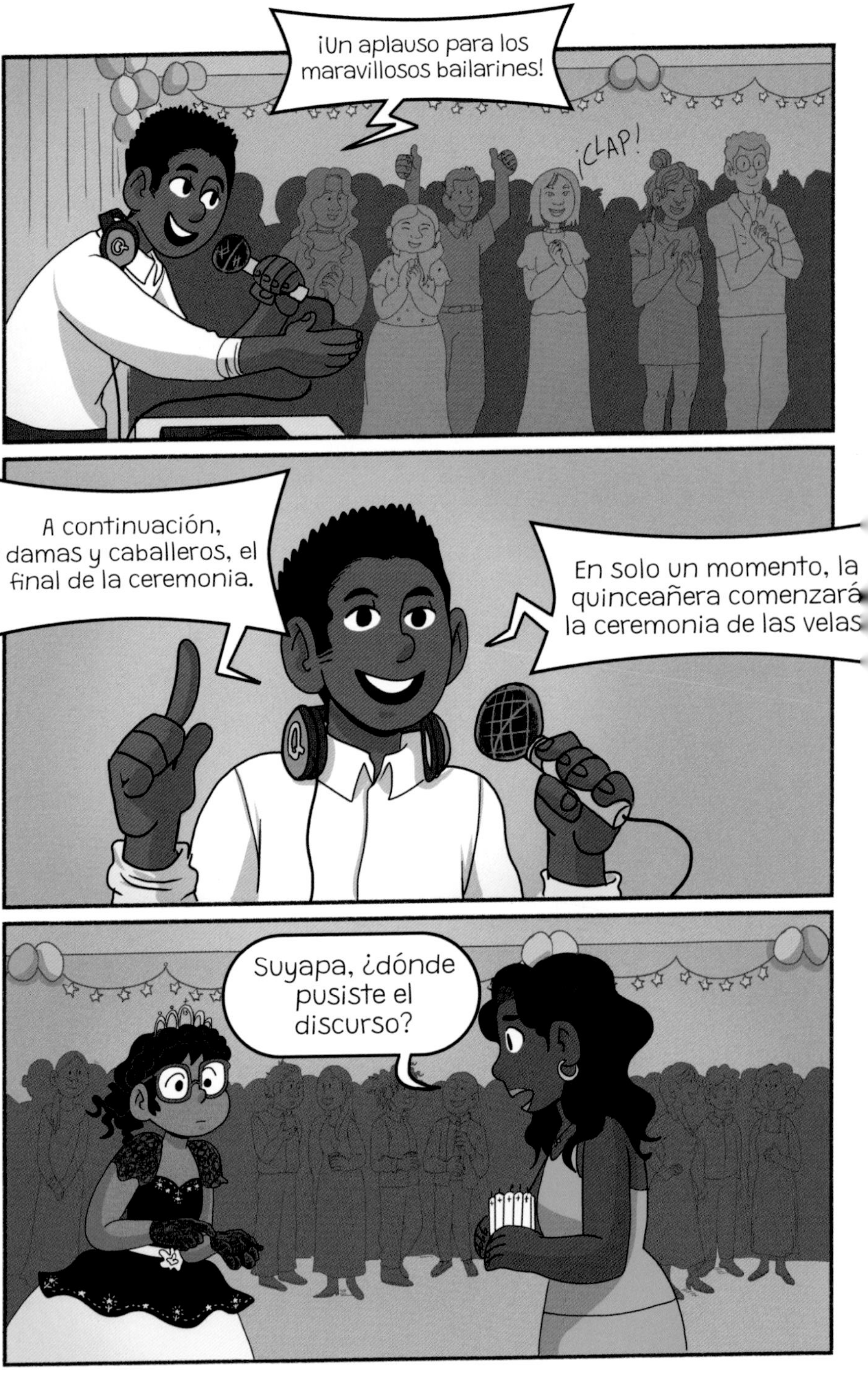
¡Un aplauso para los maravillosos bailarines!
¡CLAP!
A continuación, damas y caballeros, el final de la ceremonia.
En solo un momento, la quinceañera comenzará la ceremonia de las velas
Suyapa, ¿dónde pusiste el discurso?

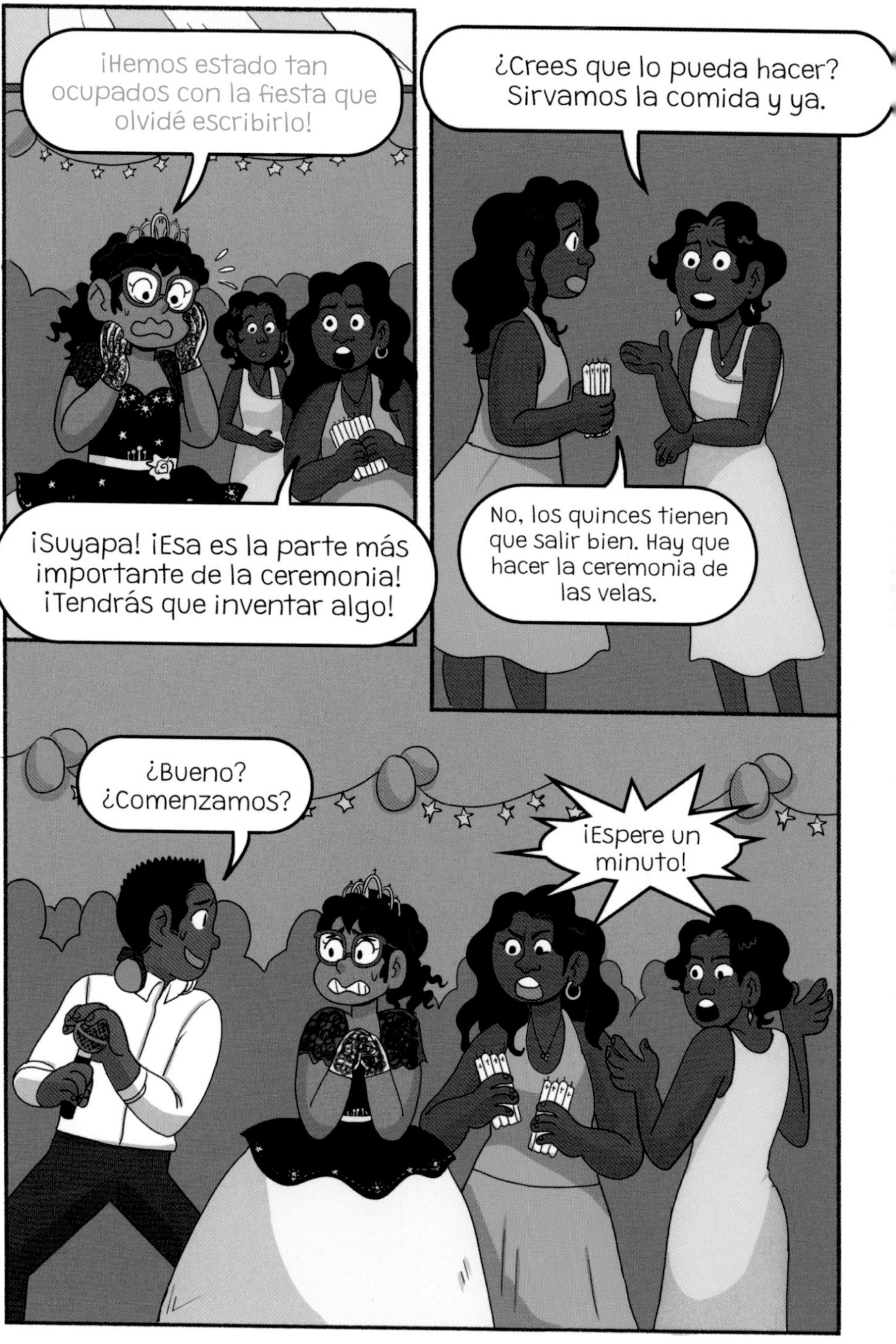
¡Hemos estado tan ocupados con la fiesta que olvidé escribirlo!
¿Crees que lo pueda hacer? Sirvamos la comida y ya.
¡Suyapa! ¡Esa es la parte más importante de la ceremonia! ¡Tendrás que inventar algo!
No, los quinces tienen que salir bien. Hay que hacer la ceremonia de las velas.
¿Bueno? ¿Comenzamos?
¡Espere un minuto!

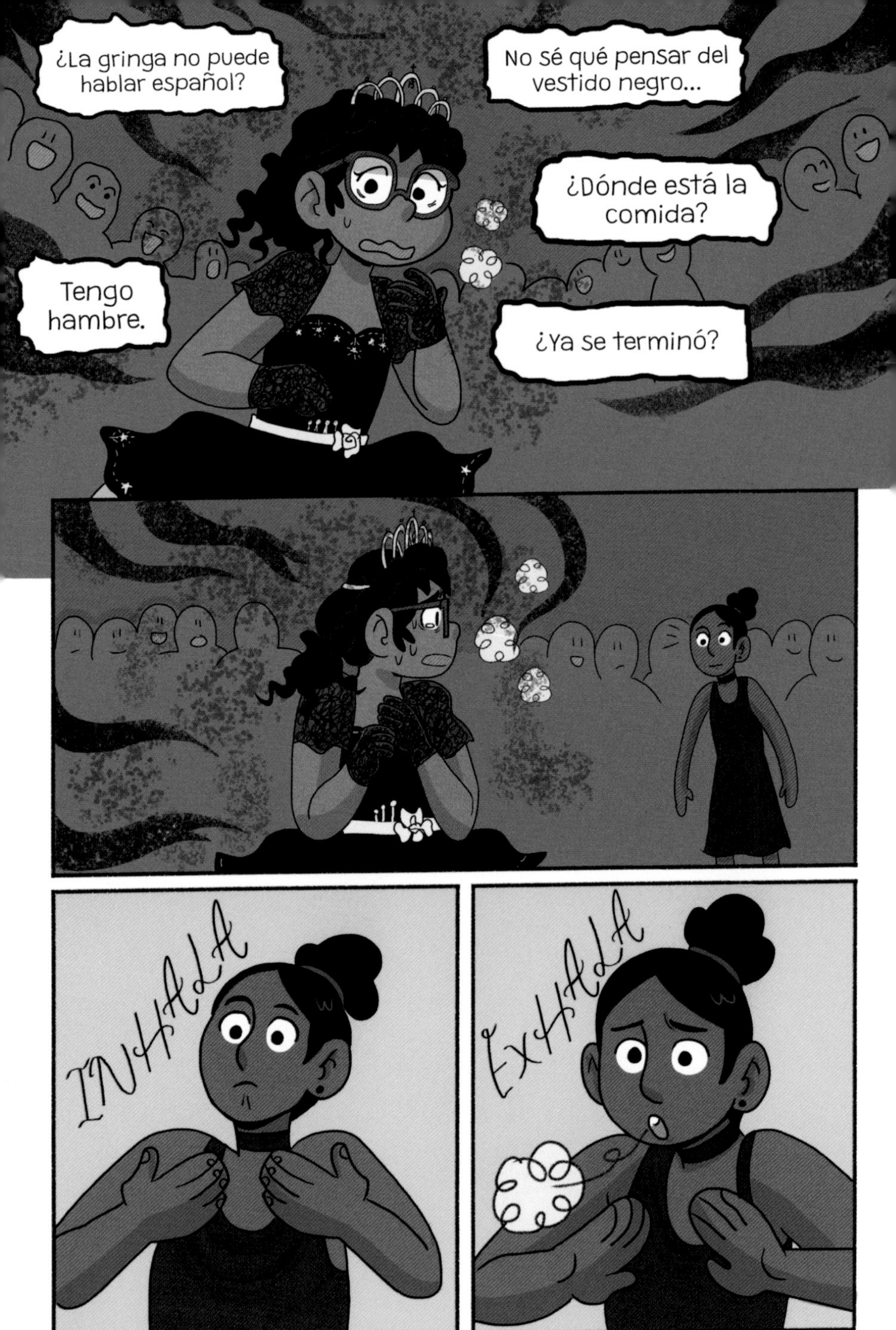
¿La gringa no puede hablar español?
No sé qué pensar del vestido negro...
¿Dónde está la comida?
Tengo hambre.
¿Ya se terminó?
INHALA
EXHALA

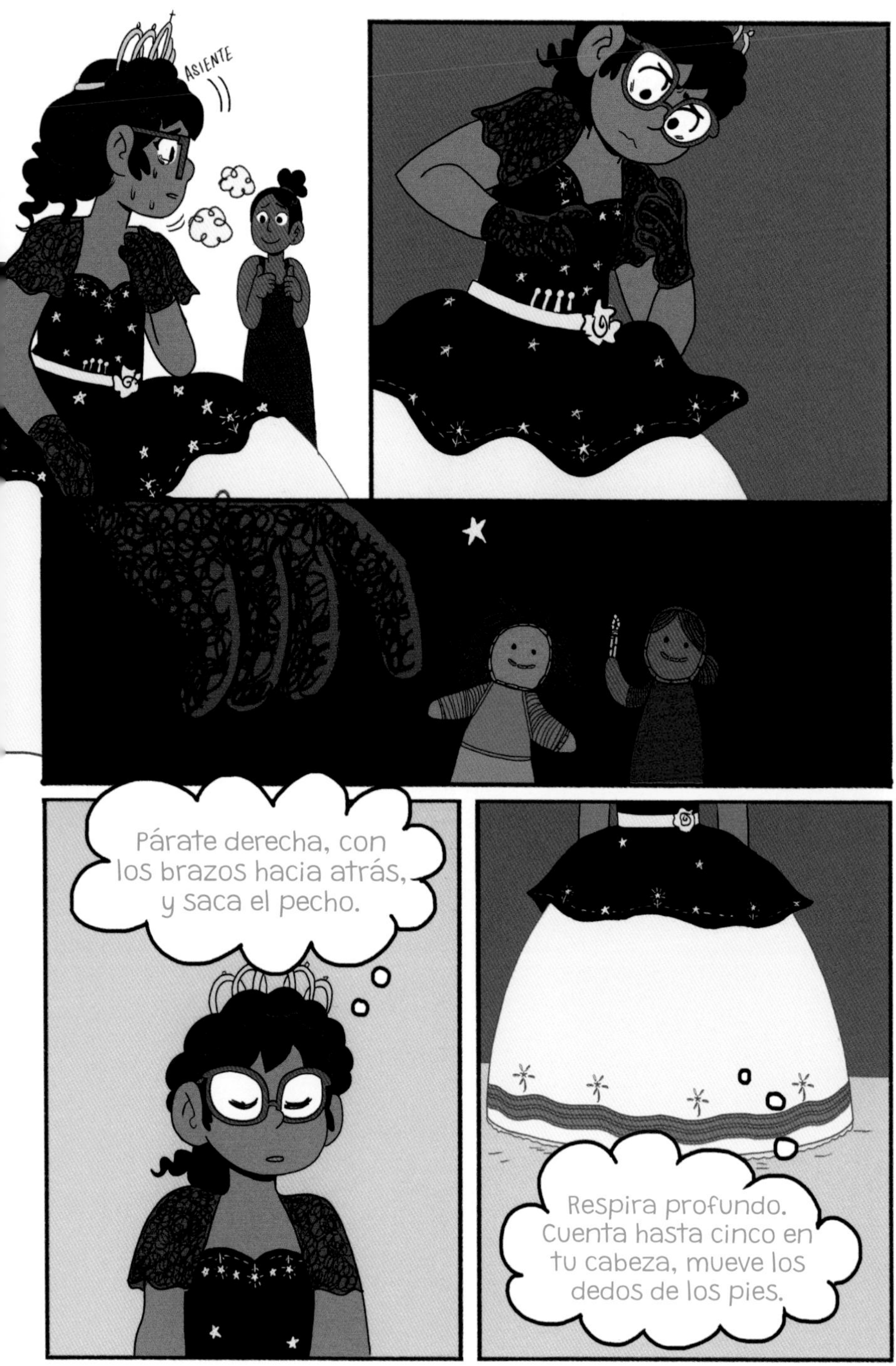
ASIENTE
Párate derecha, con los brazos hacia atrás, y saca el pecho.
Respira profundo. Cuenta hasta cinco en tu cabeza, mueve los dedos de los pies.

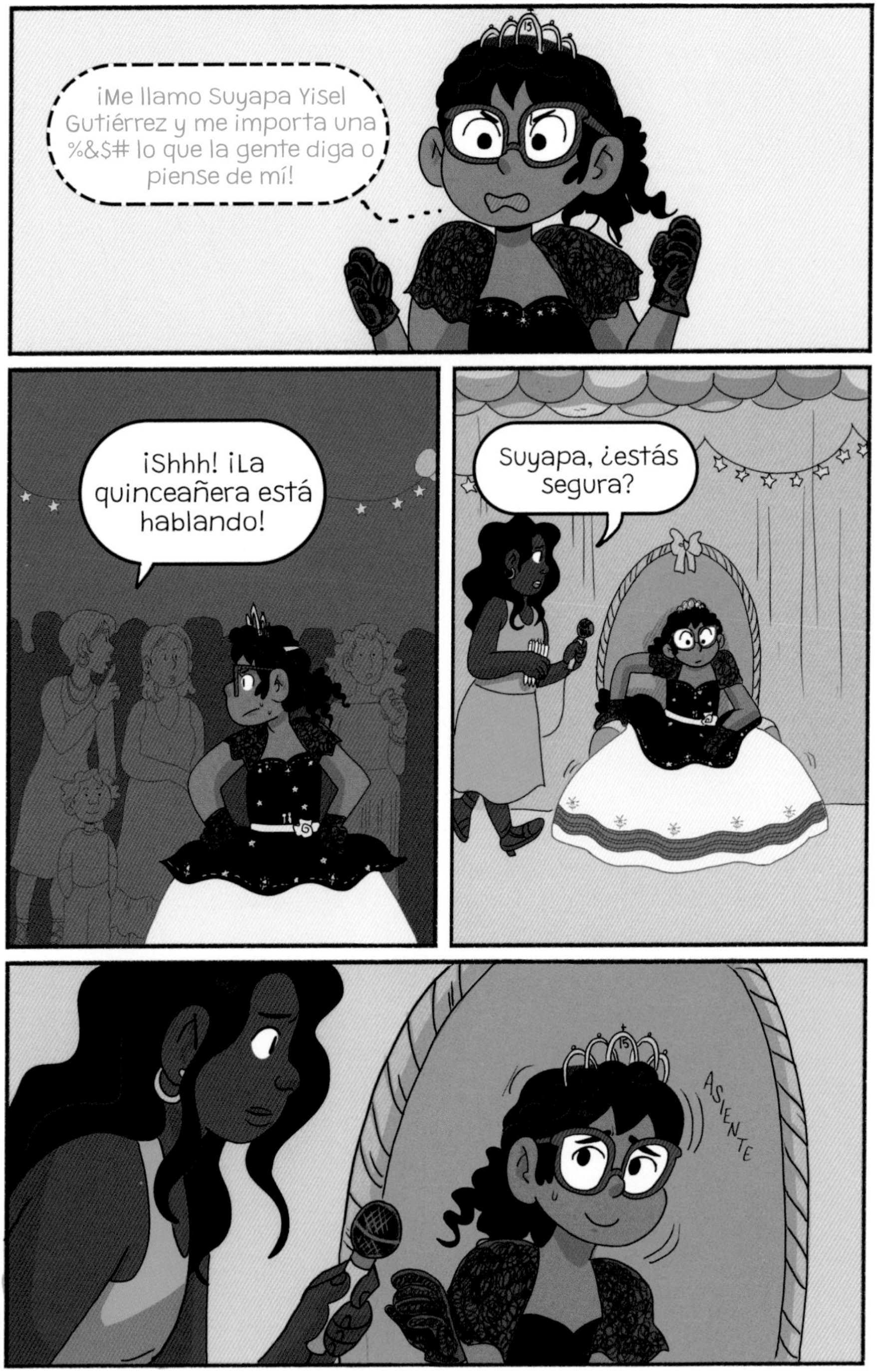
¡Me llamo Suyapa Yisel Gutiérrez y me importa una %&$# lo que la gente diga o piense de mí!
¡Shhh! ¡La quinceañera está hablando!
Suyapa, ¿estás segura?
ASIENTE

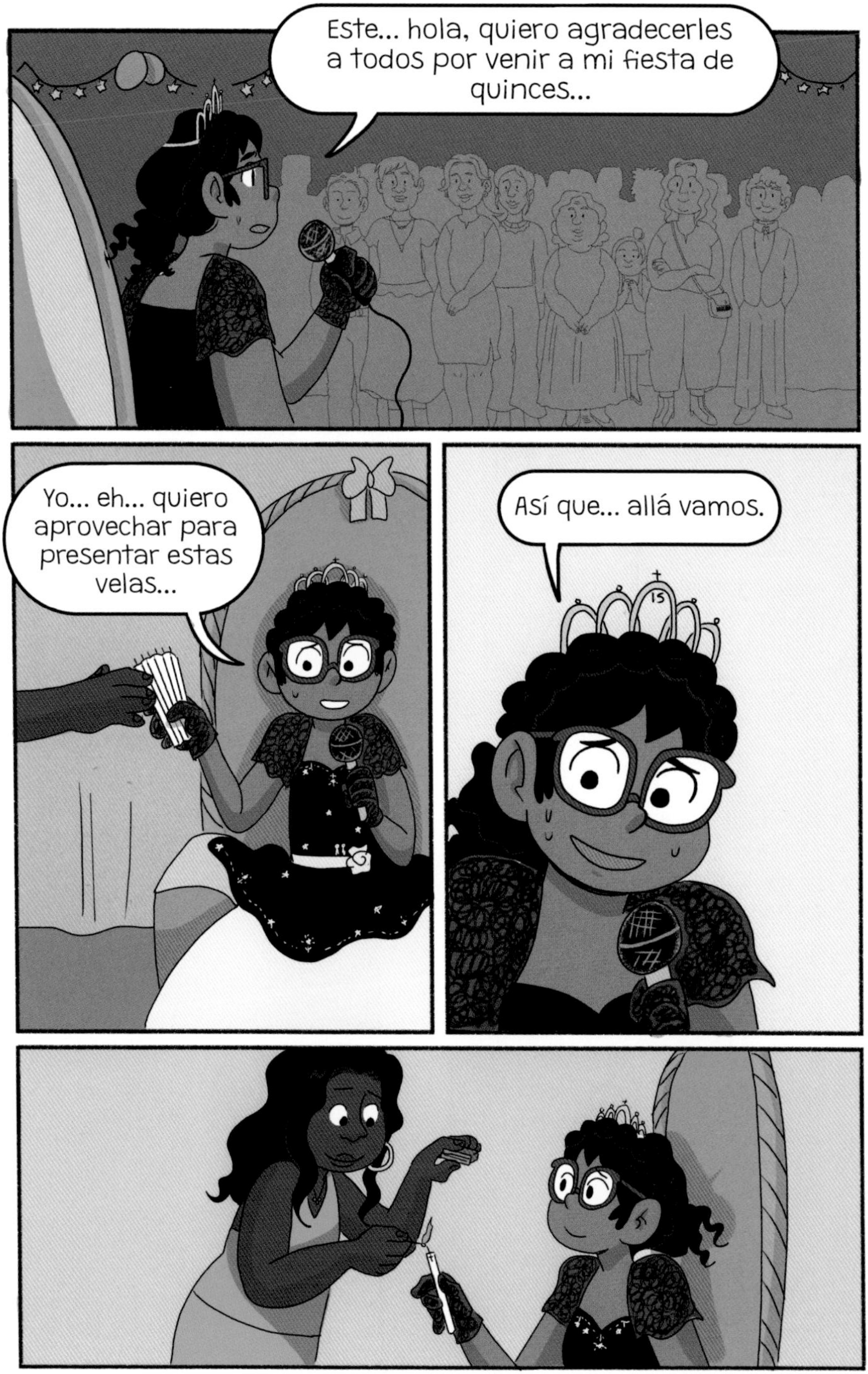
Este... hola, quiero agradecerles a todos por venir a mi fiesta de quinces...
Yo... eh... quiero aprovechar para presentar estas velas...
Así que... allá vamos.

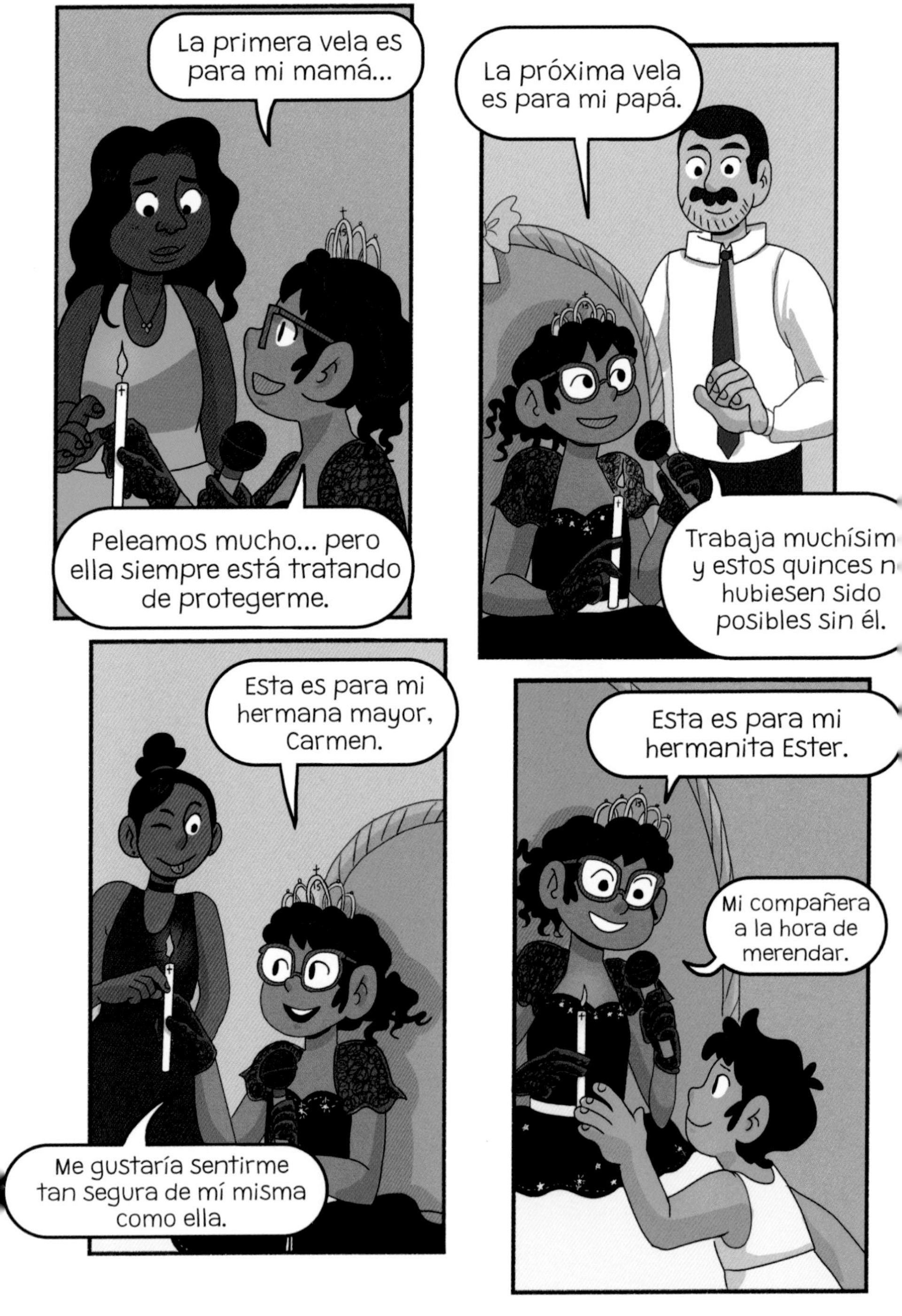
La primera vela es para mi mamá...
Peleamos mucho... pero ella siempre está tratando de protegerme.
La próxima vela es para mi papá.
Trabaja muchísim
y estos quinces n
hubiesen sido
posibles sin él.
Esta es para mi hermana mayor, Carmen.
Me gustaría sentirme tan segura de mí misma como ella.
Esta es para mi hermanita Ester.
Mi compañera a la hora de merendar.

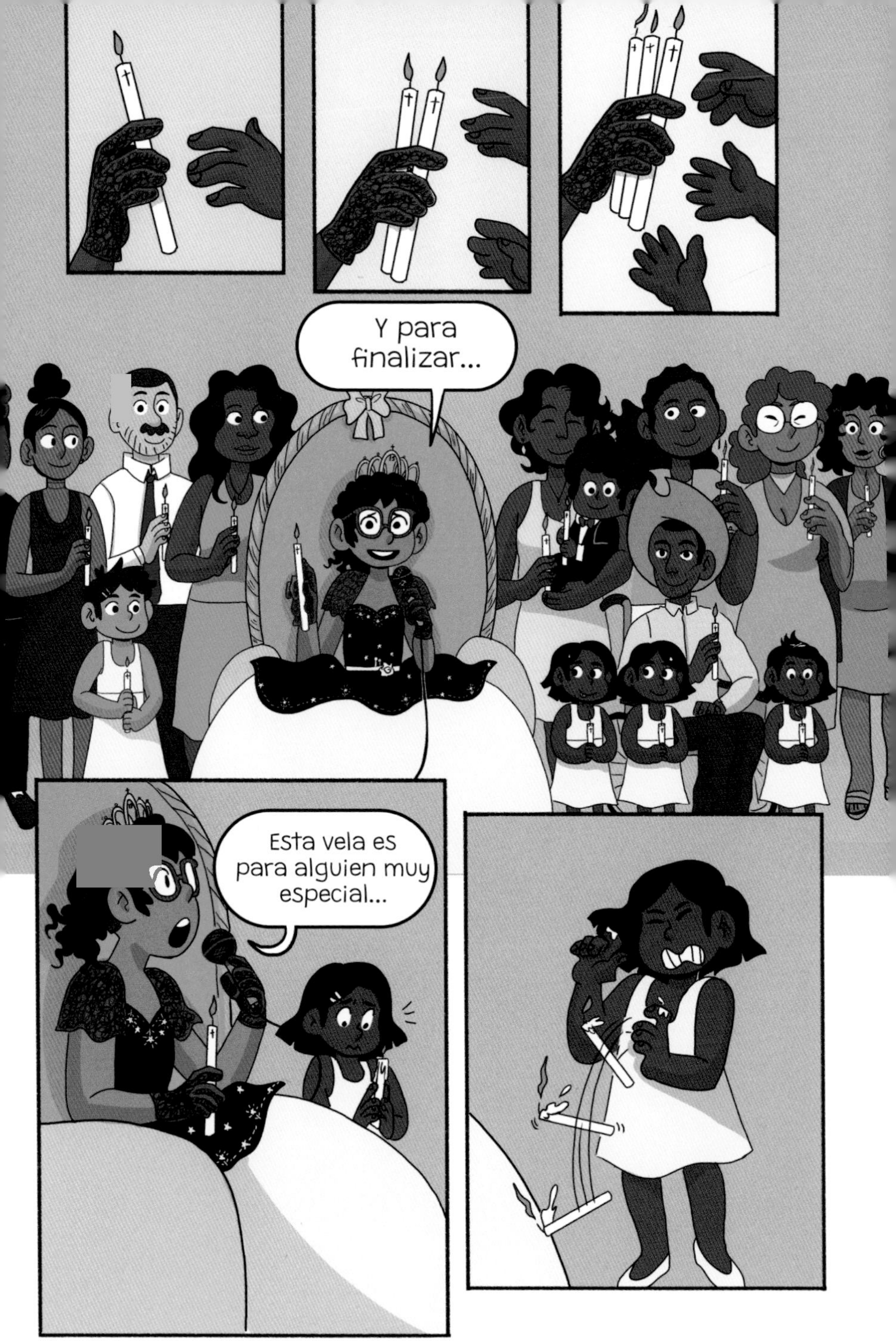
Y para finalizar...
Esta vela es para alguien muy especial...

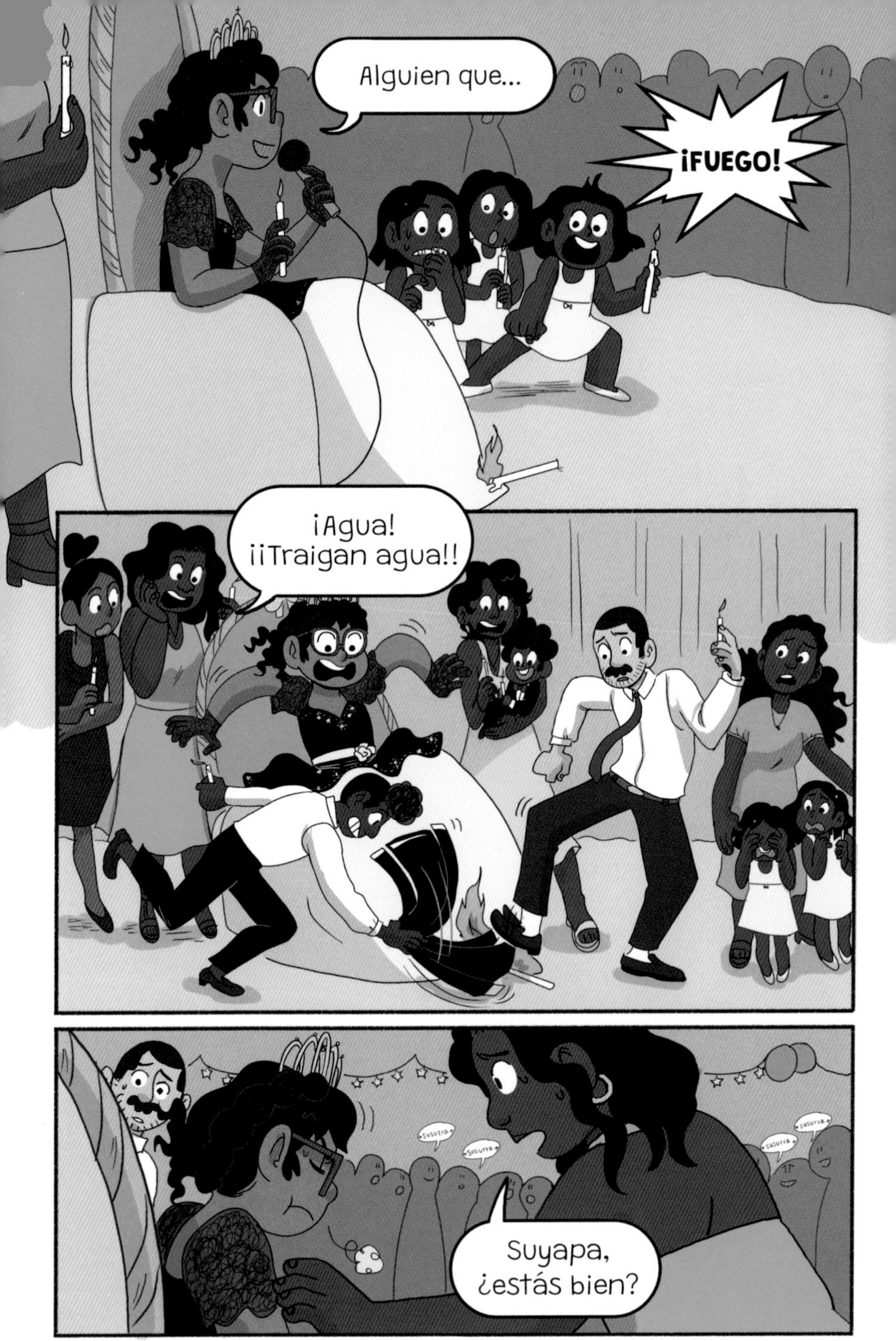
Alguien que...
¡FUEGO!
¡Agua!
¡¡Traigan agua!!
susurra
susurra
susurra
susurra
Suyapa,
¿estás bien?

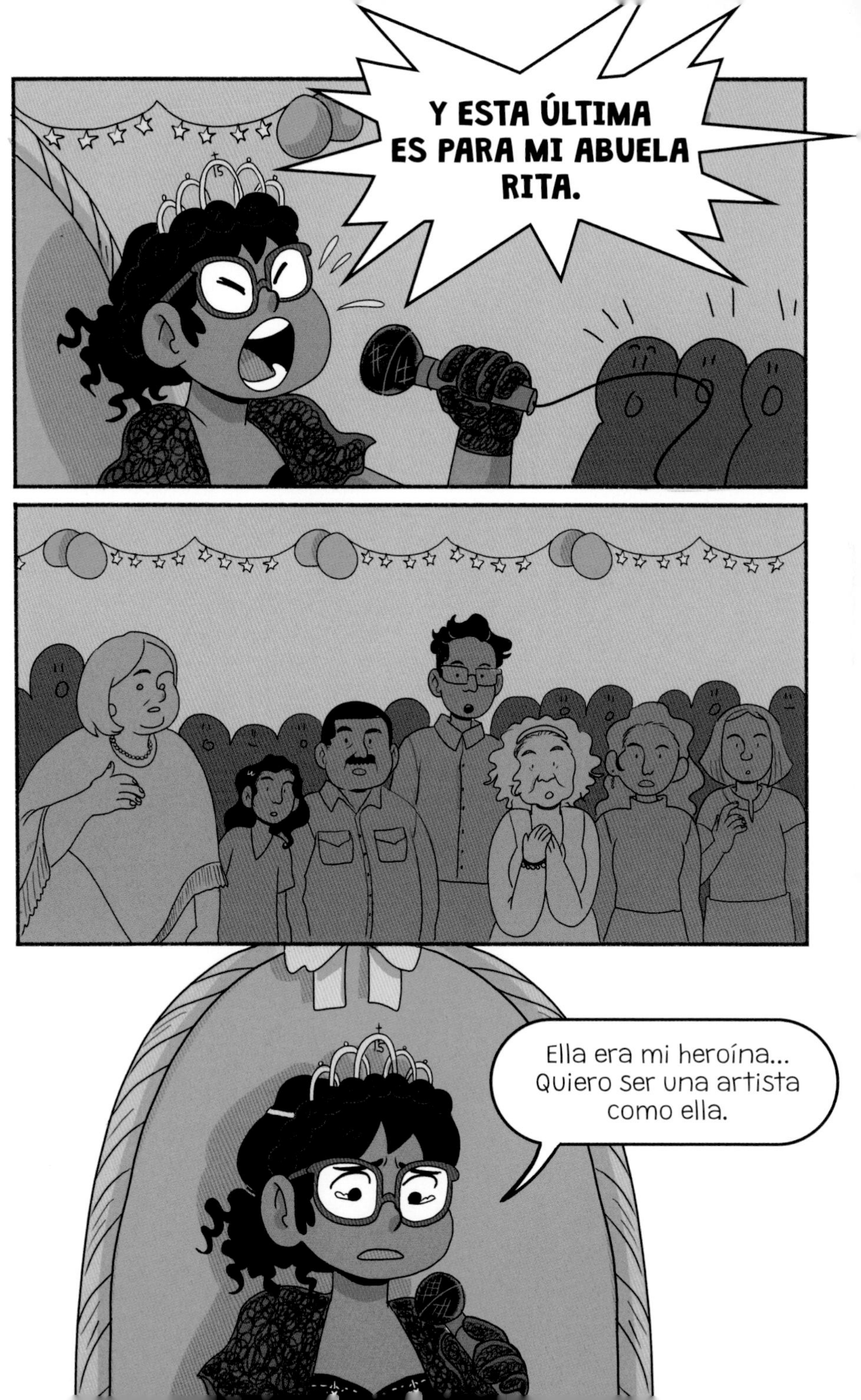
Y ESTA ÚLTIMA ES PARA MI ABUELA RITA.
Ella era mi heroína... Quiero ser una artista como ella.

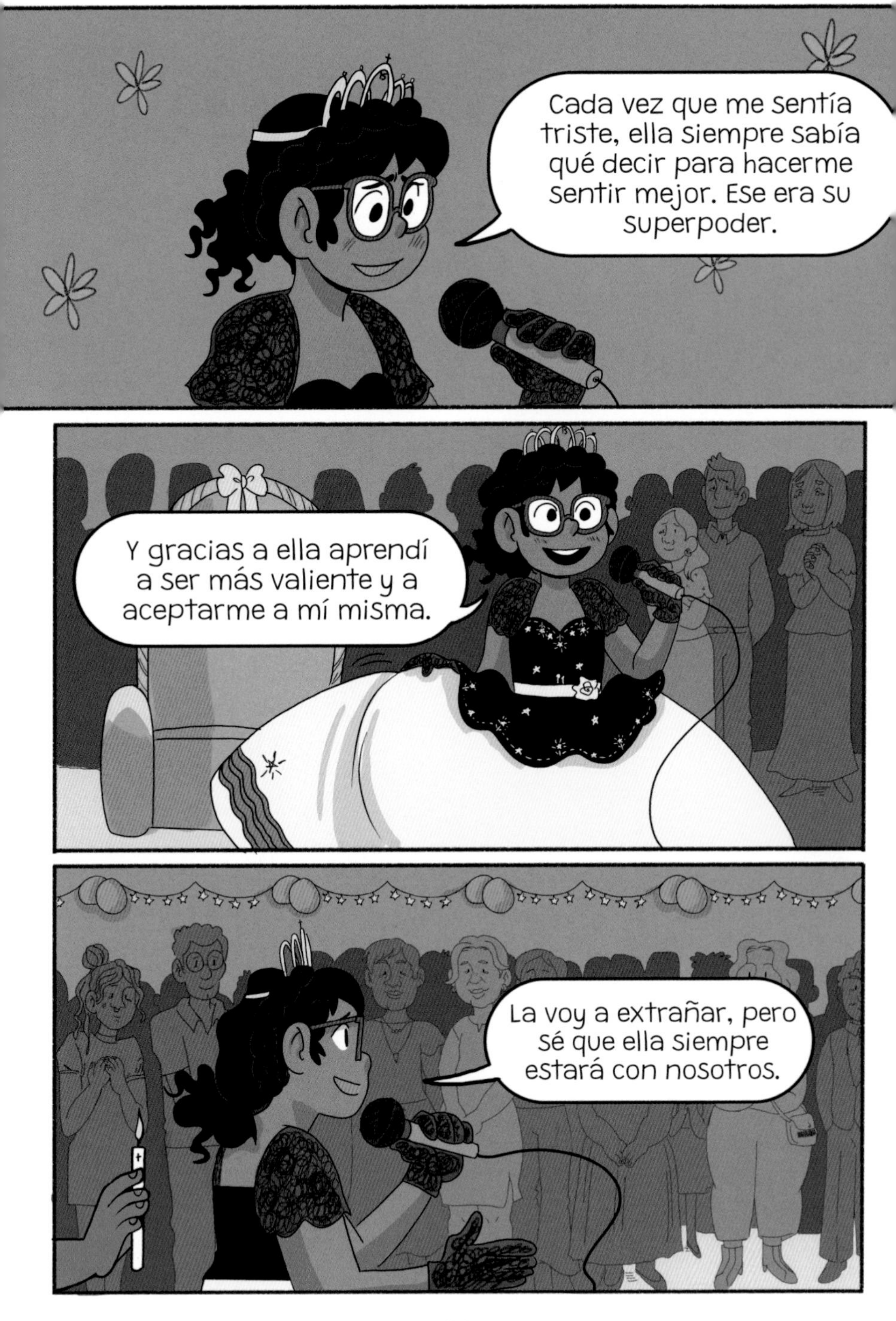
Cada vez que me sentía triste, ella siempre sabía qué decir para hacerme sentir mejor. Ese era su superpoder.
Y gracias a ella aprendí a ser más valiente y a aceptarme a mí misma.
La voy a extrañar, pero sé que ella siempre estará con nosotros.

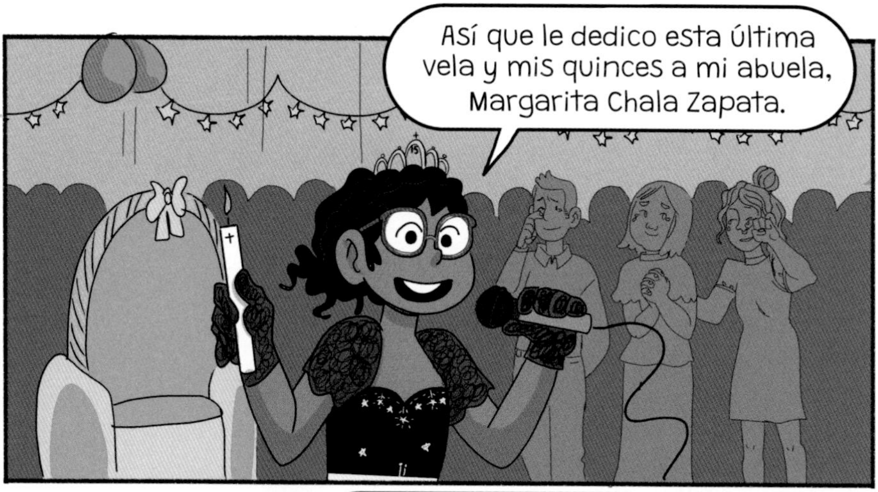
Así que le dedico esta última vela y mis quinces a mi abuela, Margarita Chala Zapata.

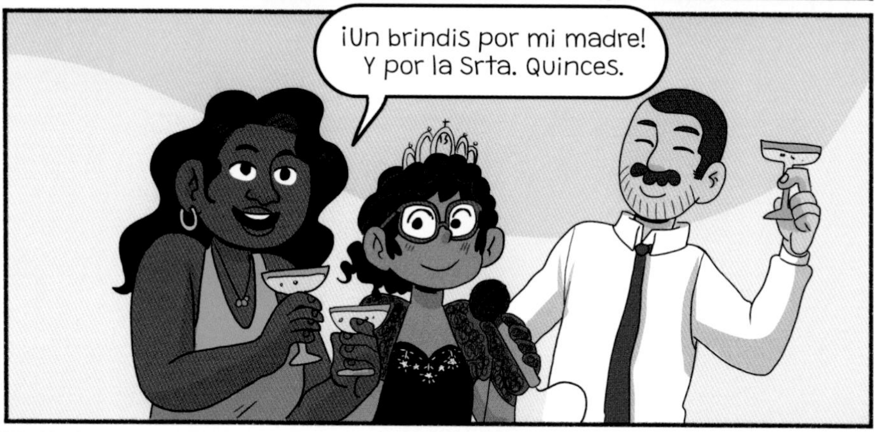
¡Un brindis por mi madre! Y por la Srta. Quinces.

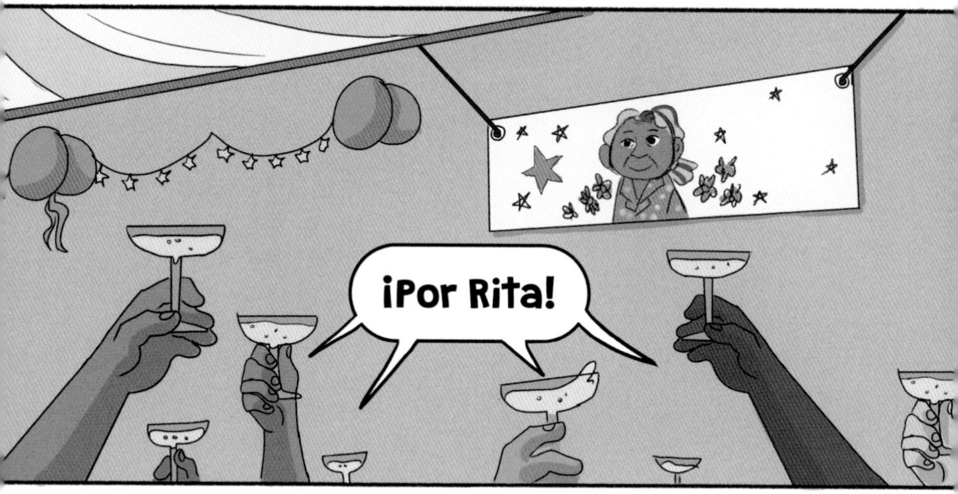
¡Por Rita!

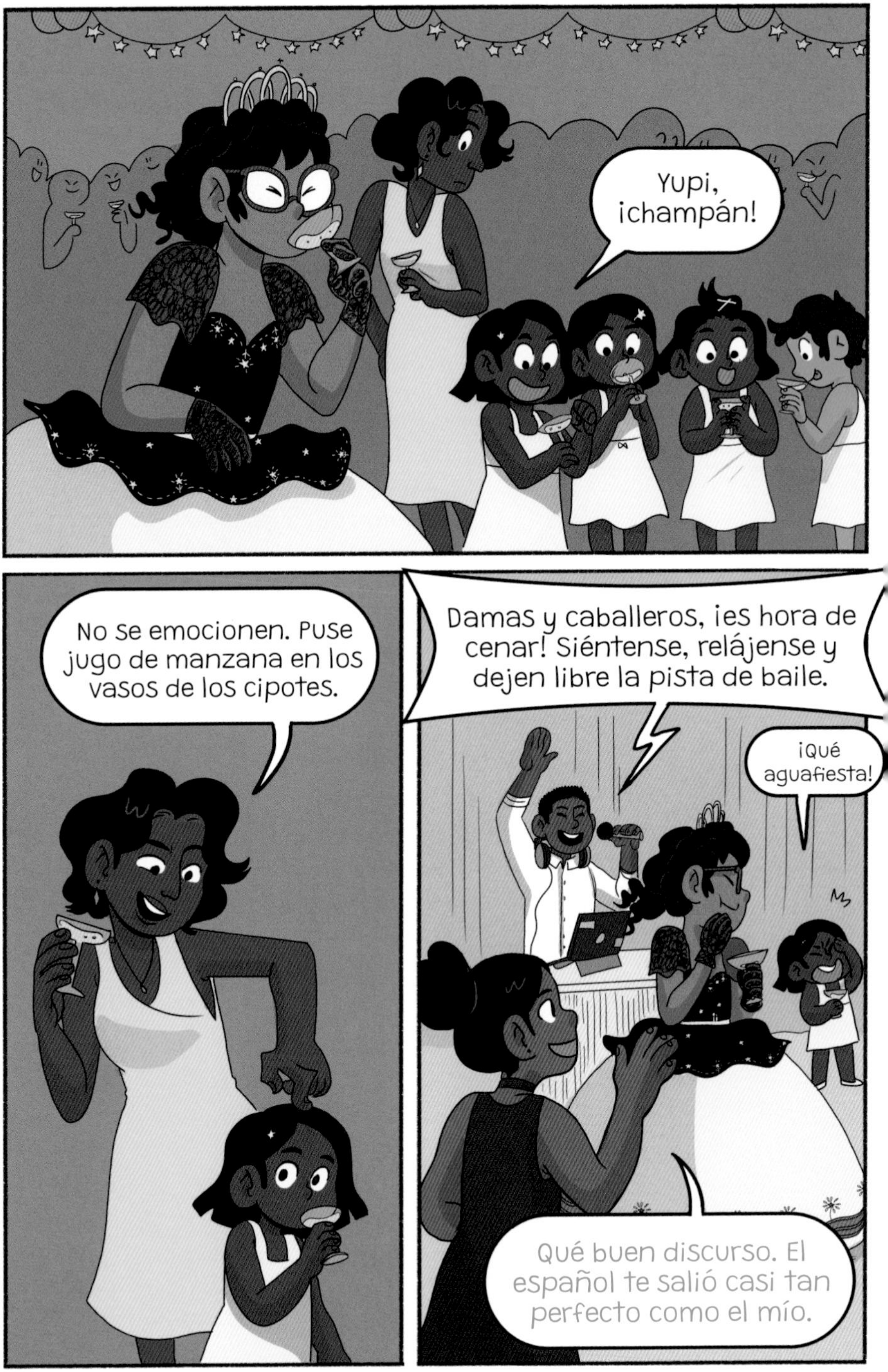
Yupi, ¡champán!
No se emocionen. Puse jugo de manzana en los vasos de los cipotes.
Damas y caballeros, ¡es hora de cenar! Siéntense, relájense y dejen libre la pista de baile.
¡Qué aguafiesta!
Qué buen discurso. El español te salió casi tan perfecto como el mío.

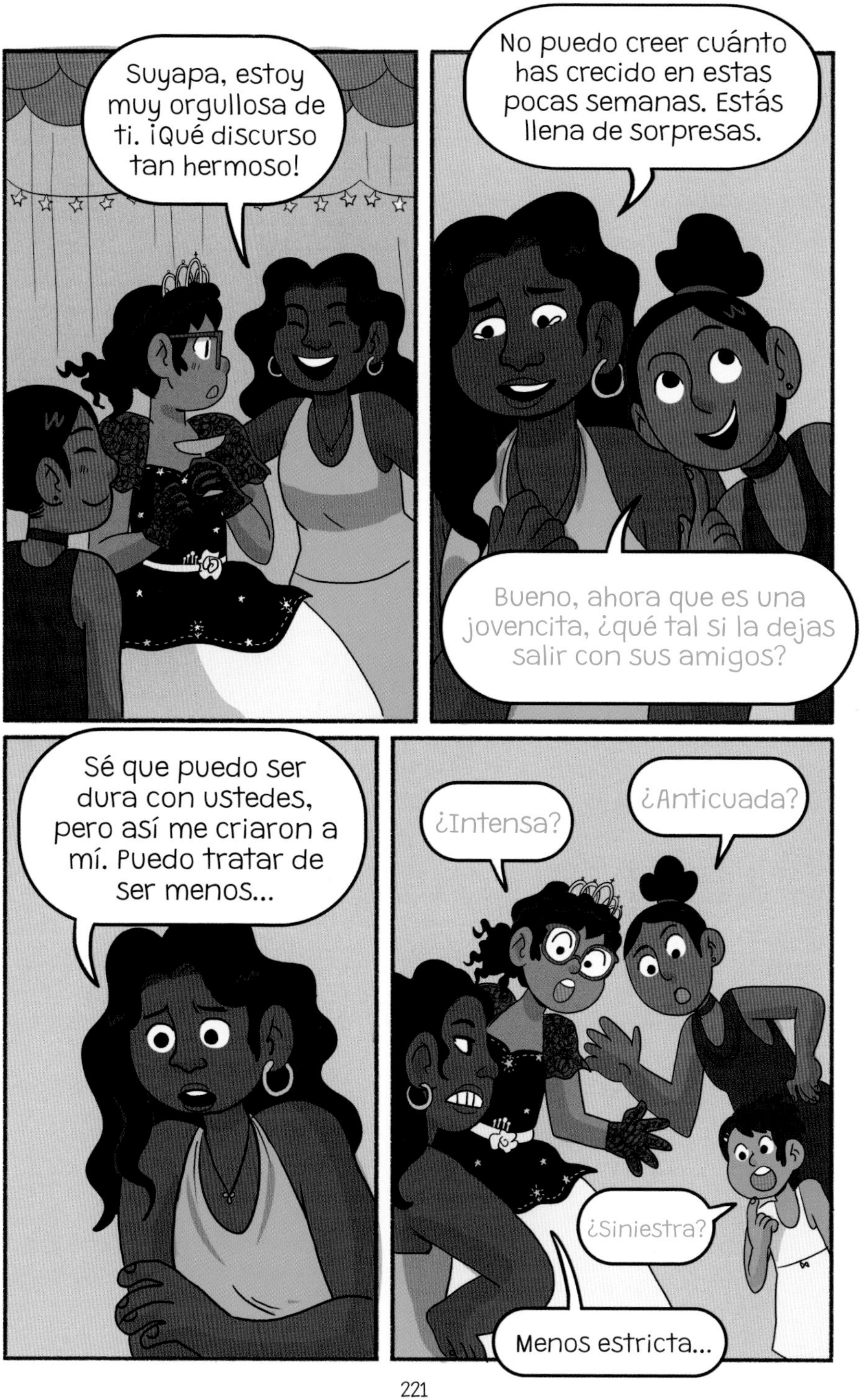
Suyapa, estoy muy orgullosa de ti. ¡Qué discurso tan hermoso!
No puedo creer cuánto has crecido en estas pocas semanas. Estás llena de sorpresas.
Bueno, ahora que es una jovencita, ¿qué tal si la dejas salir con sus amigos?
Sé que puedo ser dura con ustedes, pero así me criaron a mí. Puedo tratar de ser menos...
¿Intensa?
¿Anticuada?
¿Siniestra?
Menos estricta...

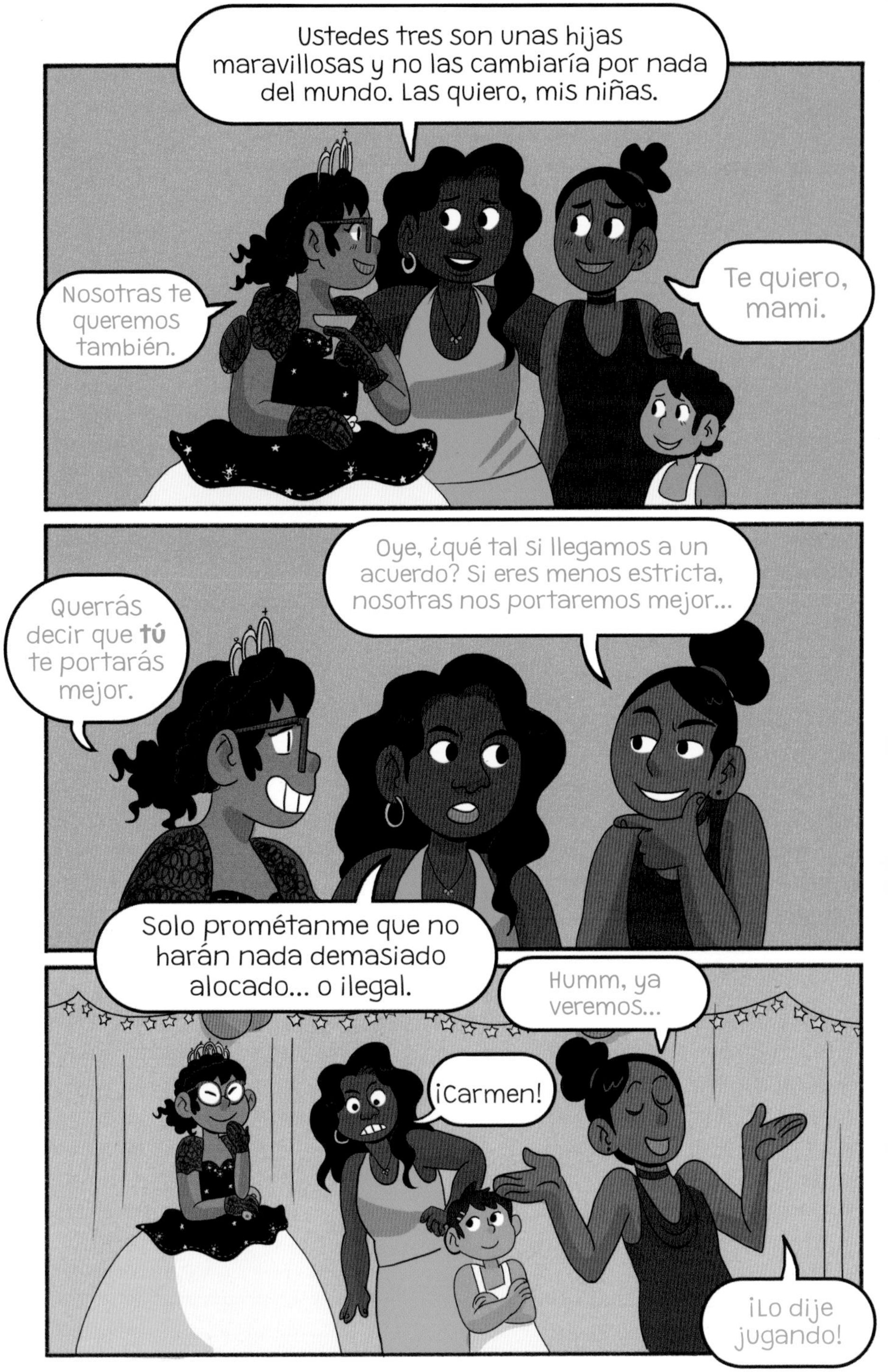
Ustedes tres son unas hijas maravillosas y no las cambiaría por nada del mundo. Las quiero, mis niñas.
Nosotras te queremos también.
Te quiero, mami.
Oye, ¿qué tal si llegamos a un acuerdo? Si eres menos estricta, nosotras nos portaremos mejor...
Querrás decir que **tú** te portarás mejor.
Solo prométanme que no harán nada demasiado alocado... o ilegal.
Humm, ya veremos...
¡Carmen!
¡Lo dije jugando!

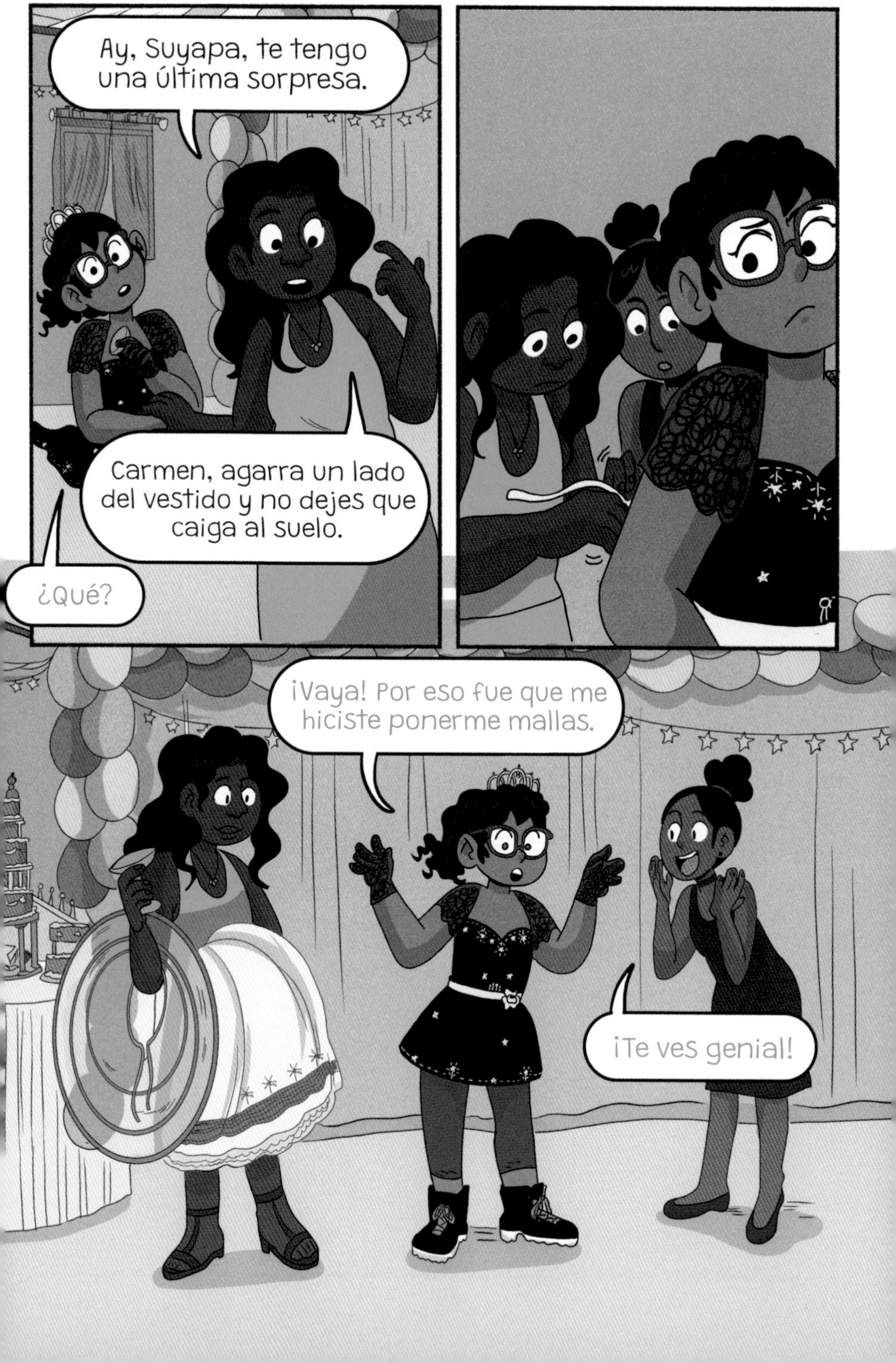
Ay, Suyapa, te tengo una última sorpresa.
Carmen, agarra un lado del vestido y no dejes que caiga al suelo.
¿Qué?
¡Vaya! Por eso fue que me hiciste ponerme mallas.
¡Te ves genial!

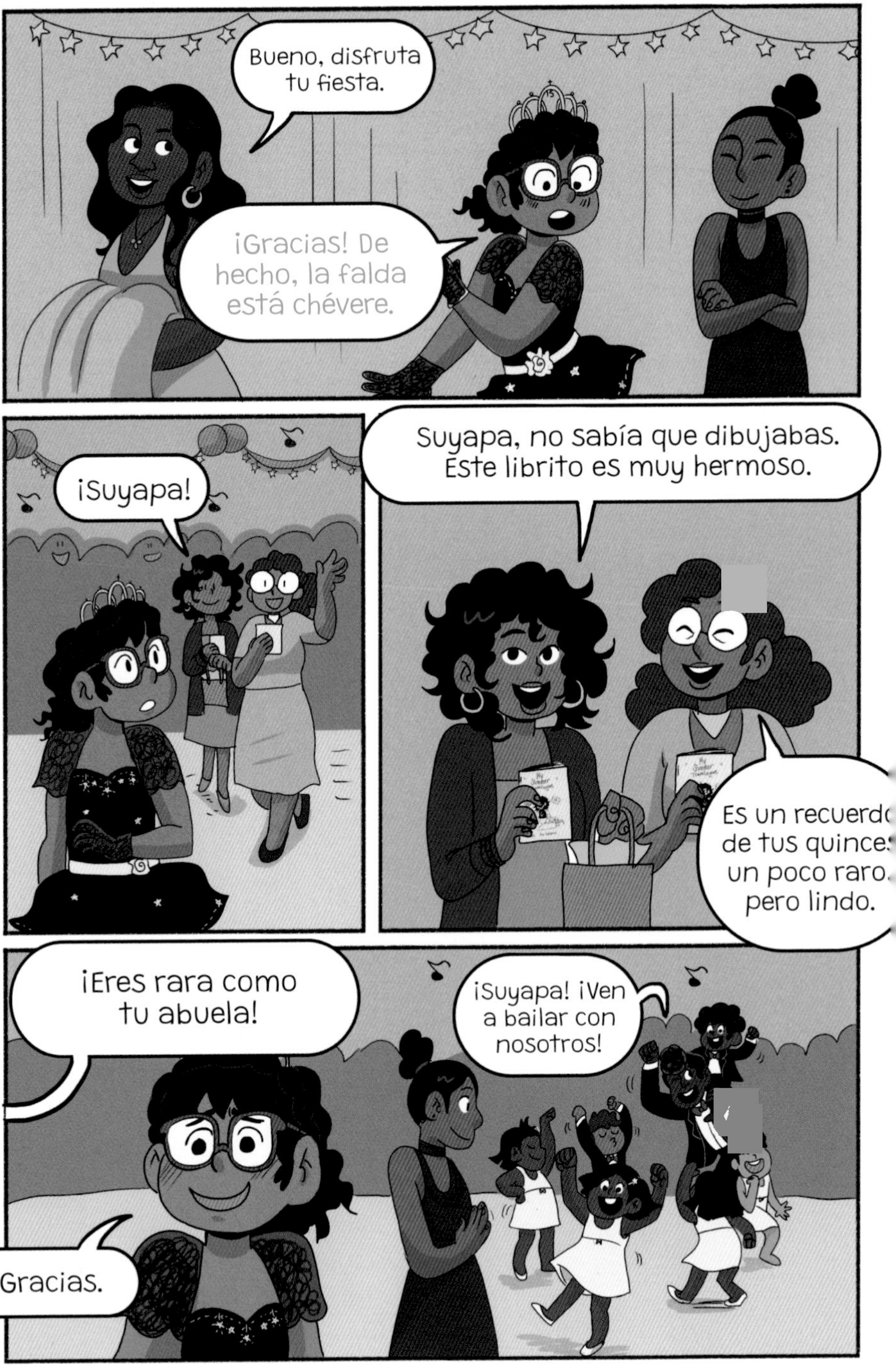
Bueno, disfruta tu fiesta.
¡Gracias! De hecho, la falda está chévere.
¡Suyapa!
Suyapa, no sabía que dibujabas. Este librito es muy hermoso.
Es un recuerdo de tus quinces un poco raro, pero lindo.
¡Eres rara como tu abuela!
Gracias.
¡Suyapa! ¡Ven a bailar con nosotros!

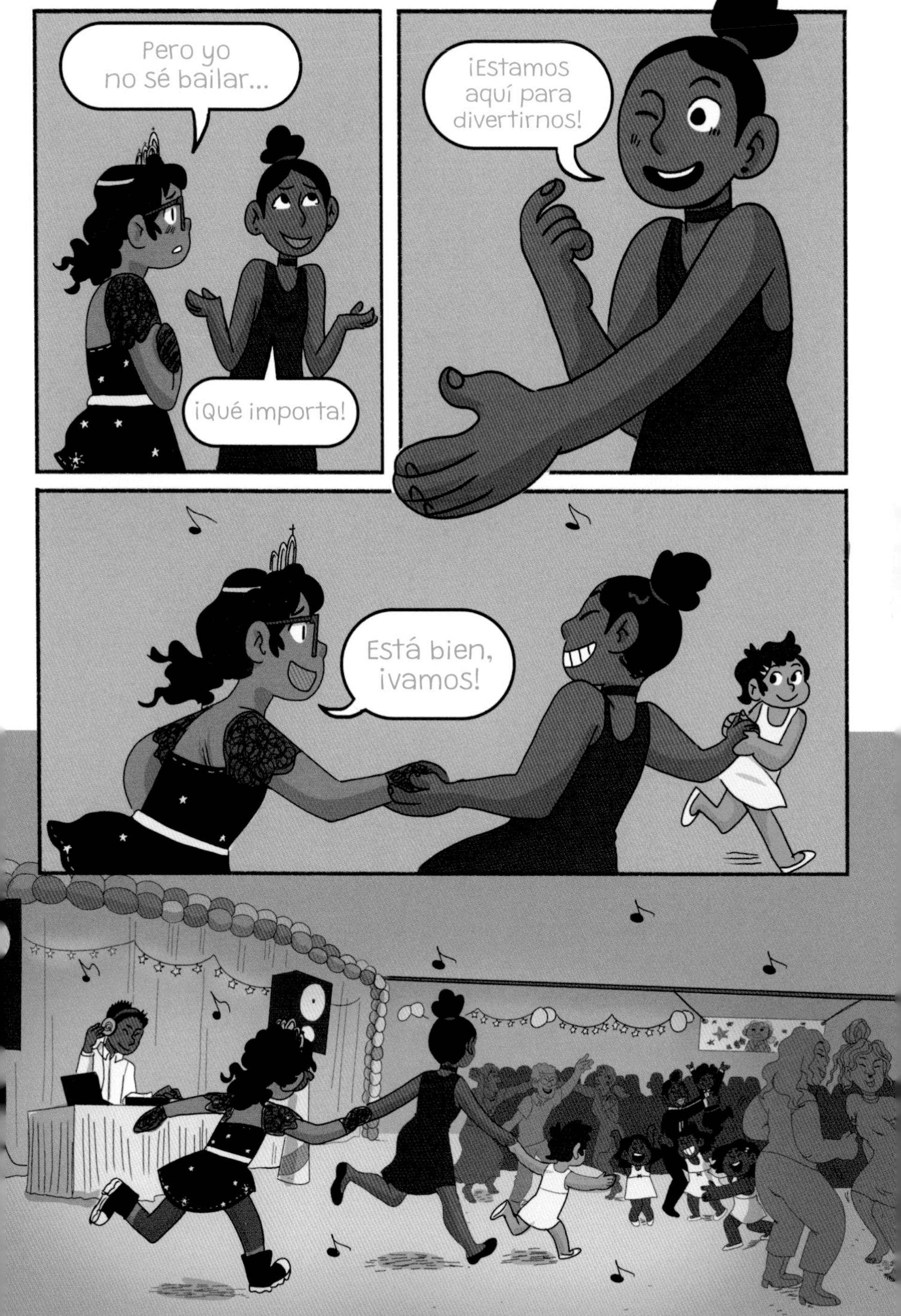
Pero yo no sé bailar...
¡Qué importa!
¡Estamos aquí para divertirnos!
Está bien, ¡vamos!

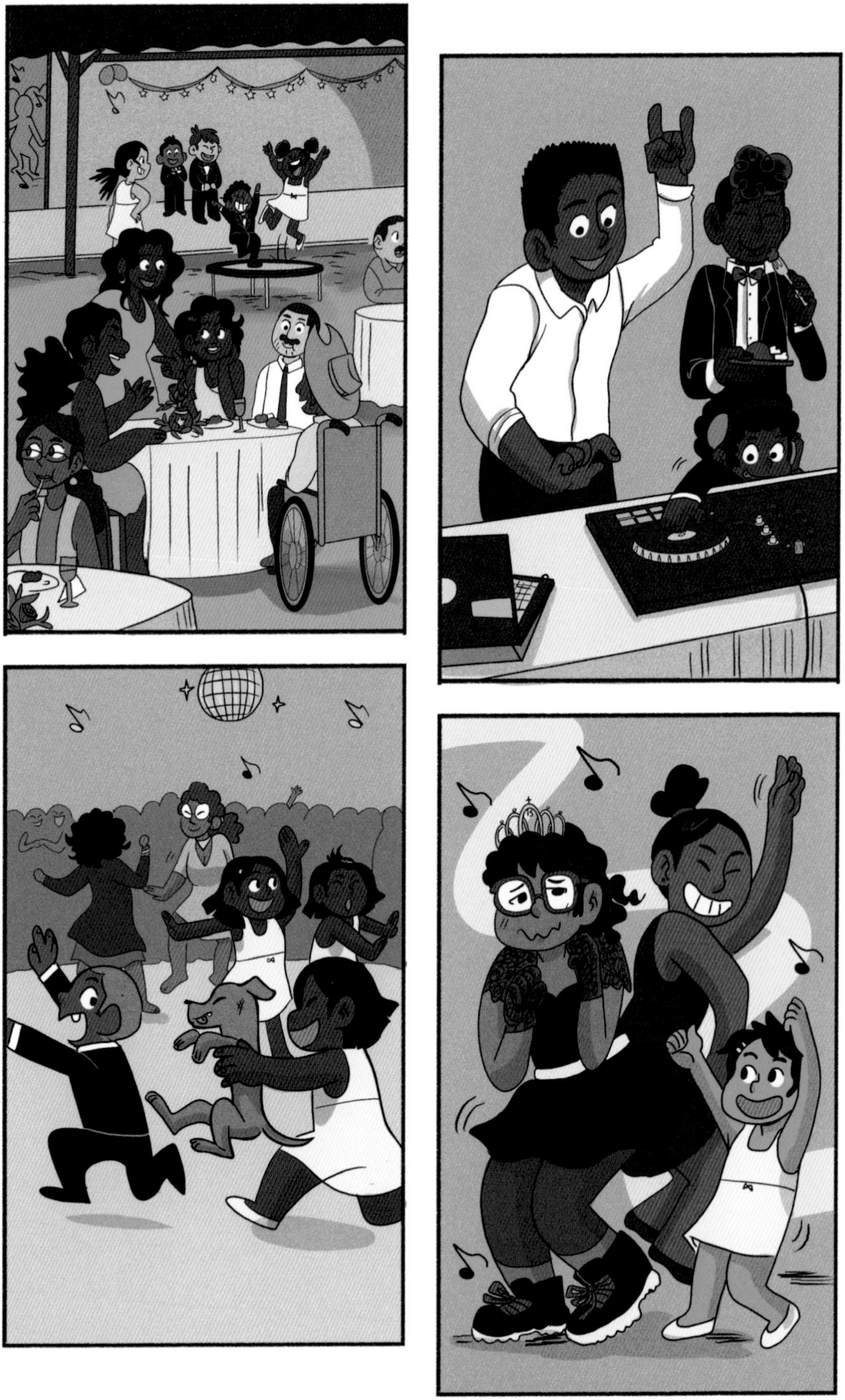

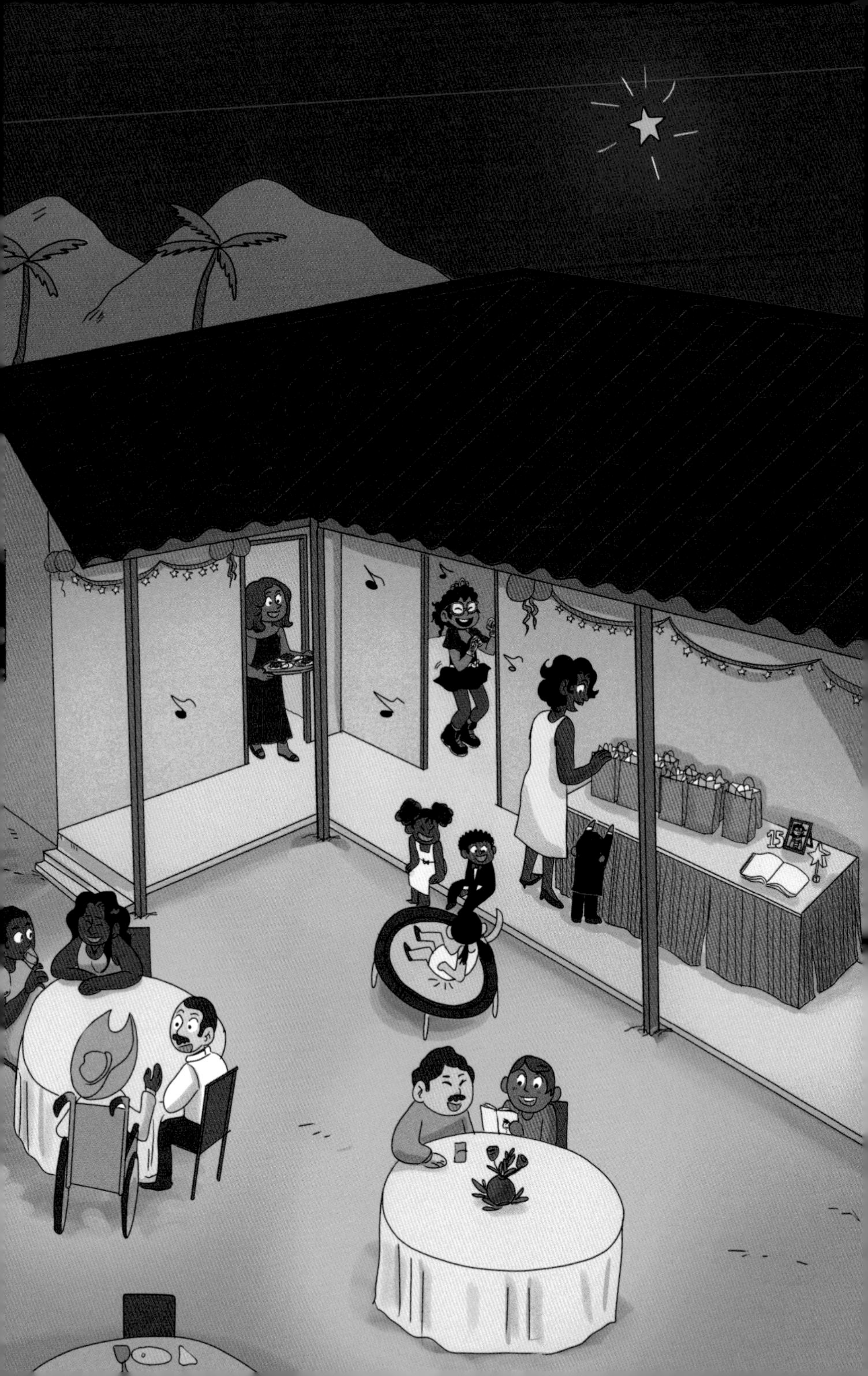

15

CAPÍTULO DIEZ

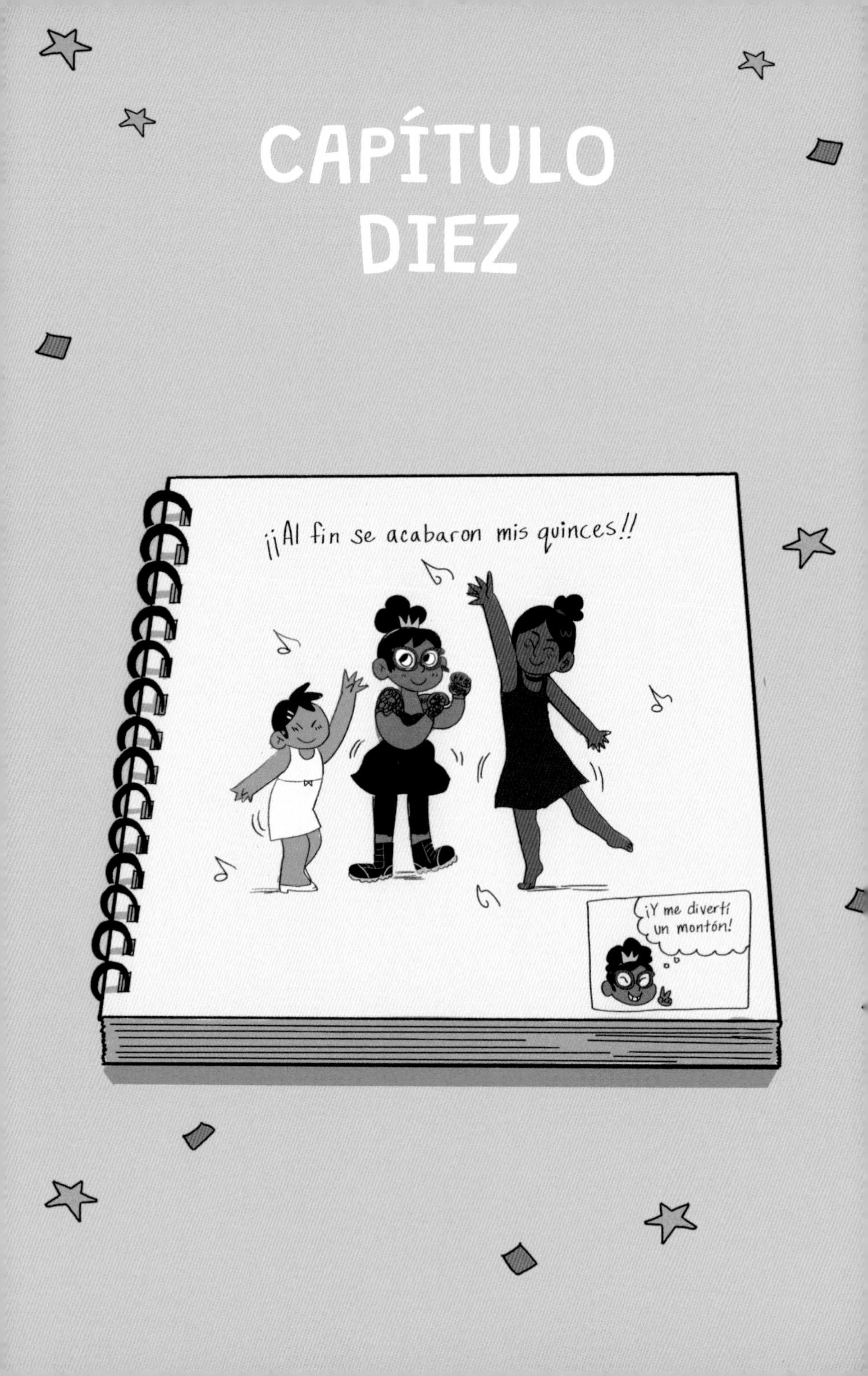
¡¡Al fin se acabaron mis quinces!!
¡Y me divertí un montón!

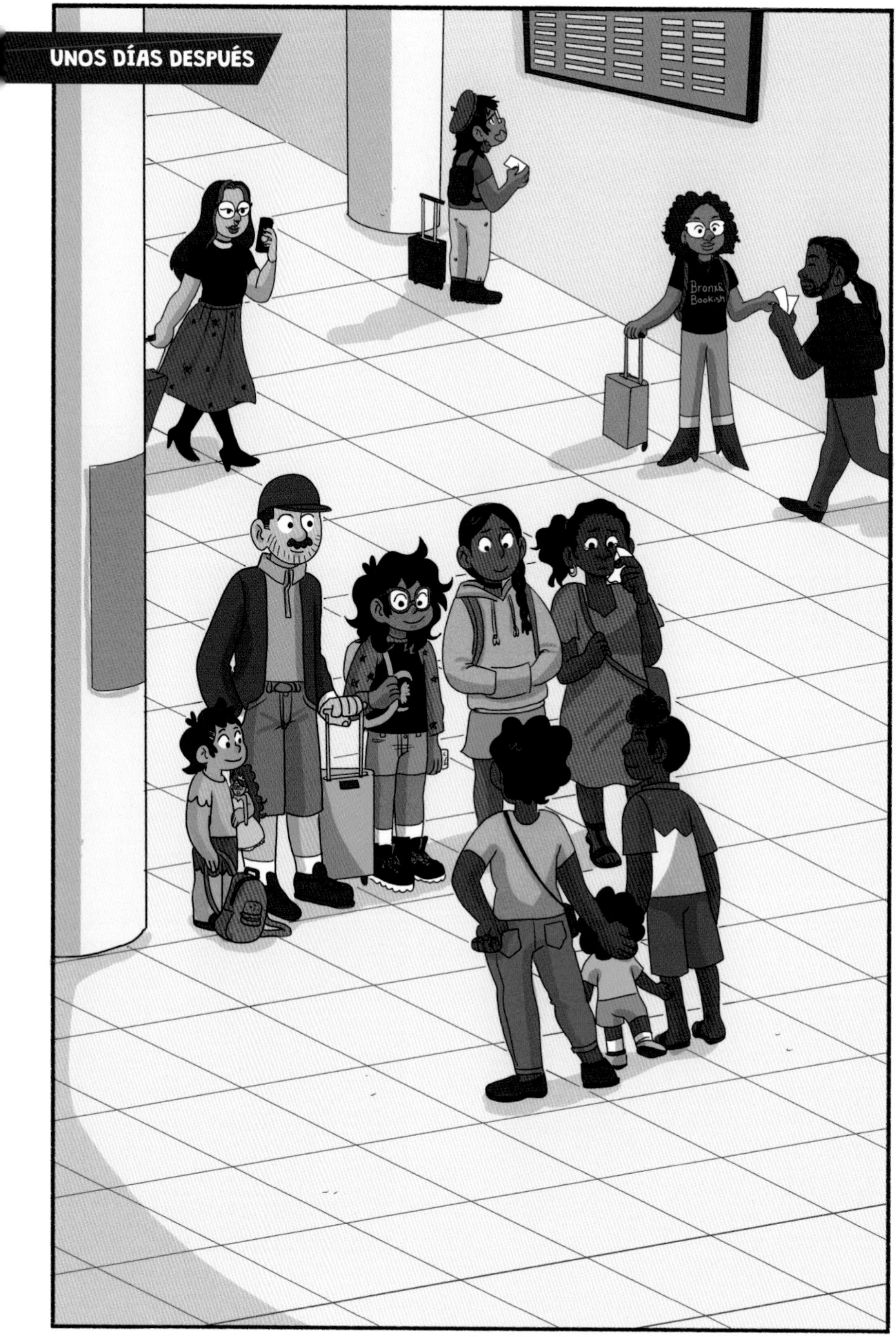
UNOS DÍAS DESPUÉS
Bronx&
Bookish

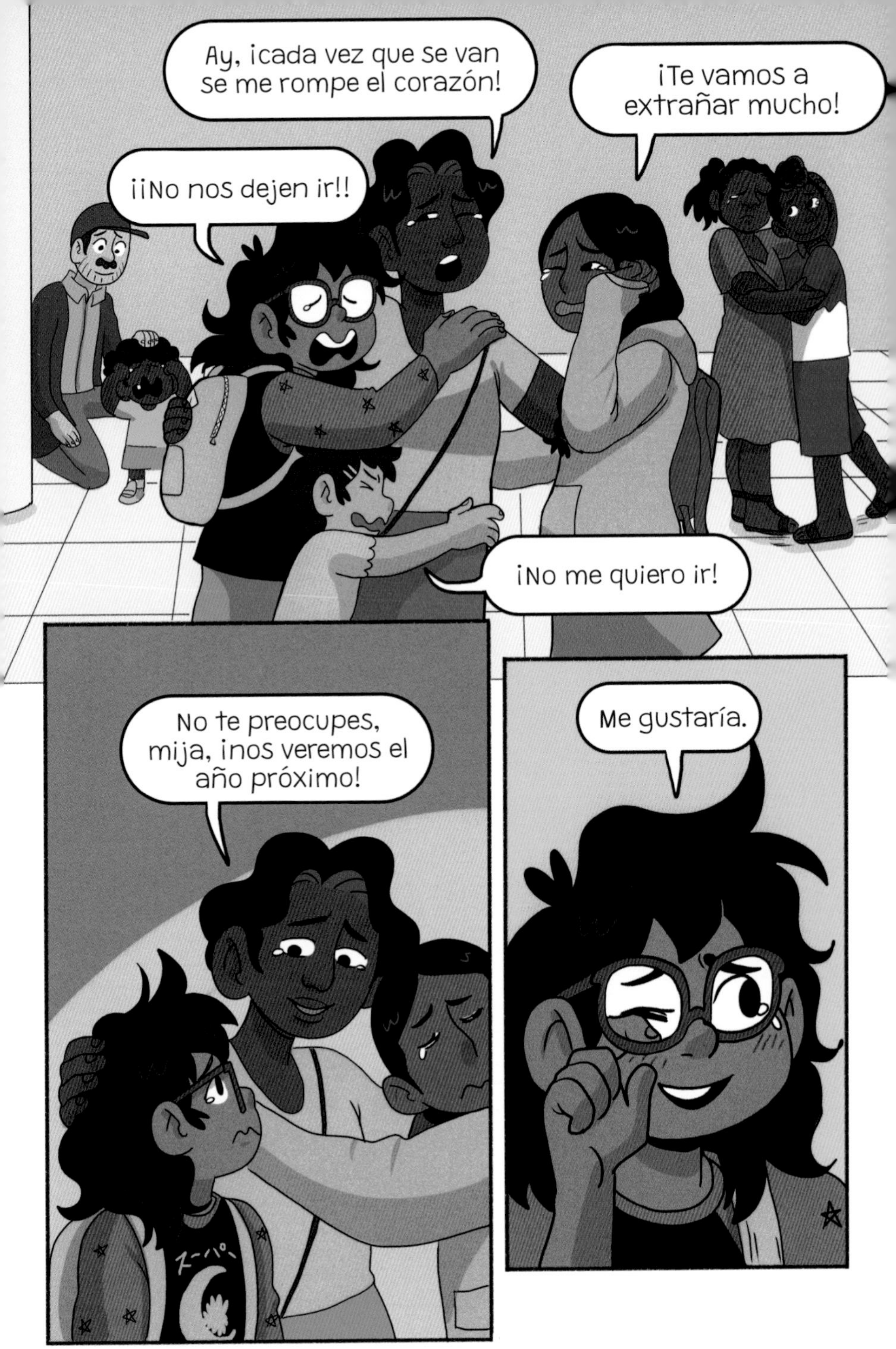
Ay, ¡cada vez que se van se me rompe el corazón!
¡Te vamos a extrañar mucho!
¡¡No nos dejen ir!!
¡No me quiero ir!
No te preocupes, mija, ¡nos veremos el año próximo!
Me gustaría.

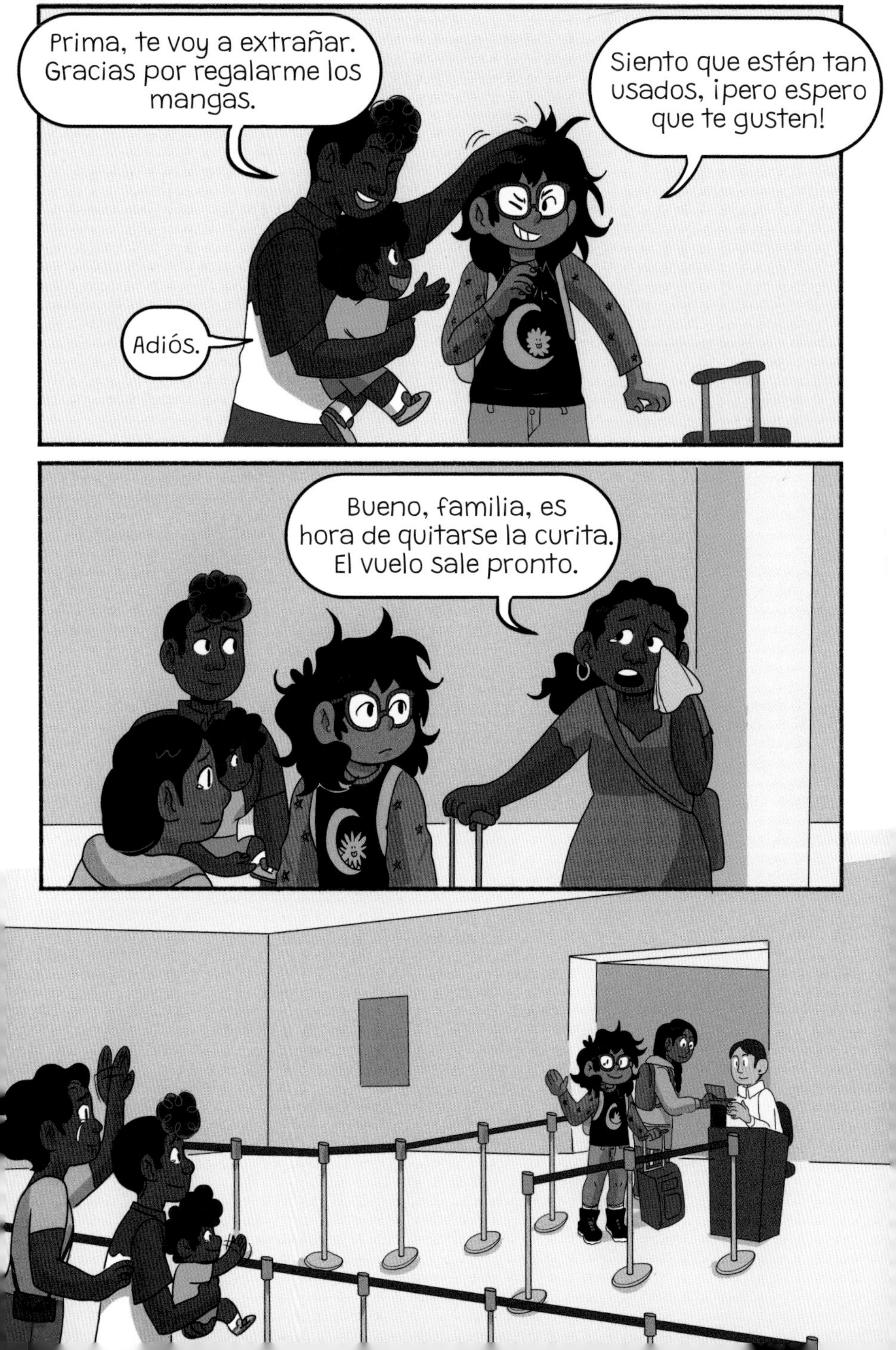
Prima, te voy a extrañar. Gracias por regalarme los mangas.
Siento que estén tan usados, ¡pero espero que te gusten!
Adiós.
Bueno, familia, es hora de quitarse la curita. El vuelo sale pronto.

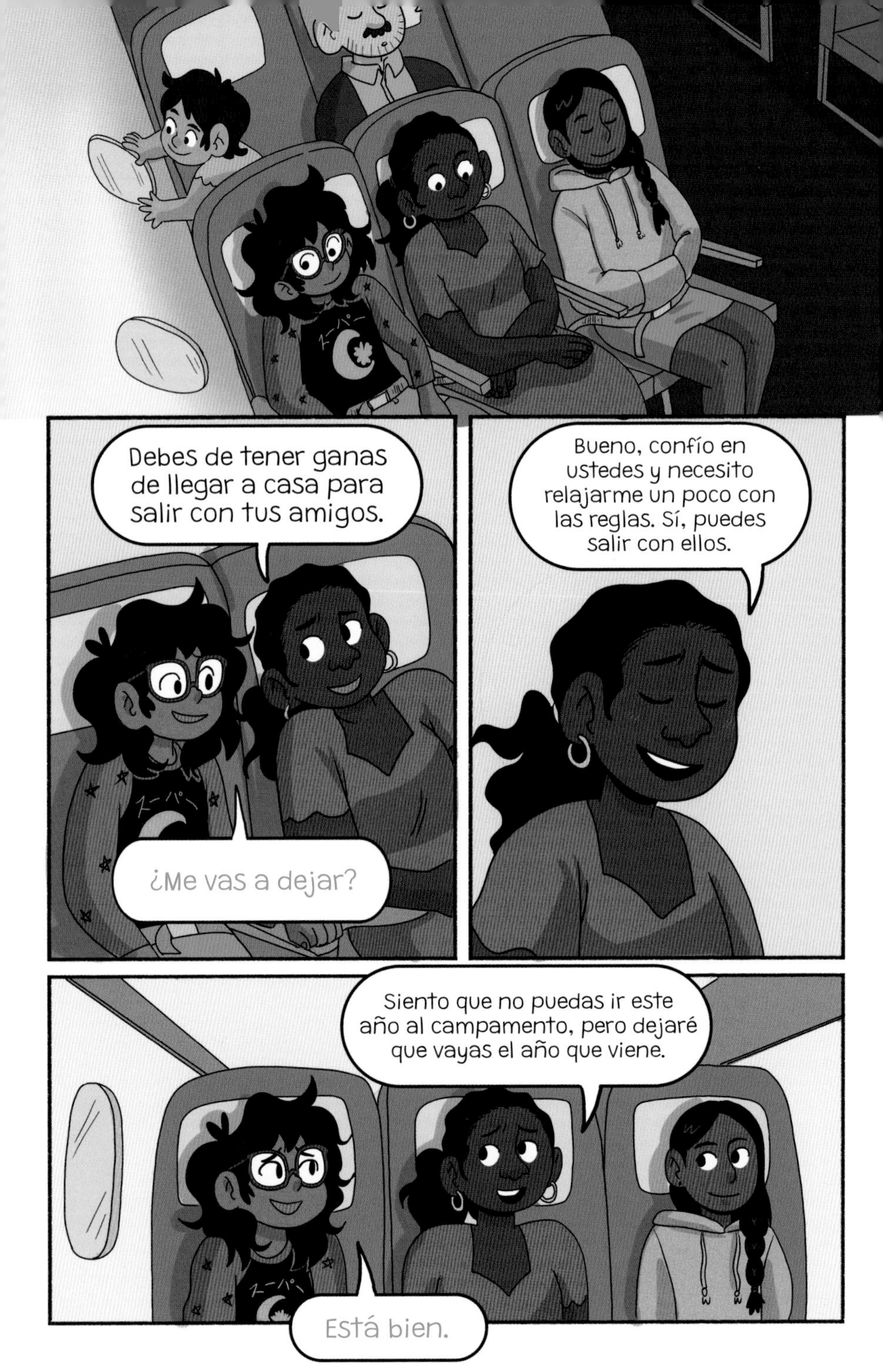
Debes de tener ganas de llegar a casa para salir con tus amigos.
¿Me vas a dejar?
Bueno, confío en ustedes y necesito relajarme un poco con las reglas. Sí, puedes salir con ellos.
Siento que no puedas ir este año al campamento, pero dejaré que vayas el año que viene.
Está bien.

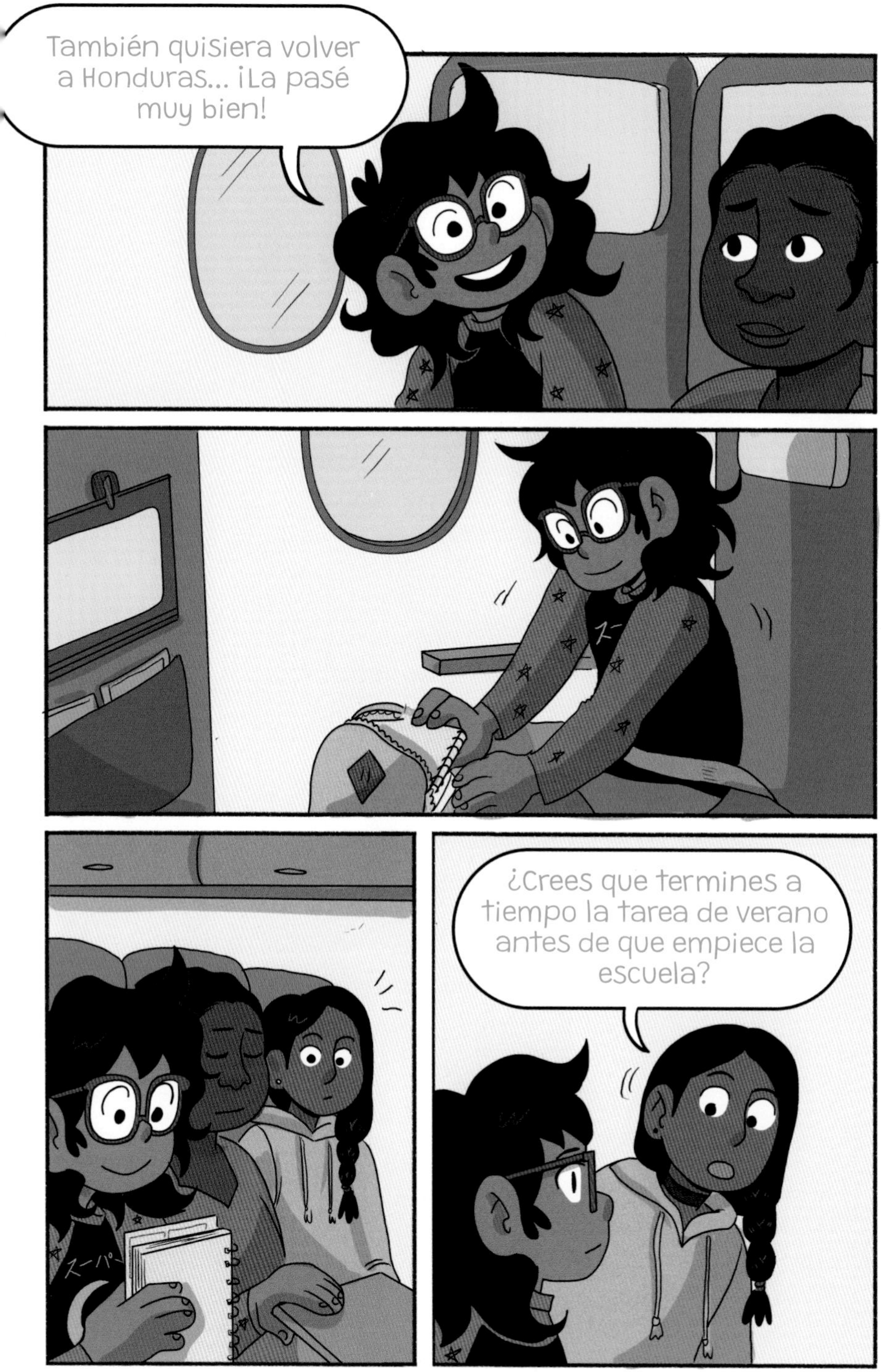
También quisiera volver a Honduras... ¡La pasé muy bien!
スー
スーパー
¿Crees que termines a tiempo la tarea de verano antes de que empiece la escuela?

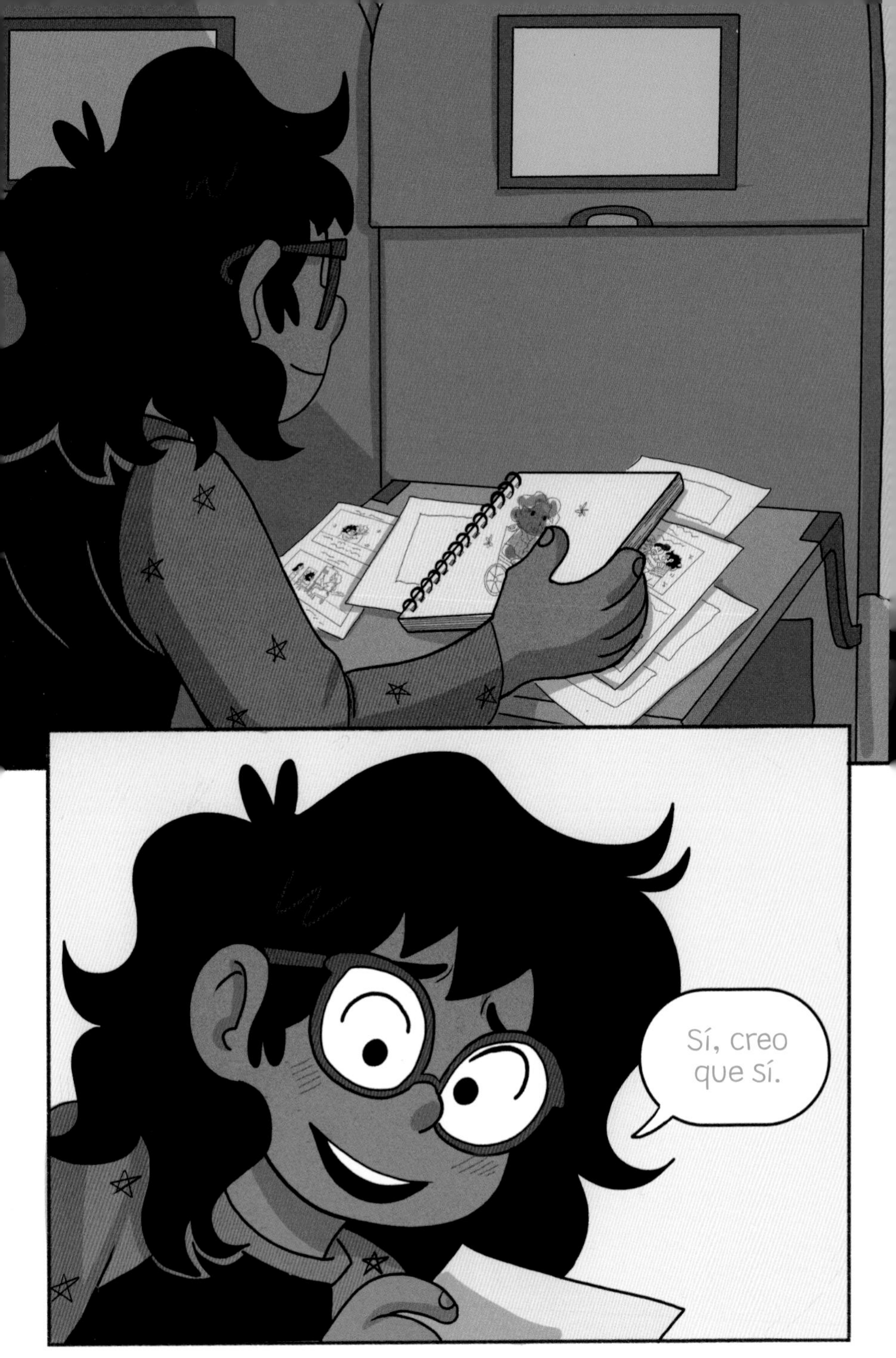
Sí, creo que sí.

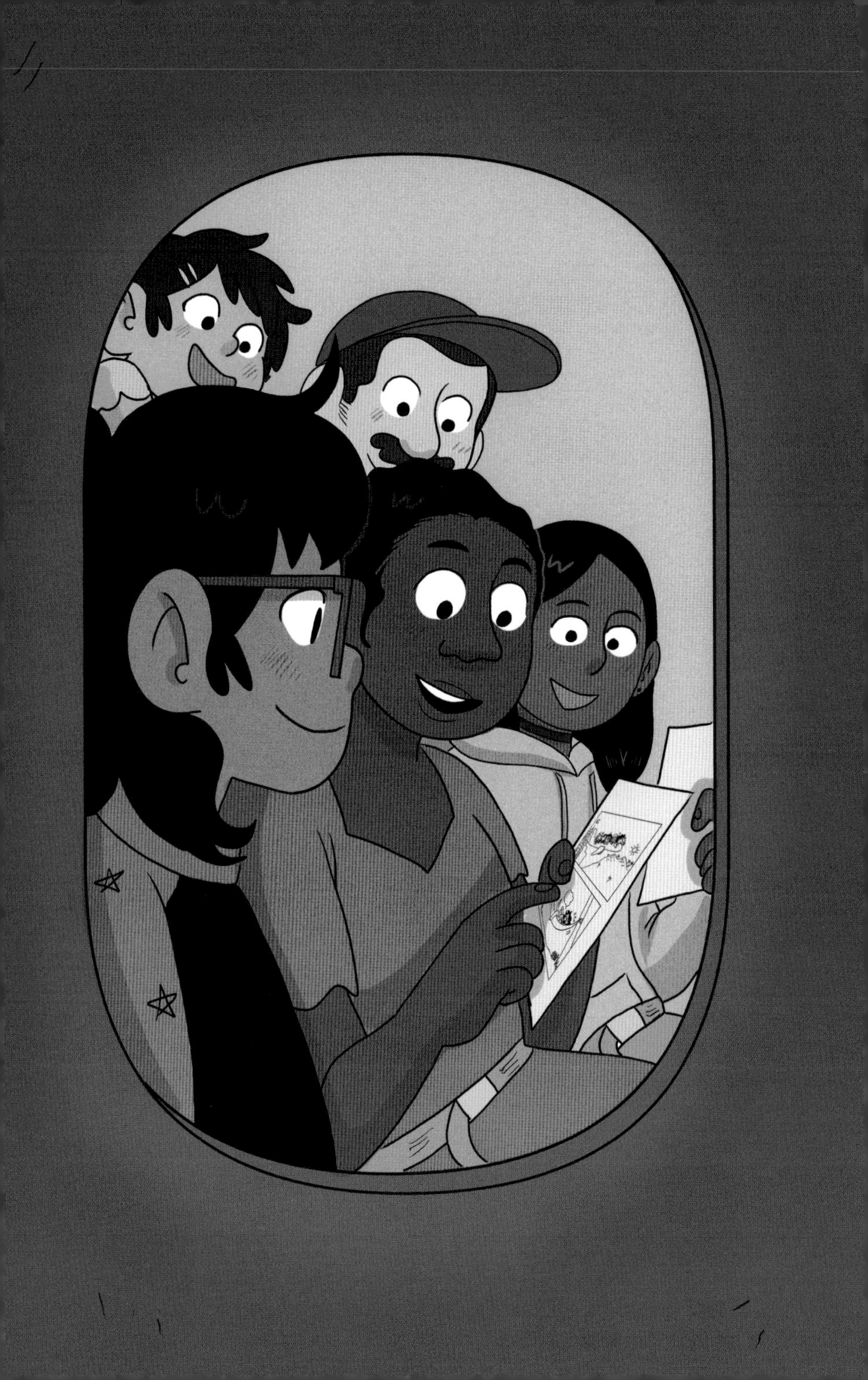

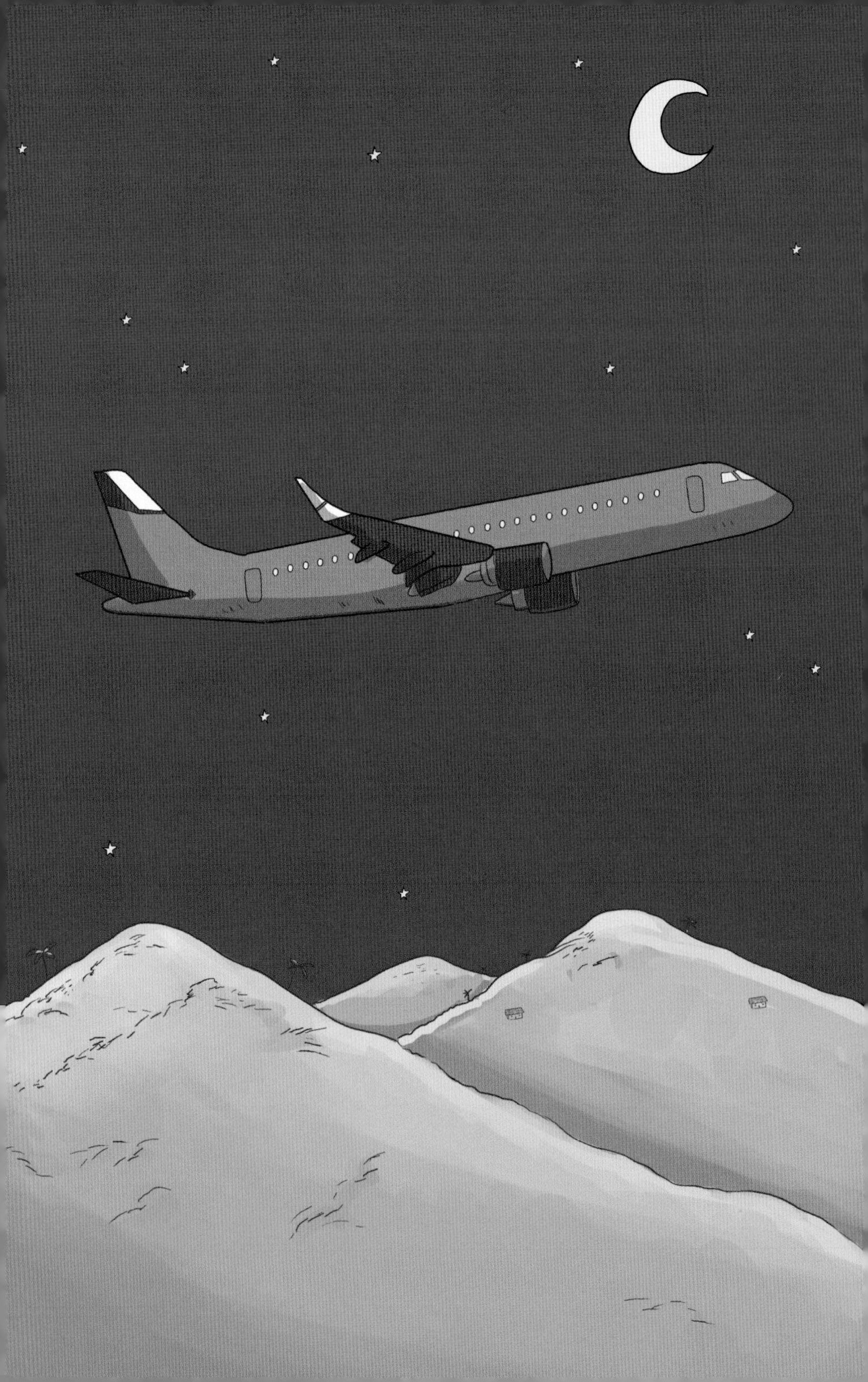

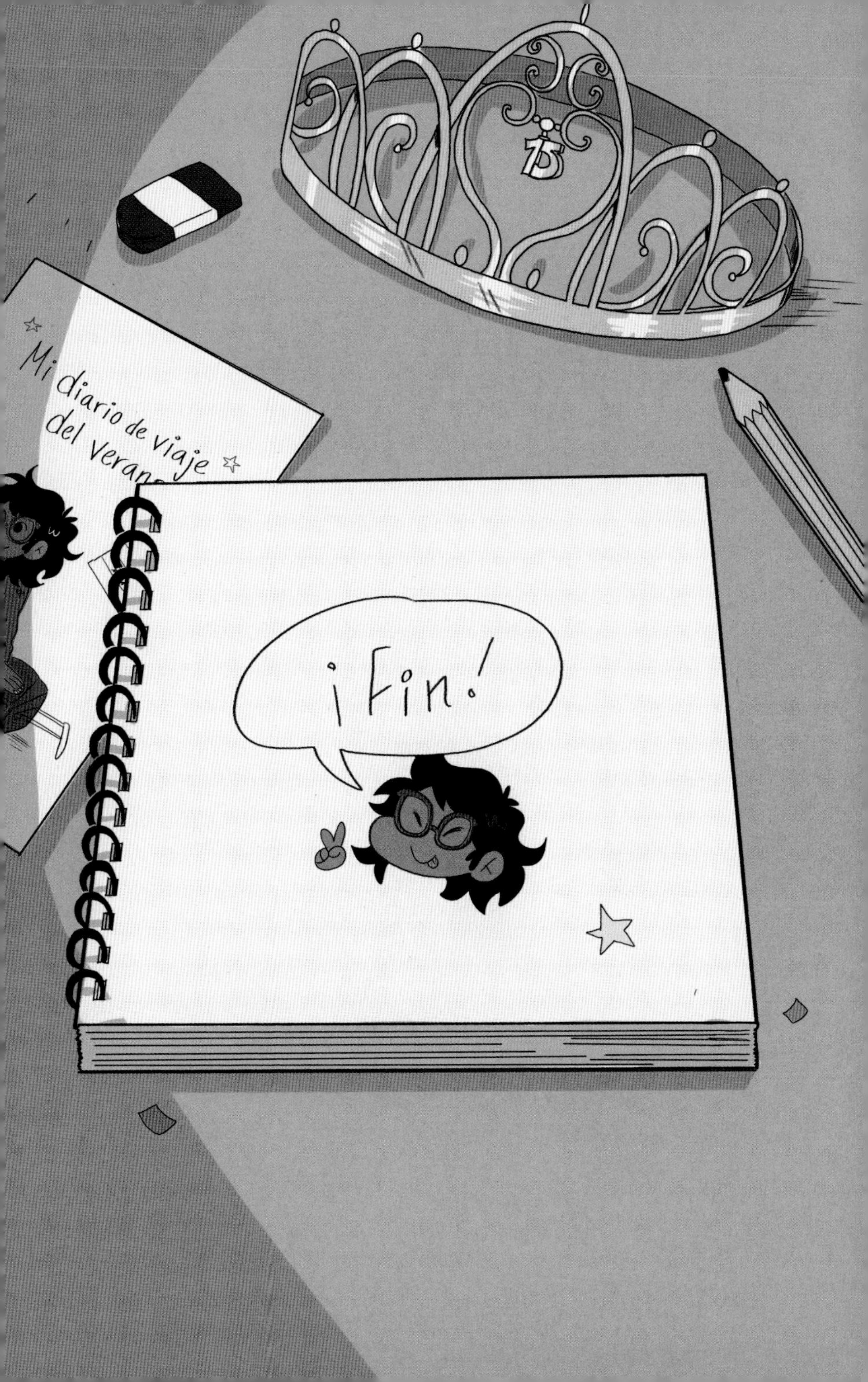
Mi diario de viaje del verano
¡Fin!

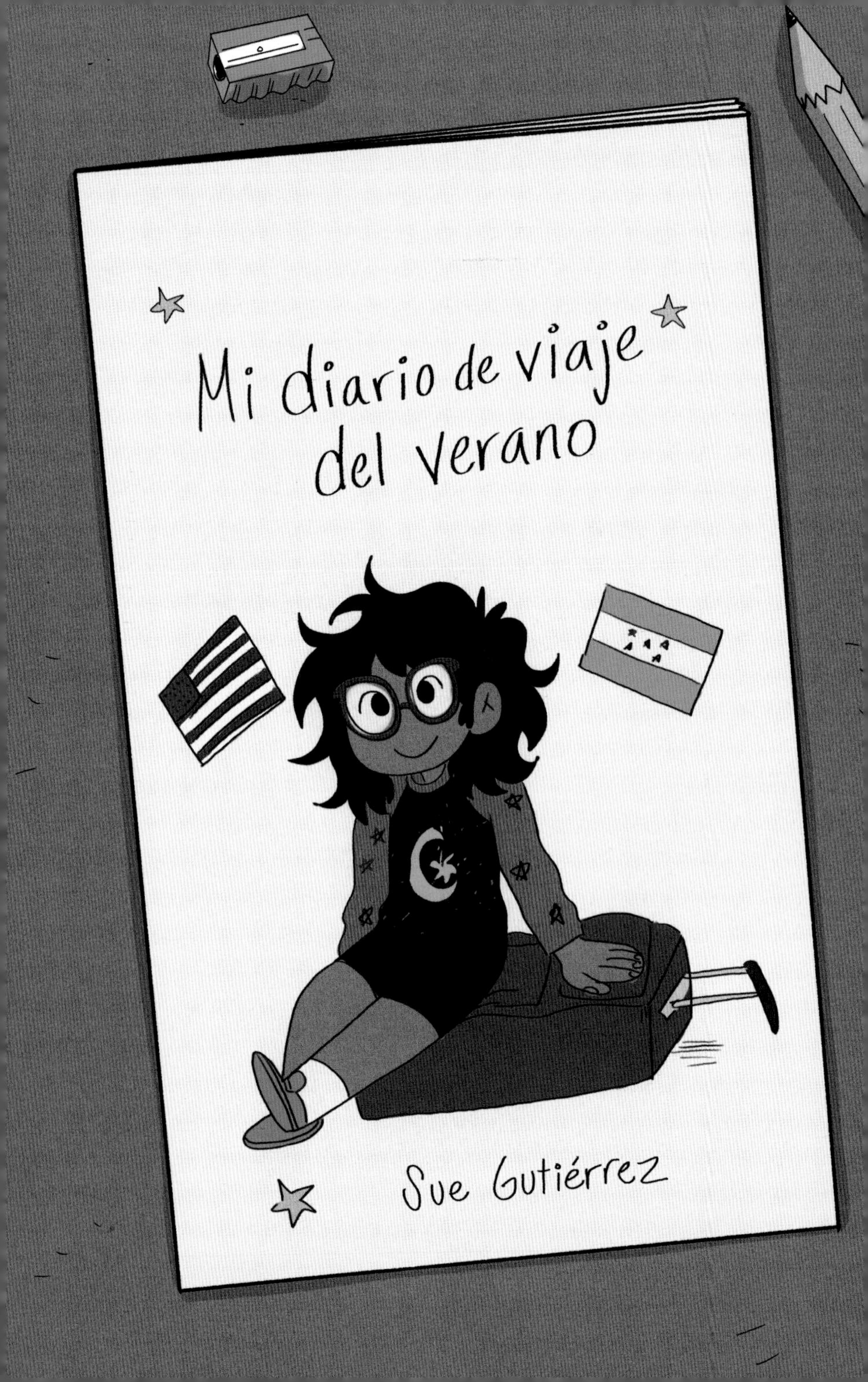
Mi diario de viaje del verano
Sue Gutiérrez

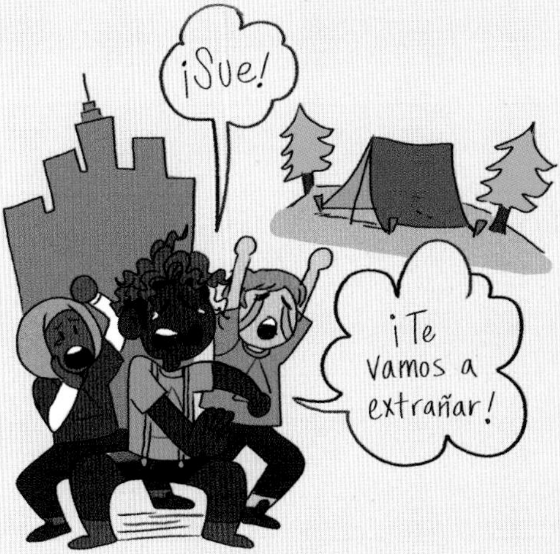
¡Sue!
¡Te vamos a extrañar!

Este verano, lo que realmente quería hacer era ir a un campamento con mis amigos.

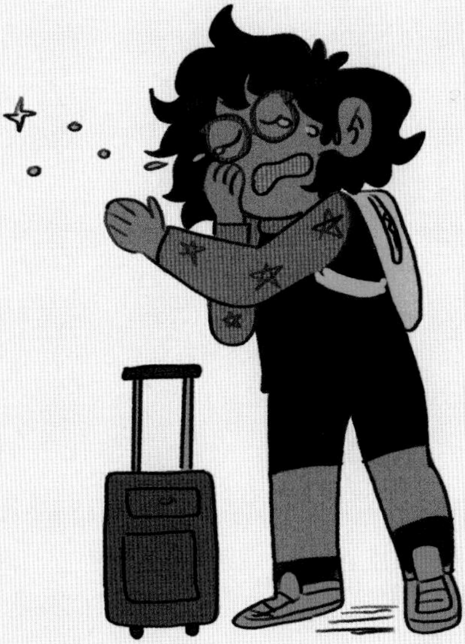

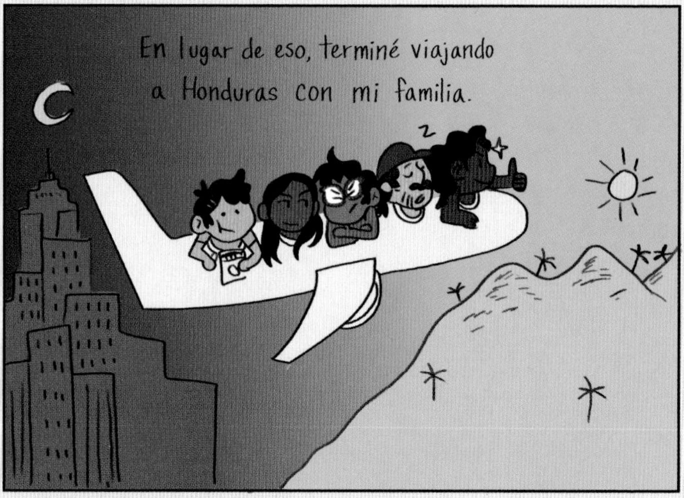
En lugar de eso, terminé viajando a Honduras con mi familia.
z

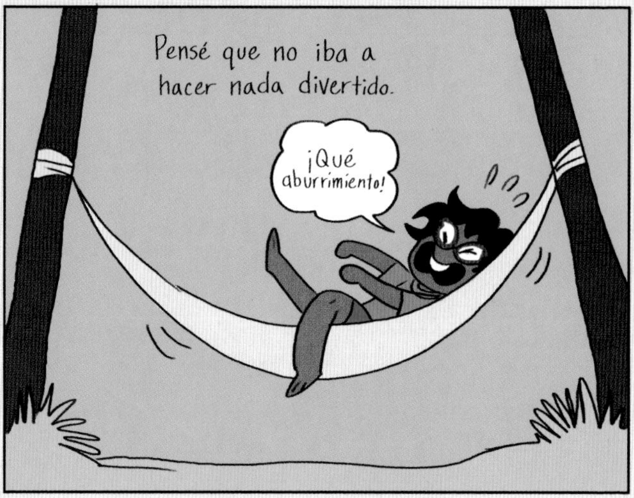
Pensé que no iba a hacer nada divertido.
¡Qué aburrimiento!

Pero para sorpresa mía, mis vacaciones estuvieron llenas de aventuras:

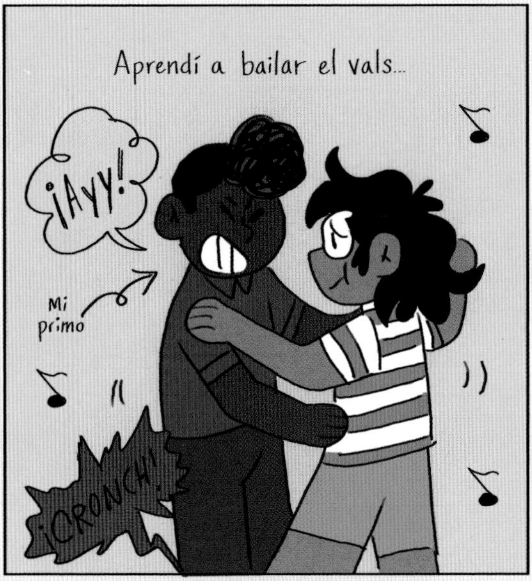
Aprendí a bailar el vals...
¡AYY!
Mi primo
¡CRONCH!

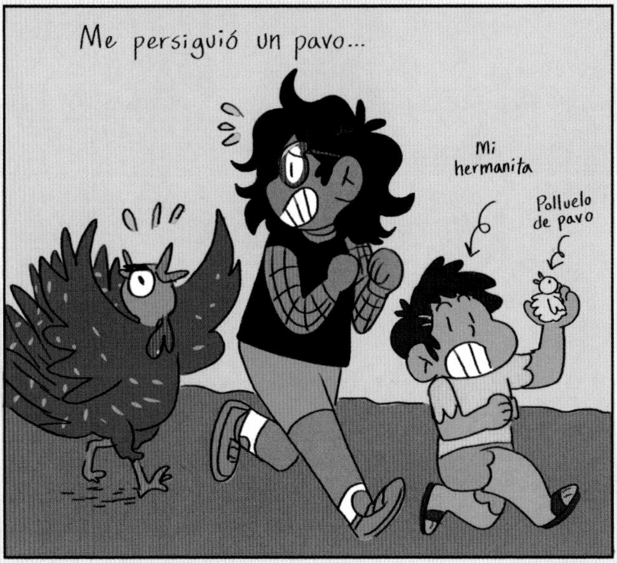
Me persiguió un pavo...
Mi hermanita
Polluelo de pavo

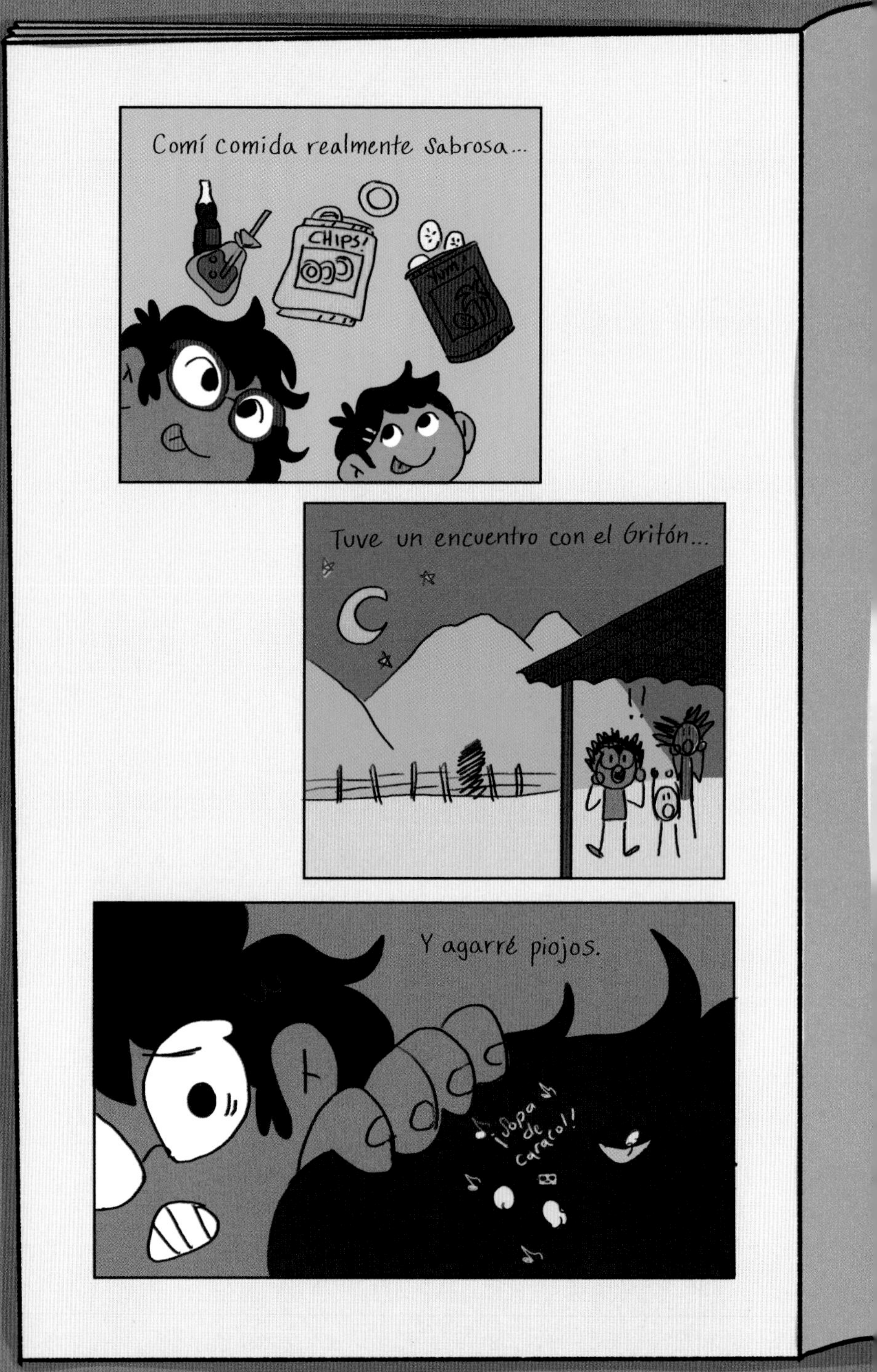
Comí comida realmente sabrosa...
CHIPS!
Tuve un encuentro con el Gritón...
!!
Y agarré piojos.
¡Sopa de caracol!

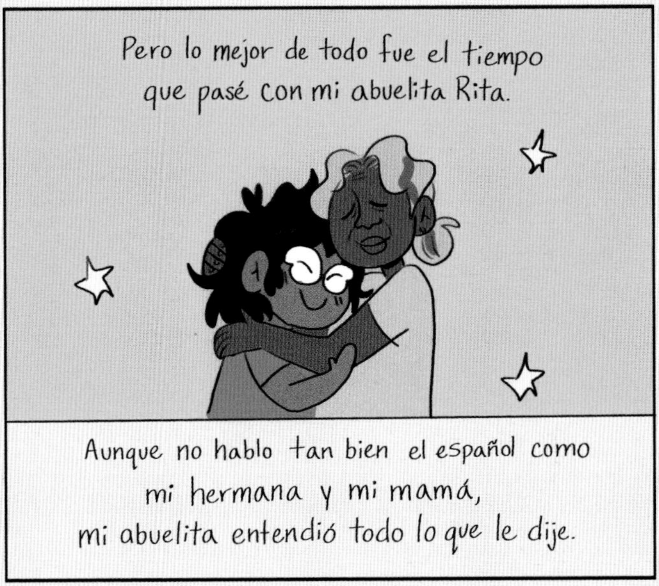
Pero lo mejor de todo fue el tiempo que pasé con mi abuelita Rita.
Aunque no hablo tan bien el español como mi hermana y mi mamá, mi abuelita entendió todo lo que le dije.

Mi abuelita era rara como yo
y nunca quiso cambiar.

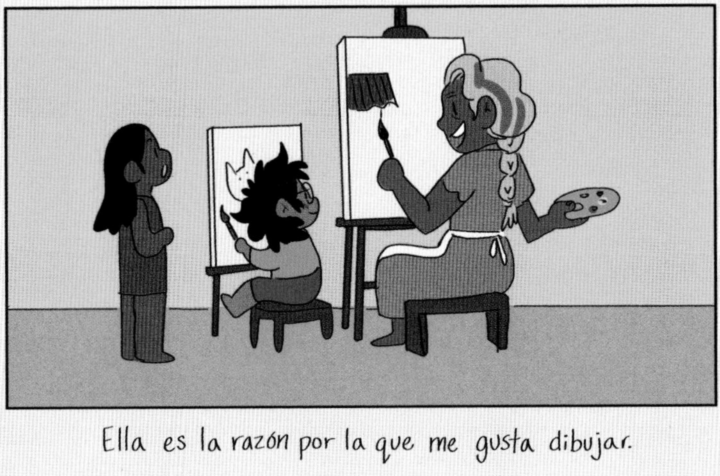

Ella es la razón por la que me gusta dibujar.

Me enseñó a aceptar mis rarezas
y a brillar a mi manera.

Te extrañaremos, abuelita.
De una estrella a otra...

Siempre te querremos.

Gracias por hacer que el
último verano contigo fuera especial.

–Suyapa Yisel Gutiérrez

Cuando era niña, resultaba realmente difícil encontrar representaciones positivas de personajes latinos en la televisión o el cine en Estados Unidos. No veía reflejada la lucha que la mayoría de los hispanos como yo encaraban en la adolescencia: esa experiencia de no ser "Ni de aquí ni de allá". En otras palabras, la falta de pertenencia al ser percibidos por nuestras familias como demasiado estadounidenses, y por los estadounidenses, como demasiado latinos.

Yo era una adolescente rara, un cerebrito que intentaba asimilarse al entorno social estadounidense, lo que me hacía sentir fuera de lugar en mi propio hogar inmigrante. Mi español no era bueno y no compartía los mismos intereses de mi fiestera familia, ¡así que no es sorpresa que pasáramos trabajo para entendernos! Al igual que al personaje de Sue, me fue muy duro intentar forjar mi identidad entre ambas culturas. Sin embargo, como ella, fue a través de la celebración de mis quinces en el país natal de mi familia que pude conectarme con mis familiares y comprender la importancia cultural de esta ceremonia que marca la llegada a la adultez, al mismo tiempo que aceptaba ambos aspectos de mi identidad.

De cierto modo, lo que hice con este libro fue escribir la historia que a la "chica rara" que una vez fui le hubiera gustado leer siendo niña. Con él quiero hacerles saber a los lectores que es bueno aceptar su "otredad" y ostentar esa identidad con orgullo, como una tiara brillante. <3

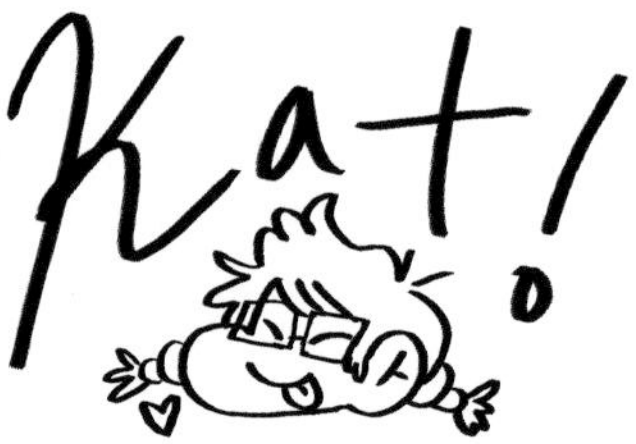
Kat!

¡Algunas notas sobre las quinceañeras!

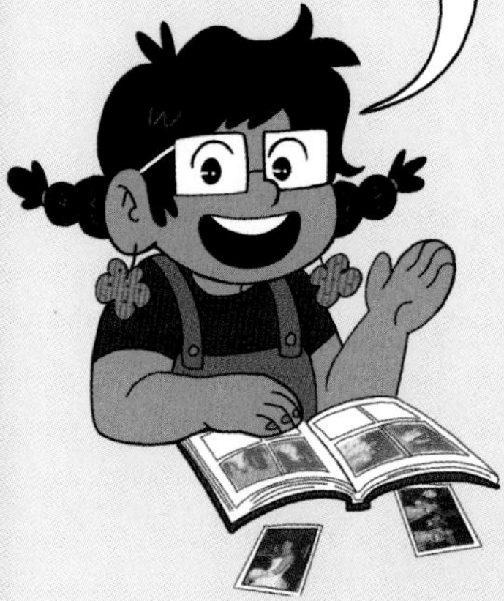

Ya sea un momento incómodo en la vida de una chica latina o el día con el que ha soñado desde niña, puedo decir sin temor a equivocarme que la quinceañera es una celebración importante para muchas familias latinas en todo el mundo. Es una tradición que data de cientos de años atrás, desde las versiones aztecas y mayas de esta celebración de llegada a la adultez. Con el tiempo y por la influencia española se introdujeron las tradiciones católicas, las cuales la mayoría de las familias incluyen hoy día en sus ceremonias. Y, adivina: ¡marcar la transición de la niñez a la adultez no es solo para chicas! Algunas familias también celebran quinceañeros para chicos. En cualquier caso, cada cual celebra sus quinces a su manera.

En la iglesia

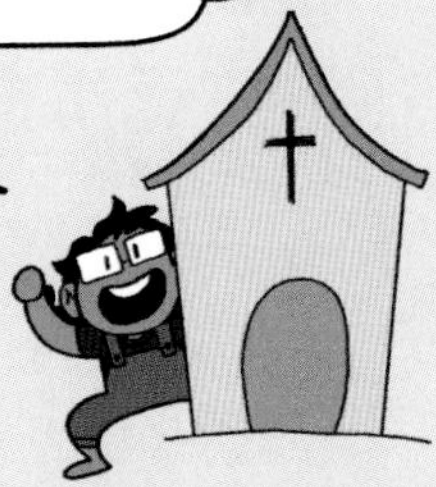

Por lo general, el día de la quinceañera comienza en la iglesia, donde el sacerdote oficia una ceremonia religiosa rodeado de la familia de la chica. Los padrinos de esta la acompañan y fungen como mentores que la ayudan a mantenerse en el camino espiritual y la guían para que llegue a convertirse en un miembro confiable y respetable de su comunidad.

Durante la ceremonia, la quinceañera recibe objetos tradicionales bendecidos por el sacerdote, tales como la Biblia y el rosario que recibe Sue. Luego la quinceañera le entrega a la Virgen María su ramo de flores, el cual simboliza la nueva vida y la belleza.

En la fiesta

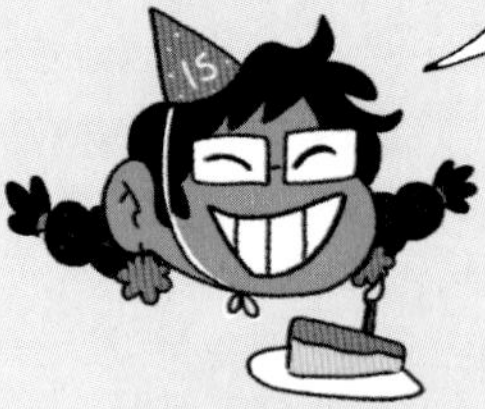

A diferencia de la ceremonia en la iglesia, ¡la entrada a la recepción suele ser ostentosa! La corte de honor consiste en catorce chicas (las damas) y chicos (los chambelanes), que han sido seleccionados por la quinceañera y que la escoltan al lugar de la fiesta.

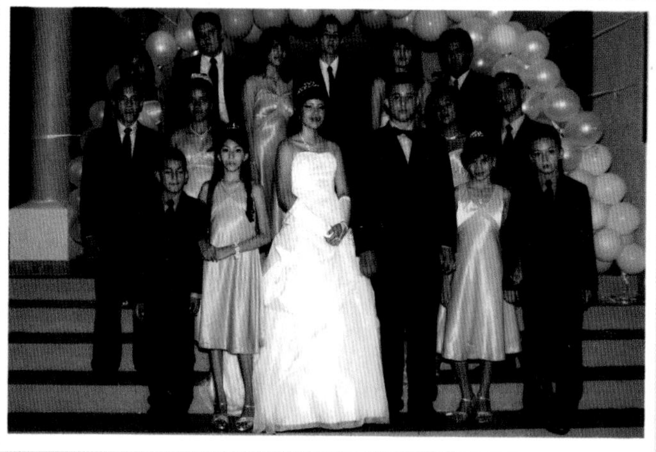

Baile del padre y la hija: Un baile conmovedor ejecutado por la quinceañera y su padre o tutor, que simboliza la guía de este desde la infancia hasta la adultez. Es una de las partes más emotivas de la fiesta, y lo más probable es que alguien llore (¡yo lo hice!).

Ejemplos de valses tradicionales para quinces:

"Tiempo de Vals" de Chayanne
"Quinceañera" de Thalía
"Vals de las Mariposas" de Tommy Valles
"De Niña a Mujer" de Julio Iglesias

¡Perfectas para el baile del padre y la hija!

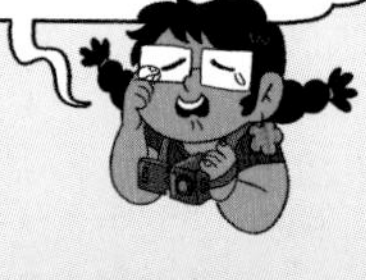

El vals: Se considera uno de los momentos cumbre de los quinces y debe ser bien ejecutado, ¡así que la quinceañera y su corte practican durante meses para perfeccionarlo! Después del vals, con suerte, ¡puede que haya un baile de sorpresa coreografiado por la corte y preparado solo para la fiesta!

Ceremonia de la última muñeca: Simboliza el paso de la quinceañera de la niñez a la responsabilidad y a la adultez. Como ya no puede tener juguetes infantiles, le pasa la "última muñeca" a su hermana menor, de tener una.

Además de los bailes, otra parte importante de la ceremonia es la presentación de los regalos a la quinceañera, cada uno de los cuales tiene un significado relevante y religioso. A continuación aparece más información sobre los regalos que incluí en la historia de Sue:

Tiara: Un eco de la tiara tradicional velada de la primera comunión de la chica, que ahora la quinceañera luce como símbolo de su estatus de princesa de Dios. Puede recibirla en la ceremonia en la iglesia o en la fiesta.

Anillo: Un recordatorio del compromiso de la quinceañera con Dios y con sus padres.

Tacones: El cambio de los zapatos bajos a los tacones, usualmente ejecutado por el padre de la quinceañera, representa la transformación de la chica en adulta, al avanzar hacia una vida llena de responsabilidad y madurez.

Ya sea que la quinceañera se celebre en un local o de manera íntima en una casa, ¡es un evento que requiere muchísima planificación! Le toca a la familia trabajar en conjunto y hacer que la ocasión sea un éxito. Gracias a mi familia y a viejas revistas de quinceañera es que puedo recordar con alegría mis propios quinces.

¡Siempre hay una tía que es el alma de la fiesta!

Agradecimientos

Aunque he estado haciendo cómics y zines por un tiempo, ¡aún no puedo creer que este libro exista! De niña vivía en una vivienda subsidiada, así que me refugiaba en los libros durante horas en la librería de Scholastic en Broadway. Nunca pensé que un día tendría la oportunidad de tener mis propios libros en exhibición, así que me siento honrada de que Scholastic me haya brindado la oportunidad de desarrollar esta historia y convertirla en algo más. ¡Muchísimas gracias!

También quisiera agradecer...

A mis padres y a mis hermanas por permitirme soñar despierta durante horas y por consentir que creara cómics desde muy joven. Gracias por animarme a seguir mis propios sueños y por enseñarme a salir de mi elemento, comenzando por mis propios quinces cuando era una quinceañera rara. ¡Los amo!

Quisiera agradecer y rendir homenaje a mi bisabuela, Mamita, quien me sirvió de inspiración a la hora de crear el personaje de Rita. Falleció en el verano de mis quinces, pero aún guardo gratos recuerdos de su presencia. Era la persona más amable y tenaz que he conocido. El universo tiene suerte de tener una estrella más en el cielo. <3

A mi equipo de porristas, Gloria y la familia Maldonado, por permanecer a mi lado mientras trabajaba en este libro. Gracias por siempre creer en mí y animarme a seguir mi camino a pesar de todo. A mis lindos cachorritos, Mac y Roni, gracias por ser tan lindos y por sus besitos.

A mis amigos de la comunidad de los cómics y los zines: muchas gracias por inspirarme con su talento y compasión. ¡Los extraño mucho a todos! Pero en especial a mi familia de elección: Delta, Steph, Kelly, Moony, Sam y Tim, por preocuparse siempre por mí y apoyarme de manera tan especial. ¡Los amo!

A Linda Camacho, mi increíble agente, la latina más inteligente y resuelta que conozco. Gracias por apoyarme siempre y por creer en mí desde el principio.

A mi editora, Cassandra Pelham Fulton, y a mi director de arte, Phil Falco, quienes creyeron en mi visión y alimentaron este proyecto desde el inicio. Gracias también a David Saylor, a Megan Peace, a María Domínguez, a Emily Nguyen y a todos los que en Scholastic trabajaron en las ediciones de esta obra en inglés y en español. ¡Este libro no habría sido posible de no ser por el esfuerzo de ustedes! ¡¡Gracias!!

A mi genial equipo de diseño, Shivana Sookdeo, por su maravilloso trabajo y por el arte del título; a Mariana Azzi por su estupenda habilidad como colorista; y a DUS'T y a Pablo por ayudarme con los textos. ¡Gracias a todos por ayudarme a darle vida a mi visión!

Sobre todo quiero agradecer a mi pareja, Pablo A. Castro, el mejor historietista y la mejor persona que conozco, por su conocimiento, su gran corazón y, sobre todas las cosas, su invaluable apoyo durante todo este proceso. Gracias por creer en mí y en mis habilidades y por ser mi fuente de fortaleza. ¡Estoy orgullosa de ser tu pareja!